国家社科基金后期资助项目
出版说明

后期资助项目是国家社科基金设立的一类重要项目,旨在鼓励广大社科研究者潜心治学,支持基础研究多出优秀成果。它是经过严格评审,从接近完成的科研成果中遴选立项的。为扩大后期资助项目的影响,更好地推动学术发展,促进成果转化,全国哲学社会科学工作办公室按照"统一设计、统一标识、统一版式、形成系列"的总体要求,组织出版国家社科基金后期资助项目成果。

全国哲学社会科学工作办公室

国家社科基金
后期资助项目
GUOJIA SHEKE JIJIN HOUQI ZIZHU XIANGMU

明清三国戏曲研究

A Research on the Ming-Qing
Three Kingdoms Opera

张红波 著

上海三联书店

内容摘要

　　本书详细梳理了明清三国戏曲存佚的状况,对现有相关论著中存在的三国戏曲收录情况进行详尽的考辨。在此基础上,忠实依附于文本并结合三国文化演变的框架,分别从明清戏曲选本、明清三国戏曲的比较、三国戏曲叙事的框架及特点、戏曲中三国核心人物与核心事件的流变等方面进行详细梳理与阐释。具体如下:

　　第一章详尽梳理明清三国戏曲的存佚状况。在系统爬梳文献的基础上,从疏忽遗漏、语焉不详、错谬等三个层面对现有戏曲著录进行介绍。在考察基础上,笔者认为明清三国戏曲组成如下:明代传奇 32 种、明代杂剧 18 种、清代传奇 26 种、清代杂剧 20 种,除此之外,还有花部戏 88 种、晚清昆曲 30 种、京剧 154 种,川剧 83 种,秦腔 72 种,徽剧 43 种。数量丰富,但残缺与佚失情况较为严重。传奇、杂剧(南曲化)的文体特点,使得其在描写三国事件时表现出了与元代三国戏曲、《三国志平话》《三国演义》等都不甚相同的特点。这些差别,是考察明清三国戏曲的最大价值所在。

　　第二章考察三国戏曲的文化旨趣与性别意识。通过考察可以看出,明代三国戏曲与清代三国戏曲之间的区别并不如想象中那么大。本书将三国戏曲分成按稗演绎类和借杯浇愤类两种,从文本内部去比较二者的区别,选择文人之笔与民间之趣,英雄之论与闺阁之音作为切入点,深入探讨明清三国戏曲内部的文体特征。从描写笔法上看,明清三国戏曲存在着雅俗两种泾渭分明的阵营。前者有着传统诗文与传统士大夫具备的家国责任感,忧患意识等,后者则更多关注于戏曲本身的舞台效果,从情节、语言等各种角度追求谐趣。从性别视角看,明清三国戏曲中的英雄气象很浓郁,不管是在战场还是在言语交谈中,更值得关注的是宴会上彰显的英雄之气。与小说遮蔽、漠视或淡化女性角色不同,明清三国戏曲有较为充分的闺阁之音描写。

　　第三章讨论戏曲构建"蜀汉中心"的历史框架与情感脉络。明清三国戏曲致力于建构"蜀汉中心"的"历史"框架,与小说相比,戏曲更多是选择贬低东吴集团,达到拔高、宣扬蜀汉集团的目的,其中周瑜与鲁肃是贬损的主要对象。戏曲中表现出来的对"帮凶"深恶痛绝的情绪以及奸臣多为宦官,均与时代风气有紧密关联。明清三国戏曲中出现了较多翻案补恨主题的作品,主要体现为翻历史定局之案与弥补个人之恨。前者围绕着诸葛亮及蜀汉集团,后者则有荀奉倩等人。转世其实也可以视为补恨方式的一种。转世最主要的对应方式有两种:一是西汉初年与三国相对接,另外一个则是曹操、华歆、司马懿等人的身后报应。

第四章是讨论明清三国戏曲的脚色与场景。叙事特点表现有三:首先是脚色化的问题,如何让有限的剧场脚色来扮演众多的历史人物,脚色如何分配,这些其实都体现了作者的苦心孤诣。其次,剧场本身就是一个大舞台,场景化是戏曲的本质属性。本书拈出宴会描写与战争描写作为对象来分析。再次,明清三国戏曲借助于题材内容的选择、叙事手法的运用与脚色的功能等实现了题材严肃性与戏曲戏谑化追求之间的艺术张力。

第五章讨论赤壁之战的书面呈现与场上表演。赤壁战役是明清三国戏曲重点描写的内容,很多剧目都围绕着此次大战展开。赤壁大战的具体形态如何,历史叙事、讲史叙事与戏曲叙事之间存在着或大或小的差异。角度不同,侧重点各异。在演变过程中,诸葛亮从边缘走向了中心,成为了第一主角。本书从三顾茅庐、长坂坡之战、舌战群儒、河梁会、借东风、碧莲会、华容释曹等故事单元具体分析了赤壁战役的演变与建构。

第六章具体论述了诸葛亮、张飞、曹操的不同面相。诸葛亮作为明清三国戏曲中最为重要的人物,呈现出非常明显的道士、谋士、贤士和隐士特征。这些特征的获得与戏曲的文体特征密切相关。相比于元代三国戏曲,明清三国戏曲中的张飞形象稍显逊色,但也呈现出莽撞率真、敬重贤士和粗中有细三个特征。曹操的形象一直为学界所关注,但明清三国戏曲中的曹操形象有自身独特的存在意义。其中后世报和翻案类作品中的曹操形象尤其值得关注。

第七章属于三国戏曲的传播研究,本书分别从单曲、单出、单剧三种层面的选本对三国戏曲的收录情况进行统计与梳理。戏曲选本有重要的文献保存价值和典型的传播功能。通过选本可以考察戏曲文本的沿袭、情节移植及异变等情况。故事单元在戏曲选本中出现的频次高低,可以较为准确地反映出三国戏曲在舞台上的受欢迎状态。需要指出的是,戏曲选本中出现频率的高低,并不完全等同于戏曲作品文学水平的高低。

序

刘勇强

　　三国戏曲并不是一个研究空白,毋宁说研究成果已经相当可观了。所以,敢于进入这一领域研究者,要有相当的勇气。而仍愿意在这一舞台上施展拳脚,当然是因为这是一个学术富矿,具有难以抗拒的吸引力。就明清时期的三国戏曲而言,上承元杂剧同类题材的作品,近取《三国志通俗演义》,又独立发展,蔚为大观,精彩纷呈,其中一些部分剧目甚至有理由进入经典序列而值得专门研究;不但如此,如果说《三国演义》研究足以在小说学与史学之间生发出跨学科的课题。戏曲因素的引入,必然为这一领域的学术生长注入更多的动能,打开新的局面;同时,由于明清小说、戏曲的同题材现象十分普遍,三国戏曲作为最有代表性的一支,对于小说戏曲的交互研究,也有借鉴意义。如此等等,都表明三国戏曲研究确实是大有可为的。

　　张红波在博士论文的写作时,就对明清三国戏曲进行了较深入的钻研。此后兴趣不减,持续探讨,我一直期待他已有研究的基础之上,更上层楼,进一步延展这一课题的可能性。眼前的《明清三国戏曲研究》让这种可能性得到了一个有力的印证。

　　红波此书旨在全面探讨明清三国戏曲,首先当然要系统考察明清三国戏曲的基本文献,在他开始从事这一研究时,像《三国戏曲集成》这样的专题文献总集尚未出版,一些可资借鉴的剧目著作也还不周全。因此,红波在文献的梳理与考辩方面是下了一些功夫的。限于时力,他更多地着眼于有关戏曲著录中存在的疏忽遗漏、语焉不详及错谬,努力进行认真的辨析与补正,我以为这是必要且卓有见地的。如前所述,明清三国戏曲虽然数量众多,但并不都成功,也不一定都能通过舞台演出广为传播。红波从单曲、单出、单剧三种层面的选本对三国戏曲的收录情况作了系统的考察,说明通过选本可以考察戏曲文本的沿袭、情节移植及异变等情况,又说明通过故事单元在戏曲选本中出现的频次高低,也可以从一个侧面揭示三国戏曲在舞台上的受欢迎状态,他据统计指出:

故事单元中,"单刀会""千里独行""怒奔范阳"乃最受欢迎的。从这些剧目或者散出所透露的信息看,明清剧场上,最为受关注者,毫无疑问是关羽;其次则为张飞,而诸葛亮作为一些剧目背后的关键人物,亦有一定的表现。

这一结论虽不甚意外,却可以启发我们进一步思考这些故事单元为什么广受欢迎以及它们在整个三国故事序列中的意义,比如红波就基于赤壁之战在明清三国戏曲中占有极大比例的事实,从若干故事单元的演变深入探讨了赤壁战役的"逐层建构",论证过程亦逐层推进,令人信服。我想特别提到的一点是,红波还指出戏曲选本中出现频率的高低,并不完全等同于戏曲作品文学水平的高低,这一观点是合乎实际的,也反映了他实事求是的学术态度。

红波在文献方面所做的工作,在《明清三国戏曲研究》占了相当的篇幅,确立了综合论述的扎实基础,但这并不是他的研究重点,围绕明清三国戏曲文本提出并阐发了诸多有价值的命题,才是他的主要贡献所在。在对剧目进行了全面梳理后,红波得出了一个重要的看法:

> 单纯从剧目本身而言,我们可以看到,明清三国戏曲的表现中心有三点,前文已经提及,一为刘关张早期的奋斗历程,塑造重心是关羽。二为赤壁战役及之后孙刘集团对于荆州的争夺,描写重心在诸葛亮,其中也有刘关张、赵云等人。最中心的落脚点在于表现刘备集团与孙权集团之间的矛盾,多是贬低、丑化东吴集团人物来抬高诸葛亮等人的形象,东吴方面最大的牺牲品是周瑜、鲁肃等人。无论是从剧目本身还是从戏曲选本编选的次数来看,这个阶段都是明清三国戏曲描写的重中之重。三则为刘备托孤之后,诸葛亮南征孟获之事,描写的重心毫无疑问是诸葛亮。明清三国戏曲的这种分布,与上述各种描写三国故事的文学文本形态均有不同,这种不同本身就是它存在的价值。

从这一基本认识出发,本书在评析具体作品方面,无论总体把握,还是细部分析,本皆时出新见,颇有前人所未及处。

我们知道,《三国演义》是以蜀汉为中心展开叙事的,明清三国戏曲也大抵如此,但在建构"蜀汉中心"的"历史"框架时,三国戏曲又呈现出较为鲜明的特点。红波指出,虽然《鼎峙春秋》《三国志》等戏曲也比较完整地展示了整个三国争霸过程,但剧中对于蜀汉集团的倾注力,远远超过了《三国演义》,其情感取向的鲜明性也大大过于小说。相应地,大多数戏曲并不追求一种完满的过程展示,而更多地把叙述的重心放在人物的塑造上,或者力图展示某一个历史场景。这一观点可以说从两种角度揭示了明清三国戏曲的基本倾向与创作特点。

事实上,最关键的问题还是戏曲既不同于史传、小说又与二者密切相关的文体性质,这种特点导致了明清三国戏曲的诸多特点,对此,红波提出了不少饶有新意的观点,是我颇感兴趣的。特略加缕述,以志阅读之得。

一、红波认为传奇、杂剧(南曲化)的文体特点,使得其在描写三国事件时表现出了与元代三国戏曲、《三国志平话》《三国演义》等都不甚相同的特点,而这些差别是考察明清三国戏曲的最大价值所在。在他看来,明清三国杂剧中有不少似乎不甚适合舞台表演,尤其是清代杂剧,案头化的倾向表现得更加明显。如尤侗的《吊琵琶》第四折只有一个脚色"旦"蔡文姬出场,就非常不适合于舞台表演;郑瑜的《鹦鹉洲》剧以"生"扮演祢衡,通过其与鹦鹉的对话,一问一答,品评了汉代的史事,处处为曹操辩护掩饰,丝毫不在意关目的好与坏。这些评论,均从文体角度出发,涉及角色的功能与表演,不只对具体剧本的分析有意义,对把握明清三国戏曲的总体发展,也有参考作用。

二、与小说叙事的铺张繁富有所不同,戏曲创作要在有限的表现时间里,强化情节冲突,突出对立思维,才有可能让观众几乎可以不假思索地分辨善恶,并在激烈而鲜明的矛盾获得持续不懈的观赏兴趣。因此,一般来说,戏曲的冲突的结构更为简明集中,所以李渔有"立主脑""减头绪"之说。红波指出明清三国戏曲的作者往往给古老的三国题材赋予了非常鲜明的时代主题,如忠奸斗争等,通过尖锐的矛盾往往强化了戏剧冲突。与此同时,在一些具体的剧本中,作者又会努力使主要人物形象以更符合戏曲特点的形式加以突出,比如书中指出《三国演义》与《草庐记》均对"三顾茅庐"的过程大书特书,但与小说那种相比,与作为案头阅读对象的小说带有浓郁文人色彩的情节相比,戏曲对剧场效果的追求更为明显,故而在三次寻访过程中,诸葛亮均出现在观众的视野之中。诸葛亮的这一"在场性"不但增加了喜剧色彩,也丰富了"三顾"的呈现方式,这未必比小说突出悬念的叙事更高明,却也是符合戏曲特点的。

三、戏曲创作与表演特别重角色的设置,这在明清三国戏曲中也有所体现。红波用了专节讨论英雄之论与闺阁之音的交响,指出:

相比于男性的声音,即便是在三国戏曲中,女性的角色还是相对逊色许多。只是与小说《三国演义》相比,被遮蔽或者淡化的女性声音和女性形象在明清三国戏曲中已经汇聚成一个不能被忽略的群体呈现在读者面前。纵使三国戏曲无法像《浣纱记》等传奇那样以"一生一旦"纵贯全剧,但这些散见于各种戏剧中的女性声音,使得明清三国戏曲总体呈现出金戈铁马与莺莺燕燕共存的局面。这不能不说是一种进步。

虽然从"进步"的角度来评论上述现象未必妥当,因为对一个剧本而言,或对不同的作品比较而言,人物的设置,包括女性形象的安排,首先应考虑的是题材内的需要以及塑造得是否成功,但可以肯定的是,明清三国戏曲女性形象的加入、加重,显然与戏曲的特点有关。

与此相关,红波又提出了"明清三国戏曲中的脚色安排随意性较强"的观点,并分析了其两个具体表现和出现这种情况的两个原因。这一观点是否完全正确,也许还可以进一步思考,但红波对戏曲角色设置在三国戏曲中的产生的诸多变化,确实给予了具有探索意识的观照。

四、由于舞台的特点,在空间安排上,戏曲也会更突出场面,如明清三国戏曲经常出现宴会、遣将、闺思、游赏等场景,通过对诸多场景的分析,红波指出:

> 场景的转换绝大多数是以一出(折)为单位,但也有些节奏是不相同的,故而一出中有几个场景,一个场景延续几出的情况偶尔也会存在。

> 历史叙事并不全然是依靠人物上下场的场景来表现的,人物本身的唱曲(抒情成分)也是一种重要的辅佐手段,串联起场景叙事之外的历史空间与历史事件,也是表现人物性格的一种重要手法。

> 三国戏曲中的宴会描写并不似《红楼梦》等作品中的描写,它基本不涉及宴会的规模或者须遵守的仪式等,抑或是菜肴的丰盛程度等等。宴会描写更多的是交代宴会举办者的动机,宴会过程中的言语交锋,政治目的,以及围绕着宴会所展开的斗智斗勇等。

如此等等,不但说明了场景的性质既是三国题材特点的反映,也揭示了戏曲如何重新构建三国历史叙事的空间,同时也分析了三国戏曲中的场景与其他作品的异同,显示了"历史叙事场景化"命题的丰富内涵。

五、"古今多少事,都付笑谈中",杨慎的词被用于《三国演义》开篇,代表了一种中国古代历史叙事的超越态度。不过，三国题材的历史属性，决定了它叙事风格整体的严肃性；对历史既定结局的尊重，又决定了它的悲剧性，三国戏曲当然也必须尊重同样的原则，但戏曲演出还有戏谑的传统与演出上的需要。红波认为三国戏曲从情节、语言等各种角度追求谐趣的艺术风格，并进一步指出明清三国戏曲借助于题材内容的选择、叙事手法的运用与脚色的功能等实现了题材严肃性与戏曲戏谑化追求之间的艺术张力

从本书的论述中，我们可以看到明清三国戏曲戏谑性的不同表现，比较容易感受到的是以净、丑角色为主的插科打诨；如果整个剧情具有喜剧性，其间的戏谑更是随处可见；饶有新意是角色间基于性格特征、情节发展的逗趣、议论，这更多地反映了剧作家随机应变的创作能力，例如红波论及戏曲选本《乐府红珊》与《玉谷新簧》中"河梁会"的戏谑性时，指出在选本《乐府红珊》中，关羽谓张飞云："你去不得，那个不认得你黑脸！还待我去？"张飞则回道："那个又不认得你红脸？"在《玉谷新簧》中，关羽与赵云争论谁去护驾。关羽谓赵云去不得，"你当初抱太子杀去百万军中，那个不认得你，还是我去才是。"赵云则谓："你去不得，还是我去，你脸太红了，有人认得。"这些都是为了制造剧场的喜剧氛围而设置的情节。但关、张脸色的红与黑，既反映了他们的典型性格，也是他们在世人心目中的独特外貌，同时可能还与表演时的脸谱有关，具有饱满的喜剧情味与舞台效果。

六、与《三国演义》更多地依傍了史事的叙事传统略有不同，明清三国戏曲的戏剧属性，决定了有更大的创作自由。我曾在一篇小文中探讨过"仲相断阴"故事在三国题材作品中的取舍及其演变，《三国演义》将这一故事从小说中剥离，表明了一种对历史结局的尊重，虽然这一结局与其"拥刘反曹"的基本思想倾向存在着矛盾。而戏曲的虚拟性、抒情性等更强，因此，出现了一些红波所说的翻案补恨主题的作品即为翻历史定局之案与弥补个人之恨。红波在书中引用了梁廷柟《曲话》的一段评论，这一段评论颇能反衬《三国演义》尊重历史的客观态度，特逐录于下：

> 钱唐夏惺斋纶作六种传奇，其《南阳乐》一种，合三分为一统，尤称快笔。虽无中生有，一时游戏之言，而按之直道之公，有心人未有不拊掌呼快者。第三折诛司马师一快也；第四折武侯命灯倍明二快也；第八折病体全安三快也；第九折将星灿烂四快也；十五折子午谷进兵偏获奇胜五快也；十六折杀司马昭六快也；擒司马懿七快也；十七折曹丕就擒八快也；杀华歆九快也；十八折掘曹操疑冢十快也；二十二折诛黄皓十一快也；二十五折陆伯言自裁十二快也；孙权投降十三快也；孙夫人归

国十四快也;三十折功成归里十五快也;三十二折北地受禅十六快也;
立言要快人心,惺斋此曲独得之矣。

虽然《南阳乐》背离《三国演义》的历史原则,逞一时之快以致极端,并不足取,梁廷枏有过誉之嫌,但所谓"立言要快人心",确也将三国戏曲满足世人愿望的创作旨趣彰显无遗。

上述观点,围绕脚色化、场景化、戏谑化等问题展开论述,充分发掘了明清三国戏曲作品的独特之处,贴近文本,深中肯綮,颇具启发意义。

如前所说,明清三国戏曲作品众多,问题复杂,红波的具体观点容或还有可以推敲的地方,更不可能是他的一本书所能穷尽的,比如书中指出了明清二代腔调之争、之变对三国戏曲的影响,也指出了明代三国戏曲与清代三国戏曲之间存在着明显的不同并有所论述,但将三国戏曲的发展与戏曲本身的发展结合起来考察,似乎就还可以作更充分的展开;又如三国戏曲这是最接近正史、朝廷政治的戏,在宫廷也很受欢迎,但这种欢迎必然与民间的态度有所不同,其间的分歧与融合也值得深究。我想说的是,优秀的研究成果总能引发新的期待,红波的书也给了我这样的期待。

2024 年 2 月 2 日于奇子轩

目　录

绪　　论

一、问题的提出

（外）闻得初到弋阳戏子，杂剧颇新，唤来侑足一下觞何如？

（末）弋阳戏子磕头。

（外）你晓得什杂剧？

（末）旧杂剧不过是《鸿门宴》《仪凤亭》《黄鹤楼》这几套。……

这是明代万历年间陈与郊的《义犬》第一折中的对话。这几句对话反映了原生态的明代生活，并且给我们传递了这么几个信息：演剧在当时生活中非常受欢迎，弋阳腔是当时剧坛的流行唱腔，元杂剧的名目依旧活跃在剧坛上。弋阳戏子所知道的旧杂剧，三本之中就有两本为三国题材的戏曲，虽然这只是个例，也足见当日三国戏曲受欢迎的程度。

事实上，三国戏曲从来都未曾远离人们的生活，无论是元代三国戏曲，还是明清时代的三国戏曲，更不用说时至今日尚且流传演出的三国京剧和三国地方戏。相比《三国演义》，三国戏曲给黎民百姓所带来的影响更为深远。

王卫民在《古今戏曲论》中指出：“明朝近三百年，戏剧相当繁荣，但是据《三国演义》改编的传奇剧本却屈指可数，只有王济《连环记》、无名氏《古城记》、维庵居士《三国志》、无名氏《草庐记》等少数几本。”[①]王著中为了论证三国戏曲在明代处于萧条地位，接下来指出了几点原因：一是《三国演义》众多人物中，除了貂蝉、甘糜两位夫人及孙尚香等少数几个女性外，绝大部分写的都是男性，主要人物都是帝王将相，昆剧很难表现出来。其次是上层统治者对戏曲的禁锢政策。应该说这两个理由都是有道理的，但他的前提本身

---

① 王卫民：《古今戏曲论》，台北国家出版社，2008 年版，第 89 页。

就是有误的,故而结论亦不甚准确。首先,明代三国传奇绝对不只是他所列举的那么几本。固然,现存我们能看到的确实只有《连环记》《草庐记》《古城记》①数本。根据《曲海总目提要》《古典戏曲存目汇考》等目录学著作,现存的这几本,加上那些亡佚的剧目,明代三国传奇不下于十数种,这与王著中所谓情形大有差异。其繁荣状况并不逊色于清代,何况明代说唱场上也存在着大量的三国剧目。其次,王著所提诸种戏曲是否一定即为据小说改编而成,不能完全确定。众所周知,《三国演义》的成书时间并未完全确定,即便取学术界较为统一的"元末明初"说,也并不能证明这些戏曲即改编自小说。

三国戏曲是三国题材文学作品系统中非常重要的组成部分,它们与民间传说、《三国演义》共同支撑起了一个全民"三国"的神话。单纯就艺术成就而论,《三国演义》是三国故事源流演变中最重要的组成部分。但如果考虑传播的广度与迅捷程度,三国戏曲可能更值得重视。而考察研究成果,无论是研究论著的数量还是质量,《三国演义》的研究都远远超过了三国戏曲。三国戏曲至今没有一种宏观而全面的图谱展示,没有专门以三国戏曲为本位的研究论著出现,这就导致对其内部的体制、故事形态、人物情感态度的倾向取舍等问题都语焉不详,含糊其词,不能得到很系统和准确的揭示。因为脉望馆本《孤本元明杂剧》等本子的存在,元代三国戏曲尚存的有二十一本,且有关汉卿《单刀会》等名剧的存在,故而研究状况相对可观。明清三国戏曲则不然,散佚者过多,现存本(包括残存本)较少,导致其研究存在着天生缺憾,研究成果显得非常薄弱。即便学者们在考察明清时期三国故事的流变时,也多漠视明清三国戏曲,而是从《三国演义》直接切入到三国京剧的考察。事实上,在庄一拂等人的戏曲目录著作中,明清三国戏曲的数量非常庞大,而且现在也有为数不少的散出收录在明清戏曲选本中,我们没有理由忽略这么一个大的群体。明清三国戏曲与元代三国戏曲、《三国演义》等之间有着千丝万缕的联系,但同样存在着很大的差别。它们一方面是作为整个三国故事流传过程中不可或缺的独立一环存在的,另外一方面又在故事形态、人物塑造等方面相互影响,共同组成了灿烂而复杂的三国故事。考察明清三国戏曲既有其独特的价值,在现今的学术研究中也显得尤其紧迫。

研究明清三国戏曲,必须从过去的研究思路中解放出来,不能将其单纯视为《三国演义》传播过程中的一环,通过明清三国戏曲的文本考察等,我们发现,二者之间的关系绝非想象的那么简单,明清三国戏曲固然有很多沿袭

---

①　其实还有纪振伦的《七胜记》,无名氏之《锦囊记》等。

《三国演义》的情节单元，但也有很多自己独具的特征。

二、研究现状与存在的问题

（一）三国戏曲与《三国演义》等的关系研究

清人昭梿《啸亭续录》"大戏节戏"条中曾经明确指出："又名庄恪亲王谱《三国志》典故，谓之《鼎峙春秋》……"①这是较早明确指出三国戏曲与《三国演义》关系的记载。后来马二先生在《三国演义之京戏考》中也清楚提到："《三国演义》一书，为历史戏资料之渊薮。"②现代学者中，较早注意到元杂剧与《三国演义》密切关系的是胡适、孙楷第。胡适在《〈三国演义〉序》中具体列举了十九种元明三国杂剧，并按涉及的三国人物作了分类。据此，他推断"宋至明初的三国故事大概与现行的《三国演义》里的故事相差不远。"③孙楷第通过对《三国志平话》情节、元曲剧名及《三国演义》回目的对照，将元代三国剧目分为"不见于书史"者与"有本之书史而加以敷衍"者。他发现《三国演义》中描写而不见于史书的"桃园结义"、"三战吕布"等十个情节，在《三国演义》之前的戏曲中都有了。④早期的研究不无开拓性，但他们更多的只是在于情节的比附，过于简单。1933 年徐凌霄在《三国志·三国演义·三国戏》⑤一文中，以漫谈的方式论及了《三国演义》与其他形态的三国故事之间的相互影响。他指出：《三国演义》与《三国志》相比失"真"，与其他三国故事相比，失"趣"；三国传说、三国说唱、三国戏曲表现民众心理，三国史书表现正统史观。虽然只有片言只语，但这些思想的火花给了后来的研究者以十分有益的启发。

时至今日，三国戏曲与《三国演义》的关系研究，成果已经比较丰硕，至少从数量上看是如此。

首先要提到的是关四平《三国演义源流研究》⑥，此书将《三国演义》的成书过程、文本研究与传播史结合起来，进行综合性的研究，较好地确立了整个三国故事的研究框架。关四平把元代三国戏放在书上编"成书研究"的第四章进行论述，先对元前三国戏的源流演变进行了梳理，对元代三国杂剧存佚的情况进行了考辨，并简要归纳了元代三国戏兴盛的文化动因。然后第

---

①　朱一玄、刘毓忱编：《三国演义资料汇编》，南开大学出版社，2003 年版，第 602 页。
②　朱一玄、刘毓忱编：《三国演义资料汇编》，南开大学出版社，2012 年版，第 695 页。
③　胡适：《中国章回小说考证》，安徽出版集团、安徽教育出版社，2006 年版，第 267 页。
④　孙楷第：《沧州集》卷二，中华书局，1965 年版，第 111—112 页。
⑤　徐凌霄：《三国志·三国演义·三国戏》，《剧学月刊》2 卷第 5 期。
⑥　关四平：《三国演义源流研究》，黑龙江教育出版社，2003 年第 2 版。

二节以"市井文学框架与诗骚抒情传统"为题对元代三国戏的特点进行了归纳总结。他主要从"故事情节的戏剧处理","思想意蕴的以史写心","人物塑造的以雅融俗","悲喜交集的美学风格","承前启后的历史作用"五个方面出发,基本上比较准确地概括了元代三国杂剧的典型特征,在归纳三国戏特点的基础上概括了元代三国杂剧对《三国演义》的影响:以史写心的思维方式,以雅融俗的俯视角度,传神写意的人物塑造,悲喜交集的美学风格。著作把明清时代的三国戏曲放在下编"传播研究"的第三章中,以一节的篇幅进行论述。分别对明清两代三国戏的剧目进行了简要的考辨,然后简单地对其与小说的关系进行了论述,他认为从剧种样式的角度说,明清传奇对《三国演义》文本的汲取与改编要大大多于明清杂剧;从纵向发展的角度说,明清三国戏的取材与《三国演义》版本的演变紧密相关;从改编内容的角度说,明清传奇、杂剧主要是从《三国演义》中选取蜀汉一方故事加以改编。应该说,这些特点大致都是准确的。囿于全书的角度或者其他原因,他并没有完全展开,有些地方只能是对一些共性的东西进行论述,这种论述自然是必要的,但倘若缺失了微观的细致考察,有些宏观的结论是站不住脚的。

这类以《三国演义》为中心的小说戏曲关系比较研究方式非常流行。罗斯宁的《元杂剧和元代民俗文化》①也是这种思路。是书第四章为"艺术篇——元杂剧的艺术和元代其他通俗文学",他利用了其中一节来论述元代三国戏与小说的关系。虽然这部著作主要在探讨元杂剧与元代民俗文化的关系,但在具体讨论到三国戏与《三国演义》的关系时,他还是把重心放在了《三国演义》上。他认为元杂剧对小说的影响很大,主要体现在四个方面:其一是酣畅为美的审美观;其二是"题目正名"和"连本戏"的体制对章回体的小说结构的影响;其三是类型化的人物形象;其四是小说继承并发扬光大了元杂剧的某些艺术技巧。这种研究方法当然是概括性很强的,问题是,当元代三国戏作为一类论述对象时,它似乎很自然就成了《三国演义》的一种映衬,并且三国戏本身丰富多彩的形态就在有意无意中被忽视了。

有些论著从小说戏曲两种文体的异同出发进行比较,把三国戏曲与《三国演义》作为其中的一个案例来进行比较研究。徐大军《元杂剧与小说关系研究》②就属于典型的此类研究方式。徐大军从总体上论述元杂剧与小说的关系,全书分别从概念上的交叉,题材方面的相互借鉴,元杂剧取材小说的诱因,元杂剧演述体制中的小说质素,元杂剧主唱人的选择、变换原则,元杂

① 罗斯宁:《元杂剧与元代民俗文化》,广东高等教育出版社,2007年版。
② 徐大军:《元杂剧与小说关系研究》,河南人民出版社,2006年版。

剧的时空操作与小说的关系,元杂剧与小说关系的中介因素体制方面的相互影响等方面全面阐释了元杂剧与小说的关系。他用了一节的篇幅来论述元代三国戏与《三国演义》的关系,并将其作为整个论证过程中的一个例证来直观地诠释他对元代杂剧与小说关系的总结。他从"情节结构形态的承袭、人物设置上的承续与变异、情节设置上的取舍变化、元明三国杂剧中的民众情趣及其对小说的影响"几个方面来说明二者的关系。涂秀虹《元明小说戏曲关系研究》①也属于这种类型。涂著与徐著不同的是,她选取了包括"《三国志通俗演义》与三国戏"在内的七个专题来进行研究。如果说徐著采用的是总分的方式,那么涂著就是一种并列方式的研究,各章相对比较独立。这并不是说涂著比徐著逊色,相反,徐著选取的论述对象不仅仅是小说与戏曲,譬如三国故事的研究就追溯到了史书与传说,单纯就三国故事系统而言,涂著显得更为立体。当然,涂著中三国戏曲也还是《三国演义》的一个背景研究,分成了"在讲史基础上创作的元代三国戏"和"《三国志通俗演义》对明代戏曲的影响"两节阐述。

此外,沈新林《同源而异派——中国古代小说戏曲比较研究》②也是这种研究方法的一个实践。相对于前两部著作,此著作的面铺得更为分散。著作全方位地对小说戏曲两种文体的异同进行比较论述,几乎囊括了能比较的所有方面。如概念、起源、作者、体制、传播方式、题材、创作手法等等。三国故事的小说戏曲比较也散见于此著作中,这种研究方式是可以宏观地比较两种文体之间的异同,但具体到某一个问题,则失之宽泛。

此类研究思路下的单篇论文也有很多,其中比较有代表性的有下列几篇:彭飞《试述〈三国演义〉成书前后的三国戏》③、胡士厚《〈三国演义〉与三国戏》④、王平《"三国戏"与〈三国演义〉的传播》⑤,前两篇就是典型的以小说为本位,然后从整体上论述戏曲小说之间的关系;王平的论文则是明确把三国戏作为《三国演义》的一种有效的传播手段来看待。

比较而言,钟林斌《〈隔江斗智〉杂剧与〈三国志通俗演义〉》⑥一文不似其他文章那样从宏观的角度笼统地谈小说戏曲之别或者说三国戏曲对小说的影响,而是以元明杂剧中的《隔江斗智》为考察对象,通过情节设置、人物性

---

① 涂秀虹:《元明小说戏曲关系研究》,上海三联书店,2004 年版。
② 沈新林:《同源而异派——中国古代小说戏曲比较研究》,凤凰出版集团,江苏出版社,2007 年版。
③ 彭飞:《试述〈三国演义〉成书前后的三国戏》,《上海大学学报》,1985 年第 1 期。
④ 胡士厚:《〈三国演义〉与三国戏》,《古典文学知识》,1994 年第 6 期。
⑤ 王平:《"三国戏"与〈三国演义〉的传播》,《齐鲁学刊》,2005 年第 6 期。
⑥ 钟林斌:《〈隔江斗智〉杂剧与〈三国志通俗演义〉》,《明清小说研究》,1996 年第 1 期。

格、喜剧情调三个方面与《三国演义》第54、55回进行比较,认为小说在这些方面都有杂剧影响的痕迹。最终得出结论:"就孙刘结亲故事而言,《隔江斗智》杂剧是《三国志平话》发展到《三国志通俗演义》之间的桥梁。"

我们需要宏观研究,宏观的视野和思路有助于建立起学术研究的框架,让人能更迅捷直观地从总体上了解元代三国戏曲与《三国演义》的关系,也有利于对整个三国戏的特点作出归纳总结。但如果全是采用宏观角度,那么研究就无法细化,无法真正深入。大多数宏观研究的论著在观点上大同小异,缺乏新意。在这种背景下,微观研究就显得尤为必要。从明清三国戏曲的文本本身入手,通过与元代三国戏曲、《三国演义》等进行综合比较,发现小说戏曲的相互影响关系及具体方式,尽量将三国事件的演变轨迹真实地揭示出来,这样,研究才能向前推进。

(二) 专题研究

随着研究的日渐深入,新的研究方法的被采用,专题研究越来越成为一种趋势。专题研究中,关羽专题和"连环计"的专题研究成果较为突出,值得注意。

关羽从一员普通的武将而演化为宗教崇拜的对象,甚至成了与孔圣人齐名的"武圣人",这种演变的过程很复杂,也牵涉到非常多的问题,这些都引发了研究者浓厚的兴趣。因而关羽形象的研究一直以来都颇为引人关注。研究的角度比较多样化。关羽在各种三国故事题材中几乎都是重要的人物,涉及他的作品种类和形态多样。从历史、传说、小说、戏曲等角度着眼,综合论述关羽崇拜形成及在各种文体中的表现的作品较多,可以说在三国戏曲研究中是最为充分的。蒋星煜《关羽在古典戏曲中的艺术形象》认为元杂剧对关羽的塑造表现在三个方面:大将风度,封建义气,神怪迷信。这种概括方式带有典型的时代性。日本学者伊藤晋太郎撰有《〈三国志大全〉中的关羽形象》,文章指出:《三国志大全》中的关羽形象反映着宋元以来民众不断孕育并发展的英雄形象。通过《三国志大全》,我们可知民众心目中的、比较完整的关羽舞台形象,以及不见于《三国演义》的、与《三国演义》有所不同的民间关羽形象,这就是《三国志大全》中关羽形象的最大价值。

在关羽形象研究中,王丽娟和刘海燕二人较为突出。王丽娟先有单篇论文如《元明民间叙事文本中关羽的另类形象》①,后来,其专著《三国故事演

---

① 王丽娟:《元明民间叙事文本中关羽的另类形象》,《陕西师范大学学报》(哲学社会科学版),2007年第3期。

变中的文人叙事与民间叙事》①的下编就是"关羽形象专题"。她主要以故事形态为区分的出发点,分别从桃园结义、辞曹归刘和特殊故事的不同叙写中找到文人叙事与民间叙事的独特品格。刘海燕的专著《从民间到经典:关羽形象与关羽崇拜的生成演变史论》第七章"俗文学中的关羽形象论析",就是对明代和清代关羽戏中关羽形象的多种形态及整合进行论述的。此外,刘海燕还先后撰写发表了《关羽形象与关羽崇拜的传播与接受》、《明代戏曲中关羽形象的多种形态探析》②和《〈鼎峙春秋〉与早期京剧中的关羽形象》③等论文,整体梳理了关羽形象的变化形态及崇拜的范围与被接受的方式,探讨了明代三国戏曲和早期京剧中的关羽形象。

此外,朱伟明、孙向锋《关公戏与三国文化的传播》④从传播角度出发,论述关公戏对三国文化的推动作用。宋俊华《关神崇拜与元明杂剧中关羽的行头》⑤一文从表演的服饰装扮入手,考察关羽形象的变化,视角较为新颖。赵山林《南北融合与关羽形象的演变》⑥从南北融合的角度来论述关羽形象的演变,给我们提供了一种新的考察视角。陈志勇《"关公戏"演出禁忌的生成与禳解》⑦给我们展示了关公戏的一个侧面,从演出禁忌中可以看出关公崇拜的国家意志,引入社会学研究思路,亦值得重视。研究关羽的论文非常多,除了上述与戏曲结合紧密的外,还有从其他角度切入的。如石麟《"关公信仰"文化现象溯源》⑧;罗忼烈《文学和历史中的关羽》⑨;关四平《论关羽形象的演化》⑩;李惠明《传神文笔写关公——关羽艺术形象神圣化之历史变迁》⑪;吉水《浅谈关羽形象的塑造过程》⑫等。此外,台湾学者王安祈在研究关羽及三国戏方面也颇有创获。

"连环计"专题的研究成果也较多。李祥林《元明舞台上的"貂蝉戏"及

① 王丽娟:《三国故事演变中的文人叙事与民间叙事》,齐鲁书社,2007 年版。
② 刘海燕:《明代戏曲中关羽形象的多种形态探析》,《福建师范大学学报》(哲学社会科学版),2001 年 4 月。
③ 刘海燕:《〈鼎峙春秋〉与早期京剧中的关羽形象》,《萍乡高等专科学校学报》,2004 年 9 月。
④ 朱伟明、孙向锋:《关公戏与三国文化的传播》,《华中师范大学学报》(人文社会科学版),2008 年 9 月。
⑤ 宋俊华:《关神崇拜与元明杂剧中关羽的行头》,《民族艺术》,2001 年 3 月。
⑥ 赵山林:《南北融合与关羽形象的演变》,《文学遗产》,2000 年第 3 期。
⑦ 陈志勇:《"关公戏"演出禁忌的生成与禳解》,《戏曲研究》,2008 年 4 月。
⑧ 石麟:《"关公信仰"文化现象溯源》,《湖北师范学院学报》(哲学社会科学版),1996 年 2 月。
⑨ 罗忼烈:《文学和历史中的关羽》,《社会科学战线》,1983 年 3 月。
⑩ 关四平:《论关羽形象的演化》,《广西师范学院学报》,2004 年 11 月。
⑪ 李惠明:《传神文笔写关公——关羽艺术形象神圣化之历史变迁》,《上海师范大学学报》(哲学社会科学版),1993 年 7 月。
⑫ 吉水:《浅谈关羽形象的塑造过程》,《南充师院学报》(哲学社会科学版),1987 年 5 月。

其文化透视》①和《三国戏中的貂蝉故事及其性别文化透视》②从文化学的角度出发,考察貂蝉故事的源流演变。后者更是以性别为考察的角度进而分析文化意蕴。林毓莎《论貂蝉故事的源流演变》③一文详细梳理了貂蝉故事出现的时间及在后代文学作品中出现的形态变化。王丽娟《貂蝉"连环计"故事的文化解读》④与李祥林的文章分析角度类似,而其《论文人叙事与民间叙事——以"连环计"故事为例》⑤一文则从叙事学的角度出发,分析了文人叙事与民间叙事的不同,从而导致了小说与戏曲作品中"连环计"故事形态的差异,这种角度较为新颖。王丽娟把这种叙事视角的考察作为一以贯之的主线,完成了她的专著《三国故事演变中的文人叙事与民间叙事》,"连环计"与关羽专题都成了她这种研究模式的一种操作实践。她在上篇"貂蝉'连环计'故事专题"中,先考察了"连环计"故事的源流演变,并且从文化心理的探讨上分析故事备受欢迎的原因。然后对元代三国杂剧中的《连环计》与明传奇《连环记》进行文本的比较与分析,最后从叙事角度的层面去分析二者存在的重合与差异。她把这种差异溯源于文人与民间的叙事方式不同。这种结论虽然失之为单一,但确实基本抓住了三国故事在流传过程中出现形态变异的实质。

此外,钟林斌《传奇剧〈连环记〉作者及创作年代斟疑》⑥一文对明代传奇《连环记》的作者归属权表示怀疑,他认为"在明代有过'古曲'《连环记》、王济作《连环记》。但清钞本署名'明乌程王济雨舟撰'《连环记》,并不是成化中期尚存活或嘉靖中期尚活的王济的《连环记》。"我们今天能读到的清钞本《连环记》,不是"以元人《连环计》为蓝本而粉饰之",也不是"与正史合者居多"。它"主要取材于《三国志通俗演义》,与通俗演义有关段落一样,在史实的框架内多有虚构。"这类论文把研究的范围扩充到明清两代,以"连环计"故事为切入点,串联元明清三代,通过单个剧本的考察,发现新问题,得出新结论。结论值得重视,研究的视角更值得借鉴与学习。徐朔方《王济行实系

① 李祥林:《元明舞台上的"貂蝉戏"及其文化透视》,《戏曲研究》,2003 年 11 月。

② 李祥林:《三国戏中的貂蝉故事及其性别文化透视》,《成都大学学报》(社会科学版),2005 年 4 月。

③ 林毓莎:《论貂蝉故事的源流演变》,《内蒙古师范大学学报》(哲学社会科学版),2007 年 11 月。

④ 王丽娟:《貂蝉"连环计"故事的文化解读》,《华南农业大学学报》(社会科学版),2006 年 1 月。

⑤ 王丽娟:《论文人叙事与民间叙事——以"连环计"故事为例》,《文学遗产》,2004 年第 3 期。

⑥ 钟林斌:《传奇剧〈连环记〉作者及创作年代斟疑》,《苏州大学学报》,1997 年 7 月。

年》①一文具体而详实地考证了《连环记》作者王济的生平及交友、著述等。夏东锋②比较了元杂剧与明清传奇《连环记》的主题，认为主题思想并无大变化，然而在小的方面存在着不同。王庆芳③的文章主要是以貂蝉形象的变化来比较元杂剧《连环计》与明代传奇《连环记》，认为杂剧中的貂蝉是以伦理道德禀赋为性格内核的形象，而传奇中的貂蝉则追求人生的社会价值取向。这种异变既有传统文化的因素，也裹挟着时代思想变革的因素。张帆④则把二者的比较扩展到董卓、吕布、王允及貂蝉等几个主要人物形象的比较方面，只是过于简单。

（三）单篇研究

吴柏森⑤提到，以《古城记》名之刘关张三人相散于徐州，终聚于古城的戏曲有三。他对清代传奇《古城记》的作者问题加以了辨析，认为姚燮《今乐考证》"国朝院本"中"容美田一种。《古城》，为美田九峰三弄之一，与古本异"的记载有误，并且这种讹误被移植下来。如黄裳的《远山堂明曲品剧品校录》，庄一拂《古典戏曲存目汇考》，陈翔华《明清时期三国戏考略》等。他经过考证，认为容美田实乃是清代容美土司宣慰使田舜年之误。

李小红《〈鼎峙春秋〉研究综述》⑥论述的范围限定在清代宫廷大戏《鼎峙春秋》上，她以时代为线索，分别梳理了清朝时期、民国时期、建国后至 80 年代前、80 年代至今四个阶段的研究状况，认为此书的研究论著极少，成果薄弱。后来李小红又以《鼎峙春秋》⑦为研究对象写成了博士学位论文，在一定程度上弥补了此戏研究的薄弱状况。日本学界目前正在对《鼎峙春秋》进行系统研究，成果值得期待。李国帅《近代传播视野中的三国戏曲考论》⑧从传播的角度出发对三国戏曲进行考论，材料运用很不充分，推论过程也不甚严谨。除此之外，针对明清时期三国戏曲的研究非常少，只有在针对作者的研究中才会稍微涉及三国戏曲的论述，如汪道昆的《陈思王悲生洛水》、陈与郊的《文姬入塞》、尤侗的《吊琵琶》等。此类论著有代表性的是伊维德（Idema，

① 徐朔方：《王济行实系年》，《文献》，1990 年 12 月。
② 夏东锋：《元杂剧〈连环计〉与〈连环记〉之主题比较》，《太原师范学院学报》（社会科学版），2006 年第 5 期。
③ 王庆芳：《〈连环计〉杂剧与〈连环记〉传奇中貂蝉形象之比较》，《孝感学院学报》，2006 年第 4 期。
④ 张帆：《元杂剧〈连环计〉与明传奇〈连环记〉之人物比较》，《太原教育学院学报》，2010 年第 3 期。
⑤ 吴柏森：《容美田作〈古城记〉异说》，《湖北民族学院学报》（社会科学版），1996 年第 3 期。
⑥ 李小红：《〈鼎峙春秋〉研究综述》，《兰州学刊》，2008 年 2 月。
⑦ 李小红：《〈鼎峙春秋〉研究》，北京师范大学博士论文，2008 年。
⑧ 李国帅：《近代传播视野中的三国戏曲考论》，《山东省管理干部学院学报》，2009 年 3 月。

Wilt L.)《朱有燉的杂剧》①,此书中简要地论述了朱有燉创作的《义勇辞金》杂剧。项晓瑛《唐英及其戏曲创作》(华东师范大学硕士论文,2008 年)中涉及了唐英的《笳骚》。

此外,郭英德《北美地区中国古典戏曲研究博士学位论文述评》(1998—2008)②一文中提到了雷碧玮(Daphne Pi-Wei, Lei)提出"过境戏剧"(border-crossing drama)这一概念,特指元代至清代戏剧中一组以"过境"为主要情节内容的单行剧本,这些作品以汉代三位历史人物为主人公,即王昭君、蔡琰和苏武。指出这类"过境戏剧"的剧本具有处理不同民族之间跨文化冲突的特性③。可惜目前看不到这些文章,但从标题就可以看出其研究思路和内地大部分研究的出发点迥异,这种研究方式值得我们借鉴。

杨潮观的短剧在清代杂剧中非常有特色,甚至可以说代表了清代杂剧的最高成就。对于他的研究相对较多。李秋新④、马华祥⑤等人探讨了杨潮观剧作的整体成就与特色,也有部分论述了《诸葛亮夜祭泸江》等剧作。

黄燮清是清末一个比较有特色的剧作家,王卫民⑥对黄氏之九种曲都进行了评说,其中《凌波影》被冠之以"发乎情,止乎礼义",可惜仅止于比较简略的论述。

戏剧是一种综合的舞台艺术,不仅要考虑其文学本身的价值,还必须把其舞台表演的特点表现出来。脚色化是考虑戏剧表演的第一要素,在这个方面,学界研究成果也较多,如俞为民⑦的文章就论述了生旦为主脚色体制的形成主要出于"娱人"的需要。故而与元杂剧只限于正末或正旦唱有很大的不同。郭英德⑧从人物社会身份的表征、人物道德品质的表征、人物气质性格的表征三个方面论述了戏曲角色的内涵。

戏曲选集在剧目保存与表现当时舞台表演状况等方面意义重大。郑振铎早在二十世纪初期就认识到这个问题,他的长文《中国戏曲的选本》即是

① [美]伊维德(Idema, Wilt L.)著,张惠英译:《朱有燉的杂剧》,北京大学出版社,2009 年版。
② 郭英德:《北美地区中国古典戏曲研究博士学位论文述评》(1998—2008),《文艺研究》,2009 年 9 月。
③ 雷碧玮(Daphne Pi-Wei, Lei):《边境的表演:中国古代戏剧中的性别与跨文化冲突》("Performing the Borders: Gender and Intercultural Conflicts in Premodern Chinese Drama"),塔夫茨大学(Tufts University),1999。
④ 李秋新:《杨潮观历史剧的创作特色》,《青海师范大学学报》,1996 年第 1 期;《论杨潮观杂剧的人本意识》,《江苏技术师范学院学报》,2003 年第 3 期。
⑤ 马华祥:《论杨潮观杂剧的民本思想》,《河南师范大学学报》,2001 年第 2 期。
⑥ 王卫民:《黄燮清九种曲评说》,《中国戏曲学院学报》,2006 年第 1 期。
⑦ 俞为民:《论生旦为主的戏曲脚色体制的形成》,《艺术百家》,2008 年第 4 期。
⑧ 郭英德:《论戏曲角色的文化内涵》,《戏剧文学》,1999 年 9 月。

这种关注与研究的结晶。致力于整个戏曲选集的研究者,较为突出的有朱崇志,他的著作①对于戏曲选集有着比较全面而深刻的论述。单篇论文中,较为突出的有杜海军②,他主要是着眼于考察选集对于古代戏曲批评方面的补充意义,并且认为戏曲选集体现了戏曲史由雅向俗、由案头剧向场上剧的发展进程。应该说,这些都是比较精到的论述。

(四) 总体研究

陈翔华在三国戏曲方面用力颇深,也取得了非常丰硕的成果,尤其是他对于三国戏曲的剧目考证,更是引人注目。

林逢源的《三国故事剧研究》③可算作是第一部综合类的梳理,但他的梳理基本上是停留于故事本身的介绍,并且也尚有一些遗漏和缺陷。在我看来,这种层面的梳理,不仅仅是简单地将剧目和内容介绍记录下来,更应该将现知的演出情况,明清两代文人对其的评论评价的状况都记录下来,如此才能构成一个比较完整而丰富的明清三国戏曲剧目。

从上文所总结的研究综述可以看出,明清三国戏曲研究中存在的问题不在少数。具体可以概括为:

第一,明清三国戏曲的剧目详细、准确的状况究竟如何? 这点值得认真爬梳、整理。现存各种戏曲剧目著录中,对于明清三国的戏曲著录不一,且出现了一些语焉不详、遗漏缺失、错谬的现象出现。对这些加以总结、整理,有助于加深对明清三国戏曲的总体认识。

第二,明清三国戏曲与《三国演义》的关系。《三国演义》成书以后在社会上备受推崇,对明清二代的三国戏曲造成的影响不可低估,如果据此即认为,所有的明清三国戏曲都是在小说的基础上加以改编的,明清三国戏曲皆可纳入《三国演义》的传播环节进行考察,却也存在颇多可商榷之处。明清时代三国故事形态丰富多彩,各个剧本即便对同一故事的演绎也不尽相同。其中固然有剧本在《三国演义》的基础上或继承或改编或翻案;也存在一些作品故事形态与人物形象皆有别于小说的戏曲。二者关系究竟如何,这都有待于进一步的研究才能得以解决。

第三,明清三国戏曲与其他各种三国题材的文学作品(尤其是与元代三国戏)之间关系究竟如何? 考察明清三国戏曲,必须借助于现存的文本,这种文本包括全本戏,也包括明清戏曲选本中的散出。对于戏曲选本中的三

---

① 朱崇志:《中国古代戏曲选本研究》,上海古籍出版社,2004 年版。
② 杜海军:《论戏曲选集的戏曲批评与价值》,《广西师范大学学报》,2009 年第 5 期;《论戏曲选集在戏曲史研究中的独立价值》,《艺术百家》,2009 年第 4 期。
③ 林逢源:《三国故事剧研究》,台湾政治大学博士论文,1984 年。

国散出,学界关注非常少。事实上,这些散出对于厘清明清三国戏曲故事单元与元明杂剧之间的关系非常重要,并且还能真实地反映出当日哪些剧目在舞台上备受欢迎的状况,此外,对唱腔等进行考察,也可以知晓三国戏曲的一些内在流变。

第四,无论是杂剧还是传奇,都是综合性的舞台表演艺术。我们在研究时始终都不应该忽略这个特点。历史人物的脚色化、历史叙事的场景化,严肃题材与戏曲本身戏谑化之间所产生的艺术张力,都是非常值得探讨的问题。这些在以往的研究中也关注得不够,应该且有必要去深入挖掘。

第五,人物形象是以往研究中备受关注的,但受研究视域的限制,很多学者把人物研究停留在史实与小说的对比方面,而忽略了戏曲这个大的环节。事实上,《三国演义》很多人物形象的形成,明显受到了元代三国戏甚至明代三国戏曲的影响。明清三国戏曲与元代三国戏之间,人物形象也不尽相同。三者之间关系究竟如何,也必须建立在文本阅读的基础之上。将诸葛亮、张飞等人物形象的考察,放在史传、戏曲、小说这个立体的空间中去考察,会有一些意想不到的收获,也能够更为深刻地洞悉人物形象的演变过程。

三、研究思路及章节设置

本文第一章概述明清三国戏曲的基本情况,交代清楚本文所谓"明清三国戏曲"的范围以及数量。根据古今戏曲著录,三国戏曲的数量比较庞大,只是散佚较多,这的确是一种遗憾,也使得明清三国戏曲的研究成果一直不甚可观。源于此,本文对明清三国戏曲的梳理与分析才显得尤为必要。因为戏曲本身的特点,明清三国戏曲与元杂剧、平话、小说均不相同,它的题材特点较另外几种有着比较明显的差异。"蜀汉中心"的思想由来已久,但在三国戏曲中表现得尤为突出,刘关张桃园结义至刘备西川称帝的过程是多种明清三国戏曲敷衍的重点,只是各自在描写的侧重点及表现形式上存在一些不同。现存戏曲目录著述中,或多或少都存在着一些问题,本文从语焉不详、遗漏疏忽与错谬三个层面梳理了这些问题,以求得一个尽量真实客观的明清三国戏曲目录。戏曲是一个宽泛的概念,三国戏曲在北曲杂剧中非常兴盛,明代以弋阳腔为载体的三国戏曲创作也较为活跃,到昆腔一统天下之时,因为唱腔与三国题材之间的不协调性,导致三国戏曲出现了一定程度上的衰微。但戏曲选本中的三国戏曲散出说明了此时剧坛三国戏曲的演出丝毫未见减弱。当以弋阳腔为基础的京剧占据主导地位之时,三国戏曲重新兴盛,并达到顶峰,无论是在宫廷还是民间,无论是从数量还是受欢迎程度,三国题材的戏曲都堪称翘楚。杂剧方面,从北曲至南曲,三国戏曲的变化不甚明显。

第二章从宏观上考察明清三国戏曲的文化旨趣与性别意识之别。通过考察可以看出,虽然清代三国戏曲的数量远超过明代三国戏曲,但在故事形态上并无太大推进,不管是宫廷大戏《鼎峙春秋》还是为数众多的花部戏,或者晚清昆曲京剧,要么是沿袭元代三国戏曲,要么源自《三国演义》。本文将三国戏曲按照题材特征划分为按稗演绎与借杯浇愤两种,选择文人之笔与民间之趣,英雄之论与闺阁之音两组概念作为切入点,力图揭示明清三国戏曲的特点。

第三章是对三国戏曲历史框架与情感脉络的梳理。与其他三国题材的文学表现方式一样,明清三国戏曲也致力于建构“蜀汉中心”的“历史”框架,这种建构有其一致性,如以刘备、诸葛亮等人为故事的主角,将大部分的叙事重心放在蜀汉集团的事迹反映上。但与其他文学样式相对有差别的是,明清三国戏曲更多的是以贬低东吴集团的代价来拔高、宣扬蜀汉集团。与小说相比,三国戏曲受到历史叙事的限制相对更小一些,也更为清晰地反映了民间的声音与情绪。明清三国戏曲多次利用转世的方式来实现因果报应的叙述。这种转世的思维方式甚至无所不在。转世最主要的对应方式有两种,一个是西汉初年与三国相对接,另外一个则是曹操的身后报应。与转世相类似的是翻案补恨主题,诸葛亮完成了兴复大汉的伟业,灭魏吞吴,令众多追求大团圆结局的观众直呼痛快。历史剧毕竟是现实的投影,在三国戏曲中也有着比较显著的现实色彩,主要是体现在明末党争,修史等问题的反映上。

第四章是侧重于论述明清三国戏曲的脚色、场景和戏谑。脚色化可称得上是中国戏曲最为基础的一个特点,如何让有限的剧场角色来扮演众多的历史人物,哪些角色扮演哪些历史人物,这都是戏曲本身所必须面对的问题。角色本身所蕴含的社会身份、道德品质、气质等特点也都相应地与历史人物相对应。戏曲叙事的另外一个特点是场景化。戏曲演出需要借助舞台,舞台本身就是一种场景,这几乎是戏曲的本质属性之一,三国戏曲有其题材方面的独特性,本书拈出戏曲中的宴会描写与战争描写作为对象来分析。三国题材是严肃的,但在描写时却多有戏谑元素,看似处于两个极端的追求如何融洽地存在于同一种文本之中,是非常有意思的问题。考察明清三国戏曲文本,可以看出,主要是借助于题材内容的选择与角色的功能来实现这种艺术张力的。

第五章是赤壁战役的书面呈现与场上表演。很多剧目都围绕着赤壁大战展开。作为戏曲的文本与作为小说的文本从故事形态、表达方式、关注重心等各种角度均不相同。赤壁大战的故事形成,经历了一个逐层建构的过程①。从史传中名不见经传的普通战役,到几乎决定三国格局的重大战役,赤壁战役实现了质变。这个过程并非是一蹴而就的,是通过各个具体的细节描述的变异逐渐建构的。在这个演变的过程中,周瑜的作用在弱化,他虽然依旧处于事件最中心的位置,但却逐渐从描述的重点转向了陪衬,成为了诸葛亮智谋与关羽等人神勇的一种背景。利用戏曲本身的特性,"尊刘贬周"的情绪得以痛快淋漓的释放。本书从三顾茅庐、长坂坡之战、舌战群儒、河梁会、借东风、碧莲会、华容释曹等故事单元具体分析了赤壁战役的演变与建构。

第六章是诸葛亮、张飞、曹操的不同面相。诸葛亮是明清三国戏曲中的第一主角,不同文本构成了不同侧面的诸葛亮形象,简要而论,大致可以以道士、谋士、贤士和隐士来概括。张飞在明清三国戏曲中虽然已经不如元杂剧那般出色,但张飞形象中的莽撞率真、敬重贤士、粗中有细的特征很是明显。曹操的形象虽然历来为学界所关注,但明清三国戏曲中通过身后报的方式完成对曹操形象的丑化是较为特殊的,本书拟关注这些迥异于史传、小说的特点,深入剖析曹操的形象。

第七章属于传播研究,考察明清戏曲选本中的三国戏曲。本书梳理了三国戏曲在选本中的基本状况,从单曲、单出、单剧三种选本对三国戏曲的收录情况进行了梳理和统计。戏曲选本在保存三国戏方面的文献价值有着显著的作用,文中梳理了至少六种以上依靠选本而得以保存的剧目,并且选本对于戏曲本身的存在状况的考察,文本的异变等有不可忽视的作用。与之同时,通过表格形式可以比较清晰地看出明清时期三国戏曲的哪些故事单元是较为受欢迎的,这不仅是从文学成就的高低角度而言,更为显著的,则是反映了当时舞台演出的一种基本状况。

附录是明清三国戏曲剧目概览,详细地考察了明代传奇、杂剧,清代传奇、杂剧中的三国剧目。附录既综合利用各家戏曲目录著作的成果,又包含着一些笔者自己的考辨。

---

① 顾颉刚研究"孟姜女故事的转变",就是从其原初形态开始考察,沿着历史的轨迹,对这个故事的人物关系、时代背景、核心情节等的一系列变化作了出色的描述,以此作为他的"层累地造成的中国古史"观的一个旁证。董上德的《古代戏曲小说叙事研究》(广东高等教育出版社,2007年版)中第七章"故事的逐层建构:以岳飞故事为例"也借鉴了这种研究方式。本章亦欲借鉴此术语与研究方式对赤壁大战故事的最终形成进行梳理考察。

第一章　明清三国戏曲概观

　　明清三国戏曲是三国题材文学作品中的重要组成部分。以什么样的标准来定义明清三国戏曲,它的起点与终点如何界定,这些都会在一定程度上影响着明清二国戏曲的概貌。《曲海总目提要》《古典戏曲存目汇考》等各种戏曲目录著作对考察明清三国戏曲的总体状况大有裨益,但也存在疏忽遗漏、语焉不详,甚至错谬之处。各种著作著录的三国戏曲数量并不完全相同,本章综合各类著述,在对概念进行厘清的基础上,确定明清三国戏曲的数量。考察明清三国戏曲,《三国演义》是不能绕开的话题,二者之间究竟关系如何,明清三国戏曲的存在具有什么样的价值,明清三国戏曲的文体、剧种分别是什么,在明清两代有无发生变化,这些都是值得探讨的话题。本章试图解决这些问题。

第一节　明清三国戏曲的范围与数量

一、本文所涉及的三国戏曲范围与数量

　　"魏文帝黄初元年到晋武帝太康元年(公元 220——280),是中国历史上魏、蜀、吴三国鼎立的时期。"[①]这是陈寿《三国志》叙述的三国历史。但本文并不完全以这个时间为叙述的起点与终点。原因很简单,倘若以公元220 年为起点,则蔡邕(133—192)、董卓(？—192)、孔融(153—208)、孙坚(155—191)、孙策(175—200)等人均不能进入叙述的视野,曹操(155—220)也只能勉强纳入这个叙事体系,这显然不是我们惯常定义的三国时代。讨论三国戏曲,《三国演义》永远都不应该被忽略。小说第一回从历史大势开始叙及,这自然不是时间的界限,而更多是一种叙述策略。建宁二年(公元

---

① 　(晋)陈寿撰,(宋)裴松之注:《三国志》之"出版说明",中华书局,2005 年版。

169)距离《三国志》所谓的三国时代亦有几十年。无疑,这些是进入正文论述前的一种铺垫。我认为,从刘备开始出现作为本文时间的起点相对较为合适。理由有二:一者在于刘备是三国时代最为重要的人物之一;二者在于这是"蜀汉中心"历史框架的最好凸显,与明清三国戏曲的情感取向和时间分布均相吻合。《三国演义》第一回中对此有明确的时间注释:"及刘焉发榜招军时,玄德年已二十八岁矣"。刘备生于公元161年,则此年乃为公元189年。以此年作为三国戏曲的时间起点,董卓、蔡邕、孔融等人皆可以纳入论述的范围。本文不完全拘泥于《三国演义》的范围,换言之,倘若时间处于三国范围之内,而小说中未及提到的人物,亦在本文的考虑范围之列。现存明清戏曲中,王祥(185—269)、荀奉倩(209?—238?)、阮籍(210—263)、嵇康(224—263)四人生活的时代均处于《三国志》的叙述时间之内,故而亦纳入本文的考察范围。周处(238—299)一生的大多数时间亦处于三国时代,应该注意的是,以周处为叙述对象的剧目所涉及的事情,皆为周处除三害及改过自新,清初传奇《双瑞记》中叙及,"……入水斩蛟,复登山射虎而毙之,归见母恸哭,追悔其已往。而令狗徒奉其母,请出从云学,时年已五十矣。"①说明其大多数事迹皆处于西晋时代。故而涉及周处之剧目,本文亦将其列入"附录",但不对其进行详细论述。

　　"附录"所涉及的三国剧目,最早的当为朱权(1378—1448)与朱有燉(1379—1439)的作品。朱权《豫章三害》乃记载周处之事,已经亡佚,固然不在本文的论述范围。朱有燉之《关云长义勇辞金》更多的是作为本文论述的背景材料出现的。元明之际,有很多三国杂剧无法确定准确的写作年代,以往也多被纳入元杂剧的论述范围,比如《寿亭侯怒斩关平》《刘关张桃园三结义》等等。本书亦不涉及此类杂剧的论述,依旧是将其作为考察三国戏曲流变过程中的一环来考察。"明代三国传奇"中,《连环记》或作于1522年,在能够确定时间的剧作里,这是最早的。《古城记》《草庐记》《三国记》《兴刘记》《桃园记》等,与《连环记》一样,在《词林一枝》《八能奏锦》《大明春》《乐府玉树英》《群音类选》等戏曲选本都被收入"戏文"一类,与高明《琵琶记》等同列。说它们的成书年代相类似固然不准确,但万历间诸戏曲选本中已见《三国记》等三国戏文,所以这些剧作作于明代万历年间之前,是完全可以确定的。至于具体到什么时间,依照现有的资料,无法确定。这里还牵涉到所谓"戏文"与"传奇"之定义与区别。从元代至明初,南方流行的长篇戏曲,或称"戏文",或称"南戏",或称"南戏文""南曲戏文",或称"传奇",并无固定的名

---

① 郑振铎主编:《古本戏曲丛刊五集·双瑞记》,上海古籍出版社,1986年版。

称。这点多有人论及,本书不再赘述。戏曲选本中明确把"戏文"与"传奇"分成两种,说明后者的形式、声腔与前者颇有差异。毫无疑问,列入"戏文"之《连环记》《古城记》种种,时间上应该早于标为《昙花记》等之"传奇"。《中国大百科全书·戏曲曲艺卷》"明清传奇与杂剧"条写道:

> 传奇是南戏系统各种剧本的总称。明清传奇指当时活跃在舞台上的海盐、余姚、弋阳、昆山等声腔及由它们演变的诸腔演出的剧本。[①]

为了论述之方便,本书所谓"传奇",亦取此较为宽泛的概念,而不限定为以昆腔演唱的剧本。由此,将本书论述的上限描述为明代中前期大致是准确的。

清代三国戏曲的情况较之明代更为复杂。以 2018 年复旦大学出版社出版之《三国戏曲集成》来看,清代卷即分成了"清代杂剧传奇卷(上)""清代杂剧传奇卷(下)""清代花部卷""晚清昆曲京剧卷"三卷四本,篇幅之鸿富远超元代与明代。根据当时剧种类型分析,这套丛书收录的并不是清代三国戏曲的全貌。但瑕不掩瑜,尤其是从数量上来说,这套丛书毫无疑问是目前收录清代三国戏曲最为丰富的,本书以这些文本为分析立论的基础。

按照上述取舍标准及时间概念,本书所涉的剧目数量及类型如下:

1. 明代传奇总共有 32 种。其中存本有《连环记》《古城记》《草庐记》《锦囊记》《青虹啸》《七胜记》《义烈记》等 7 种[②],《义烈记》有残缺。存一出或数出者有《桃园记》《青梅记》《单刀记》《四郡记》《赤壁记》《五关记》《结义记》《十孝记》等 8 种[③]。其中,《十孝记》残存于明代戏曲选本《群音类选》,其中第七剧"王祥卧冰"与第十剧"徐庶见母",皆为三国故事。其余的 17 种传奇则完全亡佚。

明代传奇中,《猇亭记》,《古典戏曲存目汇考》谓"疑演三国蜀汉刘备伐

---

① 中国大百科全书总编辑委员会编:《中国大百科全书》,中国大百科全书出版社,2002 年版,第 256 页。

② 胡世厚主编的《三国戏曲集成·明代卷》传奇之"今存剧本"中有徐文昭辑《三国志大全》,是对当时南戏舞台上传演三国戏文的摘录,本书不纳入存本之统计范围。

③ 胡世厚主编的《三国戏曲集成·明代卷》传奇之今存残本中有《草庐记》,有"甘糜游宫""舌战群儒""黄鹤楼宴""玄德合卺"四个部分(其解题中误写成三部分)。但与明代无名氏撰之存本《草庐记》比勘即可看出,这四部分即完全辑录于此,只是去掉了宾白部分。我们认为这个不能重复计算,故不纳入残本范围。相似情况也出现在《古城记》中,"关云长闻讣权降"与存本《古城记》有很多交叉之处,"关云长秉烛达旦"则完全取自存本《古城记》,亦不纳入残本范围。《连环记》的情况更是明了,本身即是《群音类选》从王济《连环记》中辑录而出。此外,残存《三国记》有"张飞私奔范阳""关云长训子""鲁肃计求乔公"三部分,《三国戏曲集成》处理为三种不同的文本,本书认为应该算作一种。

吴事"，暂且存疑。《五关记》，明代黄文华编选《八能奏锦》卷一下层有残缺的"云长霸桥钱别"，正文作"曹操霸桥钱别"，题目标注为《五关记》，未见于任何著录。《结义记》，明代程万里编选《大明春》卷六上层有"云长训子"，剧目标注为《结义记》，亦未见于任何著录，二剧均存疑。另据清代昭梿、俞樾等人的记载，元明间尚有《西川图》传奇，亦未见于任何著录。

2. 明代杂剧有17种。其中存本有《关云长义勇辞金》《狂鼓史渔阳三弄》《陈思王悲生洛水》《庆冬至共享太平宴》《文姬入塞》等5种。《诸葛平蜀》存一折。亡佚者有《铜雀春深》《关岳交代》《竹林小记》等11种。

3. 清代传奇有26种。其中存本有《补天记》《双瑞记》《续琵琶》《鼎峙春秋》《南阳乐》《祭风台》《西川图》《世外欢》《琵琶重光记》、维庵居士《三国志》等10种①。此外，《锦绣图》存四出，清无名氏"词曲劣"本《古城记》存佚不详，《平蛮图》②存三十二出，《黄鹤楼》存二折。《双和合》《贤星聚》存残本。《小桃园》《铜雀台》《七步吟》等10种皆亡佚。

4. 清代杂剧总共20种。《鹦鹉洲》《大转轮》《阮步兵邻庙啼红》《吊琵琶》《鞭督邮》《愤司马梦里骂阎罗》《笳骚》《穷阮籍醉骂财神》《诸葛亮夜祭泸江》《丞相亮祚绵东汉》《真情种远觅返魂香》《凌波影》《祭泸江》《耒阳判事》《中郎女》等15种杂剧皆存。《反西凉》③存佚待考。《耒阳判》④《骂东风》《梅花三弄》《三分案》《单刀》等5种佚失。

其中万树撰《骂东风》所叙事件存疑，未知是否为记述三国事件的作品。明代马佶人《借东风》传奇，《三国志平话》及《三国演义》中均叙及诸葛亮借东风一事，此剧是否乃反其事而用之，为曹操骂东风？亦未可知，存疑。许名嵩撰《梅花三弄》，郑振铎《劫中得书读记》"陶然亭"条下云："写范少波、蔡中郎、陈季常事"，未知其中写蔡邕者所叙何事，存疑。

"花雅之争"是清代剧坛特别值得关注之事，清代三国戏除了上述杂剧、传奇外，还有数量众多的花部戏。以胡世厚主编《三国戏曲集成》为例，其书第四卷共收录清代三国花部戏有88种。

---

① 胡世厚主编的《三国戏曲集成·清代杂剧传奇卷》（上）有存本传奇《樊榭记》，按"解题"所言，剧写三国时期邧人刘刚及妻樊氏之故事。因不好判断刘刚属于三国哪个时期，且所叙故事与通行三国故事形态没有交叉，故本书不取。

② 吴晓铃藏本《平蛮图》是全本，共有八本，128出。包括"七擒孟获"与"五出祁山"。国家图书馆藏有影印本，收录于《绥中吴氏藏抄本稿本戏曲丛刊》（学苑出版社，2004年版）。

③ 《古本戏曲剧目提要》谓"该剧版本有清抄本，一册"，但笔者未曾见到。

④ 《古本戏曲剧目提要》谓"该剧今有缀玉轩藏清抄本"，"缀玉轩"曲集见于《古本戏曲丛刊五集》，标为"四大庆"，遍查此本，未曾找到《耒阳判》的任何痕迹。此外，傅惜华有《缀玉轩藏曲志》，亦未见《耒阳判》相关之内容，不知何故。本书姑且以佚失处理。无法确定其与无名氏《耒阳判事》是否为同一剧。

时至晚清(1840—1911),"花雅之争"已暂告一段落,以京剧为代表的花部取代了昆曲的主导地位,但是这并不意味着昆曲已经完全消歇甚至退出历史舞台,其仍然在衰落中顽强抗争。依《三国戏曲集成》第五卷"晚清昆曲京剧卷"所记,共有三国戏曲 77 种,其中昆曲 30 种,京剧 47 种。陶君起先生在《京剧剧目初探》①一书中梳理了三国故事戏共 155 种,除了《孔雀东南飞》与三国故事无关外,其余 154 种均为典型的三国戏曲。数量繁多,故事形态丰富多样。在每个剧目梳理的基础上,陶君起指出了其他各种地方戏是否有同名作品,较为突出者,如川剧有 83 种,秦腔 72 种,徽剧 43 种。需要指出的是,《三国戏曲集成》中收录的剧目应该并不完整,《京剧剧目初探》中收录也未必完整,且收录时间下限已经逸出了本书搜集之范围。值得关注的是,包海英博士论文《京剧三国戏研究》②对 1840 年以来的京剧三国戏进行了系统的梳理与分析,足资借鉴。他将三国戏曲分为京剧形成时期(1840—1880),共收三国戏曲四十八出,京剧成熟时期(1880—1917),文章引用《绥中吴氏藏抄本稿本戏曲丛刊》的松鹤斋主抄本的不分卷《戏目》,其中三国戏有五十六出。应该说,统计口径不同,采录原则有异,就势必会影响最终的结果,尤其是有些剧作无法判断成书年份,更是给统计工作带来困扰。我们只需要清楚,无论是哪种统计口径,京剧三国戏一定是特别可观的存在。戏谚有言:"唐三千、宋八百,演不尽的三、列国","无三不成班,烂三要饿饭,三国铁门槛,翻过道路宽"。这些说法都足以证明京剧三国戏的数量之多及地位之重要。

胡世厚主编之《三国戏曲集成》第七卷为《山西地方戏卷》,本卷:

收录山西地方戏之三国戏剧共 61 种,所属各剧种分列如下:

晋剧 39 种,蒲剧 14 种,眉户 3 种,铙鼓杂戏 2 种,北路梆子 2 种,上党梆子 1 种。③

近年来,国家对民间传统曲目的保护与发掘工作更是上了一个台阶,催生了一批重大成果。如顾善忠主编之《明清秦腔传统曲目抄本汇编》④有煌煌 17 卷之多,只是,其中仅仅收录 3 种三国戏曲,分别是第 12 卷《下宛城》,第 14 卷《大报仇》,第 15 卷《瓦口关》颇是让人意外。朱恒夫主编之《中国傩戏剧本集成》⑤规模更是宏大,可惜也只收录 2 种三国戏曲,分别是《贵州傩

---

① 陶君起编著:《京剧剧目初探》(增订本),中国戏剧出版社,1963 年版。
② 包海英:《京剧三国戏研究》,南京大学 2007 年博士学位论文。
③ 胡世厚主编:《三国戏曲集成》(第七卷),复旦大学出版社,2018 年版,前言第 9 页。
④ 顾善忠主编:《明清秦腔传统曲目抄本汇编》,读者出版传媒股份有限公司、敦煌文艺出版社,2016 年版。
⑤ 朱恒夫主编:《中国傩戏剧本集成》,上海大学出版社,2016 年版。

戏》中《花关索》和《江淮神书·六合香火戏》(二)之《三国志(十献酒)》。

二、明清三国戏曲的题材特点

从大的层面来考虑,可以把明清三国剧目分成两种:一种为故事情节、人物形象敷衍、发挥元代三国戏曲、《三国志平话》《三国演义》者,它们多以刘关张、诸葛亮等为主要人物,且以蜀汉集团的成长、壮大及灭亡等为主要叙述事件的;或者对通行三国事件既有结局的翻案补恨者。另一种则为元代三国戏曲、《三国志平话》《三国演义》中稍微提及,甚至完全不见于既有小说、戏曲的人物及其事件。前者如蔡文姬、曹植、祢衡等人的故事,后者如嵇康、阮籍、孔融之子等人的故事。具体分布如下表:

时代	敷衍、发挥元代三国戏曲、《三国志平话》《三国演义》者	与元代三国戏曲、《三国志平话》《三国演义》关系不紧密者	备　注
明代传奇	《连环记》《古城记》《桃园记》《草庐记》《青梅记》《报主记》《保主记》《青虹啸》《锦囊记》、★《双忠孝》《借东风》《荆州记》《单刀记》《射鹿记》《四郡记》《试剑记》(两本)、《猇亭记》《赤壁记》《五关记》《结义记》《十孝记》《七胜记》	《风云记》《蛟虎记》《跃剑记》《义烈记》《胡笳记》《玉佩记》《二桥记》、★《双星记》《续缘记》	《双忠孝》写关兴、张苞从先主伐吴为父报仇。《双星记》以杜预为牛星降生,关羽欲其以魏国灭吴。
明代杂剧	《义勇辞金》《茅庐》《庆冬至共享太平宴》《黄鹤楼》《碧莲会》《诸葛平蜀》	《豫章三害》、★《狂鼓史》《陈思王悲生洛水》《文姬入塞》《祢正平》《女豪杰》《关岳交代》《竹林小记》《竹林胜集》《铜雀春深》《胡笳十八拍》、★《鹦鹉洲》	《狂鼓史》《鹦鹉洲》虽然都写祢衡,但明显是作者借他人酒杯浇心中块垒。
清代传奇	★《小桃园》《补天记》《龙凤衫》《续琵琶》《锦绣图》《八阵图》《斩五将》《鼎峙春秋》《南阳乐》《古城记》(田九峰)、《青钢啸》《古城记》(词曲劣本)、《祭风台》《平蛮图》、《黄鹤楼》《西川图》《三国志》	《铜雀台》《双瑞记》《三虎赚》《蔡文姬归汉》《双和合》《世外欢》《琵琶重光记》《贤星聚》、★《七步吟》	《小桃园》写蜀汉后代起兵破晋兴赵事,可视为《三国演义》翻案泄愤类。《七步吟》描写曹植与曹丕事。但曹植其余剧目均在第二类中,此处权且安置第二类。

时代	敷衍、发挥元代三国戏曲、《三国志平话》、《三国演义》者	与元代三国戏曲、《三国志平话》、《三国演义》关系不紧密者	备　注
清代杂剧	★《大转轮》《鞭督邮》《诸葛亮夜祭泸江》《丞相亮祚绵东汉》《祭泸江》《单刀》《耒阳判》《耒阳判事》《反西凉》	《阮步兵邻庙啼红》《吊琵琶》《愤司马梦里骂阎罗》《骂东风》《笛骚》《梅花三弄》《穷阮籍醉骂财神》《真情种远觅返魂香》《凌波影》《中郎女》《三分案》	《大转轮》虽然只有第三折具体叙及三国人物转世,然而具体详尽,可作三国历史人物的另类观照。

从上表中可以看出,传奇作品与通行三国素材的关系更为密切,与元代三国戏曲、《三国志平话》、《三国演义》相似的题材尤见众多。而杂剧作品中关涉三国时代其他人物事件的描写更多。

第一,与元代三国戏曲、《三国志平话》、《三国演义》密切相关的剧目中,描写最多的是从刘关张结义至刘备占领西川,完成称帝大业止的这一段历史,当然,也有一些描写诸葛亮南征孟获与六出祁山的事情。因为传奇的内容涵盖量比较大,情节跨度相应比较长,而大部分剧作已经亡佚,我们无法准确知晓其内容的起始点与终结点,只能从剧目本身做出一种比较粗浅的判断。

按照剧作所叙事件时间的先后顺序,三国戏曲中涉及的故事主要集中在以下12个单元:①桃园结义②虎牢关③连环计④五关斩将及古城聚义⑤三顾茅庐⑥博望坡⑦赤壁之战⑧三气周瑜⑨征西蜀⑩单刀会⑪南征孟获⑫六出祁山。

① 桃园结义:《桃园记》(明)、《桃园记》(清)、《结义记》《新编三国志传奇》

② 虎牢关:《新编三国志传奇》

③ 连环计:《连环记》

④ 五关斩将及古城聚义:《关云长义勇辞金》《古城记》《桃园记》《五关记》《古城记》(清无名氏)、《古城记》(容美田)《新编三国志传奇》

⑤ 三顾茅庐:《草庐记》《茅庐》《锦绣图》《新编三国志传奇》

⑥ 博望坡:《草庐记》《报主记》《保主记》《锦绣图》《西川图》《新编三国志传奇》

⑦ 赤壁之战:《草庐记》《三国记》《锦囊记》《借东风》《赤壁记》《祭风台》《铜雀春深》《新编三国志传奇》

⑧ 三气周瑜:《草庐记》《东吴记》《黄鹤楼》《碧莲会》《试剑记》(长啸山人本)《试剑记》(无名氏本)《西川图》

⑨ 征西蜀:《草庐记》

⑩ 单刀会:《关云长训子》《鲁肃请计乔公》《单刀记》《四郡记》《荆州记》《补天记》《新编三国志传奇》

⑪ 南征孟获:《诸葛平蜀》《兴刘记》《诸葛亮夜祭泸江》《祭泸江》《平蛮图》(两种)

⑫ 六出祁山:《南阳乐》《平蛮图》(吴晓铃藏本)、《斩五将》《丞相亮祚绵东汉》

此外,《青梅记》《射鹿记》按残出及剧目,大致可以判断应该为刘关张在许昌期间之事,其中有曹操许田射鹿,青梅煮酒论英雄等重点描写。《反西凉》《青钢啸》则以马超为主,以其归顺刘备作结。《虢亭记》《八阵图》当为刘备与东吴的夷陵大战及之后诸葛亮设计的八阵图困住陆逊等事。

《丞相亮祚绵东汉》《南阳乐》《小桃园》《青虹啸》《补天记》《新编三国志传奇》《龙凤衫》等为翻案补恨之作。

徐文昭辑录《三国志大全》,将当时南戏舞台上传演的三国戏文摘录在一起,从桃园结义开始讲述,一直到单刀会结束,所涵盖内容较为丰富,因为仅剩不完整唱段,故没有纳入故事单元的统计范围。《鼎峙春秋》是所有三国故事中内容含量最为丰富的,包含蜀汉的故事尤其完整。除了未演计救刘琦、智取汉中、安居平五路、夜祭泸水、蜀汉亡国外,《三国演义》中的蜀汉故事几乎均囊括其中,且情节发展脉络与小说大体一致。《庆冬至共享太平宴》的故事形态与《三国演义》有些许相似之处,更多是庆贺升平之作,不纳入上述体系。

《三国演义》的主要矛盾乃是刘备为代表的仁政与曹操为代表的暴政之间的矛盾,刘备等人的性格大多数是在与曹操的对比中完成塑造的。综观小说,刘备所追求的兴汉大业,最大的阻力与威胁无疑来自曹魏。故而,从刘备建立基业之前的奋斗历程,到刘备与曹操的相持,然后再到诸葛亮六出祁山、姜维九伐中原等情节,均是表现二者之间的对抗,几乎所有的意义都在这种对抗过程中得以完成。与《三国演义》不同的是,明清三国戏曲固然也有表现刘备与曹操的对抗的剧目,却更多是渲染蜀汉集团与孙吴集团之间的合作与矛盾,尤其是表现二者之间的斗智斗勇。明清三国戏曲中,刘备集团与曹操之间的矛盾,有两个比较重要的叙事单元,一个即是以表现关羽千古忠义的"千里独行",但这个环节对于曹操的贬低谴责的情况并不多见。一个是赤壁战役前后的反复渲染与多层次描写,这种描写中曹操的戏份几乎无足轻重,重点也在于表现刘备集团与孙权集团之间的斗争,尤其是凸显刘备、关羽、诸葛亮与周瑜之间的斗智斗勇,当然,无一例外的结果都是以刘备集团的获胜而告终。

明清时代,多有对东吴的贬斥、憎恶态度更甚于魏国者①。最根本的原因应该在于吴国趁关羽北伐之时攻取荆州,导致关羽父子殒命,且孙刘联盟就此破灭,从而使得魏国(西晋)一统天下从可能变成现实。以谴责的态度出之,应该与关羽的崇拜日趋隆盛有关,这种崇拜在民间表现得尤其突出。明清戏曲作品顺应这种社会氛围,大量出现了表现孙刘矛盾的剧作,这些剧作中,对周瑜多有贬低与嘲弄。同时,也出现了大量单独表现关羽在荆州时期的剧作,尤其是"单刀会"的情节,应该说,都是这种社会大环境下的产物。京剧中有《临江会》,描写内容乃赤壁战役期间周瑜心忌刘备,设计诓刘过江,设伏欲加害。关羽随护,周瑜不敢动,刘备得安然返回。《三国演义》第四十五回有这种描写,但明代传奇《桃园记》等描写得更为活泼生动具体,也就是所谓"河梁会"的故事单元,京剧应该是改编自此情节。据陶君起论说,此剧过去因尊关羽为神,以张飞代替,后来遂有"红演""黑演"之分②,足见关羽崇拜之甚。

与赤壁战役、单刀赴会鼎足而三的,是诸葛亮的征蛮故事。这点在《三国演义》中也有重点表现,但二者之间因为文体的不同也表现出了非常多的相异之处。如明传奇《七胜记》,虽然具体的战争过程多沿袭自《三国演义》,寡然无味,然而戏曲本身的特性还是显露无遗。尤其是第三出"修造兵器"等,利用净角、丑角的插科打诨,制造强烈的喜剧效果。另外,此剧中还多有诸葛亮与其二位夫人的对话,以及其夫人对于诸葛亮的闺思描写,显然也是完全不同于《三国演义》的。清代杂剧《夜祭泸江》中反映了比较强烈的谴责战争的情感倾向以及要求抚恤战死者的呼声,也是小说中未曾涉及之领域。

第二,与元代三国戏、《三国志平话》、《三国演义》关系不甚紧密的剧目中,作为叙述中心的人物有:蔡文姬(《胡笳记》《文姬入塞》《胡笳十八拍》《续

---

① 明代江用世《史评小品》"吕蒙国间一则"中云:"千古之汉贼,千古之小人,险人、不肖人、无行人。其华歆、吕蒙是也乎。故董卓之罪小,而曹操之罪大。曹操之罪小,而孙权之罪大。则华歆、吕蒙成之也。……歆其无复名简,荡尽廉耻娼优之至贱者也……然则何以操之罪小而权之罪大? 曰:譬之盗之入人家,操盗也,权诡杀家之人以藉盗者也。"明代侯加地《谒解州庙》:"章乡先殒绝,千载恨吴儿。"(《关帝志》卷四艺文下)清代钱澄之《田园杂诗》(《明遗民诗》卷四)中的"老叟"也表现出了这种思想倾向:"邻舍有老叟,念我终岁劳。……老叟自喜饮,三杯兴亦豪。纵谈三国事,大骂孙与曹。吕蒙尤切齿,恨不挥以刀。惜哉诸葛亮,六出计犹高。身殒功不就,言之气郁陶。嗟此异代愤,叟毋太牢骚。"

② 陶君起编著:《京剧剧目初探》,中华书局,2008年版,第66页。清代皮黄戏《博望坡》第八本第六场便是张飞保护着刘备赴宴。

琵琶》《蔡文姬归汉》《吊琵琶》《笳骚》《中郎女》），蔡邕（《琵琶重光记》《梅花三弄》），曹植（《续缘记》《陈思王悲生洛水》《七步吟》《凌波影》），祢衡（《狂鼓史渔阳三弄》《祢正平》《鹦鹉洲》），周处（《风云记》《蛟虎记》《跃剑记》《豫章三害》），王祥（《王祥卧冰》），徐庶（《玉佩记》《徐庶见母》），阮籍（《阮步兵邻庙啼红》《穷阮籍醉骂财神》），稽康（《竹林小记》），蔡琰（《世外欢》），荀奉倩（《真情种远觅返魂香》），孔融及其子（《双和合》《义烈记》），竹林七贤及其后人（《竹林胜集》《贤星聚》），曹操①（《三虎赚》《铜雀台》《铜雀春深》《骂东风》），大小乔（《二桥记》）等人。此外，尚有表现司马貌及用因果逻辑揭示三国局面的《愤司马梦里骂阎罗》《三分案》等。表现转世主题的则有《关岳交代》，事涉悠谬灵怪的有《双星记》。

从剧目分布上可以看出，表现蔡文姬的题材最多，达到 8 种；次之则为曹植、曹操、周处，各有 4 种；再次之则为祢衡，有 3 种；其余的则比较分散，不一一列举。综观这些剧目所涉及的人物，多半为文人。蔡文姬，东汉末年动乱，被左贤王掳至匈奴，后来被曹操赎回，她与王昭君既有遭际方面的相似性，然而她的结局又与昭君形成了对比的效果，后世文人有较多发挥的空间。加上蔡文姬有作品传世，在南山逸史《中郎女》等剧作中，曹操赎回蔡文姬本身的目的，即在于让蔡文姬修史，故而文化意味也非常浓郁。曹植与甄妃的感情纠葛，"铜雀台"所蕴含的风月色彩，祢衡的傲气，阮籍的痛苦，荀奉倩的执着真情等等，均为剧作叙写事件、抒发情感提供了绝佳的载体。

剧目内容的分布其实反映出了传奇与杂剧的一些区别。在传奇作品中，作者更多在于注意如何将故事叙述得精彩动人、曲折多姿，从而让观众在阅读、观看过程中得到愉悦感与丰富的情感体验，也就更加吻合对于"奇"的追求。而在杂剧中，作者更多在于重视一种"情"的宣泄与传递，但究竟是历史人物本身所具有的某种情感还是作者"借他人酒杯浇胸中块垒"，这是不甚重要的。正是因为三国传奇与杂剧在创作动机、总体美学追求上的不同，导致了我们现在所看到的基本情形：传奇作品中，与《三国演义》相近的素材更多，因为有三国故事本身在，作品受欢迎的基础已经奠定，且传奇作品本身比较注重对舞台效果的追求，故而传播范围更为广泛，也更加受到观众或一般读者的欢迎；杂剧中更多乃是文人案头之作，比较明显地表现了作者的思绪情感，如《穷阮籍醉骂财神》就是作者在狱中的情感真实写照。这

---

① 虽然这些剧作都与曹操有关，但事情与《三国演义》中所述者均有非常大的差异，《三虎赚》中曹操形象及事迹更多出于杜撰，《三国演义》中虽然也提及"铜雀台"，但表现的为风云气，如众武将比试射术，众文臣歌颂曹操功德。而在与"铜雀台"有关的戏曲中，似乎更多在于表现风月情方面。故而亦纳入第二类。

种特点也决定了三国杂剧是不甚适合在舞台演出的,尤其是明末清初及清代的三国杂剧作品。当然也有例外,如徐渭的《狂鼓史》,演出效果非常好,在后世舞台上也备受推崇,但这种毕竟是少数。

三、明清三国戏曲与《三国演义》的比较

《三国演义》是历史演义小说,它描写了从汉灵帝到晋武帝之间共一百多年的历史,用宏阔有致的笔触勾画出汉运衰颓,魏、蜀、吴三国互相征战争雄、兴衰存亡的历史过程。虽然作者在行文中渗透了"拥刘反曹"等强烈的感情色彩,并进而以改变小说叙事节奏等策略来凸显"蜀汉中心"的情节设置,但作品终究比较完整地记载了三国历史场景中的主要事件。明清三国戏曲则不同,虽然《鼎峙春秋》《三国志》等戏曲也比较完整地展示了整个三国争霸过程(即便是《鼎峙春秋》,剧中对于蜀汉集团的倾注力也远远超过了《三国演义》,其情感取向的鲜明性也大大过于小说,这些都在事实上影响了它在叙事层面上的功能性),但大多数戏曲并不追求一种完满的过程展示,而更多地把叙述的重心放在人物的塑造上,或者力图展示某一个历史场景。所以我们可以看到,刘关张的奋斗历程分别在好几种传奇中得以展示,各本传奇又分别有自己的叙述重心。杂剧则更是选择某一个断面,力图集中地表达出某种情感。具体而论,明清三国戏曲与《三国演义》的区别表现在以下几个方面:

第一,文体不同。这是两者故事形态、表现方面等差异产生的根源。戏曲是综合的舞台表现艺术。囿于知识结构的欠缺,本文对于唱腔、表演的关注相对较少,注重戏曲剧本的文本考察。即便是如此,三国戏曲的剧本与《三国演义》也存在着巨大的差别。剧本至少包括宾白与曲文两个部分,小说则是由叙述文与韵文组成。钱穆曾经说过:"文学可以分为两种,一种是唱的、说的文学,一种是写的文学。由唱的、说的写下或演出,则成为戏剧与小说,由写的则是诗词和文章。在中国,写的文学,流行在社会之上层;而说的唱的,则普遍流行于全社会。而近人写文学史,多注重了写的,而忽略了唱的和说的。"从上面的列表中,我们可以看出,明清三国戏曲的数量众多,所蕴含的内容也丰富多彩。然而在研究的状况上,却大大印证了钱穆所言,即便钱穆的话距离现在已经几十年了,但并无太大改善,反而甚至有更加明显之势。

《三国演义》用"庶几乎史"的叙述手法展示了一个人才辈出的时代,所有杀伐征战、谋略智慧都很好地展现在作品中。读者以人物为线索,则多半可以读出《三国演义》中主要是写刘备集团的奋斗历程,更具体地说,前半部

分主要写刘备、关羽,后半部分写诸葛亮。以战争为线索,则可以通过考察官渡之战、赤壁之战、夷陵之战来理解整部作品,其余所有的战争、所有的事件几乎都可以分别与这三次战争套上因果关系。以板块来论,则有魏蜀吴三国之间的争斗来阐述一切,起初写三国形成之来由,中间写三国之相持,最后写三国归一。当然,前两个阶段是重点描写的对象。若以时间来论,则东汉末年分裂至最终的西晋统一,所有的人与事情也几乎都可以纳入时间的流程中去考察。这些内容,在明清三国戏曲中也有表现,征战讨伐,兴衰存亡,也都能够在剧中人物的曲文或宾白中体味出来,但终究与小说有着巨大的区别。戏曲本身的特征,决定了它在关注点上与小说有着本质的区别。戏曲更加注重剧场气氛的渲染,尤其是喜剧色彩的烘托,这种目的的实现,一方面在于语言本身的诙谐与生动(包括脚色的表演),另外一方面则在于故事形态的表达。小说的叙事力求符合历史,力求吻合生活真实;戏曲却力求夸张,故而张飞一人抵抗甚至打败百万黄巾大军也是时常可见之事。在诸葛亮的高深莫测面前,周瑜等人简直就不堪一击,这种情形其实在小说中还可看出痕迹,只是小说作者在尽量弥合,使之更接近历史真实与生活真实。戏曲注重对人物功劳的追述,无论是人物自身的回顾,还是通过他人之口来赞美,编剧者以及观众都极易沉浸在这种对于以往辉煌的回顾中。宴会描写也是戏曲的重点,《三国演义》中几次较为重要的宴会场景戏曲中都有,戏曲作品还描写了一些小说中没有的宴会场景,宴会场景多次被编选者选入戏曲选本,说明此类题材的受欢迎。究其根源,一方面是宴会属于喜庆场景,受人欢迎;另一方面更说明了这种素材适于演出。戏曲中也描写战争,但戏曲中的战争却与小说之描写有非常大的差别。戏曲中在博望坡之战与赤壁之战后均有"庆功"环节,通过人物的唱词来回顾战争的过程,唱曲者可以是战争的主角,如关张等人,也可以是战争的配角,如探子等。

第二,题材选择背后所蕴含的审美追求不同。"发迹变泰"是中国俗文学中最受欢迎的话题之一,观众或读者很喜欢在说书场上或者叙事作品中寻觅到失意人生的精神寄托,看着、听着那些与自己一般混迹于市井的历史人物最终建功立业、封妻荫子,他们可以从中得到一些精神的满足与现实生活中聊以慰藉的动力。故而刘邦以及他那一班草民出身的臣子们等经常进入叙事文学的范畴被人传唱钦羡。刘备也是这种发迹变泰的典型人物之一,虽然他有"皇叔"之名,但人们更看重的,还是他从"织席贩屦之辈"到帝王身份的华丽蜕变。这种发迹变泰思想的备受欢迎,其实源自《易经》。《易经》有"泰卦",有"否卦","否"与"泰"相互转化的观念,千百年来成为中国人观察、思考人生的一个重要支点。"泰卦"云："无平不陂，无往不复"①，强调了事物的过程性、反复性与曲折性；"否卦"说："倾否；先否后喜"②，揭示了"否"、"泰"的暂时性、互转性。胡朴安《周易人生观》中云："世道循环、不能有泰而无否，理之必然，事之必然也。"又说："世道无终否之时，否极而泰，是在人为。处极否之世，不可灰心堕志，……虽当极否之时，人苟负起责任，努力前进，心理一振，世运即随之转移。"③这种思维在民间被演述成最通俗易懂的"三十年河东，三十年河西"等表述。《三国演义》就用详实生动的笔触给读者展示了一幕幕真实的历史图景，这些图景中即包含了大量的命运变迁，否泰之间的转化。气焰嚣张不可一世的董卓、李傕郭汜等人最终无不落得身首异处的下场，趾高气扬、出身高贵的袁绍、袁术等人也无不以惨淡收场；相反，原本出身卑贱的曹操、刘备等人却能创立一时基业，封王称帝。当然，倘若《三国演义》只是这种简单二维的否泰转变，那也无从承载起复杂而深刻的内涵。即便是曹操、刘备等人，也都无从逃脱这种命运的变迁，尤其是否泰之间的转化。当曹操打败袁绍，一统北方之时，他目空一切，轻率地挥兵南下，意欲一统江山，没想到却被孙刘联军打得大败而归。关羽水淹七军、威震华夏，达到了事业、功名的巅峰，但接着就被吕蒙偷袭，败走麦城，勾勒了一幅从巅峰急剧陨落的命运图景。刘备也是一样，在节节胜利之际，却被陆逊火烧连营，最终一败涂地。可以看出，这种转变几乎是贯穿此书始终的，内化为一种哲学思考，不分阵营，无论立场，作者用带有感情倾向的笔调真实地叙述了这种几乎任何人都无法逃脱的命运嘲弄。

在三国戏曲作品中，无论是元杂剧，还是明清戏曲，这种活生生的转变比较难以看到。我们可以见识董卓从煊赫一时到身首异处的转变，其实也能见到曹操的命运变迁，但这些都无法像《三国演义》中那样给人留下深刻印象。这种心理的差异不仅仅在于曹操的果报不是现世和阳间的，更多的是处理在阴间进行，这无疑会削弱给观众和读者带来的震撼效果。更深层次的原因在于，这种否极泰来或者否泰之间的转化在戏曲作品中更多只是被作为一种个案、一种现象来展示，而不是如同《三国演义》内化为一种内在的逻辑思维在进行处理。王国维认为中国戏曲没有悲剧④，这种结论当然存在偏颇之处。然而在明清三国戏曲中，这种结论却是能够成立的，尤其是关

---

① 黄寿祺，张善文：《周易译注》，上海古籍出版社，1989 年版，第 109 页。
② 黄寿祺，张善文：《周易译注》，上海古籍出版社，1989 年版，第 120 页。
③ 蔡尚思主编：《十家论易》，上海人民出版社，2006 年版，第 210—211 页。
④ "吾国人之精神，世间的也，乐天的也，故代表其精神之戏曲、小说，无往而不著此乐天之色彩……"（《王国维文学论著三种》，商务印书馆，2001 年版，第 12 页。）

于刘备集团的描述。我们看到的,更多是一种充满胜利的描写,在胜利中充满着欢乐、诙谐和轻松。这无疑,不是历史的真实,也不是生命的真实。是文体的差别导致了这种结局,还是作者塑造重心的转变导致了这种差别,或许两者兼有。

此外,虽然祁彪佳在《远山堂曲品》①中从曲文角度几乎否定了全部的三国传奇,但曲律依旧是三国戏曲作品创作时的一个有机组成部分。对于一些才情不太高的戏曲作者而言,精彩的故事配上中规中矩的唱词,就已经成功了一半,甚至是一大半。这种情况尤其适用于在民间搬演的戏曲。与其他题材的故事相比,三国故事有着现成的版本,明清三国戏曲既能从宋元说话、元杂剧中继承现成题材,也能从《三国演义》中照搬故事内容。戏曲作者几乎不用费尽心思去考虑如何把故事内容编造得更为摇曳多姿,更加波诡云谲,他们只需要在现成的三国故事中略加改动,在某种情绪较为集中的环节之中打造属于自己的些许亮点,可能也就可以取得较大的成功②,这是三国故事天然的优势。这种优势是从《三国志》到宋元说话、《三国志平话》、元代三国戏曲等逐层叠加的。与我们今日所看到的故事形态相对较为固定的状况不同,我相信,宋元时代的三国故事一定更加丰富多彩,这点从小说与戏曲对同题材事件多种不同的描写中即可看出,因而戏曲作家也就有了更多的选择。

与《三国演义》相比,大部分三国戏曲的叙事相对显得粗鄙,这点在后文中还将详述。这种状况的出现,一方面在于戏曲作者需要将很大一部分的精力放在唱词的组织编造上,从而疏忽了对故事情节本身的提炼。李渔就曾经说过:"旧本传奇,每多缺略不全之事、刺谬难解之情。……乃一时照管不到,致生漏孔。"③此外,戏曲作品做成的时间太短,缺乏一定的积淀与提

---

① 祁彪佳在品评《古城记》时论述道:"《三国传》散为诸传奇,无一不是鄙俚。"((明)祁彪佳著,黄裳校录:《远山堂曲品剧品校录》,上海出版公司,1955 年版,第 133 页。)
② 以明代戏文《古城记》为例,它叙述的主要内容为"刘先主徐州失散,曹孟德独霸中原。关云长秉烛达旦,古城中聚义团圆。"这一段历史,《三国志平话》中已经有比较具体的描写,只是不见关云长千里独行之详细描写,但有此标题,说明在说书场上它已经成为说书人重点关注敷衍的对象。元杂剧《关云长千里独行》的存在正好可以成为这种说法的佐证。何况此剧有"末本""旦本"两种,更说明了此故事的流行程度。《三国演义》中更是有重点描写,不需赘述。《古城记》中,基本情节设置与这些文学作品类似,只是在一些能够典型体现戏曲特色的细节多加着力。比如张飞如何力主实现他的劫营想法,喊刘备为"老刘"的做法,在古城路上被喽啰拦路打劫时的幽默,对于古城中年号的考虑,古城下对关羽的谩骂等。比如关羽在权降曹操之前的犹豫,权降过程中所遇到的诱惑与困难,关羽在这些威逼利诱面前所表现出来的气节与智勇等等。其他剧作如《草庐记》《七胜记》等也大致如此。
③ 陈多注释:《李笠翁曲话》,湖南人民出版社,1981 年版,第 116 页。

炼,戏曲作家在创作的时候并无太深刻的思想寓意,这也都是原因之一。《定中原》的作者周乐清①与《鞭督邮》的作者边汝元②都曾经在序言中提及自己用很短时间即写完一部戏曲之事,与《红楼梦》等经典小说的作者"积数十年之功"而成一部小说的情况相比,这种编创的速度是惊人的,因而出现疏漏、荒谬等似乎也在情理之中。当然,这种疏漏有时候并非全是戏曲作者之过错,也必然与当日故事形态的多样性有关。人们对戏曲情节合理与否的认识不同于小说,亦是这种情况出现的原因之一。

在进入三国故事的考察之前,我们必须破除一种先入为主的状态,不能预先就存在着某种偏见,以为我们所熟知的三国故事形态最为合理,最为接近历史真实。文学不是历史。当日的"讲史",说唱艺人完全可以依凭自己的想象对历史进行增删,进行添枝加叶,极尽移花接木之能事,明清戏曲的作者又为何不能呢! 即便再为粗俗的故事形态,能够流传至今,本身就说明存在受众基础。无论故事形态如何,它们无一不是与某种心态相对应的精神现象,哪怕是拙劣的叙述、粗疏的故事、庸俗的描写,它们总是与特定的阶层,以及特定阶层的文化水平、观念形态、审美风尚等相互对应③。

某些故事形态的荒诞固然存在,但我们更应该关心的是,为何会出现这种情节以及这些情节上的疏漏为何会一直存在下去。其实,情节的疏漏与荒诞并非单只有三国戏曲中才出现。李渔就曾经指出《琵琶记》《明珠记》传奇中的一些明显的缺漏,他说:"此等破绽,妇人小儿皆能指出,而作者绝不经心,观者亦听其疏漏;然明眼人遇之,未尝不哑然一笑而作无是公看者

---

① 周乐清《补天石传奇八种自序》云:"己丑(编者按:道光九年,1829 年)冬,北上,雨雪载途,征车无事。偶忆及此,辄假声山旧鼎,补炼五色云根。时飚轮硌硞,铃语郎当,若代为接腔应节者。越宿辄成一剧,抵都而八剧就焉。"

② 边汝元《鞭督邮叙》云:"辛卯八月乡试,余以毫而且贫,块处牖下噫诸公方角胜一战,而余顾作壁上观乎! 高诵魏武老骥伏枥之歌,悒悒者久之。偶取义德鞭督邮事演成杂剧二折。剧成,鼓掌称快……"虽然未言明具体天数,但时间很短也完全可以确定。且此剧后有一首七绝,"荒斋独坐闷悠悠,杂剧编成打督邮。脱稿适当八月半,拼将一醉过中秋。"表明了作者创作之态度的创作态度。

③ 这种例子在明清三国戏曲中不胜枚举。较为典型的,如刘关张三人灭三十六万黄巾大军,擒杀吕布,斩貂蝉;许褚吩昈驿丞送给关羽半支蜡烛,关羽独身一人面对曹操大众却能安然脱险。关羽与蔡阳打赌砍树,骗周仓说自己有前后眼。其他如诸葛亮能够准确预测夏侯惇、曹操败阵下来的人数以及败退的路线、时间。《连环记》中也有类似例子,如第十五出关羽出场的念白中有"内有董卓弄权,外有曹操肆志……黄巾灭后,赤眉又起"。此时曹操恰才刺董卓失败逃亡,联合诸侯反对董卓。谓其肆志反叛,显然属于典型的"欲加之罪",赤眉军乃西汉末年农民起义军,关羽之叙述显然荒谬。类似的这种情况其实在《三国演义》中也存在,"借东风"等情节即是。这些情节的存在,一方面是与题材来源有关,更主要的即是契合读者(观众)的心理。

也。"①明代酉阳野史《续三国演义引》中亦云:"客或有言曰:书固可快一时,但事迹欠实,不无虚诞渺茫之议。予曰:世不见传奇戏剧乎?人间日演而不厌,内百无一真,何人悦而众艳也?但不过取悦一时,结尾有成,终始有就尔。诚所谓乌有先生之乌有者哉。"②其实这些言辞都揭示了一条最为朴素的认识,故事有趣("奇")即可,何必认真去追究其真实性与合理性呢。

明清三国戏曲中,情节的疏漏与荒诞之处甚多。如《古城记》《草庐记》的刘备自白中,均能见"灭三十六万黄巾,擒吕布,斩貂蝉",其实在元杂剧刘备等人的自白中,也均能见此内容,这只能说明,在宋元说书场上,这种故事情节是非常流行的。《三国志》或《三国演义》的故事体系中确实并不存在这类的描写,这并不能成为否定类似情节描写的理由。从叙事学的角度上说,两种故事形态本身其实并无高下之分,只有雅俗之别。后世的叙述,立足点在于更契合史实;元杂剧或明清三国戏曲叙述的重点,在于渲染刘关张三人的丰功伟绩,以及由此而引发的对汉末阉宦干政的谴责等。同时,此类情节的出现,也说明了当日民间说书场上故事形态的丰富性。

第二节　现有目录提要著作存在的问题

我们能了解明清三国戏曲之大貌,前贤时彦之戏曲目录著录功不可没,有赖于他们辛劳艰苦的耙疏钩沉,我们方可在研究的道路上继续前行。因为资料等方面的缺陷,或者由于思考角度本身的局限,现有的目录提要著作也存在着一些问题。概而言之,主要存在着语焉不详、遗漏疏忽、错谬三种情况,下文分别进行论述。

一、语焉不详

1.《古城记》:

明清二代,究竟有几种《古城记》,各类著述语焉不详,存在争议。笔者认为,按照现存版本及著录记载,明清二代,《古城记》至少存在三种不同的本子:①《古本戏曲丛刊初集》中所收之《古城记》乃据明代万历年间刻本影印,属于明代传奇。②清代传奇田九峰撰之《古城记》,《今乐考证》著录此剧,下注云:"为(容)美田九峰《三弄》之一,与古本异。"③清代无名氏之《古

---

① 陈多注释:《李笠翁曲话》,湖南人民出版社,1981年版,第120页。
② (明)酉阳野史著,余芳,兴邦,云彤校点:《续三国演义》,齐鲁书社,2006年版。

城记》,《重订曲海总目》著录此剧,入清无名氏"词曲庸劣,而无姓名者"类。《今乐考证》此剧下注云:"非古本,并异田九峰作"。

此外值得注意的是,明代戏曲选本《尧天乐》卷二下层选有"嫂叔降曹"(正文作"关云长嫂叔权降")、"独行千里"(正文作"关云长独行千里")二出。文林阁本《古城记》虽有类似出目,但曲文、牌调并不相同。这可能是编选者对原作进行了改造,也并不排除还有一种我们未曾见到的明代《古城记》的可能性。更值得注意的是,另外一本明代戏曲选本《徽池雅调》卷一下层选有"张飞祭马"(正文作"翼德祭马")一出,明代戏曲选本《时调青昆》卷一上层选有"奔走范阳"一出,此二出皆不见于文林阁本《古城记》。倘若此二本记载名称无误的话,则明代也至少存在着两种以上的《古城记》。

据此,明清二代应该大概有四种名为《古城记》的传奇存在。现在只能看到明代文林阁本无名氏传奇与另外一本明代版本的残存数出,而清代两本均已亡佚。明代二本之间存在着内容之间的一些差异,未知清代二本之间的关系及与明代本子之间的关系。

2.《报主记》与《保主记》:

《报主记》《保主记》,均记载赵子龙事。这点《远山堂曲品》与《传奇汇考标目》中均注明。陈翔华《三国故事剧考略》(下文所引陈文,除非有特别注明,皆出于此,不再另外标明)中谓"疑演赵云救阿斗事"[1]。这点当然是可以成立的,但不能完全排除敷衍其他故事的可能性。

《三国志·赵云传》载:"及先主为曹公所追于当阳长阪,弃妻子南走,云身抱弱子,即后主也,保护甘夫人,即后主母也,皆得免难。"[2]此事件在《三国演义》被渲染成"赵子龙单骑救主",并成为赵云英雄形象的一个完美注脚。但《三国演义》中能理解成"保主"的,尚有赵子龙持三个锦囊陪同护送刘备前往东吴娶亲事,以及第六十一回"赵云截江夺阿斗"事。未知此二本究竟敷衍何事。

3.《锦囊记》:

国家图书馆藏《锦囊记》,内容附注为:三气(总本),仅存一出。考察其内容,与现存文林阁本《草庐记》之第四十六折、无名氏之《西川图》、钱德苍编选《缀白裘》中《西川图》之"芦花荡"基本相同。其中张飞是净角,唱词颇多,主要是叙述自己的气势以及功劳。如"觑着那下邳城似纸团儿嚣虚,那虎牢关似粉墙儿这么低矮,斩黄巾我的精神抖擞,擒吕布其实轩昂,俺释严

---

① 周兆新主编:《三国演义丛考》,北京大学出版社,1995年版,第409页。
② (晋)陈寿撰,(宋)裴松之注:《三国志》,中华书局,2005年版,第704页。

颜我的胆量高。"在《草庐记》中,"芦花荡"被安排在"碧莲会"环节之后,是赤壁战役的余波之组成部分;在京剧中,又被移植到《回荆州》之后。因为没有目见《锦囊记》,不清楚此处如何设置。实际上,无论"芦花荡"安排在何处,《锦囊记》似乎都可以包括这个故事环节。如此,则《草庐记》《锦囊记》《西川图》三种传奇中均有此故事情节,倘若此推测无误的话,也进一步证明了一些较为经典的故事单元是在各种传奇中均相互沿用的。

此外,明代张翀有《锦囊记》传奇一本,演安定周邂逅临舟女子一事,与三国故事无涉。

4.《荆州记》:

《远山堂曲品》"杂调"中著录此剧。今人戏曲目录著作极少有收者,仅见于傅惜华《明代传奇全目》一书。而如《古典戏曲存目汇考》等较为齐全之著录均不见。《明代传奇全目》未标出此剧饰演何种故事,惟关羽镇守荆州之事最为流行,且元、明杂剧《单刀会》、《寿亭侯怒斩关平》、《庆冬至共享太平宴》等俱以关羽镇守荆州为背景。故而陈翔华文中直接标此剧"演关羽事",当应大致未错。

《曲品》云:"关公之传,有桐柏先生壮调宏词,真足配铜琵琶铁绰板。"桐柏先生即叶宪祖(1566—1641)号。傅惜华由祁氏语而谓:"可证叶氏原尚有三国关羽故事传奇一种,惜未揭出其名目。明清其他戏曲书录,失载此记。今未见此剧流行之本"。(《明代传奇全目》卷二)

5.《射鹿记》:

《曲海总目提要》卷四十四中著录此剧,谓:"据《演义》曹操许田射鹿一段以作根柢。而紧要人物,则刘备、马超。谓其初董承、刘备、马腾等合谋图操。其计不就,演至马超归先主以结局。与正史离合参半,不可尽信。亦不为无本也。"[1]《远山堂曲品》谓此剧:"曹操之杀董妃,令人愤;马超之败阿瞒,令人喜。"

此事在《三国演义》第二十回,第二十三、四回,第五十八回等处皆有描写,但"许田射鹿"与"马超反西凉"之间尚有赤壁战役等大事件发生,并非为连续事件。其实,《三国志平话》已经有类似描写,但故事形态之间的差别非常明显。卷中"曹操勘吉平"及之前一节的内容皆叙献帝下诏给董承、刘备、吴子兰、关张等人,以及后来吉平等加入此阵营,曹操知晓吉平下毒等事。马腾并不在"衣带诏"所涉及人物之列,只是在卷下才叙及马腾入京,他是因为在朝堂上怒骂曹操才被曹操处死,后来又叙及马超报仇等事。"许田射

---

① 《曲海总目提要》,天津古籍书店影印,1992 年版,第 1898 页。

鹿"，乃表现曹操有篡逆之心的典型例证，且处死董妃、吉平等人也典型体现了曹操的凶残，故而在戏曲领域被多次提及。元杂剧中有花李郎撰《相府院曹公勘吉平》《莽张飞大闹相府院》《莽张飞大闹石榴园》《马孟起奋勇大报仇》等。明清之际传奇作品《青虹啸》卷上"议疏、田猎、书丹、勘帖、赐带、泣诏、歃血、奸露、投鸩、宴勘、搜诏"数折以及卷下的"弑后"一折也都是描写曹操许田射鹿等事。清代传奇《青钢啸》《补天记》《反西凉》，京剧作品《逍遥津》等等，也都叙及此事。各种作品对此等事件描写并不完全相同，最主要的区别在于是否将"许田射鹿"、"勘吉平"与"马超反西凉"捏合在一起，作为一个有机的整体来叙述。是否捏合在一起的关键在于，马腾是否参与了"衣带诏"。即便这个大的方面处理相同，细节方面的表现也并不相同，例如参与衣带诏的人数及人选，各种记载或多或少地存在着差别①，关张仅在《三国志平话》中存在，而误题种辑为和辑者也间或存在。

6.《试剑记》：

《远山堂曲品》著录二本同名传奇《试剑记》，谓一本为赵云作生者，"仅能铺叙已耳"；而谓另一本"此以刘先主为生者。杂取诸境，……不若赵云作生之《试剑》，犹得附于简洁。内一折，全抄《碧莲会》剧。"

二本《试剑记》题材同，演"先主东吴联姻一事"（《远山堂曲品》）。《三国演义》第五十四回"吴国太佛寺看新郎　刘皇叔洞房续佳偶"叙刘备、孙权均对天祷告发誓，乃试剑砍开巨石。"试剑记"之名应该源于此。惟独剧中有抄《碧莲会》者，亦可见与《三国演义》存在较多的不同。元朱凯之杂剧《刘玄德醉走黄鹤楼》第一折，周瑜上场云："俺这江东有一楼，名曰黄鹤楼；设一会，乃碧莲会。"此宴会描写未见于《三国演义》。

明代万历间戏曲选本《新编乐府南音》"日集"中有《试剑记》"新水令套"。分别有［新水令］［步步娇］［折桂枝］［江儿水］［雁儿落］［侥侥令］［收江南］［园林好］［沽美酒］［尾声］等曲。

其中，［江儿水］中有"何日身登金殿，怕皓首无成，难见江东人面"；［收江南］中有"看功成凯全，须教身参麟阁姓名传"。足见唱曲者为刘备本人。更为明显透露唱者身份的是下面的一支曲子：

　　【沽美酒】赴东吴，结美缘，赴东吴结美缘，设香饵布纶竿，就几关也

① 《三国志平话》中谓："董承看诏书上有皇叔刘玄德、殿前太尉吴子兰、国舅并有关、张二将"。后来吉平亦加入。《三国演义》中"奉诏"的人则为：董承、王子服、种辑、吴硕、吴子兰、马腾、刘备。明末清初传奇《青虹啸》中的人员构成又有很大差别：董承、伏完、吴子兰、张子服、和辑、和硕、吉平。《射鹿记》中有刘备、马腾，应该与《三国演义》相类似。

枉然,分明是鸿门会宴,那周郎枉自熬煎,洞房中暗排弓箭,管博得东吴名显,我呵,哪怕他千般计,睛定教他亲成美眷呀,才把这两肩舒展。

把刘备前往东吴娶亲的心境逼真地表现了出来,刘备对于娶亲过程中所可能遇到的困难有充分的认识,并且表现了他足够的自信。毫无疑问,此选本所选乃"以刘先主为生者"。

7.《赤壁记》:

《传奇汇考》谓:

> 演周瑜赤壁烧船。本是实事,但此举皆瑜勋绩,而《演义》归美诸葛亮,创为祭风之说。又增饰种种变诈,以术制瑜,剧遂据为墙壁。此与正史不合者也。剧中刘备自冀投荆,关、张辅翼,诸葛入幕,结好孙权。种种情迹,已互见《古城》《锦囊》《草庐》《四郡》诸记中。即祭风烧船,亦俱互见《草庐记》,然赤壁为此剧正面,所宜详载。①

此剧现在仅戏曲选本《时调青昆》中存"华容释曹"一出,情节与《三国志平话》《三国演义》均不甚相同。先是,关羽愤懑孔明藐视他,叙述自己功劳。【雁儿落】中有"咱也曾破黄巾,生擒张角,斩张梁张宝……"这明显与历史事实不符,但却吻合民间说唱中的一贯口吻。曹操赤壁战败,逃至华容道,只剩下十八骑,乞求关羽放行。关羽先让周仓清点人数,然后感叹诸葛亮之神机妙算。《三国演义》中,诸葛亮算定曹操必定会走华容小道,却未料定有多少人,此处算人显然在于渲染诸葛亮的神鬼莫测之高深。类似情节也曾出现在《草庐记》《西川图》等作品中,诸葛亮算定夏侯惇最终只剩下一百人骑,并且把人数准确与否也纳入了与张飞赌头的范畴,而张飞亦曾认真数人,结果皆以孔明获胜告终。与其他记载不同的是,此处关羽谓:"周仓,你与我将五百校刀手摆开,待咱亲自擒拿曹操",结果这样就被曹操逃走了。显然,这是关羽摆明了要放曹操一马的意思,但文中并未明确叙及,只是周仓提醒曹操已经走了之后,关羽的叙述中说自己有意放走曹操。

8.《二桥记》:

演江东二乔事。《三国志·周瑜传》:"时得桥公二女,皆国色也。(孙)策自纳大桥,(周)瑜纳小桥"。二乔之事多为历代诗歌传咏。《三国演义》虽

---

① 《传奇汇考》(据1914年古今书室刊本影印出版),书目文献出版社,1994年版,第339—340页。

未重点介绍二乔之事，但大乔归之孙策，小乔嫁给周瑜，在小说第四十四回"孔明用智激周瑜"中已经明确提及。在元代戏曲《周瑜谒鲁肃》及《周公瑾得志娶小乔》中，均载"孙权娶大乔"，后者中鲁肃还多次提及"大乔嫁与吴侯孙权"，《三国志平话》中亦有"大乔嫁公子为妻"之语。明代戏曲选本《大明天下春》卷六下层有《三国志》之"鲁肃求谋"，剧中乔公亦谓"长女得事吴侯"①。陈翔华文中还提到今存许多民间说唱旧本，也以大乔为孙权妻子：如清代同治甲戌(1874)年古皖畅乐轩新镌《小乔自叹》，称大乔是吴王孙权的"朝阳掌印"娘娘；重庆旧刊曲本《新刻芦花荡》写小乔对孙权说："开言尊声大姐翁，姨妹言话放心中"等。可见这种说法在民间是颇为流行的。

9.《续缘记》：

佚。汪宗姬撰。《传奇汇考标目》别本著录此剧，下注云："洛神事"。

当演曹植遇洛神事。曹植先有《洛神赋》，《文选》卷十九曹子建《洛神赋》注引记云：

> 魏东阿王，汉末，求甄逸女，既不遂，太祖回与五官中郎将。植殊不平，昼思夜想，废寝忘食。黄初中，入朝，帝示植甄后玉缕金带枕。植见之，不觉泣。时已为郭后谗死，帝亦寻悟，因令太子留宴饮，仍以枕赍植。植还，度轩辕少许时，将息洛水上，思甄后。忽见女来，自云："我本托心君王，其心不遂。此枕是我在家时从嫁，前与五官中郎将，今与君王，遂用荐枕席。"懽情交集，岂常辞能具。"为郭后以糠塞口，今被髪羞将此形貌重睹君王尔。"言讫，遂不复见所在。遣人献珠于王，王答以玉佩，悲喜不能自胜，遂作《感甄赋》。后明帝见之，改为《洛神赋》。

剧事当出《文选》此注，故以"续缘"为之名。宋元戏文中有《甄皇后》，明代杂剧有汪道昆《洛水悲》，清代杂剧有黄燮清《凌波影》，皆演曹植与甄妃之事。

10.《黄鹤楼》与《碧莲会》：

无名氏撰。祁彪佳《远山堂剧品》著录前者，下注："北三折"。谓："浅近亦是词家所许，但韵致不遒上耳。北词有一定之式，后二折删去数套，当不得为全调。"题目正名不详。《远山堂剧品》未著录后者，但《远山堂曲品》对

---

① 《鲁肃求谋》是在关汉卿《单刀会》的基础上进行改编的。《单刀会》第三折关羽的宾白中有："曹操占了中原，孙策占了江东，我哥哥玄德公占了西蜀"。如此，则乔公所谓"吴侯"亦存在是孙策之可能性。

传奇《草庐记》的描述中有："内《黄鹤楼》二折,本之《碧莲会》剧";又谓《试剑记》(刘备为生本):"内一折,全抄《碧莲会》剧。"《草庐记》有现存本,则《碧莲会》亦留存下来。所述事件为赤壁战役末段,周瑜趁诸葛亮、关张等人不在,邀请刘备到黄鹤楼赴宴,席间欲行谋害之事,刘备后来被诸葛亮派人救出。类似描述其实在《三国志平话》与元杂剧《刘玄德醉走黄鹤楼》中均可见到。

戏曲目录中多分录二剧,我颇以为其实就是同一内容的两种名称。① 理由有二:第一,前文提到元朱凯之杂剧《刘玄德醉走黄鹤楼》中周瑜提到"俺这江东有一楼,名曰黄鹤楼;设一会,乃碧莲会。"故而黄鹤楼宴会与碧莲会应该是合二为一的。一指宴会的地点,一为宴会的雅称。第二,明清戏曲选本中,多次选录此故事单元,但名称也多不确定。具体如下:

《群音类选》"官腔类"卷十二选有《草庐记》之"黄鹤楼宴";《乐府红珊》卷十一"宴会类"选《草庐记》之"刘先主赴碧莲会";《大明天下春》卷六下层选《三国志》之"赴碧联会";《西川图》之"芦花荡"中张飞的唱词里亦有"恁在那黄鹤楼把俺的大哥哥来谋害杀"。

虽然元杂剧《刘玄德醉走黄鹤楼》与选本之间的故事情节有细微差异,选本之间的故事也并非完全一样:如元杂剧中过江请刘备之人乃鲁肃,而在《乐府红珊》中却是甘宁。《大明天下春》中之周瑜因为行酒令过程中连说五次"美哉",而被罚酒及水五次;元杂剧中并无此等情节等。此外救驾之人也有孙乾与姜维之别。这些都是细节方面的差异,并不影响故事的主要形态及结局。显然,所谓黄鹤楼宴会与碧莲会其实是叙述同一件事情,只是在称谓上选择不同而已。

11.《铜雀春深》:

剧事未详。祁彪佳《远山堂剧品》谓此剧:"二乔数语,殊无情致,遂使雀台之春,寂寞千载"。则此剧中含有二乔毋庸置疑。

铜雀台,建于东汉建安十五年(201)冬,见《三国志·武帝纪》;《邺中记》云:"在邺都北城西北隅……高一十丈,有屋一百二十间。"《文选》卷六十陆机《吊魏武帝文》引《魏武帝遗令》云:"吾婕好、妓人皆著铜爵台,于台堂上施八尺床、繐帐,朝脯上脯糒之属;月朝、十五辄向帐作妓。汝等时时登铜爵台,望吾西陵墓田。"又云:"余香可分与诸夫人。诸舍中无所为,学作履组卖

---

① 胡莲玉亦持此看法,只是她的看法更为大胆,"颇疑此《碧莲会》杂剧即为朱凯所撰《黄鹤楼》杂剧之别称。"(见其《〈刘玄德醉走黄鹤楼〉杂剧故事考辨》,《明清小说研究》,2007年,第180页)我倾向于二者为一本,但是否为元代朱凯之杂剧,应该还有待更多证据的发现与挖掘。

也。"①《三国志集解》卷一引曰:"(曹操)临终遗令:'施繐帐于(铜雀台)上,朝脯使宫人歌吹帐中,望吾西陵。'西陵,操葬处也。"如此,"铜雀台"即拥有了很多令人遐想的空间,诸如美人幽怨。六朝以来,围绕着"铜雀台"展开的诗作非常多。略举数例:南朝齐谢朓有《铜雀悲》,南朝梁江淹有《铜爵妓》,南朝梁何逊、刘孝绰均有《铜雀妓》,南朝陈张正见有《铜雀台》。唐代,以三国题材为诗作主题的,以"铜雀"为题的最多:王勃、崔道融均有《铜雀妓》二首,王无竞《铜雀台》,乔知之、王适、郑愔、袁晖、李邕、刘商、朱放、欧阳詹、皎然、顾非熊、吴烛、朱光弼均有同名诗作《铜雀妓》,宋之问、刘庭琦、刘长卿、贾至、薛能、汪遵、李咸用、胡曾、罗隐、梁琼、张琰有《铜雀台》,李远有《悲铜雀台》,程长文有《铜雀台怨》。参与诗人以及创作的同题材诗作之多,令人惊叹。诸人之作,内中所传递的情绪确实也多为站在那些女伎的角度去感兴抒怀的。"可惜年将泪,俱尽望陵中";"西陵日欲暮,是妾断肠时";"含啼映双袖,不忍看西陵"……当然,在哀怨之外,则是对曹操的怅恨,如"仍令身殁后,尚纵平生欲"等。

宋人因为时代因素,以"铜雀台"为题材吟咏者非常少,陆游《铜雀妓》的格调亦如唐人。元代题咏"铜雀台"者不是很多,情感抒发却趋于一致,对于曹操这种不人道的行径,唐人情感的抒发多哀婉舒缓,但元代诗人却多直抒胸臆,斥骂曹瞒。如岑安卿《铜雀台》:"至今砚墨抱遗羞,千古奸雄秽青史。"吴师道《铜雀台》:"汉家一片当时土,肯为奸雄载歌舞。销尽曹瞒万古魂,落日漳河咽寒雨。"

古人吟咏诸作,其实皆未提及二乔,只是杜牧翻新出奇,写出"铜雀春深锁二乔"之咏史诗。

宋元戏文中有《铜雀妓》,存残曲一支,见《九宫正始》。《宋元戏文辑佚》据以辑录。

【南吕过曲】【东瓯令】教人恨,俏冤家,锡做钗环都是假……

此当是女主角铜雀妓唱,怀人之辞。但残曲太短,无法获知更多的信息。此剧应该未涉及二乔,主题与六朝以来的吟咏之作相隔不大,当属可以推测之范围。亡佚之明无名氏杂剧《铜雀春深》中涉及二乔,其剧目应采自杜牧诗作,故其剧事应与宋元戏文有较大差别。明代,《三国演义》及各类民间三国说唱昌行。《三国演义》中叙及"铜雀"之处有三,分别是:第五十六回

---

① 转引自钱南扬辑录:《宋元戏文辑佚》,上海古典文学出版社,1956年版,第213页。

"曹操大宴铜雀台",不过此处描写风云气多,而儿女情少。第四十三回"诸葛亮智激周瑜"中,诸葛亮曾咏曹植所作之《铜雀台赋》,内有所谓"揽二乔于东南兮,乐朝夕与之共"之句,更是直接化用杜牧诗意。第七十八回"传遗命奸雄数终"中描写道:"又命诸妾多居于铜雀台中,每日设祭,必令女伎奏乐上食。"此与史载基本相同。如此,《三国演义》已经集合传统"卖履分香"与翻新之"锁二乔"于一体。而在民间叙述话语体系里,曹操南征的一个目的即在于掳江东二乔并收于铜雀台。如《草庐记》第四十七折中,吴国太斥骂周瑜:"这畜生,若无孔明祭风之功,他妻子已为曹瞒所夺矣!"

这种语境中的《铜雀春深》,其内容受《三国演义》和民间说唱、其他剧作的影响,可能性是非常大的。

此外,清代尚有标注作者为李玉的传奇《铜雀台》,不过仅见于《传奇汇考标目》别本。存在的可能性存疑。

12.《诸葛平蜀》:

存一折。明代丘汝成撰。王国维《曲录》著录此简名,列入明代无名氏目。马廉《录鬼簿新校注》所附《〈雍熙乐府〉无名氏杂剧》目,亦著录此简名(见《国立北平图书馆馆刊》第十卷第五号)。《雍熙乐府》卷四存仙吕宫【点绛唇】"秦失邦基"套,题《诸葛平蜀》,未署撰人。《盛世新声》《词林摘艳》亦收此套,后者作"皇明丘汝成""咏三分"。《新声》《摘艳》此套比《雍熙乐府》少【尾声】一曲,曲文亦微有异。

13.《续琵琶》:

现存旧抄本,怀宁曹氏旧藏,《古本戏曲丛刊五集》第五函据之影印。题《续琵琶》,著录撰者为曹寅,但正文未见此等标志。北京大学图书馆藏《续琵琶》本有一般附注,题云:

> 全剧共分上下两卷,计九十二叶,卷首有二十折的目录,上卷五十六叶,第二折《陷京》尾约缺半叶;下卷仅三十六叶,首尾各有缺佚,无目录,仅散存十五折名目,第三十五折《覆命》只剩下曹操念白的四十个字,往后几乎缺佚了六折,在第二十一折开首缺页中缝则有行楷书写的"文姬归汉"四个字,和原钞笔迹迥异,显系后人所加。[①]

---

① 按:《续琵琶》中明确标为"出",而附注则用"折",附注显然是错误的。虽然在明清传奇中也存在以"折"为单位者,如《草庐记》《青虹啸传奇》等,但这种情况毕竟是少数。大部分传奇还是以"出"作为单位来组织剧本的。

除了附注所标外，《续琵琶》第八出"报子"原文注明用《连环记》内的"问探"。二十出至二十一出之间内缺三页。郭英德《明清传奇综录》中标"凡2卷，上卷20出，下卷至34出，下缺，全剧或为40出"。实际上，第三十五出有残存页。或者所依底本不同，也可能是出于笔误，不得而知。清刘廷玑《在园杂志》①卷3云："（曹寅）复撰《后琵琶》一种，用证前《琵琶》之不经，故题云：'琵琶不是那琵琶'，以便观者着眼。大意以蔡文姬之配偶为离合，备写中郎之应征而出，惊伤董死，并文姬被掳，胁赎而归。旁及铜爵大宴，祢衡击鼓，仍以文姬原配团圆，皆真实典故，驾出《中郎女》之上。乃用外扮曹孟德，不涂墨，说者以银台同姓，故为遮饰。"现存抄本情节与刘氏所言完全相符。

此剧开场有诗云："设意志中郎续琵琶，弃卤莽司徒多一死。好修名老操假妆乔，包羞耻寡女存宗祀"。

元杂剧中有金仁杰之《蔡琰还朝》。明清二代以蔡文姬为题之戏曲较多，如明代陈与郊《文姬入塞》，黄粹吾《胡笳记》，清代尤侗《吊琵琶》，南山逸史《中郎女》，唐英《笳骚》，无名氏《文姬归汉》，张瘦桐《中郎女》。其中《胡笳记》与张瘦桐《中郎女》为传奇，可惜均已佚。其余则全为杂剧。皮黄剧中有《文姬归汉》。

14.《锦绣图》：

存四出。一名《西川图》。《曲录》据《传奇汇考》著录，题为洪升撰。《曲海总目提要》卷32有此本，谓："一名《西川图》。演刘先主及诸葛亮谋取西川事。昔人以川中山水佳丽，物产富饶，侔于锦绣，故以为名也。有据正史者，亦有采《演义》者，又有自作波澜者。与《古城》《草庐》诸记，皆先主时事。"②现存抄本，故宫博物院藏，题《西川图》，未署撰者。

《曲海总目提要》后有"编者按"谓："此记与《草庐记》相仿佛。因先主三顾茅庐，则曰《草庐记》；因张松献西川图，则曰《西川图》也。其事皆接在《古城》以后，本于《演义》者居多，如张飞、夏侯惇事，及三气周瑜等，皆与正史不合，兹不具载。"③

国家图书馆藏《锦绣图》[善本]，注明出版地不详，标为升平署，抄本。此抄本中夹有二本"《锦绣图》四出题纲"：

二十七年六月二十三日　唱五刻十分　鼓唐

① （清）刘廷玑：《在园杂志》，中华书局，2005年版，第123—124页。
② 《曲海总目提要》，天津古籍书店影印，1992年版，第1425页。
③ 《曲海总目提要》，天津古籍书店影印，1992年版，第1430页。

里面有演员名字,先是闲人 30 个名字

头出 点将 赵云 陆得喜 诸葛亮 黄春全 关公 杨进升 刘备 韩福禄 张飞 侯福堂

四出分别为:"登坛点将""赌头争印""博望烧屯""负荆请罪"。基本情节设置与明代传奇《草庐记》类似,尤其是"赌头争印"与"博望烧屯",戏谑色彩浓郁,与元杂剧《诸葛亮博望烧屯》的描写几乎完全一样。元代杂剧《诸葛亮挂印气张飞》《三气张飞》亦是描写诸葛亮与张飞之矛盾,各处核心情节完全一致。"负荆请罪"则与清代戏曲选本《缀白裘》所选《三国志》之"负荆"基本相同。当然,国图本亦有些地方值得注意,如诸葛亮唱词中有"元德公占了西蜀五十四州",说明此本至少在康熙时代之后。称关羽为"二翁子",则不知有何寓意,待查。

褚人获《坚瓠补集》卷六(清康熙刻本)《陆云士词》:"……当如孙仲谋",小字标有"是日演《锦绣图》"字样。[1] 按:是日乃为康熙己卯(1699)季秋望前一日。

皮黄剧中有《献西川》《取雒城》《过巴州》《金雁桥》《取成都》《落凤坡》。

此外,还有无名氏之传奇《西川图》,演明代宦官刘永诚事,与三国故事无涉。

15.《斩五将》:

陈翔华《三国故事剧考略》云"疑演关羽事。……按小说云'五关斩将',此剧名疑讹。"[2]

《三国演义》中第二十七回"汉寿侯五关斩六将",明本《三国志通俗演义》卷六则标为"关云长五关斩将",此目在明清时代中常见,为"千里独行"之组成部分。陈翔华谓"此剧名疑讹",有一定的道理。其实还有另外一种可能,《三国演义》第九十二回"赵子龙力斩五将",写赵云英雄不减当年,斩杀韩德父子五人。单纯从剧名来看,此事显然更加吻合。且明清时代赵子龙之剧目亦且不少,如《报主记》等等,则此剧为描写赵云之事迹亦未为可知。可以为这种说法提供佐证的是,陶君起《京剧剧目初探》中提及《凤鸣关》,其注释为:"一名《斩五将》。……汉剧、徽剧、晋剧、河北梆子均有此剧

---

[1] "陆(次云)与褚(人获)都是《长生殿》作者洪升的好友,这天所演的《锦绣图》,料应是洪升的作品。《锦绣图》,一名《西川图》;而今存之《西川图》有两本。一演刘备入蜀事,一演刘备入吴招亲事,皆梨园钞本,原作者不详。这则记载之值得注意,从年代来看,它可以成为推测洪升所作乃演与孙仲谋有关的刘备招亲事、而非别本的一条佐证(康熙己卯为1669年,当时洪升尚在世)。"——邓长风:《明清戏曲家考略全编》,上海古籍出版社,2009年版,第328页。

[2] 周兆新主编:《三国演义丛考》,北京大学出版社,1995年版,第426页。

目,湘剧有《刀劈五虎》。"据此,《斩五将》演赵云之事的可能性更大。

16.《双和合》:

此剧内容驳杂,残本最初即现孔融因曹操加为魏王而生气景象,后郗虑进谗言,曹操处死孔融,并追杀孔融二子。友和逃亡过程中,得左慈告知法偈:"雁行分失多周折,他时重会双和合"。文中有"刘元德"字样,可知为清代康熙后作品。现存内容中有数出描写曹操与孙权合肥大战,即《三国演义》第六十七回"曹操平定汉中地　张辽威震逍遥津"与第六十八回"甘宁百骑劫魏营　左慈掷杯戏曹操"的内容。其中逍遥津大战,甘宁劫曹营等均与《三国演义》类似。后夹杂孔信和因盘缠当尽,投靠张昭而被其内侄当成拐贼,媒婆党娘收留之。此剧内尚有诸葛亮使激将法让黄忠破天荡山之内容,后又有左慈戏曹操之内容。内容舛讹错乱,如甘宁、徐盛、周泰、蒋钦谓"俺们自随讨虏将军征战多年,已历三传"。张昭与曹操议和,曹操要求张昭若见到孔融之子需归还等。

此剧残存内容中,风云事与风月情并存,曹魏与孙吴之间的战争场面描写枯燥,多直接采自《三国演义》,风月情却描写得生动传神,在此类场景的描写中,充满着戏谑与粗俗。另外值得注意的是,此类描写中出现了很多方言词汇。如"奢个亦是一捺不","勿要听里乱嚼","奢事务屋里哜嘈反","捉一个贼拉里","里就是甲璧个晏勿醒也","还要咪硬,拿灶煤来先揭里一个花面"等等。

二、遗漏疏忽

1.《五关记》:

明代黄文华《八能奏锦》卷下一层有残缺的"云长(正文作"曹操")霸桥饯别",题目标注为《五关记》。李福清、李平《海外孤本晚明戏剧选集三种》直接判断:"此乃易《古城记》为《五关记》",判断有失草率。此选本中残存【生查子】、【玩仙登】、【新水令】三支曲子。与今见《孤本元明杂剧》本所存之元代阙名杂剧《关云长千里独行》完全不同。《五关记》是否为一个未见未知的独立剧本,难以判断,姑且存疑。

2.《结义记》:

存一出,即明代程万里《大明春》卷六上层所选之"云长训子",剧目标注为《结义记》。选本中之曲文与元代关汉卿《单刀会》大体相同,但是在细节方面也多有所改动。如《单刀会》中关羽唱道:"俺哥哥称孤道寡世无双,我关某匹马单刀镇荆襄,长江今经几战场",而在此出"云长训子"中则为"大哥哥称孤道寡世无双,三兄弟做了阆中王,俺关某是匹马单刀镇的荆州,带着襄阳经今起战场。"《乐府万象新》卷三上层亦选有"关云长训子",且内容与本选本的内容基本相同,但剧目则为《三国记》。《大明天下春》卷六下层亦有"云长训子",但剧目为《三国志》。《乐府红珊》卷四训诲类中亦选有"汉寿亭侯训子",正文作"关云长训子",也与此基本相同,但剧目则为《桃园记》。究竟为"云长训子"在各个剧目中均存在,还是剧目本身出现了错讹现象,受制于资料的限制,似乎无法做出精准的判断。

3.《青梅记》:

此剧未见载于任何著录,但《乐府万象新》卷三上层"万家汇锦"中有"曹操青梅煮酒",题目标注为《青梅记》。

"青梅煮酒"事,《三国演义》第二十一回有详细描写。选本中之情节进展与小说大体相同,亦有很多细节方面的不同。如选本中论英雄,刘备将袁绍与袁术是放在一起提出的,然后就只是列举了刘表与孙权。而《三国演义》中先后提出了袁术、袁绍、刘表、孙策、刘璋、张绣等人。且选本中,曹操叙及刘备功劳时说道:"你兄弟三人破黄巾三十六万,擒吕布斩华雄,功高盖世,岂不是英雄?"这些口吻与元杂剧中的故事形态是一脉相承的,但与其他明清戏曲选本中的叙述口吻与思路也基本类似。元杂剧中有《莽张飞大闹石榴园》,所述事件亦为曹操邀请刘备赴宴,席间有论英雄之言论。选本之内容与杂剧存在很大的差异,二者似乎并无承继关系。

《乐府万象新》为明代安成阮祥宇编,系青阳腔戏曲散出选本。则其中所标注之《青梅记》当属于明代传奇。

《今乐考证》《钱遵王述古堂藏书目录》著录有汪廷讷之《青梅记》。《考证》据《笠阁评目》著录之。《传奇汇考标目》别本《补目》内有此本。戏曲选集《月露音》残存佚曲。《远山堂剧品》中"青梅佳句"(南北六折):"全普庵监赣郡,日借花酒自娱。刘婆惜以无意得之,更为花酒增胜,闻已有演为全记者矣。"故此剧的描写对象为元代著名才伎刘婆惜之事,并非为三国故事,与《乐府万象新》中所选之《青梅记》并非为同一者。

4.《义烈记》:

明代汪廷讷撰。《远山堂曲品》著录。明万历间环翠堂刊本,《古本戏曲丛刊二集》本据环翠堂原刊本影印,标为《环翠堂乐府义烈记》。其他戏曲书簿未见记载。演张俭、孔褒、孔融事,但本《汉书》列传。薛应和序称:"东汉党锢之事,张山阳亡命,而孔氏争死于一门,高义薄云天,伟烈贯金石,余友无如君,隐括其概,编为传奇云。"

此本至三十四出"设奠"止,下有缺页。第十九出乃为卷下之始,则全剧大略应有三十六出。不惟结尾缺失,前面所存内容中也时有缺页。具体如下;第一出缺页,唯最末有"得偕老张氏夫妻";第二出内缺半页;第四出"选材"中缺一页半,且所缺地方不一;第五出最前缺半页;第七出"专征"前后均缺,唯存中间部分;第十五出"自讼"内有半页残缺;第十八出"定谋"缺一页;第十九出缺页;第二十四出末与第二十五出共缺半页;第二十九出"命将"缺一页;第三十二出前缺半页。

此剧发生背景为东汉年间,主要叙述以张俭为代表的正直官员与奸臣代表侯都尉之间的斗争,张俭遭侯都尉迫害,逃亡至孔府,孔融年纪虽小,却在道义上不落兄后,并勇于承担责任,意欲慷慨赴死。此剧中尚叙及董卓与蔡邕,董卓刁顽钻营,巴结讨好侯都尉;蔡邕上表奏曹介、侯都尉大恶,最后皇帝下旨将二人枭首,将董卓发配。

此剧杂有神异色彩,如第二十二出"避难"中,张俭又一次逃难,前一次从渔父手里救下的乌龟报恩,负载张俭过江。

此剧虽然主要描写对象乃东汉末年之张俭,但董卓亦是其中一个比较重要的人物,而孔融也有一定的篇幅记载。应该纳入三国戏曲的序列。

5.《单刀记》:

戏曲选本《乐府红珊》卷一"庆寿类"中选有此剧"关云长庆寿"一出。其他戏曲目录未见著录。此剧写的是给关云长庆寿,先后出现关平、周仓、张飞张罗贺寿事宜。刘备在关羽寿诞之际,送来贺礼并御诗一首;诸葛亮亦送来贺礼。荆州军民感激太平,也来给关羽祝寿。

元杂剧《寿亭侯怒斩关平》中,冲末简雍提及:"今因五月十三日是元帅生辰贵降之日。有玄德公命孔明军师众将来至荆州,与俺元帅做生日。"其余未见此类记载。《乐府红珊》中所选散出与元杂剧所叙内容有很大区别,应该是一个全新的本子。

6.《兴刘记》:

明代程万里戏曲选本《大明春》卷六上层有《兴刘记》,内选"武侯平蛮"一出。首先是净(西川成都府皇华驿驲宰)交代诸葛亮出师南征之事,蒋琬、费祎、姜维、马谡等人置酒送别。马谡在宴会上献策说:"征伐之道,攻心为上,攻城为下。"末有七言诗一首:"五月驱师入不毛,月明泸水瘴烟高。欲将雄略酬三顾,肯惮征蛮七纵劳。"现存《七胜记》无此内容设置,未知二者之间有何关系?另外《大明春》还选有《征蛮记》之"诸葛出师",可惜原本就阙失,无从考证。按其标题,可能与《兴刘记》之"武侯平蛮"类似,但《征蛮记》与《兴刘记》究竟是何关系,无从考证。现存明代传奇《新镌武侯七胜记》,内标"秦淮墨客 校,唐氏振吾 梓",亦描写诸葛亮南征孟获之事。此传奇从"诸葛亮安居平五路"的情节开始叙述,未知与《兴刘记》之间有多少相似相异之处。

7.《胡笳十八拍》(题拟):

佚。明蒋安然撰。安然,名未详,绍兴人(见《祁忠敏公日记》),事迹未详。

明祁彪佳《涉北程言》记崇祯四年闰十一月十八日事云:"悤愚圣鉴、安然两兄作北剧,以资谐笑,盖两兄以能词喷有声也。偶阅《蔡文姬传》,因以《胡笳十八拍》令安然谱之。"此后未记其已否谱成。此亦杂剧也。又十月十九日记云:"安然歌一曲而罢。"盖亦能度曲者。①

8.《平蛮图》:

存三十二出,无名氏撰。见国家图书馆藏清钞本。陈翔华《三国故事剧考略》注释19② 注曰:

> 北图藏本存二册,各十六出。第一册演孟获反蜀至孔明出师止。第二册自孟获归顺至诸葛亮还朝受封止。但据《开场始末》(第一册第一出)而知:在诸葛亮出兵至孟获归顺之间,应有一册若干出演七纵七擒事;又诸葛亮南征凯旋后,至少应有二册若干出演伐魏事,即上表伐魏、收三郡、骂王朗、失街亭、攻陈仓、斩王双、祁山布八阵以至射张郃还朝。今北图本均缺之,又卷端剧名之下文字有贴改模样,故知当非全帙。按庄一拂《古典戏曲存目汇考》谓北京图书馆藏本"凡十六出",实误。

演诸葛亮南征与伐魏事。其《开场始末》云:"丞相心劳,酬恩在三顾,五月驱兵入不毛。平蛮图先识蛮人地势,群蛮枉自气咆哮。三江城朵思授首、直捣蛮巢,木鹿神兵、虎狼空助阵,藤甲军一火焚烧。旋师回阙,遇诸邦献瑞天朝……"《古典戏曲存目汇考》谓"另有一种,即自《鼎峙春秋》中析出者,演七擒孟获事。吴晓铃亦有藏本。"

吴晓铃藏本《平蛮图》篇幅较长,总共八本,每本分为上下两部分,每本均有 16 出,从吕凯献图开始,至五出祁山班师结束。内中包括诸葛亮南征蛮夷,"七擒七纵"以及数次征伐魏国的描写。每出的情节描写都比较简单粗略,有些仅百余字。情节设置与《三国演义》大体相同,却无故事之外的任何闲笔,例如环境描写等。此藏本内中有一些较为明显的情节纰漏,如四本

---

① 叶德均:《戏曲小说丛考》,中华书局,2004 年第二版,第 77 页。
② 周兆新主编:《三国演义丛考》,北京大学出版社,1995 年版,第 435 页。

下有"冤魂沉滞""师阻泸水"等出，即在南征过程中死去的冤魂哭诉葬身异乡的苦楚，欲向诸葛亮讨要抚慰，但作品并未有"诸葛亮祭泸江"等描写。此外，此藏本出现了一些明显的错别字，如把曹真误写为"曹正"等。此藏本影印收入《绥中吴氏藏抄本稿本戏曲丛刊》(学苑出版社，2004 年 3 月版)第 21册，国家图书馆有藏。

9.《西川图》：

清代昭梿在《啸亭续录·大戏节戏》提及：

> 后又命庄恪亲王谱蜀汉《三国志》典故，谓之《鼎峙春秋》。又谱宋政和间梁山诸盗及宋、金交兵，徽、钦北狩诸事，谓之《忠义璇图》。其词皆出于日华游客之手，惟能敷衍成章，又抄袭元、明《水浒》、《义侠》、《西川图》诸院本，远不逮文敏矣。①

清代俞樾之《茶香室三钞》卷二十二"内廷戏剧"和清代徐珂编撰《清稗类钞》卷十一册《戏剧类》"内廷演剧"条均有同样记载。"日华游客"即周祥钰，《清稗类钞》②中误"日华游客"为"月华游客"，且"抄袭"误为"钞袭"。足可证明，元明间亦有《西川图》，但未见于其他任何著录。

三、错谬

1.《秦州乐》：

吴震生撰《秦州乐》，叙魏国弘农人李洪之的事情。李洪之乃南北朝时期魏国人。《魏书》卷八九《列传》第七七《酷吏传·李洪之传》有载：李洪之，本名文通，恒农人。台湾林逢源博士论文第一章《绪论》之第三节"杂剧传奇中现存的三国故事剧目录"中把《秦州乐》列入"三国故事剧"③。误。

2. 田九峰：

清代传奇《古城记》之撰者田九峰，记载多有舛误。《今乐考证》谓其为容美田，而这种错误被移植下来。如黄裳《远山堂明曲品剧品校录》，庄一拂《古典戏曲存目汇考》、陈翔华《明清时期三国戏考略》等均沿袭错误。其实顾彩《容美纪游》中有明确记载："'宣慰使田君舜年，字眉生，号九峰'。又云'宣慰司署在芙蓉山之南麓，其前列八峰'。八峰与芙蓉主峰合为九峰，故田

①　(清)昭梿：《啸亭杂录》，中华书局，2006 年版，第 377 页。
②　徐珂编撰：《清稗类钞》，中华书局，1984 年版，第 5041 页。
③　林逢源：《三国故事剧研究》，台湾政治大学 1984 年博士学位论文，第 80—81 页。

氏以之为号。"吴柏森《容美田作〈古城记〉异说》①一文中对此作出了比较详细的辨析,可参看。陈翔华《三国故事剧考略》一文已经纠正其《明清时期三国戏考略》的错误。

3.《桃园记》:

实存七出,而并非如《古典戏曲存目汇考》等著录谓存四出。《群音类选》中确实存有戏文《桃园记》四出,分别是"关斩貂蝉""五(午)夜秉烛""独行千里""古城聚会"。实际上,《乐府红珊》亦存《桃园记》三出,这三出分别是卷四"训诲类"中之"汉寿亭侯训子"(正文作"关云长训子"),卷九"访询类"中存"鲁子敬询乔国公"(正文作"鲁子敬询乔国公求计"),卷十一"宴会类"中存"刘玄德赴河梁会"。祁彪佳《远山堂曲品》云:(草庐记)"以卧龙三顾始,以西川称帝终,与《桃园》一记,首尾可续,似出一人之手。"如果《乐府红珊》中内容无误,则《桃园记》的内容已经延伸至刘备占领西川,关羽镇守荆襄,与鲁肃争荆州。如此,则在时间上大大晚于刘关张"三顾茅庐"之事,首尾相续之说法并不能成立。祁彪佳为明末著名戏曲家,其《远山堂曲品》、《远山堂剧品》对于我们今日理解元明戏曲贡献甚大,他当日作此判断时,《桃园记》应该尚存;然而《乐府红珊》的编选者纪振伦乃明代万历年间人氏,也是比较著名的文人,编选此类选本出现错误的情况似乎也不太可能出现。《乐府红珊》毕竟有文本存在,本文认同纪氏判断。

按照对剧名的直观理解,《桃园记》应该重点叙述了刘关张三人"桃园结义"之事,但传奇的内容含量较大,也不能完全否定内容延伸至关羽"单刀会"的可能。甚至可以更大胆地推测,或许《桃园记》自桃园结义始,而以刘备为关羽、张飞报仇,以应三结义之情作结。这种内容安排方式与《草庐记》亦有相似之处。

4.《草庐记》:

《曲海总目提要》卷三十四谓:"原本《演义》者居多。如先主烧屯伪遁,夏侯惇为所败,未尝有曹仁复败于新野之事。……又周瑜固尝有计欲留先主,而孙权不从,今以为求救于乔国老。凡此皆出于《演义》无稽之谈,不足为据。"《草庐记》的关目安排确实与《三国演义》有类似之处,但也存在着较多的不同,细节方面的描写,得之于元杂剧者更多。尤其是《曲海总目提要》所提及这些事情,在元杂剧《诸葛亮博望烧屯》《两军师隔江斗智》中均能见到,《草庐记》的描写与它们更为接近。《草庐记》中"三气张飞""碧莲会""芦花荡"等单元均为《三国演义》所无;"河梁会"未见于《草庐记》,《草庐记》中

① 吴柏森:《容美田作〈古城记〉异说》,《湖北民族学院学报》(社会科学版),1996 年第 3 期。

"舌战群儒"情节发生于诸葛亮见周瑜之后,均与小说有重大不同;"当阳之战""祭东风"等环节,《草庐记》也更为接近于元杂剧的描写。如此,说《草庐记》本之于《三国演义》,不甚合理。

5.《青钢啸》:

《曲海总目提要》"《青钢啸》"条编者按中这样记载:"此剧为明邹玉卿所撰。此即本书卷三十四之《檐头水》,钢应作虹。因虹初误作缸,后人以缸字不可解,又以意改为钢。"①其实这是不准确的。《青钢啸》乃叙马超事,这点在《古典戏曲存目汇考》与《曲海总目提要》等著录中均明确记载。《青虹啸》虽然第二十一出"割须"中亦有董圆请马超帮助,使得曹操割须弃袍之事,这只是全剧中众多故事情节中的一个而已。本剧以董圆为叙述重点,所谓"青虹",乃是董家祖传宝剑,后来献帝之子依靠青虹剑与董圆相认。而《青钢啸》条中也叙及了剧名的来源及内容:"超欲杀曹操,故剑锋啸跃。操为超军所逼,至割须弃袍。"二剧并非同一剧作。

6.《四郡记》:

陈翔华文中云:

> 吴书荫先生函告:"万历刊本《玉谷新簧》卷一所收《三国记》三出:《周瑜差蒋下书》《云长护河梁会》《曹操霸桥饯别》。傅芸子《内阁文库读曲续记》认为《三国记》盖《四郡记》之变名(见《白川集》页130),此三出当为《四郡记》之佚曲。"

《玉谷新簧》卷一下层确实收有《三国记》三出,"周瑜差将下书",陈文误题为"蒋",此出正文作"周瑜计设河梁会";"云长护河梁会",正文作"云长河梁救驾";"曹操瀍桥饯别",正文作"曹操霸桥献锦"。陈文叙及《白川集》页130判断"《三国记》盖《四郡记》之变名",笔者遍查此书②,未曾见到此类判断,不知吴氏说法源自何处。此外,戏曲选本中标为《三国志》或《三国记》者确实较多,但似乎并不宜简单地判断即为某个其他剧目的变名。单纯以《玉谷新簧》中"周瑜计设河梁会"为例子,《乐府红珊》中亦选有"刘玄德赴河梁会"一出,但所归剧目为《桃园记》。至于"曹操瀍桥饯别"就更时见于其他剧目。

① 董康辑:《曲海总目提要》,人民文学出版社,1959年版,第666页。
② 傅芸子:《正仓院考古记　白川集》,辽宁教育出版社,2000年版。

7. 来集之：

来集之乃明代杂剧《阮步兵邻庙啼红》之作者。《阮步兵邻庙啼红》（又名《英雄泪》）与《蓝采和长安闹剧》（又名《冷眼》）、《铁氏女花院全贞》（又名《侠女新声》），合名《秋风三叠》。他平生所著杂剧有六种，除上述三种外，还有《两纱》（《红纱》《碧纱》，附《挑灯》剧）。邓长风《明清戏曲家考略全编》①及林逢源《三国故事剧研究》均谓来集之剧作仅存三种。这种记载有误，来集之六种杂剧皆存。国家图书馆均有藏。

8. 刘方：

传奇《小桃园》之作者。《曲海总目提要》有《小桃园》，云刘普充撰，《传奇汇考》亦著录为刘普充撰。《古典戏曲存目汇考》则著录为：刘方，字晋充，江苏吴县人。《新传奇品》称其词如"山中炮响，应声齐来"。李斗《扬州画舫录》及梁廷枏《曲话》均著录为"刘晋充"。刘方究竟字晋充还是普充？张增元对此有详细考辨：

> 崇祯四年(1631)，刘方著《天马媒》传奇，同年八月十五日止园居士(周天球)题《天马媒》传奇云："晋充负奇才，解音律，伤积木之未践，叹绝世之难得，辄借以发其奇。奇于本色，不奇藻绘。故构造自然，畅俊可咏。此曲遂脍吴中。……晋充贾余弩为南歌，非其志也。予尝命梨园翻演终场，不第快耳，颇益风教，使天下无义气丈夫，渔色而并渔货，媒权而卒媒祸者，帝胥勒玉马踏而碎之。"
>
> ……
>
> 周裕度《天马媒》传奇题辞："晋充，吴下韵士也，读书谭读，名谊俱馥，辩者不能与论才，博者不能与论学，任侠者不能与较肝胆。……是编也行天下，必先赏晋充之余技，而徐得晋充之人。夫晋充也，而以余技鸣悲矣。识晋充不以人，而以余技愧矣。"张积禅《天马媒》传奇引语云："吾社刘子晋充，仙才侠骨，翩若行空天马，殆不可羁，世无薛翁神鉴，犹然辕下局促耳。家从方伯公一见惊赏，引缔忘年，韩昌黎之遇长吉未或过之……"②

综上，可知《曲海总目提要》与《传奇汇考》所载有误。刘方字晋充而非普充。

---

① 邓长风：《明清戏曲家考略全编》，上海古籍出版社，2009 年版。

② 张增元：《明清戏曲作家新考》，《文献》，1995 年第 1 期，第 227—228 页。

9.《笠翁新三种传奇》:

清代传奇中,《补天记》(一名《小江东》)与《双瑞记》均有《笠翁新三种传奇》版本。北京大学图书馆藏《传奇》八种与《笠翁新三种传奇》(6 卷),分别题为"李渔辑""李渔撰",这其实是存在大问题的。关非蒙在《笠翁阅定传奇八种》之"点校说明"中,认为简单地把归属权判给李渔并不恰当。邓长风[①]文章中更是明确地把其归为范希哲所有,可以参看。

10.《祭风台》:

存。无名氏撰。有国家图书馆藏清钞本,疑为道光间所抄。陈翔华《三国故事剧考略》中认为[②]:此本署"戊申"当为抄写时间,据纸色似为清道光二十八年(1848)戊申之物。

国家图书馆藏清钞本收于李世忠编选之《梨园集成》,愚以为此剧当并入花部,因为《梨园集成》(不分卷)中除了《祭风台全本》外,尚有《新著长坂坡全本》《新著战皖城全曲》《新著反西凉全曲》《新刻取南郡全本》《新刻濮阳城全部》《新著骂曹全曲》《新著乔府求计全曲》等诸本三国剧目。

演诸葛亮过江联吴,及至智取荆襄事。其开端概叙剧情云:"三国英雄,孔明舌战急孙权。周公瑾临江水战,曹孟德欲夺江南。趁大雾草船借箭,群英会蒋干中机关,黄公覆苦肉把粮献,庞统巧计献连环。南屏山祭东风起,孟德□□(丧胆),华容道释放曹瞒。诸葛亮一气周瑜,取荆襄乐享安然。"

清代尚有汉口坊刻本楚曲《祭风台》四卷,前有"文升堂寓在汉口永宁巷上首大街老岸巷内便是发客不误"字样。"小引"中云:

> 英雄所争者,才智。曹兵大至,周郎犹有戒心,自孔明视之茂如之也。二人之高下见矣。然则赤壁之功,实孔明祭风之力,占得荆襄诸郡,不为过分。呜呼!周郎亦才智兼擅之人,但为卧龙所压,生瑜生亮之叹,英风固凛凛千古也。

11. 张埙:

张埙乃清代传奇《蔡文姬归汉》(一名《中郎女》)的作者。《古典戏曲存目汇考》卷十二载张埙的籍贯为"浙江秀水(今嘉兴)人"。其依据乃为"见秀水朱休承《集益轩诗草》题词"。但唯有此处标为浙江人,其他载录中均为

---

① 邓长风:《也谈清代曲家曲目著录的几个问题——寄自地球另一端的读书札记》,《戏剧艺术》,1996 年 8 月。

② 周兆新主编:《三国演义丛考》,北京大学出版社,1995 年版,第 428—429 页。

"江苏吴县人":

清张埙(1731—1789①)撰。埙,字商言(见永忠《戊申初稿》),又字吟芗,号瘦铜(一字瘦桐)(据《瓯北诗钞》五言古[二]《赠张吟芗秀才》,五言律[二]《吟乡殁于京邸其子孝方扶枢过扬廿年老友遂成永别凭棺溃酒不知涕之无从也》,七言律[五]《至苏州瘦铜子孝彦来见泫然》),江苏吴县人,乾隆三十年举人,内阁中书(《乾嘉诗坛点将录》)。

清赵翼《瓯北诗钞》绝句(一)有《题吟芗所谱蔡文姬归汉传奇》四首,知亦谱蔡琰事,惟本事言之殊不详。又《诗钞》七言律(一)《赠张吟芗》有"传来曲部人争写,唱入旗亭妓最妍"之句,盖谓其善于谱曲也。②

《国朝书人辑略》卷六中亦谓:张埙,字商言,号瘦铜,江苏吴县人,乾隆乙酉(1765)举人。

根据上述材料,可知张埙乃为江苏吴县人。另,据《清容居士行年录》(《竹叶庵文集》八)记载,张埙的《督亢图》、《中郎女》作于乾隆十九年(1754)③。

12. 徐石麒:

徐石麒乃明清之际的剧作家,著有《坦庵词曲六种》,其中《大转轮》为三国戏曲。《曲录》将《坦庵六种曲》载于徐石麟名下。吴梅撰《跋〈坦庵词曲五种〉》云:

> 此为江都徐又陵作,又陵名石麟。焦里堂《剧说》云:"吾乡徐又陵,号坦庵,填词入马东篱、乔梦符之室。所作有《大转轮》、《卖花钱》、《拈花笑》、《浮西施》、《胭脂虎》、《珊瑚鞭》、《九奇逢》。"余又有《坦庵著书目》一册,计二十余种,则又陵著述佚者正多也。……"十七史从何处说,纷纷哀怨总成虚。何妨醉倒东篱下,来听虞初一卷书。"(《大转轮》)④

《曲录》与吴梅之说法均有误。徐石麒与徐石麟并非同一人,明代有大臣名徐石麟,但其生平事迹与剧作家徐石麒完全不同。林逢源《三国故事剧研究》文中谓徐石麒:

---

① 邓长风:《明清戏曲家考略全编》,上海古籍出版社,2009 年版,第 332—333 页。
② 叶德均:《戏曲小说丛考》,中华书局,2004 年第二版,第 117—118 页。
③ 转引自王汉民、刘奇玉编著:《清代戏曲史编年》,巴蜀书社,2008 年版,第 100 页。
④ 蔡毅编著:《中国古典戏曲序跋汇编》(二),齐鲁书社,1989 年版,第 924—925 页。

湖北人,流寓苏州。善画花卉,工诗词制曲。其女延香通晓音律,石麟每一曲成,必高声吟哦,令其女订正声律不协处(《广陵诗事》卷九、《扬州画舫录》卷二)。据其《坦庵续著书目》(《坦庵词曲六种》卷首),自谓顺治二年(1645)清兵陷扬州时,曾冒死入城取出著书残本,则徐石麒乃明末清初人。著有《坦庵词曲六种》:《买花钱》、《大转轮》、《浮西施》、《拈花笑》四种为杂剧,余二种为词集。又有传奇三种,为《珊瑚鞭》、《九奇缘》、《胭脂虎》,见于《曲录》卷五。

林文所载徐石麒之籍贯亦有问题。吴梅及其文中所题焦循,都说徐石麒乃扬州人,且清代王鋆辑《扬州画苑录》中有《徐坦庵传》,其略曰:

> 徐石麒,字又陵,自号坦庵。其先为浙之鄞人,明初迁扬州,承父学,精研名理,隐居不应试,好着书……杂剧有《大转轮》、《拈花笑》、《买花钱》、《九奇逢》、《珊瑚鞭》、《辟寒钗》、《胭脂虎》、《范蠡浮西施》诸种。袁于令慕其所为曲,访之湖中,演所谱《珊瑚鞭》以质之。李渔来坐,终日不论一词曲,王阮亭司理扬州,招致境中名士。吴嘉纪、雷世俊、吕潜皆为网罗,而石麒独不往见,与兄子元美女元端,家庭唱和,以供笑乐。

王鋆辑《扬州画院录》中亦提到徐石麒家族乃后迁至扬州,但也只是从浙江迁来,且年代相隔久远,并未见其他任何关于湖北之记载。可见徐石麒乃扬州人士。

以上乃本人在详细考察各类戏曲论著的基础上,对明清三国戏曲进行了认真耙梳的结果。限于篇幅,有些推论未能充分展开。

第三节　明清三国戏曲的文体、剧种及地位

一、明清三国戏曲的文体、剧种考察

纵观明清三国戏曲,笔者认为可以区分为三个不同的阶段,第一个阶段是明代,包括明代三国杂剧与明代三国传奇,在传奇中,有很大一批属于弋阳腔或者其他声腔的作品,也有昆腔作品。这些作品中,除了《庆冬至共享太平宴》属于宫廷教坊编演的,其他杂剧多出于文人之手,更加注重在作品中寄托个人情感。明代传奇的故事单元多继承自元代三国戏

曲,在整体框架上受到《三国演义》的影响比较大。除了这些可以单本拈出的杂剧、传奇,明代中后期还编选了大量的戏曲选本,多编选采纳元代较为经典的故事或唱段。第二个阶段为花雅之争前产生的杂剧与传奇作品。杂剧多逸出传统的三国人物或素材,力图从中发掘出新意。传奇则受到《三国演义》的影响很大,在故事形态上多与小说保持较为密切的关系。这个阶段中,传奇为主体,宫廷大戏《鼎峙春秋》的编创尤其值得关注。第三个阶段是花雅之争及京剧勃兴的时代,受晚明以来折子戏的影响,三国戏曲从篇幅宏大的长篇又多转变为以某个人物或某个事件为描写对象的短篇。故事形态多保持稳定,但不排除细节的变动。三国戏曲在宫廷与民间都广受欢迎,各种地方剧种也竞相以三国故事为创作的素材,产生了大量的三国戏曲。

杂剧在元代臻于大盛,但在明代却颇显萧条。周贻白在"杂剧的南曲化"中论述道:"明初杂剧虽仍一度流行,半多是由元入明的旧有作家,朱有燉之专作杂剧,只好算是元剧的余波,这原因,当然与永乐初年'禁演违碍之剧'有关。同时,传奇之兴,已造成非数十出不得称为一本戏剧的风气,而北曲音调渐次失传,也当是杂剧的最大打击。"[1]受南戏的影响,明初杂剧的体制已经开始被打破,"其体制虽继承元人遗范,但已无元剧之格律谨严"。周贻白甚至认为,"以后的'南杂剧'逐渐兴起,周宪王实当视作继往开来的艺人。"[2]明清三国杂剧中,除了坊刻本《庆冬至共享太平宴》属于比较典型的元杂剧的体制与唱曲外;《黄鹤楼》(《碧莲会》),因为《草庐记》等戏文传奇完全沿袭自本剧,按其文本,亦属于北杂剧;此外,《群音类选》将《气张飞杂剧》归入"北腔类"中,当也属于北杂剧。除此之外,明代前期朱有燉之《义勇辞金》已经对北杂剧有所突破,实可视为北杂剧至南杂剧的过渡之作;徐渭之《狂鼓史》,南杂剧的特色比较明显。至于之后的种种杂剧,当大致属于南杂剧无疑。已经佚失的《豫章三害》不好判断,因为其时代较早,大略应该是与北杂剧更为接近。这是明清三国杂剧的基本情况。

明清三国杂剧中,《庆冬至共享太平宴》乃"教坊脚本,盖亦内廷供奉之作"[3],本身就是演出本。《义勇辞金》《狂鼓史》演出大受欢迎之境况,著述良多,不赘述。《碧莲会》颇受欢迎,从后文所介绍之戏曲选本选入情况及诸多传奇照搬情节等即可看出。此外,陈与郊《文姬入塞》等也较适合表演[4]。除

---

[1] 周贻白:《中国戏剧史长编》,上海世纪出版集团,2007年版,第352页。
[2] 周贻白:《中国戏剧史长编》,上海世纪出版集团,2007年版,第355页。
[3] 王季烈:《孤本元明杂剧·提要》,中国戏剧出版社,1958年版。
[4] 《文姬归汉》是京剧大师程砚秋的代表剧目之一,其就是据《文姬入塞》改编的。

此之外,似乎均不甚适合舞台表演,尤其是清代杂剧,案头化的倾向表现得更加明显。陈芳论述说:"盖清初杂剧的作家本非为演剧而撰作,乃为一己之著作而撰剧,故其写作之余,不复措意于此,亦不足为奇矣。"①这点可以从剧作家自己的言辞中得到印证,尤侗就曾声称"只藏箧中,与二三知己,浮白歌呼"②所以其《吊琵琶》第四折只有一个脚色"旦"蔡文姬出场,非常不适合于舞台表演。三国杂剧中,还出现"对话体"形式的作品,如明末清初剧作家郑瑜的《鹦鹉洲》等。此剧以"生"扮演祢衡,通过其与鹦鹉的对话,一问一答,品评了汉代的史事,处处为曹操辩护掩饰,丝毫不在意关目的好与坏。杨潮观《吟风阁杂剧》诸作也更适合看成是作家的情绪喷发,如青木正儿就评价道:"其痛快者无过于《阮籍醉骂财神》……《吟风阁杂剧》诸作,概借用古人而不拘泥于史实,任意使之理性化,大胆发表本人所欲言者,颇富警策。……其独创处最足称道,洵为才人手笔也。"③

第一节已经提及,本书采取比较宽松的标准,在大的分类标准上把明代三国戏文皆纳入"传奇"范围。但在涉及文体演变的时候,我们还是应该加以细化、甄别,故而此处结合明清戏曲选本,对三国传奇加以比较细致的辨析。

在明清戏曲选本中明确标为戏文的有《连环记》《草庐记》《古城记》《三国记》《三国志》《三国志大全》《桃园记》《兴刘记》《征蛮记》《结义记》《四郡记》《赤壁记》《单刀记》。

明确标为传奇的有:《乐府南音》中选《试剑记》,姚燮《今乐府选》中选《南阳乐》,《八能奏锦》中选《五关记》,《群音类选》中选《十孝记》,《乐府万象新》中选《青梅记》(弋阳腔),钱德苍编选《缀白裘》中选《西川图》,《新缀白裘》中选《定中原》(按:实际为杂剧,此处误)。

《风云记》的作者陈罴斋乃明正德前后人,此剧属于戏文的可能性较大。《射鹿记》在《远山堂曲品》中列于"杂调",李平认为当是弋阳腔传奇④。《荆州记》在《远山堂曲品》中亦列入"杂调",倘若李平判断无误的话,此剧也多半属于弋阳腔传奇,也有可能属于海盐腔、余姚腔等传奇。《试剑记》有两本,均入《远山堂曲品》之"具品"类,都属于传奇。《保主记》在《远山堂曲品》中列入"能品",属于传奇则无疑问,那《报主记》也当是传奇。除了上述各种

---

① 陈芳:《清初杂剧研究》,台湾学海出版社,1991年版,第237页。

② (清)尤侗:《西堂乐府自序》,见郑振铎《清人杂剧初集》,1931年影印本。

③ [日]青木正儿:《中国近世戏曲史》,作家出版社,1958年版,第418页。

④ [俄]李福清,[中]李平编:《海外孤本晚明戏剧选集三种》,上海古籍出版社,1993年版,序言第23页。

戏文、传奇外,列表中其他传奇类作品应该都属于昆腔传奇。

南戏本来"即村坊小曲而为之,本无宫调,亦罕节奏,徒取其畸农、市女顺口可歌而已。"①其声腔无一定宫谱,只以打击乐按拍,随声转调。故而,三国戏文既有被选入弋阳腔和徽调系统的戏曲选本,也有被选入昆腔系统的戏曲选本。应该也可能存在以海盐腔、余姚腔等表演腔调的三国剧作,只是我们今日无法看到。根据现存的材料,三国戏曲多存在于弋阳腔、徽调系统;昆腔系统的选本中也有三国戏曲,但绝大多数集中于单曲选本。具体情况如下:

根据《善本戏曲丛刊》②,明确标为弋阳腔和徽调系统的戏曲选集九种:

1. 明代吉州景居士编《玉谷新簧》:

戏文 《三国记》:周瑜计设河梁会、云长河梁救驾、曹操霸桥献锦;

《连环记》《独行千里》中栏;

2. 明黄文华选辑《词林一枝》:

戏文 《古城记》:关云长闻讣权降、关云长秉烛达旦;

3. 明程万里选《大明春》:

戏文 《三国记》:鲁肃请计乔公;

《兴刘记》:武侯平蛮;

《征蛮记》:诸葛出师;

《结义记》:云长训子。

4. 明熊稔寰编《徽池雅调》:

戏文《古城记》:张飞祭马;

5. 明殷启圣编《尧天乐》

戏文 《古城记》:嫂叔降曹、独行千里;

6. 明黄儒卿选《时调青昆》:

戏文 《古城记》:奔走范阳、独行千里;

《赤壁记》:华容释操。

后来李平又鉴定《乐府玉树英》等三种戏曲选本亦是滚调流行时刊刻的,基本可以确定属于弋阳腔戏曲选集,摘录如下:

7. 明黄文华辑《乐府玉树英》:

戏文 《连环记》:吕布戏貂蝉;

---

① (明)徐渭原著,李复波,熊澄宇注释:《南词叙录注释》,中国戏剧出版社,1989年版,第15页。

② 王秋桂主编:《善本戏曲丛刊》,台湾学生书局,1984年版。

《三国志》：张飞私奔走范阳、关云长数功训子。

8. 明阮祥宇编《乐府万象新》：

戏文　《三国记》：张飞私奔范阳、关云长训子；

传奇　《青梅记》：曹操青梅煮酒。

9.《大明天下春》：

戏文　《三国志》：翼德逃归、赴碧莲会、鲁肃求谋、云长训子、武侯平蛮。

昆腔系统的戏曲选集八种：

1. 明秦淮墨客纪振伦选辑《乐府红珊》：

戏文　《单刀记》：汉云长祝寿；

　　　《桃园记》：云长训子、赴河梁会、子敬询国公；

　　　《草庐记》：赴碧莲会；

　　　《三国志》：赴单刀会；

　　　《连环记》：退食还忠；

2.《吴歈萃雅》（单曲）：

戏文　《连环记》；

3.《珊珊集》（单曲）

戏文　《三国记》：单刀赴会"大江东去"；

　　　《连环记》；

4.《月露音》（单曲）

戏文　《连环记》；

5.《词林逸响》（单曲）

戏文　《连环记》；

6.《怡春锦》：

戏文　《连环记》：探敌；

　　　《四郡记》：单刀。

7.《歌林拾翠》：

戏文　《连环记》：元宵等 10 出；

　　　《古城记》：开宴、劫营、却印、重遇、饯别、独行、斩蔡、聚会。

从上面的分布情况可以看到，昆腔系统的选本中，除了《乐府红珊》与《歌林拾翠》中收有较多三国故事内容外，其他选有三国戏曲的昆腔系统选本多是单曲选本，且选入数量非常少。相反，弋阳腔、徽调系统的戏曲选本选入三国戏曲情况较为均衡。这种情况的出现并非偶然。许金榜曾论及弋阳腔的特点："由于弋阳腔声调高亢，尾句有众人帮腔，以雄壮的金鼓声伴奏，风格粗犷豪放（或以为受北曲影响。如朱权曾在南昌提倡北曲，李渔《闲情偶寄》说弋阳腔演《西厢记》全照杂剧曲文),故适于在空旷地区演出,具有乡土气息。"①相比于其他风月相思题材的剧作,三国题材的剧作显然更适合用弋阳腔演出。必须提醒的是,即便在弋阳腔、徽调系统的戏曲选本中,三国戏曲也只是其中很小的一部分。

这些基本上都是明代三国戏曲的状况。在清代,三国戏曲有比较大的变化,这种变化首先是从外部开始的。更为准确地说,是从清朝的统治者对于《三国演义》的重视开始的。

清朝开国之初,《三国演义》曾一度被当作政治、军事教科书使用,"国初,满洲武将不识汉文者,类多得力于此"②。武将如此,最高统治者皇帝也是如此。据说皇太极巧使反间计,借崇祯皇帝之手除掉心腹之患袁崇焕,使其自毁长城,就是受《三国演义》中周瑜设计利用蒋干巧除蔡瑁、张允一事的启发,"即公瑾赚蒋干之故智"③。另据史料记载,努尔哈赤曾借鉴《三国演义》中刘、关、张桃园结义一事,笼络交结蒙古诸部落:"本朝羁縻蒙古,实是利用《三国志》一书。当世祖之未入关也,先征服内蒙古诸部,因与蒙古诸汗约为兄弟,引《三国志》桃园结谊事为例,满洲自认为刘备,而以蒙古为关羽。"④基于当时的政治、军事形势,努尔哈赤、皇太极及其手下将领一直视《三国演义》中的主人公关羽为自己争夺天下的保护神,以《三国演义》为行兵布阵的指南。清人王嵩儒在《掌固零拾》中记载说:"本朝未入关之先,以翻译《三国演义》为兵略,故其崇拜关羽,其后有托为关神灵显卫驾之说,屡加封号,庙祝遂遍天下。"⑤。

统治者对于《三国演义》的推崇,于三国戏曲的推动发展确有较大好处,最为明显的便是宫廷大剧《鼎峙春秋》的产生:

> 乾隆初,高宗以海内升平,命张文敏公照制诸院本进呈,以备乐部演习,……后又命庄恪亲王谱蜀汉《三国志》典故,谓之《鼎峙春秋》。⑥

不但出自特制,执笔者也都是词臣。周贻白谓:

---

① 许金榜:《中国戏曲文学史》,中国文学出版社,1994 年版,第 217 页。
② (清)陈康祺:《郎潜纪闻》,中华书局,1984 年版,第 514 页。
③ 陈平原,夏晓虹:《二十世纪中国小说理论资料》(第 1 卷),北京大学出版社,1989 年版,第 244 页。
④ 蒋瑞藻:《小说考证》,古典文学出版社,1957 年版,第 528 页。
⑤ (清)王崇儒:《掌固零拾》,据民国二十五年(1936)彝宝斋印书局印本。
⑥ 徐珂编撰:《清稗类钞》,中华书局,1986 年版,第 5041 页。

这部戏,基本上就是元、明以来一些旧有的杂剧、传奇重加编理,使其首尾衔接。杂剧如《连环计》、《隔江斗智》、《单刀会》、《义勇辞金》,传奇如《连环记》、《草庐记》、《赤壁记》、《四郡记》,或取其单出,或剪裁其全本,加入过场使相贯串。其间虽有新撰文词,但皆为剧情上枝节问题的增删润饰,而其最后结局,则以三分归于一统,昭示着"天下分久必合"的主旨,其间隐寓有当时满族统治中国,实为天命的意思。①

除了《鼎峙春秋》外,本书所载之清代三国传奇与宫廷没有直接的关系。值得注意的是,清代三国传奇呈现出与明代三国传奇不同的特点:第一,明代三国传奇所表现的时间和事件较为集中,其中尤其以描写赤壁战役前后的剧作居多,各种剧本之间也存在着较多的借鉴沿袭现象。清代三国传奇取材则相对分散,没有特别明显的"扎堆"现象。第二,表现在翻案补恨之剧作明显增多。如《补天记》《龙凤衫》《南阳乐》《青钢啸》等。如果说明代三国传奇的重点多在于表现蜀国与吴国的对抗,并且在剧作中多表现出对吴国的贬低,那么清代三国传奇的贬斥重心依旧转移到了曹魏集团。这多半与毛宗岗评点本《三国演义》的盛行有关系。本书所列清代三国传奇均为昆腔传奇。

从明代万历末年开始,民间声腔和剧种就纷纭而起、遍地开花,表演艺术加速发展、演员对于声腔剧种的影响力日趋重要,传统以文人创作为主导的戏曲演进模式逐渐在消解。到了乾隆年间,这种变革达到高峰,昆曲地盘被新兴的声腔剧种大肆吞食,这就是所谓的"花雅之争"。"花部"是个庞大芜杂的体系,京剧正是花部的集大成者。"花雅之争"的最后结局是以京剧的诞生及其随后的风靡流行为成果的。

《三国演义》的被推崇可谓直接推动了三国戏曲的流行,"花雅之争"也为三国戏曲从相对的衰落重新走向繁盛提供了一个很好的契机,这两个方面的因素叠加,让三国戏曲在清代臻于极盛。其中一个比较突出的表现便是三国戏曲在清代宫廷备受欢迎。这种记载时见于各类著述。

《清稗类钞》②卷七十八"戏剧类"、卷七十九"优伶类"中就有多条材料:

> 评骘者……于和春日把子,每日亭午必演《三国》、《水浒》诸剧,工技击者,各出其技,以悦人也。

---

① 周贻白:《中国戏曲发展史纲要》二十二。
② 徐珂编撰:《清稗类钞》第十一册,中华书局,1986 年版。

光绪某年，颐和园演剧，某伶献《让成都》一戏，孝钦后聆其词句，谓左右曰："我前年出京时大有此光景也。"言时不胜欷歔。

黄三演奸雄之剧最肖。尝供奉内廷，与谭鑫培同演《骂曹》。黄演至修书黄祖一节，孝钦后遽传笞杖，杖毕，厚赏之，曰："此伶演奸雄太肖，不得不杖；而演剧如此聪明，又不得不赏。"

上述三则材料，从清代中期的乾隆年间至清代晚期的光绪年间，持续时间很长，但三国戏曲在清宫廷中受欢迎的状况却没有丝毫的改变；从乾隆令官员参与三国戏曲的创作，到慈禧热衷于观看三国戏曲的表演，表明了统治者对于三国戏曲的参与程度之高。徽班和春每日必演《三国》，一方面说明《三国》乃戏班之主打节目，另一方面也说明了《三国》非常受欢迎。京剧三国戏曲的创作和演出掀开了三国戏曲的新篇章，这一点从上文提及花部戏和京剧的数量中即可看出。祁彪佳对三国戏曲评价非常低，"《三国传》散为诸传奇，无一不是鄙俚。如此记（按：《古城记》）通本不脱新水令数调，调复不伦，真村儿信口胡嘲者。"①祁氏否定的立足点在于，三国诸传奇的腔调安排极为不"当行本色"，其故事形态多荒诞无稽，显得粗鄙俚俗。应该说，祁彪佳的评价并非毫无根据的诋毁。与众多名家经手创作，词爽韵严的昆腔传奇相比，三国传奇确实显得黯然失色、漏洞百出。造成这种状况的原因，一者在于三国传奇所反映的题材基本上是军事政治集团间的杀伐之事，与昆曲传奇天然地就存在着比较大的隔膜。二者在于三国传奇并无名家经手修改润饰，《古城记》《草庐记》等我们所熟知的三国传奇均是无名氏编创的，这势必让三国传奇整体的艺术成就受到极大的影响。即便如此，我们也在一再强调，并不能因为三国戏曲的成就较低就忽略它的研究价值。三国传奇作为三国题材文学作品中不可或缺的一链，对于考察整个三国故事的流变具有独特的价值。祁彪佳是以文人的视角去看待三国传奇的。文人视角与民间视角的侧重点存在巨大的差别。古往今来，"曲高和寡"者不在少数，艺术成就不高却在民间极为受欢迎的作品也时有发生，三国戏曲即是如此。值得注意的是，祁彪佳所概括的是明代的三国传奇，是从《三国演义》敷衍出来的部分传奇。从上面的论述中我们也可以看到，三国戏曲在清代发生了比较大的变化，在宫廷演剧中极为受欢迎，并且还有一些比较著名的文人参与了三国戏曲的创作，这些都使得清代三国戏曲的状况不同于明代。

---

① （明）祁彪佳著，黄裳校录：《远山堂曲品剧品校录》，上海出版公司，1955年版，第133页。

二、明清三国戏曲的历史地位

三国从历史的真实存在演化到文学作品的一种时空状态，是一个漫长而复杂的过程。一般而言，我们考察三国题材文学作品，至少应该要把以下几种状态全部纳入考虑范围：《三国志平话》、《关大王单刀会》等元代三国杂剧，《三国演义》《古城记》等明清三国戏曲，《花关索传》①、弹词《三国志玉玺传》②、《三国志鼓词》③、京剧三国戏及地方戏。只有在这个比较完整的三国文学的时空里来看待明清三国戏曲，才能认清明清三国戏曲的真实历史地位。《三国志平话》叙述的时代从光武帝刘秀开始，至刘渊灭西晋结束，持续的时间非常长。此书的叙事是典型民间化的，也是我们今天能够了解宋元说话大致状况的最鲜活最直接文本。此书故事形态很粗鄙，但是它对于刘备集团的突出叙述却基本为之后的三国叙事奠定了一个基调。并且此书叙述的历史原则、报应原则和道德原则④也深深影响了后世的三国叙事。元代三国戏曲的"蜀汉中心"情节或许更加突出，这不仅表现在整个元代三国戏中以张飞、关羽、诸葛亮为正末的剧作数量众多，更表现在戏曲叙事中无时不在、无处不在的"褒刘贬曹"的情感诉求，当然，刘是指刘备集团中的几乎所有人，曹指的是曹操集团的几乎所有人。⑤ 元代三国戏曲虽然也有丑化东吴方面的剧作（如《虎牢关三战吕布》与《张翼德单战吕布》中对于孙坚的丑化，《刘玄德醉走黄鹤楼》中对周瑜的嘲弄），但主要的笔墨在于表现刘备集团早期破黄巾、斗吕布等的功劳以及与曹魏集团之间的斗争。《花关索传》以关羽之子花关索为叙述的中心，旁见三国争斗史实。其中花关索学艺、比武娶亲、西川寻父等情节，对于拓展三国传说的外延颇有裨益，但与魏蜀吴三国征伐等历史背景的表现关系不甚紧密。此书对于刘封的贬低是一个尤

---

① 刘世德等主编：《古本小说丛刊》第二三辑，中华书局，1991年版。
② 童万周校点：《三国志玉玺传》，其前言中谓："此书为清乾隆元年至二十年间抄本无疑……本书主要内容基本上同于《三国志通俗演义》中所演述的三国故事……增加了一些小说中所没有的情节。……我们认为弹词《玉玺传》可能成书于明季或明清之交，清康熙之前。"（中州古籍出版社，1986年版。）
③ 《三国志鼓词》，抄本，存166册（原172册，内缺24、77、78、83、146册），藏北京大学图书馆古籍特藏库。
④ 见涂秀虹：《元明小说戏曲关系研究》，上海三联书店，2004年版，第61—66页。
⑤ 值得注意的是，元代三国戏中，刘备方面的人物基本是以正面形象出现，唯独有刘封、糜竺、糜芳三人曾经被谴责，这当然是因为他们在关羽问题上的处理而导致的。曹操方面，基本上是以负面形象出现，这表现在多扮演净角，或在战争中被打败等方式，但亦有例外，如杨修等人就以正面形象出现，但原因也正是因为杨修曾经在《莽张飞大闹石榴园》与《阳平关五马破曹》等剧中帮助或在言辞中赞美过刘备集团，这更加印证了"蜀汉中心"的说法。

其值得关注的话题,它与元代三国戏中刘封形象的形成应该有一定的关系,且当是说唱文学领域比较热门的话题。《三国志玉玺传》也叙述了比较完整的三国故事,然而它的描写风格和重心与《三国演义》有非常大的区别。对战争描写的淡化处理及对爱情婚姻等故事的大量增衍是其两个最明显的特征①。尤其是刘备与邢蛟花(后转世为蜀将吴懿之妹)的玉玺之盟,与糜绿筠的蝴蝶姻缘,与孙万金的悲欢离合,都在此书中得到充分的敷衍与描述。《三国志鼓词》规模巨大,全书共172册(现存166册),此书属于清代后期作品,以关羽为绝对的描写重心,几乎可以看成是一部关羽大传,这从此书最初就花费了大量的篇幅去描写关羽在解良县行侠仗义等事中即可看出。此书显然是关羽崇拜语境下的产物,是书称呼关羽,一律以"关公""公""爷"等尊号出之。京剧及地方的三国戏,描写内容非常广泛,与《三国演义》关系也极为密切。马二先生在《三国演义之京戏考》中曾经论述道:"《三国演义》一书,为历史戏资料之渊薮"②。这点从陶君起编著《京剧剧目初探》一书第七章"三国故事戏"③中可以详见。京剧及地方戏的情感取向非常明显,与元代三国杂剧有很大的相似性,只是在故事形态方面更接近于《三国演义》。

　　《三国演义》是历史演义小说,完整地描写三国时代历史场景中的主要事件是它比较重要的创作目的。在叙述历史过程的同时,捏合民间传说与史传叙事之间的故事形态,再加入时代的情绪体验,甚至在语言风格方面保持相对的一致性,这是小说作者更高层面的艺术追求。毫无疑问,罗贯中苦心孤诣的创作以及毛宗岗等人的改造,使得《三国演义》毫无疑问地成为了所有描写三国题材的文学作品中的翘楚。承认《三国演义》的成就与地位,并非是否定其他三国文学的地位与价值。学者以往在考察描写三国题材的文学样式时,通常把《三国演义》作为整个三国文化的中心,把它之前的作品都视为准备(成书)阶段,把之后的所有作品都视为传播环节,这种做法固然有助于凸显《三国演义》的独特地位,但却不利于对三国题材文学作品的真正深入认识。三国故事纷繁复杂,描写的作品也非常多,形态各样,简单甚至粗暴地把所有的故事都搓成一根绳,这永远只能是一种平面的认识,一种表象的理解,这种理解方式会遮蔽掉很多内容,会使纷繁复杂的进程变得简单和粗糙。我们承认《三国演义》在三国故事描写中的地位,但绝对不认同仅仅把其视为唯一来看待。我们以为,三国故事的描写中至少存在着讲史

①　纪德君:《演绎〈三国志〉,弹唱儿女情——弹词〈三国志玉玺传〉试论》,《文化遗产》,2009年第3期,第70—75页。
②　引自朱一玄,刘毓忱:《三国演义资料汇编》,南开大学出版社,2003年版,第695—697页。
③　陶君起编著:《京剧剧目初探》,中华书局,2008年版,第53—87页。

叙事、章回叙事与戏曲叙事三种形态，且这三种叙事形态对于故事本身的要求也并非处在同一个层面上。《三国演义》是整个三国题材文学作品中最突出的一个高峰，其他的叙事形态也组成了或大或小或高或低的山峰，这些山峰有历时存在的，也有同时存在的，各个山峰之间都有不可分割的关系。所有的这些，一并构成了我们现在所能看到，所能理解的丰富多彩的三国故事形态。更为复杂的是，上文所列举的诸种三国题材的文学作品之间的关系，称为"剪不断、理还乱"毫不夸张。《三国志平话》及其代表的民间说唱场上的三国故事形态，与艺术水准参差不齐的元代三国戏曲之间孰先孰后？二者对《三国演义》的成书与人物塑造究竟有何影响？明清三国戏曲究竟有多少是受小说影响，又有多少影响了小说？《花关索传》在三国故事的流传过程中究竟处于何等地位……种种这些都无法很清晰地给出答案。这些固然与《三国演义》、某些戏曲形态的三国故事成书时间不能确定有关；更重要的在于，各种形态的三国故事在某种程度上相互影响、相互借鉴，使得任何快刀乱麻厘清先后次序、清晰勾勒三国文化轮廓的可能性都变成徒劳。换言之，任何貌似层次分明的判断都可能只是研究者的一厢情愿，任何褒贬分明、扬此抑彼的价值判断都是不准确的。明白了这些，或许我们能更加准确和深刻地理解明清三国戏曲的历史地位和价值。

在明清戏曲的范畴里，三国戏曲只是其中的一种小门类。很多三国戏曲的文本我们现在无法看到，这是有特殊原因的。这些状况无法否定明清三国戏曲的存在价值以及本书对其进行梳理的意义。

1. 评弹领域流行一句谚语："大书怕做亲，小书怕交兵。"①"大书"是指讲史演义，"小书"主要指弹词。前者擅长讲金戈铁马的征战故事，以刚劲雄壮见长，对于人情冷暖、家长里短等却不甚在行；后者刚好相反，俗世悲欢离合是最适合表现的内容，但又不善于表现征战讨伐等题材。虽然讲的是评弹，移之以解释明清三国传奇同样适合。每种文体都有自己最为适合的表现方式，而这种表现方式又在很大程度上决定了它所擅长的题材。现在语境中所谓传奇，多是以昆腔来作为评判标准的。昆腔讲求形式的精美，唱词的雅驯，在题材方面虽然也多有历史、现实等题材，但最为擅长的则是偏重于柔美缠绵的爱情题材。三国故事风云际会、金戈铁马的题材特点不甚适合它们的表现方式，故而描写相对较少，亦是情理之中的事情。而到了清代，三国戏又大量进入人们的视野。彭飞《清代三国戏漫谈》中提道："比较早进入北京与昆曲抗衡的京腔，就有大量三国戏。当时演关公的戏有专门

---

① 《中国曲艺志·谚语、口诀、行话》（江苏卷），中国 ISBN 中心，1996 年版，第 639 页。

红净戏,如《灞桥挑袍》《古城会》《河梁》和《挡曹》,还有写刘备招亲的全本《锦囊记》……也有一些梆子腔、乱弹腔和西秦腔的三国戏片段,如乱弹腔《斩貂》,嘉庆年间焦循写《剧说》也提到当时扬州民间流行的乱弹有《司马师逼宫》一剧。"①或者说,三国戏其实一直都未曾退出舞台,只是在昆曲盛行的年代,它的阵地更多转至远离文人记载的民间,转至远离京都大邑的农村山间。我们不能完全依照现存的这几本明清戏文传奇来作为评判明清三国戏曲存在的意义与价值。

2. 现存之明代三国戏曲《古城记》《草庐记》《连环记》等,在明代戏曲选本中均归入"戏文"一类。且戏曲选本选辑了较多现在已经亡佚的戏文散出(折),说明了在昆腔风行全国之前,以"杂调"方式存在的三国戏曲是非常流行的。顾起元《客座赘语》云:"南都万历以前,公侯与缙绅及富家,凡有宴会,小集多用散乐,……大会则用南戏。其始止二腔,一为弋阳,一为海盐。弋阳则错用乡语,四方士客喜闻之,海盐多官语,两京人用之。……"②今日所见之戏曲选本,多为万历年间编选,并且编选者多为江西人氏,故而明代三国戏曲多以弋阳腔演唱。这一方面说明了三国故事在弋阳腔的流传区域内很受欢迎,同时也提醒我们,非弋阳腔流行的区域内或许也应该有其他声腔系统的三国戏曲的流传,只是我们限于资料,暂时没有发现而已。另外,现在有非常多的杂剧我们无法断定究竟属于元代还是明代,其实很大一部分应该存在于元末明初,或者明代前期。

3. 从现存剧本及明清戏曲选本中所编选的散出(折)的内容来看,明清三国戏曲至少有相当一部分内容是值得我们重新去考量的。单纯从剧名本身去得出结论,原本就存在着非常大的危险性。《三国演义》固然在明清二代影响巨大,但迄今为止,我们尚且不能完全肯定它的成书年代,谈其影响的时候有蹈空之嫌。至少,明代中前期流行的那些戏曲,断定其一定受了《三国演义》多少影响,原本就是一种不甚科学的判断。考察现存的明清三国戏曲的故事形态,尤其是一些具体细节方面的,它们直接继承沿袭元代三国戏曲的现象更为突出,很多故事形态更是完全未见于《三国演义》,如张飞占领古城的经过、"三气张飞"、"黄鹤楼宴会"、"芦花荡"等等。我们不否认《三国演义》的成就巨大,辐射能力之强,但这些更多是明代中叶之后,甚至是清代之后才逐渐显现出来的。

4. 单纯从剧目本身而言,我们可以看到,明清三国戏曲的表现中心有

---

① 赵景深主编:《戏曲论丛》(第一辑),甘肃人民出版社,1986 年版,第 242 页。
② (明)顾起元:《客座赘语》,中华书局,1987 年版,第 303 页。

三点,前文已经提及,一为刘关张早期的奋斗历程,塑造重心是关羽。二为赤壁战役及之后孙刘集团对于荆州的争夺,描写重心在诸葛亮,其中也有刘关张、赵云等人。最中心的落脚点在于表现刘备集团与孙权集团之间的矛盾,多是贬低、丑化东吴集团人物来抬高诸葛亮等人的形象,东吴方面最大的牺牲品是周瑜、鲁肃等人。无论是从剧目本身还是从戏曲选本编选的次数来看,这个阶段都是明清三国戏曲描写的重中之重。三则为刘备托孤之后,诸葛亮南征孟获之事,描写的重心毫无疑问是诸葛亮。明清三国戏曲的这种分布,与上述各种描写三国故事的文学文本形态均有不同,这种不同本身就是它存在的价值。

5. 虽然京剧及地方戏的故事多采自《三国演义》,但也不乏从本文所论明清三国戏曲中撷取故事素材及沿袭故事形态的。如"黄鹤楼""芦花荡"等等。也有很多京剧作品是综合《三国演义》与明清两代的三国戏曲而设置故事情节的。明代中前期至清代中叶的三国戏曲,尤其是三国传奇,与《三国演义》一起,构成了后世三国戏资料的来源。

第二章　三国戏曲的文化旨趣与性别意识

从第一章的文献梳理中可以看出，清代三国戏曲的数量远远大于明代三国戏曲。因为宫廷大戏和花部戏、晚清昆曲与京剧的加入，清代三国戏曲呈现出来的状况也远较明代三国戏曲复杂。但通读清代三国戏曲文本，可以看出其稳定的传承性要远超故事形态的创新性。从大的层面上来说，我们将明清三国戏曲分成按稗演绎与借杯浇愤两类。明代三国戏曲与清代三国戏曲的不同更多体现在借杯浇愤之杂剧作品中。按稗演绎类作品，其区别仅在于究竟借鉴的是戏曲系统还是小说系统，且明清二代的传奇类作品并未出现绝对分野。清代花部戏和晚清昆曲京剧卷的三国戏，更多沿用小说《三国演义》的情节，在细微处偶有创新。基于此，本章的比较分析乃为深入文本，从内在逻辑上提炼出两组概念：文人之笔与民间之趣，英雄之论与闺阁之音。以期能够帮助我们更好地了解明清三国戏曲的特质。

第一节　文人之笔与民间之趣

纵观整个明清三国戏曲，虽然大部分作品是作者无可考究的无名氏，但也有藩王如朱有燉者，有王济、凌濛初、来集之、郑瑜、徐石麟、嵇永仁、唐英、杨潮观、周乐清、黄燮清、范希哲、夏纶、维安居士等一大批较有文名的文人，更有汪道昆、陈与郊、徐渭、沈璟、李玉、曹寅、尤侗等这些在文学史或者戏曲史上成就卓著的大文人。他们的作品，相较于宫廷文人或者一些名不见经传下层文人的作品，戏曲结构更加紧凑合理，人物语言更加个性化和文雅，写作手法也显得更加娴熟而高明。这些作家，通过自己的如椽巨笔，或沿着《三国演义》的故事形态勾勒情节，或借三国人物事件为酒杯，一般都在三国戏曲中寄托了超越三国时代或事件的哲理意蕴。

在我看来，文人之笔主要体现在以下三个方面：素材的文人化、语言的典雅化、情感的理性化。

素材的文人化

与明清三国戏曲主流素材相比,体现文人之笔的作品多与我们熟知的三国人物和三国事件有一定的距离。这些作品多半远离帝王将相,远离狼烟烽火,而将笔墨更多转向历史宏大叙事背后经常被忽略的个体,关注的更多是超越时代超越集团利益的人性、哲理等层面。就笔者所考察的范围而言,明清三国杂剧能够更为集中地实现这种目的。传奇与清代花部戏、晚清的昆曲、京剧以及地方戏,与传统三国素材多保持一致。具体而论,目前在素材上更多关注文人的有:1.汪道昆《陈思王悲生洛水》与黄燮清《凌波影》,均以陈思王曹植与洛神宓妃之间的感情为描写对象。2.陈与郊《文姬入塞》、蒋安然《胡笳十八拍》、南山逸史《中郎女》、尤侗《吊琵琶》、唐英《笳骚》、曹寅《续琵琶》均是以蔡文姬及其归汉事件为描写对象。3.《阮步兵邻庙啼红》与《穷阮籍醉骂财神》均描写阮籍,只不过前者以历史真实中的阮籍及事件而进行敷演,后者则纯粹为讥讽世风的抒愤之作,后者的写作手法与感情倾向和《愤司马梦里骂阎罗》有点相似,都是通过历史事件对世态人心表达强烈不满。4.《狂鼓史渔阳三弄》与《鹦鹉洲》都是以祢衡为主人公,两部作品都有着强烈的逞才成分。其他如《真情种远觅返魂香》则写荀奉倩远赴他国寻找波弋香为妻子治病之事,情感细腻感人。

主角的身份属性对戏曲的影响不言而喻,以张飞为主角的戏曲和以阮籍、祢衡等文人为主角的戏曲在书写方式上存在着特别明显的差异。曹植、蔡文姬、阮籍、祢衡,这都是传统诗文领域更为关注的对象。戏曲以其为主角进行塑造,文人化气息自然而然也就彰显了出来。

《阮步兵邻庙啼红》《穷阮籍醉骂财神》均以阮籍为主角。阮籍为著名诗人,"竹林七贤"最负盛名的代表人物。剧中所抒情感以及表达方式自然应与人物身份相匹配。即便是相对通俗的宾白部分也应该有一定的文人属性。如《阮步兵邻庙啼红》中说道:

> (生)定要那纳彩牵红,前约后期,方成契缘? 这定是俗子所为。况且才子眼中,常挂着一位佳人。佳人眼中,常挂着一位才子。我既才子,他又佳人,缘之一也。我为一个酒字,罚做步兵校尉,他为一个色字,罚做兵家女儿,同工异曲,同病相怜,缘之二也。从来才子佳人,也有隔着千秋,徒深凭吊,也有阻隔万里,空劳梦魂,我与他生既同时,居

又同里,缘之三也。①

《穷阮籍醉骂财神》有浓郁的主观情绪,却也可以在著名文人笔下体现出哲学意味:

> (生)你看桥上桥下,人山人海,有这许多人。(丑)不多。只有两个。(生)你道我醉眼迷离,怎说只有两个?(丑)一个为名的,一个为利的。(生)如此说,我看只有一个,并无两个。(丑)怎说只有一个?(生)只有一个图利的。如今为名,也无非为利。
>
> (末)自来奉上帝之命,勾摄人生只有两件法器,一条是名缰,一把是利锁,那名缰发下文昌宫里收存,这利锁发在吾神部下听用……②

正是因为主角是文人,所以剧中展开的事件也多有文雅气息,其关涉的人物也多与主角的身份有一定的关涉度。如想到祢衡我们可以与《鹦鹉赋》联系在一起,提到蔡文姬则与其焦尾琴、《胡笳十八拍》紧密相连。阮籍的气质、曹植与宓妃的悲剧,都天然地带着非常浓郁的文雅气息。

如《陈思王悲生洛水》中,围绕着甄妃之魂,作品便可以展开非常文雅的想象:

> 我猜他又抱琵琶送别船,想是浔阳妓女?
> 罗绮晴娇绿水洲,想是江汉游女?
> 清江碧石伤心丽,莫不是浣纱烈女?
> 还佩空归月夜魂,定是嫁河伯的鬼女!……你看那女子,翩若惊鸿,婉若游龙。荣曜秋菊,华茂春松……③

语言的典雅化

首先体现在这些剧作中唱词比例远高于其他戏曲作品,这点一目了然,兹不赘述。

其次则体现在唱辞甚至宾白中多涉及典故。如《阮步兵邻庙啼红》:

---

① 胡世厚主编:《三国戏曲集成》(第三卷),复旦大学出版社,2018 年版,第 17 页。
② 胡世厚主编:《三国戏曲集成》(第三卷),复旦大学出版社,2018 年版,第 78 页。
③ 胡世厚主编:《三国戏曲集成》(第二卷),复旦大学出版社,2018 年版,第 18 页。

【滚绣球】泣竹的红泪青班，投江的绿杯黄绢。那胡沙塞雁，堪悲的冢草芊芊。垓下歌夜帐空缠，金谷水晓楼浸寒。怎生采桑见郎翻作沉江怨，华山畿饮恨黄泉。我子见吏人楼头飞孔雀，韩凭墓上宿文鸳。有许多楚楚酸酸。①

这短短的几句唱辞里，涉及了特别多的历史人物，如潇湘妃子、屈原、王昭君、虞姬、绿珠、华山殉情的青年男女、刘兰芝、韩凭夫妇等，这些人物连带着其身后的故事，让这些文辞显得异常韵味悠长。类似的例子并非只体现在这一部作品中。如《鹦鹉洲》中同样可以见到类似的语言：

我如今好不自在也！无往无来，独行独坐，不识东西南北，那知春夏秋冬。有时央吕先生挈观蓬岛，伴他朝游碧海，暮宿苍梧。有时陪巫山女赴梦高唐，帮他朝为行云，暮为行雨。有时见贾太傅在长沙，痛哭流涕长太息……②

再次，文辞整饬、意蕴悠长。
如《陈思王悲生洛水》：

【五更转】意未申，神先怆，东流逝水长。晨风断送，愿送人俱往。落日泣关，掀天巨浪。丹凤楼，乌鹊桥，应无望。梦魂不断，不断春闺想。③

再如《狂鼓史渔阳三弄》：

【六幺序】哄他人口似蜜，害贤良只当耍。把一个杨德祖立断在辕门下，碜可可血唬零喇。孔先生是丹鼎灵砂，月邸金蟆，仙观琼花。《易》奇而法，《诗》正而葩。他两人嫌隙于你只有针尖大，不过是口唠噪有甚争差。一个为忒聪明参透了"鸡肋"话，一个则是一言不洽，都双双命掩黄沙。④

---

① 胡世厚主编：《三国戏曲集成》（第三卷），复旦大学出版社，2018 年版，第 18 页。
② 胡世厚主编：《三国戏曲集成》（第三卷），复旦大学出版社，2018 年版，第 21 页。
③ 胡世厚主编：《三国戏曲集成》（第二卷），复旦大学出版社，2018 年版，第 19 页。
④ 胡世厚主编：《三国戏曲集成》（第二卷），复旦大学出版社，2018 年版，第 28 页。

虽然《狂鼓史渔阳三弄》是写祢衡痛斥曹操,在素材上并不占优势,但在徐渭的笔下,整本戏写得酣畅淋漓,爽如哀梨。

情感的理性化

如《凌波影》中,曹植与宓妃彼此有意,二人在洛川相遇,在小旦看来,之前两人错过的美好可以趁此机会再续良缘。但这个想法被曹植与宓妃断然否定:

> 痴儿胡说,我们相契以神,不过是空中爱慕。一涉形迹,便堕孽障,千古多情之人,从无越礼之事。世间痴男騃女,误将欲字,认作情字。流而不返,自溃大防,生出许多罪案,就错在这开头也。[①]

与《陈思王悲生洛水》相似,曹植与甄氏暗生情愫已久,但不管是之前的现实生活,还是因为在洛川的"偶然相遇",曹植与甄氏始终保持着克制。他们高举情的大旗,谨守男女之大防。这样的相处方式与解决问题的方式都是典型文人式的。

即便在传统的三国素材中,高明的文人也同样可以体现出情感的理性表达。如《诸葛亮夜祭泸江》便不同于传奇《平蛮图》《兴刘记》等,作品中流露出浓郁的反对战争,渴望与呼唤和平之心声。与单纯沉湎于七擒七纵的喜悦和对诸葛亮无穷的赞美大相径庭:

> 【幺篇】谁不想妻孥梦遥,谁不念父母年高。一家家望夫石上号,一个个思子台前老。到头来有甚功劳。(合)只落得无祀孤魂馁若敖,燐火沙场蔓草。[②]

此外,值得注意的是,在很多非著名文人的传奇作品中,也同样可以看到典型的文人之笔。如《新刻八能奏锦》中收录的《五关记》中:

> 【初转更】光闪闪晴霞辉照,碧澄澄寒波浩渺,滴溜溜风吹落叶飘,干柴枯枝苦被霜凋,情惨惨野外连天草。忽听得结叮孤鸿哀叫,急嚷嚷

---

① 胡世厚主编:《三国戏曲集成》(第三卷),复旦大学出版社,2018年版,第109页。
② 胡世厚主编:《三国戏曲集成》(第三卷),复旦大学出版社,2018年版,第73页。

心随,心随落叶遥。^①

这样的例子其实很多。当然,对于数量庞大的明清三国戏曲而言,能够彰显文人之笔的作品占比并不高,大多数作品属于成就平庸之作,民间叙事的特征更加明显。

民间之趣

李渔在《闲情偶寄》中说:"传奇不比文章,文章做与读书人看,故不怪其深;戏文做与读书人与不读书人同看,又与不读书之妇人小儿同看,故贵浅不贵深。"^②应该说,大多数明清三国戏曲在"浅"这个层面做得很到位。不仅浅近,更加突出的则是趣味性。很多作品都体现了非常明显的民间之趣,读来使人感觉兴致斐然,想必当初在不同剧场观看的观众亦当粲然一笑。民间之趣主要体现在以下三个方面:情节的市井化、语言的浅近化、形象的世俗化。

情节的市井化

纵观明清三国戏曲,市井化的情节主要体现在刘备集团与孙吴集团的交锋中,也体现在刘备集团内部那些善意的矛盾中。

明代传奇《东吴记》中赤壁之战后,刘备占据荆州,东吴方想尽千方百计意欲讨还。周瑜用美人计骗取刘备过江,究竟谁护送刘备过江? 刘备集团有分歧,诸葛亮否定了关羽和张飞的请求,却让赵云承担此任务。张飞很是愤懑,"难道我二人的武艺,不如他么?"诸葛亮的回答让人啼笑皆非:

"不是这等说。那东吴谁人不识得红脸关公、黑脸翼德? 所以去不得。"

张飞颇是无奈:"恨你我生得来这样红的红、黑的黑,似这样好买卖,都去不着了。"^③乔玄为了促成刘备与新月公主的婚姻,故意诳吴国太接受刘备的全礼跪拜。后来吴国太以"婚姻乃人间大事,如何容易就成"来搪塞时,乔玄以吴国太已经接受了刘备的大礼为借口,力促其答应,"既然亲事不成,娘娘就不该受他的大礼耶。丈母都拜了嘿,如何不成亲事呢?"^④

东吴招亲,在明清三国戏曲中出现多次,刘备能够顺利娶亲,与乔国老的帮助密不可分,但究竟如何帮忙,各种情节的处理上是有所区别的。清代

① 胡世厚主编:《三国戏曲集成》(第二卷),复旦大学出版社,2018 年版,第 379 页。
② (清)李渔:《闲情偶寄》,浙江古籍出版社,1985 年版,第 25 页。
③ 胡世厚主编:《三国戏曲集成》(第二卷),复旦大学出版社,2018 年版,第 278 页。
④ 胡世厚主编:《三国戏曲集成》(第二卷),复旦大学出版社,2018 年版,第 283 页。

花部戏《甘露寺》的处理方式,更富民间之趣。

《甘露寺》中,刘备拜访乔玄,乔玄不敢接受刘备送的重礼,府中苍头自作主张收下礼物。再由苍头提醒乔玄去太后处为刘备说好话。面对吴国母提出在甘露寺相面,看中了即让女儿嫁给刘备,否则就让臣下埋伏杀死的决定,乔玄与苍头的对话透露着浓郁的民间叙事色彩:

> (乔玄白)方才太后传旨,明日甘露寺面相招亲。想刘皇叔须发苍髯,怎么相得上? 哎,别人闲事,不要管他,与我何干。
>
> (苍头白)嘎嘎,这是甚么话? 受了人家礼物,别人事你就不管。岂有此理!
>
> (乔玄白)啊! 我说不要受他的礼,你这老狗才受下礼物了,事到如今怎么得了?
>
> (苍头白)还要使个两册才好。
>
> (乔玄白)事到如今,有甚么主意? 大家想来。
>
> (苍头白)大家想想。
>
> (乔玄白)哦,苍头过来,我有乌须药一包,命你送到馆驿,拜上刘皇叔,连夜染黑发须,明日甘露寺也好面相。
>
> ……
>
> (下)(乔玄白)想老夫受了人家礼物,费了多少心机,从今后再不贪小利。①

乔玄因为受礼,所以处处为刘备说话,他在吴国母面前说尽了刘备、关羽、张飞、诸葛亮及赵云的好话,使得这桩婚姻得以顺利缔结,直接破坏了周瑜的美人计。

《草庐记》第十三折中,诸葛亮第一次登台点将,张飞故意不到。后来在刘备关羽的劝说下方才进帐,剧作通过科介与宾白制造了特别浓郁的民间趣味性:

> (张冲撞亮介)

面对张飞的这种挑衅,诸葛亮一开始不为所动,依然点兵遣将。诸葛亮下令赵云率二千人马去博望城中战夏侯惇,张飞想与赵云同去,诸葛亮的表

---

① 胡世厚主编:《三国戏曲集成》(第四卷),复旦大学出版社,2018年版,第539页。

演这个才开始:

> (亮云)不用你,又出去。

后来在派糜竺、糜芳、刘封、关羽出兵的时候,张飞也屡次请战,但得到的回复均是"不用你,又出去"。

这个情节的趣味性在《锦绣图》中体现更为明显。

> (末白)张飞!(净白)诸葛亮!(末白)你枪快?(净白)枪快。(末白)马饱?(净白)马饱。(末白)会相持?(净白)会相持。(末白)将军虽好,我这里不用,又出去。(净白)哎哟,哎哟! 气死我也。待我抓他下来。

在刘备的恳请下,诸葛亮只得给张飞安排任务:

> (末白)你大哥再三讨差,我只得也用你一用。
> (净白)住了,用罢了,不要这个"也"字。
> (末白)偏要这"也"字。
> (净白)我偏不要这个"也"字!
> (末白)我偏要这个"也"字。
> (净白)我偏不要用这个"也"字,你说。①

《古城记》中,曹操出征徐州,张飞意图以逸待劳,夜袭曹营,他与刘备的约定也充满着趣味。这点在探子的口里说出来更显趣味盎然:

> (丑)小人跟随大爷三爷出兵,三爷传下令,不可叫名字。大爷叫三爷做老张,三爷叫大爷做老刘。一更无事,二更悄然,三更时分,只听得一声炮响,里面营中喊声叫杀杀。只见大爷慌了,叫三爷"老张、老张",后来声音也低了,想是一个开交了。三爷又杀慌了,叫大爷"老刘、老刘",后面声音也低了,想是一个又开交了。②

---

①　胡世厚主编:《三国戏曲集成》(第三卷),复旦大学出版社,2018年版,第452—455页。
②　胡世厚主编:《三国戏曲集成》(第二卷),复旦大学出版社,2018年版,第109页。

清代乱弹《凤凰台》中,大乔小乔布散家财,招集义兵,在这凤凰台畔,各立一寨,保守村庄,以防贼盗,暗访英雄而图终身大事。这种情节的设置也典型体现了民间之趣。

关羽的相关故事形态里,民间之趣也体现得特别明显。一个是在京剧《斩熊虎》中,关羽在麻姑庙梦见麻姑命白猿教自己刀法,最终斩杀了熊虎。这种构思在花部戏《取四郡》里也得到了沿用。另外一个则是《三国演义》中被浓墨重彩书写的"温酒斩华雄",在花部戏《斩华雄》中则彰显出特别浓郁的民间趣味:

> (关白)泗水关有几个华雄?
> (华白)就是老爷一人。
> (关白)身后何人?
> (华白)在哪里?
> (关白)看刀!
> (华雄死,下)

事实上,以这种偷袭的方式斩杀敌人,在明清三国戏曲中并不只是一次出现,并且还基本上只在关羽身上才出现,比如利用这种方式斩杀了颜良,后来古城聚会前关羽又通过这种方式杀了蔡阳。这种充满民间狡黠味道的情节让关羽的形象更贴近底层。

语言的浅近化

语言是实现民间之趣的重要手段。在明清三国戏曲中,实现语言浅近化的方式多种多样,概而言之,大致有三种。

首先,在曲词写作中,少用大段描述性、抒情性的曲词,多采用与剧情发展有关的叙述性语言。与上述文人之笔相反,民间之趣特征比较明显的三国戏曲,宾白成分远远大于唱辞,并且很多此类剧作中的唱辞显得朴拙,有些甚至特别粗俗鄙俚。此类情况较为普遍。

其次,在处理宾白时,有些作品中不仅经常使用口语叠词,还大胆采用了方言俗语入戏。如《西川图》中,"中间摆个淅淅飒飒螃蟹阵。杀得他爬的爬滚的滚,爬的爬滚的滚。"如《双和合》"拒投"中,基本上用的都是方言。

在花部戏《斩华雄》中,众诸侯被华雄杀得很狼狈,关张二人的议论颇有意思:

（关白）俺弟兄三人，随公孙将军义师讨贼。众诸侯被华雄战得他大败，不能进兵，有道好笑。（张白）二哥，这是主帅无能，累及三军。（同笑介）哈哈，哈哈哈！

再次，用通俗浅近的语言。这种方式是最为常见的，也是最容易达成效果的。

《东吴记》中，潘璋、陈武二人奉周瑜将令，前去拦截刘备，结果路上遇到了赵云拦截：

（云白）你二人通名上来。（潘白）我是潘爷爷。（陈白）我是陈祖宗。（云白）原来是潘璋、陈武。（潘、陈同白）胡说，你且报名上来。（云白）俺乃常山赵子龙是也。（潘、陈同白）哎呀我的妈呀，是你老么，何不早说？耽误这么半天的工夫。你老请罢。①

明代杂剧《庆冬至共享太平宴》中，净角于覆拉着张飞跟他说，"老三，你是个直人。俺鲁大夫一场事，安排了酒，问老关索取荆州，到了不还，又噇了一日酒，包了一张卓（按，应为桌）面去了，俺大夫至今饼锭铺里，还少他一钱二分银子哩。"②这个毫无疑问是将民间化的思维纳入两个集团之间的斗争中形成一种戏剧效果。这种方式并非孤例，在《新编三国志传奇》第四十二出"索荆"中，面对鲁肃讨还荆州，关羽的唱辞中也有"自古嫁女赔钱，只合割膏腴赠作奁田，那里有向婿家索逋追欠。请问您这月老冰翁，早难道披过了花红就不管。"体现了同样的意趣。

明代传奇《七胜记》：

（丑舞刀科）此刀名为偃月刀，将军降汉不降曹，三请云长不下马。（净）有何凭据？（丑）将刀挑起丝红袍。（净）那袍还是花子的，还是素净的？（丑背笑白）待我耍他。那袍我看见：曹操追寿亭侯到霸陵桥上，与寿亭侯饯别；寿亭侯不肯下马，就将那刀尖儿一挑；那袍上一条黄龙，就惊到大河戏水去了；寿亭侯差我去拿，半空中坠将下来，我只说捉得龙吟，原来是跌得我自家做乌龟叫。③

---

① 胡世厚主编：《三国戏曲集成》（第二卷），复旦大学出版社，2018年版，第287页。
② 胡世厚主编：《三国戏曲集成》（第二卷），复旦大学出版社，2018年版，第40页。
③ 胡世厚主编：《三国戏曲集成》（第二卷），复旦大学出版社，2018年版，第235—236页。

皮黄戏《过巴州》中,张飞要寻找一个与自己长得像的人作为替身,以此骗过严颜。他问徐大汉胆子如何,问答中也很有意思:

(徐白)胆量是小的,饭量是大的。(张白)原来是他娘的草包。

因为诸葛亮事先吩咐张飞不可用粗暴的方式对待严颜。张飞在交战过程中非常郁闷:

> 擒来这员老将,打又打不得,斩又斩不得。诸葛亮啊!牛鼻子,你活活地难坏了我老张也!(唱)
> 心中恼恨诸葛亮,不差四弟差老张。明知巴州有勇将,活活难坏我老张。无奈只得跪宝帐。①

人物形象的世俗化

有意思的是,明清三国戏曲中基本上是蜀汉集团的人物体现出了浓郁的世俗化倾向。如刘备、诸葛亮、张飞、关羽与赵云。

《黄鹤楼》中,周瑜假托东吴太后思念刘备之名,让其过江。刘备产生畏惧心理,多次在诸葛亮面前拒绝前往。"孤不去,不去。前次过江,孤的性命险丧江边;今又过江,怎能有命回来? 我不去,不去。"这与我们熟知的刘备形象显然是格格不入的。刘备全然没有面对挫折愈挫愈勇的坚韧与面对困难的乐观精神,展现的是一个贪生怕死、畏首畏尾的普通人形象。

《锦绣图》中,诸葛亮的言语特征颇不同于其他同类作品。如他听到报子说曹操命夏侯惇为帅,统领十万雄兵前来搦战时,他说"贫道好苦痛哀哉也",刘备以为诸葛亮忧愁的是自己兵疲将寡,诸葛亮的回答却让人感觉谐趣十足,"非也。可惜曹兵十万人马,都丧在贫道之手"。既有乐观情绪,更是对自己经天纬地之才的充分自信。在《草庐记》中,刘备三顾茅庐,诸葛亮并非去游山玩水或者有意考验刘备的诚意,而是因为预知劳而无功,所以躲在家中,故意让道童通报自己不在家。后来在张飞的吼声中,"就唬出一个孔明到来了"。两部剧作中的诸葛亮形象与我们所熟知的显然有很多不一样的地方。

明代传奇《古城记》中,张飞落草,在考虑年号的时候,他的心理波动很有意思:(张背科)到是老张差矣。若标了我真名在上,日后中原曹操闻知,

---

① 胡世厚主编:《三国戏曲集成》(第四卷),复旦大学出版社,2018年版,第595页。

未免取笑,说我老张去做强盗,不如混标一名在上,日后见了大哥,再作道理。①

最后,张飞确定的是"快活元年无名大王"。

不管是最初的心理动机还是最后的年号名称,都显示了张飞性格中难以磨灭的诙谐与乐观。

《三国演义》中,刘备在公孙瓒处第一次见到赵云便对其青睐有加,但兜兜转转,直至古城聚义的时候赵云才归入刘备的阵营。赵云行事风格如同霁月清风,令人佩服。在明清三国戏曲中并不如此,彰显了特别明显的民间趣味。花部戏《磐河战》中,赵云在袁绍麾下,屡次请战却都被袁绍弃而不用且赶出帐去。赵云非常生气,"气死我也!气死我也!这厮目中无人,将俺赶出帐来,俺不免却了甲帽,去到磐河洗马。若是公孙瓒败下阵来,俺就一马当先,救了公孙瓒,再作道理。"后来果真打败颜良、文丑,救下公孙瓒。在《借云》中,赵云应刘备之请,前来解救陶谦之困。典韦来挑战,赵云正欲出战,却被张飞担心"失了桃园的锐气"。赵云面对张飞的举动非常恼怒,"俺指望前来建功立业,谁想张飞灭却俺的威风。俺还与他破甚么曹,(一下)解甚么围!(【叫头】)众将官!(五下)将人马撤回北壁。"在刘备的苦苦恳请下,赵云才答应暂且留下来,"若张飞打了胜仗,俺将人马撤回北壁;若是打了败仗,俺就一马当先,杀却典韦,灭却张飞的威风。"两部剧作中均可以看出赵云性格中的任性与骄傲。

其实,除了以上三个方面可以彰显民间之趣外,人物称谓上也有着典型的民间之趣。

王丽娟曾撰文论述道:"通过桃园结义故事的两种解读可以看出,文人叙事文本是义中有忠,义中有孝,义乃民间义气之义与儒家义理之义的结合,体现了文人叙事对儒家伦理道德的重视;而民间叙事文本是义中只见义,突出的是民间之义,体现的是民间叙事对民间义气的重视。"②在我看来,人物称谓就能典型体现文人叙事与民间叙事区别的一种方式。以赵云的称谓为例。刘关张为结拜兄弟,从陈寿《三国志》中即开始有记载。但赵云从未与刘关张三人同起同坐。关汉卿《单刀会》第三折关羽的【十二月】唱辞中曾经叙述道:"那时节兄弟在范阳,兄长在楼桑,关某在解梁,诸葛在南阳。一时英雄四方,结义了皇叔关张。"也只是将诸葛亮列入三人阵营之后,说明

---

① 胡世厚主编:《三国戏曲集成》(第二卷),复旦大学出版社,2018年版,第117页。
② 王丽娟:《文人之"忠"与民间之"义"——桃园结义故事两种叙事的比较分析》,《明清小说研究》,2007年第1期,第60页。

诸葛亮的重要性。这里面完全没有赵云的身影,更不用说四弟。当然,在《三国演义》第七十三回中,刘备分封关羽等五人为"五虎将"时,关羽曾云:"翼德吾弟也;孟起世代名家;子龙久随吾兄,即吾弟也"。

但在清代花部戏中,赵云被称为"四弟"或者"四千岁"的情况比比皆是,值得关注的是,不管是对刘备还是对甘夫人、糜夫人,抑或是孙夫人,赵云对他们的称呼还是明显不同于关羽、张飞。唯独在《拦江》一剧中,赵云的叙述里才喊刘备为大哥,"蒙刘皇叔借俺前去破曹操八门金锁阵,后来不忍分离,呼为四弟。大哥带兵攻打西川去了……"

花部戏《三国志》中,刘备投奔刘表,对着关张赵三人说:"三位贤弟过来,拜见我同宗人。"赵云杀掉陈武并抢回其坐骑,刘备说的是"哈哈哈!喂呀,好俊一匹战马,真是千里龙驹。哈哈哈!此乃四弟之功。"

《荐诸葛》中也有"叫四弟"的说法。《博望坡》中徐庶对曹操介绍赵云时说"这就是刘备四弟常山赵子龙",张飞对七进七出曹营的赵云大加赞叹,"好四弟,真英雄也"。《汉阳院》孔明提及"子龙乃是四千岁"。《长坂坡》张飞直呼赵云为四弟。《黄鹤楼》中刘备径呼赵云为四弟。

此外,在多部三国戏曲中,对袁绍等人的称谓也可以看出奇特之处,将袁绍称为冀王,刘表为(荆)襄王等,这都体现了特别明显的民间之趣。

需要指出的是,三国戏曲多呈现出雅俗交融的趋势,主要体现在两点上:一个是既有著名文人参与有典型体现高雅特质的杂剧,也有出自坊间或宫廷文人之手的俗文学特征特别明显的杂剧;二是在三国戏曲作品尤其是传奇作品,大的方面呈现出俗的格调,但这不妨碍在很多情节或者局部人物形象的塑造上显露出雅的特征。总体来说,三国题材戏曲作品以俗为主,雅俗交融。

第二节　英雄之论与闺阁之音

英雄之论

龙盘虎踞的三国时代英雄辈出,除了事实层面的建功立业外,唇舌之间的品评赏鉴也是特别流行的。月旦评便是当时最具盛名的评议活动,其评议对象包括各个阶层的人士,以臧否人物,激浊扬清为目的,每个月品题都有变化。无论是谁,一经品题,身价百倍,许劭给曹操"清平之奸贼,乱世之英雄"的评价就成了伴随曹操一生的定评。《三国演义》中曹操与刘备"青梅煮酒论英雄"其实就是这种评议活动的另类再现,并成为小说中最经典的情节之一。"煮酒论英雄"历来为人所称颂,不仅曹刘二人形象气质呼之欲出,曹操对时人的评价也几成定论,更彰显出其识人之明。在我看来,毛宗岗《读三国志法》中"三绝"的评定,运筹帷幄、行军用兵、料人料事、武功将略、冲锋陷阵……等各种名目的归纳分类,亦是典型的人物品评。其实,不管是在《三国志》《世说新语》,还是在《三国演义》中,英雄之论始终存在。在《三国志平话》和元代三国戏曲中,论英雄的情节也不在少数,趣味性更浓郁。

《三国志平话》中有"论英会":无数日,曹相请玄德筵会,名曰论英会,唬得皇叔坠其筋骨。① 极为简短的记述中也能看出刘备当日的紧张心态。在元代三国戏曲中,朱凯《刘玄德醉走黄鹤楼》和无名氏《莽张飞大闹石榴园》均非常详细地描述了宴会期间论述英雄好汉的场景。两者有一定的相似之处,前者纵论英雄的双方是刘备与周瑜,守门的是俊俏眼于樊,解救者为姜维、关平,但更重要的则是诸葛亮预先准备好的令箭以及"彼骄必褒,彼醉必逃"的解救策略;后者论英雄的双方则是刘备与曹操,酒令官是杨修,守门者为夏侯惇与许褚。最后是通过关羽、张飞硬闯的方式解救了刘备。前者列举的英雄人物是项羽、曹操、刘备与周瑜,后者则是吕布、项羽和曹刘。曹操与周瑜请刘备赴宴的真实目的都在于"罗织他些风流罪过"。这个论英雄的方式及具体过程在明代传奇《草庐记》第四十五折中基本上被全盘继承下来。②

明清三国戏曲中涉及论英雄的场合并不少。主要有自评与他评两种不同情况。

自评中最引人注目者应该属《草庐记》第五十二折蜀汉五虎将的自我表述:

> (关上)【出队子】英雄无对,英雄无对,忠孝兼全史记题。扶刘助汉举王师,要灭西川张鲁贼,三国奸雄尽灭除。(下)

> (马上)【前腔】出兵能料,出兵能料,汉代将军名马超。威风抖擞显英豪,金甲狮蛮带束腰,要把三国奸雄尽扫除。(下)

---

① 钟兆华:《元刊全相平话五种校注》,巴蜀书社,1990年版,第415页。

② 胡莲玉认为,"三国戏目中有明杂剧《碧莲会》《黄鹤楼》,清传奇《黄鹤楼》的说法当不成立,此三种剧作实为一种,即朱凯所撰《黄鹤楼》。我们更可进一步作出如下假设,朱凯在脉望馆抄本基础上,去除其情节中冗赘、不合逻辑的部分,加写结尾,改写成三折《黄鹤楼》剧,《草庐记》复又移植其剧。"(《〈刘玄德醉走黄鹤楼〉杂剧故事考辨》,《明清小说研究》,2007年第3期,第182页。)

（飞上）【前腔】为人刚义，为人刚义，除我英雄再有谁。豹头环眼猛张飞，戡乱锄强天下奇，要把三国奸雄尽扫除。（下）

（黄忠上）【前腔】平生英气，平生英气，老将黄忠七十余。善能威武识兵机，若遇交锋他命抵，抖擞精神教他亏。（下）

（赵上）【前腔】为人忠勇，为人忠勇，真定常山赵子龙。看咱威武显英雄，百万军中立大功，坐下神驹走似风。（下）①

蜀汉五虎将在言辞中均对自己英雄的定位相当肯定，也表现出大无畏的英雄气概，要建功立业，要剿奸除恶。在本折中，赵云下场后其实张鲁也上场有唱辞，在言辞中亦表达了自己为英雄的论断。三国戏曲中，除了净角扮演的夏侯惇和《取南郡》《美人计》等剧中的鲁肃，绝大多数的武将均对自身有强烈的认同感，英雄的定位实属正常。

其实，本集团内部的相互推崇也可以算成是自评的范畴。如《鼎峙春秋》第五本下第十四出诸葛亮对关羽、赵云和张飞的高度赞誉就是典型例证：

（孔明白）山人岂有诈乎？但三百万雄师，非兵也。有三将，可敌三百万雄师。非比东吴，将士以身家为重，不顾主上疆土。（周瑜白）那三将可敌三百万来？（孔明白）难道公瑾不知么？关公力敌万人，志在《春秋》，国士无双，名惊华夏，刺颜良诛文丑，过五关斩六将，即曹操尚自丧胆。（周瑜白）还有何人？（孔明白）岂不闻常山赵子龙，单骑保主母，百万军中救阿斗，连挑贼将五十四员，杀败曹兵百万，这不是前朝卫青，晋文先轸么？（周瑜白）我亦曾闻，还有何人？（孔明白）还有虎将张翼德，英雄莫当，百万军中取上将首级，如探囊取物。那日在长坂桥边，只见曹兵百万乘势杀来，他只匹马单枪，一声高喝，惊慌了百万曹军。②

这一类评述并未见于魏国或者吴国君臣，即便有，也基本上是一笔带过。足以见出，这种英雄之论是戏曲肯定、赞扬蜀汉集团的一种重要手段。

两人通过交谈的方式纵论天下英雄，是英雄之论的主要形态。这种评述多数与《三国演义》中的"青梅煮酒论英雄"类似，基本可以看作是小说论英雄方式的延续。

① 胡世厚主编：《三国戏曲集成》（第二卷），复旦大学出版社，2018年版，第229—230页。
② 胡世厚主编：《三国戏曲集成》（第三卷），复旦大学出版社，2018年版，第1003页。

如残本《青梅记》中详细地描写了刘备与曹操论英雄的情况,只是论述的人物及顺序上与小说有明显的差别。

> (外)我与你对坐论英雄,吃一钟。请贤弟说来。
>
> (生)冀州袁绍、袁术,马、步兵数十万,却称得一个英雄好汉。
>
> (外)那袁绍兄弟虽有兵马数十万,不能为人,不日剿灭,保国安民。怎做得好汉? 贤弟道差,该罚。
>
> (生)荆州刘表,可称好汉。
>
> (外)那刘表虽有二子,长刘琦,懦弱之辈;次子刘琮,展害之徒;刘表去世,荆州必归于吾。何为好汉? 该罚。
>
> (生)江东孙仲谋,有文武臣僚双全,占了江东八十一州。这个可称为英雄么?
>
> (外)那孙权承父之业,虽有文官三十六,武将四十九,但以言貌取人。不日间擒贼首,江东之地尽属孤矣,道□□□□。
>
> (外)贤弟,眼前英雄如何不说?
>
> (生)眼前是魏相英雄。
>
> (外)眼前英雄,惟有孤与使君。
>
> (生)不能当此。
>
> (外)你兄弟三人破黄巾三十六万,擒吕布斩华雄,功高盖世,岂不是英雄?[①]

与小说相比,此处被拿出来评述的人物大大减少,只有袁绍、刘表与孙权,袁术、张鲁、刘璋等人均未出现,对刘表的评价涉及后代的无用,将孙策置换成孙权,并且认为其以貌取人,都显示了戏曲与小说有不同的关注重心,曹操以刘备说错话了为由要罚刘备的酒,更是戏曲舞台上的惯常做法。

清代传奇《新编三国志传奇》第九出"失箸"其实也是小说论英雄的另类书写,其他出现的人物均为陪衬,以天上双龙喻指地上曹操与刘备双雄争霸:

> (中净)龙乃鳞虫之长,风雨雷霆,变化不测。就似那人世的英雄一般廓清摧陷,左右无方。这不是人中之龙么?
>
> (生)丞相高论比的不差。

---

① 胡世厚主编:《三国戏曲集成》(第二卷),复旦大学出版社,2018年版,第360页。

（中净）今日满地烽烟，揭天鼙鼓。使君看来，毕竟谁是真英雄？试举其人以卜眼力。

【前腔】屈指轮查，当代英雄有几家？（生）袁本初可谓英雄？（中净）好谋无断。（生）吕温侯可谓英雄？（中净）勇而不义。（生）袁术、张鲁、刘表、刘璋皆是英雄？（中净）此辈庸庸碌碌，只算的野草闲花。我早晚一个个枪挑刀劈手擒拿，绳穿索绑皮鞭打……①

除了曹操与刘备之间的英雄之论，其他人也曾有类似的谈论。如花部戏《借云》中，所论双方为刘备与赵云：

> 赵将军，你看天下荒荒，众诸侯刀兵齐起，日后成王霸业，但不知是谁？
> （刘备白）我想河北袁绍，有颜良、文丑扶佐于他，日后成王霸业，必定是袁绍。
> （赵云白）冢中枯骨。
> （刘备白）我想袁绍之弟，名叫袁术……
> （赵云白）守户之犬。……此人心小，行事短绝，抢夺良民，无所不为。
> （刘备白）我想荆襄王刘表，有蔡瑁、张允扶佐于他……
> （赵云白）可称明主，怎奈蔡氏不贤，重用蔡瑁、张允，日后荆襄必丧二贼之手。
> （刘备白）赵将军，想北壁公兄，又有赵将军扶佐于他，日后成王霸业，一定是我公兄，不消说也。
> （赵云白）咳，俺赵云倒有扶主之心。怎奈他情性高傲，不纳忠言，焉能成起甚么大事。

与小说相比，赵云的评论更为具体到位。与曹刘一问一答的形式相比，刘备易客为主，主动征询起赵云的意见，而赵云也几乎知无不言言无不尽。在言谈之间，赵云的诚意及卓越见识都非常明显地显露了出来。

当然，并非所有的英雄之论都与"青梅煮酒论英雄"保持类似形态。如《鼎峙春秋》第十九出中董卓与曹操的交谈就颇有意思：

---

① 胡世厚主编：《三国戏曲集成》（第三卷），复旦大学出版社，2018年版，第266页。

（曹操白）有一名山，唤做武当山，若登之，可以望见天下。

（董卓白）可上得去？

（曹操白）怎么上不去？除非大英雄大胆量之人才可上得去。

（董卓白）你可上得去么？

（曹操白）小官不能。（董卓白）你若上去者。（曹操白）这叫做不知进退。（董卓白）倘跌下来？（曹操白）这就不知死活了。①

言谈之间曹操对董卓的吹捧显而易见。《鼎峙春秋》第四本下第十七出徐庶的说法里也表达了对可赖以托身的英雄的期待："踽踽独行，未遇英雄可托；茫茫故国，空瞻屺岵含酸。"

在三国时代，或者加上三国戏曲诞生的年代，英雄都是男性世界特有的概念，所以三国戏曲中英雄之论也几乎全部是男性之间的对话。唯一的例外则是貂蝉的论英雄。

残存《桃园记》中，关羽问貂蝉谁是天下英雄：

【前腔】看貂蝉，佞舌便，论英雄，谁数先。谁人惯马能征战，谁居帷幄能筹算，谁居帷幄能筹算，谁个当锋敢向前？你为我，言一遍。只许你直言无隐，不许你巧语花言。②

貂蝉的回答里不无奉承关羽及桃园兄弟的味道：

【前腔】念奴家，尚幼年，不能知，古圣贤。只闻得今人几个能征战，三位将军是英雄汉，刘关张是英雄汉，那数无名吕奉先。他跟脚，由来贱，他只是马前卒，怎上得虎部名班？

在花部戏《斩貂蝉》中也有论英雄的痕迹，关羽问貂蝉三国中谁弱谁强，貂蝉有口难言，她一开始说的是"三国中论英雄男儿吕布"，但在关羽一声"唔"之后只能随风转舵，说"三国中三将军名虎上将"。

所涉及之人物对英雄的评价都颇为重视。如清代花部戏《借云》中，赵云说"可恨袁绍目不识人，藐视英雄，将俺赶出不用"。因为目睹了刘备的英雄气概，赵云产生了强烈的认同感：

---

① 胡世厚主编：《三国戏曲集成》（第三卷），复旦大学出版社，2018年版，第815页。

② 胡世厚主编：《三国戏曲集成》（第二卷），复旦大学出版社，2018年版，第351页。

【摇板】自古英雄爱英雄，大义计谋在胸中。耳傍听得銮铃动，那厢来了玄德公。①

确实如赵云所想，刘备对赵云也评价很高，"久闻将军英雄盖世，今日一见，果然名不虚传。"这种英雄相惜的情感，使得赵云最终义无反顾地投靠了刘备，并建立了一番了不起的功业。同样的情况也出现在颜良身上，如花部戏《白马坡》中，颜良对刘备的赞誉很是在意，"俺只恨沮授，在袁公面前说俺勇而无谋，不可独任先锋。今日幸有使君，识俺是个英雄，可谓有了知己。此去便是一死，也得瞑目。"②

英雄之论是明清三国戏曲的应有之义，但在这种常规的话题中也蕴含着一些习焉不察的规律。第一，绝大多数的论英雄环节都充满了力量的不对等，这种力量的不均衡导致论英雄对弱势一方而言就意味着无尽的凶险。不管是《草庐记》《青梅计》《黄鹤楼》中的刘备，还是《斩貂蝉》中的貂蝉，他们的内心始终是忐忑不安的。刘备的"失筯"与貂蝉的小心翼翼都是这种心境的绝佳反映。第二，论英雄既可以是共时的，也可以是历时的。古往今来众多英雄人物均可以纳入比较的范围。第三，英雄之论中主体和客体出现频次是可以典型体现戏曲感情倾向的。

需要指出的是，英雄本来便是一个复杂的概念，表现在三国素材中则不仅指那些只手撼动天下局势的一方诸侯和在战场上厮杀立功的武将，同时也应该涵盖那些运筹帷幄的谋士们。有些作品中，并不会严格将这几类人区分开来。如明代杂剧残本《诸葛平蜀》中，首先通过曲调【混江龙】肯定"汉初三杰"：

> 君臣际会，豪杰英俊似云集。张子房运筹帷幄，韩元帅战胜迎敌。萧丞相辅弼国家遵法律，不绝粮草抚黔黎。整顿的江山巩固，揩磨的日月光辉。

在【那吒令】中则将蜀汉集团的"英雄"人物拿出来进行颂赞：

> 若论着智谋有军师孝直，若论着威武有云长益德，若论着英勇有子

---

① 胡世厚主编：《三国戏曲集成》（第四卷），复旦大学出版社，2018年版，第69—70页。

② 胡世厚主编：《三国戏曲集成》（第四卷），复旦大学出版社，2018年版，第131页。

龙孟起,老将军黄汉升多刚毅,一班儿将先主扶持。①

闺阁之音

《三国演义》演绎了东汉末年到魏晋时代男人们金戈铁马的战争经历,虽然其中也出现了包括貂蝉等人在内的女性身影,但这些女子基本上都成为了男性世界的烘托或者斗争的牺牲品。比如刘安的妻子、貂蝉、徐庶的母亲、麋夫人、孙小姐等。作为历史演义,《三国演义》主要关注男性世界,将外化的场景以及历史大势择其要进行叙述,是很高明的一种处理方式,纲举目张,条分缕析,也成就了《三国演义》经典的地位。但不得不说,女性角色的相对缺失和无语,及女性心理描写的完全空白,是小说的遗憾,也是缺陷。这种遗憾和缺陷一定程度上在明清三国戏曲中得到了弥补。

明清三国戏曲中出现了很多女性人物,举凡《三国演义》中曾经出现的女性在戏曲中基本上也都全部出现,并且不再是男性声音的传递者,而更多是以女性视角去咏叹个人心怀,抒发历史感慨或表达对时事的看法。择其要而论,明清三国戏曲中的女性主要有刘备的夫人(甘夫人、麋夫人、孙夫人),蔡文姬,貂蝉,诸葛亮的两位夫人,北地王刘谌的夫人,徐庶之母,张济之妻等。

一、从闺阁之音的内容上看,主要是描写夫妻之情。

夫妻之情如果细分的话,可以以抒情主体的夫君有无在人世区分为两种,在世的和已经去世的。这两种情感的表达方式以及言辞中所体现出的感情色彩区别非常大。前者以甘夫人、麋夫人、孔明之妻、刘谌之妻为主要表现对象。后者则包括孙夫人、小乔、邹氏、樊氏等。

明残本传奇《古城记》中,曹操率军攻打徐州,刘备与张飞迎战下落不明,甘夫人与麋夫人听到了刘备阵亡的流言,她们的唱辞充满着悲情与哀怨:

【二犯江儿水】曾记当初相聚,一心望到老,又谁知云遮楚岫。水涨蓝桥,铁心肠打开了鸾凤交。人远路途遥,音书鱼雁杳。地远山高,望断魂消。这冤家何时了,思量起心转焦,不由人越加恼。误了奴青春年少,耽搁奴佳期多少,到今日嫂叔三人去降曹,闪得奴有上稍没下稍。

---

① 胡世厚主编:《三国戏曲集成》(第二卷),复旦大学出版社,2018年版,第45—46页。

值得指出的是,这个唱辞,在《金瓶梅》中也曾经出现,西门庆勾引上潘金莲之后,又因为忙着娶孟玉楼,把潘金莲一个人撇下不闻不问,孤独的潘金莲只好通过琵琶弹奏此曲来表达无穷的哀怨。应该说,这支曲子用得并不恰当。刘备存亡消息尚未完全确认,甘麋二夫人不应该对夫君有这样的怨愤之语。退一万步说,即便刘备已经战死,按照甘麋二夫人的性格特征,也不应该有这种轻佻的情感。这种判断并不是完全没有根据。上面引用的曲辞来自残本《古城记》,而在今存全本《古城记》中,同样的位置则是【泣颜回】:

> 听说泪交颐,唬得我魄散魂飞。无端曹贼,平地便把波涛起。望二叔念取桃园义,到沙场收取身尸,免得他朽烂尘泥。……(旦、贴苦)顿教人默默嗟吁,眼睁睁怎忍分离?①

与残本《古城记》中的唱辞相比,这里的情感指向及表达方式毫无疑问要合理许多,把甘麋二夫人初知刘备战死消息的惊恐,对曹操的愤怒,对关羽的嘱托尽数表达了出来。

> 【寄生草】那堪金莲小,心急步行迟。露珠湿透帮和底,思之姐妹们,受尽了腌臜气。有朝夫君相会时,细把从前说教知,管教报复从前事。("关云长闻讣权降")

在"关云长秉烛达旦"一出中,黄狗的叫声引发了二位夫人对刘备的无限思念:

> 【驻云飞】二鼓声响,想起夫君泪珠零。指望同欢庆,谁想分鸾镜。嗏,好教我痛伤情,泪盈盈,若不是二叔维持,姊妹无投奔。(合)终日思君不见君,思君不见君。②

这种对夫君的思念并不只是在甘夫人和麋夫人身上有体现,也并非只是在这一本剧作中可以看到。

明传奇《七胜记》第二十六出"花亭拜月"中,首先通过梅香的口吻说出夫人对诸葛亮的思念:"我夫人因相公征蛮未回,整日忧闷不乐,想是春心动

---

① 胡世厚主编:《三国戏曲集成》(第二卷),复旦大学出版社,2018年版,第109页。
② 胡世厚主编:《三国戏曲集成》(第二卷),复旦大学出版社,2018年版,第362—364页。

也未定。"梅香的话语中有调笑因素存在,但夫人对诸葛亮的思念却是确凿无疑的,这点在下面的【九回肠】中得到了进一步印证:

> 真薄命,只为着朝廷忧节镇,敢临风对景伤情。学不得嫦娥,写就千秋怨;做不得西子,三年只抚心。①

男主角们征战在外,女主角则只能固守闺阁,等待着丈夫的归来。在漫长的等待中,她们既有无法排解的孤独,又有特别强烈的期待,孤独中写满了对丈夫的思念之情,在期待中则夹杂着家国一体的情感。

花部中《取冀州》马超之妻的唱辞更加贴近家庭,公公遭横祸,丈夫征战不利,她忧心忡忡,却又不能将这种情绪过分显露:

> (唱)为娘的不能把愁眉展放,小冤家在一旁喜笑扬扬。
> (唱)见儿夫血染征袍上,形容憔悴两泪汪。强展舒眉相劝讲,军家胜败古之常。虽则未除奸贼党,你的忠名天下扬。②

类似的闺阁之音在北地王刘谌之妃身上同样可以看到。《南阳乐》第十三出"围府"中,刘谌妃子的孤独、思念、忧虑等各种情绪表达得特别细致到位:

> 【仙吕引子·挂真儿】帝子长征日渐久,寒风起怕卷帘钩。黄菊全飘,红梅半吐,又是小春时候。
> ……想我大王在彼,已属无事。只不知何故,尚未回来,又无尺书远寄。辗转寻思,教我好生委决不下也!
> 【仙吕过曲·九回肠】【解三酲】忆冰弦互调清昼,自君行香冷妆楼。重帘忽讶轻寒透,怪无情风雨飕飕。他那里抛缄不寄双鱼字,我这里敧枕空听五夜筹,难消受。③

在黄皓设计用刺客诬陷北地王,昏庸的后主刘禅下令将北地王府邸围困后,北地王之妃的紧张、冤屈情绪更在唱辞中体现得淋漓尽致:

---

① 胡世厚主编:《三国戏曲集成》(第二卷),复旦大学出版社,2018 年版,第 261 页。
② 胡世厚主编:《三国戏曲集成》(第四卷),复旦大学出版社,2018 年版,第 612 页。
③ 胡世厚主编:《三国戏曲集成》(第三卷),复旦大学出版社,2018 年版,第 365 页。

【南吕过曲·红衲袄】我只晓戒鸡鸣妇职修，又谁知忤貂珰遭毒手。不能够再效齐眉举案如宾友，不能够再制征衣寄与你闻外收。便道是鉴冤诬自有那天在头，怎当他凤楼高教人向何处剖。(内喊介)阿呀天那！只听这擂鼓摇旗，唬得人战战兢兢也，长令我泪如泉溢两眸。

第二十三出"泣楼"中，小旦登楼北望祁山：

【二犯渔家傲】【雁过声·换头】迢遥，目断层霄。【普天乐】问淡烟浓树，何处是祁山道。侍儿，我自大王出门之后呵，萋萋芳草，正满前景物伤怀抱。又谁晓，奇爨陡遭。又谁晓，惊魂骤飘。【雁过声】又谁晓，闭危巢，每日里声静悄。没个人儿，擅把门敲。悲号，枉茶抛饭抛。①

时光荏苒，丈夫从秋天开始出征，转眼又是一年春回大地，天气尚寒，何况还夹杂着冷风凄雨，更让其感到孤独和担忧的是，朝局在发生着变化，那个她作为全部倚靠的北地王依然杳无音信。睹物思情，女主人只能独自咀嚼着这份思念之痛。这种孤独细腻的心境确实在《三国演义》中是绝对没有机会看到的，她只能属于戏曲。

这种情感在清代传奇《青虹啸》中同样体现得特别明显。董承奉旨参与衣带诏意欲讨伐曹操，没想到却被庆童告状，让曹操提前知道这个消息。董承一家被斩杀，董圆夫妇二人只能分开逃亡。董圆投奔父亲生前好友司马懿。第十折中写满了董圆之妻对董圆的深情：

【祝英台】蹙双蛾，含泪眼，驿梦更劳魂。椿树祸连，姑舅遭诛，报国寸心难泯。孤身，负冤夫婿天涯，一别离情堪悯，闪教我展转愁萦方寸。②

君王蒙难，夫家遭诛，夫妇离别，对于董圆之妻而言，隐姓逃遁的她内心充满着对丈夫的思念，也充满着对国是日非的悲叹。她只能紧蹙双眉，等待着有朝一日夫君匡扶国政，报仇雪恨。

如果说，甘麋二夫人、孔明夫人和董圆夫人之后尚且有机会与夫君团聚，故而其曲辞中充满了期待。而对于夫君已经去世的女子们而言，曾经的

---

① 胡世厚主编：《三国戏曲集成》(第三卷)，复旦大学出版社，2018年版，第385页。
② 胡世厚主编：《三国戏曲集成》(第二卷)，复旦大学出版社，2018年版，第320页。

恩爱已经成为永远无法回到的从前,所有的遗憾都不可能再有得到弥补的机会,基于此,她们曲辞中的哀婉力度远超那些丈夫尚在人世的表达。

这点在孙夫人身上体现得最为详细。孙权之妹(戏曲文本中不一,有些地方称之为孙尚香,有些则称之为枭姬,还有些称之为新月公主)在刘备远征西蜀期间被东吴诈骗回去,从此再也没有回到刘备宫殿的机会。《南阳乐》第九出将她在刘备宾天后的抑郁和孤独描写得颇为沉痛:

> 【越调近词·绵搭絮】铅华辞谢,早矢柏舟操。只影萧条,寂寂霜闺万虑抛。坐长宵,孤蕊频挑。管甚南箕北斗,互闪争摇。我只是闲倚熏笼,懒上层楼向窗外瞧。①

在第十九出"江奠"中,也完全是孙夫人的祭奠动作及思念刘备的心理描写。

> "自昭烈皇帝宾天之后,孀守一十二年,松筠不改,冰雪无亏。既抱离鸾别鹤之悲,尤切春露秋霜之感。"

花部戏《别宫》中,听说刘备驾崩的消息,孙尚香十分伤悲:

> 【倒板】听说是白帝城皇叔命丧,(三哭叫头介)皇叔夫君,啊呀皇叔吓!(唱)不由我尚香女泪洒胸膛。实指望夫妻们同欢乐畅,(苦介)皇叔吓!(唱)要相逢除非是梦想一场。
> 【西皮摇板】空把夫君来嗟叹,越思越想好伤惨……②

从前恩爱从此只能追忆,要想重逢除非是梦,刘备死后,孙夫人只能独自咀嚼伤悲,她坚贞守节,在某些戏曲(如《孝节义》,孙尚香祭奠之后直接投江,最后被封为枭姬娘娘)中甚至直接殉情。

类似这种坚贞守节甚至追寻夫君而去的还有小乔。在江淮神书·六合香火戏《三国志(十献酒)·周瑜托梦 小乔自叹》中有十分详细的描写:

> 小乔一见心中苦,手扶棺木泪淋淋。……小乔叹了一口气,嚎啕大

---

① 胡世厚主编:《三国戏曲集成》(第二卷),复旦大学出版社,2018年版,第358页。
② 胡世厚主编:《三国戏曲集成》(第四卷),复旦大学出版社,2018年版,第719页。

哭放悲声。你为江山把忠尽，凌烟阁上永传名。实指望兴兵逢的黄道日，又谁知遇了黑煞星。可怜独死了我夫主，丢下来寡妇孤儿靠何人？只哭得天上愁云重叠叠，只哭得地上灰尘阵阵生，只哭得山中虎豹难行走，只哭得海内蛟龙入水宫……只哭得山崩石又裂，哭得河干当路行。小乔哭得如酒醉，铁石之人也伤心……①

我们惯常站在蜀汉立场上，尽情享受诸葛亮与张飞战斗喜悦的欢乐，这部戏却将视角转向周瑜与小乔，他们内心的伤悲与凄惨让人感叹同情。小乔祭奠完周瑜之后，把儿子托付于家人，也撞死在孝堂门。

虽然赵范之嫂樊氏和张济之妻邹氏也有对其夫君的情感，但与孙夫人、小乔不同的是，这两人更侧重于抒发无法压抑的孤独感。

《取桂阳》一剧中，二场和三场中将赵范之嫂樊氏的孤独心境都在其唱辞中体现出来："叹光阴去不归红颜薄命，说甚么赋《柏舟》九烈三贞。想人家夫和妇鸳鸯交颈，好叫奴闷恹恹珠泪暗淋。""世间上最苦是寒衾孤枕，羞见这一对对紫燕黄莺。昔日里卓文君风流私奔，免却了受凄凉愁叹不宁。"②

应该说，樊氏的情感诉求也是正常合理的。她一开始压抑自己的情感，意欲孤独终身，但在被赵范之妻钱氏苦劝改嫁之后，樊氏的心理变化是非常明显的："听此言好叫我主意难定，守悽惶怕的是误了终身。到不如依他言胭脂重整，且落个温柔乡半世德人。"

与樊氏的矛盾纠结相比，张绣婶母邹氏的情感表达大胆直露很多。面对大好春光时的春心萌动，看到曹操时的目光相互吸引，以及张绣叛乱后曹操抛弃她时她的怨愤之情，都体现得颇是动人。京剧《战宛城》中有非常贴切的表达：

> （白）奴家青春未过，如何挨得过一世栖凉？哎，张济吓！你害的人家女儿好苦也！
> （唱）这是奴前世里修济不到，
> 　　　朝夕里少念佛未把香烧。
> 　　　故今生受孤单不如禽鸟，
> 　　　怎叫我冷清清虚度良宵。③

---

① 朱恒夫主编：《中国傩戏剧本集成》江淮神书·六合香火戏（二），上海大学出版社，2016年版，第333—335页。
② 胡世厚主编：《三国戏曲集成》（第四卷），复旦大学出版社，2018年版，第505页。
③ 胡世厚主编：《三国戏曲集成》（第五卷），复旦大学出版社，2018年版，第252页。

《三国演义》中,貂蝉执行王允定下的连环计,周旋于董卓与吕布之间,作为计谋的实施者,貂蝉是完美的;作为女性的存在则是不健全的。在三国戏曲中,貂蝉与吕布的关系时有变化,有些处理为本来二人即为夫妻。明代传奇《三国志大全》中就是如此,第十出的标题为"夫妻今日重相见,香阁深闺月再圆",剧本通过曲辞的方式将貂蝉的复杂心情交代出来:

> 【耍孩儿】谁想我夫妻今日重相见,恰便似枯树花开月再圆。想当初烟尘四起遭兵乱,俺间阻不觉三年。往常间香闺深阁重重锁,今日呵眺眼三春似洞天,相会了神仙伴。觑了他烦烦恼恼,好交我两泪涟涟。
>
> 【尾】从今后越添我心中恨,倒不如今日休教我重相见,好似路阻蓝桥人渐远。①

貂蝉与吕布遭逢战乱,分离数年,好不容易重逢,却因为战事频繁,又要经常分离。貂蝉的唱辞里表达了女性对正常夫妻生活的渴望,最终的结果确实证明了她的悲观,吕布被杀,从此二人阴阳永隔,再也无法见面,与其如此,早知道还不如没有重新见面的机会。

除了夫妻之情外,明清三国戏曲中也有少量的母子关系之展示。作为母亲形象出现的女子,主要有徐庶之母、吉平之母、蔡文姬,还有姜叙的母亲杨氏。

二、从闺阁之音的情感指向分类,可以分为道德载体与悲剧化身两种。

道德载体:

三国鼎立,文臣武将择主而事,牵涉到大是大非的道德评判。明清三国戏曲中不仅描写了大批男性文臣武将,韬略谋臣的选择取舍,也在女性身上典型体现了这种价值取向。女性作为道德的载体,通过宾白与曲辞,向读者与观众提供了最朴素的评判。

晚清昆曲《徐母击曹》中,当徐母被骗至许昌,曹操试图用花言巧语让徐母招降徐庶。徐母严词拒绝,并戳穿曹操的忠义谎言:

> 【前腔】奸雄乱世祸包藏,那许劻早已评量。居然臣节全沦丧,真个是罪浮冀莽。(合唱)他日里燃脐依样,东门犬枉悲伤。
>
> 【前腔】纵如项羽逞强梁,慕陵母伏剑而亡。饶伊挟迫心逾壮,看巾

---

① 胡世厚主编:《三国戏曲集成》(第二卷),复旦大学出版社,2018 年版,第 343 页。

帼昂然强项。(合唱)拼颈血淋漓溅裳,休指望召儿郎。[1]

徐母骂曹酣畅淋漓,大义凛然。不管曹操以哪种方式想让徐母屈服或者上当,徐母均让曹操的想法落空。为了杜绝曹操的念头,她不惜激怒曹操,以求速死。可惜徐庶忧母心切,没有多加考虑母亲信笺的真伪,这也难怪徐母见到徐庶之后那种悲伤绝望的心情。

徐母虽然被曹操囚禁在许昌,但她对徐庶效忠刘备而倍感欣慰。《徐庶见母》中写道:

> 【鹊桥仙】囚鸾羁凤,蓦遭奇变,怎肯偷生幸免?吾儿得所罢萦牵,喜遇主明良堪羡。
> (白)我心匪石不可转,我心匪席不可卷。虽为巾帼胜须眉,识得纲常宁脑腆。

徐母对自己的儿子充满信心,认为徐庶不可能为曹操效力,徐母只求速死,只要儿子在刘备处建功立业,她可含笑九泉。

> ……似你这权奸弄把朝纲变,他肯助恶背仁贤。(白)你要斩我,何不快快一刀?(唱)我从来烈烈轰轰性,视死如归肯受怜。肠千转,甘心白刃,瞑目黄泉,瞑目黄泉。

徐母对儿子充满信心,认为徐庶可以建功立业,彪榜青史。

> 【前腔】他读过三坟和五典,怎不晓弃暗投明是至言。那中山帝胄实英彦,相辅翼正因缘。他人参帏幄诚交泰,少不得青史名标勋绩传。人中选,这的是风云际会,主圣臣贤,主圣臣贤。

在这种心理预期的铺垫下,当徐母见到徐庶之时,愕然之后感觉特别伤痛:

> 【太师引】我只道你而今学问胜从前,谁知道终无识见,好叫人中心惨然,枉费我千般祈愿。(白)你自幼读书,须知忠孝之道不能两全。

---

① 胡世厚主编:《三国戏曲集成》(第五卷),复旦大学出版社,2018 年版,第 58 页。

（滚白）可知曹操呵，（唱）他虺蜴为心，豺狼成性，他罔上欺君非善，怎被他奸谋相骗？书空展将贤豪弃捐，棘丛中可不刺痛金萱。

（白）刘皇叔仁义布于四海，黄童白叟谁不钦仰？况乃汉室之胄，你在他幕下，可谓得其主矣。①

在徐母的这些唱辞与宾白里，我们看到了一个深明大义、立场坚定的母亲。她无情斥责曹操，对刘备则完全加以肯定。她起初认定饱览诗书的儿子会明辨是非，可惜徐庶被假象所蒙蔽，徐母痛心不已。最终徐母以悬梁自尽的方式断送了曹操集团对徐庶的挟制之心。

晚清昆曲《婆媳全节》中吉平的母亲康氏和妻子李氏的宾白和唱辞里也体现了鲜明的道德立场。吉平被曹操杀害之后，吉平之母康氏及妻子李氏面对即将到来的抓捕，康氏先是表达对曹操擅权及陷害忠良的悲伤及愤怒，又吩咐孙子吉邈逃命全身，然后嘱咐儿媳李氏先行自杀，最后再痛骂前来抓捕的张辽及至撞死。既忠诚耿直，又清醒理智，令人钦佩：

【驻云飞】听说因依，魄散魂飞不著体。乱国奸雄贼，屈杀忠良辈。嗏，顿足泪双垂，伤心疼意，咬定牙根，就死难饶你。死在阴司不放伊。

【又一体】堪怜儿妇，全节愿随姑。可惜你花容月貌，含冤尘土。此恨，此恨凭谁诉。指望从夫受福，从夫受福。谁知为国身亡，灭门绝户。妻死夫亡，不能相顾。骨肉，骨肉遭冤苦。

【驻云飞】泼佞奸曹，妒害忠良篡国朝，上天昭彰报，有日终须到。嗏，负屈丧荒郊，生前难报。死在阴司，指定名儿告。……还为厉鬼捉奸曹，决不将他轻恕饶。②

李氏的言辞不多，但其光辉形象同样也很鲜明地被塑造了出来。她一开始是悲伤，既有对丈夫吉平死讯的悲伤，也有和儿子吉邈永别的苦痛：

【又一体】含冤负屈离，无边哭悲。

她吩咐自己的儿子"你去逃生，须记杀父之仇，不共戴天。灭族之恨，不可不记。你若隐害全生呵！"（唱）我死在阴司地，灵魂会笑心足矣。

① 胡世厚主编：《三国戏曲集成》（第五卷），复旦大学出版社，2018年版，第60—61页。
② 胡世厚主编：《三国戏曲集成》（第五卷），复旦大学出版社，2018年版，第63—65页。

她原本打算安葬婆婆之后再自杀,最后在婆婆的劝告之下先行撞死。

> 【风云会四朝元】伤心痛苦,含悲拜别姑。指望送归故墓,披麻执仗享祭,享祭承宗祖。谁想中途半路,中途半路,遭遇狂徒,一家被戮。把忠良陷害,反受刑诛。良善,良善皆荼毒。嗟,婆媳泪交流,两眼相看,无计,无计归故土。哭得我血泪竟模糊。①

这种对奸臣贼子的愤怒在其他明代传奇《青虹啸》中也可以看到,董圆的妻子伏氏在赏玩青虹宝剑的时候就感叹:"可恨身为女子,难以成志,若为男子,定当粉身报国,仗此宝剑,诛戮曹贼,以雪天下臣民之忿。"董圆投奔司马懿后,留下伏氏孤身一人避难宛阳,她既有对丈夫的思念,也为被杀戮的全家悲愤:

> 【祝英台】蹙双蛾,含泪眼,役梦更劳魂。椿树祸连,姑舅遭诛,报国寸心难泯。孤身。负冤夫婿天涯,一别离情堪悯,闪教我展转愁萦方寸。②

昆曲《战历城》中杨氏对姜叙的嘱托里也可以看出很浓郁的忠义色彩:

> (唱)吾儿孝道为根本,
> 　　　富贵荣华似庆云。
> 　　　但愿扫得狼烟尽,
> 　　　不愧臣子报君恩。③

当然,并非所有的女性形象都是正面的。刘表的妻子蔡氏就是一个典型负面形象,但她的存在也正好是从另外一个层面证明了女子干政的不可取,证明了曹操奸雄的本色。《博望坡》对蔡夫人的前后情感变化处理得很到位。第三本六场"威谏"中,蔡氏非常自信地告诫刘琮,"为娘见识比你高",劝儿子听从舅舅蔡瑁和张允等人的意见投降曹操。等到第十场"斩妒"中,蔡氏后悔莫及,"儿吓! 我好悔也。"然后在唱辞里详细叙述了自己的后悔之情:

---

① 胡世厚主编:《三国戏曲集成》(第五卷),复旦大学出版社,2018 年版,第 64 页。
② 胡世厚主编:《三国戏曲集成》(第二卷),复旦大学出版社,2018 年版,第 320 页。
③ 胡世厚主编:《三国戏曲集成》(第五卷),复旦大学出版社,2018 年版,第 165 页。

> 悔不该颠倒子幼长，以致刘琦走外方。悔不该屏风后望，忌妒玄德失荆襄。悔不该听信蔡瑁讲，捧印信就把那曹降。到今日只落得全家丧，老爷吓，死后相逢脸无光。[①]

此剧中蔡氏临死之前的自我安慰也很有意思："我想曹操那贼到处害人，先前山东吕布之妻严氏，袁绍之妻刘氏，宛城张绣之婶，俱被欺占，我今幸得一死，到也干净。""虽然忌妒失名望，保了死后身犹香……只因赴幽冥休感伤。"

同剧第七本头场中，吴国太面对曹操进犯的态度及处理方式与蔡氏形成鲜明对照："我本妇道无智量，曾记夫君称豪强。长子伯符心雄壮，江东人称小霸王。传流之世德泽广，也非容易创家邦。子布无谋良心丧，如何竟自说投降。""八十一州地土广，粮草充足兵马强。可笑张昭无智量，开口就是说投降。内事辨理已可想，庸臣误国实可伤。我且内堂去安享，周瑜自有好主张。"刘表的荆州最终被曹操占领，儿子刘琮被杀，而东吴得以度过厄难，在三分鼎立中独占据东南八十一州。这两种不同的结局正好为蔡夫人与吴国太的做法提供了最好的取舍与评判。

悲剧命运承受者：

从某种意义上说，明清三国戏曲中的女性多数都被塑造成悲剧命运的承受者。不管是地位尊贵的孙尚香（枭妃、新月公主）、伏皇后、董贵妃，还是地位不是很高的貂蝉、邹氏、樊氏等人，都无法逃脱这种悲剧命运的裹挟。

孙权之妹虽然贵为郡主，但不管是嫁给刘备还是以母亲生病为幌子被接回东吴，她始终都是政治的筹码，是不折不扣的牺牲品[②]，无法主宰自己的命运。多部三国戏曲以孙尚香为主角，表达了她的悲剧命运。

在花部戏《别宫》中，孙尚香作为剧中唯一主角，其心理描写细致入微。被骗回江东之后：

> 每日闷坐皇宫，亦不能与皇叔相会，思想起来，好不伤感人也。

她的唱辞中更是将自己的悲剧命运以及在命运面前无法自主主宰命运的愁苦唱了出来：

---

① 胡世厚主编：《三国戏曲集成》（第四卷），复旦大学出版社，2018 年版，第 279 页。
② 在《新编三国志传奇》中，枭姬是跟着其父孙坚参与了虎牢关战役的，当时她被吕布围困，后得刘备兄弟三人救援脱险。故而从一开始她就对刘备芳心暗许。后来嫁给刘备属于天遂人愿。（《三国戏曲集成》第三卷，第 256 页。）

遭不幸我父王龙归海葬……奴好比失舵船遇着风浪,奴好比笼中鸟不能飞扬,奴好比花正开无人玩赏,奴好比独只凤怎得呈祥?我母后爱女儿俱各一样,又谁知尚香女终日愁肠?[1]

在京剧《别宫祭江》中,这种伤悲描写得更为细致动人:

孙尚香坐宫中常思己过,思一思想一想奴命太薄。遭不幸我父皇早年亡故,遗下了我皇兄执掌山河。镇江南八九郡有何不足,一心要讨荆州惹动干戈。嫁荆州未三载用计哄我,因此上与皇叔隔断丝萝。我好比花中蕊未曾结果,我好比半空中失群雁鹅。奴好比顺风舟江心失舵,我好比织女星隔断星河。恨兄王将奴的银牙咬破。[2]

孙尚香如此,貂蝉何尝不是这样。《三国志大全》中貂蝉唱道:

【三煞】关羽手内提,要在你貂蝉项下悬,也是你前生注定今日生限。你虽不是江边别楚虞姬女,我交你月下辞咱命染泉。休埋怨,则为你花娇貌美,我恼你是绿鬓朱颜。

【一煞】则为你娇滴滴貌如花,美孜孜有玉颜,我气吼吼恶怒心间。恨你三魂杳杳归阴府,我四海扬扬名誉传,无瑕玷。你暗地里口甜心苦,絮叨叨巧语花言。[3]

类似的唱辞在明代传奇残本《桃园记》中也有:

关羽要杀掉貂蝉,却让貂蝉休埋怨,"你今日,休埋怨,只为你花娇美貌,恼得人怒发冲冠"。[4]

貂蝉本来就是政治的工具,为了大汉社稷,盘旋于董卓与吕布之间,但没想到这种于国家有功的绝美女子,最终却还是成为了"红颜祸水"最典型的注脚,成了男人能够抵御住诱惑的最佳证明。对于女性而言,这是何等的不公平。

---

① 胡世厚主编:《三国戏曲集成》(第四卷),复旦大学出版社,2018年版,第719页。
② 胡世厚主编:《三国戏曲集成》(第五卷),复旦大学出版社,2018年版,第984页。
③ 胡世厚主编:《三国戏曲集成》(第二卷),复旦大学出版社,2018年版,第346页。
④ 胡世厚主编:《三国戏曲集成》(第二卷),复旦大学出版社,2018年版,第351页。

如果说孙尚香与貂蝉都是政治与男权的牺牲品，蔡文姬则是典型的乱世悲剧承受者。作为乱世中的女性，她既无法主宰自己的命运，匈奴入侵京师，她被匈奴单于掳走，远离家乡故土。之后因为曹操修史的需要，她获得了回中原的机会，代价是只能抛下一双儿女。人生最难莫过于这种选择题，一面是暌违已久的家园，一面是嗷嗷待哺的儿女，何况对于蔡文姬而言，她并没有选择的权利，最终的她只能在漫长的岁月中遥寄对儿女的思念。

《笳骚》把蔡文姬的这种情感描摹得十分到位，尤其是把蔡文姬在面对能够回到家乡故土的欣喜与不忍和儿女分离的矛盾心态体现得淋漓尽致：

【驻云飞】教我进退难排遣。嗏，真个是奈何天！

【一江风】怎能缩地移天，才遂娘心愿？……（旦）咳，只落得娘儿会此番，恩情一霎断。

【四朝元尾】怎硬得铜肝铁胆，决决烈烈，死离生散，死离生散！

【前腔】【四朝元头】天愁人怨，魂销去住间。抱亲生血肉，气噎声断。（二子白）额聂，你今南朝去，几时还得回来么？（旦哭介，唱）儿呀！你问娘何日还？只好向秋风雁足，向毡庐夜宿。

【会河阳】盼一个尺素寒温，魂梦团圞。

【四朝元】已矣今生！再生相见。①

徐庶的母亲既是道德的载体，又何尝不是悲剧的化身。作为母亲的她，原本已经承受了丧子之痛，结果又因为程昱的阴险，让深明大义的她在尚未享受相逢喜悦的时候便选择了自杀。

其实，张济之妻邹氏与赵范之嫂樊氏又何尝不是悲剧。她们有追求自己幸福的权利，在丈夫已经去世的情况下，她们也都以不同的方式表达了自己对爱情的追求，对幸福的渴望。可是最终，樊氏只能继续独守空闺，孤独终老。而邹氏，更是成为了被唾骂的对象，成为张绣的刀下亡魂。

相比于男性的声音，即便是在三国戏曲中，女性的角色还是相对逊色许多。只是与小说《三国演义》相比，被遮蔽或者淡化的女性声音和女性形象在明清三国戏曲中已经汇聚成一个不能被忽略的群体呈现在读者面前。纵使三国戏曲无法像《浣纱记》等传奇那样以"一生一旦"纵贯全剧，但这些散见于各种戏剧中的女性声音，使得明清三国戏曲总体呈现出金戈铁马与莺莺燕燕共存的局面。这不能不说是一种进步。

---

①　胡世厚主编：《三国戏曲集成》（第三卷），复旦大学出版社，2018年版，第64—65页。

第三章　三国戏曲的历史框架与情感脉络

明清三国戏曲剧目繁多，这从第一章的表格与附录中即可以看出。要从这些繁杂的作品中归纳出所谓的主题其实不是一件容易的事情。这些作品虽然表现出的主题相对鲜明，却也五花八门。究其要者，可以从以下两个方面来认识："蜀汉中心"的历史框架和情感脉络，翻案补恨。提出了这两种并非意味着其他的主题并不明显或不重要。有时甚至完全相反，有些主题是极为明显的，只是其与《三国演义》等并无太大的不同，或者主题中并无其他新的内涵，故而在行文中简要论述。此类最重要的代表如大力弘扬的忠义思想，以及三国题材作品所拥有的"忠奸"判断。此外，明清三国戏曲中也出现了颇多极具现实意义的主题，如明朝极为严重的"党争"问题，以及明末清初在文人话语体系中经常出现的"修史"问题等。

第一节　历史框架与实现路径

三国时代是一个极富魅力的时代。群雄割据，逐鹿中原，也给才智之士提供了广阔的驰骋空间。曹操、刘备、孙权等君王之材，诸葛亮、司马懿、周瑜等智谋之士，关羽、张飞、张辽、许褚、甘宁等威猛之将，在这种历史的空间中找寻到了施展才华的舞台。虽然悠悠历史最终都归于些许冷酷的文字记载，但刀光剑影的历史面孔又依托着各种三国文学体裁复活于千载以降的人们心中。历史是复杂而冷酷的，文学却可以是丰润且虚构的。针对同一历史事件，叙述的视角不同，或许展示的面貌，得出的结论就会存在着径庭之异，也会在非常大的程度上影响着读者对于历史事件以及历史人物的判断。三国题材的文学作品依附于三国历史，但又与历史有着极为明显的不同。《三国志》《通鉴纲目》等史传在叙述三国历史时存在着较明显的不同，表现在文学作品中，这种偏差就体现得更加明显。《三国演义》的情感主线通常会被二维地解读成"拥刘反曹"，尽管这种认识存在着比较大的漏洞，反对者可以列出许多例子来反驳观点，但却无法否定它的合理之处。这种价值判断的背后，其实是正统思想的影子。究竟以曹魏为正统，还是以蜀汉为中心，这不仅仅是叙事层面的差异，更为紧要的，则是这种主题统摄下的所有问题。从人物塑造、叙述倾向、叙事节奏，到脚色扮演、情节安排，无不受其影响。

尽管人们在现实生活中经常采用"成王败寇"的观点来评价人与事，但历史的评判永远不是如此简单的。尤其是文人阶层的评价体系中，需要加入很多因素加以综合考量。三国时代，蜀汉偏安一隅，最终成为了晋国一统道路上最先被吞并的集团，但三国故事流传过程中的"拥刘反曹"情绪却几乎始终未变。《三国演义》如此，元代三国戏曲与明清三国戏曲也如此。它们皆以"蜀汉中心"来构建属于他们自己的历史框架，并在这种框架中寄寓比较固定的情感脉络。

后代的评价体系与功利的"成王败寇"论之间存在着巨大的差别，这与士大夫对于"正统"的争辩与定义之间有着密切的关系。

南宋遗民郑思肖曾经在《古今正统大论》中阐释过所谓正统：

> 名既不正，何足以言正统欤？正统者，配天地、立人极，所以教天下以至正之道。彼不正，欲天下正者未之有也，此其所以不得谓之正统。或者以正而不统，统而不正之语，以论正统，及得地势之正者为正统，俱未尽善。

他在此基础上进一步阐释：

> 大抵古今之事，成者未必皆是，败者未必皆非。史书犹讼款，经书犹法令。凭史断史，亦流于史；视经断史，庶合于理。[1]

这就断然否定了单纯依靠成败、地势等外在标准来论正统的做法。杨维桢表示过类似的观点，并认为陈寿之《三国志》以魏国为正统的做法非常荒谬："然则统之所在，不得以割据之地、强梁之力、僭伪之名而论之，尚矣。彼志三国降昭烈以侪吴魏，使汉嗣之正，下与汉贼并称，此《春秋》之罪人矣。"[2]其实这种观点在文人士大夫阶层是一以贯之的。王夫之《读通鉴论》中的论断

---

① 陈福康校点：《郑思肖集》，上海古籍出版社，1991年版，第132页。
② 《正统辨》，见陶宗仪：《南村辍耕录》，中华书局，2000年版。

与之相似:"君天下者,道也,非势也";"魏晋皆不义而得者也,不义而得之,不义者又起而夺之,情相若,理相报也。"①方孝孺非常反感治史者不明是非、不辨顺逆而妄下定论的做法,他在《逊志斋集·杂著·释统上》中论述道:"不能探其邪正逆顺之实,以明其是非,而概以正统加诸有天下之人,不亦长侥幸者之恶,而为圣君贤主之羞乎!"②他在《释统中》进而认为史家的这种做法会助长不良之风,"举有天下者皆谓之正统,则人将以正统可以智力得,而不务修德矣。其弊至于使人骄肆而不知戒。"③。

对于三国时代之正统判断,从陈寿至朱熹,改弦易辙者凡几;民间却似乎自始至终都坚持着蜀汉中心的论断。前者的变更其实颇易理解,处于体制之内的士大夫修史时永远都必须遵循现实政治的游戏规则。相反,私家史书以及民间的看法有时倒相对公允。饶宗颐曾经评论过私家史书的可贵,他认为其因有三:"一、不受史局之约束;二、不为当前史学风气及政治立场之所囿;三、有超时空限制之精神,对于史事可作重新评价。"④故而他们考量得失,评判是非,并能保有自由知识分子的独立思想和批判精神。可谓一语中的。

正是因为对正统的评判摆脱了单纯的成败机制与现实政治的约束,"蜀汉中心"论或者"拥刘反曹"才有可能从少数史家的笔下延展到社会的各阶层,并最终成为一种颠扑不破的定论。当然,这种观念的最终形成也有赖于一定的社会历史背景。冯文楼曾经论述道:"通观《三国演义》,在蜀汉与曹魏孰为正统的选择上,包含着三个方面的取向:(1)皇位继承人的统绪合法性;(2)领袖人物之人格与行为的合德性与合义性;(3)成书时代特殊的民族感情及文化认同。"⑤这种概括是准确的。但同时我们应该清楚,《三国演义》这些取向的材料来源是非常重要的。后代评价体系中刘备由"枭雄"而变为"英雄",诸葛亮由"将略非其所长"而变为"三国雄才",及由此带来的行为本身所具备的道德价值与历史功效,是影响人物评价的重要因素。北宋时代俗文学的繁荣,两宋时代面临的异族侵凌,刘备"蜀汉集团"的时代隐喻……都成为影响后世三国题材文学作品价值体系形成的重要因素。

与《三国演义》相比,戏曲中并未为"蜀汉中心"寻求一种理论的立足点。这种安排既源自戏曲本身的文体特点以及作者的水平所囿等因素,更为紧

---

① (清)王夫之:《读通鉴论》(中),中华书局1975年版,第478、477页。
② (明)方孝孺著,徐光大校点:《逊志斋集》,宁波出版社,1996年版,第53页。
③ (明)方孝孺著,徐光大校点:《逊志斋集》,宁波出版社,1996年版,第54页。
④ 饶宗颐:《澄心论萃》,胡晓明编,上海文艺出版社,1996年版,第429页。
⑤ 冯文楼:《四大奇书的文本文化学阐释》,中国社会科学出版社,2003年版,第41页。

要的，则是戏曲作者所生活的历史时空内，"蜀汉中心"已经成为了一种不需要再加以特别阐明的理论前提，是一种集体无意识。

《三国演义》的结构体系中，无论是在群雄争霸之时，还是在三国鼎立之后，处于结构中心位置的，始终是以刘备为代表的蜀汉集团。它或明或暗地制约着整个小说情节发展的过程与方向。尽管在汉末军阀混战、角逐中原之时，刘备的力量还不足以与任何势力抗衡，但作者却毫不犹豫地在第一回以"宴桃园豪杰三结义"的显著篇幅，用刘、关、张桃园结义的故事，拉开了三国历史描写的序幕。这种做法不是偶然为之，也并非是作者的心血来潮，它实际上即暗示了这部长篇巨著的真正主角，作者心目中的理想英雄已经诞生。明清三国戏曲同样如此，撇开那些与三国时代关系不甚密切的人物，明清三国戏曲这个群体的开篇实际上也是《桃园记》《结义记》等这些以刘关张三人登上历史舞台的剧作为起点。同时，也拉开了明清三国戏曲"蜀汉中心"历史建构的序幕。与《三国演义》相比，明清三国戏曲中的"蜀汉中心"拥有自身的一些特点，具体表现如下：

第一，以蜀汉人物为中心的作品特别多，他们担任主角，饰演正面人物。《古城记》《桃园记》《草庐记》《青梅记》《报主记》《保主记》《双忠孝》《锦囊记》《借东风》《荆州记》《四郡记》《试剑记》（两本）、《赤壁记》《五关记》《猇亭记》《结义记》《义勇辞金》《茅庐》《庆冬至共享太平宴》《黄鹤楼》《碧莲会》《诸葛平蜀》《七胜记》《小桃园》《补天记》《斩五将》《鼎峙春秋》《南阳乐》《祭风台》《平蛮图》《西川图》《三国志》《夜祭泸江》《定中原》等。虽然有些作品已经散佚，但从戏曲选本中残存的散出或从题目本身可明确看出其所描写内容。这些作品所描写内容大类有四：一、大多表现从刘关张桃园结义开始至蜀汉建国的过程，或以刘关张为主要描写人物，或表现诸葛亮的智谋无双。二、有些作品则表现刘备托孤之后，诸葛亮柄国，为了蜀汉江山的稳固与发展，进行南征孟获、北伐中原等。此类如《七胜记》《平蛮图》《夜祭泸江》《斩五将》等。三、刘备攻占西川后，关羽镇守荆州，与孙吴集团的相持争斗。如《荆州记》《四郡记》《赤壁记》等。四、一些作者愤懑于代表正义与正统的蜀汉未曾取得江山，故而在作品中进行翻案补恨。如《定中原》《丞相亮祚绵东汉》《南阳乐》，皆谓诸葛亮完成了灭魏降吴的历史重任，并兴复大汉；《双忠孝》则叙述关兴、张苞伐吴为父辈报仇；《小桃园》则谓蜀汉诸臣之后代灭晋兴赵之事。四种内容统摄下的故事形态是多种多样的，但基本的出发点是一致的：以"蜀汉中心"来建构三国历史。

第二，夸大、拔高蜀汉人物在历史进程中所起到的作用。元代三国戏曲中，张飞是第一主角，故而刘关张三人能灭掉三十六万黄巾，张飞可以以一人之力直闯黄巾大营,可以三次单骑出入吕布之营帐,并杀得吕布不敢应敌……这些在明清三国戏曲中虽然没有具体的描写,却依旧可以在张飞讲述自己功劳的唱词中见到,如"怒奔范阳"与"芦花荡"等故事单元。"灭三十六黄巾,擒吕布,斩貂蝉"也时常出自刘备之口。诸葛亮与周瑜交谈时指出关羽、赵云和张飞可以抵得上三百万雄师,这些都毫无疑问地夸大了刘关张在三国历史进程中的作用,也正是构建"蜀汉中心"的一种方式。在文学视域里,赤壁战役直接奠定了三分天下的格局。《三国演义》如此,明清三国戏曲也是如此,尤其是后者,通过众多的相类相异的戏曲作品完成了这次战役的描写。《三国演义》中,诸葛亮犹如这次战役的总导演。林庚先生于此有精彩阐述:

> 诸葛亮在江东的周旋中也是写得非常成功的。他到江东来实际上是兵败求援的,却写得处处主动,无形中竟像是一个导演的身份,一开始"舌战群儒"、"智激周瑜"他还居于正面,等到周瑜一登台,他便自然地退居于侧面。然而艺术上的成功正在于这个侧面几乎能隐约地写成了正面图景之外更为耐人寻味的远景。仿佛"山外青山楼外楼","白水明田外,碧峰出山后"的意境。正是人外有人,天外有天;以至于写周瑜的高明就等于写诸葛亮的更高明。①

相较于小说,明清三国戏曲更是将诸葛亮的智谋表现得淋漓尽致。在赤壁战役的故事形成过程中,诸葛亮喧宾夺主,成为了第一主角,并且顺势否定了周瑜的历史贡献。《草庐记》中,吴太后就痛骂周瑜,"这畜生,若无孔明祭风之功,他妻子已为曹瞒所夺矣!"②在《东吴记》中也有类似表述。将原本子虚乌有之"祭风"上升至影响战役全局的因素,这无形中加重了诸葛亮在推动历史进程中的影响力。类似弱化或否定周瑜在赤壁大战中的功劳的,还有张飞。在"芦花荡"故事单元中,他羞辱周瑜:"军师道你在三江夏口赤壁鏖兵有这么些小功劳,为此叫俺不杀你。没用的东西,去罢!"几乎将周瑜呕心沥血经营的功劳,全部抹杀。

第三,褒奖蜀汉人物而贬低其他集团的人物,这是明清三国戏曲实现"蜀汉中心"构思的最主要方法。《三国演义》中,"蜀汉中心"的确立,基本上是建立在与曹魏集团的争斗与对比之上的。"今与吾水火相敌者,曹操也。

---

① 林庚:《中国文学简史》,北京大学出版社,1995年版,第555—556页。
② 胡世厚主编:《三国戏曲集成》(第二卷),复旦大学出版社,2018年版,第223页。

操以急,吾以宽;操以暴,吾以仁;操以谲,吾以忠。每与操相反,事乃可成。"[①]刘备的这段名言更是这种论断的最好佐证。在明清三国戏曲中,主要有三种对比方式来实现"蜀汉中心"的建构。

首先,贬低曹魏集团而拔高刘备、关羽等人。元代三国戏曲中,有《陈仓路》《五马破曹》等,直接达到这种目的。而在现存的明清三国戏曲中,这两种杂剧的内容并未出现。曹操与蜀汉人物的正面交锋发生于《古城记》《青梅记》等作品中。在这些作品中,曹操邀请刘备"青梅煮酒",乃是探刘备之口风,刘备倘若不是韬光养晦做得好,势必成为曹操的刀下之鬼,这显然成为曹操害贤妒能的口实,也从侧面证明了刘备的城府之深。此外,曹操是因为刘备得到的勋爵比自己高,且拐走了自己的三千人马,而欲置刘备于死地……显然,这些都是贬低曹操而拔高刘备的手法。其他如《古城记》中,许褚给关羽设置重重障碍,如给单支蜡烛,一床被子,欲用毒酒加害关等,皆属于小人之举。曹操在袍底写张飞之名以提醒日后注意,严重夸大了张飞之能与曹操之懦。《古城记》第二十六出"服仓"有"昨日来在灞陵桥,刀尖挑起红也么袍,险些儿吓杀了许褚、张辽,百万曹军唬得他赤沥沥魂飞魄散了"的曲文;《群音类选》"官腔类"卷十二之《桃园记》"千里独行"中有"刀尖挑红锦征袍,惊呆了欺主奸曹,唬倒了爱友张辽"的曲文。这两支曲文的指向性极为明确。《十孝记》之"徐庶见母"中也流露出了浓郁的"拥刘贬曹"的情绪。

其次,通过对东吴集团的贬低而达到拔高蜀汉集团的目的,这是明清三国戏曲的主要手法。具体而言,有以下三种方式:其一,通过贬损东吴人物拔高蜀汉集团,被贬损的人物主要是周瑜、鲁肃、吕蒙等人;其二,通过东吴阵营中乔玄、孙尚香和吴国太等人之口来完成拔高蜀汉集团的目的。其三,以更改故事结局为手段来达到拔高蜀汉集团的目的。

如果说,元代三国戏曲中是通过贬低孙坚而达到抬高张飞的目的,那么明清三国戏曲中最主要的则是通过对周瑜的贬低而达到拔高蜀汉集团的目的。在吴国人物与蜀国人物的对比中,完成"蜀汉中心"的情节架构,并且大多数戏曲作品都围绕着这一点来做文章,这是明清三国戏曲的独特之处。从第一点所列举诸本戏曲作品可以看出,《古城记》等少数几本乃描写刘备与曹操之间的斗争;《七胜记》《平蛮图》等少数几本乃描写刘备托孤后,诸葛亮辅佐后主的事件。其余的绝大多数作品,均集中于赤壁战役及其前后的过程。赤壁之战是孙刘联军与曹操之间的对抗。在《三国演义》中主要描写

---

① (明)罗贯中著,(清)毛宗岗批评:《毛宗岗批评本〈三国演义〉》,岳麓书社,2006 年版,第 476 页。

的是孙刘两方如何走向合作并力抵御曹军的,在明清三国戏曲中则不然,联军与曹魏之间的斗争都成了一种背景,有意无意被遮蔽,淡化;相反,刘备集团与孙权集团之间的斗智斗勇一跃而成为戏曲的最主要内容。

赤壁之战的过程及演化在下文中有详尽分析,这里主要谈论有关周瑜的内容。周瑜作为赤壁之战的第一主角,在史传中威风八面,风流倜傥,儒雅异常。苏轼《念奴娇》中"记得公瑾当年,小乔初嫁了,雄姿英发,羽扇纶巾,谈笑间,樯橹灰飞烟灭"的描写更是成为千载以降周瑜最飘逸的写照,何等洒脱!何等意气风发!所有的这些,在明清三国戏曲中不复存在,这些美好的意象以及风度,几乎全部转移至诸葛亮身上。这点其实非常容易理解,"蜀汉中心"的历史框架一旦确立,所有蜀汉集团之外的人物都可以成为这个中心的衬托与牺牲品。周瑜,就是这样一位在戏曲中多次被嘲弄与戏耍的对象。

如果说,元代三国戏曲中,《周公瑾得志娶小乔》与《周瑜谒鲁肃》等作品中还能对周瑜付诸赞誉之辞的话,那么在明清三国戏曲中,周瑜则几乎被完全否定。无论是在《庆冬至共享太平宴》还是在"河梁会""黄鹤楼""芦花荡"等情节中,周瑜都是被贬低的牺牲品。

赤壁之战伊始,周瑜本欲戏弄诸葛亮,结果却被诸葛亮的激将法所触怒;战争过程中周瑜的每一次行动,都不出诸葛亮所料,周瑜不甘心失败,却屡次自取其辱;周瑜的每一次美好愿望,最后都无情落空。"河梁会"中,他约定金钟响三声为标记,伏兵四出,就可以斩杀刘备,但最后的结局却是自己被关羽擒拿住,不得已求饶作罢。这个故事单元中,周瑜沦为衬托关羽神勇的牺牲品。"碧莲会"中,周瑜自信心膨胀,以英雄自诩,却无法得到处于困境中的刘备的承认。刘备宁愿受罚,宁愿承受生命威胁,也不让周瑜的虚荣心得逞,这已经在很大程度上否定了周瑜。周瑜越想而刘备越不给予,这种矛盾是制造喜剧效果的一种重要手段,何尝又不是对周瑜的辛辣讽刺呢!周瑜在黄鹤楼周围安排了重兵,并且下楼只有一个门,而且还派了小兵看门,本来刘备已成网中之鱼,但周瑜的算计依旧难以逃过诸葛亮的谋划,诸葛亮甚至完全可以料想到周瑜使用什么样的方式,因而给了刘备应对的八字真言,"彼骄必褒,彼醉必逃",周瑜的算计终以失败告终。这种美好的愿望与残酷的现实之间所构成的巨大反差,正是对周瑜的无情嘲弄。

"芦花荡"是明清三国戏曲中被屡次提到的一个故事单元,但发生背景有些许差异,或隶属于"碧莲会",或处理为刘备东吴招亲之后回荆州的过程中发生的。时间不同,方式基本类似。周瑜又一次输给了诸葛亮,并且这一次更为丢人,周瑜被张飞连擒拿三次,且被张飞无情羞辱(张飞辱骂他为"小儿",嘲弄他武艺不精,否定他在赤壁战役中的功劳,用枪在他身上戳,三次擒拿却又不杀他)。最终周瑜在"既生瑜何生亮"的哀叹声中活活被气死(一说气昏过去)。除此之外,《锦囊记》《试剑记》等,虽然有些无法见到其具体的描写形态,但其敷衍刘备赴东吴娶亲之内容则毋庸置疑,在诸葛亮的运筹帷幄中,刘备能够从东吴顺利娶回孙小姐,且全身而退,这本身就是东吴的大失败。这些情节的设置,无疑也是"蜀汉中心"历史建构的最好证明。

不仅传奇中如此,明代杂剧《庆冬至共享太平宴》亦然。此剧中,周瑜违背军事常识,不趁关羽前往西川赴宴的机会偷袭荆州,反而迎击有关羽、张飞、马超的队伍,最终结果可想而知。这种事情在真实的历史进程中是不可能出现的。如此描写,乃在于利用净角于覆的语言、行为与周瑜的美好设想间的落差,制造出强烈的喜剧效果①,也是借贬低东吴集团而褒扬蜀汉人物的一种手段。

除了周瑜外,鲁肃是另外一个为了衬托"蜀汉中心"的牺牲品。最主要的事件,是围绕着荆州的争夺。《三国志》等史传中,鲁肃的战略眼光在三国时代是出类拔萃的,也是最坚定的孙刘联合的主张者。故而他主张在赤壁战役期间将荆州借于刘备,当然,目的在于联合抵抗曹军。战后,鲁肃赴宴,宴席间大义凛然责备刘备、关羽失信。关汉卿《关大王单刀会》中,将关羽、鲁肃在宴会间的角色互换,从而完成了情感重心的大转移。明清三国戏曲延续这种做法,关剧中的情感取向也就顺理成章地被继承下来。《刀会》《训子》是明清戏曲选本中较为受欢迎之散出,即直接改编自《关大王单刀会》。这两出中,我们能充分感受到关羽的大义凛然,而这种光辉形象是在与格调卑下的鲁肃的对比中获得的。

需要注意的是,明清三国戏曲借助贬低东吴集团而褒扬蜀汉集团除了上述具体的做法外,其实显得颇有体系。一者是大力拔高诸葛亮等人在赤壁大战中的功劳,从而为分享战争的胜利果实提供坚实的基础,尤其是在荆州之争方面;二者借助刘备乃大汉皇叔之身份,为刘备占据荆州的合理性提供理论支持。

---

① 第三折中,周瑜率兵截杀关羽等人。与张飞等人相遇之后,周瑜派于覆与张飞交战,于覆畏惧,"元帅,我与张飞交战呵,可不是老鼠和猫斗哩!你送我这条性命罢了。"在周瑜的逼迫下,于覆战战兢兢与张飞交战,"八十岁老儿做强盗,我则这等也要死哩。"周瑜最终大败而归,"张飞刺将来也。某若不放过枪去,必被这大眼汉刺中我也。……我兵势败,不敢取胜,众将跟某杀出阵去逃命,走走走。"

赵翼《廿二史劄记》卷七"借荆州之非"提到："借荆州之说，出自吴人事后之论，而非当日情事也。"赵氏论述道：

> 迨其后三分之势已定，吴人追思赤壁之役实藉吴兵力，遂谓荆州应为吴有而备据之，始有借荆州之说。抑思合力拒操时，备固有资于权，权不亦有资于备乎？权是时但自救危亡，岂早有取荆州之志乎？……而吴君臣伺羽之北伐，袭荆州而有之，反捏一借荆州之说，以见其取所应得。此则吴君臣狡词诡说，而借荆州之名遂流传至今，并为一谈，牢不可，转似其曲在蜀者。此耳食之论也。①

完全否定了东吴集团对荆州拥有权的合理性，也同时为关羽破除了信义方面的窘迫，更为紧要的是，这种理论的成立使得日后东吴破坏孙刘联盟，袭击荆州，导致关羽败亡的行径显得非常卑劣。

与赵翼言论类似的，还有清代楚曲《祭风台》中"小引"所论：

> 英雄所争者，才智。曹兵大至，周郎犹有戒心，自孔明视之茂如之也。二人之高下见矣。然则赤壁之功，实孔明祭风之力，占得荆襄诸郡，不为过分。呜呼！周郎亦才智兼擅之人，但为卧龙所压，生瑜生亮之叹，英风固凛凛千古也。②

明清三国戏曲中，有些作品突破了单纯突出蜀汉集团的做法，而是以兴复大汉作为政治目标。这种做法虽然与"蜀汉中心"之间存在着一定的不同，但大致的情感取向是相同的。如《补天记》中，鲁肃一改其他三国戏曲中的形象，与关羽英雄相惜。

第二十一出如是写道：

> 我鲁肃不才，有辱江东素望，奈江东局小，实为鲁肃痛心。自周公瑾死后，主公命我代镇危边，日筹军国。若依下官愚见，自当和好邻邦，并力杀贼，得一朝天心协顺，曹操灭亡，国正民安，酬功报德，我这东吴将帅，未必不到封侯之地。乃尔计不出此，毕竟时时刻刻，寸寸铢铢，定

---

① （清）赵翼撰，曹光甫校点：《廿二史劄记》，凤凰出版社，2008年版，第93—94页。
② 胡世厚主编：《三国戏曲集成》（第四卷），复旦大学出版社，2018年版，第420页。

要与刘备为寇仇,又只以荆州为得失。①

第二十五出又指出:

> (外,即鲁肃)请问二位,战败刘备,得了荆州,还是与曹贼抗衡乎,还是为曹贼驱使乎?若为曹贼驱使,曹贼既为汉贼,我反为汉贼之贼,若与曹贼抗衡,曹贼要挟天子,收拾人心已久,我即幸而克之,那些向在曹贼手下之豪杰英雄,未必就肯詟服。倘一旦又或割裂支分互为消长,是去一贼而生千万贼也,设或不克,这江东一隅,安能保守?假就能守,恐我杀了一个刘氏宗枝,得了几尺刘家土地,得土地、杀天潢之声名,与那挟天子以令诸侯之声名,较分伯仲,只怕我们罪过,反不如曹贼之可以遮饰耳。②

邀请关羽过江赴宴,并非鲁肃的初衷,只是他拗不过吕蒙、甘宁,才被迫同意。此剧中,鲁肃的政治眼光非常高超。他不仅责备东吴君臣狭促,把东吴看成自己的地界,同时也批评刘备一方用高调的方式欺骗东吴的做法。鲁肃的政治理想是"只愿得政返天王,我和你(指关羽)做一殿僚"。如《青虹啸》等作品中,利用董承之子董圆改名司马师的构思,完成了大汉政权对于曹魏集团的复仇。

与上述做法相关的是,明清三国戏曲中见不到关羽之死、刘备之亡等情节,如《补天记》末出写到了陆逊提兵袭击荆州,剧作即以"关羽提刀下"结束。这既与剧情本身的安排密切相关,显然也是"蜀汉中心"大语境下的一种叙事策略。此外,如《七胜记》《平蛮图》等剧作,诸葛亮南征途中,得到伏波将军显灵的帮助等,也是为了凸显蜀汉集团的顺天应人。

明清三国戏曲"蜀汉中心"的情节框架与情感脉络,并非是突兀生成的,更为明确地说,应该是与民间传唱体系中的情感倾向是完全一致的,与元代三国戏曲中的情感设置也是一脉相承的。

元代三国戏具体通过以下几点方法达到凸显"蜀汉中心"的:

首先,以蜀汉人物为中心而进行描写的剧目达四十余种,约占全部元代三国戏曲的四分之三,这种比例是与历史真实状况相距甚远的,但却与当时民间的故事传说流传状态保持一致。在全部元代三国戏中,以张飞为主角

---

① 胡世厚主编:《三国戏曲集成》(第三卷),复旦大学出版社,2018年版,第174页。
② 胡世厚主编:《三国戏曲集成》(第三卷),复旦大学出版社,2018年版,第181页。

的作品最多,关羽、诸葛亮次之①。因为杂剧的特点,有时候在整本戏中会出现不止一个正末,所以有些情况下张飞与关羽无法辨别主次,这样的情况同样存在于刘备身上。诸如《关张双赴西蜀梦》中关羽与张飞就不太好确定谁为主角,《刘关张桃园结义》中同样面临此类情况;在《诸葛亮挂印气张飞》中,诸葛亮与张飞的戏份几乎是平分秋色的。所有的这些剧目中仅有十余种不是以蜀汉人物为中心的,且分布得较为散乱。主角分别是曹操、周瑜、司马昭、王允、貂蝉、小乔、曹植、管宁、王粲、陆绩、蔡琰、左慈、何晏等人。

其次,元代三国戏中,把蜀汉集团的人物描写成推动历史进程的重要力量甚至是关键性因素。最为突出的是张飞、关羽和诸葛亮。元代三国戏中对历史进程意义比较重大的事件有破黄巾,打败吕布,除掉董卓,剿除四寇,数次挫败曹魏和东吴的攻势(博望烧屯、赤壁鏖兵、隔江斗智、五马破曹、单刀会)。在打败黄巾军的起义和打败吕布的过程中,起决定性作用的是张飞。《莽张飞大闹杏林庄》和《刘关张三战吕布》等剧中,作者不止一次地通过剧作中人物之口说明张飞对扭转整个战局所起的重大作用。所有的行动都是以他们为中心的。在历史《三国志》等史籍中,刘关张在平定黄巾军起义的过程中所起作用几乎是可以忽略不计的。《三战吕布》和《单战吕布》中同样如此。在《关云长刀劈四寇》中,吕布因为鼻漏不敌西凉四寇而逃遁交辽地区,而曹操手下的许褚、曹仁等人全部都败在李榷四人的手下。汉朝皇帝面临被劫持的危险,而在此危难之际,关羽挺身而出,杀死四寇,轻描淡写地化解了汉朝的困境。而从《诸葛亮博望烧屯》开始,诸葛亮就一直扮演着至关重要的角色,他熟谙天命天数,轻易化解任何来自外界的危机,"谈笑间,墙橹灰飞烟灭",无论是曹操还是周瑜,都在他高超绝妙的谋略面前显得渺小异常。

再次,从角色设置上可以看出作者感情色彩的倾向。因为元代三国戏的特殊性质,所以除了《两军师隔江斗智》等极少数几部杂剧外,绝大多数杂剧都只有末与净两种角色,净角是剧作中的喜剧性人物,通过插科打诨实现戏台效果,地位低下,贬义时见。故而,通过考察元代三国戏中角色设置能很明晰地理出作者的情感脉络。

综观元代三国戏,蜀汉集团人物中,只有《刘先主襄阳会》和《两军师隔

---

① 元代三国戏总数究竟有多少,各类著述不甚相同,总体而言,现阶段的著录多认为 60 种左右,如沈伯俊《三国演义大辞典》收录 58 种,关四平《三国演义源流研究》记录 61 种等,本人经过比较仔细考察,大致认同 60 种左右的看法。虽然这些剧作有很多佚失者,但从题目本身可以大致看出所叙事件及主要人物。《张翼德大破杏林庄》等显然是以张飞为主角的,《关云长千里独行》等以关羽为主角,《诸葛亮博望烧屯》等则是以诸葛亮为主角。

江斗智》中的刘封为净角。而在其他任何作品中,净角都是东吴或者曹魏方面的人物,其他的则是游离于魏蜀吴三国之外的人物。刘封和糜芳都是因为关羽荆州之事而成为蜀汉集团中被否定的人物。

作者时常通过剧中人对蜀汉人物的赞誉而凸现"蜀汉中心"的立场。如元杂剧《陈仓路五马破曹》中张飞唱道:

> 【混江龙】俺哥哥合当承继,他是那汉家枝叶理合宜。孙权他仗父兄之力,曹操他窃命朝仪。……

这种赞誉不仅仅出自蜀汉集团人物自身,甚至还出现在敌对阵营人之口。如《两军师隔江斗智》中孙安小姐[十二月]:"看了他(关张)形容动履,端的是虎将神威。想我那甘宁、凌统,比将来似鼠如狸。可知道刘玄德重兴汉室,却元来又这班儿文武扶持。"杨修在《陈仓路》中说:"主公虽然兵多将广,不如诸葛一人也。"[倘秀才]"则他那诸葛亮有神机妙术,观气色呼风唤雨,善布营盘八阵图,他可便安日月寰区,真乃是擎天的玉柱。"又在[滚绣球]中赞誉五虎将:"有一个赵子龙胆气雄;马孟起敢战赌;有一个黄汉升你须知他名誉;张翼德骁勇谁如,当阳桥显虎躯,石亭驿那气举;关云长紧紧的辅助。这五员将收取西蜀,都是些安邦定国忠良将,扶立炎刘大丈夫。一个个志气云冲。"

最后,"蜀汉中心"表现在对其他人评价的褒贬变化或者历史事迹的取舍,取决于其对蜀汉人物的态度或者有无直接的利害关系。换言之,如果其人态度不涉及对蜀汉人物的损害,则作者尽可能做到客观公正,较大限度地与历史真实保持一致;而一旦与塑造蜀汉人物相冲突,则作者会毫无例外地更改史实,张冠李戴,实现对人物塑造的情感取舍。体现这种更改比较典型的有孙坚、曹操、周瑜和鲁肃等。

可以看出,元代三国戏曲已经非常突出地表现了"蜀汉中心"的历史框架与情感脉络。除了元代三国戏在净角利用方面表现得更加明显外,明清三国戏曲与之所采取的方式基本类似。

明代吴翼登《叙三国志传》云:

> 余读三国而知统之必以正者为尊也。抚昭烈帝之潜跃,按卧龙之终始,惟以仁以义,无诈无虞。迨汉祚既移,始建元称号,羽扇纶巾,堂堂正正,鞠躬尽瘁,大义凛然。君可以媲美汉高,臣可以下薄萧曹;若关若张若赵常山等,又岂出淮阴下哉!虽数限一隅,志不偏安,一时

君臣喜起，大义赖以不坠。曹鬼孙犬，何敢望其后尘。信乎统之比以正也。[①]

吴翼登的这段论断可以作为"蜀汉中心"的最好注脚。

第二节　翻案补恨的情感弥补

小说、戏曲中翻案之作颇多，翻案补恨之前提即在于作者不满意先有之作品，故而在原作的基础上，对故事情节、结局进行更改，以使得吻合作者自己之意，或者说更吻合世间之舆论。翻案补恨，即在于前作有案可翻，有恨待补。翻与补的结局虽不能统称为大团圆，但却也是朝着这个目标迈进。剧作家（也包括小说作者）为何热衷于翻案补恨，追求大团圆，历来阐释者良多。有人认为这是国民性之体现，如王国维《红楼梦评论》在概括古典戏曲和小说的结构模式说："吾国人之精神，世间的也，乐天的也，故代表其精神之戏曲、小说，无往而不著此乐天之色彩：始于悲者终于欢，始于离者终于合，始于困者终于亨。"[②]鲁迅更是将此视为"国民劣根性"的一种典型表现。他在《中国小说的历史的变迁》中也说道："这因为中国人底心理，是很喜欢团圆的，所以必至于此，大概人生现实底缺陷，中国人也很知道，但不愿意说出来；因为一说出来，就要发生'怎样补救这缺点'的问题，或者免不了要烦闷……现在倘在小说里叙了人生底缺陷，便要使读者感着不快。所以凡是历史上不团圆的，在小说里往往给他团圆；没有报应的，给他报应，互相骗骗。——这实在是关于国民性底问题。"[③]胡适也持类似观点，他在《文学进化观念与戏剧改良》一文中说："这种'团圆的迷信'乃是中国人思想薄弱的铁证。做书的人明知世上的真事都是不如意的居大部分，他明知世上的事不是颠倒是非，便是生离死别，他却偏要使'天下有情人都成了眷属'，偏要说善恶分明，报应昭彰。……"[④]这些观点流行甚广，但也遭到了不少质疑。有人甚至反其道而论，认为戏曲"大团圆"的结局，不是把人引入折中调和、自我麻醉的泥淖，而是以顽强的抗争精神催人奋进，以善必胜恶的乐观主义

---

① 丁锡根编著：《中国历代小说序跋集》，人民文学出版社，1996年版，第892页。
② 王国维：《王国维文学论著三种》，商务印书馆，2001年版，第12页。
③ 《鲁迅全集》第九卷，人民文学出版社，2005年版，第326页。
④ 《胡适文存》卷一，上海亚东图书馆，1926年版，第207—208页。

态度,鼓舞人的斗志。①

平心而论,二者均有一定的道理,也都各自存在着缺陷。应该说,"大团圆"结局的追求,原因非常复杂。郑传寅②从传统思维模式与戏曲的圆满之美、循环发展观念与戏曲的圆满之美、尚圆习俗与崇尚圆满的世俗心理三个方面具体解释了原因。王宏维③也归纳了三点:其一,中国传统的"中和"之美的影响;其二,戏剧的大众性、民间性的影响;其三,中国古代文人悲剧心理的影响。可以参看。

本书无意介入此等争论,之所以不厌其烦引述,在于说明"翻案补恨"之作广泛存在的民族心理基础。三国历史,在绝大多数人看来,并非一段圆满的历史。从大的角度而言,代表着仁政、道德以及民众一切美好理想冀望的蜀汉集团最终只能成为西晋统一的牺牲品。诸葛亮"出师未捷身先死"的悲剧结局,关羽、张飞等人皆壮志未酬而没于王事……这些都成为千古憾事。正是因为存在如此多的不如意之题材,方才有翻案补恨之剧作。

综观明清三国戏曲中的翻案补恨之作,总体有两种方式:

一种是翻历史定局之恨,这是翻案补恨之作的主流。主要有《南阳乐》《定中原》《青虹啸》《龙凤衫》《小桃园》《补天记》等。这几种剧作中,前两种乃是补蜀汉之恨,或者也可以视为补诸葛亮之恨。《青虹啸》则是通过董圆改名司马师这种奇思妙想,完成了对现有历史的重新阐释。《龙凤衫》与《青虹啸》的构思基本类似。《小桃园》与《青虹啸》也有类似之处,只不过前者的三国现场感更为强烈,后者则把历史的时空后移了几十年,通过混搭历史人物的血缘关系,从而完成了翻案补恨的目的。与前几种相比,《小江东》同时具有翻案与补恨两个主题,翻案的对象是自关汉卿以来流行的"单刀会",而"补恨"的对象则是发生于伏后与曹操之间,与通过转世而实现的"补恨"的剧作有一定的相似之处。

另一种是弥补个人之憾,主要的剧作有《真情种远觅返魂香》《玉佩记》《女豪杰》《琵琶重光记》《狂鼓史》等。《真情种远觅返魂香》为弥补荀奉倩之憾。《玉佩记》中徐庶仍归刘备,曹操被擒,弥补了《三国演义》及《十孝记·徐庶见母》中的遗憾。《女豪杰》中貂蝉并未被关羽斩杀,而是修道登仙。《琵琶重光记》则是千方为蔡邕开脱,也使之免受"三不孝"之愧疚;《狂鼓史》

---

① 如远帆:《谈谈"大团圆"》,《文艺研究》1981年第4期,第82—92页;胡士铎:《"凤头"与"豹尾"——戏曲编剧技法学习札记》,《戏曲艺术》,1986年第1期,第65—72页。

② 郑传寅:《传统文化与古典戏曲》,湖南人民出版社,2004年版,第82—109页。

③ 王宏维:《命运与抗争——中国古典悲剧及悲剧精神》,生活·读书·新知三联书店,1996年版,第106—108页。

直接承续《三国演义》而来,弥补小说中祢衡骂曹操不甚到位、过瘾之憾。《双星记》以杜预为牛星降生,关羽欲其以魏国灭吴。从某种程度上说,这也是属于个人"补恨"之作。

一般而言,明清三国戏曲中的这些翻案补恨剧作,作者的创作意图非常明显。《诸葛亮祚绵东汉》与《真情种远觅返魂香》皆属于周乐清《补天石传奇》内之作品。从"补天"之语即可以明显看出。周乐清也不隐瞒他的这种目的,甚至在《补天石传奇八种》自序中论述道:

> 假声山旧鼎,补炼五色云根。……寄情抒恨人有同然,如离骚和亲等事,前辈坦庵、两堂诸公,及明人杂剧,往往及之,不揣固陋,别创规模,非好与古人争胜也。正如共此一付烘炉,所有销熔块垒者,用各不同耳。至其间参差信史,不谐宫商,余既非太史公世掌典章,亦非柳屯田善讴风月,知我者定有以谅之。倘必欲事事考其正伪,则有《通鉴》、《二十一史》在,无庸较此戏场面目也。余仅为补声山有志未逮,又何尝欲以区区顽石塞东南缺陷,声闻于天耶。

他丝毫不考虑剧作中所涉及之事的真伪,换言之,真实性并不在他创作时的考虑范围之列。倘若需要史实,读者大可读《资治通鉴》《二十一史》等史传类著作。在周乐清看来,或许戏曲最重要的意义便在于"寄情抒恨"。与之相类似,《小江东》亦名《补天记》。动辄便以"补天"命名,说明剧作者的立意之高。老子谓:"天之道,损有余以补不足;人之道,损不足以补有余"。但现实生活中,苍天似乎并不是那么公道的,"天不遂人愿"的情况时有发生,所以才会出现《水浒传》之"替天行道"的口号,此处"补天"亦属此等。

《小江东》中,几乎人人都参与"补天"之举。此剧末云:

> 女娲氏以石补天,昭烈帝以身补天,诸葛亮以心补天,关云长以节补天,张翼德以义补天,赵子龙以力补天,鲁大夫以贞补天,周将军以气补天。①

天之缺憾如此之多,难怪需要剧作家大力创作补恨作品,以满足观众(读者)的心理需求。

虽然最终的目标相同,但剧作具体的补恨手段却又各不相同。

---

① 胡世厚主编:《三国戏曲集成》(第三卷),复旦大学出版社,2018 年版,第 200 页。

　　《南阳乐》与《定中原》，两者最终的结局相似：诸葛亮完成了"灭魏降吴"的历史伟业，急流勇退，归隐南阳。奸诈的黄皓最终被处死，昏庸的刘禅退位让贤，把皇位传给了"有昭烈之遗风"的北地王刘谌。然而，二者也存在着较多的不同。

　　《定中原》为杂剧，却属于《补天石传奇》的一种，故而以"出"统之，总共四出便将此等内容囊括殆尽；《南阳乐》是传奇，却以折统之，共三十二折。这是比较有意思的事情。

　　杂剧显然比较简便，追求梗概，以诸葛亮为主角。诸葛亮屯兵五丈原，司马懿坚守不出，故而诸葛亮虚传病重消息，为了让这个消息显得更为真实，在司马师前来试探时命令马岱、姜维不可迎敌。司马懿终于上钩，诸葛亮最终也真正达到了目的。

　　传奇篇幅较长，故可以委婉曲折地将诸葛亮屯兵五丈原以后的历史事件完全翻案改写。《南阳乐》以纡徐的笔触描写了蜀汉集团内部的忠奸斗争。黄皓兴风作浪，四处祸害，甚至意欲陷害刘谌，足见其气焰之嚣张。这显然是一种叙事策略，也是明代政治的一种影射。恰恰是因为夸张地宣扬了黄皓危害的严重性，才可以让人不由自主地重温《三国演义》开篇所叙述的大汉王朝混乱之根源，可以重温诸葛亮《出师表》中对后主之谆谆告诫，还可以体味到姜维对黄皓乱政的愤懑……其危害愈大，就越有根除的必要；气焰越嚣张，胜利也就来得更加不容易，这种来之不易的胜利才更容易使人感到快慰。

　　与蜀汉集团内部的忠奸之斗相比，蜀汉与曹魏、孙吴可谓势不两立。《三国演义》中，诸葛亮饮恨五丈原，令读者殊为不平。遗憾有二，一在于"天不予寿"，二在于诸葛亮未曾采纳魏延之建议。如明代无名氏《读三国史答问》中就认为："此亦善策，亮不能用，延常谓亮为怯，叹憾己才用之不尽，亦豪杰不遇知己，愤激之常云耳。"[①]这些在《南阳乐》中均得以翻案。诸葛亮禳星，命灯倍明，且天帝派华佗为之治病，故诸葛亮得以继续自己未竟的事业。诸葛亮采纳魏延出师子午谷之建议，大获成功。蜀军攻入许昌，司马懿父子、曹丕、华歆等一干人犯或被擒拿或被斩杀，这是何等快意之事，这种翻案手法所带来的解恨程度，绝非那些任何转世的替身替其受苦受罪的方式所能替代的。更让普通观众解恨的是，曹操虽然设七十二座疑冢，但也让诸葛亮派兵给找出了真尸骨，并挫骨扬灰。可谓真正替汉献帝、伏后、董妃及董承等诸位忠良报了仇。蜀汉衰弱以致灭亡，吴国是难辞其咎的，故而在本剧中，设计擒拿关羽、大败刘备的陆逊只能以自裁作结。孙权也只能是投降才

　　① 朱一玄、刘毓忱编：《三国演义资料汇编》，南开大学出版社，2003 年版，第 243 页。

能保得一方诸侯之位。"灭魏降吴",一统河山,这是刘备一生的夙愿,也是诸葛亮毕生的追求。在传奇与杂剧中,这个目标均得以实现。最后,诸葛亮功成身退,归隐南阳。既真正酬谢了刘备的三顾之恩,完成了兴汉伟业,又践行了"宁静致远,淡泊名利"的道德追求。"内圣外王",一个不落,这何尝不是普天之下心潮澎湃的读书人梦寐以求的事情。三国历史充满遗恨的结局,在这种改编中显得异常完满,市井细民也感觉满意异常。何乐而不为!难怪梁廷枏也为之津津乐道:

> 钱唐夏惺斋纶作六种传奇,其南阳乐一种,合三分为一统,尤称快笔。虽无中生有,一时游戏之言,而按之直道之公,有心人未有不拊掌呼快者。第三折诛司马师一快也;第四折武侯命灯倍明二快也;第八折病体全安三快也;第九折将星灿烂四快也;十五折子午谷进兵偏获奇胜五快也;十六折杀司马昭六快也;擒司马懿七快也;十七折曹丕就擒八快也;杀华歆九快也;十八折掘曹操疑冢十快也;二十二折诛黄皓十一快也;二十五折陆伯言自裁十二快也;孙权投降十三快也;孙夫人归国十四快也;三十折功成归里十五快也;三十二折北地受禅十六快也;立言要快人心,惺斋此曲独得之矣。[①]

值得注意的是,《南阳乐》中将魏延的结局也给予了特别的安排:攻占洛阳后,魏延病逝。既是翻案之后比较稳妥的情节安排,其实又何尝不包含情感因素呢?

《定中原》《南阳乐》翻案的立足点在于刘备的蜀汉集团,与之相比,《青虹啸》的翻案基础是传统的大汉王朝,其构思也是颇富新意的。前半部分的基调一如《三国演义》中那般压抑,忠奸斗争是其主调,忠良遭难,奸臣肆志,让正直之士感觉怒发冲冠。作者邹玉卿将故事的切入点放在"射鹿"一节,曹操之奸、董承之忠、汉献之无奈,都在这些情节中得到彰显。唯一不同的是,司马懿扮演了一个特殊的角色。他与董承肝胆相照,同样愤怒于曹操的专横跋扈。正是这种基础的改变,才使得董承之子董圆逃亡有所依,才可能延展出董圆改名司马师之情节。董圆与妻子伏飞环均逃出,与《薛刚反唐》等通俗演义小说中的情景类似,也让戏曲描写的笔触延伸到遥远的大西北。与屠隆的《昙花记》等作品不同,此剧中司马懿被处理为忠臣,这与《三国志平话》的入话以及明清时代颇为流行的"司马貌断狱"有着一定的顺承关系。

---

① (清)藤花主人梁廷枏撰:《曲话》,上海有正书局刊行,1916 年,卷三第 3—4 页。

司马师拥天下雄兵,被曹芳召进京勤王,这与何进让董卓进京的性质完全相同,但很显然,司马师所代表的,是一种正义的力量,复仇的力量。司马师以其人之道还治其人之身,让曹操的后代曹芳,奸臣张缉等人重温汉献帝、曹操当年的情景。"积善之家必有余庆,积不善之家必有余秧",曹操的所作所为以及其后代的果报,正是这种说法的最好体现。剧作本身的剧末诗也表达了同样的意旨:"人生忠孝天公喜,莫使奸雄计。你去弑他行,人又来弑你,再不信,请试看檐头水。"《三国演义》中,庆童告密,虽然最终也被曹操处死,但死于奸臣曹操之手,总让人无法心生快意;何况众忠良之家无一人漏网逃出,无法见证正义的宣判,总让人无法释怀。此剧则弥补了这些缺憾,司马师在进京的路上手刃仇人,亲手为父亲及众忠臣报仇。

《小桃园》演刘渊、关瑾、张宾等六人于小桃园结义,起兵破晋兴赵之事。其构思方式与《续三国演义》如出一辙。《新刻续编三国志引》[①]中提到:

> 及观《三国演义》至末卷,见汉刘衰弱,曹魏僭移,往往掩卷不怿者,众矣。又见关、张、葛、赵诸忠良反居一隅,不能恢复汉业,愤叹扼腕,何止一人!及观汉后主复为司马氏所并,而诸忠良之后杳灭无闻,诚为千载之遗恨。……今是书之编,无过欲泄愤一时,取快千载,以显后关、赵诸位忠良也。其思欲显耀前忠,非借刘汉则不能以显扬后世,以泄万世苍生之大愤。

如果说,上述作品皆是立足于宏大的历史话题,改变历史原有的轨迹或者给予现实历史以全新的阐释,从而完成翻案补恨之目的。那么,《玉佩记》等第二类作品就全然是建立在为个人补恨的基础之上。弥补的分别是徐庶、貂蝉、蔡邕、祢衡、荀奉倩[②]之憾。

---

① (明)酉阳野史著,余芳,兴邦,云彤校点:《续三国演义》,齐鲁书社,2006年版。

② 弥补荀奉倩遗憾的作品是《真情种远觅返魂香》,乃《补天石传奇》中第八种,从归属的类别中亦可以看出此剧的创作主旨。荀奉倩是历史上有名的痴情种子,《世说新语·惑溺》载道:"荀奉倩与妇至笃,冬月妇病热,乃出中庭自取冷,还以身熨之。妇亡,奉倩后少时亦卒。以是获讥于世。"时代在变迁,对事件之看法也发生着巨大的改变。《世说新语》将奉倩归之为"惑溺"一列,显然是持讽刺态度。在"礼"的范畴里,荀奉倩这种行为的确容易受人非议,但在"情"的旗帜高扬的时代里,荀奉倩的这种行为令人感动,也堪称夫妻关系的极致。清代词人纳兰性德在追悼亡妻的《蝶恋花》中即写道:"但似月轮终皎洁,不辞冰雪为卿热",就是化用了荀奉倩的事迹。此剧中,荀奉倩得华佗指点,远赴波弋国求香丸。历尽艰辛,先后有大蛇、老虎吓之、狐兔变幻之美女迷之,但荀生未生退意,终于在土地神的保护下,见到淳于仙师的童子,取得了香丸,并最终救活了自己的妻子,得以与妻子琴瑟和鸣,恩爱终老。虽然话题远不如前几者来得恢宏壮阔,但却真挚感人。

徐庶的一生是悲剧的一生,他满腹经纶,却无处可用;他寻觅到了真主,却又不得不中途离散;他愤曹操害死其母,却又不能报仇。孔明、庞统等人均建功立业,他却只能在抑郁中度过一生,令人唏嘘感叹。《十孝记》之"徐庶见母"即是这种心境的流露。《玉佩记》正是为徐庶补恨之作。虽然此剧已佚,但《远山堂曲品》中有明确说明,可见大致内容。其谓:

> 彭将军序云:"万历三年,有仙人自称徐庶乞封号,上封为散诞神仙"。故此记以飞升终元直。然其事多属妄传,不若《十孝记》,载元直仍佐先主,曹瞒被擒,大快人意。①

"事多妄传",多属于枝末之失,读者更为看重的,则是此剧之结局,"元直仍佐先主,曹瞒被擒",这种结局的安排确实大快人意。

貂蝉为了国家大义,毅然牺牲自己的贞操、幸福,为奸除董卓立下了汗马功劳,在《三国演义》《连环记》中均有详细描写。然而在《三国志大全》等戏曲、传说中,貂蝉却被关羽斩杀,这颇令人不平。《女豪杰》即为补此结局之恨。《远山堂剧品》中云:"诸葛君以俗演《斩貂蝉》近诞,故以此女修道登仙。而於蔡中郎妻牛太师女相会,是认煞《琵琶》,所谓弄假成真矣。"诸葛昧水认为俗演《斩貂蝉》近乎荒诞,其实他的改编更为荒诞,但无论如何,众人于貂蝉之"憾"也得以稍稍弥补。至于《琵琶重光记》《狂鼓史》,前者为弥补蔡邕之憾,后者弥补了《三国演义》中祢衡骂曹操不够尽兴之憾,论者众多,不赘述。

可以看出,明清三国戏曲的翻案补恨主题中,既有宏大的历史话题,也有关切个人的声音。其实,从严格意义上讲,前者也是关乎个人的,无论是《定中原》,还是《南阳乐》,最主要的目的乃在于为诸葛亮补恨。这种意图在《南阳乐题辞》已经表达得非常详尽具体:

> 三代而后,奸雄窃国,而穷足深人之恨者,莫如汉贼操,纯臣报国,而穷足深人之悯者,莫如汉丞相亮,操之僭称魏武有年矣。然自文公作纲目,列之于贼,白操罪己与新莽等。独武侯一生忠荩不邀艰险。不辞怨,鞠躬尽瘁,相业之纯,非萧曹丙魏之所得同者。卒之,秋风五丈,死而后已。所谓有志竟成者要在,且未几邓艾偷川,天水不保,而谯周以劝降进,而北地以哭庙死。致老臣数十年经营图度之所有,一旦衔璧束手。

---

① (明)祁彪佳:《远山堂曲品》,续修四库版。

只是，诸葛亮已经化身为一种正义事业的象征，一种道德的图腾。所以替诸葛亮补恨，自然就与翻历史之定案紧密结合在一起。《青虹啸》等作品中具体的对象比较宽泛，但依旧可以和汉献帝、伏后、众忠臣联系在一起，换言之，这些剧作翻案的人可以特指为政统以及传统意义上的忠良之臣。

值得注意的是，上述翻案补恨作品，除《琵琶重光记》外，其余均是由《三国演义》生发出来，亦足见《三国演义》与明清三国戏曲之间的密切关系。

与这些不甚相同的是《小江东》，其一，此剧将"翻案"与"补恨"合二为一，指向性比较明确，但结合得不甚妥帖。其二，此剧生发的基础并不在《三国演义》，而是源自关汉卿《关大王单刀会》以及此后在民间广为传唱表演的《单刀》《训子》等。这点在作品中有明确论说，其"小说"云：

> 《小江东》之作，何所取义？因见旧有《单刀赴会》一剧，首句辞曰"大江东去浪千叠"，盖言江水之大也。今则改而为小者，乃以当日江东君臣，局量狭隘，志气卑藐而说也。……然吴既小矣，又能坐踞东南数十年，兵不血刃，而屹然成鼎峙，此则伊谁之力也？皆大夫子敬弥缝之力也。……议者不察，顾以桓文霸作之流置之，各立门户，亦惟荆州是图，遂将临江一会，演出关夫子之披坚执锐，诡备百端，又奋酒力之余，拳臂张弛，效鄙夫之排击叱咤，以是而污人耳目，真可谓痴人说梦矣，真可谓唐突圣贤矣！予以感慨之余，成此不经之说，不过欲洗《单刀会》一番小气，以开圣贤真境耳。补天之荒诞，巾帼之乔奇，亦无非破涕为笑，作戏逢场，如是观也。①

这段话实乃为《小江东》的创作缘起及意旨。很明显，《小江东》乃在于翻社会上广泛流传"单刀会"之案，最直接的指向即在于鲁肃。

鲁肃之形象演变，是一个比较复杂的话题。《三国演义》中，鲁肃忠厚的形象深入人心。其实，史传的鲁肃绝非如此性格。《三国志·鲁肃传》记载，鲁肃身上有不少"任侠"的元素。"肃体貌魁奇，少有壮节，好为奇计。天下将乱，乃学击剑骑射，招聚少年，给其衣食，往来南山中射猎，阴相部勒，讲武习兵。父老咸曰：'鲁氏世衰，乃生此狂儿！'"②且在《汉晋春秋》等史籍的记载中，是鲁肃向孙权主动提起联合刘备以抗曹。借荆州之事，也是鲁肃极力主张的。故而张大可认为三国鼎立局面之形成，功劳最大者为孙权，其次即

① 胡世厚主编：《三国戏曲集成》（第三卷），复旦大学出版社，2018年版，第135页。
② （晋）陈寿撰，（宋）裴松之注：《三国志》，中华书局，2005年版，第937页。

为鲁肃。①

关汉卿作《关大王单刀会》,影响甚为深远。明清戏曲选本中多有"单刀"、"训子"等单出,说明此剧之备受欢迎。关云长之威武,鲁肃之卑下形象多由此阐发。这对于鲁肃来说,确为不公平之事。《小江东》中,鲁肃一改单刀会之卑怯形象,欲借宴会索取荆州者乃是吕蒙、甘宁二人。鲁肃在剧中屡次反对东吴君臣之格调狭促,但不为众人理解,曲高和寡,最终抑郁而亡。他的理想在于"只愿得政返天王,我和你(关羽)做一殿僚"。从而一举确立了鲁肃大汉忠臣之形象。鲁肃在席间曾问关羽为何信然前来。关羽讲述了三点理由:首先在于鲁肃为长者,自己为英雄,皆磊落之辈,不屑于算计。其次,昔日蔺相如手无缚鸡之力尚敢面斥秦王之非,而自己有万人敌之本事。再次,倘若东吴攻杀自己,则刘备必率张、赵等辈踏平东吴。虽然关羽言辞之间依旧不脱自大之痕迹,但改变有二,其一即承认鲁肃之长者身份,二人皆磊落之人。其二乃在于自己背后的蜀汉集团。

此剧与"单刀会"不同的地方还在于,周仓在外押粮,并未随关羽前往。当其得知关羽单刀赴会时夺取渔船前往接应,但却被风浪所阻,溺水昏迷。关羽回转后得知周仓违背将令前往救援自己时,意欲严惩周仓。恰逢伏后附体周仓,"翻案"与"补恨"之主题于此对接。

伏后被曹操处死,悲戚异常,冤魂进入女娲庙告状。女娲谓天有眼,惜世人弃之如敝屣。女娲让伏后观天隙,伏后先看到曹操做皇帝样,后见其平安死去,皆大哭;后又见曹操受苦伏难,大笑;再则看到前世故事,己身为吕后,曹操为韩信,因而所有的冤屈一并消解。

《补天记》事实、虚妄之事杂糅,情节在围绕着关羽镇守荆州与伏后天庭申冤两个话题之间展开,伏后附身周仓,完成两个情节之间的衔接,从而最终实现翻"单刀会"之案与补伏后之恨的目标。虽然较为生涩,却也不失为一种新的尝试。

翻案补恨,除了上述两种形式外,其实还有转世描写。转世与补恨之间,前者是手段,后者是目的。转世,是中国古代俗文学视域里一个非常常见的词语。翻案剧倾向于现世报,转世则侧重于来世报,二者相同之处在于,都是通过非常规的方式实现弥补,达到圆满。

三国素材中的转世报应非常普遍,《三国志平话》之开篇即是这种构思方式的一种实践。三分汉家天下的曹魏、孙吴、刘蜀,皆是向汉献帝讨债而来。汉献帝的懦弱,伏后的被辱,皆是偿还前世恶果;曹孙刘三家讨还的程

---

① 张大可:《三国鼎立形成的历史原因》,《青海社会科学》,1988 年第 3 期,第 65—73 页。

度是前世所受冤屈的量化。

司马仲相的阴间断狱与韩信等人的轮回转世传说在宋元明清时代颇为流行，除了《三国志平话》外，还可见于《新编五代史平话》，明代更独立为短篇小说《闹阴司司马貌断狱》，被收入明末小说集《喻世明言》，后又改题为《半日阎王全传》，约于清末由广州五桂堂刊行。明末清初丁耀亢的《赤松游》中第四十一出"冥报"也是这种转世报应的如实反映；清代杂剧《醉司马梦里骂阎罗》似乎亦是这种思维的一种变形描写……可看出这种情节构思方式的不绝如缕。

《三国志平话》的这种构思方式算不上高明，却紧紧抓住了市井细民的心理。只是，在深入文本之后，叙述者被强大的时代思绪所影响，情感倾向依旧倒向了"拥刘反曹"的窠臼。在带有强烈宋元明时代特色的思潮中，叙述者与解读者都把转世因果的起点放在曹操身上，他所犯罪孽的偿还者则变成了他的子孙，如曹芳、曹髦等，索取者则变成了曹魏政权的继立者西晋。当然，这种叙述方式可以源源不断，甚至可以构成历史发展前进的另一种内驱力。《三国志平话》如此，明清三国戏曲中的很多作品也是如此。

如果说《三国志平话》是在叙述的过程中逐渐打破曹操所拥有的权力话语，那么《狂鼓史》《昙花记》等明清戏曲作品就直接剥夺了曹操索要的资格。曹操更多地成为了作恶的始作俑者，他以及他的后代们就顺理成章地成为了果报的对象。《狂鼓史》《昙花记》是曹操阴间现世报的再现。《补天记》中，曹操更多承担的是未来报应。《青虹啸》《龙凤衫》等，曹操的子孙们则成为了曹操恶行的承担者。曹操作为果报的承担者还是其后代去替其承担，成为了明清三国戏曲构思的两种最主要方式。这点在第六章有详细论述，此处不赘说。这里考察的重心放在其他人身上。

《三国志平话》中，司马懿超然于转世报应的体系之外，并且因为较为公正地解决了地狱积压数百年的冤案，故而意外获得了成为江山之主的机会。但在明代屠隆的《昙花记》中，司马懿也成为转世链中的一员，结局并不比曹氏家族的成员优越。"自家司马懿是也，平生为人艰险幽暗，深藏不测，被罚做个癞黑蟆，终日只躲在泥坑里，好生气闷。"作为直接篡夺大汉江山的曹丕显然更是不能逃脱这种报应：

> 自家曹丕是也，生前凭借父亲威势，害尽骨肉，杀尽好汉，淫尽美色，一生享用富贵滔天。阎王道我也忒受用忒凶狠过度了，被罚做一个水牯牛，一生耕田拖犁，负重走远，好生辛苦，临了也还要偿人一刀，好

苦,好苦!①

  这种报应体系是比较有意思的,曹操与华歆②因为恶贯满盈,被打入无间地狱,直接被剥夺了进入因果循环报应的权利。也就是说,他们已经失去了偿还的机会,即便是通过类似于司马懿、曹丕那种异形受苦的机会也没有获得。换言之,即曹操、华歆他们的罪行已经超过了阴司所承受的范围,是无以复加的。另外一个比较值得玩味的现象是,司马懿、曹丕的身后变形,他们一者变成了癞黑蟆,一者变成了水牯牛。前者倒是可以理解的,而后者是比较难以理解的。纪昀的《阅微草堂笔记》以及其他的明清小说中存在着大量的变形描写,最为常见的乃是鸡、犬之类,水牯牛的形象则不甚常见。

  转世描写的一个前提在于,二者之间必须能够找到一个比较契合的相关点。汉高祖、吕后对三个忠臣不公正的处理态度恰好成为了三国时局形成的众多解释中的一个。这种单纯直接的转世形态解释是异常幼稚的,并且存在许多牵强之处,漏洞百出。文人作品中虽然也存在着众多因果报应的描写,但处理方式显然更富策略性,多有专家学者论及,不赘述③。简单的因果报应律在明清三国戏曲中却异常突出。《昙花记》《补天记》《青虹啸》等戏曲作品中大都采取这种方式:行善得好报,作恶则遭报应,没有什么更深层次的考虑,也无需考虑其他历史、客观条件等。在这种因果报应的环节里,人是一种简单的存在,没有犹豫,也无需痛苦,感情的纠葛,忠义等俗世道德的羁绊基本上也就不复存在。这种简单的处理方式在戏曲舞台上是极容易被观众理解和接纳的。

  在明清时代的文学作品中,曹操、孙权、刘备的转世固然是大众化的,围绕着关羽、张飞的转世描写也不在少数。徐石麒《大转轮》中即有明确描写:"项王英气不减,可到解梁关家投胎,改姓不改名,辅助刘备,项伯雍齿背君卖国,转世为颜良文丑,阵上为公所斩,吕马童等六人贪功碎尸,着转世为杨喜蔡阳等六将,皆为关公所杀。"④

---

① (明)毛晋编:《六十种曲》(十一),中华书局,2007年版,第117页。
② 华歆在明清三国戏曲中是剧作家极力贬低的人物,在《补天记》《南阳乐》等众多剧作中均让人感觉品质卑劣,行为多为人不齿。在《南阳乐》中,华歆被抓之后立即出卖曹丕,以图获得诸葛亮的宽宥,但诸葛亮特别厌弃,"你少时与高士管宁为友,沽名钓誉,滥博龙头之称。后来帮扶曹操父子,先则惨弑伏后,后则创夺汉鼎,无恶不造,丧尽名节,是古今来第一个有名无行的小人。今日如何容得你过。"诸葛亮吩咐姜维直接把华歆押出辕门斩首。(《三国戏曲集成》第三卷,第375页。)
③ 有代表性的如刘勇强:《论古代小说因果报应观念的艺术化过程与形态》(《文学遗产》,2007年第1期,第118—129页),可以参看。
④ 胡世厚主编:《三国戏曲集成》(第三卷),复旦大学出版社,2018年版,第47页。

关羽是由项羽转世,而魏延则是关羽的侧面烘托等说法,经常出现①。乌骓马转世成赤兔马,"宝马配英雄",天经地义。或许是关羽在后代的地位不断走高,因而虞姬与项羽的故事未能出现在关羽身上,即便如"求秦宜禄妻"等有碍关羽形象的事迹也被屡次否定。因而,虞姬与项羽的话题更多由吕布来扮演承担。当然,关羽之转世也有其他的形式,如《三国志玉玺传》中写道:

> 颜良文丑皆天将,谪降凡间同领兵。要杀曹操而报国,误杀云长手内存。颜良要报前生怨,投生降在吕蒙门。变作吕蒙多智力,吴侯殿下领三军。文丑投为名陆逊,二人同说巧计文。②

与《大转轮》中就存在着较大区别。前者关羽是转世思维中的"讨债者",后者则成了"负债人"。《关岳交代》③或者也是关羽与岳飞之间的转世关系,可惜已经佚失,无法确认。

与关羽相比,张飞的转世描写更为复杂。《大转轮》中谓:"樊哙刚直不磨,转为张飞"。《三国志玉玺传》中则是另外一番景象:

> 紫微星官原复位,张飞却是皂旗军。违犯天条来谪下,原归北极守旗门。误杀披头二小鬼,范疆张达报冤情。④

清凉道人《听雨轩笔记》也记载了张飞之事,此间的转世情况显得更为复杂,似乎也更有系统性:

> 昔在郡城城隍庙,见有说三国演义葭萌关桓侯战马超者,言孟起与桓侯苦战三日夜,欲于马上擒桓侯而未能,遂诈败。桓侯追之,孟起回身,手掷飞抓罩其首……桓侯见飞抓自空直下,猝不及避,不觉大声而呼,举蛇矛向上格之。孟起回望,桓侯顶上黑气冲天而起,内现一大鸟,以翅击抓,抓坠于地不可收,大惊而退。后李恢说之,遂降昭烈。世传桓侯是大鹏金翅鸟转生,故急迫之际,元神出现耳。昔有桓侯在唐朝留

---

① 齐裕焜:《镜像关系:魏延与关羽》,《文学遗产》,2005年第1期。
② 童万周校点:《三国志玉玺传》,中州古籍出版社,1986年版,第503页。
③ 《远山堂剧品》谓《关岳交代》南北(曲)四折,并云:"关壮缪、岳武穆生平,大略相似,但谓其一为天尊,一为天将,交代如人间常仪,则见属俚埤。惟勘桧、蜗一案,或可步《昙花》后尘。"
④ 童万周校点:《三国志玉玺传》,中州古籍出版社,1986年版,第506页。

姓,在宋留名之说,于唐时为张睢阳,宋时为岳忠武。忠武在孕时,母梦鹏飞入室而生,此其证也。说书者可谓有源委矣。①

在这个话语体系中,转世的痕迹非常明显,不过这种是单个人的。张飞作为大鹏金翅鸟的转世,是必然不会死的。这种转世体系把整个历史都纳入了考虑的视域。从大鹏金翅鸟到张飞,再到张巡,再到岳飞。为何是大鹏金翅鸟,为何后世又是张巡、岳飞? 这些都是值得玩味的内容。《说岳全传》②中提到,女土蝠在如来讲真经之时,撒出臭屁,因而护法神祇大鹏金翅明王大怒,啄死了女土蝠,从而种下了因果报应的根底。在这个故事体系中,大鹏金翅鸟是直接转世为岳飞。大鹏金翅鸟作为护法神祇,承担着维护讲经时的清净与神圣。正是基于这种使命,它啄死了玷污者女土蝠。张飞、张巡、岳飞同为转世的对象,承付的也多是此类任务。相比较而言,反倒是张飞的这种角色身份不甚明显。比较有意思的是,《喻世明言》卷三十二"游酆都胡母迪吟诗"中提供了这样一种说法的解释:"岳飞系三国张飞转生,忠心正气,千年不磨。一次托生为张巡,改名不改姓。二次托生为岳飞,改姓不改名。"③很显然,转世人物的选择并非单纯是在于姓与名的巧合,更多则在于转世主体本身所具备的品质。

清凉道人的笔记中至少可以看出两个信息,其一是所谓"元神出窍",这种情形在元杂剧《两军师隔江斗智》等中曾经出现在刘备身上,有元神出窍的对象多为帝王,或者如张飞这般死后能封侯的贵胄。元神出窍说明了他不该命丧于此,故而有前世转生物的庇佑。其二则为转生故事,张飞的转生故事相对较为特殊,因为他后世经历了两个忠贞人物。从另外一个层面说明了他的忠肝义胆。

转世报应,是俗文学作品中时常采用的解释因果的方式。明清三国戏曲的种种描写,均是这种思维特征中的一个具体类别的表现。因为三国人物身上相对固定的情感寄托,因而在描写过程中倾向性通常会显得异常明显。三国题材阐释有很多种方式,各种转世阐释之间难免会产生一些抵牾,但最终的落脚点其实都是一致的:补恨。

---

① 朱一玄,刘毓忱编:《三国演义资料汇编》,南开大学出版社,2003年版,第595页。
② (清)钱彩,金丰:《说岳全传》,人民文学出版社,2007年版。
③ (明)冯梦龙编:《喻世明言》,人民文学出版社,1958年版,第476页。

第四章　三国戏曲的脚色、场景和戏谑

元杂剧中固然也有叙事的元素，其最为核心的部分终究还是唱曲①，也就是说，叙事即便再为稚嫩，漏洞百出，只要其唱曲艺术成就显著，同样是元杂剧中一流的作品，即便是杰出如关汉卿者，《关大王独赴单刀会》等作品的关目同样备受质疑②，这种质疑并没有妨碍关汉卿的剧作之历史地位。明清三国戏曲则不同，最为吸引读者（观众）的，并不是它的抒情部分，而在于其故事的叙述部分。郭英德在《传奇戏曲的兴起与文化权力的下移》一文中曾经对此做出过论述：时至明中后期，叙事兴趣的增长已成时代潮流，与抒情趣味一争高下，并强有力地改变了中国文学的传统格局。③ 元杂剧与明清传奇的这种描写重心的变化对戏曲本身的影响非常大。"当叙述部分被作为作品的中心主题时，一个新的要素就被介绍进来，这个新的要素即情节趣味。它改变了主宰作品思想的完整形式。"④明清三国戏曲为人所看重的，固然有其唱曲、表演等方面的因素，然而，最值得考察的，在笔者看来，依旧是其故事形态，以及这种故事形态形成背后的叙事手法。这种叙事与其他的三国题材文学作品有一定的相似之处，甚至在很多细节上有承袭之处，但不可否认，明清三国戏曲作为一种独立的存在，它依然有很多值得注意，值得我们去挖掘的地方。这一章设置目的在于讨论明清三国戏曲的叙事特点，这种特点的独特乃在于与史书、《三国演义》及元代三国戏，甚至于在某些环节还包括咏史诗在内的诸种形态的比较之下获得的。本章拟从历史人物的

---

① 王国维：《宋元戏曲史》中早就提及此问题："元剧最佳之处，不在思想结构，而在其文章。其文章之妙，一言以蔽之曰：有意境而已矣。"此处文章即多指剧中之曲。

② 么书仪即认为，"即使如杂剧大家关汉卿的《单刀会》《西蜀梦》《哭存孝》和《单鞭夺槊》，其情节构思和结构安排，也很难认为是属于上乘。……《单刀会》一、二折写东吴重臣、赤壁之战的参与者鲁肃对关羽为人和对赤壁大战情况茫然无知，要让乔公与司马徽一再介绍，不仅逆情悖理，而且也显得重复和累赘。"——么书仪：《元人杂剧与元代社会》，北京大学出版社，1997年版，第59页。

③ 徐朔方，孙秋克编：《南戏与传奇研究》，湖北教育出版社，2004年版，第420页。

④ ［美］苏珊·朗格（Susanne K. Langer）著：《情感与形式》，刘大基等译，中国社会科学出版社，1986年版，第302页。

脚色化、历史叙事的场景化、题材严肃性与戏曲戏谑性的张力三个角度来说明这个问题。

第一节　历史人物的脚色化

戏曲的脚色分行，是戏曲演员创造舞台形象的基础。解玉峰在《脚色制：中国戏剧根本特征之所在》[①]一文中讲道，"中国戏剧结构体制中的脚色制（如同建筑物的间架结构），作为连通形而上与形而下的基本环节，恰恰未能为研究者所把握。脚色制对中国戏剧具有根本性的意义，理解脚色制是理解中国戏剧艺术特征的关键。"对于三国戏曲同样如此，三国时代的历史叙事宏大壮阔，进入历史场域中的人物不胜枚举，但是戏剧舞台上的脚色却只有区区十数个。虽然在舞台演出时多存在临时换衣服饰演其他人物的情况，但这毕竟是少数；即便至明代中叶以后，一般戏班亦不过十一二人。元杂剧中几乎也就只有末、旦、净、外、杂等角色，明清戏曲中的人物也多被类型化地区分为生、旦、净、末、丑、外、贴等几类脚色（视剧种不同而有所出入），并且每个脚色各有固定的性格特征，表演身段也各有固定程式。王骥德《曲律》中就提到："今之南戏，则有正生，贴生（或小生），正旦，贴旦，老旦，小旦，外末，净，丑（即中净），小丑（即小净），共十二人，或十一人，与古小异。"[②]清代李斗的《扬州画舫录》卷五《新城北录下》亦载：

> 梨园以副末开场，为领班。副末以下老生、正生、老外、大面、二面、三面七人。谓之男脚色。老旦、正旦、小旦、贴旦四人。谓之女脚色。打诨一人，谓之杂。此江湖十二脚色。元院本旧制也。[③]

后世因为传奇体制规模的扩大，故事形态的繁杂，导致饰演人物在脚色内部细化，如生从大类即可区分成文生与武生，文生又有小生、老生之分，小生还可细分为扇子小生与雉尾小生……"以上名目，或有异称或有别立名目者，虽无一定，然大约尽于此矣。苟不拘泥于称呼，就其实而言，亦可归纳之

---

① 董健，荣广润主编：《中国戏剧：从传统到现代》，中华书局，2006 年版，第 46—55 页。
② （明）王骥德：《曲律·论部色第三十七》，《中国古典戏曲论著集成》（四），中国戏剧出版社，1959 年，第 142 页。
③ （清）李斗：《扬州画舫录》，中华书局，1960 年版，第 122 页。

于江湖十八脚色中也。"①一言以蔽之,剧中脚色再多,亦不过区区数十人,究其大类,只不过区区数类。并且,所谓脚色的种类与功能并非是某个剧作家的随心所欲之举,而是伴随着中国戏剧的发展而逐步成熟并且成为了一种约定俗成的行为规则的。王国维先生在《古剧脚色考·余说一》中对脚色设置的演变及功能曾经如是概括:

> ……隋唐以前,虽有戏剧之萌芽,尚无所谓脚色也。参军所搬演,系石耽或周延故事。唐中叶以后,乃有参军、苍鹘,一为假官,一为假仆,但表其人社会上之地位而已。宋之脚色,亦表所搬之人之地位、职业者为多。自是以后,其变化约分为三级:一表其人在剧中之地位,二表其品性之善恶,三表其气质之刚柔也……自元迄今,脚色之命意,不外此三者,而渐有自地位而品性,自品性而气质之势,此其进步变化之大略也。
>
> ……
>
> 元明以后,戏剧之主人翁,率以末旦或生旦为之,而主人之中多美鲜恶,下流之归,悉在净丑。由是脚色之分,亦大有表示善恶之意。②

从王国维的论述中即可以见出,一旦以某种脚色扮演某个人物,则此人物的身份、地位、气质等都已经相对比较确定,观众由此也足可以从脚色扮演情况窥见剧作者欲表达之情感取舍。

周贻白在《中国戏剧史长编》中对传奇中各类脚色的关系以及类别作了详细而精到的分析:

> 大抵"生"、"旦"为正色,"末"、"外"、"贴"副之,"小生"、"小旦",实为"末"或"外"及"贴"的异名。"小末"、"小外"、"小贴",则又为"末"、"外"、"贴"之副了。"净"本宋代杂剧的"副净",在宋元南戏及元剧皆简称"净",故另设"副净","付"为"副"之别写,"中净"、"小净"似为"副净"的别称。"丑"有"小丑",亦无非分别正副。若以所饰人物而论,"生"、"旦"例为一剧之中心,"末"、"外"多属正直方面,"净"、"丑"多属奸邪方面,"贴"之地位无定,或为"旦"之次,或与"旦"对立,其他皆由此类推。又剧中人的老少,对于脚色之扮饰,亦似有其规定。如"生"多为壮年,

---

① [日]青木正儿原著,王古鲁译著:《中国近世戏曲史》,作家出版社,1958年版,第527页。
② 王国维:《王国维论剧》,中国戏剧出版社,2010年版,第150页。

"末"多为中年,"外"在"生"、"末"之间,或亦饰老年人,"小末"则多为少年。"旦"、"贴"、"小旦",则为年轻貌美的妇女,"老旦"大都为老姬(与元剧之"卜儿"同),"净"、"丑"无定,或亦扮为貌丑妇女。惟"小生"一脚,本与"生"同等,但亦饰老年人……①

从上述的分析中可以看出,脚色制本身就是中国古代戏曲的一个重要特点,何种脚色扮演哪些人物,这本来就显示了戏曲作品一定的叙事特点。然而,作为本文一个整体的考察对象,明清三国戏曲也有着其自身的一些特点,这种特点是在与元代三国戏,其他三国题材文学作品的对比中体现出来的;有时候也是在与同时代其他作品的比较中获得的。

我们可以先看看元代三国戏中脚色的分布情况。

表一:元代三国戏脚色分布情况

剧名	正末	外	净	冲末	旦	其他
醉思乡王粲登楼	王粲	蔡邕、荆王刘表	蒯越、蔡瑁	曹子建	卜儿(老旦:王粲之母)	丑扮店小二
关云长单刀劈四寇	吕布、关云长	樊稠、张济、董承、李肃、侯成、高顺等	李傕、郭汜、李吉	王允		
刘关张桃园三结义	张飞	刘末、皇甫嵩	令史、屠户、店小二	关末		
张翼德大破杏林庄	张飞	张角	孙坚、张表、张宝	殿头官		
张翼德单战吕布	张飞	袁术、韩俞、曹操、刘备等	孙坚	冀王		
张翼德三出小沛	张飞	刘末、关末	王斌、吴庆			
关云长千里独行		刘末、关末	张虎	曹操	正旦、小旦分别扮刘备二夫人	
诸葛亮博望烧屯	诸葛亮		夏侯惇	刘末、关末		

---

① 周贻白:《中国戏剧史长编》,上海世纪出版集团,2007年版,第369页。

续表

剧名	正末	外	净	冲末	旦	其他
虎牢关三战吕布	张飞	曹操、刘表等	孙坚	袁绍		
刘玄德醉走黄鹤楼	赵云、禾徕、姜维、张飞	刘末、关末	刘封、伴姑儿、俊俏眼			
刘玄德赴襄阳会	刘琦、王孙、徐庶	关末	曹章	刘备		
寿亭侯怒斩关平	诸葛亮、关西汉、关羽	张飞	张虎、张彪、令史	简雍		孛老、卜儿
周瑜得志娶小乔	周瑜	乔公、诸葛瑾	家童、梅香、兴儿	孙权	大乔、小乔	
莽张飞大闹石榴园	简雍、张飞、杨修	刘备、关羽	夏侯惇、许褚、厨子	曹操		
走凤雏庞掠四郡	庞统	关末	主簿	周瑜		
曹操夜走陈仓路	张飞、杨修、马超		张鲁	曹操		
阳平关五马破曹	黄忠、杨修、马超	张辽、诸葛亮、使命（尚书邓芝）	夏侯渊、韩温、杨豹、傅亮、夏侯惇	曹操		
关大王独赴单刀会	乔公、司马徽、关公			鲁肃		
关张双赴西蜀梦	蜀国使臣、诸葛亮、张飞					
两军师隔江斗智		鲁肃、诸葛亮、刘玄德、关末、张末	甘宁、刘封	周瑜	夫人（孙权之母）、正旦扮小姐、搽旦扮梅香	丑扮凌统
庆冬至共享太平宴	姜维、张飞	刘末、关末	于覆	诸葛亮		

需要说明的是,表一①中其实基本上为元代三国戏,惟有《庆冬至共享太平宴》可确定为明代杂剧,但它的行文特点、脚色扮演与其他元代杂剧几乎无任何区别,故而列入表一。

从表一中可以看出:

1. 元代杂剧中,冲末乃是最先出场的脚色,功能性不强,几乎可以忽略。杂剧中最为有特色的本来是正末、旦、净三种脚色,因为题材本身的独特性,三国杂剧中,只有《关云长千里独行》与《两军师隔江斗智》是所谓的"旦本戏",其他的全都是末本戏。在元代三国杂剧中正末扮演的人物,除了文人色彩非常浓郁的《醉思乡王粲登楼》外,其他基本上都是蜀汉方面的人物,或者说在整本杂剧中至少有一个是蜀汉方面的人物。其中正末扮演张飞的次数最多,达到 10 次。不是蜀汉阵营的,有杨修、刘琦、王孙、乔公数人,值得注意的是,他们要么是为刘备提供过实质性帮助的,要么是在唱曲中对蜀汉集团的人物大加赞赏。正末扮演的人物中唯有吕布不在此列,理由很简单,在诛灭董卓的过程中,吕布是被正面肯定的对象。清代焦循《剧说》卷一即指出:

> 元曲止正旦、正末唱,余不唱。其为正旦、正末者,必取义夫、贞妇、忠臣、孝子,他宵小市井,不得而与之。

虽然我们在三国杂剧中能看到一些特殊情况,但大致的情形确实如焦循所述。正是因为这样,元杂剧中正末、正旦扮演人物的选择是必须慎重考虑的,换言之,正末、正旦在剧本中所扮演的人物大致能够直接体现剧作者的创作动机及情感取向。

2. 一般而言,正末乃为全剧的中心人物,元杂剧"一人主唱"的特点更是决定了正末本身的特殊性。只是,元代三国戏曲中,这种结论并不一定成立,正末扮演人物中固然有主要人物,如《虎牢关三战吕布》中的张飞、《周瑜得志娶小乔》中的周瑜等;其实也有非主要人物,并且数量并不算少,如《关云长单刀劈四寇》中的吕布,《刘玄德独赴襄阳会》中的刘琦,《关大王独赴单

---

① 周贻白在详细分析了元杂剧的脚色扮演情况后论述说:"总的说来,元杂剧用各种脚色扮演剧中人物,比较复杂。这大概是因为,元杂剧处在我国戏曲艺术初步形成阶段,用各行脚色扮演剧中人物,尚未有比较细致的定型。"(《中国戏剧史长编》,上海文艺出版社,1981 年版,第 298 页)这与表一所体现的状况有较大的出入。原因在于,表中脚色分布情况,均取自《孤本元明杂剧》本,虽是元明杂剧,但其实脚色扮演等情况,都是明代剧场演出的一种体现。脚色扮演情况的稚嫩与成熟在《元刊杂剧三十种》与《孤本元明杂剧》的比较中显而易见。

刀会》中的乔公、司马徽等等,这些人物更多的是承担叙述功能。上述两本"旦本戏"也是如此,两个杂剧中的正旦皆是承担一种叙述情节的功能,无论是甘夫人还是孙安小姐,在剧本中都并非是作为主人公来塑造的,而更多的是利用她们的曲词来宣扬刘关张的桃园结义情以及诸葛亮的神鬼莫测之计谋。正末基本上是正面人物,但也有感情倾向并不明显的禾徕、吕布等。

3. 净角是元代三国戏曲中最主要的脚色之一,相对而言也是内涵最为简单的一种脚色。他们最主要的功能就是插科打诨,利用言辞的荒诞无稽与行为的荒唐可笑来追求舞台的喜剧效果。在元代三国戏曲中,净角的表演有着非常明显的程式化痕迹,同种职业、相似类型的人物在言辞与行为方面完全可以置换,几乎没有任何差别。换言之,净角的言行与人物形象的塑造、故事情节的推进之间存在着一定的脱节现象。

4. 简言之,元代三国戏曲的主体意识(作者的创作动机)主要是靠正末的唱词来实现的,舞台效果则多是借助于净角的插科打诨来实现的。这种概括方式固然有其片面性,但还是大致吻合元代三国戏曲的具体状况。

与元代三国杂剧的脚色扮演相对固定与清晰相比,明清三国传奇的脚色扮演情况相对复杂。

即便表二的统计方式多少存在值得商榷之处,它终究还是非常典型地体现了明清三国戏曲在脚色扮演方面的特点,有些与元代三国戏存在着非常大的差异。这具体表现在以下几个方面:

一、在大部分剧作中,脚色均扮演着较为重要的人物,如《连环记》中的王允、貂蝉、董卓和吕布等人;《七胜记》中的诸葛亮、黄夫人、糜夫人、孙权、刘禅等人;《南阳乐》中的诸葛亮、刘谌、曹丕、华歆等人;《续琵琶》中的蔡文姬、蔡邕、董祀、董卓等人;《青虹啸》中的董圆、伏飞环、曹操、汉献帝等人。这点在戏曲选本所选散出的脚色安排上体现得更加明显,故事的重要人物基本上均能妥帖地安排在各种脚色之中。如"单刀会"故事单元中关羽、鲁肃、周仓、关平等人。刘备显然是明清三国戏曲中尤其重要的人物,他在《古城记》全本以及《三国记》《三国志》《草庐记》①《青梅记》等散出故事单元中均由"生"扮演,除了《草庐记》,其余三种我们现在都无法再见到完整的本子,但这几本传奇中刘备的主人公地位应该毋庸置疑。这些都是戏曲脚色制成熟的一些重要表现。当然,也有一些特殊情况,如《大明春》所选《兴刘记》之

---

① 《草庐记》的情况比较特殊,从表二中可以看到,现存明代文林阁本《草庐记》中刘备、关羽均未有脚色扮演。在戏曲选本《乐府红珊》所选《草庐记》散出中,刘备是由"生"扮演。而在《续补昆曲七十曲集》(刘有恒编著)所选《草庐记》数个散出中,生则扮演诸葛亮,外扮刘备,净扮关云长,付扮张飞。三种形态的《草庐记》,脚色扮演情况都不相同。

表二：明清三国戏曲中的脚色分布情况

剧名	生	旦	净	末	外	丑	小	杂
连环记	王允 吕布（小生）	貂蝉（小旦）、王夫人（老旦）	董卓	李肃 刘玄德	李儒、丁建阳、关公	董母、柳青娘、翠环		小军、张飞（副）
鲁肃请计乔公①					乔公	黄文	鲁肃	
武侯平蛮②			成都府皇华驿驿宰					
翼德逃归③	刘备		张飞		关羽		赵云	
古城记	刘备	刘备二夫人（旦、占）	喽啰、颜良			探子、败兵，曹操所献美女之一、文丑	赵云	袁绍（夫）
草庐记	诸葛亮（小生）④	甘夫人、糜夫人（占）	夏侯惇	徐庶、曹仁、阚泽	内官、周瑜⑤、曹操、张昭（小外）、虞翻	道童、牧童、步骘、俊倩眼		张飞（付）
汉寿亭侯庆寿⑥		关兴（占）	张飞	关羽		周仓	关平、军民	

① 戏曲选本《大明春》所选《三国记》中散出，其脚色扮演情况与戏曲选本中所选《桃园记》《三国记》之"关云长训子"完全相同。
② 戏曲选本《大明春》所选《关刘记》中散出。
③ 戏曲选本《大明天下春》所选《三国志》中散出。
④ 在第一、二卷中，诸葛亮均以"亮"来代指，但从第三卷开始，诸葛亮又以"小生"来扮演。
⑤ 周瑜第一次出现的时候注明为"外"，而在后来的文本中却都以"周"来指代。
⑥ 戏曲选本《乐府红珊》所选《单刀记》之散出。

续表

剧名	生	旦	净	末	外	丑	小	杂
刘玄德赴碧莲会①	刘备			孙乾		俊俏眼	周瑜	
关云长赴单刀会②				关平	关羽	周仓	鲁肃	
曹操青梅煮酒③	刘备				曹操	使者		
单刀④			云长	鲁肃		周仓		
周瑜计设河梁会⑤	刘备		小卒			甘宁		
负荆⑥	赵云（小生）、刘备		张飞	诸葛亮	关帝		周瑜	
芦花荡⑦	周瑜（小生）		张飞					四小卒

① 戏曲选本《乐府红珊》所选《草庐记》中散出。可以明显看出，此处的脚色扮演情况与《草庐记》本身并不大相同。这种情况出现的原因应该在于选本编选者的改动。

② 戏曲选本《乐府红珊》所选《三国志》中散出。可以看出，此处脚色扮演与《四郡记》、《三国记》不甚相同。

③ 戏曲选本《乐府万象新》所选《青梅记》中散出。

④ 戏曲选本《怡春锦》所选《四郡记》中散出，与其他剧作此故事单元之脚色扮演情况不甚相同。

⑤ 戏德苍编选《缀白裘》所选《三国志》中散出。

⑥ 清代钱德苍所选《缀白裘》所选《西川图》中散出，虽然内容与《草庐记》中散出《西川图》中散出，但散出内容与《草庐记》之"芦花荡"大致相同，然而其脚色扮演情况却大不相同。《西川图》中净角扮演张飞，小生扮演赵云，但张飞则是付扮演。《缀白裘》只选《西川图》一出，肯定不能反映其脚色扮演之全貌。

⑦ 生扮演周瑜；《草庐记》中周瑜出场为"外"，后用姓替代，张飞则是付扮演。《缀白裘》所选《西川图》与《草庐记》不同的则是明显可见的。

续表

剧名	生	旦	净	末	外	丑	小	杂
七胜记	孔明、邓芝（小生）、刘禅（小生）	黄夫人、糜夫人（贴）、歌妓（旦贴）、胡女（旦贴）	牛铁鬼、孙权、孟获、算命先生、张温（小净）	堂候官、张昭、院子	赵云、魏延（小外）	马铁鬼、把门官、递酒官、祝融、算命先生		探子（夫）
青虹啸传奇	董承、董圆（小生）	伏飞凫、伏后（老旦）、董妃（贴）、云英（贴）	曹操	汉献帝、吉平	司马懿、太监高、文长、伏完	献礼小兵、曹芳、庆童		张缉、火神祝融（付）
南阳乐	诸葛亮、刘谌（小生）、差官、关平	孙夫人、宫女（小旦）、刘谌夫人（小旦）	华歆（副净）、魏延、谯周、黄皓（副净）、孙权、周仓（副净）、关羽（副净）	黄门官、后主	传旨官	曹丕、居民、卒子、内监、家将、宫女		风伯、宫女（贴）
续琵琶	董祀、吕布（小生）	文姬	董卓、狱卒	太守、伍孚、苍头	蔡邕	道人、差官、李旺		

注：①选本所选散出并不一定能够反映与表格中所列明清三国戏曲剧目的情况。因为明清三国戏曲佚失情况较为严重，找不出其他什么更好的方法来替代，不得已为之。②整本戏文（传奇）的脚色可能有些许遗漏之处，但表中所列举之脚色之脚色扮演情况基本反映了脚色之分布的状态。③表中人物之后未特别注明者，皆是第一栏生、旦、净等脚色所属。①

① 《鼎峙春秋》中，脚色扮演情况与表格中所列明清三国戏曲剧目的情况基本类似，有生、旦、净、副净、外、末、杂、末、丑等。生多扮演刘备，但也有例外。小生多扮演吕布、张辽等人，净角扮演情况特别复杂，既有正面人物如关羽、张飞等，也有负面人物董卓、曹操等，也扮演牧童等。丑扮演蔡和等，丑扮演蔡和等，晚清昆曲之清代花部戏。三国戏曲昆曲与亨剧、京剧。三国戏曲之清代花部戏。也更多都是以姓氏有些取名字中的一个字来直接指称人物。等人多直接用名字。

"诸葛平蜀"一出,出现的人物非常多,其中包括故事的主人公诸葛亮,也有姜维、马谡、蒋琬等蜀汉集团中地位较高之人,但此出唯一的净角却是扮演了名不见经传的成都府皇华驿驲宰。当然,仅凭一出我们无法洞悉《兴刘记》脚色安排之大貌,但散出的脚色安排与前面列举的几种情况,也向我们传递了一种信息,明清三国戏曲中的脚色安排随意性较强。

其表现在于:其一,如上面所述,有些人物并不在脚色化的行列之内,其中包括刘、关、张等重要脚色。其二,一个脚色饰演的人物并不是单一化的,有时候一个脚色甚至饰演三四个人物,而这几个人物之间的联系性并不甚强,甚至还有一定的抵牾之处,如关羽、魏延、孙权,都由净角来扮演。出现这种情况的原因:首先在于三国戏曲出场人物的众多,如《连环记》,前十出出场的人物已经有三十余人,所谓"江湖十二脚色"根本不能满足这种人物的需求。虽然在后世京剧或者宫廷剧中出现的脚色也非常完备,基本能够满足剧中人物出场的需要,但这毕竟是少数。更为重要的是,这种剧场人物的多少,与剧班的经济实力是成正比的。我们屡次讲到,明清三国戏曲较多都是在民间饰演的,民间戏班的经济实力显然远逊于贵族的家班,更不用说宫廷的戏班子了。郑振铎也指出,正是因为宫廷剧的演出需要很多人物,才导致昆山腔自绝于人民。他在《清代宫廷戏的发展情形怎样》一文中提道:

> 清代宫廷戏为昆山腔的戏曲发展到最高的顶点的成就;无论在剧场的构造上,在剧本的写作上,都是空前的弘伟。
>
> 几乎每一部宫廷戏都是需要极复杂的舞台和布景、极多众的演员和砌末的。他们几乎不能在规模小一点的舞台上上演。有的时候,竟需要两三层的转台,像我们在颐和园所见到的。
>
> 为了舞台上的演员的众多,为了易于分别起见,便不能不于生、旦、净、丑、末等脚色里,更有仔细的分别。又不能不用最复杂的"脸谱"也者来分别或表现那末复杂的人物和个性。[①]

应该说,清代昆山腔的衰落和"花部"取代昆山腔成为社会上风靡的剧种,经济原因也是一个值得考察的因素。其次,明清三国戏曲中刘备等人并不在脚色的扮演范围之内,也说明了舞台性的弱化。前文提到,戏曲脚色基本上都有固定的性格特征和表演身段。表演身段更多是表现在舞台上的,

---

① 郑振铎:《郑振铎古典文学论文集》,上海古籍出版社,1984 年版,第 743—745 页。

而性格特征却是从文本中反映出来的,刘备等主要人物并未有脚色扮演,还说明了人物性格的趋向丰富,故而难以用某一种脚色来约束概括。

二、相比于元代三国戏,明清三国戏曲的脚色体制要复杂许多;元代三国戏的核心脚色主要是正末、旦、净、外四种;明清三国戏曲则有生、旦、净、丑、末、外、杂等。这点很容易理解,杂剧规模较小,基本上是四折一楔子,表现的故事形态容量有限,剧中出现的人物也较少,出现在剧中的脚色显然也相应较少。明清三国戏曲则不同,传奇体制宏大,故事的内容含量较大,牵涉到的历史人物众多,这就势必要求有更多的脚色来扮演。脚色的多少与剧本故事情节的复杂程度在某种程度上来说是有着密切联系的。

三、末、外脚色扮演情况的复杂性。论家对末、外脚色的定义不甚相同。周贻白略云,“若以所饰人物而论,末、外多属正直方面”。青木正儿则有比较具体的概括:

> 【副末】又略称“末”,助演之男脚色也。其最著之任务,以陈述一剧开场词为专门。其他通常以扮演有辅佐之任者为主。大率扮中年老年之男子。
>
> 【外】此亦配角也。大率扮演居“生”、“旦”所扮人物之长上地位之中年老年男子。①

很明显,与正、旦相比,末、外属于戏剧中的次要脚色。这点在表二中也基本上能够体现出来,只有一处例外,即《乐府红珊》所选《三国志》之“关云长赴单刀会”,“外”扮演关羽,“末”扮演关平,考察此出之内容,实乃是在关羽与关平、周仓的对话中完成的,关羽显然是最主要的脚色。若以人物身份而论,则明清三国戏曲中的末、外两种脚色所扮演的情况非常复杂,既有帝王将相如汉献帝、曹操、刘备等,也有贩夫走卒、身份卑微者如苍头、院子、太监等。既有忠贞正直如关羽、诸葛亮等辈,也有奸诈如曹操、助纣为虐如李儒等人。周氏所论针对的是明代传奇,明清三国戏曲与之稍有不符,不过大体情况倒也如他所论;青木正儿所论对象为南戏,明清三国戏曲与之基本相符。

四、元代三国戏中,正末基本属于正面肯定的对象,净角则大致属于否定的对象,脚色在人物身份的区分、作者情感取舍的寄托等方面几乎都是一目了然的,这点从表一即可明显看出。明清三国戏曲则不同,除了旦角的扮

---

① 〔日〕青木正儿原著,王古鲁译著:《中国近世戏曲史》,作家出版社,1958年版,第521页。

演情况比较吻合脚色要求①之外，其他的脚色本身对于人物身份的甄别、剧作者情感态度的取舍等都显得比较模糊，尤其是其中的净、丑二种脚色。周贻白谓"'净'、'丑'多属奸邪方面"，从明代传奇总体的情况来看，大率如此，但明清三国传奇的净、丑扮演情况显然较此远为复杂。

青木正儿曾经专门分析了南戏中的脚色情况，其中对于净、副净、丑的概括如下：

> 【净】以刚强狞猛为主，未必限于恶人。虽多扮男子，然亦有扮女人者。
>
> 【副净】又书"付净"，次于"净"之脚色也。就曲本观其配置时，大率仅以"净"一人尚不敷用时用之。……则"净"者专为刚强；"副净"者于刚强之中兼滑稽与温柔者也。
>
> 【丑】以滑稽便佞为旨，男女均扮演。②

从表二中可以看到，明清三国戏曲中，净角既扮演了典型的正面人物，如关羽、张飞等；也扮演了一些凶残的反面人物，如董卓、曹操等人；在此两者之外，还有一些在剧作中无足轻重的小人物，并且这类人物的数量最众，如成都府皇华驿驲宰、喽啰、牛铁鬼、算命先生、小卒等。既有典型地体现明代传奇净角特色的人物，如张飞、董卓等人；也有明显继承了元杂剧净角插科打诨功能的人物，如夏侯惇、牛铁鬼、算命先生等人。甚至在同一本剧作中，净角的扮演情况依旧让人无法捉摸，如《南阳乐》中，关羽、魏延、孙权等人，皆是净角扮演。丑角扮演的人物其实也存在着不甚明朗的状况：其中固然绝大多数都是一些小人物扮演的，但是也存在着一些身份比较显赫的人物，如曹丕、曹芳等人。固然有典型体现丑角滑稽特色的人物，如马铁鬼、曹

① 日本学者青木正儿曾经对旦色作出过概括："旦，扮演与'生'相配之主要妇女之女脚色。以淑贞才慧，节操烈义为旨。"（青木正儿原著，王古鲁译著：《中国近世戏曲史》，作家出版社，1958年版，第520页）出现在明清三国戏曲中的旦角有甘夫人、黄夫人（诸葛亮之妻）、伏飞环、蔡文姬等。除了《南阳乐》中旦角扮演孙夫人，生为诸葛亮外，其他戏文传奇中的旦角均能与"生"相配。且各剧中之旦角确实都是正面肯定之人物。值得注意的是，《三国志平话》、《三国演义》等三国题材的文学作品有着浓厚的男性色彩，女性几乎缺位或者显得无足轻重，但这种状况在明清三国戏曲中得到了比较好的改善。旦角（包括小旦等）不但有鲜明的个体形象，对推动故事情节本身的进展也有重要作用。貂蝉自不必论，甘糜二夫人的话语及其他表现较小说也有大幅度增加。其他如《青虹啸传奇》中之伏飞环、《七胜记》中诸葛亮的黄、糜两位夫人，《南阳乐》中刘谌的夫人等等都是如此。这一方面在于戏曲文体本身的特殊性，舞台上如果缺少了旦角的身影，几乎是不可想象的；另一方面则是时代本身的变化所导致的。明清三国戏曲中，"生"也基本吻合脚色本身的定义，但同样存在着特例。如《南阳乐》中，差官、关平显然并非男主人公，却以"生"扮演，显得非常突兀。

② ［日］青木正儿原著，王古鲁译著：《中国近世戏曲史》，作家出版社，1958年版，第522页。

操所献美女、翠环、黄文、庆童等人；也有些丑角身上无任何滑稽调笑之意味，如文丑、小兵等。周仓亦曾多次作为丑角扮演的人物出现，且言行之中并无滑稽色彩。诸如此类，都是明清三国戏曲脚色扮演方面所无法加以清晰界定的地方。

净角在明清戏曲中所扮演的角色身份与元杂剧中有非常大的不同，这点为戏剧史之常识。有人指出，由于剧目题材范围的扩大，在明传奇中，净扮人物出现了两种新的类型：一种是在昆山腔中成长壮大的正剧性反面人物，一种是在弋阳腔中鲜明突出的正面英雄人物①。其实这种说法是不太准确的，其实在弋阳诸腔中，净角的情况依旧是非常复杂的，根据王芷章《腔调考原》的记载，弋阳诸腔中，净角大致可以分为黑净、红净、白净、二花脸和毛净五种，各种所扮演的角色以及所孕育的含义也是不太相同的。② 这点从表二中可以见出。表二所列诸传奇中，《青梅记》《七胜记》《青虹啸》《南阳乐》《续琵琶》《西川图》属于昆山腔传奇，其他则应该都是属于弋阳腔传奇。《三国志》《单刀记》中净角扮演人物均为张飞，弋阳腔系统之戏曲选本《大明天下春》等所选"翼德逃归"中，净角亦为张飞。足见张飞在弋阳腔系统中是净角安排的首选，《四郡记》中净角扮演关羽。二人净角身份确实符合李希霞之判断，只是除此二人之外，净角所演其他人物的身份非常不确定，《古城记》中之颜良、喽啰，《草庐记》中之夏侯惇，《三国记》中小卒，《兴刘记》中之驿宰……谓其乃鲜明突出的正面英雄人物显然错谬，云其是反面人物也牵强附会。足见王芷章所论准确地反映了明代剧坛弋阳腔净角的复杂性。

其实不仅是弋阳腔中三国戏曲的净角扮演角色身份和含义复杂，昆腔系统的三国传奇之复杂性亦不遑多让。其中固然有《续琵琶》的净角董卓、狱卒，《青虹啸》的净角曹操吻合所谓"正剧性反面人物"的界定，《七胜记》的净角孟获勉强吻合，其他绝大多数昆腔三国传奇却并不吻合这种特点。《七胜记》中牛铁鬼、孙权、算命先生，《南阳乐》中魏延、孙权、关羽，《西川图》《锦囊记》中张飞等。可以看出，昆腔三国传奇中净角所扮演的这些人物，关羽、张飞属于"正面英雄人物"，董卓、曹操属于"正剧性反面人物"，情感寄托正好相反。

《连环记》情况比较特殊，单独说明。现存《连环记》都是经过了清人改编的作品，理由在于：一是此剧中净角扮演董卓，与大略同时代的《古城记》《草庐记》等完全不同，却符合传奇安排脚色的规范；二是此剧中的关羽已经被改成关公，这种尊称明代固然存在，但却也存在着关羽、关云长等本名称

① 李希霞：《论净脚在明传奇中的发展成熟》，2005 年河南大学硕士学位论文。
② 王芷章：《腔调考原》，北平双笔楼图书部，1934 年版。

谓,而在清代却几乎只见关公、关帝、二翁子等尊称,如钱德苍编选《缀白裘》中,把《负荆》中之关羽也统一改称"关帝",就是这等证明。

从上面的分析中可以看出,明清三国戏曲中,净角所扮演的众人物,除了董卓、曹操、张飞、关羽属于剧作中非常重要的人物外,其他大多数都是次要人物,甚至有些完全是应舞台表演的需要而设置的可有可无的人物。净角所扮演的这些次要人物承续着元代三国戏的特点,他们身上的褒贬色彩不太明显,也并无多少深刻的寓意,在推动故事发展方面的作用也不甚显。他们在剧作中最重要的功能依旧是插科打诨,制造剧作的喜剧效果。

明清三国戏曲中副净所扮人物不多,只有《南阳乐》中的华歆、黄皓、谯周与周仓,其中华歆与黄皓都有较多的表演。华歆尤为突出地体现了"副净"的特点,华歆出场时,此剧眉评曰:"是剧花面科诨甚少,以华歆充此职,可称允当,折内趣语叠出,殊解人颐。"华歆的言行举止确实印证了这一点:"老臣原是有学问的,不想一戴了纱帽,就昏头搭脑起来,连自己也做不到分毫主意。"以一种颇具诙谐意味的言辞讽刺了做官对文人思想的侵蚀。他和曹丕一同逃往东吴地界,但在路上被蜀兵截住。他在是否指认曹丕以求立功自保的问题上纠结了很久。剧中用【背介】来表现他的心理矛盾与斗争:

> 我想处世的人,第一要看风色,弃暗投明,原是我辈读书人本色。那曹丕是个失时倒运的人,皇帝一席,已是揭过一层的了。我一心还向他怎的? 不如竟说了出来,或者还有些想头,也未可知。这叫做识时务者呼为俊杰,有理!

不仅直接羞辱了天下读书人,另外他的"识时务者为俊杰"的想法与后来被诸葛亮处死的结局之间形成了一种极大的反讽效果。

另外如《鞭督邮》中的副净督邮,在净角张飞用柳条抽打他的过程中,他由气势汹汹到叩首求饶的转变,以及称呼"张飞——张义德——张三爷"的改变,都可以让我们联想到《虎牢关三战吕布》中的孙坚,只是督邮的表演远逊色于孙坚。

丑角在明传奇中也有了独立的扮演类型和表演特征,除了扮演一些语言幽默、行为滑稽的普通小人物外,在昆山腔作品中他们多追随在"净"的身边充当军师、谋臣、帮凶的角色,如郑振铎所言"净常是有势、有力、有钱的大人物,丑则是趋炎附势、为虎作伥或狐假虎威的小人物罢了。"[1]明清三国戏

---

① 郑振铎:《中国文学研究》,人民文学出版社,2000 年版,第 552 页。

曲中的丑角多半属于"行为滑稽的小人物"。也存在着特例，如《青虹啸》中的曹芳，《南阳乐》中的曹丕。当然，此二人在剧作中都是属于被完全否定的人物，这也大致吻合周贻白对丑角的概括。至于郑氏所言之"狐假虎威"的小人物，《青虹啸》中的庆童倒是完全吻合。明清三国戏曲的丑角所扮人物，有些既无滑稽之成分，亦不属于否定之对象，其中周仓最为突出。按周仓在剧中之身份，以"末"或"杂"等扮演似乎更为恰当。其他如《南阳乐》中之居民、卒子、家将、宫女等人，以"杂"扮演亦似更加适合，因为他们既谈不上"为虎作伥、趋炎附势"，言行之中也并无任何滑稽幽默之成分。

与元代三国戏中的净角套路化严重的现象相比，明清三国戏曲的丑角在语言明显拥有一些个性化的特征，有些是可以彰显性格的，有些是交代背景的，当然，也有些还是延续了元代三国戏的特点，继续走套路化路线，但较之元代三国戏净角千人一面的状况①，后者还是要可观得多。如《七胜记》中在相府门前把门的"丑"向后主及内官要常例，看着后主小心翼翼的神情，他笑道："你看圣上这般小心，就是我学生奉承夫人，还没这等样！"小丑扮梅香宾白也较多，她看着丞相夫人整日忧闷不乐，"想是春心动也未定……只亏了我梅香，一世孤单，不得一个情郎到手……老天老天，梅香此一炷香不为别事，愿我早配乘龙佳婿，暮雨朝云，早生贵子。"可以让人直接联想到元杂剧《周瑜得志娶小乔》中的梅香，并且戏份是有过之而无不及。《中郎女》中的丑角杨修亦是如此，因为蔡文姬的到来他被曹操剥夺了修史资格，所以他对蔡文姬冷嘲热讽，"这不叫修史，叫做羞死"。此外，如《连环记》中的董母，《草庐记》中的牧童、道童等，其言辞之中的戏谑夸张性显然不如元代三国戏中的净角，不但具备个人色彩，而且是故事情节本身不可或缺的一环。这是脚色制更为成熟的表现。

明清三国戏曲净角所扮演人物与其他的明清传奇之所以有较大的差别，这是有原因的。

1. 我们一再提到，明清三国戏曲与其他三国题材的文学作品之间存在着千丝万缕的联系，其中与元代三国戏关系尤其紧密。从前面几章的分析中我们可以看到，明清三国戏曲中的很多故事单元都是从后者中移植过来的。如《诸葛亮博望烧屯》中有表现张飞与诸葛亮冲突的"三气张飞"情节，

---

① 元代三国戏中，净角的扮演非常富有夸张色彩，这种夸张色彩的诉求在于追求舞台效果的戏谑性。但不可否定的是，这些净角的语言以及行为存在着极为浓厚的套路化色彩。具体而论，同一种职业身份（比如庸将、官员、医生等）的净角在语言、行为等方面不具备丝毫的个体性，这个人物的言行可以置换成另一个人，却丝毫不影响舞台效果。并且言行之中也存在着严重的套路化现象。这点在下文中具体再论，此处不赘述。

故而明清时代有被戏曲选本多次选入的"怒奔范阳"故事单元,还有仅仅只是把脚色扮演情况改变而故事形态完全相同的《锦绣图》之"三气张飞"①;如明代《草庐记》等继承改造了元杂剧《刘玄德醉走黄鹤楼》,从而形成了戏曲选本中屡次出现的"碧莲会""黄鹤楼会"情节;还有如在明清戏曲选本分别以"关云长训子""鲁肃求计乔国公""关云长独赴单刀会"等散出形态出现诸情节,显然是元代关汉卿之《关大王独赴单刀会》的继承与改造。这些属于完整故事情节的整体移植。这种情节的移植对于脚色的分配是有影响的。前面已经分析到,昆腔传奇中的净角本来一般都应该是饰演反面人物,我们却能屡次见到张飞的身影,如《西川图》《锦囊记》即是,这就是情节移植而脚色未曾变换的明证。

2. 我们一再在强调明代三国戏曲的民间色彩,至少可以肯定《草庐记》《古城记》两部作品均出于无名文人之手,其余明代三国传奇也多半与此类似。前文提到,祁彪佳对明代三国传奇之鄙夷多集中于传奇之音律方面,其实脚色分配也可见明代三国传奇之诸多不规范处。

3. 我们在表二的注中已经说明,因为明代三国戏曲佚失非常严重,故而我们考察明代三国戏曲之脚色扮演只能依靠戏曲选本,这种考察的方式本身就有一定的不可靠性。或许在散出的编选过程中,编选者对于戏文本身的脚色设置进行了较大幅度的更改,尤其是那些与元代杂剧情节相类的地方。这种更改的前提是基于某一个故事单元的变更,这种变更对于这个环节的表现很有针对性,但却违反了明清传奇本身脚色制的一些定则与惯例,这种现象显然也是存在的。

综上所述,明清三国戏曲中所谓历史人物的脚色化最主要的两个特色:一是角色限制对于历史人物言行举止的影响(限制)已经大大弱化了,角色固然在某种程度上规定了人物的出场言行,但可以看到,在明清三国戏曲中,有很多非常重要的人物已经不再用角色去扮演了,而更普遍的情形则是用人物的姓或名字中某字来代指此人物,而人物的活动与小说中的并无二致。可以通过宾白和唱曲来表现他们的性格特征,心理活动;可以借助舞台打斗等来反映他们的行为方式。因为戏曲本身有舞台科介,故而以"背云"等手段还能更好地体现出心理活动与正面言辞之间的区别。二是明清三国戏曲的脚色分配不如元代三国戏那般规范,从上述净角的分配,以及丑角身

---

① 国家图书馆所藏之《锦绣图》,实际只有残出"三气张飞",其故事形态与元杂剧《诸葛亮博望烧屯》中气张飞情节完全一致。唯一不同之处在于,传奇中净角扮演张飞,丑角扮演夏侯惇;杂剧中正末扮演张飞,净角扮演夏侯惇。这也最为直观地反映了明清传奇与元杂剧在脚色设置方面的不同。

份的界定方面的模糊性中就可以看到。其实,两点之间是相互制约的,相互影响的,正是因为脚色限制的弱化,导致了安排上的不规范;而这种不规范又更加造成了一种弱化的效果。与后来充分利用服饰、色彩、化妆等手段的京剧相比,明清三国戏曲在舞台表现的手段上显得相对"稚嫩",但这种稚嫩并非全是弊端,脚色的使用越规范越严谨说明舞台表演占据了支配地位,反之,则文本相对更为重要。对于明清三国传奇而言,文本显然还是最为重要的。明清三国戏曲中,角色身份的限制不甚明显,使得人物在言辞行动中可以自由发挥的空间更广阔;故事的叙述也显得更为顺畅流利(当然,因为三国戏曲的影响非常大,刘关张等人的角色几乎已经固定,有时候无须用脚色来扮演)。但脚色制的不甚完善也存在着弊端,因为角色的约束性不强,可能会造成舞台表演时观众对于剧中人物认识的障碍。

在戏曲文本中,是依靠标明脚色身份让读者比较清晰地了解戏曲的情感取舍与人物关系;在舞台的表演上,是靠脸谱让观众一眼便知晓出场人物的脚色身份,这是两种不甚相同的方式,但却共同组成了戏曲欣赏和接受的环节。其实,元杂剧的明代刊本中,尤其是《孤本元明杂剧》中,每本戏曲的结尾还附有"穿关",让读者也能了解每个出场人物的穿着打扮,但这种"穿关"在明清三国戏曲中出现得较少。

总而言之,脚色化是戏剧的基本属性之一,有其自身的形成特点和体制;戏剧化大约经历了一个从不规范到规范的演变过程。这种演变并非是单纯的人物数量的增加体现出来的,也不是简单地由某个剧作家心血来潮即能推动的;而是历代的剧作家与艺人们根据舞台演出的情况不断总结的结果,也是舞台表演实践的真实反映。

第二节　历史叙事的场景化

场景是小说研究中经常运用到的术语,本文所谓场景化的定义更多也是借鉴小说研究才获得的。场景化是小说叙事空间化的重要表现和主要内容,在小说空间的研究中时常被提及,且日渐成为小说研究中的热门话题。韩晓提出,所谓叙事的场景化,简而言之,就是指以场景作为表达情节、完成叙事的主要形态。[①] 戏曲是一种舞台综合艺术。戏曲演出本身就是需要舞

---

① 黄霖,李桂奎,韩晓,邓百意:《中国古代小说叙事三维论》,上海世纪出版集团,2009 年版,第 258 页。

台的,换言之,在舞台上演述的历史叙事即可以看成是历史叙事的场景化,但这种是非常表层的理解,也更多是针对舞台演出的。本书更多乃是针对戏曲文本的历史叙事场景化的讨论。我们可以看到,戏曲的场景化叙事与小说中的场景化叙事在表现形态上有诸多相同之处,也有许多不同的地方。

鲁德才曾把小说空间与戏曲的舞台并举,他论述道:

> 中国小说的空间,如同戏曲的舞台体现,讲究通过人物的行动或人物主观世界的感受来描写客观世界。甚至可以说它以人物的"自我"为中心,空间场面随人走,行动的感觉和空间意识并存,空间场面环境或大或小,或详或略,场面转换和转换幅度,完全由人物行动的流程来决定。……这样,运动就成了构图的要素,而当人物运动的时候,空间本身也就替换或变更。①

虽然这是以小说为本位来论述的,但对于理解明清三国戏曲中历史叙事的场景化也颇有裨益。

真实的三国历史时代场域里,出现的人与发生的事情不胜枚举,剧作中选择哪些人(让走上戏曲舞台表演),以什么样的脚色设置来安排他们,出场的人物之间的关系究竟如何? 如何利用人物的上下场来进行场景的变换……这些都是历史叙事场景化的具体表现。简单而言,明清三国戏曲文本状况中的场景化是利用场上人物的关系(这种可以利用脚色设置等方面反映出来),场上人物的言辞以及舞台科介等组成的。而场景的转换则是依靠人物的上下场来实现的,上下场的基础单位是出(折)。

场上的人物关系可以构建出很多种不同类型的场景。反映这些不同场景的方式是比较多样的,具体到明清三国戏曲而言,有如下数种:

一、通过脚色本身所蕴含的寓意来反映不同的场景:①生、旦作为剧作的男女主人公,多为夫妇关系,同时出现多半构成游赏之场景,如《古城记》中刘备与甘、糜二夫人的赏春,《七胜记》中诸葛亮与黄、糜二夫人的"庆赏端阳"均是此类;此外,夫妇之间的对话具有一定程度上的私密性,也是完全不经过掩饰的真实性情流露。如王允即在与其夫人的交谈中透露出对董卓独权专政、皇室衰微的一种愤慨与忧虑,诸葛亮与夫人对话的方式也完全不同于朝堂之上或营帐之中。②小生与小旦多扮演青年男女,当场上只有这两个脚色的时候,场景则显得比较暧昧,一般都会有私情的寓意,如《连环记》

---

① 鲁德才:《中国古代小说艺术论》,天津百花文艺出版社,1988年第1版,第173页。

中,王允即是故意吩咐末扮吉侣假传消息,制造吕布与貂蝉单独在场的场景,加上貂蝉故意以情相挑,使得吕布按捺不住,此时王允则在暗中观察,我们可以想象舞台上的这种场景,王允势必在前台与后台之间,相隔之处为墙壁、隔板,或者帷幕,但这些都是次要的,在观众看来亦是若隐若现的,这样造成一种窥视的镜头。③如果全是旦(包括老旦、小旦)、贴等女子脚色上场则可能是闺思之情的描写,如《七胜记》中诸葛亮的二位夫人黄夫人、糜夫人对诸葛亮的思念;更多的是以一种女性的视野去描述当下的情形,如《草庐记》中甘、糜二夫人对刘备前往寻访诸葛亮的评价,《古城记》中甘糜二夫人对于张飞所设"蜘蛛破网计"的质疑,对于刘备的思念以及关羽道义的赞扬。④如果场上出现的脚色中有丑角,多半会产生比较明显的戏谑气氛,尤其是当净、丑同时出现的时候,这种意味会变得更加浓厚。如《七胜记》中牛铁鬼(净)、马铁鬼(丑),两个算命先生(净、丑)的同时出现即是如此。当然,也有例外情况。

二、通过脚色扮演人物的身份来体现不同的场景:①探报出场则多半意味着战争场景的即将来临,这种场景在三国戏曲中尤其常见,《古城记》《草庐记》《连环记》《续琵琶》等均存在;②将领与小卒的出现则多是战争场面的描写,这种情况出现的次数也非常多,《古城记》中张飞劫营,《草庐记》中新野之战、当阳之战、赤壁之战等等,都是这种场面的描写;③如果是将领与谋士同时登场,则多半是遣将的场面。当然,遣将是一种比较初级的形态,在此形态之下还可以衍生出其他一些更小、意义更为明确的叙事单元,如诸葛亮与众将领之间即存在三种情况:将领与诸葛亮之间的矛盾,将领心悦诚服地执行命令,众将领颂扬诸葛亮超群的智谋。第一种中张飞、关羽各出现一次(《怒奔范阳》与《华容释操》),事实上,《草庐记》中黄盖与周瑜之间,《补天记》中甘宁、吕蒙与鲁肃之间的矛盾也属于这种场景。第二三种是最为普遍的,也真实地反映了明清三国戏曲中诸葛亮无往不胜的情状。

此外,一些在三国题材中寓意比较确定的人一起上场则场景意义较为固定。如刘关张三人在一起,则多半是表现三人难得的桃园结义情谊,或者是合力御侮,或者是三顾茅庐的求贤场景。倘若仅是刘备与诸葛亮上场,则基本是纵论天下或者演绎君臣相契的场景。

三、通过脚色扮演人物所属集团的分布来表现不同的场景:魏蜀吴三国中的任何两方出现在舞台上,多半是战争场面或者宴会场景。具体而论,有以下几种情况:①魏吴两国同时出现的次数较少,只有《草庐记》中所表现的赤壁战役的若干折,《双和合》中表现合肥会战的若干出,基本上都是战争场景。②魏蜀两国的人物同时出现基本上是战争场景,除了曹操"青梅煮酒"是宴会外,其他无例外地都是战争场面,如《古城记》中的会战、《草庐记》中的当阳之战、博望战役、新野之战、赤壁战役等等,在元杂剧中还有刘备占领西川后的阳平关战役等等。需要说明的是,关羽作为明清戏曲舞台上最为突出的人物形象,他的出现有一定的特殊性,更多地是表现关羽的忠义与机智,如他的"灞桥饯别""华容释操"等。③吴蜀两国人物的同时出现最为有意思,是战争与宴会同时存在的,其中宴会较多,战争较少,有时候战争与宴会相互转化,如碧莲会之后的"芦花荡"环节,《补天记》中"单刀会"之后甘宁、吕蒙商议偷营等。这恰好比较真实地反映了吴蜀二国之间的关系。在明清三国戏曲中较为常见的"河梁会""碧莲会""单刀会"均是发生于吴蜀两国人物之间。《猇亭记》已经佚失,从剧名本身看,显然是反映吴蜀两国之间的战争场景。这种通过出场人物所属集团而反映的魏蜀吴三国的历史比较接近于真实的历史场面。

四、在一本剧作中,场景中出现次数的多少基本上表明了人物的重要与否程度,也多半是作者情感寄托的另类反映。通过前面几章的讨论,我们可以很清晰看到明清三国戏曲中"蜀汉中心"的情节设置以及"拥刘"的情感立场。与《三国演义》相比,明清三国戏曲中的这种"尊刘"倾向有过之而无不及。此外,场景中人物组成的变化及人数多少,在一定程度上渲染了一种或喜庆或悲戚的氛围。一出(折)同时出现人数的多少是决定剧场气氛冷热的因素,具体到三国戏曲,最为热闹的显然是战争场景与团圆场景的描写。如果是单个人出现在舞台上,则这种言辞具有一定的私密性,如张飞("怒奔走范阳")、孙坚(《虎牢关三战吕布》《张翼德单战吕布》)、曹操(《青梅记》之"曹操青梅煮酒")、周瑜("河梁会"、"碧莲会")的独白。利用科介动作【背云】等则是表现舞台人物的心理活动。一般而言,戏曲多是表现比较喜庆或热闹的场景。张世君曾就此论述说,"戏剧表演忌讳冷场,如果演员的对话完了,剧情不能及时地发展下去,冷场是会不堪想象的。因此,观众看戏,总是看到舞台上不断有人上场下场,特别是上场报信的人总是把舞台踏得咚咚咚响,要把那连接剧情的台词准时无误地在那一刻说出来。因此报信人的穿插,在戏剧表演上不仅转换和切断了场景,而且也使舞台表演紧凑,避免了冷场。"①我们在《红楼梦》中也可以看到宝钗为了迎合贾母的喜好,特意点了那些场面热闹的曲目。戏曲文体的特点以及观众的需求,使得单个人在场上的情况非常少,明清三国戏曲同样如此。

三国的历史叙事就是在这种人物与人物之间的设置与上下场的安排中

---

① 张世君:《〈红楼梦〉的空间叙事》,中国社会科学出版社,1999 年版,第 201—202 页。

完成的。以《古城记》为例：在惯例的"家门"之后，先是刘备夫妇游赏，此场景既是明清传奇几乎共有的一种程式化的叙事场景，但也透示出了一种安定祥和温馨的气息。第三出人物切换到曹操阵营，人物的变更交代了场景的变化，也是一种角度的转换，使得场景更加多样化，也更接近历史的真实画面，这种方式有点类似于宋元说话场上之常用语"花开两朵，各表一枝"。曹操既愤刘备不肯归顺自己，又恨拐走三千兵马，故而商议出兵讨伐。

可以看到，场景的转换绝大多数是以一出（折）为单位，但也有些节奏是不相同的，故而一出中有几个场景，一个场景延续几出的情况偶尔也会存在。出（折）的安排是最考验剧作者功力的，因为剧出的顺序本身就是故事情节演进的一种表现，也是反映历史时间进程的一种方式。林鹤宜对此有更详细的论述，他在《论明清传奇叙事的程式性》一文中说道：

> 具体而言，每一个传奇剧目都是由一个又一个的表演单元组成，随着时间顺序向前延伸。它们服从于一个共同的主题，却又各有各的中心事件和表演重点。所以每一个"点"都可以"折子"的形式被单独演出；也可以经过重点择取，组成所谓的"节本"。这种"随机组合"的特点，对叙事程式的采用，提供了很大的方便。因为中国戏曲的情节不是不可分割的"团块"结构，而是可拆可串的"串珠"组合。[①]

"兵来将挡，水来土掩"，曹兵侵犯，刘备方面势必要做出应对措施，故而场景又切换至刘备阵营，这便是三人商议退敌场景。第五出又过渡到曹营，而后又过渡至刘备阵营，剧作者正是通过这种场面的不断切换，渲染一种紧张的交锋前奏的情绪和氛围。

应该指出的是，历史叙事并不全然是依靠人物上下场的场景来表现的，人物本身的唱曲（抒情成分）也是一种重要的辅佐手段，串联起场景叙事之外的历史空间与历史事件，也是表现人物性格的一种重要手法。么书仪曾经将元杂剧中历史剧的特点归纳为"以史写心"[②]，其中最为重要的手法即是通过正末的唱曲来实现的。明清传奇与之有较大的不同，故事的情节塑造本身已经跃居第一位，情绪的表达隐藏于情节背后，当然，这种说法是针对故事性较强的明清三国戏曲而言的。至于如《牡丹亭》等一大批明清传奇，唱词的优美与否依旧是评论家褒贬的重要依据，也是相当一部分观众取舍

---

① 徐朔方，孙秋克编：《南戏与传奇研究》，湖北教育出版社，2004年版，第464页。
② 么书仪：《元杂剧与元代社会》，北京大学出版社，1997年版，第61—63页。

的重要准绳。

综观明清三国戏曲，出现次数较多的场景有战争、宴会、团圆、封赏、求贤、遣将、闺思、游赏等。这种场景的性质本身既是三国题材特点的反映，也同时在重新构建着戏曲空间里的三国历史叙事。

戏剧是舞台综合艺术，这种特点对戏曲创作的影响是无所不在的。在戏曲作品中，叙事的场景化是一种共性，所有的戏曲作品都必须通过不同的场景叙事。这种场景化给戏曲本身带来了很多程式化的内容，但这种程式化并不能单纯粗暴地加以否定，在某种程度上而言，正是这种高度程式化的结构方式与脚色扮演使得中国古代戏剧本身成为一种稳固的典范。林鹤宜在《论明清传奇叙事的程式化》一文中专门讨论了这点，可以参看。他在文中从三个不同的层面归纳出了结构性程式、环节性程式、修饰性程式三种不同的程式化类型。这种程式化都是典型地存在于几乎每一本明清传奇之中的。三国戏曲的创作并未完全脱离这个语境，故而也有很大部分是受着这种影响的，如结构性程式①中的"团圆旌奖"，本来三国素材中这种特点肯定是不明显的，但我们依旧能够在《连环记》《古城记》《草庐记》等剧本中看到此类程式化的内容。《青虹啸》最后一出也是以"雪冤"作为出目，都是这种团圆结局的典型反映。其他的作品虽然未能亲见，但如《双和合》《玉佩记》《双瑞记》《兴刘记》等，或残存剧本内部透露，或从时人之介绍，或从剧名本身②，都可以获知此类信息。

林氏文中对环节性程式的定义是：指非结构上所必须，但却是传奇叙事环节所常见的情节段落。换言之，并非每部传奇都看得到这些情节段落；类似的剧情却一再出现。其中就有"游赏"一类，和旦角上场的那种静态的庆赏不同，传奇进行中，常见行动式的游赏场面。而这种场面也能经常在明清

---

① 结构性程式，指的是传奇结构上所必有的情节段落。林氏文中所谓团圆旌奖针对的对象主要是生、旦而言的，这点在三国戏曲中既有延续又有所突破。如《古城记》中的团圆，既是刘备与甘糜二夫人之团圆，亦是刘关张三兄弟之间的团圆，《南阳乐》最后一出"嗣统"，也是既有刘谌与小旦之欢聚，又有对诸葛亮、关羽、孙夫人之封赏。都典型地体现了这种特点。《七胜记》之第三十六出"孟获进宝"已经透示出比较浓郁的喜庆色彩，最后一出原阙，按照情节的推论，显然是描写诸葛亮与二位夫人团圆之事。也是典型特点符合此种结构性程式的要求的。其他的地方则更多是一种突破，如《草庐记》中，是刘备封为汉中王，然后册封旌奖群臣。《青虹啸》第三十折"雪冤"，雪冤本身即可以看成是团圆的一种变形描写。二者所表达的内涵中本身即有一定的重合之处。

② 《双和合》中"仙示"一出中，左慈告诉和法偈："雁行分时多周折，他时重会双和合"。这种偈语明显预示了日后信和、友和的重逢团圆。《远山堂曲品》谓《玉佩记》："载元直仍佐先主，曹瞒被擒，大快人意。"至于《双瑞记》《兴刘记》等，从剧名本身之"瑞""兴"即可看出剧作的大致诉求。

三国传奇中见到。主要是夫妇同赏。如《古城记》《草庐记》中都见到了刘备夫妇的这种游赏场面。《七胜记》中,我们也可以见到诸葛亮与二位夫人游赏的场景。"训女"也是明清传奇中较为常见的环节性程式中的一种,但因为三国故事中女性人物出现次数比较少,所以这种没有,比较有意思的是,在明清戏曲选本中倒是经常出现"关云长训子"(题目上有时稍有不同),说明在舞台上特别受欢迎。这种无疑是"训女"的一种变形而已,也非常形象地反映了明清三国戏曲与其他明清传奇之间的不同。

林氏文中的修饰性程式指的是一段话白或一段曲文的固定程式,其中就有在明清三国戏曲中经常能见到的"集唐",但这种表现方式与叙事的场景化没有直接的联系,本文暂且不论。

以上是综合讨论明清三国戏曲历史叙事的场景化。因为题材本身的特点,明清三国戏曲与其他的题材之间存在着较大的不同,其场景化现象中最为突出的,是宴会描写与战争描写。这是因为,三国故事中最主要的是魏蜀吴三国之间的争霸,而天下的夺得需要靠武力与智谋。武力表现在战争场面的描写中,民间有所谓"老不看三国"之说法,这种说法的原因即在于小说中描写智谋非常多,且可以表现在多个场合。在戏曲中,宴会场景中的智谋之争是最有意思的,既有喜庆氛围,又能体会惊心动魄,一波三折。相较而言,宴会描写是一种近于静态的、基本固定化的场景;战争描写则更倾向于一种动态的、变化的空间。

宴会场景

宴会描写在古代戏曲、小说中常见,因为它同时拥有时间与空间单位的概念。作为空间概念的存在,宴会场景为众人的聚合交际、故事情节的展开提供了特定的场所;作为一种时间单位,宴会的过程与故事情节本身的进展是同时进行的。同时,宴会场景本身还蕴含着丰富的民族文化特征,参与的人物,座次的安排,人物的服饰及举止谈吐,乃至于食品的安排等,都有着特定的含义及隐喻象征。正是因为宴会本身同时具有如此强大的叙事功能,故而它在小说与戏曲中都备受欢迎。

《红楼梦》中就多次利用节日庆赏的场景,这种场景中有富贵奢华生活方式的描写,更主要的是在这种奢华中寄托各种情感。节庆场景本来是喜庆场面,但作者采取矛盾对比手法来叙写,乐中有悲,悲中有祸。并且在节庆场景中描写贾府的人际关系和各种情事的变化,通过场景的一个"点"(庆宴),扩大到叙事的整个"面"(贾府命运),折射出场景外的情景事故。明清三国戏曲也多次利用宴会这样一个点,把角度延伸到点之外的整个

"面",如"碧莲会"中诸葛亮等人的动作,姜维在路途中的见闻以及唱词,而在唱词中,又利用论英雄或者叙述过往功劳的方式,把时间的因素交代得非常到位。无论在戏曲还是小说中,一般而言,喜庆场景多在喝酒的背后蕴藏着各种利益的较量,蕴含着各种力量的交锋。限定的场景承载着超场景的信息。

三国时代是一个风起云涌、群雄争霸的年代,如何去反映这个时代,各种三国题材的作品均有不同,描写的重心也有差异。或以重要人物为线索,围绕着人物来展示历史事件,如《三国志》;或以时间为线索,把人物和事件都囊括于其中,如《资治通鉴》即是;或把人物与叙事板块结合起来,整体描述三国时代的人和事,如《三国演义》。在明清三国戏曲的描写中,宴会却一直成为众多戏曲作家的关注点。首先需要说明的是,三国戏曲中的宴会描写并不似《红楼梦》等作品中的描写,它基本不涉及宴会的规模或者须遵守的仪式等,抑或是菜肴的丰盛程度等等。宴会描写更多的是交代宴会举办者的动机,宴会过程中的言语交锋,政治目的,以及围绕着宴会所展开的斗智斗勇等。在明清三国戏曲的宴会描写中,被提及次数最多的词语可能就是"鸿门宴"。换言之,几乎每一次宴会的目的性都是非常明确的,在两个集团(或两个人物)之间表面一团和气的背后,隐藏的是刀枪剑戟的厮杀与拼争。作为三国时代较为弱小(处于劣势)的一方,刘备是风险的最主要承担者,也是作为宴会主角的次数最多的。无论是曹操请赴宴,还是周瑜请赴宴,刘备的选择只能是接受,赴宴过程中的凶险程度,其实并不亚于一次激烈的战争,只是戏曲本身的戏谑化让这种凶险隐藏于滑稽调笑的场面背后。《三国演义》中,刘备以身涉险,尚且不知道险在何方,直到诸葛亮提醒才恍然大悟,这显然不是历史真实的刘备!相比于此,戏曲中的刘备更加个性化。"河梁会"中的刘备让关羽看在周瑜抗曹的份上饶恕他。"碧莲会"上的刘备直到万不得已的情形下才被迫承认周瑜的英雄之名,都或隐或现地体现了刘备的性格特征。

毛宗岗在《读三国志法》中提及《三国》一书,有笙箫夹鼓,琴瑟间钟之妙",并且用了非常富有形象性的语句来概括,所谓"干戈队里时见红裙,旌旗影中常睹粉黛"。① 其实,三国戏曲中的宴会描写也完全有这种效果。在看似和颜悦色的觥筹交错背后,闪烁的是刀光剑影的凶险。如果说《三国演义》中曹操请刘备喝酒尚未曾有明确目的,那么在戏曲中目的性就非常明

① 朱一玄、刘毓忱编:《三国演义资料汇编》,南开大学出版社,2012年版,第263页。

确①。而周瑜每次请客的目的都是一样:利用刘备赴宴之机除掉刘备。

明清三国戏曲中,宴会描写的次数非常多,大致有"桃园结义""小宴""大宴""曹操青梅煮酒""宴勘""襄阳会""临江会""周瑜计设河梁会""群英会""碧莲会""甘露寺""单刀会""丕宴"(《南阳乐》)等。还有些小的宴会场景或时代不好确定的宴会并未计入其中,如《古城记》中,曹操对关羽"三天一小宴,五天一大宴"的特殊招待;还有像《庆冬至共享太平宴》中蜀汉群臣齐聚西川的场景。看得出来,这些宴会多发生在"单刀会"及之前。在这些宴会中,又尤以刘备、关羽为主角的几次宴会描写最为详细。宴会本身就带有强烈的喜庆色彩,加上三国戏曲中的宴会还有着其他类型的宴会所不曾具有的惊心动魄,一波三折,更为紧要的是,虽然刘备屡次凶险万分,但到最后却都能化险为夷,安全脱身,这些喜庆、紧张、胜利的因素共同构成了三国宴会独特的魅力。明清戏曲选本中多次选择这些宴会场景,入选次数最多的是单刀会,其次是碧莲会,再次是河梁会。其他的宴会所体现出来的场景大致类似,但却有着各自独特的内容含量。如《连环记》中两次宴会,王允分别宴请吕布与董卓,让貂蝉在两次宴会中均出现,再分别许诺献给吕布、董卓,再利用貂蝉本身的斡旋,从而完成了除掉董卓的使命。可以说,两次宴会正是"连环计"成功的基础。"宴勘"环节中,曹操借宴会之名,邀请董承等人到相府赴宴,在宴会进行过程中对吉平施加酷刑,利用庆童的告密,使得董承等人惨遭杀害,最终迫使董圆与伏飞环逃亡。利用董圆的逃亡西凉,将作品叙述的角度推进至关山塞漠,并推动了整个故事情节的向前发展。其实类似的宴会场面在《补天记》中也曾见到,只是场景方面稍有差异,《补天记》中伏完与董承同时在宴会的过程中被杀。《南阳乐》中的宴会相对比较另类,曹丕效仿乃父曹操,在铜雀台设宴款待群臣,依法炮制所谓文臣武将施展才艺之做法。曹丕、华歆等人在言辞中多次表现出对历史事件的回顾。然后又利用司马昭的上场,交代了诸葛亮伐魏的历史大背景,最后华歆自告奋勇去说服孙权联合抵抗蜀国的进攻。可以看出,在这个宴会的场景中,历史与现实交织,魏蜀吴三国均在叙述的视野之中,华歆的话语又势必会将场景引入吴国,推动了场景的切换,也很好地叙述了历史事件。

---

① 《乐府万象新》所选《青梅记》之"曹操青梅煮酒"中,曹操说道:"伯业兴王志未伸,心中忽忽事难贫。除非灭却枭刘备,他辈衰时吾辈兴。"可以看出,曹操是主动把刘备置于他的对立面。这便在无形之中已经形成一种对抗的张力。他问丑角刘备在家何为,丑角告诉刘备在花园锄圃,曹操方才放下杀刘备的念头:"此人志量在于农末,不杀他亦无害于事也。"换言之,假若刘备有丝毫表示大志的言行,则曹操必定会处死他。明显体现出了二人的强弱形势,也从另外一个方面证明了刘备韬光养晦的必要性。当然,必须指出,这种情节设置应该与元杂剧《莽张飞大闹石榴园》有着比较密切的关系。

　　宴会场景本身其实是非常生活化的。如在"碧莲会"中，周瑜命令军士抬水抬酒，在当时的舞台上，显然，刘备与周瑜分别坐在桌子的两边，然后"小校抬水一桶，放在一边，酒放在一边"，则把酒与水放在桌子的两边，二人边饮酒论英雄。这种场面是非常容易映现在读者眼中的。这与日常生活的画面并无太大不同，这种场景其实也可以放在明清三国戏曲的任何一次宴会场面。不同之处在于二人参加宴会的心态完全与平常人不同，这点从二人所唱之词中就能看出。如"河梁会"中，刘备唱道："试看秦楚相斗志，秦强楚弱知谁是！谁知秦亡楚亦亡，我做高皇单得力"，分别以秦楚二方来对比魏吴二国，从而隐晦地表现出自己在二国相斗之中渔翁得利的情怀。与刘备的这种隐晦不同，周瑜的唱词是非常直白的，"试看曹刘相斗志，曹强刘弱知谁是！但看鹬蚌两相持，我做渔人单得力。"在诗歌的具体词句中，《乐府红珊》与《玉谷新簧》有些区别，《乐府红珊》为"秦楚争强相斗志，秦强楚弱知谁是？哪知秦亡楚亦亡，我佐吴王单得志。""吴魏争雄相斗志，曹强吴弱知谁是！任是虎狼自相持，我佐汉家单得力。"秦楚、楚汉、吴魏等争霸的历史事件都在场景中，通过人物的言辞展现出来。时间、事件都成了场景中的一个元素，场景乃是叙事的基础，这就是戏曲与小说的大不同之处了。

　　应该说，元杂剧中所描写的宴会情景尚是多样化的，而到了明代戏曲中，宴会的套路化现象愈发突出。最主要的就是"论英雄"与"叙功劳"。三国争霸，群雄逐鹿，英雄是最靓丽的风景线，故而宴会场景中常见"论英雄"之安排倒也正常。刘备就曾多次参与这种活动。《三国演义》中"煮酒论英雄"的情节成为了一种经典，但明清三国戏曲中的论英雄环节设置并非一定就是从此处敷衍出来的。因为在此环节之前的元代，《莽张飞大闹石榴园》《刘玄德醉走黄鹤楼》就已经有这种论英雄之描写。只不过，前者是论当世英雄，而碧莲会却将范围放宽至"自盘古开天以来"，这种貌似宏观的叙事视野其实并不一定高明。至少从项羽开始算起，还是泄露了叙述者本身的历史时间的限定。

　　与描写春秋四时的起承转合这种时序性较强的小说相对比，三国戏曲中很少有关于岁齿年轮的直接记载，也较少有关于外部景物的描述，似乎只有《草庐记》中三顾茅庐时通过刘关张三人的对话表现了景观的变化，比较清晰地反映了时间的流转，大部分时候，三国戏曲中都是利用故事单元发生的历史顺序先后作为时间的标准。

　　进入宴会场景中的英雄人选有刘邦、项羽、曹操、刘备、袁绍袁术、孙策、刘表、周瑜等人，有意思的是，这些人物几乎无一例外地被否定了。通过曹操之口否定了袁绍袁术、孙策、刘表等人，在周瑜口中否定了项羽、曹操、刘备的英雄资格。而刘备非常不情愿地举周瑜为英雄,本身就表明了刘备的否定态度。这些人选中唯一没有被否定的刘邦并非是出于严格的宴会场景,只是关羽赴单刀会前在与关平的交谈中才肯定了刘邦在识人任才方面的杰出才能。论英雄之三人,曹操、刘备、周瑜,却又无一例外地对自己的英雄身份进行肯定。通过跨越时空的论英雄,我们可以看出,曹操与刘备之间是"英雄相惜",周瑜则更多是一种自欺欺人式的狂妄自大。论英雄之场面并非只有这么一些,"单刀会"环节中乔公、司马徽对关羽以及其他蜀汉将领的赞誉也可以算作论英雄的一种表现。这种表现在元杂剧中还延伸到杨修之口,杨修在《阳平关五马破曹》《曹操夜走陈仓路》等剧中都曾赞扬诸葛亮、关张等人的高超谋略和威武勇猛。这种论英雄的情节典型地体现了三国戏曲的题材特色,同时也通过情节的展开表达了清晰的情感取舍态度。

"叙功劳"与"论英雄"有相似之处,但更多是集中在关羽身上。在"河梁会"与"单刀会"的故事单元里,关羽都曾义正词严而又充满自豪地描述了自己的功劳。当然,周瑜在"碧莲会"的场景里通过唱曲也叙说了自己在赤壁战役中所立下的汗马功勋。事实上,"叙功劳"并不局限于宴会场景,"怒奔范阳"情节中的张飞也曾充满骄傲地诉说了自己的功劳,"芦花荡"中的张飞也同样有这种描述。可以说,"叙功劳"其实也是戏曲情节性程式中的一种。

综上可以看出,宴会的组织者都是较为强势的一方,基本属于剧作者否定的对象。宴会的过程中体现着正义与奸邪的交锋,强权与信念的对峙。有刘备或关羽参加的宴会,最终刘备或关羽均能顺利脱险;没有他们二人参加的,则基本上以奸邪势力胜利告终,宴会场景中充满着暴力、强权等。

战争场景

三国戏曲中的战争描写独树一帜。如果说,《三国演义》中的战争是用散文与韵文结合交代,且利用散文描述比较具体真实地反映出战争场面;元代三国戏更多的是通过正末的唱曲与宾白来反映战争过程;那么,明清三国戏曲则多是利用对话,并结合舞台的科介来表现。

《古城记》中,叙述张飞劫营失败,有具体的战争场面的描写。这一出中,运用了大量的舞台科介来表现打斗场面,比如(张飞向内望科),舞台多以帷幕隔开,帷幕外面是观众所能看到的,即是展示在观众面前的舞台;而里面(后台)却是观众所不能看到的。大部分时候,帷幕里面(后台)多作为脚色上场之前的准备场所或者演员换衣服的地方,并不参与场上的场景,但在战争描写中,帷幕里面(后台)却承担了比较重要的功能,譬如表现众多士卒的呐喊声、拼杀声,即所谓(内作喊杀科)等等,从而制造出一种闹腾腾的战场氛围。古人没有现代的技术设备,他们多利用剧团中未在舞台上的那些人物来协助完成故事的推进。另外,帷幕也能够让观众区分戏内戏外,甚至营造出一种立体效果。在小说的叙事中,有所谓的显性叙事与隐性叙事,正面描写展现在读者面前的,无疑是显性的,而其他的则是隐性的。而在戏曲中,帷幕是一种非常重要的媒介,所谓内、下,都是在帷幕之中发生的事情。(张杀进营)(大叫科)(褚飞对杀,飞下科)(辽刘对杀,刘下科)(飞又对辽杀,辽下科)(刘又对褚杀,刘下科)(辽上与褚混杀科),利用这些舞台动作,表现战争场面的严酷性与持续时间之长,并且利用张辽与许褚的混杀,来表现夜的漆黑,因为二人不能互相看见,故而导致这种自己人杀自己人情况的出现。(张持枪慌上科)以舞台动作以及演员的语言神态的表演来完成故事的叙述。单纯依靠这些舞台动作肯定不行,戏曲必须"唱念做打"均备,如张飞在以惊惶失措的神态表明自己吃了败仗的同时,还利用唱曲来渲染:

【端正好】杀得我兄弟惊慌,徐州失散好悲伤,我偷曹瞒营帐,怎知杀败老张,走一步,回头望,不知俺大哥落在何方![1]

这种通过演员在舞台上唱和做打的方式,把战争场面给活灵活现地表现了出来。相比于小说的战争描写,戏曲显得规模要小得多,但却更为立体化。只要演员本身的表演出彩,战争的画面就可以生动地展示在观众面前。这与小说有着巨大的差别。

《草庐记》中,如新野之战的描写,也是通过兵士的宾白来展示战争场景的,"不好了,快逃命,四下火都发了!"战争的描写是动态的,而这种场景的变化也是通过角色人物的介绍才让观众知晓的。如关羽就说:"军兵,此是白河,下了囊沙以待曹兵"。张飞也曾提到:"军兵,此是横川渡口,水慢之处曹兵败走至此必渡,埋伏待他。"同时通过各种人物的口吻来介绍战场的进展情况。如曹仁、许褚的唱词:"遭贼寇使计谋,空城将我诱,不知由,火燎难从窜,吾兵罹咎。""焦头烂额命将休,逃生没处走"。兵士的宾白又是对这种情况的一种补充,"将军,被他一火烧死了许多人马,又被关羽、赵云乘势赶杀,自相践踏,死者不计其数。怎的好!怎的好!"[2]

与宴会场景中坐而论道的方式不同,战争场景有足够的动感,充满着喧嚣气息。小说中,读者只能结合自己的生活经验,借助作品的描写来想象战

---

① 胡世厚主编:《三国戏曲集成》(第二卷),复旦大学出版社,2018 年版,第 107 页。
② 胡世厚主编:《三国戏曲集成》(第二卷),复旦大学出版社,2018 年版,第 168—170 页。

争的场面。戏曲则不同,其战争场景是现场感较强的,虽然规模小,但却完全可以通过脚色人物的表演真实体验战争场面。文本中的战争场景虽然现场感较舞台稍逊,但众多的科介还是可以让读者得到比较真实的阅读体验。

徐扶明指出:由于舞台空间的限制,不可能表现大规模的激烈的战争场面,所以,就用间接描写的手法,从探子报告战况来介绍。但"问探"或"探报"自从元杂剧以来就几乎被用滥了。如《单鞭夺槊》《气英布》《老君堂》《存孝打虎》《衣袄车》《飞刀对箭》《锁魔镜》《暗渡陈仓》《阴山破虏》等等,都用了"问探"的套路,甚至大都用黄钟【醉花阴】套曲。① 明清三国戏曲的战争描写也不例外,在《义勇辞金》、《古城记》、《草庐记》与《连环记》、《续琵琶》②等作品中,都可以看到探子的身影。探子主要的功能即在于"探报",即报告敌情,描述战争过程。报告敌情的探子如《连环记》,探到假消息的如《古城记》,描述战争过程的如《草庐记》。

(探子):

【黄钟醉花阴】想那日东风恣意,急战巍巍,旌旗角转,西周总帅逞雄威。若果识神机,擒破虏。这便是鲜奇计,思顷刻,火掩曹师,因此上回来特报知。

【出队子】承指挥,出颠危,遥觑曹兵甚整齐,又见他如银灿烂森剑戟,旱营中则闻得群马嘶,见丞相群像,哪个不自振旅。

【地风】见千万只艨艟,他可四掖驰,先驾着战舰竖旌旗,将八千万兵八千里驰,都带着雕羽共金铋,四下将猛似□□。觑中军勇似蛟螭,前军冲,后军守,左右相持未必那吴兵自出奇,他那里长则是相欺,那庞统早献连环计,那黄公覆早献投降计,将这险曹瞒一罟靡。

【四门子】看猛然火炽惊天地,杀得他望风逃□路岐,输兵又驰,胜兵又驱。纵使他有谋何所施! 粮饷又撤,兵仗又遗,正是那谋穷的孟德。

【古调水仙子】他他他,事已危,俺俺俺,逞遥振将士杀气横。彼彼彼,兴霸兴丁,从兵连处得意。计计计,虽□□□奇恨匆忙,有力难施,恨匆忙,有力难施。有有有,赵张奇,兵暗袭时。幸幸幸,得到荆州地。喜喜喜,杀了俺军师。

【尾声】逞艺军师今古稀,号令出,鬼服神依,溺者亡,焚者死,杀得

---

① 徐扶明:《元代杂剧艺术》,上海文艺出版社,1981年版,第143—144 页。
② 《续琵琶》中之第八出"探子"即明确标出:"用《连环》内的'问探'"。

那那败归兵,问他从何处起!①

探子的叙述几乎就是赤壁大战的一种再现。当然,这种叙述的场景化不甚明显。

第三节　历史素材的戏谑化

在文学的记载里,历史从来都不只是简单的江山易主、朝廷改姓,历史的变迁中熔铸着兴奋、悲伤、拼争、绝望等各种复杂的情绪体验,对当时人来说是一种切身体会,于后世却又变成了一种情感寄托。具体到三国题材,数百年来所形成的"尊刘反曹"传统,是社会情绪淤积的一种文学反映,而绵延不断的文学作品又在强化着这种情绪。在这种背景下,读者对三国时代历史本身也有了泾渭分明的判断和情感取舍。三国历史的人物会很容易地被分成两个阵营:代表正义的力量有与董卓对抗的王允、伍孚等人,与曹操对抗的董承、伏完、马腾等人,更主要的,还有代表"明君贤相良将"等美好寓意的刘备集团。奸邪阵营的代表是:无恶不作的董卓、奸险无比的曹操,李催、郭汜等乱臣贼子以及张角等草莽贼寇。令人遗憾的是,在历史的发展过程中,进步力量往往被压制。故而我们可以看到,董卓能够随意操纵欺凌众多公卿大臣,草菅人命,甚至连皇权的最高代表汉献帝也成为了其掌中玩物。董卓的恶终究是一种短暂的恶,无论在史实还是后世的文学作品中,董卓都是"多行不义必自毙"的典型代表,他的暴行引得天怒人怨,最终被吕布刺死,暴尸街头,其家族亦被诛灭,这些都是大快人心之事。但董卓其实只是三国题材的一个引子,他的出现在于交代东汉末年群雄割据局面形成的根源。三国题材的重心在反映魏蜀吴三国的争斗,其中尤其以刘备的蜀汉集团为描写的重中之重。我们无法快意,因为蜀汉集团最终失败了,虽然这里有最杰出的谋臣与最勇猛的战将。相反,正义对立面的曹魏集团始终处于强势地位,反面势力的代表曹操自始至终都未曾受到我们期望中的惩罚。文学不等同于历史,但一般读者(观众)的历史印象却又往往都来源于文学。《三国演义》是用文学的方式描写三国这段历史,明清三国戏曲也是一样。

《三国演义》比较真实地描写了三国时代,至少在三国结局的交代上完全忠实于历史,这使得它具备了强烈的悲剧精神。

---

① 胡世厚主编:《三国戏曲集成》(第二卷),复旦大学出版社,2018年版,第213—214页。

《三国演义》从儒家的政治道德观念出发,融合着千百年来人民大众对于明君贤臣的渴望心理,把刘备、诸葛亮等人作为美好理想的寄托。根据儒家的思想逻辑,"天道无亲,常与善人",或"天下土地,唯有德者居之"。但历史的发展恰恰是事与愿违:暴政战胜了仁政,奸邪压倒了忠义,全能全知、超凡入圣的诸葛亮竟无力回天! 诸葛亮临终时哀叹:"吾本欲竭忠尽力,恢复中原,重兴汉室,奈天意如此,吾旦夕将亡矣!"(卷之二十一《孔明秋风五丈原》)小说最后也用了这样的诗句作结:"纷纷世事无穷尽,天数茫茫不可逃! 鼎足三分已成梦,后人凭吊空牢骚。"作者无可奈何地将这一场历史悲剧归结为"天意"或"天数"。所谓"天数",与其说是肯定了客观历史进展的理则,还不如说是流露了作者对于理想的幻灭、道德的失落、价值的颠覆所感到的一种困惑和痛苦。一部《三国演义》表现了作者在理想与历史、正义与邪恶、感情与理智、"人谋"与"天时"的冲突中,带着一种悲怆和迷惘的心理,对于传统文化精神的苦苦追寻和呼唤。正是在这个意义上,它是一部悲剧,也是一部呼唤民族大众传统文化精神的史诗。①

《三国演义》是三国题材的一部集大成之作。明清三国戏曲既然也选择了这种题材,本身也就拥有了几乎同等内涵的严肃性与悲剧情愫。加上作品选择的是作为失败者的刘备集团,故而三国题材显得更加严肃,甚至这种严肃中间还应该包含着压抑与愤懑。

与题材本身所具备的这种秉性相反,戏曲却天然是"乐天"的。这点无论从戏曲的发生史来考察,还是从戏曲"大团圆结局"反推出来所反映出的社会伦理观,都可以印证。周剑云之《剑气凌云庐剧话》中曾经记载道:

> 甲寅春,九亩地、新舞台,拟令三麻子演《夜走麦城》,不料未及启演,该台已付之一炬。寿亭侯未下降,祝融氏光临。三麻子大骇却走,遁而之津,从此不敢演此戏,乃以夏月润承乏,左右居民谓其冲犯关公,惨遭此报。该以三麻子生平所演之关戏,均其功勋彪炳、忠义奋发之事,此戏独写其骄以取祸,以是触其怒而命祝融氏放丙丁火以示威也。②

很明显,周氏的叙述中不乏夸饰成分。然而此根源在于当日对于关羽

---

① 袁行霈主编:《中国文学史》(第四卷),高等教育出版社,1999年版,第26页。
② 朱一玄,刘毓忱编:《三国演义资料汇编》,南开大学出版社,2012年版,第694页。

的崇拜已经到达了一种巅峰境地,故而多溢美而不敢揭其短。事件即便属实亦只能是一种偶然事件,最值得玩味的是左右居民之反应。这种反应与"涂巷小儿""京师富家子"等人①的反应有异曲同工之妙。正是因为观众鲜明的情感立场才会产生这样的观剧心理。更多情况下,观众不但期待"好人好报"的理想结局,还要求要在一种非常愉悦轻松、充满着戏谑幽默的气氛中体验这种结局。

题材的严肃与戏曲本身的戏谑化追求,这本身就是一对矛盾的命题。单纯追求严肃性,那将大大违逆戏曲本身的诉求,也必然不会得到观众(读者)的认可,进而可能会湮没在历史的烟尘之中。反之,倘若放弃题材的严肃性,一味追求喜剧效果,也不吻合千年淤积下来的对三国历史的认识。这两个矛盾的命题之间产生了一种极富挑战性的艺术张力。如何在两个矛盾的命题中找寻到一个契合点,这是摆在明清三国戏曲作者们面前的问题。换言之,我们今日所看到或者没看到的那些三国戏曲,正是他们的一种尝试。

明清三国戏曲在题材追求上,与其他的作品有一定的相异之处。譬如与《三国演义》相比,小说全面描写了三国形成的历史,以及这种历史是如何演变成晋朝一统的过程。戏曲不同,从现存的戏曲文本以及选本中的散出来看,剧作家们基本选择那些能够力图表现胜利情绪的素材。三国故事中,刘备扬眉吐气的时候并不是非常多,但戏曲中却都尽量去抓住这些素材进行描写。在这种描写中,作者还充分利用净角、丑角本身的戏谑色彩,来寻求一种舞台效果。这种说法并非是完全否定明清戏曲的严肃追求,事实上,我们在《古城记》《草庐记》等作品中也都能够见到那些表现刘备集团失败的记载,在《青虹啸》《义烈记》等作品中也能够见到曹操得势猖狂,侯都尉以及其帮凶董卓等人对正义力量的损害,在《连环记》中也能见到董卓的嚣张气焰。戏曲的好处在于,它无须交代三国事件的前前后后,它只需要选择最能够表现戏剧冲突的某一个时段,或者某一个事件,从而达到他的艺术目的。在上述的这些戏剧中,黑暗、丑陋的势力固然在一定时间内占尽了上风,戏曲的结尾,必定是一种大团圆式的,是一种众人皆大欢喜式的。只有在那些瞬间,一种悲壮的情绪才能弥漫在演员以及观众的心头。而恰恰,这种暂时悲壮的氛围与最终胜利的结局之间的张力,也形成了更为强烈的喜庆效果。

---

① 苏轼《东坡志林》中载:"涂巷小儿薄劣,……至说三国事,闻刘玄德败,颦蹙有出涕者,闻曹操败,即喜唱快。"张耒《明道杂志》中亦载:"京师有富家子,……每弄至斩关羽辄为之泣下,嘱弄者且缓之。"

具体来说,主要可以分为几种情况:

一、在题材的选择上,剧作家尽量选择那些能够表现胜利、欢快的场面来进行描写。所以我们可以看到,刘备事业处于上升势头的时期是最为受欢迎的。更具体地说,是从三顾茅庐至刘备称王的过程。这从第一章所列三国戏曲剧目中即可看出。不但是魏国吞并刘蜀的过程难以见到,就连关羽因为骄横所以痛失荆州,败走麦城等事也完全不见于明清三国戏曲①。除此之外,尚有《南阳乐》《定中原》《七胜记》等表现蜀汉集团胜利的一些作品。元杂剧中尚有关汉卿之《关张双赴西蜀梦》等带有悲剧性的作品出现,而明清时代却根本无从见到此类作品。原因在于元杂剧"以史写心"的创作动机更为明显,观众欣赏戏曲的重心是唱词。明清戏曲则是以故事情节取胜,在故事叙述形态与脚色分配中传递思想情感。

这里主要以"河梁会"与"碧莲会"两个故事单元为例来说明这种情况。

周瑜处心积虑想谋害刘备,"河梁会"与"碧莲会"两个故事单元虽然都是宴会描写,却都是周瑜所设的鸿门宴。周瑜想以种种借口除掉刘备,为东吴的争霸事业除掉一个强劲的对手。在此两个故事单元中,周瑜给刘备设置了很多凶险的环节,观众的心也可能随着当时情形的险象环生而心有余悸,这种紧张的体验只可能是那么短暂的一刹那:一方面角色设置本身所带给观众的直观认知,如"河梁会"中丑角扮演甘宁,"碧莲会"中丑角扮演"俊俏眼",这本身就在一定程度上消融了故事本身的严肃性。另一方面,戏剧演出的语言以及故事发展也表明了"替古人担心"是完全多余的。

两次宴会中,周瑜都安排了伏兵。"河梁会"中乃约定金钟响三声为标记,伏兵四出,斩杀刘备;"碧莲会"中,黄鹤楼周围也安排了重兵,并且下楼只有一个门,而且周瑜派了一名会识人的小兵看门,不至于使得刘备潜逃。但最终刘备还是逃出来了。两次的方式并不相同,前者是关羽护驾,后者是姜维救驾(也有多处记载为孙乾)。前者是关羽以武力救驾,迫使周瑜放走刘备;后者是诸葛亮的妙计,再加上姜维(孙乾)的灵活应变,故而刘备安然逃脱。

孙刘联合抵抗曹操,是大兵压境下的势在必行之举。但作为利益存在冲突的两个军事集团,这种联合也只能是一种权宜之计。外在的压力非常明显时,则两家合作最为愉快,压力减弱时,则矛盾就会逐渐凸显出来。这种背景下的孙刘两家实可谓貌合神离,各怀鬼胎。两个故事情节都真实地

---

① 《补天记》中有关羽镇守荆州的内容,且提到陆逊带兵来袭击荆州,但此剧只写到"关羽提刀下"即宣告结束,未提及关羽失荆州事。

反映了孙刘两家在联合抗操的过程中所表现出来的相离状态。只不过,这种状态是在极力追求戏曲戏谑化效果的基础上获得的。

戏曲选本《乐府红珊》与《玉谷新簧》中的"河梁会"情节有很大区别。相对而言,《玉谷新簧》中的故事形态更富于戏谑性。关羽在十八路诸侯讨伐董卓的时候,曾经以马头军的身份"温酒斩华雄",时至赤壁战役期间,关羽已经名满天下,至少在戏曲小说领域如此。无论是张飞还是赵云,否定关羽前往的理由,只在于关羽的脸太红,从而可能被周瑜认出。"面如重枣",确实是关羽相貌的一个显著特征。但在"河梁会"中,它只是与长髯构成了关羽需要利用包头巾等方式来掩饰自己身份的舞台戏谑动作,与张飞(赵云)的调笑都是建立在这个基础之上。

选本《乐府红珊》中,关羽谓张飞云:"你去不得,那个不认得你黑脸!还待我去?"张飞则回道:"那个又不认得你红脸?"《玉谷新簧》中,关羽与赵云争论谁去护驾。关羽谓赵云去不得,"你当初抱太子杀去百万军中,那个不认得你,还是我去才是。"赵云则谓:"你去不得,还是我去,你脸太红了,有人认得。"这些显然是为了制造剧场的喜剧氛围而设置的情节。何况,红脸在舞台上本身就代表着忠勇正义的品性与气质,这就更让关羽与张飞(赵云)的对话具备了双重含义。

《玉谷新簧》中,关羽与丑角甘宁的对话戏谑色彩很浓郁。甘宁看到关羽一个人喝完了十个人的酒,便骂他为酒囊饭袋。但之后的情节显然证明了甘宁才是酒囊饭袋,而关羽则是大英雄。周瑜以金钟为信号,要置刘备于死地。关羽在与甘宁对话的过程中听到了金钟的响声,因而生疑。他想闯进营帐问究竟,甘宁却说:"老爷,请你方便些,假如你家老爷请我家老爷吃酒,我似你这般模样,你老爷责不责你?"这种完全生活化的对话显然不是历史中真实存在的,但却恰好体现了戏曲本身的追求。并且《玉谷新簧》中还显示了强烈的剧场意识,如:

> (内作笑介)刘:二弟,两岸人拍掌笑他,你可回敬他一言。
> 关:望你海涵仁宥汉云长。

这显然属于得了便宜又卖乖的表现。这种表现足以引发观众更为解颐的笑声。

"碧莲会"的情节设置显得戏谑性的追求更为浓郁。

《万壑清音》中,周瑜寻找一个"能干事"的小军。于是丑角扮演的小军登场亮相。应该说,这个角色的设置本身就显示了戏曲的戏谑化追求。小军的出场白一如元杂剧中的净角。

> 丑："小军小军，两脚不停，如临深渊，如履薄冰，叫我干事，干得绝精。饮酒食肉，是我头名。"
>
> 周：你在军中能干些什么事来？
>
> 丑：会吃肉，会吃饭，会饮酒，会赌，会嫖。
>
> ……
>
> 丑：这是老刘的儿子，叫做小刘儿。
>
> 周：果然认得人，你叫什么名字？
>
> 丑：叫做不长俊。
>
> 周：怎么叫这样的名字？
>
> 丑：父母取的。
>
> 周：我与你改了，既会认人，改作俊俏眼罢。

倘若观众起初会为刘备的只身赴险而担忧受惊，丑角扮演的俊俏眼一出场应该就会使得这种心理荡然无存。这个小军显然是插科打诨的作用大于推动情节的作用。

"碧莲会"中的周瑜极度想刘备承认自己的英雄地位，故而他把论英雄的范围不断缩小，从"盘古开天以来"到二人之间，但刘备却始终不让周瑜遂愿，这让他异常恼怒。最后甚至于以行令官的身份逼迫刘备承认自己：

> （周起介）自古道，酒令严如军令，叵耐刘备这厮，三回两次抗拒吾令，咱男子怕事，攒弓折箭为号，抛于大江，刘备就是挣翅鸟，非（按：应为飞）不过汉阳江去。（回介）玄德公，再英雄好汉是谁？

这种以势压人的言辞显然支持了这两个故事单元本身所孕育的强烈情感倾向，观众一方面会更加反感周瑜，同时也会对这种强讨英雄称号的做法感到可笑。这种称号获得之后，周瑜得意忘形的举动更加令观众乐不可支。

> （周）玄德公，咱有短歌一首，你听着，霸王英雄兮自刎乌江，曹操英雄兮不敢出许昌，刘备英雄兮自赖诸葛与关张，赤壁鏖兵兮好一个美哉周郎！
>
> （刘）果然好个美哉周郎！
>
> （周背云）差了，今日是我请他饮酒，怎么自夸其能。道美哉二字，

忒过僭了！(见介)玄德公,酒席上再不许道美哉二字。

(刘)如道美哉二字者如何?

(周)罚凉酒一巨瓯。

(刘)遵令了。

(周)再不许道美哉二字。

(刘)元帅犯令。

(周)美哉！酒干。

(刘)元帅又犯令。

(周)我周瑜也是英雄好汉,倒被美哉二字误了！

(刘)元帅又犯令。

(周瑜)饮酒干。

既迫使刘备承认自己的英雄地位,获得承认以后又装腔作势地否定,最终被"美哉"二字连罚三杯酒,这是周瑜得意忘形之后的典型表现。实际上,在《大明天下春》等其他选本中,周瑜因说"美哉"二字犯令,被连罚五杯酒。更显得这种情节设置的戏谑化诉求。值得注意的是,将周瑜的言行举止渲染得愈加荒唐可笑,就愈显示出褒奖刘备、贬低周瑜的情感倾向之鲜明突出。周瑜处心积虑,但两次均让刘备从容逃逸,这种结局的安排本身就是对周瑜的一种嘲弄;周瑜在宴会过程前后的这种可笑言行,本身是戏曲戏谑化追求的一种组成部分,但这种描写也恰好成了情绪表达的一种手段。这样,题材严肃性与戏曲戏谑化追求之间就形成了一种强烈的张力,这种张力,在明清三国戏曲中几乎随处可以见到。

二、即便选择了那些严肃的素材,作者也会更加尽力地表现出一些积极的因素,如千里独行中的关羽忠义,当阳之战等过程中小胜的渲染。汉末三国时代的故事在社会上极为受欢迎,原因很多。从宋代的"讲史"开始,三国题材的描写大致还是遵循了历史的真实。绝大多数三国题材的文学作品都未改变魏强蜀弱的历史真实,也未曾颠倒历史真实的结局。即便是清代三国戏曲,也只有《南阳乐》《定中原》等区区几本改变了这种真实。明清三国戏曲中多次描写到曹操战胜刘备的场景,也并没有避讳描写关羽降曹的故事单元;我们甚至可以看到刘备在曹操的铁骑追击下妻离子散的惨状。如何在这种让人沮丧的失败中依旧能够满足戏谑化的追求,是戏曲所应该面对的核心问题。

第一种方式是在行文中利用充满滑稽搞笑的言辞和舞台动作来完成这种戏谑化的追求。

《义烈记》中表达的总体情绪是比较压抑的,因为正义力量一直遭到压制,张俭始终在逃亡。但此剧却还是可以看到很多戏谑之处,如"附权"一出中,小净董卓为了奉承侯都尉,在侯母寿诞之时,身披绿衣服,扮作万年龟,祝侯母有万岁年寿。

《连环记》中,第十一出"议剑"中,王允召曹操商议,本来是非常严肃的话题,但行文中也充满了戏谑的味道。

> (副)一幅是韩干的马,一幅是戴嵩的牛,彼时我就对那买画的人说,那牛又耕不得田,那马又骑不得人,无非张挂而已。我对那人说,这东西我这里用他不着,若有站得起人的牛粪马粪,我倒用得着。
> (生)要他何用?
> (副)拿来肥田。①

董卓显露出篡权的野心,曹操却在戏谑之间完成了对董卓的讽刺。这种话语并无讽谏之意,也无更深刻的含义。只是舞台效果的一种反映罢了。

> (净)我欲登东山而小鲁,此间山皆小,不足以观四方,如之奈何?
> (副)待曹操想来,嘎,有了。
> (净)在何处?
> (副)有一座好名山,若寻最高之处,可登武当山。
> (净)有景么?
> (副)有景嘎。有一处名曰舍身台,视下深有万丈。
> (净)可上得去么?
> (副)怎么上去不得? 只是有些险。此台可容一人,前无去路,后无回步。
> (净)去者如何?
> (副)这叫做不知进退。
> (净)倘跌下去?
> (副)这是不知死活了。②

从总体进程上来看,这种情节的渗入并未改变事件的进程。曹操献刀

---

① 胡世厚主编:《三国戏曲集成》(第二卷),复旦大学出版社,2018年版,第71页。
② 胡世厚主编:《三国戏曲集成》(第二卷),复旦大学出版社,2018年版,第72页。

失败,进而逃亡,与《三国演义》等叙述完全一致。小说等文体中并不必然需要这种充满戏谑性的情节,甚至这种情节的添加势必会破坏整个作品的风格。戏曲却不一样,这种情节能够让观众保持一种轻松愉悦的心情。换句话说,这种题材本身所透露出来的严肃性与这种诙谐之间形成了一种强大的艺术张力,这种张力让故事的戏剧性变得更加强烈。

类似的这种例子还有很多,如《连环记》中,张飞与吕布在虎牢关交战,吕布问其姓名,张飞非常生气:"那厮与俺杀了半日,还不知俺张爷爷的姓名。他问俺姓甚名谁,呀,俺是你吕布的爷爷张翼德。"①

《古城记》中张飞劫营失败以后,与兄长分离。虽然也有恓惶之感,但更多地却是让读者感受到了浓郁的喜剧气氛。如张飞说他自己"一日也吃不多",但唱词中却将这个不多的内容具体描述了出来:

> 【前腔】一日三斗白米饭,冷食要把细茶浇,馒头蒸饼时时要,一坛老酒开怀抱,五六斤猪蹄烂烂熬。②

这种反差制造出强烈的喜剧效果。

《补天记》中,曹操专横跋扈,只手遮天。汉献帝赐诏讨逆,却被曹操截获,伏后被曹操处死,整个作品充满了一种严肃悲愤的气息。这种压抑的题材并不妨碍作者对于戏谑性的追求。尤其是当伏后附体周仓,周仓如此庞大的身躯却发出女性柔性的声音,让人有点忍俊不禁。吕蒙、甘宁二人意欲偷袭关羽营寨,却不想被伏后所摄东风吹到了周仓的阵地,被周仓羞辱。此外,华歆趋炎附势,一方面使用暴力欺负伏后,另一方面却又为立曹操之女为皇后而上下奔走,这本让读者极为抑郁鄙视,华歆的语言却与其行为之间构成了一种极为强烈的讽刺色彩,

> 所以做大臣的人,没有什么奇特,只要遇事担当而已,今日魏公送女入宫,册为国母,少不得我辈同在门下之人,都要趋跑奔走一番,此亦分内之事,原非依炎附势之比,那些局外之人,不可错认了题目便好。③

这种直接以一些充满戏谑性的话语来冲淡戏曲本身严肃意味的做法,

① 胡世厚主编:《三国戏曲集成》(第二卷),复旦大学出版社,2018年版,第78页。
② 胡世厚主编:《三国戏曲集成》(第二卷),复旦大学出版社,2018年版,第118页。
③ 胡世厚主编:《三国戏曲集成》(第三卷),复旦大学出版社,2018年版,第163页。

是一种比较直接的方式,在调节读者(观众)情绪方面也起到了不错的效果,但这种做法不是主要的。

第二种做法是利用叙事策略来实现这种戏谑化的追求。具体地说,乃是剧作家对叙事时空的控制和调度,造成时空的选择,形成审美感受的错位。

如利用叙事技巧,将刘备集团与曹魏集团交战过程中的大败尽量淡化,对大败过程中所取得的局部胜利,或者仅仅是主将对阵过程中所取得的胜利加以浓墨重彩的渲染。以当阳战役为例,刘备携民逃亡,曹操五千铁骑昼夜驰骋,在当阳大败刘备。刘备方面损失惨重,二位夫人均在此次战役中丧命(明清三国戏曲中各本记载不一,有的是甘夫人投井自尽,多数则是糜夫人),若非赵云神勇,刘备唯一的儿子阿斗也定会殒命于此。剧作固然描写了糜夫人叮嘱赵云时的悲壮,也刻画了刘备闻听二位夫人丧亡时的黯然神伤。但此剧给观众(读者)传递更多的,则是赵子龙匹马单枪走曹营的威武神勇,是张飞怒喝断桥的威力无比,是曹操面对关羽出现时的惊惶失措。作者利用巧妙的叙事策略,既描写了刘备方面的大败,也写出了小胜。但是,前者是作为一种背景而存在的,后者则作为精雕细刻的正面场景来铺叙。在这种叙事策略下,刘备部下的赵云、张飞虎胆英雄的形象更加神勇无敌,光芒四射。使得读者忘记了失败,沉浸在对英雄的崇拜中,沉浸在胜利的喜悦中,让读者"即喜唱快"的感觉异常强烈。

明清三国戏曲中,类似叙事策略并非仅此一例。刘关张失散,关羽为了保护刘备家眷,以图日后兄弟重聚,因而听从了张辽的劝说,归降曹操。这本身是一件不甚光彩的事情。但在戏曲的描写过程中,关羽似乎不是败将,而是胜利者。他提出三个条件,并且在与曹操交往的过程中,皆处于主动支配地位。曹操方面君臣皆成为了关羽的陪衬。尤其明显的是在"挑袍"单元,关羽以一敌众,竟然让曹操、许褚众君臣毫无办法,"昨日来在灞陵桥,刀尖挑起红也么袍,险些儿吓杀了许褚、张辽,百万曹军唬得他赤沥沥魂飞魄散了。"本来可能成为关羽人生污点的降曹经历,因为"千里独行"等故事单元的存在,成为了关羽忠肝义胆的最好证明。这些情感倾向的获得,毫无疑问,是与剧作者的叙事策略密不可分的。

赤壁战役固然确立了魏蜀吴三足鼎立的局面,但在漫长的历史时空里,这其实也只是其中一次战役而已。明清三国戏曲则不然,从第一章的篇目中即可以看出,描写赤壁战役的作品非常多。这些剧作各有侧重点,然而最主要的目的,还在于突出刘备集团在此过程中所取得的胜利。这种胜利不仅体现在与曹魏集团的斗争中,更表现在与孙吴集团的相持中。将描写重心放在赤壁之战至刘备西川建国的历史过程,是明清三国戏曲的整体叙事策略,虽然这种策略更多时候只是一种无意的举动,但却真正促成了一种戏谑化效果的实现。

戏曲战争描写中,在大战之后,往往还有一个"叙功"的环节,《草庐记》第二十四折即是如此。这样无形中更加强化了"小胜",也更突出了"小胜"。这种叙事策略的运用,使得题材严肃与戏曲本身的追求达到了比较好的融合。当然,并非所有的环节都能以这种较为高级的叙事策略来实现,明清三国戏曲中,还有些是纯粹利用篇幅的长短来体现这种叙述的侧重。如《草庐记》《双和合》等剧作中,有的出(折)只有简短的百十个字,而有的出(折)却又很长,描写的手法也比较细腻①。

三、通过先抑后扬的方式实现戏剧效果。具体而言,就是在戏剧中,作者并不避讳描写出那种让人非常气愤或者郁闷的历史过程,这种感情倾向很鲜明的词语显然是表现在邪恶的力量战胜了正义的力量上,如三国初期的董卓,威权显赫,为所欲为,奴役公卿,肆意践踏皇权,在这个过程中,伍孚等人想刺杀董卓而未成,朝廷公卿大臣也都忍气吞声,屈服在董卓的淫威之下,汉献帝也战战兢兢地生活在这种高压之下,更让人愤恨的,是董卓肆意杀害百姓,导致繁华的洛阳成为人间地狱,这些都是戏曲的严肃题材,在单纯观看这些题材的时候,观众或者读者的情绪无疑都是极端愤懑的,是极度抑郁的。但这些其实都只是一种衬托,是王允高妙计策的背景,是貂蝉聪明、忍辱负重的基础。董卓所带来的危害越大,所造成的愤懑越激越,就愈加说明了"连环计"实施的必要性。董卓骄横霸道,甚至还在做着登九五之尊的黄粱美梦,这种梦越真实,也就越加显得后来他下场惨烈的一种快意。且在作品中,董卓的暴虐中还掺杂了一些戏谑成分。如王允邀请董卓赴宴,董卓的第一反应便是问王允家有无女乐。三国戏曲中,屡次被人谴责的有两人,一者是董卓,另外一人显然是曹操。曹操的戏份其实也很多,但表现这种先抑后扬的主题无疑是在《青虹啸》中,当然,这里的报应方式不甚相同。董卓是现世报,是自己便体验了"多行不义必自毙"的真理,曹操却非如此,他的果报是殃及子孙。《青虹啸》并非历史的再现,但也描述了许多历史场景,尤其是曹操对董承、吉平等人的迫害。其中又以对吉平的酷刑逼供显得最为令人震撼。只是这部传奇更多的在于翻案补恨,所以我们可以看到,

---

① 如《草庐记》,第二十三折描写当阳之战,剧作中对于赵云、张飞的神勇都有详细生动的描述,篇幅很长;第二十四折为各人叙战争过程,相较而言,则显得短多了。《双和合》的这种情况显得更加突出,叙述插科打诨,充满乡间情趣的"出"篇幅很长,叙述战争场面的"出"却非常短,详略完全不成比例。

曹操的死亡乃是因为受了马超的惊吓，惊吓的基础却是，曹操率领三十万军马追击董圆，却被马超三十余骑杀得"割须弃袍"，这显然是戏曲戏谑性的体现。曹操死后，他的子孙曹芳等人需要替他赎罪，故而曹操如何施加给别人的，又被完全还给了曹芳和张缉。观众在看戏的过程中，其实也能够感受到历史的严肃性，但在严肃之余，不乏戏谑场面，更为重要的是，到最终，观众绝对会在一种轻松、畅快的心情中完成剧作的欣赏。

四、利用脚色的分配来达到戏谑化的效果，这是明清三国戏曲中最为常用的方式。这点主要表现在净角、丑角两个脚色的言行举止上。

前文说到，元杂剧中，净角最主要的功能就在于插科打诨。到了明清戏曲中，净角的大部分功能都转移至丑角，但我们从明清三国戏曲的脚色分布表中其实也可以看到，净角还是承担着一部分的戏谑功能。明清三国戏曲有很多故事单元是直接从元杂剧中移植过来的，故而很多元杂剧中的戏谑环节也继续得以在明清三国戏曲中出现。如净角所扮演的夏侯惇形象，如净角所扮演的"俊俏眼"形象等。

"芦花荡"中的净角张飞与小生周瑜也联合演出了一出非常具有戏谑性的场面。张飞奉诸葛亮军令，拦阻周瑜，但却又不杀周瑜，只是用枪在他身上戳来戳去，羞辱周瑜。"你道我是真我又不是真，你道我是假我又不是假。俺将丈八枪搠得你满身麻。"

在明清三国戏曲中，丑角的戏谑功能体现较为明显的，有《草庐记》中的牧童，他先力论渔樵等山野村夫中也有杰出人才，刘备邀请牧童下山辅佐，牧童却表示拒绝："那孔明乃南阳一耕夫，请他两次尚且不出，小子南阳牧童，孔明之流也，岂肯衒玉求售？"[1]《古城记》中曹操送给关羽的美女（丑）话语中也充满了谐趣："关爷脸上赤，奴奴脸上黑。若是做夫妻，一生有醋吃"。丑角的这种类似话语不胜枚举。明清三国戏曲中，更为突出的，是净角与丑角联袂出演，给读者（观众）奉献出精彩的场景。如《七胜记》中的牛铁鬼（净）与马铁鬼（丑），他们的言辞中戏谑意味十足，并且戏曲利用剧场内外的互动来增添这种谐趣：

> （净）"我做铁鬼实堪夸，打得刀枪锦上花。杀人胜似剖西瓜，嗦，还有公公绝妙钯。"
> （内）那朋友，把那钯顿让与我种田罢。
> （净）"我这钯头种不得田，是公公钯灰的。"

---

[1] 胡世厚主编：《三国戏曲集成》（第二卷），复旦大学出版社，2018年版，第158页。

（笑科）"自家牛铁鬼，器械真个美，开刀似鹏翅，铁槊如鹭腿。打枝枪九天，呵气铸口剑，夜半腾辉，都督和我相契，总兵与我相知。上门的都是甲兵勇士，下顿的尽是哨官小旗，还有内官一辈，爱我刀快割鸡。"

（内）那朋友，把刀让与我宰鸡罢。

（净）后狗骨，"我这刀不是宰鸡的，是那内官割鸡巴的。"①

丑角的话语戏谑色彩同样强烈："我做铁鬼实堪嗟，寒堆肌栗没根纱，终朝饿得眼睛花，嗏，前面茅房是我家"。

李渔在《闲情偶寄·科诨第五》②提到了"科诨"需要注意的两个方面，分别是"戒淫亵"：

戏文中花面插科，动及淫邪之事，有房中道不出口之话，公然道之戏场者。

"忌俗恶"：

科诨之妙，在于近俗，而所忌者，又在于太俗。

明清三国戏曲中，这些陋习出现过，且不止一次。所列《七胜记》中牛铁鬼的宾白即是如此。如果说"钯灰"尚有戏谑成分，那么"割鸡巴"等词就完全如李渔所论"太俗"。这种情况不仅存在于净角，其他角色也有类似言论。如孟获妻子献计于孟获：

大王，我观他（注：孔明）面黄肌瘦，多因是个酒色之徒，大王将俺做个脂粉之计，献了卧龙。待俺到他眼前卖弄风情，将他迷了，那是大王大事易如反掌。③

丑角的宾白中这种情形尤其突出。

丑：自小从军出汉城，几年未见老萱庭。膝下娇儿多少数，家中妻

---

① 胡世厚主编：《三国戏曲集成》（第二卷），复旦大学出版社，2018 年版，第 235 页。
② （清）李渔：《闲情偶寄》，中华书局，2018 年版。
③ 胡世厚主编：《三国戏曲集成》（第二卷），复旦大学出版社，2018 年版，第 249 页。

子被人淫。

丑:你老婆就只被我淫了一次。

丑扮听事官:拜上夫人,内修家事,外理朝纲,大屋高田要买,金银宝贝要藏,若还藏得不好,归来定不行房。①

此外如《古城记》中曹操赏赐给关羽的美女在自荐给关羽做夫人被拒绝后,她唱道:"自古红颜多薄命,腰间有货不愁贫"。也堕入此等恶俗之列。

内廷饰演或文人化程度较高的剧作,这种恶俗性的戏谑成分较少,但民间演出的剧作,类似的这种戏谑性追求却是屡见不鲜的。苏州弹词艺人马春帆【要孩儿】称:"一情节、二言词、三歌唱、四弦子,起承转合多如此,谈笑全凭俚鄙词。"赵翼《赠说书紫髯翁》:"优孟能会故相生,淳于解却强兵走,有时即席嘲座客,自演俚词弹脱手。张打油诗岂必工,胡钉铰句不嫌苟,但闻喷饭轰满堂,炙热争推此秃叟。"②都在某种程度上说明了这种话语的重要性和受欢迎程度。

我们可以在元杂剧与明清戏曲相比较的过程中认识戏曲戏谑化追求的演变。前面讲道,元代三国戏主要是通过净角出场白的诙谐来追求整个戏曲本身的戏谑化,其语言本身与角色本身的身份关系不甚紧密,显得较为疏离。净角的语言更多只是某种社会身份的反映,换言之,比如《窦娥冤》中的净角所扮医生的宾白可以用作其他任何剧中扮演医生的净角身上。这种个性化不太突出的描述,正是叙事形态比较粗糙的反映。我们先看看元杂剧中的表现。综观元代三国戏,净角扮演最多的就是武将,虽然人数繁多,台词也很多,但大致的套路是有迹可寻的。且以夏侯惇在《莽张飞大闹石榴园》中的出场话语为例。可分为七层意思:

①湛湛青天够不着,踩着梯子往上瞧。两轮日月仔细看,原来是垛枣儿糕。②某乃夏侯惇是也。③每回临阵,唬得我放屁,战策兵书,到了不济。④某佐于曹丞相麾下,为前部先锋之职。⑤今日正在将台上,我们放鹤儿耍子,不知那个没天理的,打了个坠瓦儿,把鹤儿落在哈密里去了。⑥今有小校来请,丞相呼唤,不知有甚事,须索走一遭去。⑦可早来到也,小校报复去,道有夏侯大叔来了也。

---

① 胡世厚主编:《三国戏曲集成》(第二卷),复旦大学出版社,2018年版,第254页。
② 转引自段玉明《中国市井文化与传统曲艺》,吉林教育出版社,1992年版,第279页。

夏侯惇的这个出场语最典型地代表了元代三国戏中作为净角的武将出场的话语表演。他们首先在①中（出场诗）表明自己的角色身份；然后在②中介绍自己的名号，这点基本上无甚可论之处；接着再在③中阐明自己的缺陷与弱点，也是净角能够表现出喜剧效果的最有效部分；再在④中介绍自己的职业或职位；⑤也是喜剧效果的一个突出部分；⑥是所有角色出场时都不可省略的套语；⑦中喜剧效果的获得主要取决于净角人物的自称，有的能达到这种效果，而有的则没有刻意去追求这种效果。

可以说，在净角出场时大致都可以套用这些模式，尤其是①、③被运用得最多，也是表达喜剧效果的最有效手段。我们重点分析③这个部分。"文通百家姓，武会打筋斗。诸般都不晓，则会啃骨头。"无论是作为文臣还是武将，"百家姓"与"打筋斗"都不属于应该拿出来夸耀的资本，甚至更多的则是为了表达其等同于童孩的技巧，从而对角色形成一种讽刺意味。联想到这些本应该属于净角藏匿在内心深处的内容却以如此堂而皇之的形式表达出来，且是带有自豪神情的。这种与情理迥异的情况屡屡被运用到，就是一种套式的逐渐形成。文人曾经感叹"百无一用是书生"，而这种叙述套语的运用则是为了表达"百无一用是净角"。所以到了净角的口中，他们只会"啃骨头"。《三战吕布》中袁绍曾经借用岳飞的话说道："文官不爱财，武将不怕死，乃世之宝也。"而在三国戏的叙述套语中，净角恰恰与此相反。"俺两个但有差使，同行同坐，若是出阵厮杀去，不是他先走了，就是我先跑了。我和他手段都一般。"无论是王斌吴庆还是孙坚张鲁，或者是夏侯惇，只要是征战之事，他们无一不是推诿退缩，就是战败投降。"自幼而读了本百家姓，长而念了几句千字文。为某能骑疥狗，善拽软弓，射又不远，则赖顶风对南墙。……虽然我为大将，全无寸箭之功。""我兵书不通，战策不会，武艺不熟，诸般不济，听的厮杀，则在帐房里推睡。"种种皆以反语出之，情理往左，净角朝右，这就是③部分的普遍追求。当然，这种与情理相悖的情况越显突出，则能达到越加明显的舞台效果。

⑤当主将叫唤自己时，角色身份人一般都在玩耍，只是玩耍的样式有别而已。夏侯惇在放鹤儿（疑为鹞儿之误），有人在放鹞子，有的在看《西厢记》，有的在睡觉。还有"某正在空地上学打筋斗""正在家中学骗马耍子""今日正在帐后杂耍""正在本处与小厮每打牌殖"，方式多种多样，但不务正业，玩乐戏要，则是这些净角所共有的特征。⑦上场时净角的自称也是千奇百怪的，如夏侯惇就自称"大叔"，同剧中小小厨子出场时也自称为"报复去，道有局长大叔来了也"。《三出小沛》中的吴庆也曾说道："小校报复去，说俺两个老叔来了也"，这些都显然属于典型的装腔作势型。这种装腔作势的出

场自称屡见于三国戏。如《太平宴》"有老子来了也……有何屁放"之类话语就能屡次见到。《隔江斗智》中刘封的装腔作势状态是最具代表性,也是体现得最为充分的。

> 今日俺军师升帐,有事计较,不得我去主张也成不的。令人,报复去,道我大叔来了。
>
> (刘封做势科,云)他不来接我,也罢,我自过去。

净角故意抬高自己的身份,然后通过语言和舞台动作去揭穿这种虚假的境况。这种言行之间的不一致越明显,行动与结局之间的误差越大,戏曲本身的戏谑化也就越加充分。

与元杂剧这种高度程式化的表现相比,明清三国戏曲在戏谑化的追求方面已经具备了一定的个性色彩。这种个性色彩表现在剧中那种充满戏谑性的话语与人物的性格塑造、情节的推进等因素有了比较紧密的结合。当然,这也是相对而言的。

如上文所引《连环记》中曹操与董卓的对话。既是用戏谑性的话语来调节那种压抑的气氛,同时曹操的话语中不无隐喻色彩。用"不知进退"、"不知死活"来隐约表现对董卓的讽刺。

《古城记》中,张飞劫营之前与刘备商定:"大哥,你要做皇帝只在今晚黑夜之中,不要呼名,你只叫我老张,我只叫你做老刘。""老张、老刘"等类似话语在日常生活中常见,但用于刘备等人身上便顿时拥有了一种特殊的功效,它顿时拉近了历史人物、帝王将相与平民百姓之间的距离,让读者(观众)产生一种亲切感。强盗打劫张飞,让其留下买路钱,这正是所谓"小偷遇见贼祖宗",张飞的宾白云:"是我是我,你来寻我我不躲,若要问咱名和姓,黑脸阎君便是我!"这种自述充满了喜剧性,但却不是程式化的。首先表明了张飞的心情,他不但不似普通人路遇劫匪的那种惊恐与怯意,反而显得欢快兴奋。所谓黑脸阎君,一方面是张飞的形貌特征,另外一方面也表明了他的狠劲。张飞以厮杀为乐,这从他听说曹兵来攻时说买卖来了的反应中即可看出;张飞也根本不把这些小毛贼放在眼里,故他反而要求强盗给钱,"你快去拿四十两金子来买,免你这些狗命罢"。强盗的初衷与最终的结局之间构成了一种强烈的喜剧效果。张飞在古城中"无名大王"的称谓以及所立"快活元年"的年号,也都拥有强烈的戏谑性,且具有较浓郁的个性色彩。

张飞吩咐那些喽啰们下山打劫时:

一不许杀害孝子顺孙；二不许伤残孤儿寡女；三不许杀害姓刘关
的。若遇见个大耳朵的便请上山来，有敢违者按军法。①

　　应该说，前三点都是非常正式的，但以"大耳朵"来辨识刘备，便具备了
一定的戏谑效果。耳朵大是刘备典型的形体特征之一，并且张飞寻找刘备
的时候也曾如此描述，"农夫，你可曾见个大耳的皇帝过去么？"所以这里的
戏谑就有一定的个性色彩，只能用在刘备身上，不能挪于他处，不能用于形
容其他人。

　　此外，如"碧莲会"单元中周瑜自作聪明的安排以及得意忘形的举动，
"河梁会"单元张飞（赵云）与关羽针对"红脸"的争论，丑角甘宁辱骂关羽以
及阻拦关羽的言行，《南阳乐》中副净华歆的自言自语等等，都典型地体现了
戏曲戏谑化追求，同时又具备了一定的个性色彩。当然，这种个性化还是不
甚明显的和不能完全普及的，有些依旧带有比较明显的程式化色彩。应该
说，如本文所引林鹤宜所述，程式化本身已经渗透到了戏曲的各个层面，甚
至成为了戏曲的一个基本特征之一。想让所有的戏谑化追求都具有个性化
色彩，显然是不现实的。但明清三国戏曲中这种间或可见的个性言行表现，
还是显示了比元杂剧进步的一面。

---

　　①　胡世厚主编：《三国戏曲集成》（第二卷），复旦大学出版社，2018 年版，第 118 页。

第五章　赤壁之战的书面呈现与场上表演

《三国志》《资治通鉴》《三国志平话》《三国演义》等都有三国时代的完整图卷。单纯就赤壁战役而言,这几个作品各自之间又存在着或大或小的差异。明清三国戏曲中以赤壁战役全景或某个细节为描写内容的,数量众多,粗略统计如下(需要说明的是,有些佚失的作品单纯从剧目上判断不一定完全准确):明代杂剧 4 种,传奇 13 种;清代杂剧 1 种,传奇 4 种;清代花部戏11 种(如果把赤壁之战的后续环节加上则有 17 种),晚清昆曲 7 种,晚清京剧 19 种。地方戏中数量亦不少。足见赤壁战役在明清三国戏曲中所占的分量。本章以上述作品为叙述的基础,对赤壁战役故事形态的构成与变化进行阐述。

千百年之后的今天,读者在回顾赤壁战役的时候,习惯性地就会认为曹操之败纯粹是一种必然。而这种判断无疑是来自《三国演义》中周瑜与诸葛亮的分析。诸葛亮为孙权分析曹操必败的理由是:

> 豫州虽新败,然关云长犹率精兵万人;刘琦领江夏战士,亦不下万人。曹操之众,远来疲惫,近追豫州,轻骑一日夜行三百里,此所谓"强弩之末,势不能穿鲁缟"者也。且北方之人,不习水战。荆州士民附操者,迫于势耳,非本心也。今将军诚能与豫州协力同心,破曹兵必矣。操军破,必北还,则荆、吴之势强,而鼎足之形成矣。[①]

周瑜的分析中亦强调曹操出兵之四忌:

> 操今此来,多犯兵家之忌:北土未平,马腾、韩遂为其后患,而操久于南征,一忌也;北军不熟水战,操舍鞍马,仗舟楫,与东吴争衡,二忌

---

① (明)罗贯中:《三国演义》,浙江古籍出版社,1997 年版,第 247 页。

168

也；又时值隆冬盛寒，马无藁草，三忌也；驱中国士卒，远涉江湖，不服水土，多生疾病，四忌也。操兵犯此数忌，虽多必败。将军擒操，正在今日。①

　　诸葛亮与周瑜之分析，均有其可取之处，且确实抓住了问题的实质，在当时的情景之下非常鼓舞士气，振奋人心。赤壁战役，为何孙刘联军能够以弱胜强，诸家解释各异。《三国志》中曹操自己则认为是疾病与瘟疫使得自己征战不利，遂使周瑜成名②。后世论者论及赤壁战役，也多认为曹操并非败于孙刘联军，而是败于自己的疏忽与贻误战机。如苏轼即认为曹操"长于料事而不长于料人"乃赤壁之战失败的主要原因③。我无意纠缠于此，应该说，各种偶然因素累积，逐渐也就形成了必然，而各种作品以不同的书写方式更是促成了后世言说无穷的赤壁战役。

　　赤壁战役乃是《三国演义》中描写得最为精彩的情节。纵观整个明清三国戏曲，其精彩程度也毫不逊色。就狭义的赤壁战役而言，比较完整的过程是自诸葛亮舌战群儒始，至关羽华容释曹止。但倘若依照完整的叙事单元④而论，则起点可以推及至刘备的"三顾茅庐"，终结点则可以延伸至"三气周瑜"之环节。现存戏曲作品中，《草庐记》有比较完整的赤壁战役的描写，大致情节进展与《三国演义》相同，但在具体的故事形态上则存在着较大的差

---

① （明）罗贯中：《三国演义》，浙江古籍出版社，1997 年版，第 251—252 页。

② 《三国志》卷一中谓："公（曹操）至赤壁，与备战，不利。于是大疫，吏士多死者，乃引军还。"单纯地强调了瘟疫对战局所带来的影响，并且几乎未提及失利之程度。

③ 苏轼《魏武帝论》中谓："盖尝试论之，魏武长于料事，而不长于料人。是故有所重而丧其功，有所轻而至于败。刘备有盖世之才，而无应卒之机。……孙权勇而有谋，此不可以声势恐喝取也。魏不用中原之长，而与之争于舟楫之间，一日一夜行三百里，以争利，犯此二败以攻刘权，是以丧师于赤壁，以成吴之强。且夫刘备，可以急取而不可以缓图，方其危疑之间，卷甲而趋之，虽兵法之所忌，可以得志。孙权者，可以计取，而不可以势破也。而欲以荆州新附之卒乘胜而取之，彼非不知其难，特欲侥幸于权之不敢抗也，此用之于新造之蜀乃可以逞。……"引自朱一玄　刘毓忱编：《三国演义资料汇编》，南开大学出版社，2003 年版，第 104 页。

④ 事实上，无论是《三国演义》还是《三国志平话》，刘备三顾茅庐都是另外一个叙事单元的起始点。在此板块之前，《三国演义》主要塑造的典型是刘备与关羽，而《三国志平话》则主要塑造张飞。而在"三顾茅庐"至"三气周瑜"这个比较复杂的叙事单元中，描写的中心人物，毫无疑问都是诸葛亮。这里需要说明的是，《三国演义》中，"关云长义释曹操"之后，叙事单元可纳入所谓"三分天下"的环节，主要表现三国鼎立过程中，魏蜀吴三国之间的争斗。但在戏曲的范畴里面却非如此，在《草庐记》中，及明代戏曲选本中，"黄鹤楼宴""芦花荡"等都是赤壁战役的后续情节，是叙事单元上的一种延续。如诸葛亮在祭风过程中，曾经获得周瑜令箭一枝，而这枝令箭成为"黄鹤楼宴会"叙事单元中的重要情节推动元素。

别,尤其是在赤壁战役结束后孙刘集团之间的关系处理上,表现得尤其不同。在明清戏曲选本中,赤壁战役最受欢迎的集中在以下几个小的叙事单元:舌战群儒、河梁会、黄鹤楼宴会(碧莲会)、芦花荡。尤其是河梁会与黄鹤楼宴,更是不止一次地被选入戏曲选本。需要说明的是,黄鹤楼宴不见于《三国演义》,但发生时间较为明确。无论是元杂剧《刘玄德醉走黄鹤楼》还是明代戏文《草庐记》中,皆是周瑜得知诸葛亮率领关羽、张飞前往华容道追击曹操,因而设宴意欲剪除刘备。而"芦花荡",描写的是黄鹤楼宴会之后,周瑜不甘心失败,派兵追击刘备,结果被张飞伏击。因此,"黄鹤楼宴会"与"芦花荡"这两个叙事单元纳入赤壁战役的环节,至少在戏曲作品的叙事框架内是没有问题的。本章按照戏曲的叙事单元来论述赤壁战役。

第一节　三顾茅庐:诸葛亮定性的变化

按照上文的分析,一个完整的赤壁战役之叙事单元是从"三顾茅庐"开始的。赤壁战争的前奏所包含的时间就是从三顾茅庐开始描写,中间经历了新野之战,当阳之战等事件。虽然时间不长,事件不多,但却把刘备集团最为精彩的一些事迹叙写了出来。如刘备的求贤若渴、张飞的神勇与鲁莽、赵云的忠诚与无敌等。

三顾茅庐

历史中的刘备是否真正曾经"三顾茅庐",这种大致是不需要怀疑的。虽然在《三国志》亦有别样记载,但裴松之已经对诸葛亮之自荐说法提出了质疑。诸葛亮《出师表》中亦明言先主"三顾茅庐"之说法,因而,此事必然是一种真实的历史存在。历史文本中的简单数字,给了后世无限的想象空间。从《三国志平话》至明清二代,这种想象不绝如缕,形态亦有或大或小的差异。在所有的形态里面,单纯就艺术性而言,《三国演义》无疑是最为高超的。但肯定这种说法并非就否定了戏曲、民间说唱等作品中的说法。事实上,每种形态都有其自身存在的价值,即便这种形态无比简陋与粗糙,至少也是考察故事演化的一种最好参照。

下面我以表格的方式将明清三国戏曲 7 种涉及三顾茅庐的作品与元杂剧《诸葛亮博望烧屯》《三国演义》进行比较:

作品	诸葛亮是否预知	一顾	二顾	出山缘起	三顾	诗歌
《诸葛亮博望烧屯》	盖为世事乱，龙虎交杂未定。	不曾放参	不曾放参	既然一年中来谒三次，来此人有皇帝分。赵云抱来的刘禅可做四十年天子。	刘备：可惜刚做得三年皇帝；关羽、张飞：五霸诸侯。	
《三国演义》	未提及	岁寒，遇崔州平	朔风凛凛，瑞雪霏霏。遇石广元、孟公威，诸葛均与黄承彦。	孔明见其意甚诚。	新春：斋戒三日，熏沐更衣。	大梦谁先觉，平生我自知。草堂春睡足，窗外日迟迟。
《草庐记》	1、袖传一卦，今有刘关来访。2、信风一过，刘关张又来访我。我想容星未现，未可轻出。	道童，待你师父回来，多拜上……备厚礼聘先生，先生不在，空返了。晚同再来罢。	（旦云君候这两日不入内院，必然有事关心。）春间来请他又不遇，如今冒暑又来。（旦）小生病休，不能久谈，有漫将军。	闻得刘豫州，待贤士恩礼最优。欲安天下，再三来请诸葛，情伺厚。他本是济世英豪，况又是王室华胄。我小生宜出草庐，扫除敝寇，信风一过，必有音书来报。	夏末秋初。道童骗刘备诸葛亮不在家，后来被张飞吓了说出在家。	大梦谁先觉，平生我自知。草堂春睡足，窗外日迟迟。
《鼎峙春秋》	外边松树自动……袖占一课。今朝来识返暗伤神。原来是刘关张来访我。	刘备题诗一首：持问仙山访隐沦，无缘末识先生面，他日重来拜至人。	朔风凛凛，瑞雪霏霏。遇见石广元与孟公威，到诸葛均。	丑扮童子：今早师傅占先天之数，说刘皇叔要一千该有四百年天下。为此，俺师傅便有出山之念。	诸葛亮自称山人。	大梦谁先觉，平生我自知。草堂春睡足，窗外日迟迟。
《新编三国志传奇》				恐其来意不诚，不轻接见。今再高枕示傲，以观其度。	侧身平土，徒步求贤	蝴蝶迷仙客，侯王幻役夫。草堂日未午，一枕华胥。

续表

作品	诸葛亮是否预知	一顾	二顾	出山缘起	三顾	诗歌
《锦绣图》《西川图》的记述完全一样		春间来访，贫道推观山，不曾放参。	夏间来访，贫道推演水，又不曾放参。	后有赵云来报，说甘夫人所生一子，此刻子有四十年时刻。贫道察其天下。	秋间又来访，贫道不肯下山。坚持不肯下山。	
《三顾茅庐》（声腔不详）		今乃吉日，正好访贤。春光明媚。	适才探人回报，卧龙回山。扑纷纷降鹅毛粉银装。满世界银装万里空白。与诸葛均、石广元与孟公威。	只因朝中奸佞专权，是以退归林下。吾本当出仕，怎奈本者心诚。		袖内藏八卦，炉中炼金丹。
《三顾茅庐》（京剧）	刘玄德为汉室驱驰来请，我也曾算就了汉室三分。		天气严寒云雾长，迎面朔风甚凄凉。雾时稠马蹄忙，上，紧抖丝缰马蹄忙，遇见石广元，孟公威及诸葛均、黄承彦。	敬贤之心实殷勤，听他言语果是真。过问愚下君情重，少不得献丑竭平生。	残冬已过交新春，上元过了数日整。	大梦谁先觉，平生我自知。草堂春睡足，窗外日迟迟。
《三请》（山西铙鼓杂戏）		云游未归	好大雪也！阴云密布，天花飘荡。会友未归。刘备留书一封。	昨日云游转回程，遇见使君书一封，知有忧国爱民之意，料必复来到隆中。待我袖占一课……可见天下定然是三分了。	亮承皇叔三顾之恩，愿效犬马之劳。	大梦谁先觉，平生我自知。草堂春睡足，窗外日迟迟。

各种叙事形态的三顾茅庐,最核心的情节均在于渲染刘关张三人三次寻访之难得与表现诸葛亮在三访过程中的言行举止。从上表中可以看出,《草庐记》《鼎峙春秋》《锦绣图》《西川图》与《诸葛亮博望烧屯》《三国志平话》在故事形态上保持着紧密的关联:诸葛亮均预料到刘关张三人何时来,因为帝星尚未出现,故而拒绝出山。乱弹本《三顾茅庐》、京剧《三顾茅庐》与山西地方戏《三请》与《三国演义》的故事形态更为接近:诸葛亮最终被刘备的诚意所打动,且前两次未见并非有意为之。《新编三国志传奇》则保持着相对独立的状态。

这里牵涉到对于诸葛亮的定位问题,诸葛亮固然具备不凡之本领,但究竟高明到何种程度,各种文本中的叙述是不相同的。而这种叙述的尺度在某种程度上影响了诸葛亮在三访过程中的表现。《三国志平话》中谓诸葛亮"本是一神仙,自小学业。时至中年,无书不览,达天地之机,神鬼难度之志;呼风唤雨,撒豆成兵,挥剑成河。"这种叙述无疑是非常夸张的,是充满神异色彩的。实际上,在后文的叙述中,这种色彩并不明显,只是在诸葛亮祭风与五丈原归天时,这种超常态的故事又出现了。其他时候,诸葛亮大致还是属于一个常人,只是他的计谋较之其他人,高出一个层次而已。其实倘若就叙事本身而言,《草庐记》等四本作品中的诸葛亮更加具备神性。刘关张三次来访,诸葛亮都能通过"信风"得知,并且诸葛亮可以预知天下大事,他清楚知晓刘备的帝王之路极为坎坷,故而需要等到刘禅出生,视其福分而定出山与否,这中间的神怪因素明显强于《三国志平话》。在接下来的用兵过程中,也处处都在突出诸葛亮的神鬼莫测:他能预测夏侯惇和曹操败阵下来的具体人数与准确时间、路线,这点曾让张飞、关羽大为惊叹。虽然鲁迅评价《三国演义》的诸葛亮乃是"欲状其多智而近妖",但在与其他的文本比较中,小说的诸葛亮乃是最接近平常人的①。《三国演

---

① 《三国演义》中,至少作者在行文中并未交代诸葛亮是刻意躲藏不见刘备的,换言之,诸葛亮并未拥有如戏曲叙事中那种未卜先知的能力。诸葛亮出山的原因乃是被刘备的诚心所打动,而并非如戏曲叙事中的那般洞悉刘禅有四十年天子之份。诸葛亮出山之后,虽然也屡次打胜仗,但这种胜利基本上是有迹可循的,是建立在精心准备基础之上的。即便如"草船借箭"等此类常人不可思议的情节,作品也寻找出生活的逻辑真实来解答。虽然《三国演义》中的诸葛亮身上依旧存在一些神怪元素,比如他的"祭东风",比如"出陇上诸葛妆神",但这些基本上还是戏曲叙述体系中的遗留。事实上,《三国演义》写到了诸葛亮误用马谡而导致街亭失守,与司马懿对阵而无法取得战略上的主动等事实,就已经消解了诸葛亮的神性(或者说是妖性)。在《三国演义》的后半部分,更是多次描写到了诸葛亮与常人相类似的地方,如借使者之口说出了诸葛亮的辛劳,"丞相夙兴夜寐,罚二十以上皆亲览焉。所食不至数升"。细致的读者可能发现了这个问题,自从刘备白帝托孤之后,作品对于诸葛亮的塑造重心已经从描写他的"智"转向塑造他的"忠贞",这种转变也使得诸葛亮更加接近历史的真实。

义》中,诸葛亮并未出现在前二次寻访的视野中,这种安排有着比较深刻的寓意在内。作品多次利用误会的手法来说明刘备的求贤若渴,而刘备与石广元、孟公威等人的交谈,则又成为了《三国演义》出世与入世的矛盾之争,人命与天数的命运之争等命题的佐证。应该说,这种叙事手法是非常高明的。作品以刘关张的视角来展开叙述,而完全隐去了诸葛亮的言语与动机,更多的是通过观察诸葛亮居住的环境、结交的朋友以及他的一些能够透露志向的诗文来进行侧面描写。此外,在我看来,诸葛亮是否真在草庐内并不重要,他的在与不在是作者叙事之中的一个空白点,读者既可以解读成诸葛亮确实不在家,也完全可以解读成诸葛亮的故意避而不见。

《三国志平话》与《草庐记》等作品中,诸葛亮三次均处草庐之中,只是出于种种考虑,一直不愿意面见三人。至于究竟是何种考虑,《三国志平话》中并未言明,只是写明了诸葛亮吩咐道童两次撒谎,第一次谓同八俊①饮会去了,第二次谓"游山玩水未回"。后来诸葛亮因为"我乃何人,使太守几回来谒? 我观皇叔是帝王之相,两耳垂肩,手垂过膝;又看西墙上写诗,有志之辈"。故而第三次方才允见刘关张三人。他将没有及时招呼三人的过错全推到道童身上,"非亮过,是道童不来回报"。这样的叙事话语透露了叙述主体的幼稚与故事形态的粗糙。

以往论及明代三国戏曲时,论者多以为《草庐记》等作品基本是沿袭了《三国演义》的情节设置,如祁彪佳等人均持此观点②。倘若从大体情节方向而言,这种言论似乎成立,但通过上面表格的考察,其实可以看到,戏曲如《草庐记》等,在很多地方还是保持了自己的独立性。在细节方面,与元杂剧

---

① 《三国志平话》中虽然有"江夏八俊"之名,却并未交代具体是哪几位。但在后文中,曹操曾经问蒋干:"师父莫非江下八俊?"先生曰:"然。""江下八俊"是否即为"江夏八俊",不好判定。倘若二者相同,说明蒋干乃是其中之一。如果如此,则诸葛亮与蒋干早已相识,而其他著作中从未见此类记载。元代高文秀之杂剧《刘玄德独赴襄阳会》中第二折之后的楔子中有"江夏八俊"的明确交代。徐庶告诉赵云说:"他(按:司马徽)与庞德公、诸葛亮、庞士元、崔州平、石广元、孟公威,俺是这江夏八俊。"《三国演义》第六回中也交代了所谓"江夏八俊",并有具体交代:"荆州刺史刘表……与名士七人为友,时号'江夏八俊'。那七人:汝南陈翔字仲麟,同郡范滂字孟博,鲁国孔昱字世元,渤海范康字仲真,山阳檀敷字文友,同郡张俭字元节,南阳岑晊字公孝。"与元杂剧中的人员构成完全不同。很明显,《三国志平话》中交代的"江夏八俊",显然应该是元杂剧中所指八人。

② 祁彪佳在品评《古城记》时曾经说道:"《三国传》散为诸传奇,无一不是鄙俚。"又谓"《三国传》中曲,首《桃园》,《古城》次之,《草庐》又次之。"(《远山堂曲品剧品校录》,上海出版公司,1955年版。)都非常明显地表达了这种观点。

联系更为密切①。单纯从故事形态的成熟与否方面考虑,《草庐记》更多地可以看成是《三国志平话》与《三国演义》之间的一种过渡状态②。单纯就"三顾茅庐"这个环节而言,《草庐记》更多的情节设置来自元杂剧《诸葛亮博望烧屯》第一折,但与之又有明显的不同。元杂剧并未对前两次的寻访过程进行具体的描写,而只是通过刘备的宾白进行了简单的交代。而诸葛亮的宾白交代不愿意见三人的原因是"我避其烦冗,不知俺出家儿人,倒大来幽静快活也呵"。《草庐记》确非如此,剧本中不但交代了刘关张三人为访贤所作出的牺牲(三人回去太晚,导致只能在城外宿营。刘备为了访贤,几个月都不入内院,以示对诸葛亮的尊崇),而且利用曲词与宾白交代了诸葛亮的心境:

> 小生诸葛亮,素志本为太平民,不幸遭逢离乱之世,主室衰微,奸臣窃命,虽有拨乱之心,奈无立功之地。可叹可叹!
>
> 【小桃红】皇风不竞,汉室倾颓,豪杰空垂泪也。安得青萍剑为斩渠魁,幽愤快襟怀,但只恐处蒿莱,乏兵权,愁无奈也,抱膝高歌还感慨,白璧无瑕空埋没在尘埃。③

从曲文与宾白中可以看出,诸葛亮出山立功的心情是非常急迫的。他接二连三地拒绝刘备的征聘,原因就在于他超常的预见性。他拥有未卜先知能力,知道刘备的帝王之路充满坎坷,用诸葛亮自己的话说则是"帝星未现"。

---

① 《草庐记》最开始的情节设置就与《三国演义》存在较大的不同,刘关张三人拜谒徐庶,徐庶再荐举诸葛亮。刘关张三人三顾茅庐、张飞与诸葛亮的矛盾等情节几乎是沿袭自元杂剧《诸葛亮博望烧屯》的,只是更为详细。所谓"碧莲会",也基本是从元杂剧《刘玄德醉走黄鹤楼》中继承而来的。这些情节在《三国演义》中或者没有,或者是非常简略的描写。此外,《草庐记》中的"芦花荡"情节也是《三国演义》中所没有的,而《三国演义》中描写的"临江会"情节,《草庐记》中却又缺失。这些都是故事形态中较为核心的一些情节差异,其他如《草庐记》中一些反映戏曲特色的内容并未计入在内。赤壁战役后,戏曲中切换至战马超环节,赵云劝降等,更是与小说大不相同。此外,如《草庐记》中甘糜二夫人皆死于当阳之战,张飞喝桥分为二,水倒流,诸葛亮舌战群儒前已经见到周瑜,且周瑜本已抱定抗曹之志,把庞统献计与曹操杀蔡瑁、张允放在同一个场景中去处理,黄盖死于赤壁战役……这种细节的差别则不胜枚举。这说明了《草庐记》与《三国演义》并非单纯的继承关系。

② 这种判断的前提是我们必须熟知《三国演义》本身故事形态方面的复杂演变。从成书时间和故事形态都不明晰的祖本《三国演义》,到今日普通读者印象中的毛宗岗本《三国演义》,这中间其实有太多说不清道不明的学术命题。究竟是《三国演义》祖本在前还是《草庐记》产生在前,依靠目前的材料,我们无法作出一种非常肯定的判断。但单纯地从故事形态的成熟程度方面来判断,戏曲过渡状态的说法应该是可以成立的。

③ 胡世厚主编:《三国戏曲集成》(第二卷),复旦大学出版社,2018年版,第156页。

　　诸葛亮终于出山了。《三国志平话》与《三国演义》中,诸葛亮似乎都是为刘备的诚心所打动,故而决心为刘备效劳。当然,前者中的描写显然远较后者逊色。在戏曲的范畴内,情况远非如此。元杂剧《诸葛亮博望烧屯》中,诸葛亮先是通过相面之术得知刘备有"舜目尧眉",关羽"生前为将相,他若是死后做神祇",张飞"显出那五霸诸侯气力"。这些都无法打动诸葛亮,只有等到赵云来报甘夫人生子的喜讯之后,"观玄德公喜气而生,旺气而长",所以才下山辅佐。《草庐记》中并无诸葛亮相面之环节,但他下山的理由与元杂剧几无二致。赵云上山报喜,诸葛亮详细询问刘禅出生日期与时辰,算定刘禅能坐四十年天下,故而他才选择下山辅佐刘备。清代传奇《锦绣图》《西川图》均与《草庐记》相似,只是皆通过诸葛亮的自白将三顾茅庐的情况进行了简要的叙述。

　　《三国演义》与《草庐记》均对三访过程大书特书,与小说那种带有浓郁文人色彩的情节相比,传奇作品对剧场效果的追求也是极其明显的。与作为案头阅读对象的小说相比,戏曲显然有着完全不同的叙事追求,故而在三次寻访过程中,诸葛亮均出现在观众的视野之中,但三次寻访过程均有不同之处①。第一次诸葛亮直接拒绝相见,第二次刘备已经颇费唇舌,但诸葛亮终究还是以身体不适相推,而这种谎言通过张飞的揭露给戳穿了。第三次则始相推,终答应,在这些情节的进展中,努力营造出一种喜剧氛围。并且,值得注意的是,在诸葛亮拒绝的过程中,张飞的怒气在不断累积,这也为之后"怒奔范阳"埋下了伏笔。在小说中,刘关张先后遇到了孟公威、石广元、诸葛均、黄彦直;在戏曲中,三人则是与一牧童对话,在牧童的揶揄②中,将那种寻访的庄严肃穆气氛给冲淡了。有意思的是,《草庐记》中刘备三顾茅庐的仪式又是最虔诚的,因为为了寻访诸葛亮,刘备未进过内院,以示对于寻访人才的足够尊重。在杂剧与传奇中,均不乏调笑之处。杂剧中,张飞谓诸葛亮"这村夫到不纳房钱则是睡"。而在传奇中,刘关二人问道童,道童均谓诸葛亮不在,而张飞吓唬仆童,他则吓得说出了真话。此外,第二次寻访时

---

① 《锦绣图》和《西川图》中,诸葛亮说道:"蒙他弟兄一年三访,三顾茅庐。春间来访,贫道推观山,不曾放参;夏间来访,贫道推玩水,又不曾放参;时值秋间又来,贫道坚持不肯下山。后有赵云来报,说甘夫人所生一子。贫道察其时刻,此子有四十年天下。为此贫道下山。贫道未出茅庐,先已按定九九三分之数,曹操占了中原七十二郡,七见二乃是九数;孙权占了江东八十一郡,八见一也是九数;玄德公占了西蜀五十四州,五见四也是九数。"
② 三人与牧童交谈较多,牧童谓牧耕渔樵等人中亦有出色人才,并举例证明。三人心动,意欲征聘牧童。但牧童推辞,理由是"那孔明乃是南阳一耕夫,请他两次尚且不出,小子南阳牧童,孔明之流,岂肯衔玉求售?"这种对话显然是戏谑性的,但却正好反映了戏曲与小说之间的文体差异。

候张飞说让诸葛亮赎老婆的言辞更是充满喜剧色彩。小说中,诸葛亮一席隆中对,对于刘备来说有醍醐灌顶之效,这种话语完全是通过诸葛亮之口说出的。但在传奇中,是在刘备与诸葛亮一问一答的对话中完成这种描写的。这些都在提醒着我们戏曲与小说之间的文体差别所带来的叙事手法的不同。

怒奔范阳

赤壁之战中的很多叙事单元突出了诸葛亮的形象,不仅决定了三国历史的演进轨迹,也必然影响各方的人物关系,首先是刘备集团内部的关系,"怒奔范阳"便是这诸多人物关系同步建构与变化的一个生动表现。

张飞与诸葛亮之矛盾,《三国志》中其实也简略叙及。《诸葛亮传》中曰:

> ……于是(按:先主)与亮情好日密,关羽、张飞等不悦,先主解之曰:"孤之有孔明,犹鱼之有水也,愿诸君勿复言。"羽、飞乃止。①

《资治通鉴》亦采取同样言语叙述此事。矛盾之来由其实很简单,刘备礼遇优渥,关、张二人甚不理解。站在常人的角度去考虑,这种"不悦"的反应其实完全可以理解,诸葛亮当时作为一个初出茅庐的年轻人,未经任何考验,没有任何威信,而刘备却对他如此另眼相待,这必然会引起一些人的不满,尤其是关张二人。但矛盾的具体形态究竟如何? 最后如何化解? 史传的叙述缝隙给后代民间叙述留下了很大的发挥空间。

元杂剧《诸葛亮博望烧屯》,元刊本中少宾白,对于张飞与诸葛亮之矛盾交代得不甚清晰。脉望馆本《孤本元明杂剧》中的《诸葛亮博望烧屯》里面,通过唱词与宾白,比较清晰地记录了二人冲突的来由及最终的解决办法。张飞因为愤懑诸葛亮需要劳动自己三人屡次三番来请,故而见面即憋了一肚子气。他见面即称谓诸葛亮为"村夫",并谓:

> 依着我呵,你与我拿枪牵马,我也不要,你驱驰俺两个哥哥,兀那村夫,你听着,则这张飞情性强,我忙搦丈八枪,你若不随哥哥去,将火来,我烧了你这卧龙岗。若不是俺两个哥哥在此,我则一枪搠杀你这个村夫,你无道理,无廉耻,无上下,失尊卑也。②

---

① (晋)陈寿撰,(宋)裴松之注:《三国志》,中华书局,2005 年版,第 678 页。
② 胡世厚主编:《三国戏曲集成》(第一卷),复旦大学出版社,2018 年版。

与元杂剧相比,《草庐记》中把这种矛盾的来由描述得更为详尽。诸葛亮完全不顾及刘关张三人三次寻访之苦,屡次三番地拒绝刘备的宴请,使得张飞异常恼怒,故而他一再辱骂诸葛亮为"村夫"。诸葛亮在后来的遣将过程中,则故意三次揶揄捉弄张飞,并且设置赌头争印环节,使得张飞失败以后彻底拜服诸葛亮。只是此剧中并未见所谓"怒奔范阳"字眼。《三国志平话》中其实也有张飞辱骂诸葛亮"牧牛村夫"之言,但并无"三气"之环节,只是交代了胜仗之后,张飞叙说"军师真是强人",矛盾冲突即告结束。当然,因为平话本身更多是一种纲要式的记载,或许说书场上还有更为详尽的描写。

现存较早"怒奔范阳"之记载见于《群音类选》"北腔类"之《气张飞杂剧》,所选剧目明确标为"张飞走范阳"与"张飞待罪"。"张飞走范阳"下有一套完整的"双调新水令"的曲文,将张飞离开营帐前往范阳路上的心情表现得淋漓尽致。张飞因为不愿意拜诸葛亮为军师,离开营帐,但一路心情惆怅抑郁。这种惆怅来源于他对桃园结义情分的依恋与对兴汉大业的追求。"扬鞭策马走如飞,想桃园顿生悲戚"。面对刘备与关羽的劝说与挽留,他满腹委屈,满腔怨愤。"只为着这村夫,(将兄弟)恩爱反为仇。(致使我)手足不相投。"张飞恼怒诸葛亮没有任何功劳便享殊遇,对诸葛亮充满了不屑。上面列举的元刊本《博望烧屯》中,诸葛亮故意三次不让张飞出战,稍具"刁难"色彩;脉望馆本《博望烧屯》中,通过具体的宾白则更清晰地叙述出所谓"三气张飞"的情节(诸葛亮三次询问张飞枪快么,马饱么,敢厮杀么?而在得到张飞肯定的回答后,均谓"我不用你,出去",从而构成一种戏谑性十足的情节设置)。最具"刁难"色彩的叙述依旧见于张飞的自述,《大明天下春》中选《三国志》之"翼德逃归",张飞甫一出场便满肚子怨气:

> 谁知那村夫好不知进退,镇日间谈天论地,讲长道短,今日也操兵,明日也练将。惹得曹操兵来,使赵云出兵,输则见功,胜则见罪。待老张与他讲理,闯入辕门杀张飞,擅离信地杀张飞,队伍不整杀张飞,违误军令杀张飞。俺张飞那讨许多头!……

如此,则张飞怒气冲冲奔走范阳之理由完全成立。只是诸葛亮对于张飞如此过分的刁难仅见于此一处,与其他地方的描写有较大差别,说明了当日此故事形态的多样性。张飞最终还是回归了营帐。其原因,《气张飞杂剧》中张飞是依旧无法割舍桃园结义情,"只为桃园结义,免不得包羞掩耻回归"。而在《大明天下春》中,除了刘关二人的感情攻略,尚有赵云奉军师将令率领五百军士的强行阻止。阻止的情形在《时调青昆》中交代得更为明确，在这个选本里，张飞吹嘘自己站在那做肉屏，看谁敢用箭射他，结果赵云就真射。张飞非常不解："且慢，四弟，我说你当玩，当真就射来！"

张飞与诸葛亮的较量无疑是以张飞的失败而告终的。张飞失败的原因与《博望烧屯》应该是一样的，只是后者以宾白方式呈现，而前者以曲文的方式表达。张飞在松林遇着夏侯惇的百个残兵，夏侯惇欺骗张飞说要饱食决输赢，结果被其逃脱。张飞只好前往营帐请罪，诸葛亮依照二人"赌头争印"的约定要将其斩首。张飞乞求诸葛亮看在昔日勋绩的份上饶恕他，为的是让他能够继续兴王业。

【雁儿落带得胜令】俺也曾在桃园把盟誓牵。俺也曾奋威破黄巾兵百万；俺也曾擒吕布镇徐州扶危汉；俺也曾助战鼓把追兵斩；俺也曾在古城中把兵粮办；俺也曾到茅庐受风寒。只图兴王业，受皇宣，谁知俺麓鲁汉，今日里遭刑宪，伏望哀怜，乞饶咱，图补天；乞饶咱图补天。

张飞乞求诸葛亮饶恕的情节，在《缀白裘》中选辑的《三国志》"负荆"一出中表现得更加活灵活现。张飞擒拿夏侯惇失败后，他自知铸成大错，因而效仿古人廉颇"负荆请罪"。并且托关羽和刘备看在桃园结义的份上替他多向诸葛亮求情。诸葛亮让其进营时，他率先自责，说自己"是个不识字的愚鲁村夫"，并且膝行而进。诸葛亮质问张飞为何昨日要骂他时，张飞自我奚落，"我若骂了师爷呵，正是那太岁头上来动土"；"我是一个愚人，不识字不辨恁个贤"；"昨日冒犯虎威，我张飞有眼无珠得罪了师父，望师父责治土地几下罢"。诸葛亮依旧不依不饶，要将张飞处斩，后恰逢曹操前来复仇，刘备关羽趁机替其求情，让张飞将功赎过。

相比而言，《气张飞杂剧》中的"怒奔范阳"情节描写是文雅的，诗意的；《缀白裘》中的描写则是世俗的，戏谑的。张飞赌头失败后，面对诸葛亮时那种小心翼翼的情状令人忍俊不禁，尤其是他赖着脸皮否定自己对诸葛亮的辱骂时的情形，更是具有强烈的喜剧色彩。他不仅自己做小伏低，并且煞有其事地叮嘱关羽要放和气些。所有的这些都构成了一个形象鲜明生动的张飞。《缀白裘》是清代戏曲选本，《气张飞杂剧》被列入"北腔类"中，说明其与元杂剧在总体的追求上是保持一致的。前者更多注重情节的喜剧化以及由此带来的舞台表演的戏谑性，后者注重唱曲本身的精致化与谐律。较之以《三国演义》，戏曲选本中的张飞显然能够留给世人更为深刻的印象，尤其是注重舞台表演效果的剧作。

《三国演义》也描写了张飞与诸葛亮的矛盾,但亦如《三国志》之简略与含蓄。仅用数个带有感情倾向的修饰词来表现这种矛盾:"不悦"、"大笑"、"冷笑",而在博望之战胜利后,关张相谓曰:"孔明真英杰也!"二人之间的矛盾即消于无形。在《三国演义》,博望之战只是属于一次非常不起眼的战斗①,着眼于描写宏大命题的《三国演义》是不会浓墨重彩地去描写张飞与诸葛亮的矛盾这种与主题关系不大的内容的。

与小说相反,戏曲作品中非常重此次战争,明清三国戏曲中,除了《草庐记》《锦绣图》《西川图》都曾经有详细描写,花部戏中亦有《博望坡》一剧。此外值得关注的是,《三国志平话》中交代夏侯惇失败之后,"觑士卒无三百",而在戏曲的描写中,夏侯惇败退时的人数却被重点渲染。无论是元杂剧还是《草庐记》中,诸葛亮均谓夏侯惇会在正午时分带着 100 名残兵进入张飞的伏击区域,而这些都纳入张飞"赌头争印"的考虑范围。无论是时间或者是人数上,哪怕有一丝不符合,均判张飞获胜。最终的结果与诸葛亮的预料毫厘不差。在这种充满神异的事实面前,张飞对诸葛亮佩服得五体投地,因而最后心悦诚服地"负荆请罪"。当然,《草庐记》中的这些内容乃沿袭自元杂剧,自不必论。现实的战争波谲云诡,无法预料胜负,更何况一些根本无法预测的具体细节。戏曲通过这些细节,完全神化了诸葛亮。而战争前后诸葛亮与张飞二人完全不对称的对抗,以及诸葛亮对于张飞的戏弄,都为戏曲增添了浓郁的喜剧色彩。

简而言之,元代三国戏曲中的战争完全是舞台化的,充满着戏谑意味。战争乃是实现舞台效果的一种手段而已。这点从交战双方的对话中即可以充分看出这一点,尤其净角扮演的夏侯惇,屡次做小伏低,甚至甘愿自称为赵云的"重孙子",遇到张飞的时候,更是极尽谄媚之意,奉承张飞。战争亦一如生活的喜剧,没有沉重与血腥(虽然在数字上夏侯惇的十万大军最后只剩下一百个兵士,但感受不到战争带来的任何痛苦),只有诙谐与轻松。明清三国戏曲在博望烧屯的环节中几乎完全沿袭自元代三国戏曲,在张飞与诸葛亮的冲突中添枝加叶,更具戏剧效果。而在小说中,更多是一种写实的意味,只是没有将全部的笔墨都放在刀光剑影的描写之中。

---

① 郑铁生把《三国演义》中的战争分成三个层次,其中,影响历史进程的官渡之战、赤壁之战、夷陵之战三次战争为第一层次。而"十八路诸侯讨董卓""西取蜀川""六出祁山"等属于第二层次。"当阳之战""七擒孟获""九伐中原"等属于第三层次。而如博望坡火攻此类战争根本无法进入这种序列。(郑铁生:《三国演义叙事艺术》,新华出版社,2000 年版,第 353—365 页)虽然这种划分方式有值得商榷之处,但亦可看出博望坡之战在小说战争中大致的位置。单纯从描写的篇幅上去看,博望坡之战确实也仅仅是诸多战争中颇为平常的一次。

当阳之战

现存元杂剧并无关于此次战斗之描写,已佚之《诸葛亮挂印气张飞》《三气张飞》未知叙述事件之下限是否涉及此次战斗。已佚之《赵子龙大闹塔泥镇》无法从剧目中得知更多信息,塔泥镇属于何方,描写的事件是否与当阳之战有关,均无法知晓。而明代戏曲中,《草庐记》有比较具体的描写,已佚之《报主记》《保主记》可能也有此次战斗的具体描写。

《三国志平话》中,此次战斗的叙述是比较详细的。具体的战争描述中并未见糜夫人之踪迹,但在后来赵云的叙述中却交代"甘妃、糜氏,皆为曹公所杀,乱军中救太子而脱"。所谓"甘妃、糜氏、曹公、太子"诸称呼之不当,无须过度关注,这在平话中比比皆是,亦是说书场之民间叙事疏漏粗糙之草证。但此处谓二夫人皆为曹兵所杀却与小说之记叙完全不同,其实在元杂剧《两军师隔江斗智》中,周瑜的宾白里面也提到了刘备二位夫人皆丧,"我想刘备在曹操阵中,折了甘糜二夫人,一向鳏居"。《三国演义》中,糜夫人因为受伤,为了不拖累赵云,也为保阿斗能够顺利被救出,故而她跳井自杀,众所周知。甘夫人死于赤壁之战以后,这点史有明载,故而小说依照史传的记载给予了更正。《草庐记》的故事形态与平话相似,甘、糜二人皆于此次战役中殒命。其中,甘夫人乃投井而亡,糜夫人却是刺喉撞墙而亡,都非常壮烈。糜夫人在死之前,还曾托赵云带话与刘备:"我有两个兄弟在那麾下,教他好眼看待妻舅,我是患难夫妻相随相守,生此儿三载余,不离手,残生到此知难久。"《草庐记》之描写显然比平话要具体生动得多,粗鄙处亦多。这里需要特别指出的是,糜夫人的话语里面传递出两个信息:一是糜竺与糜芳乃为兄弟,这点其实一直存在着不同的争议;二是阿斗乃为她所生。

《三国志·二主妃子传》:"(甘皇后)随先主于荆州,产后主。值曹公军至,追及先主于当阳长阪,于时困逼,弃后及后主,赖赵云保护,得免于难。"①这点在《赵云传》中也得到了印证。阿斗为甘夫人所生,毫无疑问。《三国志平话》中,甘夫人亲手把阿斗交予赵云,而在《三国演义》与《草庐记》中,却都是糜夫人带着阿斗逃命。三者之间的关系是非常复杂的,不能简单地判断《草庐记》即改编自《三国演义》。事实上,赵云救援阿斗的过程中的描写,小说与戏曲之间也存在着差别。戏曲作品中,曹操最初见赵云单枪匹马,在千军万马中如入无人之境,他命令不准放箭,而要生擒赵云。后来,赵云抱着阿斗突围,又被曹操看见,曹操再次命令活捉,而理由却是:"军中穿白袍之

---

① （晋）陈寿撰,（宋）裴松之注:《三国志》,中华书局,2005 年版,第 673 页。

将,只见红光罩体,后来必登皇位,不要放冷箭,拿活的来见我。"曹操两次命令固然突兀,不放箭之理由更是与《三国演义》有明显差别①。

在当阳之战中我们需要注意一个细节:张飞怒喝的效果在各处也是描述不一的。在《三国志平话》中,"叫声如雷贯耳,桥梁皆断"。《刘玄德醉走黄鹤楼》中,刘封的宾白中也有此内容:"在那当阳桥上喝了一声,桥塌三横水逆流"。《草庐记》中几乎延续了这种说法,但显然更为夸张与活泼。先是曹操奇怪此处为何青天白日会有惊雷,后方知乃为张飞怒喝。而怒喝之效果,不但桥分为二,且河水倒流。这些描写显然更像是源自民间说唱文学的产物。事实上,成化年间的《花关索传》中,张飞的修饰语一贯即为"断水张飞"。只是,这种与正史状态相距太远的细节在《三国演义》中被删除了。与小说中张飞利用马尾制造伏兵假象、怒喝曹兵的设置不同,《草庐记》《鼎峙春秋》等戏曲作品中,张飞的怒喝是诸葛亮防御计谋中的一个组成部分。这当然是继续神化诸葛亮的一个细节,但事实上也弱化了张飞神来之笔的风韵。

第二节　赤壁之战主体部分的历时性书写

《三国演义》中的赤壁大战,展示了最为完整的过程:舌战群儒——华容道义释曹操,可以视为赤壁大战最为经典的描写。戏曲作品②如《草庐记》也比较完整地描述了赤壁战争。明清戏曲选本中编选的有以下几个叙事单元:舌战群儒、河梁会、黄鹤楼宴(碧莲会)、芦花荡、玄德合卺。这些情节有的在小说中也比较精彩,如舌战群儒;有的只是简略提及,如河梁会;而有些情节却根本未曾在小说中出现,如黄鹤楼宴、芦花荡。玄德合卺,小说中亦曾叙及,但属于"二气周瑜"之环节,与赤壁战役已经相距较远,而在《草庐记》《西川图》等戏曲作品中却紧接赤壁战役。毫无疑问,这些都是戏曲与小说之间在描写赤壁之战时所出现的重大区别。

---

① 《三国演义》第四十一回中,曹操见赵云威不可当,曰:"真虎将也! 吾当生致之。"因而命令不许放冷箭。曹操之爱才惜才之心尽露无遗。而戏曲中则天命、荒诞之因素更多。在清代花部戏《博望坡》等剧作中,曹操不放箭的原因是徐庶"暗设妙计",才使得"将军得生留美名"。

② 现存戏曲作品中,只有《草庐记》、《鼎峙春秋》描写了赤壁之战的详细情况。而亡佚或残存的戏曲作品中,依据剧名及结合其他因素判断,至少以下一些剧本中应该包含有"赤壁之战"的内容描写:元明杂剧《诸葛亮赤壁鏖兵》,明清传奇:《桃园记》《锦囊记》《借东风》《赤壁记》《祭风台》《三国志》等。

舌战群儒

上文提到,《三国演义》与《草庐记》在描写刘备"三顾茅庐"之时的表现手法不一。小说以刘关张三人的行踪为线索,诸葛亮则隐藏在叙事的背后,利用环境、其他人物的衬托等手段来达到塑造之目的。毛宗岗曾在第三十七回回评中对此有精彩论述。[①] 在"舌战群儒"这个情节上,二者的处理方式却几乎相同,都是利用对话来展开的。《三国演义》中诸葛亮为了联合孙权抗曹,势必首先要说服东吴群臣,"舌战群儒"正是这种情势下的产物。诸葛亮力辩张昭、虞翻、步骘、薛综、陆绩、严畯、程德枢等人,先后驳斥了东吴群臣对诸葛亮个人能力的质疑,对曹操、刘备的评价,在言辞中讥讽了"小人儒"。此处描写采用对话方式,由张昭等人的发问与诸葛亮的辩驳组成,重点在于强调诸葛亮的风雅气度与精妙高明的辩才。《草庐记》第二十八折、《鼎峙春秋》第五本(下)第十三出、《新编三国志传奇》第三十出、京剧《舌战群儒》均是描写"舌战群儒"的情节,精妙尽藏在唱词之中。诸葛亮一一驳斥东吴群臣言辞之间的荒谬,安排的次序亦大致同小说,只是无小说中那般长篇大论,几乎没有譬喻之论,直接针对发问作出回答,基本上在较短的唱词中完成情感的抒发。用词文雅,机锋不似小说中那般尖锐。

戏曲文本中也有一些不甚相同之处:清代传奇《新编三国志传奇》中此环节只有四个人:张昭、虞翻、步骘、薛综。《鼎峙春秋》中诸葛亮住在馆驿,东吴群臣特意去讥讽他。此环节出场的人物顺序是:张昭、顾雍、虞翻、周鲂、陆绩、吕蒙、吕范、薛综。京剧《舌战群儒》是张昭、步骘、薛综、陆绩。这个与小说的区别比较明显。唯独《草庐记》中,不管是人物组成或者是出场顺序上,都与小说保持一致。即便在问题及诸葛亮的回答上,《草庐记》与《三国演义》也是非常相似的。诸葛亮未曾出场之前,东吴张昭等人已经商量要向诸葛亮发难,让诸葛亮理屈词穷,从而达到使得诸葛亮收兵的目的。不过双方见面之后,却极尽外交辞令之能,气氛似乎非常融洽,但客套的背后却是犀利的辩驳与质疑。戏曲以诸葛亮的唱词开始:

---

① "此卷极写孔明,而篇中却无孔明。盖善写妙人者,不于有处写,正于无处写。写其人如闲云野鹤之不可定,而其人始远;写其人如威凤祥麟之不易睹,而其人始尊。且孔明虽未得一遇,而见孔明之居,则极其幽秀;见孔明之童,则极其古淡;见孔明之友,则极其高超;见孔明之弟,则极其旷逸;见孔明之丈人,则极其清韵;见孔明之题咏,则极其俊妙。不待接席言欢,而孔明之为孔明,于此领略过半矣!"——引自朱一玄、刘毓忱编:《三国演义资料汇编》,南开大学出版社,2003年版,第310页。

【新水令】东南悠聚德星光,东南悠聚德星光,不辞遥敬瞻文象,俄忘性拙,误入锦人行,礼貌疏狂,希引进升函丈。

诸葛亮的用语非常委婉客气。东吴群臣的质疑却充满嘲弄之意,"龙既出南阳,如何不慰苍生望!"面对这种不留余地的质问,诸葛亮的应对也是颇为犀利的。

【折桂令】你既出言词便下机抢,我想三顾茅庐恩德难忘,你道咱难得荆襄,则是难得荆襄,他同宗刘表,不忍相伤,我这里易取如同反掌。恨刘琮暗里投降,致曹瞒得肆猖狂,刘豫州江夏屯兵,这良图岂尔等参详。

诸葛亮的解释是合情合理的:倘若不是刘玄德顾及同宗之情,不忍取刘表之荆州,不然荆州早就落于刘备之手;又因为刘琮的投降,才导致曹操能够肆志猖狂。故而目前的这种被动局势并非诸葛亮无能之过。且刘备屯兵江夏,其目的乃在于抗曹。诸葛亮的反驳中也充满了嘲弄,刘豫州的这种做法岂是你们这些庸臣所能理解的?

在诸葛亮的眼中,曹操完全是没有必要畏惧的,敌强我弱之势也完全是可以得以扭转的。他从历史与现实两个角度出发去力图说服东吴群臣:

【雁儿落】我随着奋渑池文凤凰,那愁他鹰鹞长,紧随着得雨龙,那愁那吞蛇象。呀,你说道是他强我弱不相当,不记得他博望,不思量他滑水殃乌江,能勇的身先丧,张良扶着那能怯的成帝王。

【收江南】呀,再添百万有何伤,咱随身有智囊,试看我奋武鹰扬志,可惜这生灵,掉甚么唇枪,全不羞,怒颜劝主愿投降。

曹操虽强,但诸葛亮指挥的博望坡战争等是打败曹操的鲜活例子。唱词中把曹操与项羽并举,既然项羽"滑水殃乌江,能勇的身先丧",那么曹操又未尝不会"先丧"。曹操与项羽并举,《三国演义》中亦见于鲁肃之口。[①] 楚

---

① 第二十九回,鲁肃在周瑜的劝说下投奔孙权,曾与孙权同榻抵足而卧。鲁肃当时反对孙权的志向,并为孙权指明了奋斗的方向,这点在日后都令孙权感激不已。鲁肃当时的理由即"今之曹操可比项羽,将军何由得为桓、文乎?"并进而鼓励孙权立王霸之志,可谓是小说最早的"隆中策"。

汉争霸期间,楚强汉弱,但最终却是弱势的刘邦建立了四百年江山,移至目前,刘备、孙权等人又何尝不能"成帝王"呢！诸葛亮充满着自信,故而他认为"再添百万有何伤",完全没必要被曹操煊赫的气势所吓倒。在这种情势下,一味奉劝孙权投降的东吴群臣在诸葛亮看来才是可耻的。

而对于东吴群臣所斥之效仿苏秦、张仪,诸葛亮几乎是不屑一顾的,他利用驳斥这种荒唐之语的机会也表明了自己的志向:

> 【沽美酒】古贤臣,辅圣王。古贤臣,辅圣王。经百世,誉犹香。稷契皋陶干与逢,读何书? 君钦君让,通何经? 民怀民仰。你呵,口荒意荒,心忙手忙,呀,看我做拒曹的人望。[1]

《草庐记》中的"舌战群儒",后来被选入《群音类选》"官腔类"中,说明了这个情节在明代是颇受欢迎的,至少也说明编选者胡文焕对这一折唱词的认可。唱词应该是在早期版本的《三国演义》之基础上进行改进的,从唱词的内容与背景上大致可以看出。二者之间各有千秋,无法评论哪种方式更为合适。相较而言,小说中的"舌战群儒"叙事功能更为明显,戏曲中的"舌战群儒"抒情功能更突出。

从表面上看,比较戏曲与小说中"舌战群儒"的不同描写意义不甚明显。但我们应该注意到,《三国志平话》无此情节,元杂剧也缺乏这种描写,《三国演义》《草庐记》《新编三国志传奇》却都在这个情节上用力颇深,更加印证了赤壁之战的故事形态确实是越到后来越丰富,正是因为此类细节的添加才使得赤壁故事变得更加丰富多彩。并且,"舌战群儒"是诸葛亮说服东吴君臣联合抗曹所遇到的众多困难之一。虽然无论是小说还是戏曲,"舌战群儒"所带来的实际效果并不明显,辩论过后的东吴群臣(尤其是以张昭为首的文臣们)依旧坚持原来的降曹主张,但它却是诸葛亮形象塑造过程中的必不可少的一环,也有助于了解当日东吴群臣对于天下局势的判断以及在战和问题上的分歧。

曹操南下,对刘备穷追猛打,刘备方面危如累卵,倘若不联合孙权一方,势必会被曹操歼灭殆尽。而东吴方面亦有类似危机,刘备被灭,接下来江东势必会成为曹操的目标,何况"会猎江东"的檄文已经摆在孙权的案头。故而孙刘双方面均有联合的必要,也存在结盟的可能。两方的智者诸葛亮与鲁肃均意识到了这一点,只是刘备方面的需求显得更为紧迫。诸葛亮过江

---

① 　胡世厚主编:《三国戏曲集成》(第二卷),复旦大学出版社,2018 年版,第 191 页。

的唯一目的即在于说服东吴君臣联合抗曹。《三国演义》中的描写无疑是最有逻辑性与层次感的：先"舌战群儒"，再说服孙权，最后再通过执掌兵权的周瑜来坚定孙权的抗曹决心与信心。而在《三国志平话》与《草庐记》中，这种层次感均显得不甚明显。平话中之檄文，咄咄逼人，更加荒谬的是，诸葛亮则利用此机会杀掉了曹操的使者，使得孙权抗曹成为一种必然。这种处理当然是非常幼稚的，后来的情节进展也证明了此点，如果不是鲁肃出言相援，或许诸葛亮真死于孙权之手。平话中周瑜沉湎于酒色，甚至在孙权征召的情况下拒不应诏，更是荒唐至极。《草庐记》中，诸葛亮未见周瑜之前，周瑜已经矢志抗曹，与《三国志平话》和《三国演义》完全不同。故而鲁肃引荐二人见面时，气氛非常愉快，很快就达成了一致。诸葛亮乃先见着周瑜，然后再"舌战群儒"，这种情节设置上本身就让人很突兀。周瑜抗曹立场的坚定，使得诸葛亮过江的难度大为降低，而"舌战群儒"情节中也充满着前后矛盾之处。张昭出场的宾白中云："已闻刘豫州遣诸葛来此引兵助战，吾主吴侯与周公瑾即欲进兵，实称我等文臣之愿也！"但在接下来与步骘等人的交代中又让诸人发难，尽量让诸葛亮退兵，"以免使百姓无惊惧之患，岂容孔明鼓唇佞舌也哉！"前后互相抵牾。

河梁会

《三国志平话》中曾经提到过河梁会，"来日是三月三日，赏河梁筵会了去，亦未晚。"这里的河梁会乃是与"襄阳会"异名，内容乃是刘琮并蔡瑁等人欲加害刘备之事，并非发生于赤壁战役期间。是书校注者钟兆华在文后的注释对于"河梁会"的解释为：三月三日清明节，我国传统的插柳、踏青、扫墓或致祭城隍、土地、谷神的赛会等习俗。河梁会，即此类民社活动。[①] 如果按照这种说法，则襄阳会之情节更符合。"河梁会"三个字未见于《三国演义》及《草庐记》。清代花部戏中有高腔《河梁》、声腔不详之《临江会》，皮黄腔《博望坡》第八本第六场也写到了河梁的相关情况，此外，河梁会在明代戏曲选本中屡次出现。

《玉谷新簧》选"周瑜计设河梁会"与"云长护河梁会"两出（折），均归入《三国记》中；《乐府红珊》"宴会类"中亦选"刘玄德赴河梁会"，归入《桃园记》中。祁彪佳曾言："《三国传》中曲，首《桃园》，《古城》次之，《草庐》又次之。"[②]

---

① 《三国志平话》卷中注释第58条，钟兆华：《元刊全相平话五种校注》，巴蜀书社，1990年版，第447页。
② 见(明)祁彪佳撰，黄裳校录：《远山堂曲品剧品校录》，上海出版公司，1955年版，第100页。

选本中的"河梁会"发生于赤壁战役期间,乃周瑜欲借宴会之机剪除刘备,关羽护驾,全身而退,周瑜阴谋未能得逞。故而,后世文本中的河梁会显然不是襄阳会。

赤壁战役期间,刘备确实曾经与周瑜有过接触,当时周瑜义正辞严,完全占据主动,这点在《三国志》中有明确记载。

《三国志·先主传》引《江表传》曰:

> 备从鲁肃计,进住鄂县之樊口。诸葛亮诣吴未还,备闻曹公军下,恐惧,日遣逻吏于水次候望权军。吏望见瑜船,驰往白备,……备遣人慰劳之。瑜曰:"有军任,不可得委署,傥能屈威,诚副其所望。"备谓关羽、张飞曰:"彼欲致我,我今自结托于东而不往,非同盟之意也。"乃乘舸往见瑜,问曰:"今拒曹公,深为得计。战卒有几?"瑜曰:"三万人。"备曰:"恨少。"瑜曰:"此自足用,豫州但观瑜破之。"备欲呼鲁肃等共会语,瑜曰:"受命不得妄委署,若欲见子敬,可别过之。又孔明已俱来,不过三两日到也。"备虽深愧异瑜,而心未许之能必破北军也,故差池在后,将二千人与羽、飞俱,未肯系瑜,盖为进退之计也。[①]

《江表传》于叙述中多偏向于吴人,为世之共识。注语中孙盛亦谓:"《江表传》之言,当是吴人欲专美之辞。"上述文字大体描写出了一个"雄姿英发"的周郎形象:治军严整,公私分明,令刘备愧异。所谓相害之心,无从谈起。

此次接触只是一次简短的相会,根本未言明此次宴会之名。元杂剧中,似乎亦并未见关于此次宴会的任何文字。《三国演义》第四十五回于此有比较详细的描写,只是未冠之以"河梁会"之名。《三国演义》中的周瑜,被描写成心胸狭隘的人物。虽然这种狭隘更多的是基于东吴立场的狭隘,换言之,其实他的行动基本并非为自己考虑,而是以东吴利益为出发点来决定策略,但是,在孙刘组成盟军联合抗曹的大背景下,周瑜依旧想方设法谋害刘备与诸葛亮,本身就是一种不明智的做法。作者也用一种带有典型情感色彩的叙述在字里行间表明了他的态度,最后周瑜被诸葛亮气死的结局安排更是这种态度的最好体现。

戏曲中的"河梁会",颇具喜剧色彩,虽然《玉谷新簧》与《乐府红珊》中所选有非常明显的区别,却在人物评价与事件描述的追求大致相同。二本中,

---

① （晋）陈寿撰,（宋）裴松之注:《三国志》,中华书局,2005 年版,第 655 页。

关羽分别与张飞、赵云争取前往护驾的机会,最终当然是关羽获得成功,但理由却各不相同①。关羽前往护驾,最大的障碍在于相貌,故而他的红脸、卧蚕眉与长髯都必须进行加工。二本中一为带毡笠与涂粉掩盖红色,一则为"脑背后绣袋儿把须藏"。留下青龙偃月刀,最终带着短剑扮成马头军前往护驾。其实这些细节方面的差异在此情节中并不是非常重要,无论情节如何变化,戏曲选本(其实也就是明代戏曲本身)所追求的主要目的是一致的:完成关羽光辉高大形象的塑造,而这种目的的实现无疑是在与周瑜或者甘宁的对比中完成的。

关羽喜欢饮酒,这在《三国演义》等文本中均未曾见到描写。但在两个选本中,关羽都非常喜欢喝酒。他吩咐其他马军说,到时候肉让他们吃,而酒全给二爷,让他们保持警惕。

> 【滚】常言道,养军千日,用在一朝。东站站,西瞧瞧,稍有些动静,伏尔报知。我的儿,你把事关心,紧紧防。②

赐酒的情形两个选本不甚相同。《乐府红珊》中周瑜最初就见到了关羽,亲口称赞关羽"精健枭勇",得知刘备手下有五百多名如此健壮之士,则谓如此"何惧曹兵百万",因而赏酒。而《玉谷新簧》中则是通过甘宁传达赏酒之意向的。看到关羽一人喝那么多酒,周瑜与甘宁皆骂关羽为酒囊饭袋。关羽面对此种辱骂,豪情万丈,在言辞中尽露无遗。"是酒囊饭囊,倾百斗半醉何妨!""大丈夫自有江湖量。""非是我,大胆言狂,觑着你那河梁酒,不够我充饥饭一餐,渴时节倾吞了江流海源。"③言辞间充满了对甘宁(周瑜)的蔑视。

阴谋败露的根源在于关羽听到了金钟的响声,引起了他的怀疑,在勘问

---

① 选本《乐府红珊》中,关羽谓张飞云:"你去不得,哪个不认得你黑脸!还待我去?"张飞则回道:"哪个又不认得你红脸?"后来关羽通过种种化妆,并装扮成马头军,最终才去给刘备护驾。而选本《玉谷新簧》中,关羽与赵云争论谁去护驾。关羽谓赵云去不得,"你当初抱太子杀去百万军中,哪个不认得你,还是我去才走。"赵云则谓:"你去不得,还是我去,你脸太红了,有人认得。"这些显然是为了制造剧场的喜剧氛围而设置的情节。皮黄腔《博望坡》陪同刘备去赴宴的则是张飞。

② 傅芸子曾经对滚调的基本构成法做过归纳:在曲前、曲中、曲尾,另加五言、七言诗句,或惯用成语,夹在其中滚唱。但此处为特例,不吻合傅氏之归纳。——参见王古鲁:《明代徽调戏曲散出辑佚》,上海古典文学出版社,1956年版,前言第6—9页。

③ 《乐府红珊》中此段唱词稍有不同:"你道我酒囊饭袋,我看你河梁会宴不勾咱充一饭!""非是我大胆言狂,咱渴时节吞尽江湖水干。"

与观察间,他洞悉了周瑜的阴谋。这直接表现了关羽心细与谨慎的性格特征①。《乐府红珊》中关羽直接扭住周瑜,而《玉谷新簧》中却更具喜剧性:关羽与甘宁在对话时,听到了金钟的响声。他想闯进营帐问究竟,甘宁却大加阻挠,拦阻的理由非常具有戏剧性,"老爷,请你方便些,假如你家老爷请我家老爷吃酒,我似你这般模样,你老爷责不责你?"观众当为之粲然一笑。关羽屡次想进去,甘宁以各种理由遮挡,这更加引起了关羽的疑心,最终他终于闯入营帐揭露了阴谋。关羽把此次河梁会比作鸿门宴,自己则是那救高祖的樊哙:

> 【滚调】只待得鸿门设宴困了高皇,那知有樊哙立在边傍。这壁厢摆列着先锋将玳瑁,筵前红粉妆,列戈甲旗,枪尽都在军帐,猜破他的行藏。直待要击金钟,下手强。

面对周瑜的质问,关羽充满自豪地回顾了自己的勋绩:

> 俺也曾刺颜良诛文丑,闹战场在霸陵桥上,气昂昂张辽许褚心胆慌,独行千里过五关斩六将,伏廖化,收周仓,擂鼓三咚斩蔡阳。马到处,扫除奸党。呀,因此声名四海扬。恁必设计害刘皇,俺来保护趁河梁,恁理甲兵列旗枪,俺准备一身当恁,虽摆下杀人场,俺就是猛虎奔群羊,谅周郎怎敢挡!任你千锋万矢把吾伤。俺先教你一命身亡。好生送我过长江。

两个戏曲选本中的唱词稍有不同,《玉谷新簧》中关羽的唱词更浅近通俗:"说出名儿非是慌,抹开了毡笠顿开了锦囊,轻飘出美髯长,我亦非小可的无名将,我本身寿亭侯汉云长……"并且在结尾之处,因为刘备劝诫关羽要给周瑜留面子,关羽则唱:"你好好送我到长江,饶你拒曹破强良"。《玉谷新簧》中还有强烈的剧场意识,这应该是演员现场的即兴发挥。如:

> (内作笑介)刘:二弟,两岸人拍掌笑他,你可回敬他一言。
> 关:望你海涵仁宥汉云长。

---

① 在皮黄戏《博望坡》中,张飞通过自己的细心感受到了不同的氛围,"俺看大哥面带喜容,周郎面带杀气,两旁悬挂壁隐,其中必有埋伏。俺且装呆,紧随大哥身后,看他怎生下手。"(《三国戏曲集成》第四卷,第323页。)

如此,关羽显得既威风八面又充满智慧。

应该说,《乐府红珊》所选《桃园记》之"河梁会",尚有叙事上的瑕疵,周瑜形象存在着前后不甚协调的问题,故事情节的交代亦有意犹未尽之感。《玉谷新簧》中,有"周瑜计设河梁会"与"云长护驾河梁会"两出(折)来敷衍,故事形态较之前者显得更加完备生动:周瑜最初就耍小心眼,他害怕刘备不来赴会,因而要甘宁传达诸葛亮亦让刘备来赴会的假消息;又害怕刘备带着众多将士来赴宴导致他的阴谋无法得逞,因而特意叮嘱甘宁传话时要强调"东吴粮草不敷",让刘备一主一从来即可。《玉谷新簧》中还通过两条线索进行叙述,一者为宴会过程中周瑜与刘备的行酒令,这固然是三国戏曲作品中宴会之固定套路,可议者不多;一者为营帐外关羽与丑角甘宁的对话,形象生动,谐趣十足,也有利于情节的进展与人物形象的塑造。故事最终在周瑜哀叹中结束:"罢罢罢,机关使尽浑无用,一事无成空自嗟。"周瑜的哀叹更突显了刘关二人的胜利,也增添了剧场的喜悦气氛。

现存万历本《草庐记》中并未见到任何关于"河梁会"之描写,但在《万壑清音》所选《草庐记》之"姜维救驾"一折中,周瑜的宾白却有"他日为何去之太速"之语。上面提到,《三国志》中曾记刘备与周瑜在赤壁战争相持阶段确实有过接触,如此,则《草庐记》中所指"他日"理解为"河梁会",显然是唯一的解释。

与"舌战群儒""草船借箭"类似,"河梁会"的目的亦在于塑造刘备方面人物的正面形象。前两个叙事单元的主角为诸葛亮,而此故事单元则为关羽。而在这种正面形象的塑造过程当中,作者有意无意地会贬低东吴方面的人物。当然,最大的牺牲品毫无疑问是执掌东吴兵权的周瑜。这些情节或为虚构,或为润饰,或为移花接木,但无一例外地,他们的叙事指向都保持了一致。

草船借箭

"草船借箭"是赤壁之战中最为人所熟知的故事之一,也是诸葛亮神机妙算的一个重要例证。与其他的故事形态相比,这个情节的演变更耐人寻味。借箭者从孙权变成周瑜,再变成诸葛亮,并且最终固定在诸葛亮身上,成为一种民族的集体记忆。这种演变一方面显示了文学的巨大力量,另外一方面也最能直观地从人物的变化中看出一些时代的情绪。

"借箭"情节首见于《三国志》裴松之所引之《魏略》,乃发生于赤壁战役之后的,计策的实施者为孙权:

> 权乘大船来观军,公使弓弩乱发,箭著其船,船偏重将覆,权因回船,复以一面受箭,箭均船平,乃还。①

显示了孙权临危不惧的精神气质。这与历史真实的雄才孙权是比较吻合的。但剥夺孙权借箭之名的,并不是始于《三国演义》。在《三国志平话》中,"借箭"的环境与主角就已经发生了变化。

> 周瑜一只大船,十只小船出,每只船一千军,射住曹军。蒯越、蔡瑁令人数千,放箭相射。却说周瑜用帐幕船只,曹操一发箭,周瑜船射了左面,令扮棹人回船,却射右边。移时,箭满于船。周瑜回,约得数百万只箭。周瑜喜道:"丞相,谢箭!"②

上述两种借箭情节,虽然时间发生了变化,但形态基本类似,孙权与周瑜手下皆有强兵,故而面对曹军弓弩相射,毫不惊慌。史传中描述的笔墨显然是最经济的,描写的笔墨亦朴实无华。而《三国志平话》中却增添了许多元素,不仅有故事的主角周瑜,也把受愚弄的一方具体化,即水军都督蒯越与蔡瑁。周瑜最后的"丞相,谢箭",虽然只有四个字,却使得简单的一个情景具有了故事的基本特征。这与史传的描写相比,已经有了很大的变化:从史传的纪实逐渐向文学的描写演变。当然,这种描写与后来《三国演义》中的描写相比还是相当原始与粗糙的。

《三国演义》中,"草船借箭"发生于赤壁战役的相持阶段,东吴军队初战告捷,但依然无法改变敌强我弱的基本态势。冷兵器时代,羽箭乃是在减少自身伤亡的同时给敌方杀伤的最好办法之一,在这种形势下,恰逢周瑜相害之心萌生,故而想利用造箭的机会剪除诸葛亮。《草庐记》中的草船借箭发生的背景与《三国演义》基本类似,亦有不同,后者中蒋干两次过江,第一次中反间计,导致蔡瑁、张允被杀,第二次又带庞统过江献连环计,使得孙刘联军的战果得以最大化实现。而前者中蒋干过江只有一次,而效果却同后者一致,同时带回了反间计的圈套与庞统的连环计。故而庞统恰好见到曹操杀蔡瑁、张允的过程,庞统还就此称赞曹操说"赏罚要明正,宜如此",而曹操似乎始终都未明白这是个圈套。这种安排固然有戏曲"减头绪"的要求,使得故事更加紧凑,但也弱化了曹操的见识。

---

① (晋)陈寿撰,(宋)裴松之注:《三国志》,中华书局,2005年版,第828页。

② 钟兆华:《元刊全相平话五种校注》,巴蜀书社,1990年版,第434页。

与史传、《三国志平话》不同的是，《三国演义》从一开始就设置了悬念，"草船借箭"的故事没有发生之前，读者并不知晓诸葛亮会用何种方式造箭。而他与鲁肃之间那种充满戏剧色彩的对话更是让整个情节变得妙趣横生。在这些简单的对话中，鲁肃与诸葛亮的性格都得到了一定程度的彰显。直到诸葛亮与鲁肃带着二十只小船逼近曹营的那一刻，故事的谜底才真正揭开。对天气准确的预测、曹操不敢出击的判断，在众军士"谢丞相箭"的齐声呐喊中得到了印证。诸葛亮从容不迫的气质，对为将者所应该拥有的资质的议论，以及对周公瑾的藐视，都在"草船借箭"单元中得以完成。

《草庐记》利用第三十三折一半的篇幅完成了"草船借箭"的表演，较之《三国演义》，无疑逊色太多。诸葛亮与鲁肃的对话中完全没有了悬念与紧张感，在一种不咸不淡的氛围中交代了事情的始终。戏剧氛围不甚浓厚。《鼎峙春秋》和花部戏《群英会》将草船借箭的故事单元描写得较为精彩，诸葛亮的形象与《三国演义》基本相似，但鲁肃的形象与《三国演义》有较大的差别。鲁肃始终都在为诸葛亮担忧：

> （哎，唱）昨日里在帐下夸下海口，这件事好叫我替你耽忧。（孔白）吓，大夫。甚么事替我耽忧？（鲁白）哎呀呀呀，你昨日在帐中，与都督立下军令状，限三日交箭。这箭全无一支，你还在一旁不睬不愁，是何缘故？（孔白）哎，不是大夫提起，我倒忘怀了哇。……（鲁白）你要我救你？也罢，你可驾一支小舟，逃回江夏去罢。……（鲁白）哎，你不如投江死了罢？倒还落得个全尸。……（鲁白）叫你走你也不走，叫你死你又不肯死，好叫我鲁肃为难哪。①

比如诸葛亮向鲁肃借几件东西，鲁肃的回答是早就预备下了，"寿衣寿帽寿靴，大大一口棺木"。诸葛亮要鲁肃陪同前往舟中饮酒作乐，鲁肃再三回绝，"我不去，我有公事在身，实不能相陪"。船到江心处，鲁肃还紧张地说"慢着慢着，我要上岸"，诸葛亮吩咐鸣锣擂鼓呐喊，鲁肃却非常紧张，一个劲地喊兵士们"不要擂鼓，不要擂鼓"，紧张心情在字里行间体现得淋漓尽致。即便如此，鲁肃还是非常值得交往的朋友，他说，"哎，破着我鲁肃这头，交你这个朋友。饮酒。"这些平易活泼的语言给读者营造了非常轻松愉悦的阅读氛围，在舞台演出效果上更是诙谐有趣。观众以全知视角来欣赏鲁肃这种紧张的态度，喜剧感十足。

---

① 胡世厚主编：《三国戏曲集成》（第四卷），复旦大学出版社，2018年版，第410页。

毛宗岗在《读三国志法》一文中提出"三绝"之说,誉诸葛亮乃"古今贤相中第一奇人"。在《三国志》以及很长的一段时间内,诸葛亮其实乃是以忠贞与贤德而著称的,"将略非其所长"的概括正是最好的证明。可是在宋代说书场上,诸葛亮的智谋已经成为"说三分"中的一个重要组成部分。"《三国志》诸葛亮雄才"①就是最好的证明。元明时代更是以各种作品的具体生动描写使得这种"雄才"成为口传文学与书面文学的共识。《三国演义》与《草庐记》等是在这种语境体系的浸淫下得以编撰成书的,把"草船借箭"的功劳归之于诸葛亮也就在情理之中了。

史传作者可以利用叙事策略,对史料进行剪裁、删减,但却不可以按照某种意旨去塑造历史。这些原则在讲史中却多少已经失去功效。《三国志平话》叙事形态比较粗糙,但在字里行间,读者却能够感觉到作者比较鲜明的主旨。围绕着这些主旨,作者可以全面虚写历史,这种虚写中就毫无疑问地包含了作者对历史事件的"篡改"与改造。所以我们可以看到,史传中的刘关张三人在灭黄巾过程中只是微不足道的小角色,而在平话中却可以成为第一大功臣,黄巾百万大军在张飞面前几乎等同于空气;我们可以看到十八路诸侯不能伤吕布一根毫毛,而刘关张三人却能让其落荒而逃。这些倾向和描写在元杂剧和后世小说中得到了进一步的强化,并成为今日话语体系中的"史实"。"草船借箭"也是这种环节中的一个单元。《三国志平话》固然有倡导以刘备为代表的"仁政"的倾向,但这种倾向毕竟还是比较朦胧的。何况,平话作者叙事技巧上的不成熟更使得他无法在每个故事形态上都做到完全服务于主旨。因而,"草船借箭"的主角才有了周瑜这个过渡环节。《三国演义》易周瑜为诸葛亮,实乃是相当精妙的一种方式。把这种功劳直接安在对立的一方身上,有着事半功倍的效果:既拔高诸葛亮,同时也压制贬低了周瑜。我们不能肯定诸葛亮"草船借箭"最早便源自《三国演义》,但至少《三国演义》使得这个情节成为一种比较固定的集体记忆,《草庐记》等戏曲沿袭《三国演义》的情节设置,更让其变得稳固与生动。小说和戏曲对这种史传中几乎忽略不计的细节进行详细的渲染,正是服务于主旨的最好表现。我们应该明白的是,大力渲染诸葛亮"草船借箭"之功,正是力图夸大刘备一方在赤壁之战中的功劳里面的一环,它同"借东风"等情节一起,共同建构了今日我们所熟知的赤壁之战。

---

① （宋）罗烨:《醉翁谈录·小说开辟》,古典文学出版社,1957 年版。

借东风

戏曲、小说中常有无稽之谈与荒唐之言。如果说，"舌战群儒""河梁会""草船借箭"是一种文学对史传的改造,还有迹可循的话,那么"借东风"就纯粹是后世说唱文学的一种虚构,也是构建诸葛亮崇拜的一个组成部分。风之不可借,不可祭,乃为常理,我们要做的并非是驳斥《三国志平话》,乃至《三国演义》的虚妄与荒诞,而是应该尽量去探究为何这种明显荒诞的情节会在三国文学作品中绵延不绝,为何会在剧场内外为演员、观众津津乐道。

"借东风"说法,其灵感是否来自唐代诗人杜牧之《赤壁》,未可知。至少在《三国志平话》中已经有"诸葛祭风"之明确记载。元代王仲文之杂剧《七星坛诸葛祭风》虽然今天已无传本,从剧名上即可以知道"诸葛祭风"情节乃为其主要内容。《三国演义》及《草庐记》诸本也都存有"诸葛祭风"的情节,只是在具体的叙述手法上存在着差异。后世京剧中亦有《借东风》一剧,又名《南屏山》。川剧亦有《祭东风》,徽剧有《南屏山》。说明此剧目还是比较受欢迎的。

《三国志平话》之"借东风"不但荒诞,亦且突兀,这点从借东风之动机和过程均可以见出。

> 众官元帅手内觑,皆为"火"字,无有不喜者。周瑜定睛,觑军师,对军师言:"此计者为火光也,出在管仲安人略干兵法。"惟军师手内偏写"风"字。诸葛曰:"此元帅好计。至日发火,咱寨在东南,曹操寨在西北,至时倘若风势不顺,如何得操军败?"周瑜曰:"军师今写'风'字,如何?"军师再言:"众官使'火'字,吾助其'风'。"周瑜曰:"风雨者,天之阴阳造化。尔能起风?"军师又说:"有天地,三人而会祭风:第一个轩辕皇帝,拜风后为师,使风降了蚩尤。又闻舜帝拜皋陶为师,使风困三苗。亮引收图文,至日助东南风一阵。"众官皆不喜。周瑜自思:吾施妙计,使曹兵片甲不回,诸葛请了我功。众官闹……周瑜本帐内邀诸葛瑾侍坐,言曰:"您知诸葛不仁,众官举火,他言祭风。"
>
> ……
>
> 后说军师度量众军到夏口,诸葛上台,望见西北火起。却说诸葛披着黄衣,披头跣足,叩牙作法,其风大发。

借风之不经,颇为容易理解。但我们应该要注意一个背景,宋元说话中,诸葛亮本身就是一个道士(神仙),《三国志平话》与诸多元杂剧诸葛亮的出场白中多能见到。只是较之以日常生活中的道士，诸葛亮又具备了很多他所不拥有的话题与品性。民间对于道士的最朴素或者最直观的想象，就是他们披头跣足登坛作法的情景。元代道教信仰之兴盛，常见于各类记载。即便是元杂剧中的曹操亦会"遁甲"之术，诸葛亮的形象形成自然也不免会有其时代烙印。但无论怎样替《三国志平话》辩护，这个环节中的突兀之处都无法遮蔽。东吴众官皆思用火攻之计能够打败曹操，诸葛亮之"风"则显得多此一举，至少也是在不恰当的时机不合时宜地提出的。或许平话作者(抑或是民间说唱艺人)正是想借导致众人无法提前预知"借东风"在战争过程中的功能，以此来突显诸葛亮的高深莫测；并且此处诸葛亮的言语中透露，他是人类有史以来第三位能够借风之人，更能突显他至高无上的本领和地位。显然，这种意图至少在周瑜及东吴众官那里并没有得到实现。

虽然"世代累积型"这种说法遭到很多学者的质疑，但它究竟还是最能反映《三国演义》等作品复杂的成书过程。《三国演义》的作者显然舍不得放弃这种虽然今天看来明显荒谬但却亦能最大限度地彰显诸葛亮智慧的情节。以《三国演义》历史演义小说的性质而言，继承这种素材确实是非常有风险的。可以说，鲁迅谓诸葛亮"多智而近妖"的批评多半源自此类情节。《三国演义》在最大限度地对其动机作出修正，使得"祭东风"成为一种必须，成为改变赤壁大战功劳簿上的地位之第一大要素。如《草庐记》第四十七折中，吴太后就曾经斥骂周瑜："这畜生，若无孔明祭风之功，他妻子已为曹瞒所夺矣！"这种言论亦见于《东吴记》，乔玄向吴国太说，"有一个诸葛军师，有先天不测之机，且慢说是人哪，就是那天上的风，他要用就借来一用"。《三国演义》既然有此意图，自然亦不会放过这等好机会，在诸葛亮借得东风之后，作品利用"后人有诗曰"这种惯常的方式来传达自己的观点：

> 七星坛上卧龙登，一夜东风江水腾。
> 不是孔明施妙计，周郎安得逞才能？

诸葛亮"借东风"之必要以及其在赤壁大战中的决定性功能完全凸显。在《单刀会》等戏曲中，借东风的决定性意义被关羽等人屡次提及，成为反驳吴国君臣最有力的武器。《三国演义》及明清三国戏曲对于刘备集团的拔高与东吴集团的贬低永远是相辅相成的。类似逻辑的诗文在前面亦可见到，如"赤壁鏖兵用火攻，运筹决策尽皆同。若非庞统连环计，公瑾安能立大功？"而这些，在《三国志平话》的叙述里是不具备的。即便在诸葛亮祭风之后，平话中的"诗曰"依旧是：

赤壁鏖兵自古雄　时人皆恁畏周公

天知鼎足三分后　尽在区区黄盖忠

叙述本身与意图之间的差距显露无遗。《三国演义》在"借风"的提出时机上作了非常大的更改，而正是这种更改使得"借东风"的环节显得既必要且意蕴十足。诸葛亮在周瑜最无助的时候指出了"病"的根源，并且是在周瑜再三主动的请求下，方才透露出自己能够"借东风"，这就不但未使周瑜有忌恨之感，反而会使得他感激涕零。这种叙述技巧也让读者明白，倘若没有这场及时的东风，则前面所谓连环计、苦肉计、反间计等等，都只能是徒费心力。倘若诸葛亮不具备这种借风之能，最终的战局依然只能是曹操战胜孙刘联军。撇开这种情节本身的荒诞性与横亘于历史演义小说之中所造成的不协调性，《三国演义》的改造已经接近于尽善尽美了。

与《三国演义》的"借东风"相比较，戏曲系统的描写显然有自己的特色。《草庐记》中祭风的功劳并非在东吴诸将口中叙出，而是在第四十三折战后叙功环节借探子之口给予了描述：

> 【黄钟醉花阴】想那日东风恣意，急战巍巍，旌旗角转，西周总帅逞雄威。若果识神机，擒破虏。这便是鲜奇计，思顷刻，火掩曹师，因此上回来特报知。①

《草庐记》中，诸葛亮透露自己"曾遇异人传授八门遁甲"，并且说这种技术"上可以呼风唤雨，役鬼驱神；中可以布阵排兵，安民定国；下可以趋吉避凶，全身远害"。显然，这种略显繁琐的排比句是剧作抒情的重要手段，也典型体现了剧作者的文学功底。故而这种铺陈的方式经常在戏曲文本中出现，人物出场时对于身份的交代、人物在对话中对于自身功劳或者特征的叙说，极尽敷衍之能。戏曲与小说在此情节之中的区别并非在于此繁简之间，更多的则是诸葛亮摆脱周瑜追杀的方式。小说中交代得较为简单，他命令那些守坛将士，"不许擅离方位，不许交头接耳，不许失口乱言，不许失惊打怪。如违令者斩！"徐盛奉命来斩时，诸葛亮已经上了赵云接应的小船。戏曲中则不会放过如此能够制造出剧场效果的细节。诸葛亮既然能够呼风唤雨，自然可以全身远害。他预知周瑜会派人来杀他，故而他让一名军士替他执

---

① 胡世厚主编：《三国戏曲集成》（第二卷），复旦大学出版社，2018 年版，第 213 页。

剑行事。结果当然很简单,那名军士成了剑下之替死鬼。我们当然不能以合理与否来论述这种情节,更不能以是否符合人道主义精神等现代思想来衡量情节的设置。观众面对这种情节,关注的并非是那位不知名的倒霉军士的下场,而更多的是对诸葛亮的恶作剧报以粲然一笑,对周瑜害人终害己结局的一种快意。利用替死鬼,在说唱文学与戏曲领域并不是一个少见的情节设置方式,包拯就曾多次利用这种方式惩恶扬善。《三国志平话》中,庞统就让"一犬"做了替死鬼;在《走凤雏庞掠四郡》中,庞统更是让主簿庞直替他成为张飞剑下的冤魂。《草庐记》显然是这种方式的一种延续。

另外值得注意的是,诸葛亮在《草庐记》始终是一个能够预知未来的智者。所以他在祭风环节就曾经想,"何日赚得周瑜令箭一根,当时传之,往后连造得如其式者数枝,以备后日之用。"武樗瘿在《三国剧论》中力斥"令箭"之荒谬,只是这种以常理来推论戏曲的做法原本就不是明智的。诸葛亮利用"借东风"之机从周瑜那里骗取的一根令箭日后果真起到了奇效,这便是下一个叙事单元的内容了。《三国演义》中并未提及所谓令箭,也未叙及所谓"黄鹤楼宴会",戏曲却于此大加敷衍,这也是小说与戏曲关注重点之差别所导致的。

华容道释曹

《三国志·魏武纪》中关于赤壁之战的交代非常简略,一方面,在曹操的军事生涯中,赤壁战役只是其中的一次而已;另外,简略交代也存有"为尊者讳"的史家叙事策略的考虑。

> 公至赤壁,与备战,不利。于是大疫,吏士多死者,乃引军还。备遂有荆州江南诸郡。

同条下有《山阳公载记》,交代了后世所谓"华容道释曹"的历史本事:

> 公船舰为备所烧,引军从华容道步归,遇泥泞,道不通,天又大风,悉使羸兵负草填之,骑乃得过。羸兵为人马所蹈藉,陷泥中,死者甚众。军既得出,公大喜,诸将问之,公曰:"刘备,吾俦也。但得计少晚;向使早放火,吾徒无类矣。"备寻亦放火而无所及。[1]

---

[1] (晋)陈寿撰,(宋)裴松之注:《三国志》,中华书局,2005年版,第22页。

显然，在史家的叙述中，并不存在所谓的关羽因为某些原因释放曹操之事，这并非是陈寿有意隐瞒的考虑所致，而是历史上根本无此事。在"专美吴人"之《江表传》与夸饰蜀人之《华阳国志》中，都根本未曾见到此类记载。

显然，此事乃后世虚饰之言。虚构的起始点，应该还是宋元说唱文学。《三国志平话》中的记载其实对于关羽是否"释曹"并不置可否：

> 曹公寻华容路去。行无二十里，见五百校刀手，关将拦住。曹相用美言告："云长看操，亭侯有恩。"关公曰："军师严令。"曹公撞阵。却说话间，面生尘雾。使曹公得脱。关公赶数里复回，东行无十五里，见玄德。军师曰："走了曹贼，非关公之过也。"言使人□着玄德。众问："为何？"武侯曰："关将仁德之人。往日蒙曹相恩，其此而脱矣。"关公闻言，忿然上马，告主公复追之。[①]

《三国志平话》之叙述粗鄙，屡次谈及，此处亦然。依其正面描述，则曹操显然并非为关羽释放，是超自然因素（面生尘雾）才导致曹操从关羽手下逃走的。且关羽事后尚且追赶数里的举动，听到诸葛亮之言愤然的反应，似乎更加证实了这一点：曹操之逃逸完全是自身之"五帝之分"的缘故，与关羽无关。但诸葛亮却判断是关羽因为感念昔日在许昌恩德，故而有意释放。我们应该要注意，平话中的诸葛亮本身就是个神仙，几乎从未出错，且能料人在先。故关羽有意释放亦不排除可能性。

平话显然并非是故意设置这种谜局以得到某种效果，更多的可能应该是叙述技巧方面的纰漏。这种纰漏确实正好给后人一种发挥的空间。当然，后世对此情节发挥的基本目的亦明显异常，即大力宣扬关羽的义气。

明代传奇《草庐记》与《赤壁记》皆有"华容释曹"的描写。在基本情节方面，二者与《三国演义》亦差别不大。可是一些细节的差异值得我们注意。《草庐记》和《赤壁记》中均谓曹操只剩下18骑人马。这种数字的固定并非第一次出现。上文中即提到博望坡之战后，诸葛亮料定夏侯惇只有整整100名兵士逃亡。这种数字的确定，似乎亦无关大局，却能够更加神化诸葛亮，这与《三国志平话》以及诸多元杂剧是一脉相承的。《草庐记》中，本来关羽并不打算放行，曹操叙述自己对关羽的恩情。关羽言自己已经斩颜良诛文丑相报答，而曹操却说"还有余情，临行之际，我到霸陵桥以袍赠公，送文凭与君千里而去。"这与《古城记》及一些选本所描述情形是一致的，也更能

---

① 钟兆华：《元刊全相平话五种校注》，巴蜀书社，1990年版，第437—438页。

看出戏曲系统本身的情节延续性。然后关羽让军士摆开一字阵,让曹操逃走。《时调青昆》所选《赤壁记》之"华容释曹"显然情节性更强。关羽出场即非常愤怒,原因是诸葛亮貌视他。他在【雁儿落】曲子叙说自己功劳。"咱也曾破黄巾,生擒张角,斩张梁张宝……"并决心在"今在华容道上活捉了奸曹",好让诸葛亮信服。但关羽显然还没有做好在这种情势下与曹操见面的心理准备,故而曹操果真只剩下 18 骑残兵过来时,唱词里非常诙谐地提到"冤家到了",更为有趣的是曹操却赶紧声明,"应该是故人相见"。"不是冤家不聚头",可以设想,假使曹操带领千军万马来讨伐,关羽有的只是怨愤与敌对情绪,但偏偏曹操处于落魄之时,而这种失魂落魄的情形,恰巧关羽也曾经亲身体验过,更何况让他度过这种难关的,却正好是国贼曹操。一边是军师的严令与正义的审判,一边是义气的召唤,关羽便在这种矛盾中进退维谷。这在唱词中表现得淋漓尽致:"咱今日奉将令,怎肯相饶? 你挟天子定臣僚,思篡位,乱皇朝。伤害百姓,四海苍生教他们恨怎消! 这的是天教有道伐无道,一将功成万国休。"关羽让周仓把五百校刀手摆开,让他自己来亲自擒拿曹操,实际上却是给曹操放一条逃跑的通道。应该说,关羽始终是非常矛盾的,即便在曹操已经逃走之后,他依旧无法在这种自责的心情中解脱出来。但关羽终究是关羽,他一人做事一人当,让周仓去报道:"报道汉云长顺人情,卖放了奸曹,免不得泪洒衣襟,血染钢刀。"当然,这种责任担当的背后依旧有无穷的怅惘,"七星剑侠将头斩,辜负咱半世功劳总是空。"

在赤壁战役期间,我们还应该关注一个细节的描写,即黄盖落水之后的结局,《三国志平话》在叙述赤壁战役之际并未明言黄盖结局,但在战后与曹彰等人的相持中,周瑜的话语里面透露此信息:"刘备困在夏口,咱三十万军,百员名将,鏖兵略战,折了黄盖。"元杂剧《刘玄德醉走黄鹤楼》中,周瑜的宾白中也提到"又折了俺首将黄盖"。而在《草庐记》第四十一折中,周瑜的唱词提到,"水势无穷,曹兵中火攻,损咱黄盖暗箭丧江中。"后来又有宾白强化了这种说法:"不想张辽放箭,射伤黄盖,下水而死,折吾一员大将。"其后的"诗曰"亦持同种说法:"赤壁攻曹才显名,孔明妙策显神通。可怜黄盖江中死,重选良辰再起兵。"与所有这种安排相反,《三国演义》第五十回中明确写到了,"原来黄盖深知水性,故大寒之时,和甲堕江,也逃得性命。"小说"庶几乎史"的叙事追求是一个方面,或许,小说这种安排的背后还隐藏着一个不太为人所知的意图。如说唱文学领域的"黄盖之死",周瑜陈述的指向非常明确:东吴方面在赤壁之战过程中居功厥伟,代价惨重,故而独享战果是一种顺理成章的事情,刘备集团对于荆州诸郡的争夺至少在道义上已经失去了话语权。这种逻辑甚至绵亘到"单刀会"环节,鲁肃向关羽讨要荆州的一个重要论据便是"丧了首将黄忠"。戏曲显然并不具备小说中叙事前后呼应的绵密性,可能更为重要的因素在于,戏曲叙事的故事来源本身更多是《三国志平话》等说唱文学和元杂剧。

应该说,在史传的叙述中,以上情节都是可有可无的,甚至"借东风"此类情节的存在还会妨碍史传的真实。与史传叙事不同,在讲史叙事与戏曲的叙事中,这些都是极为重要之环节,甚至是形成文学形态中的赤壁大战的必然元素。正是因为有了这些细节故事的逐层建构,才使得"拥刘"的叙事框架显得详尽而充实。这些情节成为一种民族的集体无意识,也使得诸葛亮、关羽的高大、光辉形象与周瑜等人的气量狭隘成了一种固定的形态。原本以《三国志平话》为代表的讲唱文学,与以《三国演义》为代表的文人文学,无论是在叙事手法还是在故事情节的构成方面,都有着非常明显的差别。但通过赤壁大战的逐层建构,《三国演义》至少在很多故事情节方面延续了《三国志平话》的构思,只是在情节设置方面让它们更为妥当与符合逻辑。这种改造的背后其实有着共同的时代心理,那就是宋元以来逐渐形成并逐渐在《三国演义》、明清三国戏曲中稳固的拥护仁政、反对暴政等主旨。《三国演义》成为一种经典话语之后,它的叙述方式与故事形态又对后来的市井说唱文学形成了一种极大的示范作用。京剧、地方戏以及其他的弹词、鼓词等作品利用情感倾向更为鲜明的叙事使得这些故事的形态与内涵愈来愈稳固。如此,文人文学与市井讲唱文学在故事的逐层建构中达成了一致,找到了共同的融通点,也就形成了今日中华民族话语体系里颠扑不破的三国赤壁大战。

赤壁大战只是三国故事的一个典型而已,在众多的三国故事中,类似于这种通过逐层建构而稳固的情节,并不在少数。

第三节　赤壁之战的余波

《三国演义》中,赤壁大战之后,故事板块便迅速过渡到"三分天下"环节,孙刘集团围绕着赤壁大战的功劳而展开了对于荆州的反复争夺。但在明代三国戏曲中,故事的构成方式却不是这样。赤壁之战战场硝烟未尽,孙权集团与刘备集团的明争暗斗就已经拉开帷幕。小说中虽然也提到了周瑜想谋害刘备的"临江会",但上文中已经分析,这种谋害仅止于一种引而未发的阴谋而已。小说中更为看重的,则是周瑜对于诸葛亮天纵之才的忌恨,以及二者之间不成比例的对抗。小说与戏曲之间,在战后的处理上,显示出了故事形态的差异,这种差异也很好地阐释了故事逐层建构过程的复杂性。

黄鹤楼宴会(碧莲会)

《三国志平话》中并无"河梁会"环节,故而周瑜在"黄鹤楼宴会"之前并没有机会见到刘备。黄鹤楼宴会之前,周瑜"观玄德隆准龙颜,乃帝王之貌",为了天下大定,周瑜乃生谋算之心。"我使小法,囚了皇叔,捉了卧龙。无此二人,天下咫尺而定。"相面算命,乃是说唱文学惯用之法。刘备帝王之相,亦并非在此才能见到,或许《三国志平话》乃较早的记载,明清二代关于刘备帝王之相的记载也不绝如缕。这显然不是特例,这种话语逻辑由来已久,甚至直接产生于以"实录"为旨归的史传叙事。帝王应运而生,天生异象,《三国演义》中的刘备、孙权、曹丕、刘禅等无不如此。

石麟撰文[①]谓《黄鹤楼》是一个民间传说色彩特别浓厚的剧本,在时间、地点、人物等方面都呈现出与历史事实大不相符的状态。先看时间方面,历史上的赤壁之战以及刘备南征四郡都发生在东汉建安十三年(208),而黄鹤楼却始建于吴大帝孙权黄武二年(223),两者之间相隔了 15 年之久。这种力辩宴会之谬的分析当然需要,至少可以让我们从真实的层面去认识戏曲的虚饰之能。但我更关心的还是这种叙事本身透露出来的信息及一些内在的元素。

"黄鹤楼宴会"未见于《三国志》等史书,亦未见于《三国演义》等。此宴会在《三国志平话》中有粗略的描写,叙述混乱,几乎不成体系。经验告诉我们,故事形态越是古朴粗糙,多半它的存在状态就是最为原始的;故事越精致越严谨,其年代往往越晚,考察其演变的轨迹本身就是一件非常必要的事情。平话中的叙述虽然简陋,却亦能看出故事梗概:周瑜欲擒刘备,故设宴款待,后诸葛亮派糜竺送来逃命真言,"得饱且饱,得醉即离",最终刘备果真在周瑜醉酒之时逃走。"得饱且饱"四个字显然有明显的民间色彩,即便孤穷如刘备者,也肯定不需要趁着赴宴的时机饱食一顿,但可以想象,在说唱的语境中,这种话语却是非常有市场的,是能引起共鸣的。元杂剧这几个字换成了"彼骄必褒,彼醉必逃",这显然更加雅驯,也更加符合情节本身的进展。元无名氏杂剧《刘玄德醉走黄鹤楼》第一折,周瑜出场时云:"俺这江东有一楼,名曰黄鹤楼;设一会,乃碧莲会。"可知黄鹤楼宴会其实与碧莲会乃为同一事件。杂剧的故事形态显然比平话要复杂得多,叙事也相对圆融得

① 石麟:《从〈黄鹤楼〉到〈甘露寺〉——片谈戏曲小说作品中刘备与东吴的恩恩怨怨》,《艺术百家》,2004 年第 5 期。第 55—56 页。

201

多。从叙事本身来看,杂剧显然在平话之后,并且杂剧中附加了一些其他的信息。

首先,杂剧中设宴的背景发生了变化。平话中刘备乃在追击曹操的过程中偶遇周瑜,周瑜观刘备异相,从而产生相害之念,宴会的偶然性是非常大的。而杂剧中,周瑜设宴的背景乃是诸葛亮带领关羽、张飞前往华容道追赶曹操了,周瑜设宴相害亦是处心积虑的。倘若以贬斥周瑜为叙事目的,杂剧中的安排显然更为恰当,处心积虑说明谋害之心由来已久,只是此时才找到合适的时机,因而有了碧莲会。换言之,即便无此会,周瑜还会以其他的方式来谋害,日后的"美人计"便是这种话题的延续。问题的关键在于,诸葛亮领关张二人去华容道追赶曹操之事并未见于之前的任何描写,在逻辑上亦存在着不可弥合的漏洞。

其次,刘备是如何去参加宴会的。平话中并未有具体的说明,后文的叙述透露出了一些端倪。"赵云对军师说张飞之过。军师有意斩张飞,众官告军师免死。"按照这种叙述,则应该是张飞劝说刘备前往赴宴。这显然与整个三国叙事中的张飞形象产生了矛盾:张飞对于"桃园三结义"情谊的坚守以及对刘备的忠贞,在"古城团圆""三顾茅庐"等环节中都表现得非常明显,甚至成为了张飞的一个标签式的特征。让刘备只身犯险,显然不属于张飞言行举止的范围,何况在《乐府红珊》中的"河梁会"环节张飞还争着去护驾。但行文中的描写于此则无其他合适解释,这种讹误在元杂剧中却得到了很好的修正。杂剧中极力主张刘备过江赴宴的人是刘封,并且借助宾白,把刘封的意图交代得非常清楚:

> 为甚么我斋发的俺父亲过江去,那周瑜是个足智多谋的人,俺父亲若有些好歹,他这个位,就是我承袭,凭着我这般好心肠,天也与我半碗饭吃。

刘封本身就是一个比较复杂的话题,在此无法过多进行梳理,我们应该要注意,《三国志平话》中刘封扣留关羽的求救文书,几乎直接导致关羽的被擒被害;关汉卿的《关张双赴西蜀梦》中,刘封也是一个被极力谴责的对象;而在明代成化年间的《花关索传》中,刘封谋害关羽的形迹被描述得更加明显突出。从这些描写中可以看出,至少在宋元以来的说唱文学领域内,刘封的形象是极为不堪的,是属于否定的对象。如此,把这个怂恿刘备过江的人选置换成刘封,显得就比张飞合理得多。

明代戏曲《草庐记》用第四十四、四十五两折来叙述了这个故事单元,足

见分量之重。但与其他的安排不同,诸葛亮吩咐简雍与赵云:

> 主公去时,必然设宴黄鹤楼上,谋害主公,你可扮作渔翁,将我这一枝令箭藏于钓竿内,手持一尾金色鲤鱼,直至黄鹤楼上,救出主公,去见乔国老,不得有误。①

《草庐记》赤壁战役后的关目安排非常混乱,碧莲会与刘备东吴招亲纠缠不清,诸葛亮此语就是比较明显的例证之一②。《草庐记》中"碧莲会"的大致情节与元杂剧类似,细节安排亦有较多差异。元杂剧中,诸葛亮先派关平送暖衣、挂拂子,后来又派姜维扮成渔翁去提醒并救援刘备,他们这种进入宴会的情节设置稍有突兀之嫌,多少会影响到宴会进程的顺畅。而在《草庐记》中,则无这么复杂的关系设置,自始至终,只有一个人参与了解救刘备的行动。从上文诸葛亮的安排中可知是简雍,在剧本中则一度变成了孙乾,而后来又换成了简雍。这种错误很可能是剧本抄写过程中出现的。解救刘备需要令箭,令箭之来源,在"借东风"之环节已经提及,诸葛亮预知周瑜日后必将有谋害之心,因而在离开东吴前将镇坛祭风之令箭随身带走③。令箭如何交给刘备,二者之间亦存在着区别。《草庐记》中令箭藏于鱼竿之内,而在杂剧中,却是藏于关平送去的挂拂子里面。其实这个细节也还是值得注意的,"拂子"虽为用以拂除蚊虫之用具,但其实在宗教场合更为常见,甚至市井说唱的话语体系里,"拂子"几乎成为道士不可缺少的道具之一。此处的安排或许只是一种偶然,但视为时代色彩的一种无意识流露似乎亦无不可。

面对黄鹤楼周边的胜景,刘备亦颇有感触,杂剧中周瑜与刘备二人并未赋诗。传奇中,面对黄鹤楼胜景,二人均赋诗一首。周瑜之诗为:"山水崎岖接大川,脉通衢港尽依然。红泥泛水开还合,翠盖擎珠簇宝员。日影倒悬沽酒斾,柳阴斜览钓渔船。夜凉秋色沉沉照,一派星河上下天。"而刘备的诗歌为:"一座高楼映市塵,玉栏十二颂秋烟。卷帘先得天边月,举目遥观物外天。美醖氤氲斟琥珀,三山鸾鹤降尘凡。持杯倒吸长歌罢,醉卧身躯北斗边。"我们当然无须论争所谓三国时代是否会有成熟的七律等问题,但这种

---

① 胡世厚主编:《三国戏曲集成》(第二卷),复旦大学出版社,2018 年版,第 216 页。
② 《远山堂曲品·草庐》云:"内《黄鹤楼》二折,本之《碧莲会》剧"。或许正是因为剧作者在二折中整体沿袭《碧莲会》,故而导致了前后情节衔接不密,人物安排出现舛误之情况。
③ 《大明天下春》所选《三国志》之"赴碧联(连)会"中,周瑜反思令箭之来源时却说:"当初祭风台上射孔明的",这种说法显然不合情理。此出中"碧莲会"均写成"碧联会",亦可看出此剧之错谬。

诗句的出现确实并不是什么高明的安排。至少,它对刘备形象的塑造并无什么作用。《三国志》中描写刘备云:"先主不甚乐读书,喜狗马、音乐、美衣服";而《三国演义》第三十四回中蔡瑁曾经以狂诗在刘表面前诬陷刘备,但刘表亦言:"吾与玄德相处许多时,不曾见他作诗……"足见刘备并非吟诗作对之人。当然,戏曲中人物吟诗并非罕见之事,甚至粗犷如张飞等辈亦有文雅之词吟诵。这里要说明的,是元杂剧与传奇本身之间在情节进展设置上的差异之所在。

传奇中,二人赋诗之后便有论英雄之环节,此环节乃宴会之核心情节,传奇与杂剧均存在,但安排的时间是不甚相同的。杂剧安排在宴会的后半段,论英雄之时,假扮渔翁的姜维亦在,刘备所谓英雄没有得到周瑜认同,因而被罚喝水,而周瑜喝酒,后被灌醉,最终被刘备逃脱。而传奇中,此环节则是安排在宴会的前半段,后半段则被一种富有非常民间化叙事色彩的"美哉"①犯酒令取代。"论英雄",几乎是三国戏曲宴会环节的共性。《青梅记》之"曹操青梅煮酒"、《玉谷新簧》所选《三国记》之"周瑜计设河梁会"均见此类描写,此处得见显然亦属正常。宴会中的周瑜充满自信,甚至有些志满意骄,他在唱词唱道:"我使机关胜孔明,三江夏口显成名。当时不是周郎计,怎破曹瞒百万兵。"他非常希望刘备认可他为英雄,故而一次次发问,但刘备却故意不遂他愿。刘备先后指出项羽、曹操为英雄,均遭到周瑜的否定,并且被罚喝水。看到刘备如此不识趣,周瑜便让刘备在他们二人之间选出英雄人选,刘备依旧把自己作为首选,这让周瑜恼羞成怒,在这种情势下,刘备只好承认周瑜为英雄。虽然是强要来的英雄之名,周瑜依旧非常得意,这从他的唱词中就可以看出:"昔日霸王英雄兮,自刎乌江;曹操英雄兮,独占许昌;刘备英雄兮,倚仗关张;赤壁鏖兵兮,美哉周郎。"

其实周瑜始终都有机会杀掉刘备,但因为担心青史上留下不好的名声,因而想让渔翁替自己下手。《草庐记》及选本中通过对话将周瑜的心思描写得非常生动:

> 瑜:本待将大耳汉杀,奈何擒人于席上,史书上留得不好名儿,渔翁你是我东吴人么?
> 乾:小人是东吴人。
> 瑜:我管得你着么?

---

① 《草庐记》与一些选本中,周瑜与刘备行酒令,谓言辞中不能出现"美哉"二字,但周瑜却接二连三地犯令,故而接连被罚酒和水,最终醉倒。

乾：都督管得着。

瑜：你替我将此大耳汉杀了，我重重的赏你！①

应该说，至少在表面上，周瑜为这次宴会上能困住刘备颇费心思，当然，这种心思与最后的结局之间却刚好形成了一种强烈的戏剧效果。这种效果在周瑜所选守住楼门的"俊俏眼"的言行举止中得到强化，也在渔翁扮演的人物与周瑜、刘备的对话中得到渲染。这些充满谐趣的情节，是民间说唱文学所极力追求的一种故事状态，在轻松愉悦中完成一种价值的判断，完成一种朴素的民间历史叙事的描写。

"碧莲会"在明代选本中极为受欢迎，被选入多种戏曲选本。《群音类选》中选《草庐记》之"黄鹤楼宴"，但只有三支曲子，分别是【泣颜回】、【不是路】与【舞秋风】。这三支曲子并不见于杂剧《刘玄德醉走黄鹤楼》，并且前两支曲子从语气与事迹上看，倒似乎是关羽口吻，而关羽却几乎未在黄鹤楼宴会中发挥作用②，无从知晓原因。单纯从曲词中无法获知更多的信息，我颇疑《群音类选》所标"黄鹤楼宴"有误，其内容似应为"河梁会"之情节，但《乐府红珊》与《玉谷新簧》所选之"河梁会"亦无此等唱词。其他选本如《乐府红珊》、《万壑清音》、《大明天下春》则与《刘玄德醉走黄鹤楼》、《草庐记》基本相类。《万壑清音》选《草庐记》之"碧莲会"环节，却标为"姜维救驾"，上文已经提到，传奇中救驾之人乃是孙权（简雍），而此处却依旧选姜维，无疑是受了元杂剧的影响，也说明了，可能在民间说书场上，姜维救驾原本就属于一个流传很广的故事。事实上，姜维出现在这个环节中，本来就是非常突兀的，姜维乃是诸葛亮伐魏过程中招降之人，人所共知。当然，这种细节方面的舛误在戏曲中原本并不算什么问题。

此外，周瑜派过江的人亦有不同，杂剧中为鲁肃，而传奇中则是甘宁。文中俊俏眼之言辞，杂剧与传奇、选本之间均有较多不同之处，但皆为解颐之语，兹不细论。

史传本无"碧莲会"之事，章回叙事中，因为"碧莲会"的情节荒诞不经，漏洞百出，故而遗弃不用。但在戏曲领域，"碧莲会"却成为了一个非常流行的故事单元，这非常明显地反映了小说与戏曲在故事追求之间的不同。周瑜的骄横，刘备的无奈，诸葛亮的妙计都在这个单元中表现得很充分，"碧莲

---

① 胡世厚主编：《三国戏曲集成》（第二卷），复旦大学出版社，2018 年版，第 219 页。

② 元杂剧《刘玄德醉走黄鹤楼》第四折中，关羽曾经出现，但除了交代未抓住曹操与质问刘封外，没有更多的言辞与举动。相反，倒是张飞，在《草庐记》的"碧莲会"环节之后，奉诸葛亮军令，前往芦荡埋伏，拿住并羞辱了周瑜。

会"的具体叙事指向很明显：扬刘贬周。这与赤壁战役之中的那些故事环节是完全一致的。周瑜派谁过江，是谁让刘备过江赴宴，又是谁奉诸葛亮的军令前来营救，在细节的分析中当然值得重视，也多少能够透露出一些作者的意图，但客观而论，这些细节对主旨的实现并无太大影响。戏曲作品力求在充满笑声的剧场氛围中完成意图的实现。毫无疑问，这种目的得以实现。戏曲选本数次编选此情节，便是一种最大的肯定。而这种肯定的背后，则更多的是情节的谐趣与主旨的鲜明联合作用的结果。

芦花荡

"芦花荡"的大致情节为：张飞奉诸葛亮将令，埋伏在芦花荡深处，伺周瑜领兵到来，活擒周瑜，但不许杀害。张飞三擒而不杀，周瑜气愤吐血。陶君起编著之《京剧剧目初探》中把"芦花荡"安置于"美人计"之后，且在"芦花荡"之下作题注：

> 一名《三气周瑜》。出明人《草庐记》传奇。京剧原附于《黄鹤楼》之后，后来演出又移植于《回荆州》之后，亦作单折演出。川剧、汉剧、徽剧、河北梆子、同州梆子均有此剧目。[1]

事实上，《草庐记》中此故事安排在"黄鹤楼"之后。而陶君起却是把"黄鹤楼"置于"芦花荡"之后，并且二者都发生在"回荆州"之后，这显然与传奇中是不太相同的。作为一个独立的故事单元，"芦花荡"在三国故事中的位置一直未曾固定，这丝毫未曾影响故事的精彩与它的叙事功能。从京剧与诸多地方剧中均有此情节，即可看出此故事的受欢迎程度。明清戏曲中，"芦花荡"亦并非仅见于《草庐记》，在钱德苍编选《缀白裘》中，"芦花荡"乃归之于《西川图》。按照其故事形态，似乎安插在"黄鹤楼"或者"回荆州"之后均可，未能确定。国家图书馆藏《锦囊记》，现亦仅存此"芦花荡"之情节，其情节唱白与《西川图》完全相同。

《三国志》与《三国演义》均不见"芦花荡"情节。《三国志平话》中，黄鹤楼宴会后周瑜酒醒，得知刘备已逃走，异常恼怒，派遣凌统、甘宁二人率二千军马追赶刘备。"先主上岸，贼军近后，张飞拦住，唬吴军不敢上岸，回去告，周瑜心闷。"此处周瑜并未参与追击，张飞辱周瑜之事，也无从谈起。之后周瑜与曹彰交战不利，诸葛亮派张飞救援，有周瑜愤怒之记载，愤怒的根源在

---

① 陶君起编著：《京剧剧目初探》，中华书局，2008 年版，第 69 页。

于张飞背后的旗子写了"车骑将军"四字,周瑜之气量小可见一斑。且此处周瑜有言:"孤穷刘备负我之恩,被张飞气我,皆是诸葛也。"则至少在宋元说话中,张飞折辱周瑜之故事确然存在,或许还不只是一次。

元杂剧《两军师隔江斗智》第三折末段,张飞亦有折辱周瑜之事:张飞奉诸葛亮之令,接应刘备与孙安小姐回营。在路上他替代孙安小姐坐上翠鸾车,周瑜不知,因而跪在车前跪告实情,结果被张飞戏弄。"兀那周瑜,你认的我老三么?好一个赚将之计,亏你不羞。我老三若不看你在车前这一跪面上,我就一枪在你这匹夫胸脯上戳个透明窟窿。"

《缀白裘》所选之"芦花荡",净角饰演张飞,小生扮周瑜。此出主要通过张飞的唱词以及与周瑜的对话完成故事的推进。张飞出场即交代背景:"埋伏在那芦花深处,等待周瑜到来,活活擒他下马,不许俺杀害他。"

张飞在【斗鹌鹑】、【紫花儿序】曲子中把他顶天立地的男儿形象给树立了起来。

> 【斗鹌鹑】俺将这环眼圆睁,虎须儿也那乍开,骑一匹豹月乌,越岭,[介]爬山只俺这丈八矛,翻江也那搅海! 觑着那下邳城似纸罩儿嚣虚,那虎牢关似粉墙儿这么低矮! 斩黄巾,我的精神抖擞;擒吕布,其实轩昂! 俺释严颜,我的胆量高!
>
> 【紫花儿序】觑周瑜,如癣疥;那鲁肃,似井底虾蟆! 倘若还逢着咱,滴溜溜,扑将他摔下了马,管教他梦魂中见了俺张飞也怕! 想当日火烧了华容道,今日里水淹了长沙!

唱词中的其他内容均很容易地落到实处,惟有"今日里水淹了长沙"不知所谓,但这些都无损于表达张飞的豪情万丈。周瑜见到了张飞,尚且指责他为何擅自提兵到此。张飞的言辞中充满了对周瑜的羞辱,他开口便是"周瑜,我的儿!"这种人身侮辱的强调显然是周瑜难以承受的,他厉声斥责张飞为"匹夫"。张飞道出了自己来的理由:"怎在那黄鹤楼把俺的大哥哥来谋害杀,咱今日到此活拿!"按照此语,则似乎此情节是紧挨着黄鹤楼情节的。在这种形势下,周瑜依旧充满着侥幸,"你的武艺又不精,枪法也不高,你怎的当咱!"张飞的藐视之情与诙谐之性皆显露出来:"也不用刀去砍,鞭来打,只俺这丈八矛攒得你满身麻!"在这种显然失衡的力量对比面前,周瑜满腔怒气,却无可奈何,最终依旧是被张飞轻松擒拿。张飞却擒了便放,放了又擒。周瑜又羞又怒,"你这匹夫! 擒俺三次,为何不杀! 为何不杀!"张飞解释说,"军师道你在三江夏口赤壁鏖兵有这么些小功劳,为此叫俺不杀你,没用的东西,去罢!"三江决战,赤壁鏖兵,乃周瑜的最得意之作,是他军事生涯的巅峰。然而这种丰功伟绩却被张飞如此折辱,让周瑜情何以堪! 士可杀不可辱,在屡次三番的折辱之下,周瑜真的直接被气死了。死之前周瑜哀叹,"呀! 老天吓老天! 既生瑜,何生亮! 三计不从,气死我也!"

《三国演义》中有诸葛亮"三气周瑜"环节,由此反推,则所谓"三计"似乎可以理解为周瑜的应对之策,应该注意的是,"一气周瑜"乃诸葛亮派兵智取南郡事,此处周瑜并未有什么计策。倒是诸葛亮赚得南郡等地之后,周瑜恼羞成怒,设"美人计""假途灭虢"计策。其中,在刘备东吴招亲期间,诸葛亮授赵云以锦囊三策,化解周瑜围绕"美人计"的三种计策:以孙小姐为诱饵,意图在东吴剪除刘备,乃为第一计;以美色玩好来消磨刘备斗志,是为第二计;在刘备回荆州途中杀掉二人,可称为第三计。这种解释应该可以成立。

如此,则"三计"应该可以完全落实在刘备东吴娶亲环节[①],那么《缀白裘》中《西川图》之"芦花荡",乃发生于刘备"回荆州"的路上,这就与《草庐记》之"芦花荡"有了时间上的显著差别。《草庐记》的情节与《西川图》并无太大差别,但张飞的开场白与前面不同,"三国纷纷名声扬,咱们声价贯天堂。昨日华容追曹操,今朝芦岸挡周郎"。此处张飞辱骂周瑜、鲁肃谓,"量周瑜一似草芥,觑鲁肃一似青蛙"。张飞语言中的谐趣与前者是相同的,但表达方式上也存在着区别,"你道我是真我又不是真,你道我是假我又不是假。俺将丈八枪搠得你满身麻。"《西川图》中周瑜在折辱面前尚且表现出了一种气节,无论如何也不向张飞求饶,而此处,周瑜却说:"你放了我,我曾在三江夏口替玄德公退曹兵建其大功"。而张飞却否定这种说法,"那赤壁鏖兵,乃是我军师战法!"虽然周瑜也喊出了"既生瑜何生亮"的哀叹,但他在《草庐记》中并未被气死,这才是最大的不同。

刘备东吴娶亲是紧接着赤壁大战的,《三国志平话》、元代三国戏曲、《三国演义》、明清三国戏曲对此多有表现,文本之间也存在着诸多的相似与相异之处。尤其是在娶亲环节本身,有的只是写刘备去东吴将孙小姐娶回荆州(《三国演义》),而有的却是先娶回来,然后再由刘备送孙小姐回门(《三国志平话》);孙小姐在娶亲过程中所持的态度,在某些文本中表现得非常突出,而这种态度决定了她在这个环节中作用的重要性。平话与元杂剧中,孙小姐原本打算杀死刘备,但因为刘备的身份以及刘备醉酒所显露出来的异

---

① 《三国志平话》中,周瑜欲借送亲之机,派五千军与二十员将领涌入荆州城。但因为张飞阻挡,吴军皆谓:"鲁肃坏了周瑜第一条计。"但第二、三计则并没有明确提及。《两军师隔江斗智》中,周瑜对鲁肃说:"俺这里暗调人马,等他家不做准备,则说是送亲来的,乘机就夺了城门,这个是头一计。"与平话中类似,但亦未言明所谓第二、三计。

象导致罢手……故事形态丰富多彩。这些多彩的故事形态背后，其实所要
表现的主旨却几乎是一致的：诸葛亮技高一筹，故而处处料人在先；周瑜等
人事先踌躇满志，却无一次不是以失败而告终。最终，周瑜也被气死，孙夫
人被娶回家，荆州诸郡都被刘备集团获得，从而又掀开了进军西川的序幕。
囿于篇幅，本文不再详述。

　　总的来看，从《三国志》到明清三国戏曲，"赤壁大战"环节中所包含的内
容含量越来越丰富，故事本身的情感倾向也愈来愈鲜明。应该注意的是，这
种情感取向的一极是一直固定未变的，即对刘备集团的赞美；但是在贬斥的
一极却产生了转移。《三国志平话》《三国演义》中，基本集中在对于曹魏集
团，尤其是曹操本人的贬损和嘲弄上：如曹操中反间计与在阚泽献苦肉计等
问题上的自以为是，如曹操战前怀一统江山的豪情（通过他与臣僚的对话、
他的《短歌行》等）与大战过后逃亡途中的失魂落魄的对比等。虽然在《三国
演义》中，周瑜亦被塑造成一个气量狭小之人，终究亦有风流偶傥之一面。
在元杂剧中，已经有《刘玄德醉走黄鹤楼》等作品刻画出了周瑜的小人之心
与小人之行，多半尚是停留在戏谑的层面，且元杂剧中也不乏对于周瑜等人
的赞美作品，如《周瑜得志娶小乔》等。而到了明清戏曲①（尤其是描写吴蜀
两国有利益纷争的故事单元）中，刘备集团的每一次被褒扬都伴随着对于周
瑜等人的嘲弄。周瑜成为了诸葛亮、关羽、张飞形象塑造的背景与牺牲品。
这种局面的形成肯定不是偶然的原因，而是明清二代的时代产物。最主要
的成因在于关羽地位的不断被拔高，而关羽死于东吴政权的事实，更是将东
吴政权置于一种极为不利的舆论环境②。这种因为喜欢关羽而顺理成章产
生的对东吴的厌恶，逐渐成为了民间的一种集体心态。周瑜作为东吴的执
掌兵权者，也逐渐远离了历史真实的风流俊雅形象，而逐渐成为了那个心胸
狭窄、沉湎女色、嫉贤妒能的小人。如果说，元杂剧中孙坚形象的被丑化还

---

①　按照现存剧本以及明清戏曲选本，有此等倾向的大致有《草庐记》《桃园记》《三国记》《三国
志》《西川图》《锦囊记》等作品。

②　关羽崇拜的影响是不可小视的，除了赤壁战役以及之后的吴蜀两国争夺荆州的故事环节
中，站在关羽对立面的周瑜等人被丑化外，刘备集团内部的人物评价也受这种时代情绪的
影响。如《草庐记》第五十四折中，刘备被立为汉中王之后大封群臣，所谓"五虎将"中，其他
人皆被封为王，独黄忠被封为"智勇将军"，这与其历史地位、所建功勋皆不相称。《三国志
平话》中并无此等倾向，"皇叔封五虎将"中黄忠与其他四人封爵类似。元杂剧《走凤雏庞掠
四郡》中，黄忠谓关羽昔日曾坑害自己，这是关羽与黄忠之间过节之较早记载。《三国演义》
中关羽曾与黄忠交战，且在第七十三回中明确表述了对黄忠的不屑："大丈夫终不与老兵同
职！"比较合理的解释应该就是关羽对黄忠的藐视而影响了剧作者的选择。另外如武樗瘿
《三国剧论》之"论走麦城"一则中谓："窃以为荆州之失、关公之亡，惟孔明一人实尸其咎。"
此类言论都是关羽崇拜环境下的产物。

只是显露了东吴形象集体被贬斥的端倪,那么在明清戏曲中,赤壁大战、东吴娶亲环节的描写则成为了东吴形象集体丑化的集中表现。

武樗瘿《三国剧论》之"论黄鹤楼"中论述道:

> 《黄鹤楼》一剧,虽妇人孺子亦能知此中情节。究其实,则凭空结撰,非独《三国志》无此事,即《演义》亦无此事实也。在当日编此剧者之心理,必以为诸葛祭风,至甲子风起,披发下台,登舟适去,多带一枝令箭,绝不累赘,而可为黄鹤楼君臣脱险地步。推其意,方谓读书得闲也,而不知讹谬之处不胜枚举。南屏山祭风,要令箭何用?周瑜既不合以令箭派遣诸葛,诸葛亦不合以令箭调遣将士,此一枝水军都督之令箭,可谓突如其来。即使有此令箭在诸葛处矣,并由诸葛将此令箭带去矣,试问令箭何物?非军中之第一要物乎?周公瑾醉生梦死者,竟失落一枝令箭而不追究乎?且南郡一役,孙、刘已变为仇敌,令箭失落之仇敌处,以周郎之聪明伶俐,犹必待鲁大夫追问此枝令箭从何而来,始忆及南屏祭风失落乎?如是,则周公瑾自赤壁一役后,必系失魂落智,如谚传戏剧中饰关公忘却涂脸,饰周仓忘却带须者一样麻木不仁,曾是六郡八十一州水军都督,能岂是之儿戏耶?况且场面上亦有自相矛盾处。周郎下楼,明明传令将士,若无本都督令箭,不许放他君臣下楼,违令者斩,此后周瑜并未上楼,彼将士岂不知之?则当下楼时,刘备君臣手中突有令箭,彼将士亦不疑及都督不在楼上,此令箭从何而来。稍一诘问,大事立败,乃周郎下楼时,虑不到此,众将士见令箭时,想不到此,偏偏编剧者竟糊糊涂涂演到此,亦未免自露马脚矣。[①]

武氏的分析是否有道理?站在一种生活真实的角度去考虑,毋庸置疑是能够成立的。但这不是文学欣赏与研究所应该秉持的态度,尤其是对于戏曲作品而言。李渔说"一夫不笑是吾忧",看戏本身就是生活劳累之余的一种悠闲享受。在种种滑稽、荒谬、漏洞百出的情节中欣赏故事,根据自己最直观的见闻去评判历史人物的高低,这原本就是一件非常愉快的事情。三国故事之所以能够一直在说书场上受到热烈的追捧,故事情节的丰富多彩,打斗场面的热闹,斗智斗勇的错综复杂,都是重要的原因。而在高兴之余,"引车卖浆者流"是不会去想着诸葛亮借风的荒谬、黄鹤楼令箭来源的突兀等情节漏洞的。

---

① 朱一玄,刘毓忱编:《三国演义资料汇编》,南开大学出版社,2003年版,第715—716页。

　　从《三国志平话》到明清三国戏曲，以往学者多过于关注三国故事在演变中的"承传"关系，并对这种"承传"关系做出不无牵强的解释（如认为《三国演义》受到平话、元杂剧的影响，而明清戏曲又是直接取材自小说等），而忽略其中的平等的"话语权"问题。其实，一个故事，若有多种文本，多种形态，其承传关系未必都是从甲到乙，从乙到丙那么整齐划一，那么清晰可辨，而更为真实的形态应该是模糊的，若即若离的，纵横交错的。平话与元杂剧、小说与明清三国戏曲，都应该是这种关系的具体体现。面对故事，谁都可以"有权"参与编造，谁都可以在故事的传承中渗入自己的主体意识，谁都可以把自己喜欢的"故事元素"掺杂其中。与故事形态的丰富相比，明清三国戏曲更是在重构的过程中非常典型地体现了文体特征。书面呈现与场上表演相互结合，使得故事更加深入人心。剧场效果也得到了充分的保证。

　　正是在小说、戏曲不断的敷衍中，赤壁之战完成了由史传向文学的演化。无论这种演化之后的赤壁之战存在多少虚构成分，但都是某个时期民族心理的集中反映。这种民族心理延续至今，并且还必将继续延续下去。

第六章　诸葛亮、张飞、曹操的不同面相

明清三国戏曲中出现的人物很多，有鲜明特点者也不在少数。本文选取诸葛亮、张飞、曹操作为代表进行分析。明清三国戏曲中，关羽的形象鲜明，内涵丰富，但相应的研究成果也最多，故而本文略去不论。诸葛亮在明清三国戏曲中多由生角扮演，翻案类作品中老生扮演次数较多。花脸是京剧表演行当的主要角色之一，张飞和曹操基本都是由净角扮演。以此三人为论述对象，既是剧目的需要，也与剧场表演特点相关。

第一节　诸葛亮的"四士"特征

三国题材的文学作品，形态丰富多样，但无论形态如何变更，诸葛亮都永远是其中最重要的人物之一。诸葛亮的形象探讨是学术界非常关注的一个话题，或分析历史与文学作品之间的形象差异，或探究诸葛亮身上所蕴含的文化意味，或反思诸葛亮在用人与治国方面的教训……概而言之，诸种三国题材文学作品中的诸葛亮是一个集智慧与忠贞于一身的典型代表，即如毛宗岗《读三国志法》中所概括"比管、乐则过之，比伊、吕则兼之，是古今来贤相中第一奇人。"[1]明清三国戏曲中的诸葛亮形象与小说有相似之处，亦有诸多不同处。

明清三国戏曲中涉及诸葛亮的作品特别多，几乎所有正面反映三国时代历史画卷的作品，都少不了诸葛亮的身影。概而言之，主要有以下四个故事单元：一是"三顾茅庐"，二是赤壁之战及"三气周瑜"，三是南征孟获与六出祁山，四是"翻案补恨"类剧作。与小说相比，"翻案补恨"类作品在素材及写作方式上迥异。其他三个故事单元则更多是通过戏曲的文体特征获得差异性。

我们可以从以下四个方面来认识明清三国戏曲中的诸葛亮形象：

---

① 朱一玄、刘毓忱编：《三国演义资料汇编》，南开大学出版社，2003年版，第255页。

1. 未卜先知、无所不能的道士：

《新编三国志传奇》第五出"龙韬"中，道童对诸葛亮有比较全面的介绍：

> 若说我师父卧龙先生，真是个天下无双，人间第一。身长八尺，学富五车，年未三旬，名闻四海……胸罗万象，有经天纬地之才；思秘九天，有出鬼入神之计。阵排砂石，孙吴见之醉心；口吐风涛，仪秦闻而卷舌。法传遁甲，唤雨呼风；脚踏魁罡，移星换斗。岂仅山中之宰相，实为天上之神仙。

在道童的介绍中，诸葛亮几乎无所不能。但这似乎并不是道童的吹捧或夸饰，接下来诸葛亮的自我介绍中，他首先肯定了自己道士的身份，"贫道复姓诸葛，名亮，字孔明，道号卧龙先生"。石广元的言辞中也佐证了这个说法：

> 道兄，你平日将管乐自比，他不过是小小伯才，你乃王佐帝师。与他较量，是拟人不于其伦了。况这两人，都出身用世，垂名竹帛；你却抱道自高，遁世无闷。

熟悉《三国演义》的人应该不会陌生于诸葛亮的自比之论，东吴群臣在"舌战群儒"时表达对诸葛亮自比的嘲讽，关羽也觉得诸葛亮比之太过。唯独司马徽觉得诸葛亮不应该是与管仲、乐毅相比，而应该同旺汉之张良、兴周之姜子牙相提并论。此处石广元的说法与之相应。

孟公威的设问及唱辞让诸葛亮的神异色彩更加突出：

> 道兄，人言你有天书三卷，呼风唤雨，役鬼驱神，这可是真的么？
> 【南锦衣香】卧龙冈神仙住，《梁父吟》神仙句。看你秀聚眉山，知是异人曾遇黄公《三略》圯桥书。道兄，你定有灵文秘策，云篆天符，向茅庐蓬户。月明中量天缩地，口吸先天气，叱咤处呼风唤雨。踏魁罡星移斗枢，证金丹名登仙府。

诸葛亮否定了孟公威的设问，但他给石广元等四人说了四句隐语：

> 三马同槽，长江铁索。巨聪章武，统宗九五。①

---

① 胡世厚主编：《三国戏曲集成》（第三卷），复旦大学出版社，2018年版，第256—259页。

《三国演义》中出现了很多谶纬之说，"三马同槽"属于其中之一。曹操误以为是马腾会对其造成威胁，最终罗织罪名杀掉了马腾，但最后证明，此马非彼马，真正对曹魏政权构成威胁并最终取而代之的是司马懿父子。"长江铁索"则是东吴政权赖以存国的措施，只是西晋攻灭东吴时，破的正是此。章武则是刘备登基称帝时用的年号。这些事件都发生于诸葛亮出山之后的几十年。诸葛亮在几十年前便能洞悉天机，果然无所不知。

第三十四出"借风"中同样有这种表现：

> 因君忧思过度，魂魄已离。亮又遇异人传授，能收魂摄魄。今再吸东方生气一口，送入都督泥丸宫，方保无事。要借东方生气，须惊动上清真宰。免不得直符传奏，烦着神将当差。①

诸葛亮的道士形象并非单纯限于此。《七胜记》中诸葛亮自叙："当年隐迹于茅庵，唤雨呼风，三顿用兵于廊庙，亲领王师……"《草庐记》中的"祭东风"："亮虽不才，曾遇异人传授八门遁甲天书，上可以呼风唤雨，役鬼驱神……"且登坛祭风的诸葛亮依旧是标准的道士形象："吾今召取值年值月值日值时当日神，值日功曹，吾今召汝东风三日，休差我一时半刻……"

上一章提及"三顾茅庐"，诸葛亮之所以迟迟不肯出山，《草庐记》明确提及："呀，信风一过，刘关张又来访我，我想帝星未现，未可轻出。"刘关张第三次造访，恰逢赵云上山报告刘禅出生喜讯，这样才促成了诸葛亮的出山。"待我轮一轮，好大阴星得地，此子有四十年天子之分，我就下山去。"

未出山而卜定天下大势，在明清三国戏曲中的诸葛亮身上体现得非常明显，《西川图》和《草庐记》中都曾经提及诸葛亮算定三分之事：

> 我未出茅庐，先按定九九三分之数。曹操占了中原七十二郡，七见二，乃是九数；孙权占了江东八十一郡，八见一，也是九数；玄德公占了西蜀五十四州，五见四，亦是九数。②

相比于宋元说话、元代三国戏曲等，明清三国戏曲中诸葛亮身上的道教气息已经减弱了不少。一者表现在"贫道"之类的自称减少了；二者表现在超能力描写的减少。

---

① 胡世厚主编：《三国戏曲集成》（第三卷），复旦大学出版社，2018年版，第319页。
② 胡世厚主编：《三国戏曲集成》（第二卷），复旦大学出版社，2018年版，第165页。

2. 算无遗策、冠绝古今的谋士：

如果说道士形象超出了普通人的范畴，那么谋士身份则是诸葛亮的主体呈现。《三国演义》中，诸葛亮作为智绝的化身，为人钦佩。但在明清三国戏曲中，作为谋士的诸葛亮显然更加神异。

未雨绸缪。以赤壁之战诸葛亮前往东吴为例。小说中诸葛亮是见招拆招，到临江会之时才让刘备派赵云特定时刻来江边接应自己。而在《鼎峙春秋》中，诸葛亮早在动身之前就已经料定之后所有的形势：

> （孔明白）主公放心，吾已算定，此时江东必有人来也。……山人将计就计，直到东吴，凭三寸不烂之舌，说南北两军互相吞并，吾则无事矣。……主公但请放心，收拾传旨军马，十一月二十甲子日为期，可吩咐子龙驾一小舟于南岸等候，切不可误。①

另如借风台上诸葛亮保存一支令箭，使得刘备在黄鹤楼宴会上可以从容下楼逃走。

妙到巅毫。诸葛亮不仅能够把控整个战局的发展趋势，并且可以对具体战事的把握精确到毫末。如他准确预料到博望坡战役后夏侯惇残留的100个骑兵（《西川图》中是 100 个，《锦绣图》中是 300 个）从何处经过，也能准确预料张飞肯定会拦截失败。

他可以十分肯定地对赵云说"来日五更，曹家兵败，必来埋锅打粮。那时定有骤雨"。②

可以准确预料华容道上曹操最后只剩下 18 骑败卒（《鼎峙春秋》），因为洞悉曹操命不该绝，故而他以此为契机，让关羽还恩，也进一步能够让关羽折服：

> 【风入松】这奸雄大数未应亡，我每夜观仰乾象。只今布下漫天网，他兵百万灰飞鱼烂，止剩的廿八骑，都是裹疮带伤。正好与云长卖个情儿，便开一面又何妨。③

无所不在。《三国演义》中，当阳桥边张飞用马尾扫起灰尘属于他的粗

---

① 胡世厚主编：《三国戏曲集成》（第三卷），复旦大学出版社，2018 年版，第 996 页。
② 胡世厚主编：《三国戏曲集成》（第三卷），复旦大学出版社，2018 年版，第 321 页。
③ 胡世厚主编：《三国戏曲集成》（第三卷），复旦大学出版社，2018 年版，第 322 页。

中有细,用真假张飞迷惑严颜是他的灵机一动。赵云在长坂坡的七进七出是其人生最辉煌的时刻。但在明清三国戏曲中,这些诸葛亮不在场的场景都已经被他提前预知与布局。如《鼎峙春秋》中就写道:

> (孔明)既如此,子龙近前,我授你一计。与你一百骑人马,紧保小主与两位夫人。……翼德近前,我授你一计。……你可在长坂桥边大张声势,则曹兵必退。①

这些写法,在明代传奇《草庐记》中同样存在。

皮黄戏《过巴州》中张飞面对严颜的抵抗一筹莫展之时,

> "哦呵呵,有了! 临行之时,诸葛先生言道,现有书信一封,带在身旁。若有为难之处时,书信拆开一观,便知分晓。"②

最终张飞通过诸葛书信"两个张飞"的启发降伏了严颜。《三国演义》中,赵云面对孙安想把刘禅带回东吴的局面,沉着冷静,最终与张飞一起化解了这个难题。而在京剧《别宫祭江》中,孙尚香说"谁知舟行半江,军师暗地差遣张飞、赵云前来,将我皇儿赶回,叫我母子活活离别。"同样把赵云二人的举动安排在诸葛亮的计划之内。

明清三国戏曲中出现了《南阳乐》、《定中原》等翻案补恨之作,在这些作品中,诸葛亮的智谋得到了进一步的发挥。③《三国演义》中,诸葛亮出兵五丈原,司马懿坚守不出,致使诸葛亮饮恨病逝,兴汉大业终如镜花水月。《定中原》以此为契机,诸葛亮病重的消息被设计为诱使司马懿上当的一种策略。司马懿观星,见孔明将星隐隐欲坠,吩咐司马师出兵挑战,诸葛亮命姜维、马岱不可迎敌。待到引诱得司马懿全军出动至葫芦口,方才命令伏兵全出,使司马懿全军覆没。这样的安排更加凸显了诸葛亮的用兵如神。

---

① 胡世厚主编:《三国戏曲集成》(第三卷),复旦大学出版社,2018 年版,第 984 页。

② 胡世厚主编:《三国戏曲集成》(第四卷),复旦大学出版社,2018 年版,第 593 页。

③ 在前文第三章"翻案补恨"环节中论述到,《定中原》《南阳乐》均改变了诸葛亮五丈原归天的结局,诸葛亮得以继续完成他的伐魏大业,进而也让他的智谋得到进一步发挥。他利用病重的消息,引诱司马懿父子上当,采纳魏延子午谷出兵的建议,并从五路同时进兵,完成了攻占魏国都城的夙愿,并最终迫使东吴投降。至少从时间长度上,这两本戏曲作品让诸葛亮有更多施展智谋的机会。这种情节设置弥补了很多人的缺憾,属于典型的"大团圆"结局。但从艺术成就本身而言,这样的安排显然削弱了通过诸葛亮的悲剧结局所带来的艺术效果。

诸葛亮这种超尘脱俗的智谋使得他的对手产生本能的畏惧退缩之心。周瑜安排黄鹤楼宴会就是趁着诸葛亮不在刘备身边。鲁肃的言辞之间对诸葛亮充满了敬畏：

> "周都督用兵法孙武一样，那孔明好一比兴汉张良。我东吴现在是兵多将广，刘玄德他只有赵云关张。论势力我江东本来在上，无奈那诸葛亮诡计非常。到我营好一似鱼儿进网，要杀他偏能够跳出长江。祭风台忙坏了徐丁二将，杀不着反落得笑话一场。这件事自那日便知伎俩，所以我到如今心中不忘。今日里失南郡不足论讲，怕的是有机谋难得荆襄。"①

3. 忠贞奋进、体恤民情的贤士：

如果说，《三国演义》中的诸葛亮形象塑造是以儒家"内圣外王"理想人格为范本的话，那么，明清三国戏曲则更多是将诸葛亮"外王"的方面淋漓尽致地表现了出来。

此处所谓贤士，主要倾向于品德方面的概括。封建时代的贤德，一方面在于对君主与所代表的正义事业的忠贞，另一方面则在于对士兵生命的爱惜、百姓生活苦楚的怜悯。毫无疑问，明清三国戏曲中的诸葛亮满足了这些条件。刘备托孤之前的作品，蜀汉事业进展顺利，基本洋溢着一种胜利的欢快情绪。诸葛亮的指挥战无不胜，刘备与诸葛亮，鱼水相谐，君臣和睦。此时的诸葛亮，全心全意地配合刘备，在与魏吴的战争中获胜，为蜀汉江山开疆拓土，即为贤德。所谓忠贞，皆隐于"事功"之背后。刘备托孤之后，蜀汉偏于一隅，国力衰微，且外患严重，加上刘禅庸愚昏愦，诸葛亮隆中之论已成镜花水月之势。诸葛亮为了酬谢刘备的三顾之恩，依旧对刘禅忠贞无二，为兴复大汉的理想奋斗不已。诸葛亮所考虑的，全身心皆是蜀汉事业，"最可悲，本汉室江山，反从人假乞"；他念想的，是如何让西蜀政权更加稳固，并且伺机完成恢复大业，故而他不辞辛劳，南征孟获，北伐中原。他注重的，是"古今泣想先主见，赤胆忠心赴一腔。"

诸葛亮治国之才，史有明载。《七胜记》中刘禅概括为"老子烹鱼，橐驼种木"，这是非常贴切的。在内忧外患的双重困境中，诸葛亮果断停止刘备晚期与吴国对立的态势，派遣秦宓出使吴国，修复二国之间的合作关系。之后便南征孟获，用伐心之术，七擒孟获，使得孟获承诺"南人不复反"。稳固

---

① 胡世厚主编：《三国戏曲集成》（第四卷），复旦大学出版社，2018年版，第488页。

了后方之后,继续伐魏大业。

为了兴复大汉的正义事业,诸葛亮只有选择征伐,但他对于百姓与士兵是非常同情的。《七胜记》中,他与二位夫人听说司马懿起兵进犯蜀国,最先想到的就是百姓:"可怜百姓无依靠,单于海寇齐来到,铁骑纷纷无处逃,人犹草,人犹草,叹妻孥薄命,哭得我泪眼如桃。"杨潮观的《忙牙姑》中,诸葛亮也洞悉战争给民众造成的伤害:"当初动众兴师,国家原非得已。谁知今日,遍地伤残,生还者仅存锋镝之余,死事者委骨穷荒之外。生与尔等同出,死不与尔等同归。老母号啕,妻儿巷哭,此皆我之罪愆也。"诸葛亮许诺要抚慰亡军家属"念汝等阵亡,妻儿孤寡,我当奏之天子,年给衣粮,月赐廪禄,用加优恤,慰汝幽魂。"诸葛亮非常清楚战争给兵士带来的伤害,"莽莽江山入战图,生民何计乐樵苏。凭君莫话封侯事,一将功成万骨枯。"并且因为自己南征过程中所造成的阵亡将士哀悼,通过忙牙姑之口凸显诸葛亮的伤痛之态,"只听他哭祭亡军如妣考。"这些都突出体现了诸葛亮作为贤士体察民情,尊重普通士兵生命的优良品质。明清三国戏曲中诸葛亮的这种品质相较于《三国演义》,显得更为突出。

4. 不慕荣利、急流勇退的隐士:

某种程度而言,诸葛亮"孤行其志""怀心而不能言"的苦衷,鞠躬尽瘁、壮志难酬的哀叹,正典型地表现出了中国知识分子在特定政治格局中的"困境"。诸葛亮身上所赋予的这种特殊意义和认识价值,在《三国演义》中得到了最大程度的彰显。明清三国戏曲抛除了这种处理方式,采取"补恨"手法,这种情节的构架方式,可以看成是精英文化向民间俗文化的一种妥协。这种处理显然与戏曲的文体特点有着密切的关系。

诸葛亮的这种形象是围绕着《南阳乐》《定中原》两篇得以实现的。诸葛亮在完成"隆中决策"的规划,实现了兴复大汉的伟业之后,毅然选择了归隐。这是对众所周知的"三顾茅庐"的一种大团圆式的呼应,更表达了一种臆想式的愿望。

"吴魏荡平,车书一统,先帝大仇已报,大耻已雪,老臣也可遣情于长林风草之间,悠游岁月了。明日即当拜辞今上,归卧南阳,以乐余年,不复再与闻朝政也。"《南阳乐》中诸葛亮的这段话表明,他之所以鞠躬尽瘁,全然在于寇仇未灭,壮志未酬。一旦攻成,他依旧眷恋山林间悠游闲散的岁月。前文提到,《诸葛亮博望烧屯》中,诸葛亮拒绝刘备聘请的原因即在于生活方式的冲突。这里的自白正是对未曾出山时的一种呼应。这种想法也在刘谌之妻(小旦)的叙述中得到进一步证实:"那丞相本是岭上青松,云中白鹤,岂肯身羁尘网,止因皇祖恩隆三顾,故而勉出茅庐,今日又安中夏,拂袖归山,真不负淡泊宁静之素志耳!"

　　道士气息、谋士本色、贤士风度、隐士情怀,始终都是萦绕在诸葛亮身上的特点。只是在各种三国题材的文学作品中,这几种特色各有侧重,例如"补恨"系列只有在明清三国戏曲中才有。概而言之,元代三国戏曲中的诸葛亮谋士本色最为突出,道士气息非常浓郁;《三国演义》则着重突出诸葛亮的贤士风度和谋士本色,道士气息若隐若现于行文之中;明清三国戏曲中,最注重凸显诸葛亮的谋士本色,贤士风度次之,道士气息再次之,《南阳乐》等作品还夹杂着一丝隐士情怀。这与其他学者的概括有相合之处:作者"既赋予了诸葛亮儒家的抱负、道家的风范、法家的谋略、兵家的智慧,同时又赋予他以神奇的法力和神奇的色彩,是一个合'贤相'与'谋士'为一体、融大传统文化与小传统文化于一身的多元复合式形象。"①

　　除了上述四种特色之外,明清三国戏曲中的诸葛亮形象也流露出其他的性格特征:如富有生活气息的诙谐性格,这具体表现在刘备二顾茅庐间以身体羸弱作为托辞,谢绝刘备的征聘;在祭风台上故意让一名士兵替代他,致使其被徐盛误杀等。②

第二节　张飞的三个侧面

　　张飞历来都是三国素材中最引人注目的人物之一。从《三国志平话》、元代三国戏到明清三国戏曲,与张飞相关的那些丰富多彩的故事形态,语言基本上是民间的,俏皮活泼;故事情节也多诙谐幽默,令人忍俊不禁。但在《三国演义》中,张飞的形象明显有弱化的趋势。林庚先生曾指出症结所在:"平话与傀儡戏属于市井文学,往往以诙谐取乐为尚。张飞既勇猛又粗鲁,不乏可资诙谐之处,所谓'或谐张飞胡,或笑邓艾吃',正乃是以英雄为笑料了,而演义则是'长使英雄泪满襟'的严肃的悲剧性格,使得这类诙谐笑谑极

---

　　① 冯文楼:《四大奇书的文本文化学阐释》,中国社会科学出版社,2003 年版,第 130 页。
　　② 《草庐记》第八折中,诸葛亮面对刘关张的二次光临,"通变之道,吾岂不知,但抱此羸疾,不胜大任,以此不敢从命。"在刘备动之以情,晓之以义的劝说下,依旧坚持说:"呵呵,我非抱道也,亦非养高也,乃养疾耳!"【前腔】"将军令怎敢违! 果系微躯常抱疾。"这些显然都是借口,如张飞所述:"大哥,那显示神色丰采,那有甚么疾! 只是托疾不往。"诸葛亮屡次相拒绝的原因即在于他知晓天下大势,能未卜先知。第三十八折中,诸葛亮谓:"信风一过,必有人暗害我! 众军俱退,着那军士过来。你替我在此执剑行事,待我退台祛使,且走出此门去。"结果这名军士被徐盛冤杀。这些都典型地体现了诸葛亮性格中的狡黠、诡谲品质。

少发挥的机会。"①明清三国戏曲中的张飞形象多承袭自元代三国戏曲,但也呈现出非常鲜明的特色。在我看来,明清三国戏曲中的张飞性格有三个方面值得我们关注。分别是莽撞率真、敬重贤士、粗中有细。

1. 莽撞率真

《三国演义》中李贽对三顾茅庐的评价很有意思:"孔明装腔,玄德做势,一对空头。不如张翼德,果然老实也。"②李贽的这句话很准确地捕捉到了张飞不同于他人的特点。刘备三顾茅庐时,张飞表现出特别焦躁不耐烦的神情。《锦绣图》第一出中,张飞非常不理解刘备的举动:

"大哥、二哥,凭着俺弟兄三人有如此的刀枪,这般的武艺,哪里用得着这懒夫!"他对接下来的拜将仪式很是悲愤:

> 【一枝花】哀哉!我一片价慷慨心,搁不住俺两眼英雄泪。俺三人亲结义,四海外苦相持,谁是谁非。你有了这村汉,就无了恁兄弟。我不识他谁是谁!自从他出茅庐,你将他拜了元戎,今日里上坛台效安邦社稷。(生、外白)军师有运筹帷幄之中,决胜千里之外。(净)哥。(唱)他不理会兵书和那战策,他则会在那深村里去拽耙扶犁。③

所以在诸葛亮点将的时候,张飞故意不进去。后来在刘备、关羽的再三劝说下才不情愿地进了营帐。

> (末)那帐下站的可是张飞么?(净)偏你不是诸葛亮。(末)你怎么道我的名?(净)你怎么道咱的姓?(末)张飞。(净)诸葛亮。(末)你敢是来谢饶么?(净)我到不饶你哩。(末)张飞。(净)诸葛亮。(末)你看我帐前都是有名的上将,那里有你的站处。赵云与我叉出去。(净)吥,我把你这牛鼻子懒夫,咱弟兄三人苦争鏖战,挣下这答的地皮,咱三将军在这中军帐站这么一站,立这么一立,难道踹怀你家的地皮么!待我抓他下来。④

张飞与诸葛亮矛盾的表达形态是比较丰富的,这点前文中已经多有论

---

① 林庚:《中国文学简史》,北京大学出版社,1995 年版,第 546 页。
② 李贽,毛宗岗,鲁迅等评,钟宇辑:《三国演义》(名家汇评本),北京图书馆出版社,2007 年版,第 231 页。
③ 胡世厚主编:《三国戏曲集成》(第三卷),复旦大学出版社,2018 年版,第 450 页。
④ 胡世厚主编:《三国戏曲集成》(第三卷),复旦大学出版社,2018 年版,第 451 页。

及。张飞从一开始就对刘备以虔诚大礼宴请诸葛亮心怀不满,在三顾茅庐过程中,诸葛亮或以身体有恙为理由推脱,或避而不见,或日间酣睡,给桃园三兄弟带来很多麻烦。加上诸葛亮年纪轻轻,又没有任何可以拿得出手的辉煌履历,焦躁的张飞所有的情绪便在诸葛亮第一次点将时显露无遗。

张飞的莽撞体现在很多地方,《古城记》中,曹操亲率大军前来围困徐州,原本坚壁清野是最好的防御措施,但张飞却莽撞地使用所谓蜘蛛破网计来主动偷袭曹操,部将张虎认为此计不甚高明,张飞勃然大怒,一心要杀死张虎泄愤,在刘、关二人的极力劝说下,张飞责罚了张虎四十军棍方才罢手。尔后,满腹怨气的张虎连夜投靠了曹操,并将张飞的计谋一一告知,导致刘关张三人从此天各一方。刘备对此就颇有怨言:

> 恨张飞劫寨营,致令我弟和兄四散分。

在花部戏《借云》中,刘备好不容易从公孙瓒处借来赵云,张飞却看不上赵云,“看赵云高不过一膝,大不过一拳,倘若典韦讨战,离不了俺老张出马。”使得心性高傲的赵云差点直接就离开了。刘备宽慰赵云说:“赵将军,想我那三弟乃卤勇之夫,你不要见罪于他。”在这样的情况下,赵云只好继续留下。这种话在此剧中出现了两次,足以证明在刘备的眼里,张飞性格特征中的鲁莽是特别突出的。

在花部戏《博望坡》中,张飞问赵云嫂嫂在哪里。赵云回应说乱军之际失散了,张飞的回答丝毫不留情面:“哈哈哈哈,呔,没用的将官,散失二位皇嫂,就该死在军前,还过桥则甚?好无用的将官。”(三笑介,下)而当赵云血战长坂坡回来后,张飞的评价又有了颠覆性的变化,“好四弟,真英雄也”。

《鼎峙春秋》第六本上第八出:
吕范来做媒人,张飞看见很生气,揪住吕范。刘备、关羽劝住他。

> (张飞白)大哥、二哥放手,东吴人极会作拐子,头一次把我军师拐去,不放回来。今番没得拐,必然连我老张也拐一拐,待我赏他一拳。(吕范白)下官为喜事而来。(张飞白)为喜事而来?讲得好便罢,讲得不好,从头上再打起。……(张飞白)险些替大哥打坏个媒人。下来作揖。(吕范白)不敢。(张飞白)再作揖。老张是个直人,休怪。[1]

---

① 胡世厚主编:《三国戏曲集成》(第三卷),复旦大学出版社,2018 年版,第 1041—1042 页。

张飞是个直人，这是张飞自己的评定。而这种评定，在其他地方也可以看到，花部戏《取桂阳》中，张飞与赵云争着领兵，诸葛亮却把任务派给赵云。张飞很是不满：先生，你好欺负人也，你所见张飞便去不行？（张唱）

先生休欺俺鲁莽，胸中也有韬略藏。前曾活捉刘岱将……①

因为莽撞，故而行事冲动；因为率直，所以对别人的话语特别容易轻信。《古城记》中，原本张飞已经和诸葛亮立下军令状要捉拿夏侯惇。但当夏侯惇说以张飞此等英勇之人拿他这种乏脚兔儿是不应该的。在这种情况下，张飞便受其蒙骗，最终使得夏侯惇等人得以从容逃走。

《徽池雅调》卷一下层有《古城记》之"张飞祭马"（正文作"翼德祭马"）：

> 曹操荐俺兄弟三人共擒吕布，不想孙坚道紫袍诛吕布，不用绿衣郎。
>
> 【那吒令】今日得曹公举荐出平原，恨孙坚局量浅，将咱忒下贱，不是苦埋怨，忍不得恶语轻言。

吕布的英勇无敌让众诸侯束手无策，张飞主动请战，却被孙坚无情拒绝并奚落。张飞与孙坚打赌独战吕布，但张飞丝毫不惧怕，反倒充满昂扬斗志。

> 【寄生草】不能得天明早起相交战，往常间日月如梭箭，今日里似有长绳绊。恨天怨天不与人行方便，恨不得把月儿遮星儿掩，将红轮扯起照东边。

【寄生草】唱词描写得非常细腻，张飞一个劲儿地埋怨天不遂人愿，不懂风情，他恨不得自己把太阳拽起来，好早点与吕布交战。这支曲子将他迫不及待地想通过交战为自己正名的心情，活灵活现地表现了出来。这与《西厢记》中张生期盼约会莺莺的心情异曲同工："今日颓天百般的难得晚。天，你有万物于人，何故争此一日？疾下去波！"②我们可以更好地认识一个耿直、果敢，同时又带着类似于"童心"般纯真的张飞，这个张飞虽然也带有历史演义小说中的威猛，更重要的，则是那种受不得委屈，即便是面对战马也可以一诉衷肠的性格特质。

---

① 胡世厚主编：《三国戏曲集成》（第四卷），复旦大学出版社，2018年版，第504页。
② （元）王实甫：《西厢记》，人民文学出版社，2005年版。

2. 敬重贤士

《三国志·张飞传》中提及张飞"爱敬君子而不恤小人",这个特点在明清三国戏曲中体现得特别明显。《草庐记》《锦绣图》等戏曲中,张飞对诸葛亮不满,在点将时处处与之作对,之所以张飞如此不认可诸葛亮,就是因为诸葛亮尚未展露其才华。但一次战役下来,张飞对诸葛亮佩服得五体投地,他心悦诚服地向诸葛亮认错认罚,并装聋卖傻地对之前犯的错误死不承认:

在《锦绣图》第四出"负荆请罪"中,张飞唱道:

> 【端正好】好教俺羞容辱。(白)张飞张飞嗄!(唱)你惹大眼怎不辨贤愚,我这里望军中好一似赴阴司路。恨不得两步改那做三步。

> 他非常担心诸葛亮提起赌头争印的事情,"不争在七星剑下将我这头颅,我则我,一失人身万劫无,古语虚无"。

面对诸葛亮明知故问的奚落,张飞表现出对诸葛亮无限的吹捧:

> 【呆骨朵】师傅道保刘朝架海擎天柱,张飞是不识字的愚鲁村夫。
> (末白)随我到中军帐上来。进来。(净白)嗄。(末白)怎么拜起贫道来?(净唱)怎敢不拜恁个师傅。(末白)你不该骂我?(净唱)正是那太岁头上来动土。……(净白)大哥,二哥,我若是骂了师傅牛鼻子的懒夫,(唱)正是那初生的犊儿不怕虎。①

我们很难想象天不怕地不怕的张飞竟然如此低声下气地讨好诸葛亮。究其因,皆张飞完全见识了诸葛亮化腐朽为神奇的军事才能。《西川图》中张飞与诸葛亮的矛盾展开方式及之后的请罪环节与《锦绣图》类似,只是更加详细,情节更加曲折一些。

蜀汉集团的军师先后有徐庶、诸葛亮和庞统三位,恰好张飞与他们都产生了不同的关联。花部戏《荐诸葛》中,徐庶被迫前往曹营,刘备率众人送别:

(张白)酒来(唱)

> 叫四弟斟上酒酒一杯,俺翼德撩袍跪长亭。上跪天来下跪地,跪父

---

① 胡世厚主编:《三国戏曲集成》(第三卷),复旦大学出版社,2018年版,第459—460页。

跪母不跪人。今日跪在先生面，为的是大哥锦乾坤。先生若到曹营去，切莫与奸曹用计谋。[①]

张飞的这一跪，既是为刘备的事业考虑，想让徐庶不站在对立面为曹操出谋划策，也是因为徐庶以往的才华韬略让张飞折服。

在《耒阳判事》和《鼎峙春秋》中都曾写到庞统领耒阳县尹一职，却百余日不曾上堂视事。刘备派张飞前去处理。张飞一开始对庞统特别愤怒：

> （相见科）（张飞怒科）（白）咦，你这厮好生可恶。
> （唱）你看他醉朦胧双眼，有甚奇才？不过是食肉尝糟，空负了吾兄恩赉。

当张飞亲眼目睹庞统半日内处理完堆积很久的百余张状子，态度发生了根本性的转变：

> （张飞白）好才调也！俺老张是个粗鲁汉子，不知先生大才，适才冒犯。（揖科）望乞先生恕罪。……左右，快备马，待我与先生同去见大哥便了。……只是老张今日冒犯，这却怎么处？也罢，到荆州时，俺摆这么大大的一席酒，请你老人家罢。
> （张飞白）大哥，小弟只见他，（唱）顷刻里把奇冤尽扫，端的是大英豪，端的是大英豪。[②]

敢笑敢怒，丝毫不隐瞒自己的情绪。能屈能伸，能主动承认自己的错误，肯定别人的优点与长处，这才是可爱的张飞。不仅仅是对谋略之士如此，在征西川途中，他对"头可断"之严颜也是赞扬有加。

> 严老将军，看俺老张这只膝，上跪天，下跪地，中跪父母，永不跪他人。今日跪在老将军面前，为的是我大哥汉室江山，你归顺便罢，你不归顺，我就要连这一条腿也就是跪下了！[③]

---

① 胡世厚主编：《三国戏曲集成》（第四卷），复旦大学出版社，2018年版，第243页。
② 胡世厚主编：《三国戏曲集成》（第三卷），复旦大学出版社，2018年版，1079—1083页。
③ 胡世厚主编：《三国戏曲集成》（第四卷），复旦大学出版社，2018年版，第595页。

3. 粗中有细

张飞粗中有细的特质

在乱弹《三国志》中，蔡瑁假托刘表之名邀请刘备来参加襄阳会。关羽认为没有风险，张飞却态度鲜明地告诉刘备，"大哥休听二哥论，常言知面不知心。虽然刘表同宗姓，只恐旁人巧计生。"

> （白）大哥，岂不知宴无好宴，会无好会，总是不去妙。①

之后的事实证明，张飞的猜测与提醒都是对的。这典型体现了张飞粗中有细的一面。

同剧中，徐庶也认为张飞是一个粗中有细的人，"三将军说的肺腑情，你本是粗中有细人。"

在乱弹《汉阳院》中，诸葛亮要往刘琦处搬兵，张飞却认为诸葛亮想趁机逃走：

> （张白）也罢，要走你就走，将我大哥三百口家眷与俺老张留下。桃园不死，还有相逢之日。你与我走，你与我走。（怒下）（孔明白）喂呀，人说张飞有勇有谋，到今一见，才是粗中有细之人。日后用兵，还要提防此人一二。②

上文提及乱弹《过巴州》，其实收服严颜的过程中也充分体现了张飞粗中有细的性格。他在正面无法攻破防线的情况下，会利用樵夫获悉其他通道，又在严颜死活不投降的情况下，用义气感化了严颜，使得七十二连营大寨遍归自己。

《瓦口关》中，张飞对阵张郃，久攻不下，诸葛亮派人给张飞送酒，张飞便领悟到用计的精髓。最终派范疆张达诈降，顺利完成了任务。

晋剧《关羽斩子》中尤其能够体现张飞的粗中有细。这本剧作的情节与元杂剧《怒斩关平》有点相似。但有两点区别比较明显。一个是踩死人的主角不同，一个是纵马的原因不同。晋剧《关羽斩子》意蕴深厚，既塑造了一个忍辱负重的关平形象，又看到了威严不徇私的关羽。这部戏既像与三国题材相关的历史剧，更像反映社会现状的公案剧。一边是惨死的儿童，一边是

---

① 胡世厚主编：《三国戏曲集成》（第四卷），复旦大学出版社，2018 年版，第 174 页。
② 胡世厚主编：《三国戏曲集成》（第四卷），复旦大学出版社，2018 年版，第 383 页。

肇事者关兴,还有一个被冤枉的关平。最终问题的解决完全依赖张飞相对稳妥的方案。张飞先让自己儿子张苞拜王妈妈为祖母,又告诉王妈妈关平"念关兴年幼,又欲报答义父之恩,他情愿替弟负罪"的真相。一步步取得王妈妈的认同后再告诉关羽性情暴烈,不允许别人求情。在这种情况下,王妈妈主动要求见关羽,撤回诉讼。关羽听及于此,做出判决:"王鹏无辜身死,择日厚葬。王妈妈孤孀绝后,接进府中,欢度晚年"。张飞的这种处理办法,有勇有谋,有原则有人情。

另外如《滚鼓山》中,张飞诱骗刘封进鼓,然后摔死他为兄长关羽报仇。也体现了张飞粗中有细的性格特质。

除了上述三种特征,张飞总是充满着昂扬的斗志与积极的进取精神。《古城记》中,张飞听说曹操派兵围困徐州:

> (张怒)好,老张买卖上门了。
>
> 唱道:
>
> 【前腔】俺大哥是文业严廊,二哥是武略无双,我张飞是杀人的领袖,一冲一撞。笑曹瞒些些狗子拳头大,自是骆驼虽小胜豺狼。谁知我虎瘦雄心壮,踹一脚踹开了千层地府,吹口气吹开了云雾苍穹。左右,你抬我的枪过来,杀曹瞒何用商量,杀曹瞒何用商量?①

听到有仗可以打,张飞的兴奋让我们仿佛看到了那个乐天的孙悟空。

第三节　曹操形象辨析

曹操是三国时代最为重要的人物之一,在后世的演变中聚讼纷纭,褒贬不一。曹操的评价是一个非常复杂的话题。我原本坚信所谓"花脸的曹操"是戏曲的产物,但在考察了明清戏曲之后,发现问题并非如此简单。至少在元代至清代中叶的三国戏曲里,曹操的形象依旧是难以遽下定论的。虽然多有贬斥谴责之词,亦不乏客观描写与正面赞誉的例子。如元杂剧《张翼德三出小沛》《关云长单刀劈四寇》《虎牢关三战吕布》等剧作中,对曹操不乏好感,多赞扬曹操对于刘关张的荐举之功,肯定他在讨伐董卓行动中的功劳;与此同时,《莽张飞大闹石榴园》《阳平关五马破曹》《曹操夜走陈仓路》等剧

---

① 胡世厚主编:《三国戏曲集成》(第二卷),复旦大学出版社,2018 年版,第 105 页。

作中却又充斥了对于曹操的讽刺和贬低。这种情况在明代依旧存在,明代戏曲选本《歌林拾翠》中所选"千里独行",刘备唱词是这样的:"只因献王软弱,又遇奸臣董卓弄朝权,喜得皇家有庆幸,逢曹相佐中原,才把英雄显。"后世多把曹操与董卓并称,而此处刘备却以完全不同的态度对待二人。但"千里独行"的唱曲中同样存在着"恨只恨,曹操强梁""恨曹操直恁猖狂"的话语。这与刘备的唱词之间就形成了一种叙述上的指向模糊。正好说明了戏曲作品对于曹操评价的模糊性与不确定性。顾颉刚也曾经通过自己看戏的亲身体验指出:

> 司马懿在《逍遥津》中是老生,因为他的一方面的人,曹操是净,华歆是小丑,且他在三人中比较是好人。但到了《空城计》中,与老生诸葛亮对阵时,他便是净了。曹操在别的戏中都是净,但在谋刺董卓的《献剑》中却是生。可见戏中人的面目不惮表示其个性,亦且表示其地位。[①]

从顾颉刚先生的观察中我们可以看出,即便是到了"白脸的曹操"基本成为惯例的京剧演出中,曹操的形象也还是有所变化的。

本节结合明清三国戏曲文本,对此予以论述。

一　也说"为曹操翻案"

刘梦溪在《红学与曹学》一文曾提及,"戏剧史上第一个给曹操抹去白粉的不是郭老,而是《红楼梦》作者曹雪芹的祖父曹寅。"[②]是否最早暂且不论,《续琵琶》是否能一定被解读成翻案之作,在我看来,也还是颇有可议之处的。曹操赎回蔡文姬,史有明载,曹寅戏曲把这个事实写出来,最多也就在于还历史一个真实的曹操形象。事实上,曹寅不仅仅在于写出了真实,而把文化史上原本非常高尚的赎文姬事情给写成了为曹操自己修史,这算是翻案还是延续明清戏坛上,或者说宋元以来的一贯风格呢? 答案是显而易见的。

倘若要说曹操赎回蔡文姬就是替曹操翻案,那么其实早在明代陈与郊的杂剧《文姬入塞》中就已经提及此事。《文姬入塞》中提到曹操因为在驿站中见到了文姬写的词,心生恻隐之心,从而奏请天子赎取文姬归汉。这种描写非常高明:既吻合曹操因为诗人的身份从而引发的怜悯之心("俺丞相看

---

① 顾颉刚:《我与古史辨》,上海文艺出版社,2001年版,第24页。
② 刘梦溪:《红学与曹学》,《文学评论》,1987年第3期,第123页。

罢此词,不觉感叹了一回。当时也作一歌行,伤其流落"),又符合曹操"素与蔡邕相善,怜其无后,故赎取文姬于匈奴"的历史记载。而《续琵琶》中曹操派遣曹彰赎取蔡文姬,则是在接到了蔡文姬派遣使者送来的求救信之后,才做出的行动。如果说曹操读到蔡文姬的词尚属于偶然,不能完全体现出曹操在解救蔡文姬问题上的主动性;那么,在接到求救信后再做出行动就更不具备这种主动性,也就在某种层面上削弱了行动的崇高性。这种细节上的改动多少就否定了曹操的诚意与主动性,至少曹操在道义上已经没有了制高点。

《文姬入塞》中所表现出来的民族感情非常强烈。蔡文姬在归汉的纠葛中,只有作为母亲对于儿女的依恋之情,而对于左贤王,则无任何感情。她的宾白中提到,"自堕军中,辱在左贤王帐下,偷延数载,岂惜一生,则为先中郎兰玉萧条,琴书失散。因此上强厚春风之面,丐命穹庐图归月下之魂,致情邱垅。"从这些言语其实可以看出,她生活在匈奴,嫁给左贤王,是她一生的耻辱,故而二人之间并未有丝毫的真情。救人于倒悬,乃为功德无量之举,此剧中的曹操相对还具备这种性质。而《续琵琶》第二十六出"夜猎"中,左贤王吩咐文姬领着众侍妾看管营帐,自己带领兵士去夜猎。文姬劝其别去,但左贤王未听从。我们不可简单地看待这个情节。左贤王让她领着众侍妾,说明她的身份之重,这点其实与历史吻合,她作为阏氏,相当于中原的皇后,更说明左贤王对她的放心与信任。她能劝左贤王,一者说明了她的身份与地位,二者更说明了她对于左贤王的关心,从而也说明了她与左贤王无论如何是有感情的。与左贤王有感情,则多少化解了她在匈奴地区窘迫与凄恻的状态。解救一个处境非常悲惨的人,与赎回一个有身份有地位、且不甚悲惨的人。意义相较,孰轻孰重,不言而喻。

《续琵琶》中有几个信息值得关注,或许是破译作者是否在为曹操翻案的证据。首先开场即有一首七绝:

> 设意志中郎续琵琶,弃卤莽司徒多一死。
> 好修名老操假装乔,包羞耻寡女存宗祀。

其实,"假装乔"这种词语就已经否定了曹操赎回蔡文姬的意图与动机。"好修名"才是曹操赎回文姬的最重要考虑。曹操在《三国演义》中其实并非只做了一件好事,作者也记载了曹操的几个比较正面的事例,如他的智谋与在困难中百折不挠的信念,并且作者也从来未曾否定他这些行为的动机。从这个层面上而言,《续琵琶》在开场就已经消融了曹操赎取蔡文姬所拥有的崇高涵义。

其次,《续琵琶》的重点在于叙述蔡邕父女。故而最初就从蔡邕开始叙述当时的背景,而在叙述背景的过程中交代出人物关系。正是因为天下纷乱,故而蔡邕最初就告诫蔡琰,设若自己有不测,要她继承遗志,完成修史大业。第十五出"探狱"时,蔡邕临死前还要求董祀告诫蔡文姬要完成修史大任。换言之,倘若没有蔡邕的一再叮嘱,蔡文姬在被匈奴兵抓到之时很可能就已经身亡。这种推论似乎有些武断,但实际上却是合乎情理的。蔡文姬非常听从父亲的吩咐,这点从她在已经非常混乱的局面下还要遵从父亲嘱托,回家去拿焦尾琴的举动上就能看出。而正是因为需要回家拿焦尾琴,才导致自己被匈奴兵抓走。焦尾琴在这里其实已经具备了明显的内涵:它不再只是一种乐器,更多的是一种文化上的传承,蔡文姬拿琴被抓走,蕴含了文化传承必须付出代价的含义。何况,蔡文姬在第二十一出(前半残缺)时,她因为路过昭君墓,伤悼身世,本欲投黑河自尽,后被众人拉住。而在第二十二出"感梦"时,蔡文姬因为昭君托梦,劝文姬存命修汉史,才有了继续存活下去的勇气。自始至终,作品的构思均在于渲染蔡邕父女的遭际与气节,而曹操只是这种主旨下的一种背景而已。即便《续琵琶》中有曹操率领群雄抗击董卓,并最终迎驾安民的描写,但这些在《三国演义》中表现得更为充分。如此,说《续琵琶》替曹操翻案,显然颇为勉强。

如此对比,只为质疑《续琵琶》在于为曹操翻案之说法,并非就可以说明《文姬入塞》乃为曹操翻案剧作。陈与郊的《文姬入塞》,重点在于描写蔡文姬知晓归国消息,与其子分离的场面,着重反映的,是她那思乡之情与母子分离的痛苦交织的矛盾心情。虽然小黄门的言辞中多有替曹操褒扬的成分,但终究无法支撑起"替曹操翻案"的宏大命题。

清代南山逸史之《中郎女》,也正面描写了曹操赎取蔡文姬之事。此剧是否可以算是为曹操翻案之作呢？在我看来也是不能的。此剧正名中有"重文学的老奸瞒轻财全友"一语,从正面来看,显然,它肯定了曹操的"重文学"与"轻财全友"。重文学乃历史真实中的曹操所具有的,带有些许的赞许;轻财全友则属于完全的赞誉之辞。但与此同时,我们应该看到,"老奸瞒"就已经明晰地表明了作者的态度。此剧中,曹操赎回蔡文姬的原因很简单,没有好的史官为自己撰述功劳。曹操赎回蔡文姬,史有明载,据实而写,本来就无所谓翻案。曹操赎回蔡文姬,本来只是出于朋友之义,只是因为曹操在接受过程中的独特身份,使得原本简单的行动充满了多重解释的可能性。因为牵涉到曹操,赎回蔡文姬的举动就从民间话语中简单的江湖救助(道义之举)而叠加了很多的政治意蕴,更何况在中国古代女人与政治尤其容易产生嫁接的时间和空间里。蔡文姬尽管文化色彩更为明显,但依旧无法摆脱这种政治意义的比附。《中郎女》把原本并不明朗或者比较崇高的动机赋予略带贬义性的确定,这无论从哪个层面上说都不能称之为翻案。

我们不可轻易把赎取蔡文姬之事就视作为曹操翻案的材料,赵翼也曾经就此阐述过自己的看法:

> 莫被曹瞒诡窃名,谓他此举尚人情。
> 君看复壁收皇后,肯听椒途泣别声?①

在我看来,最能够称得上为曹操翻案的,至少是在为曹操填平道德沟壑的,是《大转轮》等此类因果报应之作。这些剧作首先在叙事的逻辑起点上赋予了曹操行动的合理性,故而遣责曹操也就失去了立论的基础。《梁史平话》与《三国志平话》中原本就有这种因果报应的叙述,明清时代,司马貌断冤狱也是一种比较流行的叙述姿态。《三国志平话》与《大转轮》等剧作的不同在于,《三国志平话》既强调这种简单的二元因果报应,而又在叙述过程中不断地给曹操附加罪恶。相反,它把所有的赞誉之词送给刘备及其所代表的蜀汉集团,这就在一定程度上颠覆了它立论的基础,当然,也可以说是弥补了一开头模糊价值判断的失误。在《昙花记》与《补天记》等作品里,作者也持转世报应的态度,以这种方式来解释和叙说三国局面的形成,但是,在叙述的背后,作者依旧持有强烈的感情取舍。如《昙花记》中,作者借伏后之口与手,惩罚罪大恶极的曹操,并且这种惩罚也同样施加给华歆、曹丕、司马懿。而在《补天记》中,女娲虽然一直在向伏后解释前世与今生之间相应的报应,但女娲的名号(补阏元君,完真圣母)本身却又赋予了一种叠加的内涵。何况,此剧第三十二出"果报"中,伏后先看到曹操平安死去,后又见曹操受苦伏难,在此基础上,再看到前世故事。按照比较惯常的因果报应逻辑,曹操已经多受一次苦难,而且作者在行文中的笔触更能让读者或观众感受到应该持有的取舍。而在《大转轮》中,作者徐石麒却几乎模糊了所有的价值判断。他利用《三国演义》中人物的关系,反推及至前代,然后设置了一种较为完满的报应体系。在这种报应体系中,我们无需考虑感情取舍,唯一需要思考的,则是这种转世体系是否合理,是否齐全。这种阅读体验当然是作者赋予的,而作者赋予的前提即在于他本身已经完全模糊或者消失了对于魏蜀吴三国正义与邪恶的判断。

---

① (清)赵翼著,李学颖、曹光甫校点:《瓯北集》,上海古籍出版社,1997年版,第196页。

为了更加清楚地了解作者的意图,兹录《大转轮》之第三折原文如下:

汉家天下,皆赖三公之力,今将他疆土分与三人承守,淮阴公到曹嵩家投胎,改名曹操,独据中原。九江公到孙坚家投胎,改名孙权,抚御江东。大梁公到中山靖王家投胎,改名刘备,据有西南半壁。至于刘季吕雉,仍着速转皇宫,刘季复为献帝,懦弱无能,吕雉复为伏后,后为曹操棰死,以报长乐钟室之冤。萧何始而荐举,既而谋害,着他转世改名杨修,始以厚禄报其恩;后以诛戮复其怨。陈平阴谋助恶,着他转世改名吉平,因药进鸩为曹拷死,属下舍人,诬告韩公陈豨,皆致灭族。着陈豨转世为陈宫,舍人转世为吕伯奢,曹操同陈宫杀其全家,项王英气不减,可到解梁关家投胎,改姓不改名,辅助刘备,项伯雍齿背君卖国,转世为颜良文丑,阵上为公所斩,吕马童等六人贪功碎尸,着转世为杨喜蔡阳等六将,为曹公把守五关,皆为关公所杀。戚氏无辜受祸,速转男身,改名华歆,从事曹操,拥兵入禁,破壁取后,以报前怨。【众拜谢介】多谢大王,俯雪沉冤,但某等孤身难以立国,还求将相为辅。【生】待我各拨几个智勇之士,助你成功,樊哙刚直不磨,转为张飞;张子房神机运筹,转为诸葛孔明;陈余转为黄忠,周勃转为赵子龙,同辅刘备。蒯通原属意韩公,转为郭嘉,周昌转为张辽,灌婴转为许褚,纪信转为典韦,张耳转为夏侯渊,同辅曹操。郦食其转为周瑜,范增转为鲁肃,宋义转为吕蒙,陆贾转为陆逊,夏侯婴转为黄盖,同辅孙权。虞美人临危自尽,节烈可风,亦转男身,改名周仓,依依故主,以成其志。

此段转世文字体系之完整,实属难见。而在此转世体系中,我们看不出任何基于曹操所生活时代的价值判断。他们的任何行为,均是建立在对前世报应的基础之上的。曹操在《三国演义》中颇遭非议的几件事情均赋予了相对较为合乎情理的前因:杀伏后乃在于报长乐钟室之冤;对杨修的所有态度均是对萧何行为的等量果报;杀吉平,在于陈平对韩信的阴谋之反报;杀吕伯奢及其全家,在于吕伯奢等人的前身所犯下的罪孽。如此,后世对于曹操的所有质疑与非议均遭到了回击。曹操越残暴,说明其前身韩信所受到的遭际越悲惨,也就说明了这种果报的必要性。

当然,这种以因果报应的方式来阐释三国时代的人物关系是比较独特的。这种独特方式的产生,既在于因果报应在传统语境中的流行性,也在于后世对曹操阴司审判的流行性。从文本解读本身而言,这种方式应该是可以解读为曹操翻案的。但在另外一个层面上而言,作者并未正面加以肯定曹操的功绩,没有提供与彼时相反的价值体系,这种翻案毕竟是不彻底的。从某种意义上来说,所谓替曹操翻案,原本就是一种不甚科学的态度。文学不等同于历史,历史中的曹操形象早已确立,后人评价体系中的曹操,多半是源于文学的想象,这种想象对曹操本身并无所谓公平与否的说法。历史到文学的演化,哪些人能得到褒奖,哪些人又受到谴责,有时候充满着偶然的因素。我们所需要关心的,或者说是更值得关心的,乃是在这种演变的过程中,为何会有这样的变化和趋势,而在这种演变的过程又孕育了什么样的时代元素。

二　被丑化的曹操

明清三国戏曲中,涉及曹操的剧目非常多,上文的论述中已经涉及了一部分。一些已经亡佚的剧作其实从剧名中就完全可以肯定与曹操相关,但因为无法获知原文,姑且搁置不论。在现存(包括残存)的剧作中,针对曹操的描写亦有较大差异,即便是对曹操的丑化,也存在着从生平事迹的角度去丑化与从阴司的断狱中去丑化等不同方式。

（1）通过生平事迹丑化

这主要表现在《古城记》《草庐记》《连环记》《射鹿记》《青虹啸》《三虎赚》《十孝记》之"徐庶见母"、《补天记》《双和合》《陈宫记》等剧作中。具体方式主要有两种:一种是将心理层面悬而未定的说法凿实,另一种则是将元代三国戏曲、《三国志平话》中属于曹操的功劳尽数剥夺。

"宁可我负天下人,不叫天下人负我",这是曹操饱受非议的起点。从史传到《三国演义》,曹操杀吕伯奢一家的记载有不同形态。《三国演义》中曹操令陈宫也令世人可恨的地方在于他杀死吕伯奢。这点在清代花部戏《陈宫记》中得到了进一步凿实,曹操的形象也进一步被贬抑。戏曲中,曹操听见里面在说"困好了再杀"就要先下手为强,陈宫极力劝阻,"明公不可莽撞,依我之见,老丈绝无歹意,你不要见差了",并且提出相对稳妥的办法,"等老丈回来究其真实,再动手不迟"。曹操完全不听从,杀完人之后又到厨下取火烧房子。明确知晓了属于误杀之后,曹操依然恬不知耻地说"俺做事从来不悔"。在逃亡的路上,曹操与陈宫遇到沽酒回来的吕伯奢,面对陈宫"你放他去罢"的劝告,面对一腔善意热情相待的吕伯奢,曹操没有丝毫回心转意,直接杀掉了吕伯奢。"陈宫一见咽喉哑,泪珠点点真如麻",作为刽子手的曹操却依然说"俺做事从来不悔",故而剧中通过陈宫之口评述曹操"误杀好人还说不悔,真乃无义之人"。《三国演义》里曹操面对弃他而去的陈宫还有感恩之心,后来也无意杀之。而在《陈宫记》中,曹操面对已经趁夜逃走的陈宫,还说出了"吾不杀你誓不为人也"的狠话。

花部戏《博望坡》中通过小军之口也刻意将曹操的形象丑化:

> (二白)……亏了曹丞相在铜雀台上那些绝色美女,他要与你这样色迷,岂不误了大事?(大白)呸,你还不知道,曹丞相乃是个色鬼。(二白)啊!他怎么是色鬼?(大白)下邳破吕布收纳貂蝉,在宛城奸张绣之婶,在冀州爱上袁绍之妻,到处奸淫作乐,全不寂寞。(二白怒介)咳,好忘八旦,原来是奸臣小人。

《古城记》中,曹操的形象其实是存在矛盾的。上文所述"千里独行"即选自《古城记》,其中不乏好感。但《古城记》以及相似的故事形态中,对于曹操的丑化、贬低也是随处可以见到的。曹操与刘备,皆为乱世枭雄。《三国演义》中叙述曹操出兵讨伐刘备的原因在于,关羽斩杀了其亲信车胄,并且占领了战略要地徐州。这种出兵顺理成章,也符合历史人物的真实动机。而在《古城记》中,曹操的出兵理由却成了刘备拐走了他三千人马,更为荒诞的是,曹操愤恨刘备的官爵居然在他之上,所以他坚决选择出兵讨伐刘备。这种理由中的民间化叙事与戏剧化元素固然值得考虑,同时确实是对曹操形象的一种丑化。关羽斩颜良,是关羽勋绩的重要组成部分,他本身是为了酬谢曹操对自己的殊遇。《三国演义》于此有非常精彩的描写,在夏侯惇、徐晃等人皆不是颜良对手的前提下,关羽马到功成,令曹操诸人惊叹不已,也凸显了关羽的神勇。而在《古城记》中,关羽请命出战时,曹操害怕他成功,甚至让许褚随关羽一起出战,如果赢了就分他的功劳,如果输了就把责任推到关羽身上。曹操听关羽说张飞在万军中取上将首级,赶紧让张辽在他的衣襟上记下来,以便他日遇到张飞时注意。这种描写显然在于凸显曹操的懦弱与卑劣。当然,这种描写非常幼稚,显然带有民间化色彩。

《连环记》中乃副净扮演曹操,第十四出"起兵"中,借张飞之口表达了对曹操的丑化。"那曹操假为义举,实有反叛之心。我等岂可助他为党?"关羽亦且有这种看法:"三弟,不是这等讲。为今之计,权且归附曹操。借他兵势,杀了董卓,然后杀了那曹操,未为迟也。"这种全盘否定的思维方式乃是戏曲等文学作品否定曹操、贬低曹操的惯常做法。

"青梅煮酒论英雄",乃是《三国演义》中描写得非常精彩的一个情节。曹操破吕布后,带领刘备三人进朝廷面见献帝,刘备在朝堂之上被封为皇叔。这些都是我们所熟知的情节。问题的关键在于,曹操带刘备进京的动机究竟是什么,其实这是见仁见智的。对于刘备的控制显然是其首要的考虑,曹操是否想借助"煮酒论英雄"之机杀掉刘备,倒也未必。在《青梅记》中,这点却被落实。曹操的唱词中有"除非灭却枭刘备,他辈衰时吾辈兴",显然,这既是对刘备的拔高,也是对曹操的贬低。曹操论英雄之际,明确说天下英雄,惟使君与操耳。但他并无杀害刘备的计划。在《青梅记》中,曹操邀请刘备小酌的原因也交代得非常明晰。"此人志量在于农末,虽在世亦无足为;即不杀他亦无害于事也。"这便是对刘备韬光养晦的直接肯定,也是对于曹刘比较的最直接体现。刘备深知曹操对自己有很深的疑虑,因而潜身匿迹;而曹操的举动也证实了这种想法、做法的必要性与正确性。"他若诚心伏底鱼水相投,我与他全身荣耀,若是他纵横逞强,生杀之权由我施为。霎时间刀下身亡。"此作中提及袁术叛乱,而刘备请命前往平乱,曹操同意,但在张辽的提醒下,又让张辽带人换回刘备,并谓"赶上玄德只一刀,此回斩草不留毫。生擒云长喂战马,活拿翼德祭钢刀。"曹操之凶残,在此几句诗中得到了最为充分的证实,只是,最终刘关张三人还是逃脱了曹操的控制。

《补天记》中,曹操在宫中行凶,打杀了伏后,且辱及献帝,后来又将自己的女儿强塞给献帝做皇后。而此剧中的曹皇后却愤怒父亲的骄横作孽,这其实也是否定曹操的一种最好证明。且第三十出"荒乐"中通过曹府内官之口,说明了曹操为征剿孙刘而动兵,且另外一个重要的原因即垂涎二乔之美貌。把历史中原本不存在,后世演变中扑朔迷离的美色推到了前台,也进而就否定了曹操的动机与曹操的为人。此出中,曹操自己说出了周文王之志的真实动机,并非为忠念,乃孙刘尚未剿灭,不敢冒天下之大不韪。

《青虹啸》中,首先通过董承与司马懿的对话交代曹操专权之境况。然后又以曹操的自白来印证这种状况:"为诡作之班头,罔上欺君,作奸雄之领袖……我如今先图汉室后灭二雄",曹操听到华歆禀报说将士们愿意自己早登九五时非常得意:"如此甚好。方今孙刘各立,天下鼎分,软弱汉君,何能为主? 况我身经百战,德望俱隆,目下虽为首宰,终为天下之主。"在这种叙述的话语里,众人口中非议的曹操野心得到了确认,曹操不仅品质低劣,且居心叵测,篡逆之心昭然若揭。此剧作详细描写了曹操借献帝的雕弓猎鹿,面对军士的万岁呼声,《三国演义》中曹操只是领先献帝半个身位,并未有任何言语上的表述。而此剧中曹操却坦然受之,"些须小技,劳众将称贺"。倘若小说中的曹操之野心在将发未发之间,那么戏曲中的曹操就可以直接命名为篡逆孽子了。事实上,此剧中曹芳照葫芦画瓢的果报正是对曹操篡逆行动的最好证明。曹操在勘问吉平的时候所使用的逼供手段是极其残酷的,"左右,与我将他九指削平"。曹操是否曾"割须弃袍",事实也是评判作品是否贬低曹操的一个例证,此剧中曹操领三十万人追赶董圆,居然被马超三十余骑杀败，且割须弃袍才能逃脱。我们无需过多思考这种设置的合理与否，更应该关注的就是设置这种环节的内在因缘。曹操被马超惊吓患病，后来又被伏后等人的冤魂所缠，心中颇为后悔，但终于还是去世了。

剥夺曹操功劳的做法最主要体现在《鼎峙春秋》中。首先这部规模恢弘的大戏却对体现曹操之"雄"的官渡之战只字未提。其次将元杂剧、《三国志平话》和《三国演义》中曹操的识人之能以及唯才是举的政治胸怀给尽数转移至其他人身上。再次将赤壁之战中的曹操塑造成一个愚蠢的小丑角色。

(2) 通过阴司审判丑化

从后世的角度，或者说利用异化叙事(如阴司审判)的方式，实现对曹操形象的丑化，主要有徐渭的《狂鼓史渔阳三弄》与屠隆的《昙花记》三十二出"阎君勘罪"。后者虽然不是专门的三国戏曲，但此出却全面完整地列举了曹操生平的罪状。"你当时剪灭王室，荼毒生灵，觑天子如小儿，辱公卿如奴隶"。主要有这么几条：

> 第一，为臣子者忍戕国母！
>
> 第二，瞒当时欺后世，自比周文王。
>
> 第三，宣称"若无孤，不知几人称王，几人称帝"，但并非如高祖那般救世安民，只成就得一人享乐。
>
> 第四，言梦中杀人，设七十二疑冢。
>
> 第五，铜雀台上令美人奏乐上香，不容结发妻子团圆。
>
> 第六是生下逆子曹丕，毒死母弟，不许卞氏营救。并且说曹丕"宫中妃嫔悉被曹丕烝殿，无一得免者，当时花报，不为不惨矣。"①

第一条乃是曹操命令郗虑、华歆进宫捉拿伏后并处死伏后之事。曹操杀害伏后之事，在明清三国戏曲中出现次数较多。《昙花记》《补天记》《大转轮》等作品中均有程度不同的描述，在《三国志平话》《梁史平话》《三国演义》等作品中也均有描写。作为臣子却弑杀当朝皇后，这确实是曹操的一大罪证，虽然伏后有谋害曹操之心，但事情将发而未发，处死伏后原本就残忍，满门抄斩更是残暴。其实此事的演变轨迹就可以看出后世对曹操的贬损痕迹。《后汉书》中并未言及曹操对伏后满门抄斩之事，而越到后来，被杀的人就越多，也就越能说明曹操的残忍与伏后的不幸。

第二条"你掌握了天下百官受你牢笼，诸将出你麾下四海财帛入你府

---

① (明)毛晋编：《六十种曲》(十一)，中华书局，2007年版，第102—107页。

库,天下歌舞美丽归你房帏,号为魏王,身加九锡,出入建天子旌旗,只不曾正皇帝的大号,留与儿子为之,还要瞒当时欺后世,自比周文王。"但解读可以见仁见智,如此解读似乎亦为不可。但戏曲中如此落实曹操此话的动机,本身就是对曹操的一种贬低。

第三点典型属于"因言废人"之例。曹操在东汉末年,南征北战,终于统一北方,虽然造成一定伤亡,虽然动机可能不纯,但对于统一北方,其实有着不可抹杀的功劳。至于第四点,倘若作为生活中的谈资未尝不可,但在庄严且充满悲愤的审判词中出现此类,则稍有荒唐之嫌。曹操梦中杀人,确实颇为吻合曹操"奸雄"之评价,属于个人品质方面的瑕疵。曹操这样做的目的乃在于杜绝刺客刺杀的意图。站在儒家伦理道德的立场上进行审判,固然未尝不可,但卑劣远过此者甚多。

铜雀台,建于东汉建安十五年(201)冬,见《三国志·武帝纪》;《邺中记》云:"在邺都北城西北隅……高一十丈,有屋一百二十间。"《文选》卷六十陆机《吊魏武帝文》引《魏武帝遗令》云:"吾婢妾、妓人皆著铜雀台,于台堂上施八尺床,繐帐,朝脯上脯糒之属;月朝、十五辄向帐作妓。汝等时时登铜雀台,望吾西陵墓田。"又云:"余香可分与诸夫人。诸舍中无所为,学作履组卖也。"①自六朝以来,历代吟咏铜雀台之作品非常多,但多津津乐道于其中的风月隐喻,少有谴责之意。以此作为曹操罪证的描写,多从元代开始,这与上文所提暗合。第一章"铜雀春深"条有具体引证,此处不再赘述。

第六点就更有值得商榷之处。姑且不论屠隆对于曹丕之事迹描写是否有失实之处,这些都不是重点。关键的是,即便曹丕十恶不赦,作为其父的曹操固然有责任,但似乎并不应该承担主要的罪责。中国历来有所谓"父债子还"之说法,但子债父偿则颇属少见。当然,子不教父之过,作为父亲的曹操肯定脱不了干系,这才是屠隆立论的基础。

爱之欲其生,恶之欲其死,这是人之常情,对于曹丕废献帝之事,在后代的记载中也多有矛盾之处,《昙花记》将其作为曹操的罪证之一,而《鹦鹉洲》中却撇得干干净净。在《三国志平话》以及明代戏曲中,曹操则直接参与了篡权行动。"曹相言:'臣子曹丕,天下皆称,可立为天子'"这就直接把篡逆之罪安放在了曹操身上。

从上面的逐条分析中可以看出,其实屠隆所列出的诸条罪责中,多有夸张之处,这种处理方式是为了突出强化因果报应,是屠隆历史观念的表达。

《昙花记》中劝惩意味非常明显,阎罗最先即质问曹操是否知晓阴阳果

① 转引自钱南扬辑录:《宋元戏文辑佚》,上海古典文学出版社,1956年版,第213页。

报之事，曹操谓不知，故而敢在世间时肆意为恶。

> 大王，曹操到此地位，怎敢相瞒！平生虽是奸雄，其实龌龊。全不
> 知有上帝阎罗，善恶因果。道是生前且图得志，死后真漠无知。早知有
> 今日，怎敢肆志如此！
> ……
> 大王，我哪里知道！当初利比贪狼，势成骑虎，也只管向前做去了。
> 早知今日，悔不当初！

并且此出将助纣为虐的华歆，与曹操性质相类的司马懿，灭汉的曹丕都
推上了果报的前台。让他们都承受着阳间为恶的悲惨下场。并通过曹操等
人的悔恨之心来警醒世间为恶之人："早知今日，悔不当初。"最终曹操、华歆
被罚入无间地狱。

《三虎赚》虽然剧本已佚，但据《曲海总目提要》的介绍可以得知，此剧于
曹操多有诋毁之处。首先，强调曹操"孽阉之后"的身份，因为曹操的祖父乃
是宦官，且与剧中权奸唐衡为世戚，故而赵岐前来自首的时候，曹操得唐氏
密嘱，欲谋害赵岐。曹操祖父为宦官曹腾，史有明载。《三国演义》中陈琳之
檄文亦重点强调这一点。但其实曹操并无害赵岐之事，《后汉书》卷六十四
《赵岐传》载赵岐避祸与家属受害事在汉桓帝延熹元年(158)，而其时曹操才
四岁，并且曹操的履历中没有担任过太原府刺史。所以《曲海总目提要》中
也说，此剧"借正史姓名点缀，其事无所据"。无论如何，这是对曹操形象的
一种丑化。

第七章　明清戏曲选本中的三国戏曲

　　选本作为一种文学的传播方式，历史悠久。郑振铎是比较早关注到戏曲选本对于戏曲的意义的学者。他在其长文《中国戏曲的选本》中指出，中国戏曲选本，在中国戏曲研究上是很有价值的，对于一般读者也很有用处。他举出了三条：第一，它们保存了不少戏剧研究的重要原料。第二，它们在实际演唱方面，有极大的影响。第三，即撇开专门的研究不说，这些选本，对于一般读者，尤其是对中国戏曲有特殊兴趣的读者也很有好处。

　　　　我个人觉得中国戏曲的结构太相同了，第一出一定是开场，第二出一定是生出，最后一出一定是生旦当场团圆，层层相因，毫无变化，往往有极好的题材，一套上这个旧皮袋，便要完全变成了极不堪的酸酒了。尽管剧中有很出色的几幕，有很富于诗意的描写的一二段，有戏剧力很强烈的几节，有很动人情思的几出，一放在这个陈腐的全局结构中，便未免要联带得大为减色。在选本中，则把这些精华的地方取了出来，不觉地使我们精神为之一振，较之放在全局中读来，只有更为精神，更可爱，反倒可诱引起我们读全剧的勇气。剧场上渐渐地少演'全本戏'。我认为这是一种进步，并不是退步。①

　　郑振铎对于中国戏曲的概括自然有偏颇之处，却也大致符合实情，戏曲选本中选辑的散出，确实在某种程度上更能吸引观众与读者。但若沉湎于选本，也就会陷入鲁迅所说的"缩小眼界"②了。戏曲选本作为独立存在的一种文学现象，至少具有文学、文献和传播三方面的研究价值。

　　相比于诗文，戏曲选本对于戏曲本身的文献保存功能与传播意义更为

---

① 郑振铎：《郑振铎古典文学论文集》，上海古籍出版社，2009 年版，第 516—517 页。
② 鲁迅在《集外集》中说道："读者的读选本，自以为是由此得了古人文笔的精华的，殊不知却被选者缩小了眼界。"

显著。因为文体地位的低下,注重舞台表演却忽视了文本保存等种种原因,明清三国戏曲佚失的数量非常多。有些我们只能通过戏曲目录著述知道剧目,却无法了解其具体内容;有些却正是因为有了戏曲选本的存在,我们才有幸能够阅读到其中的散出,虽然遗憾,终究比完全无法见到文本幸运。元杂剧能够不在历史的烟尘中湮没无闻,《元曲选》等明人选本功不可没。明清戏曲选本的选者选择哪些篇目,忽略哪些篇目,抑或是在某种剧目中选择哪些折子、出,都表明了选者的取舍标准。取舍的背后其实更多的是反映了剧目或者散出在舞台上的受欢迎程度。

明清两代的戏曲得以保存的方式存在着比较大的差异。明代大致有三种方式:第一是明人杂剧总集的记录,如《盛明杂剧》(二集)、《杂剧十段锦》等;第二是与元代杂剧合刊,如《古名家杂剧》、息机子《元明杂剧》等;第三则是选辑零出单套的戏曲总集,如《盛世新声》《雍熙乐府》《群音类选》等。清代作家的戏曲则多以单行本的方式存世,或者与作者其他著作(如诗文、散曲等)合刊。当然,也还是存在着戏曲选本选录清人戏曲的情况。

郑振铎在《中国戏曲的选本》中对"戏曲选本"的界定有这样的论述:

> 所谓"戏曲的选本",便是指《纳书楹》《缀白裘》一类选录一部戏曲的完全一出或一出以上之书而言。像《雍熙乐府》,像《九宫大成谱》、像《太和正音谱》,那都是以一个曲调为单位而不是一出为单位而选录的,那不是戏曲的选本。①

朱崇志认为郑振铎这种概括有其偏狭的一面,而认为《盛世新声》《雍熙乐府》《词林摘艳》等虽然是以宫调曲牌而非单剧单出为编选体例,但其作为戏曲选本的地位是一目了然的。② 本文认同朱氏之观点,故而从单曲选本、单剧选本和单出选本三种形态上去考察明清戏曲选本。

明清两代的戏曲选本很多,有很多学者对此予以了专门的论述,在此不再赘述。本章以王秋桂主编之《善本戏曲丛刊》《续修四库全书》③之"戏剧类"(1760 册——1782 册)与《海外孤本晚明戏剧选集三种》等为考察中心,

---

① 郑振铎:《郑振铎古典文学论文集》,上海古籍出版社,2009 年版,第 510 页。
② 朱崇志:《中国古代戏曲选本研究》,上海古籍出版社,2004 年版,第 2 页。
③ 《续修四库全书》编纂委员会编:《续修四库全书》,上海古籍出版社,1995 年版。

力图揭示出明清戏曲选本中的三国戏曲概貌①。

第一节　三国戏曲在选本中的基本状况

本书把明清戏曲选本分为单曲选本、单出选本、单剧选本三种方式考察,将这些选本中所选三国戏曲置于选本之下著录。三国戏曲中所谓元杂剧、明杂剧、戏文、传奇均按选本中原来的分类摘抄,在剧目散出之后明确标出卷、层者,是其在选本中的具体位置。没有选录三国戏曲的明清戏曲选本则不在本文考察范围之内。本书所涉之选本,简要介绍其类型、编选者及相关情况。

一、单曲选本

1.《盛世新声》

元明杂剧、戏文单曲选本,明戴贤②辑。其书共十二集,以子、丑、寅、卯等为名。申、酉、戌三集订为一册,余则单独成册,共十册。

(元杂剧)《谒鲁肃》:【南吕・一枝花】“苍天老后生”;

(明杂剧)《诸葛平蜀》:【仙吕宫・点绛唇】“秦失邦基”。

2.《词林摘艳》

元明戏文、杂剧单出曲文选本,系《盛世新声》的增删改编本。明嘉靖间张禄辑。十卷,以甲乙丙丁等为序,每卷均有目录,正文一栏 10 行,每行 20 字。所辑作品均加注,指明作者、题目及戏曲名目。散曲与剧曲合选,以宫调曲牌为序。《南北小令》286 首,《南北九宫》收套数 395 套。

(元杂剧)《谒鲁肃》:【南吕・一枝花】“苍天老后生”;

(明杂剧)《诸葛平蜀》:【仙吕宫・点绛唇】“秦失邦基”;

(戏文)《王祥卧冰》:【昼锦堂】“夏日炎炎”。

---

① 《琵琶记》被称为“南戏之祖”,在戏曲选本中出现的频率非常高,并且《琵琶记》之相关著录非常多。《琵琶记》不属于本文的考察范围,但因为蔡邕生活的年代毕竟是东汉末年,在《三国演义》中亦曾出现,故而在选本的考察中,选本所收录《琵琶记》的情况亦会简单标出,但只简略记载所选散出的数量。此外,一些传奇并不属于三国戏曲,但有些散出却明显是关于三国人物的,如明代屠隆之《昙花记》,其中有“关羽显圣”“勘问曹操”等出。类似此等情况,本文一并标出,倘若所选散出并不关涉三国人物,则不在记载之列。

② 也有人认为此本编选者不详,或者径直著为无名氏编,如徐沁君《新校元刊杂剧三十种》之“入校版本”即谓“明无名氏编《盛世新声》……”(中华书局,1980 年版。)

3.《雍熙乐府》

元明杂剧、戏文单出曲文选本,系《词林摘艳》的改编本。明嘉靖间郭勋①辑。足本二十卷,均有目录,以每曲首句为序,第十五卷分前后二集,前集收《大石调》,后集收《南曲小令》。正文一栏 10 行,行 20 字。散曲与剧曲合收,以宫调曲牌为序编排。共收作品 331 套。

(元杂剧)《王粲登楼》:【仙吕·点绛唇】"子为我家业凋残";

《谒鲁肃》:【南吕·一枝花】"苍天老后生";

《王粲登楼》(非郑光祖之作):【仙吕·点绛唇】"一介寒儒";

《千里独行》:【仙吕·点绛唇】"我则待创立刘朝"。

(明杂剧)《义勇辞金》:【仙吕·点绛唇】"国祚灵长"、【双调·五供养】"料颜良不是万夫敌"、【越调·斗鹌鹑】"人走的力尽筋输"、【正宫·端正好】"凭智力将俊才收"。

《诸葛平蜀》:【仙吕宫·点绛唇】"秦失邦基"。

(戏文)《王祥卧冰》:【昼锦堂】"夏日炎炎"、【香风俏脸儿】"桃花已凌乱"(套中第三支"从执箕帚被禁持"出此剧);

《琵琶记》:【红衲袄】"吃的是煮猩唇"。

4.《吴歈萃雅》

戏文、传奇单出曲文选本。明茂苑梯月主人(周之标)选辑、古吴隐之道民标点。有万历四十四年(1616)长洲周氏刻本等。原书四卷,散曲、剧曲合选。戏曲共收 40 种 159 套,其名目皆以二字标出。

(戏文)《琵琶记》(多出多曲);

《连环记》:忠谋"荼蘼径里行"。

5.《月露音》

元明杂剧、戏文、传奇单出曲文选本。多认为乃明李郁尔选辑,有万历杭州李氏刊本。原书四卷,以《庄》《骚》《愤》《乐》名集。各卷署名不同。全书收戏曲 90 种 222 出。

(戏文)《琵琶记》(四曲);

《连环记》:元宵"火树星桥"、赐环"朝雨后看海棠"。

(传奇)《昙花记》:勘罪"日瞳昽宫帘乍卷"。

6.《南音三籁》

---

① 《雍熙乐府》还有"海西广氏编"十三卷本,万历内府刻本。本文取郭勋辑之足本。张元济《涉园题跋集录·雍熙乐府跋》(顾廷龙编,古典文学出版社,1957 年版)中辨析了二十卷本与十三卷本之不同,可以参看。

戏文、传奇单出曲文选本。明凌濛初辑。叶德均认为此选本与《吴歈萃雅》有传承之关系，并考证此选本成书在万历四十五（1617）年至天启六年（1626）之间①。戏曲、散曲合选，各分上、下二卷，以宫调为序，均为套曲，不收宾白。栏上、曲尾时有眉批、尾批。

（戏文）《琵琶记》（多曲）；

《连环记》：忠谋"荼蘼径里行"、忠谋"长吁气在荼蘼"。

7.《词林逸响》

戏文、传奇单出曲文选本。明许宇编，有明天启三年刻本等。全书分风、花、雪、月四卷，风、花卷收散曲，雪、月卷收戏曲，不收宾白，曲文以宫调曲牌为序，注有平仄阴阳，附点板。

（戏文）《琵琶记》（多曲）；

《连环记》：忠谋"荼蘼径里行"。

8.《增订珊珊集》

戏文、传奇单出曲文选本。全称《新刻出像点板增订乐府珊珊集》。明吴中宛瑜子（周之标）编选。有明末刊本等。戏曲、散曲合选。全书分文、行、忠、信四卷，前二卷收散曲，后二卷收戏曲。

（戏文）《琵琶记》：（五曲）；

《三国记》：单刀赴会"大江东去"（新水令套）；

《连环记》：计就连环"朝雨后"（新水令套）。

9.《乐府南音》

戏文、传奇单出曲文选本。明洞庭萧士选辑，湖南主人校点，有明万历刻本等。戏曲、散曲合选。全书分日、月二集，日集收戏曲，月集收散曲。

（戏文）《三国记》：单刀赴会"大江东去"；

（传奇）《试剑记》：试剑"乌啼霜落幕春天"。

10.《乐府遏云编》②

杂剧、戏文、传奇单出曲文选本。明古吴楚间生槐鼎、钟誉生吴之俊选定，有明末刻本等。

（戏文）《琵琶记》（五出）；

《连环记》：计就、侦报；

《三国记》：赴会。

---

① 叶德均：《戏曲小说丛考》，中华书局，2004 年版，第 393—398 页。

② 朱崇志书中谓"全书分上、中、下三卷。只收套曲，不录宾白，附有点板"。但其所录，只见出名，而未见套曲名称。待查。

11.《南北词广韵选》

杂剧、戏文、传奇单出曲文选本。明徐复祚编选。原书分六帙十九卷，按《中原音韵》十九韵目分卷。只收曲文，不录宾白。

（杂剧）《王粲登楼》：【仙吕·点绛唇】"早是我家业凋残"；

（戏文）《琵琶记》（多曲）；

《连环记》：【南吕·一江风】"绫罗从宫样新妆所"、【□□·二犯朝天子】"白玉连环"、【商调·二郎神】"朝雨后看海棠"。

12.《纳书楹曲谱》

清代叶堂（怀庭）编订，乾隆五十七年刊本。

正集卷一全为《琵琶记》的曲文；

卷二《古城记》：挑袍；

《单刀会》：单刀；

《四声猿》：骂曹；

续集卷二《连环记》：北拜；

《三国志》：训子；

外集卷一《连环记》：拜月、问探；

补遗卷一《琵琶记》：秋配、关粮；

补遗卷二《连环记》：赐环；

补遗卷三《三国志》：挑袍。

二、单出选本

1.《风月锦囊》

元明杂剧、戏文、传奇单出选本。明代"汝水云崖徐文昭编辑"。有嘉靖三十二年（1553）重刊本。此书包括三编：甲编《风月锦囊》为戏曲杂曲合选，上下栏均为文字，无插图，收 10 种戏文、3 种杂剧；乙编《全家锦囊》、丙编《全家锦囊续编》上栏为剧情插图，下栏合刊戏曲摘选。全书去重复实收剧目 49 种。

（戏文）《蔡伯皆》（多出）；

《王祥》：【蔷薇花】"偏亲有爱憎"（《夫妻相别》）、【三换头】"酷暑热炎威透"（《汲水争挑》）、【驻马听】"一样孩儿"（《二妇缉麻》《一门孝口》）

《三国志大全》：《桃园结义》《破黄巾》《连环计》《斩貂蝉》《千里独行》《三顾茅庐》《单刀会》等。

2.《词林一枝》

元明杂剧、戏文、传奇单出选本。全称《新刻京版青阳时调词林一枝》，明黄文华选辑，郐希甫同纂，有万历新岁（1573）福建书林叶志元刻本。原书为戏曲、散曲、时调合选。共四卷。全书板式分上、中、下三栏。上下两栏及卷四中层收元明戏文、传奇，中栏除卷四外收录散曲与时调。戏曲共收 39 种 53 出。

（戏文）《古城记》：关云长闻讣权降、关云长秉烛达旦（卷二下层）；

《琵琶记》（4 出，卷三下层）；

《卧冰记》：王祥推车（中层）。

（传奇）《昙花记》：关羽显圣（卷二上层）。

3.《八能奏锦》

元明杂剧、戏文、传奇单出选本。全名《鼎雕（镌）昆池新调乐府八能奏锦》，明黄文华编。有万历间刻本。戏曲部分共收 44 种 78 出。

（戏文）《琵琶记》（七出）。

《草庐记》：议请孔明、踏云（雪）空回（原缺）（卷一上层）。

《三国志》：张飞言威祭马、关羽私刺颜良（原缺）（卷一下层）。

（传奇）《五关记》：云长（正文作"曹操"）霸桥饯别（残缺）（卷一下层）。

4.《群音类选》

元明杂剧、戏文、传奇单出选本。明胡文焕辑，《群音类选》原为万历间文会堂辑刻《格致丛书》之一种。《群音类选》共计戏曲收 159 种，去重复得 154 种，散曲 227 套，小令 334 支。版式为一栏 10 行，行 20 字[①]。

（杂剧）《气张飞杂剧》；

《洛神记》[②]；

（戏文）《桃园记》：关斩貂蝉、五（午）夜秉烛、独行千里、古城聚会；

《草庐记》：甘糜游宫、舌战群儒、黄鹤楼宴、玄德合卺；

《卧冰记》（王祥）：妯娌绩麻、王祥卧冰；

《琵琶记》：赵五娘写真；

《连环记》：探子；

（传奇）《十孝记》：王祥卧冰、徐庶见母。

5.《乐府玉树英》

元明杂剧、戏文、传奇单出选本。全名《新锲精选古今乐府滚调新词玉树英》。明汝川黄文华辑，书林余绍崖绣梓。戏曲、时调合选。原书共 5 卷，

---

① 朱崇志：《中国古代戏曲选本研究》，上海古籍出版社，2004 年版，第 172—173 页。
② 汪道昆之《陈思王悲生洛水》，《大雅堂杂剧》本标曰《洛神记》，不载题目正名。但其余如《远山堂剧品》《重订曲海目》等著录为《洛水悲》。考《古典戏曲存目汇考》中无其他标为《洛神记》之杂剧，则此处应该为汪道昆之剧作。

存卷一,另卷二上、下栏各存一戏曲残出。全书版式分上、中、下三栏。上、下两栏收戏曲,中栏收时调。据其目录共收戏曲 52 种 107 出。

（戏文）《琵琶记》（十出）；

《连环记》：吕布戏貂蝉（卷五下层）；

《三国志》：张飞私奔走范阳、关云长数功训子（卷五下层）。

6.《乐府菁华》

元明杂剧、戏文、传奇单出选本。全名《新锲梨园摘锦乐府菁华》。明豫章刘君锡辑。有万历二十八年(1600)三槐堂王会云绣梓本等。全书六卷。共收戏曲 34 种 72 出。

（戏文）《琵琶记》（五出）。

7.《乐府红珊》

元明杂剧、戏文、传奇单出选本。全名《精刻绣像乐府红珊》。明秦淮墨客(纪振伦)编。有明万历三十年(1602)唐振吾刻本(今佚)等。全书十六卷。卷一：庆寿类；卷二：伉俪歌；卷三：诞育类；卷四：训诲类；卷五：激励类；卷六：分别类；卷七：思忆类；卷八：捷报类；卷九：访询类；卷十：游赏类；卷十一：宴会类；卷十二：邂逅类；卷十三：风情类；卷十四：忠孝节义类；卷十五：阴德类；卷十六：荣会类。

（戏文）《单刀记》：汉云长祝寿（卷一）；

《琵琶记》（六出）；

《桃园记》：云长训子（卷四）、赴河梁会（卷十一）、子敬询国公（卷九）；

《草庐记》：赴碧莲会（卷十一）；

《三国志》：赴单刀会（卷十一）；

《连环记》：退食还忠（卷十四）；

（传奇）《昙花记》：勘问曹操（卷十四）。

8.《玉谷新簧》

元明杂剧、戏文、传奇单出选本。明吉州景居士选辑,有万历间三十八年(1610)刻本。原书为戏曲、散曲、时调合选。版式为上、中、下三栏,上下两栏收戏曲散出,中栏则或为散曲时调,或为酒令灯谜,或为滚调新词。戏曲部分共收 27 种 61 出,其中有目缺文者 12 种 20 出。

（戏文）《三国记》：周瑜差将下书（正文作“周瑜计设河梁会”）、云长护河梁会（正文作“云长河梁救驾”）、曹操灞桥饯别（正文作“曹操霸桥献锦”）（卷一下层）；

《琵琶记》（五出,此外中栏有曲）；

《连环记》：（中栏题《吕布戏貂蝉》）【宜春令】旦“一颦一笑犹关情”；

《独行千里》:【新水令】羽"桃园结义胜同胞"(中栏)①。

9.《摘锦奇音》

元明杂剧、戏文、传奇单出选本。全名《新刊徽板合像滚调乐府官腔摘锦奇音》。明龚正我选辑。

(戏文)《琵琶记》(选十一出)。

10.《乐府万象新》

元明杂剧、戏文、传奇单出选本。全称《新编万家会锦乐府万象新》等。明安成阮祥宇编,书林刘龄甫梓。有万历间刻本。全书分前后二集,称"前集、后集",今惟前集四卷存,卷一目录有损;后集仅存目录,正文佚。全书版式分三栏,上下为戏曲,中栏为时调俗曲。共计收戏曲 60 种 125 出,存 67 出。

(戏文)《琵琶记》(九出);

《三国记》:张飞私奔范阳、关云长训子(卷三上层);

(传奇)《青梅记》:曹操青梅煮酒(卷三上层)。

11.《大明春》

元明杂剧、戏文、传奇单出选本。又名《万曲长春》《万曲明春》,全名《鼎锲徽池雅调南北官腔乐府点板曲响大明春》等。多谓明程万里编选。有明万历间福建书林金魁刻本等。全书六卷。版式为三栏,上下两栏为戏曲,中栏内容丰富,有江湖方语、离别诗词、劈破玉歌等。全书共收戏曲 29 种 50 出。

(戏文)《琵琶记》(十出);

《三国记》:鲁肃请计乔公(卷五下层);

《兴刘记》:武侯平蛮(卷六上层);

《征蛮记》:诸葛出师(原缺)(卷六上层);

《结义记》:云长训子(卷六上层)。

12.《赛征歌集》

元明杂剧、戏文、传奇单出选本。明无名氏辑。有明万历巾箱本等。原书六卷,以剧出为序。共收戏曲 24 种 53 出。

(戏文)《琵琶记》(四出);

《连环记》:退食怀忠(卷六)。

13.《大明天下春》

元明杂剧、戏文、传奇单出选本。全称《精刻汇编新声雅杂乐府大明天

---

① 此处似有误,《独行千里》应该是杂剧,待查。

下春》等。辑选者不详,有明刻本(或谓万历间①)原书卷数未详,存四至八卷。版式分上中下三栏,上下栏为戏曲,中栏为俗曲时调。戏曲部分收 44 种 96 出。

(戏文)《三国志》:翼德逃归、赴碧莲会、鲁肃求谋、云长训子、武侯平蛮(卷六下层)。

14.《万壑清音》

杂剧、戏文、传奇单出选本。全称《新镌出像点板北调万壑清音》。明止云居士选辑,白雪山人校点。有明抄本等。全书八卷,共收戏曲 37 种 68 出。

(戏文)《连环记》:董卓差布(卷一);

《草庐记》:怒奔范阳、姜维救驾(卷二);

《三国记》:单刀赴会(卷七)。

15.《怡春锦》

杂剧、戏文、传奇单出选本。全称《新镌出像点板怡春锦曲》,又称《新镌出像点板缠头百练》。明冲和居士编选,有明崇祯间刻本等。戏曲、散曲合选。全书分六集,分别名为"幽期写照礼集""南音独步乐集""名流清剧射集""弦索元音御集""新词清赏书集""弋阳雅调数集"。除书集外,皆为戏曲单出。

(戏文)《琵琶记》(二出);

《连环记》:探敌(御集);

《四郡记》:单刀(御集)。

16.《玄雪谱》

杂剧、戏文、传奇单出选本。明锄兰忍人编选,媚花香史批评。全称《新镌绣像评点玄雪谱》。有崇祯间刊本等。全书四卷,共收戏曲 39 种 81 出。

(戏文)《琵琶记》(四出);

《三国记》:单刀会;

《连环记》:潜窥、设计(卷四);

(传奇)《昙花珰记》:勘曹(卷三)。

17.《万锦娇丽》

元明戏文、传奇单出选本。全称《听秋轩精选乐府万锦娇丽传奇》,署名

---

① [俄]李福清,[中]李平编:《海外孤本晚明戏剧选集三种》(上海古籍出版社,1993 年版)前言中谓早于万历中期;齐森华等编:《中国曲学大辞典》(浙江教育出版社,1997 年版)谓明末刻本。

"玉茗堂主人点辑"。有明末刻本等。共收戏文4种13出。

（戏文）《琵琶记》（五出）。

18.《尧天乐》

杂剧、戏文、传奇单出选本。全称《新锓天下时尚南北新调尧天乐》。明末豫章绕安殷启圣汇辑，闽建书林熊稔寰绣梓。有明末刊本等。全书二卷，版式为二栏，均为戏曲，上栏附"时尚笑谈"，下栏附"时尚酒令"。

（戏文）《卧冰记》：王祥求鲤（卷一上层）

《琵琶记》（三出）（卷一下层）；

《古城记》：嫂叔降曹、独行千里（卷二下层）；

（传奇）《昙花记》：真君显圣（卷二上层，目录无）。

19.《徽池雅调》

戏文、传奇单出选本。全称《新锓天下时尚南北徽池雅调》。明闽建书林熊稔寰汇辑，潭水燕石居主人刊梓。有明末刊本等。全书二卷。

（戏文）《古城记》：张飞祭马（卷一下层）；

《卧冰记》：推车自叹（卷二上层）；

《琵琶记》（二出）。

20.《醉怡情》

杂剧、戏文、传奇单出选本。全称《新刻出像点板时尚昆腔杂出醉怡情》。明末青溪菰芦钓叟点次，有明崇祯间刻本等。

（戏文）《琵琶记》（四出）；

《连环记》：赐环、拜月、梳妆、掷戟。

21.《乐府歌舞台》

杂剧、戏文、传奇单出选本。全称《新镌南北时尚青昆合选乐府歌舞台》。明无名氏编选。原书四卷，分风、花、雪、月四集，首页及目录中风集、花集前半部残缺，正文只存风集。

（戏文）《琵琶记》（三出）；

《三国志》：怒奔范阳（风集）。

22.《时调青昆》

杂剧、戏文、传奇单出选本。全称《新选南北乐府时调青昆》。明江湖黄儒卿汇选。全书四卷，版式分上、中、下三栏，曲白皆收。

（戏文）《琵琶》（六出）；

《古城》：奔走范阳（卷一上层）、独行千里（卷二上层）；

《赤壁》：华容释操（卷二上层）。

23.《歌林拾翠》

杂剧、戏文、传奇单出选本。全称《新镌乐府清音歌林拾翠》。明无名氏编。全书分一、二集。

（戏文）《琵琶记》（十三出）；

《连环记》：元宵、赏花、探报、投机、计就、安卓、对镜、执戟、议诛、会合；

《古城记》：开宴、劫营、却印、重遇、饯别、独行、斩蔡、聚会。

24.《缀白裘合选》

杂剧、戏文、传奇单出选本。全称《新镌缀白裘合选》。清秦淮舟子审音、郁岗樵隐辑古、积金山人采新。有康熙二十七年刊本。全书四卷,共收戏曲 40 种。

（戏文）《琵琶记》（六出）；

《草庐记》：怒走范阳（卷一）；

《连环记》：花亭赏春、月下投机、计就连环（卷二）。

25.《缀白裘合集》（清慈水陈二球参定,玩花楼主人重辑,清乾隆）

（戏文）《琵琶记》（四出）（元集）。

26.《千家合锦》

戏文、传奇单出选本。全称《新镌时尚乐府千家合锦》。清佚名编选,有清乾隆间梓行本等。

（戏文）《琵琶记》（一出）；

《三国记》：古城相会。

27.《缀白裘》①

杂剧、戏文、传奇、花部单出选本。清钱德苍编选。

（戏文）《琵琶记》（二十六出）；

《三国志》：刀会（一编）、负荆（五编）、训子（八编）；

《连环记》：议剑、梳妆、掷戟（二编）,起布、问探（四编）,赐环、拜月（十编）,小宴、大宴（十二编）。

（传奇）《西川图》：芦花荡（一编）。

（花部）《斩貂》（十一）。

28.《审音鉴古录》

戏文、传奇单出选本。清佚名编选,有清嘉庆间刻本等。

（戏文）《琵琶记》（十六出）。

---

① 此选本形成过程比较复杂,可以参看吴新雷《中国戏曲史论·舞台演出本选集〈缀白裘〉的来龙去脉》,江苏教育出版社,1996 年版;吴敢:《〈缀白裘〉叙考》,《徐州教育学院学报》,2000 年第 4 期;吴敢:《〈缀白裘〉叙考(续)》,《徐州教育学院学报》,2001 年第 1 期。

29.《戏曲选》

戏文、传奇单出选本。清佚名编选,有清光绪间抄本。全书不分卷,一册。

(戏文)《三国志》:挂印、送嫂、饯别、三关。

30.《新缀白裘》

杂剧、传奇单出选本。全称《新缀白裘第一集》。清萧山寅半生钟骏文编选,清光绪间刊本。

(杂剧)《凌波影》:梦订、仙怀、达诚、赋艳;

(传奇)《定中原》①:禳星、败懿、禅谌、归庐。

三、单剧选本

1.《元刊杂剧三十种》

元杂剧剧本集。现存最早戏曲单剧选本②。

《西蜀梦》《单刀会》《博望烧屯》。

2.《永乐大典戏文三十三种》

戏文单剧选本。系明成祖永乐五年(1408)的官编类书《永乐大典》之卷一三九六五到卷一三九九一。今人钱南扬有《永乐大典戏文三种校注》。原书共收戏文33种。现存《小孙屠》《张协状元》《宦门子弟错立身》三种。

《王祥行孝》《忠孝蔡伯喈琵琶记》——均亡佚。

3.《四段锦》

杂剧单剧选本。《百川书志》著录。《百川书志》自称"时大明庚子岁嘉靖夏五月端阳日书",其完书于嘉靖十九年(1540)。则选本产生于此年前。已佚。

《王粲登楼》。

4.《杂剧十段锦》

明杂剧单剧选本,明人辑。有嘉靖刊本等。原书分十集,以天干为序,每集一剧。

《义勇辞金》。

5.《古名家杂剧》

元明杂剧单剧选本。明万历间陈与郊选刊③。原书实为《古名家杂剧》

---

① 《定中原》虽然以"出"标,但实际上乃杂剧,此处误收入传奇中。

② 此本有元代坊刻本,严格地说,不属于本文的论述范围,但因为此为最早之单剧选本,且元代选本仅此一例,不列入有损于所列剧目的完整性,故而列入其中,但仅作为立论之背景。

③ 郑振铎《跋〈脉望馆钞校本古今杂剧〉》云:"诸家书目皆以《古名家杂剧选》为陈与郊编刊,今见《女状元》之末,有一牌子云:'万历戊子(十六年)夏五西山樵者校正,龙峰徐氏梓行',则知编刊者并非陈氏了。后世人均未见此牌子,故致有此误。"而诸种词典均作陈编。——引自朱崇志《中国古代戏曲选本研究》,上海古籍出版社,2004年12月版,第171页。

与《续古名家杂剧》二种合成。计原刊本至少有 78 种，现存 65 种。

（元杂剧）《王粲登楼》；

（明杂剧）《渔阳三弄》。

6.《元人杂剧选》

元明杂剧单剧选本。一名《古今杂剧选》，明息机子编选。有万历二十六年(1598)刊本。原刊本有息机子序，署"万历戊戌夏六月息机子书"。据《汇刻书目》，原书选元明杂剧 30 种。

（元杂剧）《连环记》。

7.《阳春奏》

元明杂剧单剧选本。明黄正位选刊。原书收元明杂剧 39 种，国家图书馆藏残本，存 13 种。

（明杂剧）《狂鼓史》。

8.《元曲选》

元明杂剧单剧选本。一名《元人百种曲》，明臧懋循编。

《王粲登楼》《连环记》《隔江斗智》。

9.《六合同春》（明陈继儒评，万历间）

（戏文）《琵琶记》。

10.《盛明杂剧》

明杂剧剧本集。明末沈泰编，有明崇祯刊本等。初集 30 卷 30 剧，二集 30 卷 30 剧。

初集：《洛水悲》《文姬入塞》《四声猿》4 种。

11.《古今名剧合选》

元、明杂剧单剧选本，包括《柳枝集》《酹江集》两种。明孟称舜辑，有崇祯刊本等。其中《酹江集》收下列三国杂剧：

（元杂剧）《隔江斗智》《王粲登楼》；

（明杂剧）《狂鼓史》。

12.《六十种曲》

元明杂剧、戏文、传奇单剧选本。明毛晋辑。

（戏文）《琵琶记》。

13.《绣刻演剧》

杂剧、戏文、传奇单剧选本。明无名氏编选，有明刊本。

（戏文）《草庐记》《琵琶记》《古城记》。

14.《杂剧新编》

杂剧单剧选本。又名《杂剧新编三十四种》《杂剧三集》。明末清初邹式金编选。有康熙元年刊本等。

（清杂剧）《吊琵琶》《中郎女》《鹦鹉洲》。

15.《今乐府选》

杂剧、戏文、传奇单剧选本。清姚燮编选。全稿完成时间约在咸丰二年至同治三年（1852—1864）之间①。全书号称 500 卷，传世者仅 192 册。

（元杂剧）《王粲登楼》《隔江斗智》《连环记》；

（明杂剧）《渔阳弄》；

（清杂剧）《吊琵琶》《大转轮》《吟风阁》《凌波影》；

（戏文）《琵琶记》；

（传奇）《南阳乐》。

16.《梨园集成》

昆腔传奇、花部皮黄戏单剧选本。清代李世忠编选，有光绪间刊本等。全书以剧目情节所属朝代为序。

（昆腔传奇）《濮阳城》；

（花部）《长坂坡》《反西凉》《骂曹》《战宛城》《取南郡》《鲁肃求计》《祭风台》。

此外，据郭英德《稀见明代戏曲选本三种叙录》②一文记载，《曲选》中有《连环记》之《吕布戏貂》，《方来馆合选古今传奇万锦清音》四卷中有《连环记》之《计就连环》《布戏貂蝉》二出。

以上是明清时期戏曲选本选录三国戏曲的基本情况：单曲选本 12 种，单剧选本共 15 种，单出选本最多，达到了 30 种。单纯从时代来看，明代显然是戏曲选本的大繁荣时代，尤其是万历年间，戏曲选本异常兴盛。与明代相比，清代戏曲选本则相对稍少，特别是单曲选本与单剧选本，单曲选本中只有叶堂的《纳书楹曲谱》，单剧选本中也只有邹式金的《杂剧三集》与姚燮的《今乐府选》，何况邹式金还是由明入清之人。当然清代戏曲选本绝对不能忽视，尤其是叶堂的《纳书楹曲谱》与钱德苍的《缀白裘》，堪称研究古代戏曲的资料渊薮。统计戏曲选本收录三国戏曲的情况，显然与考察整体戏曲选本的情况不甚相同。李简曾经指出："康熙末叶到乾嘉之际，戏曲舞台几乎已是折子戏的天下"③就整体情况而言，概括非常准确，三国戏曲却是个例外。三国戏曲的单出（折）演出盛况，多半出现在明代中后期，其实这种情况

---

① 周妙中：《姚燮生平考略》，《艺术百家》，1997 年第 1 期。

② 郭英德：《稀见明代戏曲选本三种叙录》，《清华大学学报》（哲学社会科学版），2007 年第 3 期。

③ 李简：《元明戏曲》，北京大学出版社，2003 年版，第 237 页。

是很正常的。折子戏并不限于昆曲,如万历间戏曲选本《群音类选》就分为官腔、清腔、北腔、诸腔四大类;上面所列选本能够确定为弋阳、徽调的亦不在少数。自明代末年始,昆腔便一统天下,加上戏曲选本多是文人所为,故而后期的折子戏,多是以昆曲为标准来进行编选的。从上面所列具体的选本及散出等可以看到,三国戏曲中被列为传奇者,寥寥无几,多数则是以戏文标之,这也说明了三国戏曲多出现在昆曲未取得统治地位之前,不少是以弋阳腔等进行创作的。上述统计可能有些不甚全面之处,但能基本反映出三国戏曲在选本中的状况。明清时代,戏曲选本很多,需要说明的是,那些没有收录三国戏曲的选本都不在上述之列,单剧选本中李世忠之《梨园集成》所选之"花部"三国戏曲也都不在本文讨论范围之内。将其列出只是为了能让我们更加直观地看到花部中的三国戏曲概貌。需要提醒的是,我们在文献记载中所看到的只是一个时代的断面,而不是整个社会的真实反映,尤其是在广大的山村乡镇,三国戏曲,尤其是关于关羽的戏曲,从来都未曾衰落过。

第二节　戏曲选本的文献价值

因为戏曲地位的低下,再加上兵燹之祸、政府的意识形态控制所导致的禁毁等等,使得我们现在所能看到的戏曲文本远远少于戏曲目录著作中所著录的。此外,一些戏曲剧目的编纂者也不甚重视戏曲选本,故而在撰写戏曲目录时,同样也存在着错漏等情况。戏曲选本的存在使得我们有机会能够通过最直观的方式来更正一些错误,更为重要的是,戏曲选本的存在使得一些原本已经被认为是完全亡佚的文本又得以面世。虽然这些戏曲文本很多只是保留了原作的某一出或者某数出,但这远远比孤立的剧名本身要可贵得多。通过这些戏曲选本保存的单出或数出,再结合其他的材料综合分析,我们或许就能够更为接近当时的历史真实。一般而言,戏曲选本的文献价值体现在古代戏曲作品的辑佚和校勘两个方面。从上面明清时代戏曲选本所辑录出来的三国剧目来看,选本的文献价值是非常值得重视的。这具体表现在两个方面,一是剧目保存的作用。二是让我们从中发现一些新的故事情节,这些也能够帮助我们更加准确地判断现存戏曲目录著录中存在的问题。

一、有助于三国戏剧目的考证

剧目的保存可以分为两种,一是在其他的戏曲目录学著作中并未著录,而现在通过戏曲选本发现的；二是原本就有，但是与戏曲选本中存在着比较大的差异，故而有可能存在着新的版本。此外，通过戏曲选本也可以帮助我们更加准确客观地判断《三国志》等剧本是否存在。

（一）戏曲选本中出现的新剧目

通过明清戏曲选本的考察，至少可以看出，《兴刘记》《征蛮记》《结义记》《单刀记》《青梅记》等五种戏文传奇未曾出现在戏曲目录著作中。

1.《兴刘记》

此剧见于明代戏曲选本《大明春》，其书卷六上层选"武侯平蛮"一出。首先是净（西川成都府皇华驿驲宰）交代诸葛亮出师南征之事，蒋琬、费祎、姜维、马谡等人置酒送别。马谡在宴会上献策说："征伐之道，攻心为上，攻城为下。"末有七言诗一首："五月驱师入不毛，月明泸水瘴烟高。欲将雄略酬三顾，肯惮征蛮七纵劳。"现存《七胜记》无此内容设置，未知二者之间有何关系。此外，选本《大明天下春》中亦选有"武侯平蛮"一出，却归之于《三国志》，二者之间，内容几乎完全一致。两个选本虽然书名类似，但彼此之间却无沿袭关系。《大明春》成书于万历年间可以确定，《大明天下春》何时成书却存在争议。应该说，这种内容相同而剧名不同的记载存在以下两种可能：第一，《大明春》编选者比较严谨，故而认定为《兴刘记》；而《大明天下春》的编选者较为粗率，因为"武侯平蛮"属于三国故事，故而笼统标之为《三国志》。第二，两本选本的著录均无错，明代原本就存在着这么两种不同的剧名但却有内容的重合，都敷衍着诸葛亮南征故事的剧本。应该说，这两种情况均有可能发生。前一种是很多人都认同的，按照一般的推论来说，这种情况确实很有存在的可能。第二种情况亦不能轻易否定，明代戏曲中，内容相同而剧名不同的，并非只此一例。如关于关羽"单刀赴会"的故事就出现在《四郡记》《桃园记》《赤壁记》等剧中，"碧莲会""芦花荡"的故事也多次出现于不同的文本里，都在提醒着我们不可轻率地作出判断。无论如何，《兴刘记》的存在应该可以确定。

2.《征蛮记》

此剧亦出自选本《大明春》，内选散出名为"诸葛出师"，可惜原本就缺失，无从考证其内容，按其标题，可能与《兴刘记》之"武侯平蛮"类似，亦可能为诸葛亮"六出祁山"中的某一次出师，无从确定。当然，可能性更大的还是前者，东夷、南蛮、西戎、北狄之说法，古代颇为流行。剧目本身标为"征蛮"，多少也透露了这种信息，但也不能完全下定论。二书皆出自《大明春》，《大明春》乃文人选本，内容讹误的可能性应该相对较小。在没有其他证据证明《征蛮记》不存在的情况下，我更倾向于相信明代确实存在这么一本戏曲。

3.《结义记》

此剧亦出现于《大明春》,内选散出"云长训子"。"云长训子"乃按照关汉卿《关大王单刀会》的第三折进行改编的,在明清二代此目非常受欢迎,多次出现在戏曲选本之中。我们可以怀疑《结义记》乃选本编选者的杜撰之名,但应该注意的是,仅仅以"云长训子"来命名的,即有《三国志》《三国记》《桃园记》《结义记》四种,前二者有可能是同名的不同写法,后二者绝对不同,何况,同样由《关大王单刀会》改编的"鲁肃求谋""鲁肃问计"等出现的情况更为频繁,这更加证明了关羽故事的流行性。《结义记》的存在是非常有可能的。

《大明春》是弋阳腔、徽调的选本,也说明了在广大弋阳腔、徽调的流传地区,三国故事是非常受欢迎的,有关三国的戏曲创作、演出也是比较繁盛的。

4.《单刀记》

此剧见于选本《乐府红珊》,卷一"庆寿类"中选有"关云长庆寿"一出。此剧未见于任何其他的著录。选本所选之散出,描写诸人为关云长祝寿。先后出现关平、周仓、张飞,刘备送来贺礼并御诗一首,诸葛亮也送来贺礼。荆州军民感激太平,都来给关羽祝寿。奇特的是,张飞所唱曲文中居然出现了"霸陵桥上气峥嵘,势压曹瞒百万兵"的字样。霸陵桥辞别曹操,是关羽追溯平生事迹时经常提起之事,且在戏曲选本中多有"霸桥饯别"之目。张飞事迹中未见有任何关于霸陵桥的记载。倘若谓此乃张飞为关羽颂扬功劳,但此诗后两句"威震虎牢成伟绩,当阳千载播芳名"则否定了这种看法。此处曲文应该有误。

刘备之御诗为:"毓秀钟灵应世生,普天感戴欲中兴。试看龙虎风云会,一望孙吴尽扫平。"戏曲中,刘备写诗仅见于两处,另外一次是《草庐记》之"碧莲会"情节中。

关云长生日之描写,在元杂剧中亦曾见到,《寿亭侯怒斩关平》中,冲末简雍提及:"今因五月十三日是元帅生辰贵降之日。有玄德公命孔明军师众将来至荆州,与俺元帅做生日。"其余未见此类记载。《乐府红珊》中所选与元杂剧所叙内容有很大区别,正是证明《单刀记》存在的最好理由。

5.《青梅记》

《青梅记》的情况与上述三种有些不同之处,上述三者均未见于其他的戏曲目录著述,而《青梅记》却在《今乐考证》《钱遵王述古堂藏书目录》等中均有著录,题作者为汪廷讷。值得注意的是,汪廷讷确实有《青梅记》,但却非三国故事,而是写元代著名才伎刘婆惜之事,与《乐府万象新》中所选之

《青梅记》并非同一作品。描写三国故事之《青梅记》出自《乐府万象新》，内选散出"曹操青梅煮酒"，内容翔实，曹操、刘备的形象均较为鲜明，与《三国演义》的描写有相似之处，也存在很大区别。

李平在《海外孤本晚明戏剧选集三种》中提到：

> 《射鹿记》在《远山堂曲品》列于"杂调"，当亦是弋阳腔传奇，但全本已失传。江西省文化局剧目工作室整理集印的青阳腔传统戏曲《青梅会》，关目情节和清代董康等人校订的《曲海总目提要》对《射鹿记》内容的介绍，基本一致。因此，这《青梅会》看来即是明人《射鹿记》不断更改的演出本；而《乐府万象新》所选《青梅记》散出，则保持了《射鹿记》原作片段的本来面目。二者在部分曲词上十分迫近……连与全曲主旨极不相称的"杀气巍巍"末句，也都相同。所以，尽管相应的场次，在情节的繁简、曲白文字乃至人物充任的角色安排（《青梅记》中，曹操由"外"饰扮；《青梅会》里以"净"唱演），都有很多不同；两者之间的血缘关系，仍不难从曲牌、宾白和关目中找出有分量的线索，两者均出于《射鹿记》。[1]

既然《远山堂曲品》明确记载了《射鹿记》，则此剧之存在基本可以确定。明清戏曲选本没有选辑有关此剧的内容，颇为遗憾。是否《青梅记》即出自《射鹿记》，从李平的论述中似乎并不能得到充分的证明。但《射鹿记》与《青梅记》之间有密切的关系应该是毫无疑问的。《乐府万象新》所选散出之《青梅记》，未见载于其他任何书目，作者信息无法考证。

6.《诸葛平蜀》

明代杂剧《诸葛平蜀》也是赖《盛世新声》《词林摘艳》《雍熙乐府》才得以保存的。从某种层面上来说，《盛世新声》的功劳最大，因为《词林摘艳》乃是在其基础得以改进的，而《雍熙乐府》又是《词林摘艳》的完善本。三者之间基本相同，也有不同之处，如《雍熙乐府》比前二者多了一套【尾声】，曲文方面亦有些细微的差异。另外，《雍熙乐府》不提撰人，而在前二者中均题为"皇明丘汝成"，且标为"咏三分"。

曲选本中以【点绛唇】"秦失邦基"开篇，从刘邦、项羽事谈起，有"到底来天命归仁德"字样。并且【混江龙】曲子中叙述的亦是"汉初三杰"辅佐

---

① ［俄］李福清，［中］李平编：《海外孤本晚明戏剧选集三种》，上海古籍出版社，1993 年版，序言第 23 页。

刘邦赢得楚汉争霸之事。结尾唱道："一来是上天眷命敢,二来是臣宰扶
持"。从楚汉争霸开始,引入三分,亦属正常。【油葫芦】中分析了当时的
天下大势:

> 鼎足三分汉社稷,占天时曹孟德,他则待命诸侯施权柄,逞奸欺事
> 无成,一命归泉世,废献帝做山阳公,便把曹丕立,论东吴孙仲谋,处长
> 江千万里,倚仗着龙韬虎略多雄势,得地利,可勍敌。

此处口吻与诸葛亮"隆中决策"有类似之处,但时代明显已经在后,这从
"废献帝做山阳公"中便可知晓。把废献帝立曹丕作为曹操生平之事,在《三
国志平话》中曾经出现①,此处乃这种话语体系的延续。【天下乐】中赞美了
刘先主的"仁和",【那吒令】中赞美了西蜀的文臣武将,从此曲往下,显然均
不可能是出自诸葛亮之口。

> 【那吒令】若论着智谋,有军师调理;若论着势威有云长翼德;若论
> 着英勇,有子龙孟起,老将军黄汉升,他每都多锋利一班儿将相扶持。
> 【鹊踏枝】刹场上受驱驰,阵面上恶迎敌,虽然是将勇兵强,亏军师
> 妙策神机,想当初,赤壁下鏖兵对垒,直杀的烟灭灰飞。
> 【寄生草】丞相要平蛮虏,我则待除逆贼,灭荒暴无遗类,见如今曹
> 丕虎视中原地,我则怕乘虚鼠窃西蜀地,军师前论黄数黑说兵机,我正
> 是班门弄斧夸强会。
> 【六么序】擎天柱堪称许,栋梁村众所推,习韬略,善晓兵机,凭丞相
> 妙策深奇,决断无疑,晓天文地理精微,堪为舟楫经济,敢(缺一字)当先
> 斗胆谁及,共军师报国,把功劳立,他则待心存汉室,恢复华夷。

倘若是曲子出自诸葛亮之口,则所谓"有军师调理""亏军师妙策神机"
"丞相要平蛮虏""凭丞相妙策深奇"等说法,在情理上都无法找到立足点。
按照唱词口吻来推论,出自孙乾、简雍等人的可能性较大。曲文讲求铺排,
注重韵律,但对于事件本身的严谨性并无太多要求,如关羽赴单刀会之时就
唱到自己"水淹七军"的勋绩等。故而此套曲中,云长的"势威"与曹丕废黜

---

① 《三国志平话》卷下:后说曹相奏帝:"陛下圣寿。"帝曰:"又无后嗣,可立谁?"操曰:"帝不闻
尧、舜、禹、汤,有德者立?"帝曰:"谁为有德者?"曹相言:"臣子曹丕,天下皆称,可立为
天子。"

汉献帝为山阳公的事件并存并无太大问题。

此剧既名《诸葛平蜀》，描写的主人公自是诸葛亮无疑，但主唱之人却非诸葛亮。这与关汉卿之《关大王单刀会》颇为相似。可惜，只有曲选本选了这个杂剧，缺少了宾白的点缀与交代，导致有些问题无法弄明白，多少也算是一件憾事。

（二）通过选本发现现存目录著作的问题：

通过对戏曲选本的考察，至少能让我们对《桃园记》《试剑记》《古城记》等有更为清晰而准确的判断。

1.《桃园记》

祁彪佳对三国故事改编的传奇评价普遍较低，但对《桃园记》倒有一丝肯定之意。《远山堂曲品》云："《三国传》中曲，首《桃园》，《古城》次之，《草庐》又次之。虽出自俗吻，犹能窥音律一二。"庄一拂《古典戏曲存目汇考》载《桃园记》，但认为仅存《群音类选》残存散出。《群音类选》"官腔类"卷十二选《桃园记》中四出，分别是"关斩貂蝉、五（午）夜秉烛、独行千里、古城聚会"。倘若仅存此四出，我们对《桃园记》的判断则相对较为片面。此四出内容从名目上看，时间与现存明代戏文《古城记》基本相同，唯独《古城记》中无"关斩貂蝉"之内容。考察内容本身，其实与《古城记》之间还是存在着区别。如"五夜秉烛"，其中有旦唱【绵搭絮】：

> 当时贫守在衡门，淡饭黄虀，早晚夫妻辛与勤，守清贫无事关心。今日功成名就，指望列鼎重裀，谁想地塌天崩，妇北夫南。

此曲既未见于《古城记》，也未见于元代阙名杂剧《关云长千里独行》，却写出了旦角（未能确定是甘、糜二夫人中哪位）对往昔生活的追忆以及时下的徘徊与幽怨。

"关斩貂蝉"在宋元时代以至于明清时代的说唱文学领域都是颇为流行之事，《三国志玉玺传》中亦有详尽描写，这点在王丽娟之著作①中有详备的分析，可以参看。此选本中貂蝉的唱词中叙述道："幸遇亡夫吕奉先，又苦被梁王赚。到今日方披云雾，得睹青天。"梁王，不知道该作何理解，遍查现存元代三国杂剧，似乎未见梁王之记载。

其实，在戏曲选本《乐府红珊》中还存有《桃园记》三出，此三出分别是卷四"训诲类"中之"汉寿亭侯训子"（正文作"关云长训子"），卷九"访询类"中

---

① 王丽娟：《三国故事演变中的文人叙事与民间叙事》，齐鲁书社，2007 年版。

存"鲁子敬询乔国公"（正文作"鲁子敬询乔国公求计"），卷十一"宴会类"中存"刘玄德赴河梁会"。这三出的存在，却让我们大大丰富了对于《桃园记》的认识。此三出的存在，至少证明《桃园记》的故事形态是非常丰富的，单纯从选本所选内容的历史时间来判断，最早的有关羽斩貂蝉，最迟的已经到了关羽镇守荆州期间独赴单刀会的故事。结合剧名本身来看，我们甚至可以推断，《桃园记》应该是从刘关张三人桃园结义开始叙述，到关羽丧身东吴，张飞起兵被害，再至刘备起兵报仇直至归天止。三人皆用生命践行了当初"桃园结义"时"一在三在，一亡三亡"的誓言，也真正体现了"这一拜，生死不改，天地日月壮我情怀"的情感诉求。应该注意到，《乐府红珊》中选本所标剧目与原作品的剧目之间存在着一些不同，尤其是把关云长置换成汉寿亭侯，说明了《乐府红珊》的编选年代（万历年间），关羽崇拜已经非常兴盛，也说明了《桃园记》的写作状态比较古朴。《乐府红珊》中所选之"刘玄德赴河梁会"与《玉谷新簧》中所选"河梁会"的故事形态间存在着显著的区别，这点在下文中详述。

2.《试剑记》

《远山堂曲品》著录《试剑记》二本同名传奇，谓一本为赵云作生者，"仅能铺叙已耳"；而谓另一本"此以刘先主为生者。杂取诸境，……不若赵云作生之《试剑》，犹得附于简洁。内一折，全抄《碧莲会》剧。"长期以来，我们对于《试剑记》的认识仅止于这几句话的论断，加上依凭着《三国演义》对"试剑"情节的记载，作出一些简要的分析。曲选本《乐府南音》的存在让我们至少能在上述判断的基础上深入一个层次。

《乐府南音》"日集"有《试剑记》之"新水令套"，主唱者乃刘备，足见此乃《远山堂曲品》所谓"以刘先主为生者"。此套曲之【尾声】云："行行一望荆襄，远举步，东吴在目前，且向邮亭一夜眠。"可见此套曲所叙内刘备未到东吴之前的心境流露。

【折桂枝】正春深绿暗红淹，恼杀多情蝶懹蜂颠，觑长堤柳垂金挂絮绵绵，是谁家朱门深院戏耍秋千。哦语声喧，带翠蝉娟，笑伊家多少清闲，识征人尘涌雕鞍。

【江儿水】渐觉春衣换时看暑气天，粉痕忽尔流香汗，暗中不觉光阴变，眼看乌兔飞如箭。何日身登金殿，怕皓首无成，难见江东人面。

【雁儿落】因此上眼巴巴，草木悬到如今，意□□，心惊战，将石山当虎看，豹月鸟追飞电，凭着俺英雄壮志撼天关，哪怕他泰山高，哪怕沧海掀，当年俺也曾把真龙亲交战，非么么，难管取锦江山，得保全。

【侥侥令】雁儿飞不到,人被利名牵,惭予空有屠龙志,总不如老烟霞一钓竿。

【收江南】呀,想当初,荆襄失守呵,兄和弟阻,关山梁云塞月各壶天,金兰义比泰山坚,看功成凯全,须教身参麟阁姓名传。

【园林好】听归鸦争巢,喧闹古寺钟声报传,见傍水柴门半掩,竹笼里吐浮烟,竹笼里吐浮烟。

【沽美酒】赴东吴,结美缘,赴东吴结美缘,设香饵布纶竿,就几关也枉然,分明是鸿门会宴,那周郎枉自熬煎,洞房中暗排弓箭,管博得东吴名显,我呵,哪怕他千般计,晴定教他亲成美眷呀,才把这两肩舒展。

一路上,刘备思绪万千,既有对清闲生活的些许羡慕,更多的则是对建功立业无比的期待,以及担心光阴已逝而功业未建的惆怅。他追想自己与关张二人当日荆襄失守而关山阻隔,三人之间的感情却比泰山还要坚固。刘备明知道东吴提出娶亲不怀好意,即便前面再有千万险阻,情况再为凶险,他也要"偏向虎山行",并且对此次东吴之行充满信心。虽然只有唱词,而无宾白,但刘备的心情以及刘备的性格特质在这套曲子中已经得以充分地彰显。既有东吴娶亲,而且又有抄袭《碧莲会》之内容,说明此《试剑记》与《草庐记》在内容上也有很多的相合之处。《远山堂曲品》谓此剧"不若赵云作生之《试剑》",说明另外一本《试剑记》较此本出色,可惜现在无法找到有关文本的记载。

3.《古城记》

明代无名氏戏曲《古城记》,我们今天尚能看到其明代万历年间金陵文林阁之刊本。其内容从刘备与二夫人"赏春"开始描写,至刘关张三人"古城团圆"止,共二十九出。明清戏曲选本中,所选《古城记》内容较多,主要有《词林一枝》所选"关云长权降""秉烛待旦";《尧天乐》选"嫂叔降曹""独行千里";《徽池雅调》选"张飞祭马"(正文作"翼德祭马");《时调青昆》选"奔走范阳"、"独行千里";《歌林拾翠》所选"开宴赏春""计劫曹营"……"聚会团圆";《纳书楹曲谱》选"挑袍"。

从选本所选之关目即可看出,"翼德祭马""奔走范阳"在今存本《古城记》中并未见到。

"翼德祭马":曲牌有【驻云飞】、【点绛唇】、【那吒令】、【鹊踏枝】、【寄生草】、【后庭花】、【耍孩儿】。张飞自述,曹操荐俺兄弟三人共擒吕布,不想孙坚道紫袍诛吕布,不用绿衣郎。

【那吒令】今日得曹公举荐出平原，恨孙坚局量浅，将咱戗下贱，不是苦埋怨，忍不得恶语轻言。

【寄生草】不能得天明早起相交战，往常间日月如梭箭，今日里似有长绳绊。恨天怨天不与人行方便，恨不得把月儿遮星儿掩，将红轮扯起照东边。

张飞因为迫不及待想要交战，故而感觉黑夜漫长难耐。他天不明，"不免将马祝付一番……你若千回千胜万回万赢，我就封你为元帅。"后来又用同样的腔调和语言嘱咐他的枪。

"翼德祭马"中【寄生草】唱词描写非常细腻，将张飞迫不及待地想通过与吕布交战为自己正名的心情，淋漓尽致地表现了出来。"翼德祭马"之情形与元代阙名杂剧《单战吕布》第二折类似。张飞出战之前，承诺如果战胜则封为枪监军、鞭监军、马监军。杂剧曲文与选本中的曲文差别很大，二者之间并非完全的继承关系。

"奔走范阳"：此情节描写张飞因与诸葛亮产生几乎不可调和的矛盾，故而他一怒之下想重回到自己的家乡涿郡范阳，继续从事他的屠猪卖肉工作，后来在关张劝说及赵云的武力拦截下重新回到营帐。现存《古城记》之结尾，诸葛亮尚未出现，更无从谈起与张飞矛盾之事。这个情节归之于《古城记》，有两种可能：一种是编选者误把属于《草庐记》或其他戏文的情节归于《古城记》名下；另一种则是有我们今日所未曾见到的《古城记》，故事情节与今日所存之本不甚相同。恐怕第二种可能性会更大些。

台湾学者王安祈也有这种大致相同的看法，她认为：

但当时剧场上流行的古城记恐怕不止此一本。今存戏曲散出选本中所收的《古城记》，仅《时调青昆》卷四的"独行千里"和《古城记》二十六出"服仓"后半完全相同，至于《尧天乐》卷二所收"嫂叔降曹"及"独行千里"，和《词林一枝》卷二所收的"关云长闻朴权降"及"关云长秉烛达旦"相同，而和《古城记》则有两支曲牌相异。当然，民间艺人们自行改动剧本以适应舞台演出的情形十分普遍，几支曲子的差异无足为怪，但值得注意的是以下两条材料：《徽池雅调》收有散出"翼德祭马"，题为《古城记》；《时调青昆》所收散出"奔走范阳"，也题为《古城记》。①

---

① 王安祈：《明代戏曲五论》，大安出版社，1990年版，第145页。

（三）戏曲选本中的《三国志》《三国记》考辨：

从上述统计的标目中可以看出，《三国志》《三国记》在明代戏曲选本被选的次数很多。除了选本之外，明清二代著录未见此种记载。故而多有学者直接认定《三国志》或《三国记》乃全体三国戏曲的一种统称。《海外孤本晚明戏剧选集三种》即持此观点①。我认为这种结论似乎有些草率。我的意见是存在的可能性较大，理由至少有以下几条：

第一，描写三国历史全貌的作品，清代既有维庵居士的《三国志》，也有周祥钰等人创编的《鼎峙春秋》，为何明代就一定不会存在这种反映三国故事全貌的戏曲作品呢？否定多是出自学者居于自身逻辑的一种判断，肯定也同样可以由逻辑本身出发。虽然后者是为宫廷演剧所创，但三国故事在宋代以来在民间就非常受欢迎，何况明代还有《三国演义》这样的小说作品可以借鉴。从现存戏曲以及选本中所选关目等所透露出来的信息，明代三国戏曲反映的历史事件，上至刘关张破黄巾、虎牢关立功，下至诸葛亮南征蛮虏，七擒孟获，大致已将整个三国事件囊括在内。这种情况下，存在《三国志》《三国记》这样的戏曲，至少是不能完全排除可能性的。

第二，没有著录而同样在戏曲选本中存在的剧本，并非只有《三国志》或《三国记》，《青梅记》《结义记》《兴刘记》等也都出现于戏曲选本，且从所选之出（折）的内容确实可以证实它们的存在。

第三，同样的剧目，标注为《三国志》或《三国记》的，与标注为其他剧名的，在内容上存在着或大或小的差异。

且以"河梁会"与"张飞怒奔范阳"为例，来进行具体说明：

---

① ［俄］李福清、［中］李平编：《海外孤本晚明戏剧选集三种》（上海古籍出版社，1993 年版）目录中把《乐府万象新》中"张飞私奔范阳"之《三国记》，下面注明"即《古城记》"，而"关云长训子"之《三国记》却又未改。在《大明天下春》中"翼德逃归"之《三国志》下面也直接标为"即《古城记》"，"赴碧［莲］会"之《三国志》下标"即《草庐记》"；而"鲁肃求谋"、"云长训子"之《三国志》又未标，"武侯平蛮"之《三国志》下标"即《兴刘记》"。按：这些选出中，《三国志》之"武侯平蛮"与《兴刘记》之"武侯平蛮"基本相同；《三国志》之"赴碧莲会"与《草庐记》之"赴碧莲会"大体相同。但据此就直接否定《三国志》的存在似乎也失之于草率。更令人难以理解的是，"张飞私奔范阳"与"翼德逃归"，皆为张飞在积下对诸葛亮的一肚子怨气之后，意欲离开营帐，回归家乡范阳的事情。而《古城记》叙述事件的结尾是刘关张古城团圆，诸葛亮尚未出山。诸葛亮与张飞之矛盾，在《草庐记》中才得到反映，但亦不见"私奔走范阳"之明确记载。我们在上文中提到可能存在一种我们今日未曾见到的《古城记》，但这也只是一种猜测，无论如何，把"张飞私奔范阳"直接归为《古城记》，是比较武断的，据此来断定其他剧本的不存在，就显得更加不合适。退一步说，假如另本《古城记》存在，也不能直接证明《三国志》的不存在。反言之，"张飞私奔范阳"未见于《草庐记》及现存的任何一种作品，就更加是《三国志》可能存在的一个例证。

1."河梁会"

《玉谷新簧》选《三国记》之"周瑜计设河梁会""云长河梁救驾"与《乐府红珊》选《桃园记》之"刘玄德赴河梁会"存在着明显的不同：一，《桃园记》中河梁会的内容应该是其中一出（折），而《三国记》中却是明显分成了两折（出）；二，虽然大致故事情节类似，但亦存在着很多差异。①《桃园记》中与关羽争论者为张飞，而《三国记》中为赵云。而理由均非常荒谬。②二者背景不同，《三国记》中交代张飞同诸葛亮去抚按姑苏，《桃园记》并未交代诸葛亮之去向。《三国记》中这种安排显然也是个败笔，因为周瑜让甘宁告诉刘备，诸葛亮也让他去赴宴。③《三国记》赵云让关羽带刀，关羽认为应该带短剑；《桃园记》中张飞让关羽不要带长刀。无论是张飞还是关羽，否定带长刀的理由都是怕东吴方面一眼便认出了关羽。④《桃园记》中周瑜最初就见到了关羽，并问刘备手下有多少如此虎狼之护卫，而刘备回答有 500 名。《三国记》中周瑜最初并未见关羽，关羽一直在与甘宁对话，最后才闯入营帐，扭住周瑜。⑤《三国记》中，设置了周瑜和刘备行酒令之事，这点与"碧莲会"有些类似之处，但大部分还是不同。而在《桃园记》中，并无此等内容。⑥相比较而言，《三国记》的剧场气氛更为浓郁，尤其是通过关羽与甘宁之对话，以及最后结合剧场本身的关目，造成一种浓郁的剧场效果。

二者之间无论是从人物还是故事情节方面，都存在着巨大的差别，从而也就不存在二者只是在表演之中进行更改的情形，也进而否定了《三国记》乃《桃园记》之改名，或者说《三国记》只是整个三国事件的一种通称而已的这种看法。

2."怒奔范阳①"

上文提到，李平直接将标为《三国志》或《三国记》之"怒奔范阳"注为《古城记》，上文亦曾提到，其实今本《古城记》亦未见此情节。其实，此情节也未见于现存《草庐记》，或许《万壑清音》告诉我们，当时《草庐记》也有可能不止一本在流传。除了此二种外，其实"怒奔范阳"也曾归之于《三国志》（《三国记》）《乐府玉树英》《乐府歌舞台》《乐府万象新》与《大明天下春》便是如此。囿于资料方面的限制，我只能考察《时调青昆》"奔走范阳"、《万壑清音》"怒奔范阳"、《乐府万象新》"张飞私奔范阳"与《大明天下春》"翼德逃归"四种选本中的环节。虽然各种选本中对此环节的称谓不甚相同，但大致的情节是

---

① 张飞乃河北涿郡人，这点在《三国演义》中由张飞亲口说出，且为绝大多数读者知晓，惟有"范阳"二字未见。其实在《三国志平话》《诸葛亮博望烧屯》中，都对张飞籍贯有明确交代，"乃燕邦涿郡范阳人也"。

一样的:张飞因与诸葛亮有不可调和的矛盾,因而想逃回家乡范阳,"怒奔范阳"就是叙述张飞在逃回路途中的感想,与刘备、关羽、赵云的对话。

① 四种选本的唱腔均有类似之处,也有不同之处(具体分析见下文)。相比较而言,《时调青昆》与《万壑清音》更为接近,《大明天下春》与《乐府万象新》更为接近。虽然《大明天下春》比《乐府万象新》多了三支曲子,但依旧可以看出二者之间紧密的联系。单纯从这个故事环节来看,我更倾向于相信《大明天下春》乃明末的选本,因为它所叙述的故事形态比其他三个都要成熟和完善。

②《时调青昆》没有标明角色,《万壑清音》虽然在人物出场时注明了"净扮张飞"等,但后来在文本中又全部以张、刘、关、赵来指代人物身份。而在《乐府万象新》与《大明天下春》中,文本中始终都严格遵守用"净、外、生、小"来指代人物身份。

③《时调青昆》与《万壑清音》中,都有一个类似的环节,即张飞不服诸葛亮,是因为诸葛亮学不得两个古人,"他学不得姜子牙扶周便可立着周,学不得严子陵扶刘便可使顺着刘。"而在《乐府万象新》与《大明天下春》中都没有这种情节设置。

第四,最为值得我们注意的是,有的戏曲选本中,既有标注为《三国志》的,亦有标注为其他剧目的,这就更加直接说明了并非《三国志》(《三国记》)就是整个三国故事的统称。这种情况并不单纯只出现在一种戏曲选本中,如《乐府红珊》中就出现《三国志》《草庐记》与《桃园记》三种三国故事剧同时存在的情况;《八能奏锦》中《三国志》与《草庐记》也同时存在;《万壑清音》同时有戏文《草庐记》与《三国记》。这些情况都在提醒我们不可随意怀疑古人在著录上的严谨性。

基于以上四点,我觉得至少《三国志》还是有存在的可能性的。对待史料,历来有信古、疑古、释古三种倾向。我们不提倡迷信古人,但一味怀疑古人、质疑古人,却是对古人的不尊重。我们不否认戏曲编选者固然有草率处理剧名及任意更改内容的地方,但大多数编选者还是比较客观地忠实于原作。退一万步说,编选者乃是看着原文进行编选,而这些剧作现在基本亡佚。处于同一个时代,通过阅读剧本,结合当日演出的具体情况,从而决定编选的折子,无论如何都会比今日无端的推论要可信得多。

(四) 关于"芦花荡":

现存明代万历间富春堂本《草庐记》之第四十六折有"芦花荡",虽然未标明此三字,但与钱德苍编选《缀白裘》之"芦花荡"内容与唱词几乎完全一致,而钱德苍归之为《西川图》。查国家图书馆标目为《锦囊记》者,现只存一出，而此出内容亦为此"芦花荡"。《草庐记》自四十四折始，关目安排颇见混杂错乱。如第四十四折有"子敬说亲"之内容安排，亦有诸葛亮付与赵云三个锦囊的安排，但同时夹杂着诸葛亮料定周瑜会在黄鹤楼设宴害刘备之举动，因而吩咐简雍持鱼竿前往营救。而之后，黄鹤楼与刘备东吴娶亲之情节纠缠不清。导致第四十六折"芦花荡"之内容无法断定究竟在"黄鹤楼宴会"之后还是在"东吴娶亲"之后，在情节的设置上，二者似乎均可。按照现存的折子安排，此折在"黄鹤楼宴会"环节之后。陶君起《京剧剧目初探》中谓："京剧中亦有《芦花荡》，叙张飞奉诸葛亮之命，假扮渔夫，预伏芦花荡，伺周瑜领兵到来，突出阻挡，擒而纵之，周瑜气愤吐血。此剧一名《三气周瑜》。出明人《草庐记》传奇。京剧原附于《黄鹤楼》之后，后来演出又移植于《回荆州》之后，亦作单折演出。"[①]说明在演员演剧的过程中发现此折故事作为一个比较独立的故事单元，是可以依照移动或者单独演出的。这种情况下，"芦花荡"安排在戏曲《锦囊记》中亦大有可能。这种说法并非凭空揣测，彭飞《清代三国戏漫谈》中提到："比较早进入北京与昆曲抗衡的京腔，就有大量三国戏。当时演关公的戏有专门红净戏，如《灞桥挑袍》《古城会》《河梁》和《挡曹》，还有写刘备招亲的全本《锦囊记》，由钱德苍增删改定在乾隆三十五年至三十九年刻印的新集《缀白裘》中，也有一些梆子腔、乱弹腔和西秦腔的三国戏片段，如乱弹腔《斩貂》，嘉庆年间焦循写《剧说》也提到当时扬州民间流行的乱弹有《司马师逼宫》一剧。"[②]笔者遍查《续修四库全书》所收钱德苍之《缀白裘》与今人汪协如校点钱德苍之《缀白裘》，均未见彭氏所谓"写刘备招亲的全本《锦囊记》"。我颇怀疑他把"芦花荡"理解为《锦囊记》的一部分，但"全本"之说却无从谈起。

二、有助于三国戏剧情的考察

剧作本身得以保存与剧作中的情节得以保存，二者看似相似，但实际上还是有区别的，前者更注重于宏观的效果，后者则更具体化。具体到三国戏曲上，这种区别就更加明显。有新的剧目出现，不一定会有新的情节出现。如上述新发现之《结义记》，其所选故事情节"云长训子"却是其他剧目中早就存在了的。当然，也存在着既是新发现的剧目，而伴之而来的也是新情节的情况，如《青梅记》与"曹操青梅煮酒"的情节即是如此。需要说明的是，这里所考察的情节，乃是在选本中出现次数较多，而又未见于其他现存剧作的

① 陶君起编著：《京剧剧目初探》，中华书局，2008 年版，第 69 页。
② 赵景深主编：《戏曲论丛》（第一辑），甘肃人民出版社，1986 年版，第 242 页。

"怒奔范阳"。此外,会简略讨论《十孝记》之"徐庶见母"。

"怒奔范阳":

在戏曲选本中,"怒奔范阳"的情节出现了八次,分别是:《时调青昆》选《古城记》之"奔走范阳",《万壑清音》选《草庐记》之"怒奔范阳",《乐府玉树英》选《三国志》之"张飞私奔走范阳",《乐府万象新》选《三国记》之"张飞私奔范阳",《大明天下春》选《三国志》之"翼德逃归",《乐府歌舞台》选《三国志》之"怒奔范阳",《缀白裘》选《三国志》之"负荆"①。此外,《群音类选》"北腔类"中选《气张飞杂剧》,其中包括"张飞走范阳"与"张飞待罪"两折。足以说明了编选者对于此故事的青睐,当然,最根本的原因乃在于此故事在当时的舞台上非常流行。

"怒奔范阳"以张飞为中心。考察现存元代三国戏曲,张飞是当之无愧的第一主角,其实在明代的戏曲舞台上,张飞的戏份也不算少,至少这一个情节的反复选出,也说明了张飞形象在舞台上的受欢迎程度。《三国演义》中张飞事迹的大幅度减少与张飞形象的相对逊色,也在一定程度上说明了三国戏曲与小说之间在美学追求上的差异。

张飞与诸葛亮的矛盾,元杂剧《诸葛亮博望烧屯》中有比较具体的描写,张飞三次请战却俱被诸葛亮驳回,其环节被称为"三气张飞"。此杂剧末扮诸葛亮,主要目的是为描写诸葛亮之神鬼不测之计,张飞与诸葛亮之矛盾,乃是诸葛亮智谋的一个背景描写而已。元杂剧中尚有专门的《三气张飞》杂剧,还有《诸葛亮挂印气张飞》,可惜现在都已经亡佚,明代选本《群音类选》"北腔类"中所选之《气张飞杂剧》,或以为此即为元杂剧《三气张飞》之佚文。我对这种判断持有一定的保留,但《气张飞杂剧》与《三气张飞》至少有一定的传承关系基本可以确定。"怒奔范阳"也是表现张飞与诸葛亮之间的矛盾,与前者之间究竟有什么样的关系,是值得探讨的问题。过去人们往往把二者混为一谈,认为其中几乎没有什么区别,实际上,这是错误的。这种问题的厘清,也多有赖于选本的存在。

《诸葛亮博望烧屯》中的"三气张飞"主要是作为诸葛亮形象塑造的一种烘托,现存明代传奇《草庐记》其实也是一样,基本上沿袭了元杂剧的情节。张飞虽然在此环节中也有各种愤怒表现,只是未能充分展开。而在各种选

① 《缀白裘》所选之"负荆",乃张飞与诸葛亮赌头争印之后,擒拿夏侯惇失败,因而学古人廉颇负荆请罪,与《群音类选》所选《气张飞杂剧》中之"张飞待罪"有一定的相似之处,但差异甚多。此情节按照所叙内容与发生时间,显然是《诸葛亮博望烧屯》之"三气张飞"之后的环节,也明显发生于"怒奔范阳"之后,可以作为后续情节来考察,故而一并算入"怒奔范阳"的单元。

本中,虽然各自对于此环节的叙述有一定的区别,但大致情节是确定的。诸选本中,只有《时调青昆》所选情节中明确交代了故事发生的背景:曹操兴兵,诸葛亮调兵遣将,让赵云"输则见功,赢则见罪",张飞与之辩论,而诸葛亮即要杀张飞,故而张飞逃亡。其他选本并未交代这种背景,但在结尾的时候都提到了"夏侯惇正是诸葛亮对手",说明"怒奔范阳"发生于诸葛亮出山早期,博望坡战役之前。倘若与元杂剧《诸葛亮博望烧屯》相同,则此故事几乎没有发生的可能。在杂剧里,张飞被诸葛亮连续拒绝三次,但最终还是直接接受了捉拿夏侯惇的任务,张飞并无闲暇奔范阳。"怒奔范阳"显然是从诸葛亮三气张飞之后衍生出来的一个独立的故事单元。而这个故事单元因为活灵活现地突出了张飞的性格,故而为各种明代传奇作品沿用,且在明清选本中受到了热烈的追捧。

明代传奇沿袭元代戏曲,在三国戏中并不少见。元杂剧《刘玄德醉走黄鹤楼》的情节就曾经多次被明代传奇袭用,《诸葛亮博望烧屯》中诸葛亮与张飞的矛盾冲突也几乎被照搬到《草庐记》①中。《气张飞杂剧》只有唱曲,而无宾白。通过对比我们发现,《大明天下春》所选"翼德逃归"与《气张飞杂剧》中的"张飞走范阳"几乎完全一致。《大明天下春》中只比《气张飞杂剧》多了一个【菊花新】的曲子,后接下来的十个曲子,除了《气张飞杂剧》标为【双调新水令】,而《大明天下春》中标为【新水令】,且在"相拆散成虚废"之前加了"今日被这村夫呵"七个衬字外,其余全部相同,包括曲文的顺序,衬字。足以证明《大明天下春》中《三国志》乃沿袭了杂剧中的唱腔与曲文。

其实,各种选本中的"怒奔范阳"并非完全一致,故事形态方面还是有一些变更,甚至有些细节方面还有比较大的变化。我以《时调青昆》《万壑清音》《乐府万象新》与《大明天下春》作为分析的对象,来具体论述这个故事单元:

在四种戏曲选本中,《大明天下春》的叙述是最为完备的。

《大明天下春》中,角色分工很明确,净扮张飞,生扮刘备,外扮关羽,小扮赵云。张飞的出场宾白中即交代了与诸葛亮矛盾的来源:

---

① 相比于《诸葛亮博望烧屯》,《草庐记》对张飞与诸葛亮矛盾的来龙去脉要交代得清楚很多。元杂剧中张飞与诸葛亮的矛盾并没有交代,夏侯惇来袭,诸葛亮派兵遣将突兀地四次不用张飞。《草庐记》中则交代得非常清楚,首先是因为三顾茅庐中,张飞屡次出言不逊,"当初破百万黄巾、战吕布,那时也没有军师。不过南阳一耕夫,何必如此大敬?"夏侯惇来袭,其他将领均听从诸葛亮号令,而唯独张飞无故迟到,且口出不逊"看那村夫怎么待我",所以诸葛亮要惩罚张飞立威。他先后五次说"不用你,又出去"。最后通过打赌的方式使得张飞完全折服。

那村夫不知进退，镇日间谈天论地，讲长道短，今日也操兵，明日也练将，惹得操贼兵起，使赵云出兵，输则见功，胜则见罪！待老张与他讲理，闯入辕门杀张飞，擅离信地杀老张飞，队伍不整杀张飞，违误军令杀张飞，俺张飞那讨许多头！想将起来，和这村夫合不着，俺老张岂是杀得的，不如且走回范阳又作区处，正是盖世英雄汉，反为逃离人。

【驻马听】唱曲中有"连天曙色"，说明尚是黎明时分，张飞一路上的唱曲与宾白均是围绕着两个方面，一是对诸葛亮的怨恨，一是对刘、关二人的不舍得。后来刘关二人赶来，动问张飞要去哪里。张飞谓："你有了那村夫，用我不着，我如今回去，不得相顾。请了！"刘备不理解张飞的做法，说张飞不记得当日桃园结义之情，"三弟，我看起来兄之视弟如手足，弟之视兄如寇仇，其理安在！"在这种情况下，张飞抱怨诸葛亮使得他们之间"恩爱反为仇"，"手足不相投"，然后再说刘备"你为人宽宏大量纳谏如流，好着我，一片心怀着国家恨，两条眉锁着帝王忧。"刘备步步紧逼，问他既然如此怀有大志，为何还要私自奔逃。张飞埋怨诸葛亮后，关羽又开始劝。张飞离去的信念很坚定，他谓"俺老张要去，一心心也难留"。关羽则谓："当初指望和你扶助大哥成其大事，你今日就是这等模样回去了？"关羽的劝说里既有规劝责备，也有对张飞的提醒。在宋元时代的说唱三国语境里，张飞的功名意识是非常强烈的。郑德辉《虎牢关三战吕布》头折中，张飞为了建功立业，曾经打算不理会刘关的意见[①]，单独前往虎牢关战吕布立功。但此时张飞的反应却是让二人"且休忧"：

> 我回范阳涿州，依旧去宰猪卖酒，守着那两顷田，看着挂角牛，咱只落得千自在，百无忧。

面对张飞如此决绝的情形，刘备依然不甘心，还想说服张飞。他开导张飞说："兄弟，昔日姜子牙开周朝之天下，那张子房创炎刘之社稷"，强调诸葛亮的不可或缺。张飞谓比不得，认为诸葛"这泼村夫对人前夸大口"，还说刘

---

① 刘备谓："住住住，三兄弟，你好懆暴也。十八路诸侯，不曾赢的吕布半根儿折箭，量俺弟兄三人，兵微将寡，怎敢与他相持，并然去不的。"关羽也云："住住住，参谋想吕布是一员虎将，威镇于虎牢关，搠戟勒马，聚雄兵十万，健将八员，天下十八路诸侯，与吕布交锋，不曾赢的他戟尖点地，马蹄儿倒那，想俺弟兄三人，兵微将寡，难以拒敌，俺断然去不的也。"在这种情况下，张飞却与二位兄长的意见截然相反。他谓："哥，也不趁着这个机会儿去呵，久以后敢迟了也。"并责怪二位兄长，"大哥哥你不肯将男子功名干"，"二哥哥你枉将左传春秋看"。

备"何故苦苦与我相穷究"。此时赵云前来拦截，说即便张飞会飞也走不脱，原因是诸葛亮有"鬼神不测之几机，定国安邦之策"，并且认为张飞"怎比得他"。面对这种质问，张飞充满自豪地叙述了自己的功劳，其中"我也曾杀老将陶谦三让徐州"，在现存所有的三国话语体系里都找不到类似的出处，可能在宋元明时代也存在着这种故事形态的敷衍，只是现在已经亡佚。赵云又谓"武官出不得文官手，徐元直之言，司马得操之语，伏龙凤雏得一可以安天下。"张飞依旧不服气，认为诸葛亮只是"卧龙冈一个农田叟"，"耕田锄地一村牛"。在张飞与赵云论辩的时候，刘备还是再三请张飞回去，张飞则显得比较不耐烦，但又无可奈何，"你只管絮叨叨，无了无休，又恐怕伤了弟兄情，笑破多人口。"

最后，赵云劝说张飞随刘备回转，并声明，"你稍若执性，我决不敢违军师号令，定教你死于乱箭之下"。张飞在双重压力之下，只得"罢罢罢，既然众将肯保，不免与大哥一同回去。"

从这个故事情节的梳理中，我们可以看到，张飞对诸葛亮积怨甚深，故而刘备、关羽劝说多时都无济于事。只是迫于赵云又从中加压，张飞这才非常不情愿地回转。虽然【络丝娘煞尾】中说"只为桃园结义，免不得包羞掩耻回归"，但这更多可以看成是张飞的衍词。

其他三种选本与此不完全相同。张飞走范阳的理由，《乐府万象新》中与《大明天下春》是完全一致的，《时调青昆》是因为张飞质疑诸葛亮的军令，张飞要杀他。《万壑清音》中并未讲明具体原因，只是张飞的宾白中提到：

> 他今日也要杀俺张飞，明日也要杀俺张飞，我是个英雄好汉，怎么被他杀了！如今一人一骑，逃回涿州范阳去。去则去，只是舍不得二位哥哥也呵。

似乎可以看成是《大明天下春》中所列各种理由的一种比较笼统的概括。刘备、关羽前来劝阻，其他几种选本中张飞对他二人的怨念不甚浓郁，《时调青昆》则不同，他没有称呼"大哥二哥"，而是直接说"列位请了"，这让刘备很奇怪为何张飞如此生分。《万壑清音》中张飞的言辞中充满了对二位哥哥的留恋，但是在与刘关二人的对话中却又并非如此：

> 【醋葫芦】咱和你，往日亲，到今日一旦休，你两人识破咱英雄手，俺一心心要去呵，你难留。

张飞这种语气与他前面对刘备关羽二位的亲热是相违背的。此处言辞中似乎还隐约透露着张飞不惧怕刘关二人武力相留之意。在《三国志平话》及元杂剧的很多叙事系统中,张飞可谓是三国第一条好汉,此处张飞之语便是这种语境下的产物。毫无疑问,这种言辞用于三人之间,显然是不太合适的。

除了《大明天下春》外,其余三本选本中,刘备并没有再三苦苦劝说张飞,如《时调青昆》中,刘备只是问张飞为何不辞而别,张飞唱了两支曲子之后,刘备直接说张飞的祸事到了。

《时调青昆》中,刘关张均称呼赵云为四弟,其他三本选本却都是称呼"子龙"。《时调青昆》中,张飞认为赵云不敢用箭射他,结果赵云张弓搭箭,大出张飞意料之外。而在其他三本中,赵云引而未发,只是在与张飞交谈的过程中表达了他不会违反军师将令的态度。

所有选本中,张飞都怨恨刘备对诸葛亮的重用,"到于今还拜村夫做了参谋,……着甚么来他吃咱们的便饭!"在张飞的意识里,刘备现有的资本完全是他们几个人浴血沙场拼将出来的。诸葛亮没有任何功劳,一来便占据高位,并且处处与他为难,故而无论是在情感上还是现实形势中,他都接受不了这个事实。也正是因为他的功劳卓著,诸葛亮与他为难,他更是充满着怨恨,甚至这种怨恨也波及刘关二人。

比较突兀的是,《时调青昆》与《万壑清音》中,除了上述理由之外,张飞说他不服诸葛亮的原因,是因为诸葛亮学不得两位古人,"他学不得姜子牙扶周便可立着周,学不得严子陵扶刘便可使顺着刘。"而另外两本中未见此说法。"兴周八百年"之姜子牙,这个是比较好理解的;但严子陵的说法却充满着牵强。无论是司马徽对于诸葛亮的推介,还是刘备对于诸葛亮的期望,更多都是以姜子牙与张子房为标本的,《大明天下春》也是这种说法。严子陵乃东汉初年著名的隐士,文学中也多表现其不为富贵所动的高洁品行,但从无其功业的描述,我颇疑此二本中有误,或者说是典型的民间叙事所出现的纰漏。

说《时调青昆》与《万壑清音》更多是民间叙事,并非空穴来风。即便只选有一出(折),他们的情节中也充满了喜剧色彩,舞台效果非常显著。这种戏剧性的获得即是民间叙事的典型特质。

《时调青昆》中刘备看到赵云带来500弓弩手来了,产生了这样的对话:

刘:三弟,你祸事到了!

张:乌鸦又不叫!

关:怎说乌鸦呀?

张：乌鸦叫祸事到。

关：你看，军师差四弟带五百强弩手前来这，你如若不回乱箭射你！

张：我老张做个肉屏风，站在这里，看谁敢射！

赵：看箭！

张：且慢，且慢，四弟，我说你当玩，当真就射来？

刘：三弟，还要回去才是。

既有所谓"乌鸦叫祸"的民间俗谚之套路，也添入了赵云为刘关张之四弟的民间叙事传统。在这种充满谐趣的对话里，剧场气氛一定轻松愉悦。

《万壑清音》中，张飞在刘关二人的劝说及赵云的弓箭威胁下，终于勉强答应回到军营，但他要刘关二人答应三件事：

"要我转去不打紧，要依我三件事方才转去。……头一件，不到村夫那里伏罪……第二件，要行就行，要杀就杀，不到村夫那里请令。……第三件要紧，只许我管他，不许他管我！"刘关前两件均答应。第三件事则谓"这还是他管你"张飞"只恐怕违拗了弟兄情"，但认为"没趣也"！原因是怕军士们笑话他，"到了辕门外，小校说道，三将军昨日去了，今日怎么转来！……这的是笑破了多人口。"

这种情节会让人不由自主地想起"关羽权降"环节中的约三事，但关羽之约三事，关乎名节，关乎义气，关乎二位嫂夫人的安全，义正辞严，而此处调动的，只能是观众会意的笑声。尤其是张飞说破回去的障碍是因为害怕军士的嘲弄，就使得这种情节更具有喜剧色彩。

赵云奉诸葛亮将令，带领 500 号弩手拦截，他与张飞交谈的过程中，均以两点理由奉劝张飞回头，一是即便张飞会飞，但诸葛亮有"鬼神不测之机，定国安邦之策"，认为张飞根本不能相比，一是"武官出不得文官手"。《时调青昆》中并无此种情节设置，所谓"武官出不得文官手"也是出自刘备之口，这是大不同之处。《大明天下春》与《乐府万象新》在"武官出不得文官手"之后还有"徐元直之言，司马德操之语，伏龙凤雏得一可以安天下"。

四个选本中，《万壑清音》中张飞离去的决心最为坚定，除了上述不畏惧刘关以武力拦阻之外，即便是赵云来之后，张飞依旧说，"男子大丈夫何患一死"，这种言辞的引申义是，就是即便死在乱箭之下，也绝不会向诸葛亮低头。《大明天下春》中张飞的决心亦不小，在刘备苦口婆心的劝说之下，张飞似乎更多的是在埋怨刘备的"絮叨叨，无了无休"。

至于张飞最后为何会回心转意，虽然最后一个曲子里都唱到了"恩义厚，桃园结义暂低头"，但实际上各自的描写还是不相同的。《乐府万象新》

与《大明天下春》中,刘备劝说了许久,但张飞丝毫还是不能答应回去,最后赵云说他们会在诸葛亮面前保他将功折罪,张飞才"罢罢罢,既然众将肯保,不免与大哥一同回去。"而在《时调青昆》中,张飞在犹豫之际,听到探报说夏侯惇兵来了,张飞才回去,究其原因,张飞似乎更多则是想去看诸葛亮的笑话。《万壑清音》中,虽然刘关二人未全部答应张飞的要求,但是在关羽"谁敢笑你"的开导下,且夏侯惇的兵已经来犯,故而张飞抱着"到那里一笔儿都勾,一自相逢话不投,只为俺弟兄们恩义厚,桃园结义暂低头"的态度回去了。

根据上面的梳理,我们可以对四种选本中的"怒奔范阳"情节做个大致的总结。四种选本里面,相比较而言,《时调青昆》与《万壑清音》更为接近,《大明天下春》与《乐府万象新》更为接近。主要体现在以下几个方面:

1. 唱腔

《时调青昆》:【菊花新】、【比新水令】、【北驻马听】、【双胜子】、【点绛唇】、【油葫芦】、【后庭花】、【滚绣球】、【尾煞】。

《万壑清音》:【菊花新】、【耍孩儿】、【点绛唇】、【混江龙】、【醋葫芦】、【耍孩儿】、【滚绣球】、【尾声】。

《乐府万象新》:【菊花心】、【新水令】、【驻马听】、【乔木查】、【甜水令】、【么篇】、【得胜令】、【络丝娘煞尾】。

《大明天下春》:【菊花新】、【新水令】、【乔木查】、【步步娇】、【搅筝琶】、【雁儿落】、【庆宣和】、【甜水令】、【么篇】、【得胜令】、【络丝娘煞尾】。

后两本之间虽然曲子数量相差较多,但仍大致可以看出是二者之间的承袭关系。《大明天下春》此出的内容明显比《乐府万象新》要丰富,主要是增加了张飞与刘备、关羽二人的对话。这些对话里面刘关张三人围绕的问题其实都还是对于"桃园结义"情义的坚守。张飞抱怨诸葛亮,而刘备则列举出姜子牙、张子房来说明谋臣的重要性,但张飞认为诸葛亮绝对是个大言无实之人。而增添的【步步娇】、【搅筝琶】、【雁儿落】、【庆宣和】均是这些对话过程中的抒怀之辞。前面讲道,《大明天下春》的唱词基本来自《气张飞杂剧》,《乐府万象新》之所以少了四支曲子,可能是在传奇文本中被作者删减了的(当然也可能是被选本编选者删减的)。前两本之间虽然曲名本身也存在较大的差别,但二者内容相近。唯独《万壑清音》中存有两支【耍孩儿】,前一支是刘关唱曲,后一支为赵云唱曲,这种形式与其他三者均不相同。

2. 故事形态

其实在上述故事的梳理中,我们已经大致可以看出,《万壑清音》与《时调青昆》中的故事体系显然更为接近,特别是所谓诸葛亮学不得两位古人的环节,只存在于这两个选本。

3. 舞台效果

《时调青昆》与《万壑清音》中的舞台效果要明显强于另外两本。这从上面所列举的"乌鸦未叫"与"三件事"中即可看出。

"张飞待罪"与"负荆"

《群音类选》之"张飞待罪"①与《缀白裘》所选之"负荆"都应该是《诸葛亮博望烧屯》杂剧中"三气张飞"环节之后所发生的故事：张飞与诸葛亮"赌头争印"，带着兵士在松林拦截夏侯惇，夏侯惇以下灶做饭为名，暗中遁走，导致张飞在这场打赌中输了。但张飞显然不想真的奉上头颅，故而只能向诸葛亮请罪，以祈求得到他的谅解。

情节类似，二者的描写并不相同。"张飞待罪"只有唱词，而无宾白，通过张飞与诸葛亮的唱词，交代了战争的过程以及张飞向诸葛亮求情状况，最后诸葛亮饶恕了张飞，而张飞也对诸葛亮佩服得五体投地。《负荆》一出却是既有唱词亦有宾白，喜剧色彩非常浓烈，尤其是张飞的表演尤为出彩。他既一直后悔当初的莽撞与冲动，又担心该如何向诸葛亮求情以求得到他的怜悯与宽恕，这些在唱词与宾白中表现得非常突出。张飞小心翼翼、忍气吞声的言行举止与"怒奔范阳"等环节形成了鲜明的对照，也有助于更好地了解张飞的性格。

"张飞待罪"一折，张飞与诸葛亮打赌，诸葛亮对于战争本身之胜负自是成竹在胸，却在唱词中似乎对于张飞能否抓住夏侯惇亦不十分确定。

【步步娇】听说回营心懊恼，决胜负曹兵扫，吾心早预知，翼德行兵，胜败应难料。牌印却如何？赏罚多颠倒。

最终张飞还是失败了，他自称"愚人"，请求诸葛亮饶他一命。诸葛亮故

---

① 《群音类选》中"张飞待罪"与"张飞走范阳"都属于《气张飞杂剧》，虽然二者均无宾白，但通过曲文我们可以明显看出，二者在情节衔接上显然存在着时间和故事单元上的漏洞。我认为出现这种情况主要是以下两种情况中的一种造成的。一种是在"张飞待罪"与"张飞走范阳"之间存在着独立的一折（亦可能是二折），内容讲述的是诸葛亮调兵时三气张飞，以至张飞要与之"赌头争印"，再描写博望坡之战的具体情形，如此，则现存二折之间就可以顺理成章地联系在一起了。另外一种可能是二折之间存在着一个比较长的楔子，这个楔子主要承担叙事功能，将张飞与诸葛亮在调兵遣将时的矛盾以及"赌头争印"、博望坡交战情形都简单叙说出来。利用楔子交代背景，在元杂剧中时常存在，如《虎牢关三战吕布》中就曾两次利用楔子，但要把这么多的情节都放在楔子中去交代，在安排上有些不甚合理。故而第一种可能性相对较大。因为此二折的唱词尤其突出，故而《群音类选》仅选此二者，而未选其他折，也就合情合理了。应该说，这种推断放在其他情况下都是合适的，但惟独不甚适合《时调青昆》，因为此选本中的"怒奔范阳"已经清楚交代了张飞与诸葛亮矛盾的来源。

意以军令难违相拒,此种情况下,张飞历数往昔功劳,希望诸葛亮能够给他一次"补天"的机会:

> 【雁儿落带得胜令】俺也曾在桃园把盟誓牵,俺也曾奋威勇破黄巾兵百万,俺也曾擒吕布镇徐州扶危汉,俺也曾助战鼓把追兵斩,俺也曾在古城中把兵粮办,俺也曾到茅庐受风寒。只图兴王业,受皇宣,谁知俺麓鲁汉,今日里遭刑宪,伏望哀怜,乞饶咱,图补天,乞饶咱图补天。

这段唱词具体交代了张飞的行迹出处,利用这种排比的手法,颇有气势,张飞为蜀汉基业出生入死,功绩卓著。如此一位英雄,并非害怕丢性命,只是担心杀头之后无法再为事业奋斗,因而低声下气求饶。在这种情况下,诸葛亮终于宽恕了张飞,张飞也知恩图报,表达了自己不再违抗军令的决心。唱词中充满着欢快气氛。

> 【沽美酒】谢军师,赦罪愆;谢军师,赦罪愆。今番受计决交战,从此英雄不似前。谨领着鬼神机变,再不敢强言来辨,岂敢违神算。我呵,要山河保全,社稷永远,呀,这的是从人心愿。

情节设置本身并无多少特别之处,此折与前一折"张飞走范阳",唱词格调昂扬激愤,自然本色,将张飞之形象十分鲜活生动地烘托了出来。

如果说"张飞待罪"的抒情色彩浓郁,典型属于文人之风格,那么,"负荆"就充满了喜剧色彩,有浓郁的民间风格,与宋元说唱文学是一脉相承的。这些特点基本上是通过人物的对白表现出来的。

张飞的出场就后悔自己与诸葛亮有争印一事,也痛恨自己为何不辨贤愚。他非常不情愿去请罪,"我望那军中,好一似赴那阴司路,恨不得两步改作那三步。"他在营帐外面就模拟诸葛亮对他的处罚,想来不寒而栗,"一失人身万劫无,古语非虚"。此时关羽暗暗上来,张飞似乎抓住了一根救命稻草。他知道关羽得胜回来连忙说谢天谢地,还极力称赞诸葛亮是好军师。只恨自己见机太晚。"二哥,我如今进去速速拜他为师祖也是迟了"。张飞让关羽前去先叫刘备看在桃园结义的情分上替他求情,并且叮嘱关羽见着诸葛亮要"放和气些"。

张飞与诸葛亮的对话充满诙谐气息,再加以舞台动作,更是显得戏份十足。张飞一味卑躬屈膝,甚至顽皮赖账,而诸葛亮却故意装糊涂,二人形象都非常鲜明,张飞尤见出彩,二人联手为观众奉献了一场好戏。

末:阿呀呀,三将军请起!

净:张飞是个不识字的愚鲁村夫!

末:有话且随我到中军帐来。

净:是,待我膝行而进。

【跪进介】【拜末介】

末:三将军为何拜起贫道来?

净:怎敢道不拜恁个军师!

末:你昨日不该骂我吓

净:我若骂了师爷呵,正是那太岁头上来动土。

……

末:你今日可认得我了?

净:我是一个愚人,不识字不辨恁个贤。

末:昨日你曾骂我牛鼻子懒夫。

净:大哥、二哥,我若骂了师傅牛鼻子懒夫是哪。正是初生犊儿不怕恁这虎。

……

净:昨日冒犯虎威,我张飞有眼无珠得罪了师父,望师父责治徒弟几下罢。

　　诸葛亮要按照"赌头争印"约定,将张飞斩杀。张飞赶忙转向刘关二人,让他们帮忙求情,"阿呀,大哥二哥,看桃园结义分上吓。"此时探子来报"今有曹操不伏前输,亲领八十三万人马前来讨战。"然后刘备关羽趁机向诸葛亮求情,让张飞将功折罪。此出(折)最后在张飞富有剧场效果的动作与言语落幕。

　　【下又覆上持枪舞介】呔! 谁敢来吓,谁敢来!【笑介】哈哈哈!

　　值得注意的是,《缀白裘》中,虽然关羽已经由外饰演,但称谓已经发生了改变,由明代选本中的"关公、关羽"变成了"关帝",正是清代关羽地位无比尊崇的一种旁证。

"徐庶见母"

　　"徐庶见母"乃明代著名戏曲家沈璟《十孝记》之最后一记,描写因为母亲为曹操所困,故而徐庶只好放弃功业,而选择侍奉母亲之事。沈氏之《十孝记》世无传本,幸赖《群音类选》保存,每事仅存一出之唱曲,自然是憾事,但毕竟使我们能有知晓故事大概的机会,亦是一幸事。

此出唱曲为徐庶与徐母对唱。徐庶具备经世韬略,好不容易在乱世之中投靠了刘备,正当君臣鱼水相谐,期待大展宏图之际,却听到母亲"羁寓在皇州"的消息。徐庶是个大孝子,《三国演义》中亦有明言,沈璟把其选入《十孝记》,亦是对其孝义的一种肯定。当徐庶听到母亲吩咐他赴皇州的消息时,他并未能洞悉这中间的真真假假与阴谋,或者说,作为人子的徐庶,即便知道这是一场骗局,但为了母亲,他也只能是选择义无反顾。徐母非常恼怒徐庶的不辨贤愚,不分忠奸,"君亲事,仓皇错谬"。自古忠孝难两全,何况徐庶乃是因为母亲的信件而"误落巨奸机彀",徐母痛惜儿子辜负了刘备对他的一番厚望,也错过了这种乱世风云际会的奋斗良机。她告诫儿子,不可为曹操出计谋,让伏龙凤雏辅佐刘备成就大事。徐庶自然是听从教诲,"儿不肖,重亲忧,肯背君亲却事仇? 从今缄口应无咎,任凌逼,甘心受,居他檐下且低头!"宁愿忍辱受逼,也绝对不为曹操出谋划策。此出的唱曲中忠奸观念非常分明,自然也是典型的"拥刘反曹",但在这种情感框架的背后,却流露着一种深深的压抑感。这种压抑感来自徐庶有才却不能施展的遗憾,来源于徐庶没有及时辨明机彀的遗恨,也来自徐母深深的惋惜与谆谆的教诲。这种压抑感无法消逝,唱词中只能是通过徐庶对于曹操的痛恨才能得到一丝的缓解:"你空将陵母苦拘囚,少不得到乌江,眼睁睁豪举一时休!"

整个唱段,有【醉太平】、【东瓯金莲子】两支曲子组成,曲调铿锵,格律谐美,并且在句子中娴熟运用衬字,使得唱曲的抒情功能与叙事功能都得到了比较好的发挥。

第三节 三国戏曲选本的文学价值与传播意义

戏曲选本的文学价值,首先是指入选戏曲部分的文学欣赏性。一般而言,收入选本的作品在曲文、情节、人物刻画和表演方面都具有独到的魅力。文人选的选本尤其如此,所谓"语语琼琚,字字瑶琨,譬则天庭宝树,一枝一干,皆奇珍异宝之菁华也。"(《乐府玉树英·乐府玉树引》)

其次,选本的文学价值还体现在戏曲选本所具有的文学思想性。选家对入选作品的编选过程包孕了对于作家作品的评价。事实上,后期的戏曲选本与前期的相比有了一些变化,体现在以下方面:第一,在选本内容上,不再是简单的照录底本,文人选家往往都具有明确的选目和修订原则,如《词林摘艳》是在《盛世新声》的基础上进行修订润饰的。前者针对后者"泥文采者失音节,谐音节者亏文采,下此,则又逐时变、兢俗趋,不自知其街谈市谚之陋,而不见夫锦心绣腹之为懿"的弊病采取了相应的措施,"去其失格、增其未备,讹者正之,脱者补之。"(《词林摘艳序》)

中国古代戏曲的基本传播方式有两种。一是舞台演出,二是文本传播。貌似这二者是分离的,实际上,两者关系非常密切,戏曲选本一方面是在以文字的形式对曾经存在或者尚且流传的剧本进行保存与传播;另外一方面,编选者究竟选择哪些剧目与哪些散出,也是当日舞台上哪些剧目与故事情节更受欢迎的一种书面反映。有时候甚至选本的选择更能反映演出的状况,具有典型的传播上的意义。如清代钱德苍编选的《缀白裘》最主要的价值就在于反映当日演出之状况。此外,戏曲选本还可能对剧作家在创作中贴近舞台有引导作用。

郑振铎说:"我们在这些选本中,便可以看出近三百年来,'最流行于剧场上的剧本,究竟有多少种,究竟是什么性质的东西',更可以知道'究竟某一种传奇中最常为伶人演唱者是哪几出'。这在演剧史上也是很重要的消息。"[1]下面几个表格便可以直观地看出哪些剧本、散出、曲子是最受欢迎的。当然,表格所反映的情况并不一定完全真实客观,关于这点下文会做出说明。因为"王祥行孝"的情况较为特殊,故而单独列出。

王祥行孝:

1.《永乐大典戏文三十三种》;

2.《词林摘艳》(【昼锦堂】"夏日炎炎");

3.《雍熙乐府》(【昼锦堂】"夏日炎炎"、【香风俏脸儿】"桃花已零乱");

4.《风月锦囊》:此书标为《王祥》,选录有【蔷薇花】"偏爱有爱憎"(《夫妻相别》)、【三换头】"酷暑热炎威透"(《汲水争挑》)、【驻马听】"一样孩儿"(《二妇缉麻》《一门孝口》);

5.《群音类选》:此书标为《卧冰记》(王祥):姒娣绩麻、王祥卧冰。另外,此书中选有沈璟《十孝记》,其中有"王祥卧冰"之事迹。

6.《词林一枝》卷四中层有"王祥推车",标为《卧冰记》。

7.《摘锦奇音》卷三上层有"古人名劈破玉歌",其中亦有"跃鲤记"。

8.《徽池雅调》:卷二上层有《卧冰记》(版心题《跃鲤记》):推车自叹。

"王祥行孝"是宋元戏文中的一个曲目,明人有传奇《卧冰记》,此剧已佚。此外,明代戏剧家沈璟《十孝记》中亦有"王祥卧冰"一事。明代传奇及沈璟之剧作对于宋元戏文有多少继承和发展,无法断定。

---

① 　郑振铎:《郑振铎古典文学论文集》,上海古籍出版社,2009年版,第516页。

表一　戏曲单出选本中的三国剧目

剧目	词林一枝	尧天乐	徽池雅调	乐府歌舞台	时调青昆	戏曲选	歌林拾翠	玉谷新簧	八能奏锦	群音类选	醉怡情	乐府红珊	缀白裘	万壑清音	大明春	大明天下春	玄雪谱	赛征歌集	乐府万象新	缀白裘合选	怡春锦	千家合锦	乐府玉树英
草庐记	√								√	√	√												
古城记	√	√	√									√		√						√			√
三国志				√		√			√			√	√	√		√							
三国记						√	√					√	√									√	
连环记							√	√		√		√	√	√		√	√			√	√	√	√
桃园记		√						√		√		√		√			√			√			
昙花记	√											√					√						
五关记									√														
赤壁记					√																		
兴刘记															√								
征蛮记															√								
结义记															√								
青梅记																			√				
四郡记																					√		
西川图								√					√										

附注：本表未列入的选本有《风月锦囊》、《新缀白裘》、《乐府菁华》、《万锦娇丽》、《乐府奇音》、《摘锦奇音》、《缀白裘合集》、《审音鉴古录》七种，原因是：《风月锦囊》所选《三国志大全》内容非常广博，且其颇似各种三国戏的集合体，不好单独判定；《新缀白裘》则是因为所选《凌波影》、《定中原》，其实是全本。而其他五种，都只存录《琵琶记》故而不收入此表。此外，《群音类选》中所选《洛神记》与《十孝记》与《玉合新簧》中在中栏有"独行千里"，亦未入此表。

　　需要说明的是,列表不能反映编选的全部信息。比如一本剧本里面选录了几出(折),有些只编选其中一出(折),有些却编选了很多出(折),这些在表格中却无法体现出来。但表格能够让人一目了然地大概知道哪些剧目是当时舞台上演出最多最流行的。根据表一,我们很清楚地就可以看出,明传奇《连环记》是最受欢迎的,入选选本次数最多,共 12 次;标明《三国志》次之,有 7 次;《三国记》6 次;《草庐记》与《古城记》各入选 5 次,也属于比较受欢迎的剧目。特别要指出的是,《桃园记》虽然只入选两次,但却有 7 出(折),同样是比较受欢迎的。屠隆《昙花记》在明清戏曲选本中入选次数非常多,只是本文仅采有关三国之内容,故而只有两次,这显然不能反映《昙花记》本身的受欢迎程度。其他剧目则相对较少,均只有一次被选入,姑不再论。

　　以故事单元为单位,入选单出选本次数愈多,基本上就可以说明其在明清的戏曲舞台上上演的次数愈多,愈受欢迎。王古鲁在《明代徽调戏曲散出辑佚》中就表达过这种观点:"我们知道戏曲散出总集所选的散出,实际就是当时歌场中最流行最普遍地上演的剧曲,如果我们从这方面注意,细细拘稽,至少可以从这类书里,初步的几百年来在剧场中最流行的剧本有多少种,在剧场中逐渐销声匿迹的,有哪几种? 为的是什么?"①这里需要说明的是,以上统计中,"千里独行"所囊括的范围是比较宽泛的,从"关羽权降"到"古城团圆"均纳入这个单元之中。这种统计方式有一定的缺陷,因为这样便无法看出"灞桥饯别",甚至是"挑袍"这种细节的尤其突出,但考虑到故事单元的完整性,本文姑且以"千里独行"为单位考察。另外,"云长训子"乃从关汉卿《关大王单刀会》之第三折中演化出来的,但与元杂剧又有一定的区别,故而单独捻出作为考察单元,更为重要的是,如《乐府红珊》中,"云长训子"乃入"训诲类",而"单刀会"却入"宴会类"。而"鲁肃求谋""鲁肃问计"等列入"单刀会"的考察范围。从上表中可以看出,"千里独行"显然是最受欢迎的故事单元,总共被选入 10 次。当然,如果"云长训子"与"单刀会"合并,则有 12 次被选入单出选本,其中"单刀会"被选入 7 次,"云长训子"被选入 5 次。"怒奔范阳"也是非常受欢迎的故事单元,这点在上文中已经详细分析,总共被选入 8 次。此外,"碧莲会"被选入 4 次,《连环记》之"探报"被选入 3 次,"河梁会"被选入 2 次。需要说明的是,表一中可以看出,《连环记》

---

① 转引自杜海军:《论戏曲选集的戏曲批评与价值》,《广西师范大学学报》(哲学社会科学版),2009 年第 5 期,第 44 页。注:笔者在王古鲁《明代徽调戏曲散出辑佚》(上海古典文学出版社,1956 年版)一书中并未找到这段话,不知何故,待日后详查。

表二　单出戏曲选本中入选次数较多之故事单元

	时调青昆	万壑清音	缀白裘合选	乐府玉树英	乐府万象新	大明天下春	群音类选	乐府歌舞台	怡春锦	八能奏锦	大明春	戏曲选	玄雪谱	词林一枝	缀白裘	尧天乐	玉谷新簧	歌林拾翠	风月锦囊	乐府红珊
奔走范阳	√	√	√	√	√	√									√					
千里独行	√			√			√			√		√		√		√	√	√	√	
碧莲会		√				√	√	√												√
河梁会																	√			√
云长训子				√	√	√					√									√
单刀会		√				√			√		√		√						√	√
探报							√		√									√		

非常受欢迎,但它被编选入选本的散出分布很广泛,其中次数较多的便是"探子"一出。

表三　单曲选本中所含三国剧目

	盛世新声	词林摘艳	雍熙乐府	吴歈萃雅	南音三籁	词林逸响	增订珊珊集	乐府南音	乐府遏云编	南北词广韵选	纳书楹曲谱	月露音
《谒鲁肃》:【南吕·一枝花】"苍天老后生"	√	√	√									
《诸葛平蜀》:【仙吕宫·点绛唇】"秦失邦基"	√	√	√									
《王祥卧冰》:【昼锦堂】"夏日炎炎"		√	√									
《王粲登楼》:【仙吕·点绛唇】"子为我家业凋残"			√							√		
《连环记》:计就连环							√		√	√		√
《连环记》:忠谋"荼蘼径里行"				√	√	√						
单刀赴会:"大江东去"							√	√	√		√	

　　与表一、表二更侧重于故事情节或表演而言,表三显然是选本对于戏曲曲文的肯定。从某种程度上说,被选入这些曲选本的戏曲,文人色彩是相对比较浓郁的。此表并未将所有被选入曲选本的元杂剧录入,而是选择了被选入次数较多的几种。需要说明的是,我们并不能完全以入选曲选本的次数来断定杂剧或者传奇成就的高低,虽然在某种程度上可以作为一定的评判标准。如此表中,《谒鲁肃》之"苍天老后生"与《诸葛平蜀》之"秦失邦基"均被选入三次。《词林摘艳》实际上系《盛世新声》的增删改编本,《雍熙乐府》又是《词林摘艳》的改编本。换言之,这三本曲选本在选入标准上有一定的延续性,甚至后者对前者有很多承袭的地方。我们不否定《谒鲁肃》与《诸葛平蜀》的艺术成就,但亦不可依此而过度拔高。从此表中可以看出,《连环记》之"计就连环"与"忠谋"都是较为受推崇的曲文,而《单刀会》之"大江东

去"也备受选家关注。此外,《王粲登楼》与《王祥卧冰》中的曲文也比较受欢迎。

表四　单剧选本所选之三国剧目

	元刊杂剧三十种	四段锦	杂剧十段锦	古名家杂剧	元人杂剧选	阳春奏	元曲选	盛明杂剧	酹江集	杂剧新编	今乐府选
王粲登楼		√		√			√		√		√
博望烧屯	√										
连环记					√		√				√
单刀会	√										
隔江斗智							√		√		√
义勇辞金			√								
狂鼓史				√		√	√	√			√
吊琵琶										√	√
洛水悲								√			
文姬入塞								√			
中郎女										√	
鹦鹉洲										√	
大转轮											√
吟风阁											√
凌波影											√

　　如果说,表二表三表明了选家对于戏曲剧本部分的肯定,或者情节单元,或者曲文本身,那么表四就体现了选家对于剧本整体的肯定。传奇(戏文)篇幅较长,一般不可能被选入单剧选本中,故而此表的主体部分显然是杂剧无疑。从表中可以看出,元杂剧《王粲登楼》与明杂剧《狂鼓史》并列为最受单剧选本欢迎的剧目,分别入选 5 次。元杂剧《连环记》与《隔江斗智》次之,各入选 3 次。清代杂剧《吊琵琶》入选 2 次,其他表内所选之元、明、清杂剧各入选 1 次。需要特别说明的是,在姚燮所选《今乐府选》中,清代传奇夏纶之《南阳乐》亦被选入其中。

　　综合上面四个表,我们大致可以看出,明清戏曲选本中最受欢迎之戏曲、故事单元、曲文等等。元杂剧中,《王粲登楼》显然是最受欢迎的一本杂剧,关汉卿之《单刀会》,虽然被直接选入的次数不多,但却被其他的剧作家或者编选者改编,以另外一种既熟悉又陌生的样式进入戏曲选本,成为选本中真正经典的折子戏。明代戏文(传奇)《连环记》也是经常在舞台上演出的剧种之一,《古城记》与《草庐记》被选入的次数也不算少。故事单元中,"单刀会""千里独行""怒奔范阳"乃最受欢迎的。从这些剧目或者散出所透露的信息看,明清剧场上,最为受关注者,毫无疑问是关羽;其次则为张飞,而诸葛亮作为一些剧目背后的关键人物,亦有一定的表现。曹操、周瑜与鲁肃,作为蜀汉集团的对立面,在戏曲选本中出现的次数也不少。

应该注意到,明清戏曲选本编选的原则不甚相同。有的以时代与剧种来划分,分为元杂剧、明杂剧、戏文、传奇等,有的则以腔调为划分标准,分成"官腔类""北腔类""花腔类"等等,而有的却是以散出所反映的内容来划分,分为忠孝节义类、宴会类等等。前面两种分类方式较为常见,而后一种分类方式却更多地能反映出一些时代信息。通常来说,戏曲选集所选的作品分类,与场上演出的情况有关。如陶奭令《小柴桑喃喃令》将所有戏曲仿《诗经》分类,他说:

> "余尝欲第院本作四等,如《四喜》、《百顺》之类,《颂》也,有庆喜之事则演之;《五伦》、《四德》、《香囊》、《还带》等,《大雅》也,《八义》、《葛衣》等,《小雅》也,寻常家庭宴会则演之;《拜月》、《绣襦》等,《风》也,闲亭别馆、朋友小集则演之;至于《昙花》、《长生》、《邯郸》、《南柯》之类,谓之逸品,在四诗之外,禅林道院皆可搬演,以代道场斋醮之事。若夫《西厢》、《玉簪》等,诸淫媟之戏,亟宜放绝,禁书坊不得鬻,禁优人不得学,违则痛惩之,亦厚风俗、正人心之一助也。"①

本书所选之戏曲选本《乐府红珊》即把所选散出分为十六类,每一类都有个固定的主题,前文中已经详细列出,可以参看。既是从剧作内容的考虑上去分类,更多的则是方便观众点戏的需要,或者说,这种分类原本就反映了观众的喜好。在《金瓶梅》《儒林外史》与《红楼梦》等小说作品中,我们也经常会看到依据不同的场合而点某些剧目的情况。三国故事原本多集中在描写君臣风云际会、群雄逐鹿争霸等事,但显然这些距离日常生活较为遥远,无论是官员家庭还是百姓家庭均是如此。当然,三国故事宣扬的"忠义"等主题在戏台也还是比较受欢迎的,如关羽"千里独行"等故事单元。此外,一些在《三国演义》等三国故事文本中不甚注重的、简略描写的内容却意外成为了戏曲舞台上的重头戏,如祝寿类、宴会类、训诲类等等。

---

① 陶奭令辑录《喃喃录》,王利器辑录:《元明清三代戏曲小说禁毁史料》,上海古籍出版社,1981年版,第268页。

　　鲁迅曾经对于选本作出过这样的评论："凡选本,往往能比所选各家的全集或选家自己的文集更流行,更有作用。册数不多,而包罗诸作,固然也是一个原因,但还在近则由选者的地位,远则凭古人之威灵,读者向从一个有名的选家,窥见许多有名的作品。"①就明清的戏曲选本而言,这种说法毫无疑问是非常正确的。这些选本的编选者除了姚燮、纪振伦、邹式金等数位比较有名气外,大多数在文学史上并不知名,有些甚至是仅活跃于地方舞台的无名文人。

　　应该要说明的是,虽然选入三国戏曲的戏曲选本也并不在少数,但如果放在整个明清戏曲选本的范畴中去考虑,三国戏曲还只是其中不甚起眼的一个小类。大多数戏曲选本中,昆腔传奇才是被选入的主流。清代创作的那些三国传奇,又多因为成就不高而被戏曲选本所不屑,故而在整个明清戏曲的场域内,三国戏曲总体处于一种比较尴尬的境地。这与"花部"中三国戏曲大受欢迎的局面正好形成一种鲜明的对照,也说明了唱腔以及观众欣赏口味的不同是决定某种题材是否受欢迎的重要因素。

　　选本分类的精细化正是戏曲本身发展的一种体现。选本的兴盛一方面是当时舞台演出的一种书面反映,也在某种程度上影响了后来的戏曲创作与舞台表演。胡士莹在《读〈吟风阁杂剧〉札记》中即认为,清代短剧写作的兴盛就受到了戏曲选本的重要影响,这种看法是极有见地的,也说明了戏曲选本在戏曲发展过程中的重大意义。

---

① 鲁迅:《集外集·选本》,《鲁迅全集》(第七卷),人民文学出版社,2005 年版,第 138 页。

结　语

　　明清三国戏曲是一个棘手的话题，因为年代的久远、文体地位的低下等种种客观、主观的原因，明清三国戏曲的文本已经大量佚失。现存的明清三国戏曲文本，或散佚在各类戏曲选本中不易发现，或仅剩下孤本而无法获得，更多的则只能是在戏曲目录著述中才能知晓其曾经的存在。与此同时，明清三国戏曲又是一个非常值得关注的话题。值得关注在于两个方面：一者在于"三国"，因为《三国演义》的存在，三国题材获得了前所未有的关注度，明清三国戏曲作为与《三国演义》共时存在的三国故事形态，二者之间关系复杂，单纯从这个角度考虑，它本身就具备很多需要被关注的理由；二者在于戏曲，我们探讨的时候，始终都不应该忽略明清三国戏曲本身的戏曲属性，它存在于明清戏曲这样一个大的环境之中，隶属于这个群体。在这个大语境下，三国戏曲究竟占有什么样的位置？具备什么特殊的价值？这都是非常值得关注与探讨的。

　　研究明清三国戏曲，首先需要解决的便是对其外延内涵的厘清。起始于什么年代，终止于哪个历史阶段，都会在某种程度上影响到行文的判断。哪些才算是三国戏曲？这也是一个需要关注的学术命题。《三国演义》是一个无法绕开的话题。所有的判断都应该以《三国演义》为参照物，但同时我们又不能完全依附于小说，这才可能保持一种比较客观的学术判断。

　　通过本书的考察，虽然不能说把本文所界定的、规范意义上的明清三国戏曲完全梳理清楚，至少通过本文，明清三国戏曲的整体研究框架基本确立。明清三国戏曲作为一个整体，得以展现在读者面前。这种整体轮廓的得以确立，便可以很好地考察明清三国戏曲在不断发展、不断演变的三国题材文学作品中所占据的位置。明清三国戏曲，主要以刘关张、诸葛亮等人为塑造描写的重心，这与《三国演义》基本一致，但在具体的故事形态上存在着一定的差别。

　　戏曲选本中的明清三国戏曲，并非没有人关注过，《群音类选》等选本中的一些故事单元也时见于各类文章，但这些基本上都停留在单个故事的梳理。本文第一次把选本中的明清三国戏曲作为整体的考察对象,通过对比,可以看出选本的内容与原作品本身之间的差别,同一个故事单元在不同选本之间也存在着或大或小的区别,通过这些梳理,可以看到更为丰富的内容。通过对选本的考察,可以发现目录著作本身存在的错误,以及失载于目录著作的作品。故事单元本身被选入选本次数的多少,是这个故事在舞台演出中是否受欢迎的最直接证据。

明清三国戏曲其实是一个不甚规范的概念。可以清晰看到,明代三国戏曲与清代三国戏曲之间存在着非常明显的不同。总体而论,明代三国戏曲与元代三国戏曲的关系密切,清代三国戏曲与《三国演义》的关系紧密,花部戏、晚清昆曲及京剧里的情节更是基本源自《三国演义》。明代三国戏曲的民间性更为突出。这主要表现在:很少有名家参与三国戏曲(尤其是传奇)的创作;明代三国戏曲所描写的内容与《三国演义》之间存在着较多的相同点。如重点表现刘关张众人的奋斗,以及蜀汉建立的过程等。清代三国戏曲不同,有较多名家参与创作,杂剧更多,故事形态多种多样。

明清三国戏曲有着与《三国演义》相似的"蜀汉中心"的历史框架与情感脉络,同时也拥有着"翻案补恨"类的独特主题。前者主要是通过贬低孙吴集团的人物(如周瑜)达到烘托蜀汉人物(主要是诸葛亮)的目的,后者主要有翻历史已定之局、弥补个人未遂之憾、转世实现报应三种方式。此外,剧作者给古老的三国题材中赋予了非常鲜明的时代主题,如忠奸斗争等,与一般类似的忠奸斗争主题不同,明清三国戏曲对助纣为虐的"帮凶"更为深恶痛绝,且奸臣多与宦官集团关系密切,这是其独特之处。一些作品中也有着浓郁的修史意识、激昂的讽世骂天情绪,都是作者现实生活的一种写照。

以明清三国戏曲为整体进行考察,可以看出它的叙事特点与其他三国题材文学作品是有着巨大差别的。历史人物如何进入舞台,如何在有限的脚色中分配历史人物,这是大有考究的。各种不同脚色的舞台组合会体现出特定含义,如旦与末、小旦与小末等;能够典型反映题材特点的,如探子的出现、将军与谋士出现的隐含意义。宴会场景与战争场景是明清三国戏曲中出现最为频繁的场景。这两种场景貌似两个极端,在明清三国戏曲中却能相互转化,主要发生于刘蜀与孙吴集团之间,也恰如其分地反映了两个集团之间的关系。"黄鹤楼"宴会之后的"芦花荡",便是典型的例子。战争场景基本上出现于刘蜀、孙吴与曹魏之间,当然,也出现于刘蜀的对外征伐过程中,如诸葛亮的"南征孟获"。三国题材本身是严肃的,戏曲却有着戏谑化的追求。如何在这两者之间找寻到平衡?如何实现这种张力?这是明清三国戏曲重点塑造的。

　　通过本书的考察,可以看出,明清三国戏曲与元代三国戏曲有着异常密切的关系。一方面在于,元代三国戏曲的下限本来就非常不明朗,明清三国戏曲的上限也不甚清楚,二者在时间的概念上本来就存在着一定的交集。另外一方面,更为重要的是,明清三国戏曲中的很多情节都是从元代三国戏曲中借鉴过来的,有些甚至是整体从元代三国戏曲中移植过来的,如"碧莲会""三气张飞""博望烧屯"等,皆是如此。

　　很多研究者理所当然地把明清三国戏曲单纯看成是《三国演义》传播的一个环节。通过具体的考察可以发现,这种认识存在着极大的问题。明清三国戏曲中的很多故事形态与《三国演义》不尽相同,有些还存在着明显的差别。清代三国戏曲与《三国演义》的关系非常密切,将其视为《三国演义》传播中的一环倒是符合情理。清代三国戏曲的创作基础基本上都是以《三国演义》为参照物的:有些在小说的基础上进行演绎,如《鞭督邮》等;有些则是对小说情节的翻案处理,如《南阳乐》《定中原》等,此类作品尤多。

　　明清三国戏曲中,赤壁战役这个时间段的描写是最为集中的,几乎有一半的戏曲都在围绕着这次战役展开。虽然侧重点各异,但我们依然可以从故事形态的爬梳中看出,诸葛亮的定性出现了巨大的变化,他逐渐从幕后走到了前台,占据了此次战役的中心位置,这是史传中的赤壁战役与三国题材文学作品的最大差别。文学作品中,明清三国戏曲最为凸显诸葛亮的智谋,其他人物都成为了他的陪衬:关羽、张飞是蜀汉集团内部的陪衬;周瑜、曹操则是外部的陪衬。今日我们熟知的赤壁战役存在一个逐层建构的过程。从"三顾茅庐"至"华容道释操",三国鼎立的局面正式形成,诸葛亮无敌的智谋也得以充分的表现。这种结论的获得是建立在把明清三国戏曲放在与《诸葛亮博望烧屯》等元代三国戏曲、《三国志平话》《三国演义》相对比的基础之上。

　　囿于材料本身的缺陷,本书在行文之中存在着较多的缺陷。明清三国戏曲是综合舞台艺术,以唱腔为载体,以表演为基础,牵涉到剧场、服饰、脸谱等众多因素,因为知识结构的欠缺,本书对这些文本之外的因素考虑得很不到位,这是非常遗憾的。通过唱腔的考察,应该可以更加清晰地梳理出明清三国戏曲与元代三国戏曲的传承关系。

　　选择三国题材作为论文选题,本身就意味着挑战。三国题材的文学作品不但数量众多,形态多样,各自之间的关系也纷繁复杂。如何理清这些关系,如何使明清三国戏曲的研究既深入其中,又能出乎其外,游刃有余,这是需要长期努力才能达到的境界。我愿意在这条路上一直走下去。

参考文献

1. 史传类：

（汉）司马迁：《史记》，中华书局，2007年版。

（刘宋）范晔：《后汉书》，中华书局，2007年版。

（晋）陈寿撰，（宋）裴松之注：《三国志》，中华书局，2005年版。

（清）王鸣盛：《十七史商榷》，上海书店出版社，2005年版。

（清）张廷玉等：《明史》，中华书局，1974年版。

（清）赵翼撰，曹光甫校点：《廿二史札记》，凤凰出版集团，2008年版。

2. 目录类：

董康辑：《曲海总目提要》，天津古籍出版社，1992年版。

郭英德：《明清传奇综录》，河北教育出版社，2005年版。

李修生主编：《古本戏曲剧目提要》，文化艺术出版社，1997年版。

齐森华等编：《中国曲学大辞典》，浙江教育出版社，1997年版。

沈伯俊：《三国演义大辞典》，中华书局，2007年版。

王国维：《曲录》，上海六艺书局，1932年版。

佚名：《传奇汇考》（据1914年古今书室刊本影印），文献目录出版社，1994年版。

庄一拂：《古典戏曲存目汇考》，上海古籍出版社，1982年版。

3. 作品类：

（明）陈与郊撰：《文姬入塞》，武进董氏诵芬室，1918—1925年，据明刻本覆刻。

（明）纪振伦撰：《新镌武侯七胜记》（2卷），1955年上海商务印书馆，影印本（据明唐振吾刻本影印），《古本戏曲丛刊二集：100种》。

（明）来集之撰：《秋风三叠》[缩微制品]：三卷，女红纱一卷。

（明）罗贯中：《三国志通俗演义》，上海古籍出版社，1980年版。

（明）罗贯中著，毛纶、毛宗岗评，刘世德、郑铭点校：《三国演义》，中华书局，1995年版。

(明)沈泰,邹式金辑:《盛明杂剧:一集 30 种 30 卷,二集 30 种 30 卷,三集 34 种 34 卷》,北京古籍出版社,1957 年(据诵芬室影印)。

(明)王济撰:《连环记传奇》(2 卷),上海商务印书馆 1954 年(影印本),《古本戏曲丛刊初集:100 种》。

(明)王济撰,张树英点校:《连环记》,中华书局,1988 年版。

(明)汪廷讷撰:《环翠堂乐府义烈记》(2 卷),上海商务印书馆 1955 年(影印本),《古本戏曲丛刊二集:100 种》。

(明)汪廷讷著,李占鹏点校:《汪廷讷戏曲集》,四川出版集团巴蜀书社,2009 年版。

(明)无名氏:《新刻出像音注刘玄德三顾草庐记》(4 卷),明代南京金陵富春堂刻本。

《西川图》,清乾隆 46 年[1781],《重订缀白裘新集合编》。

(明)佚名撰:《新刻全像古城记》(2 卷),上海商务印书馆(据明刻本影印)1954 年。《古本戏曲丛刊初集:100 种》。

(明)邹玉卿撰:《青虹啸传奇》(2 卷),上海商务印书馆 1955 年(据长乐郑氏藏抄本影印),《古古本戏曲丛刊二集:100 种》。

(明)赵琦美:《孤本元明杂剧》,中国戏剧出版社,1958 年版。

(清)曹寅撰:《续琵琶》(2 卷),上海古籍出版社 1986 年(影印本)。《古本戏曲丛刊五集:85 种,附 2 种》。

(清)黄燮清撰:《倚晴楼七种曲》,清道光十六年(1836),刻本。

(清)李世恩辑:《梨园集成》,清光绪六年(1880)怀邑王贺成,刻本。

(清)南山逸史撰:《中郎女》(1 卷),北京古籍出版社,1957 年,影印本。

(清)蒲松龄著,蒲先明整理,邹宗良校注:《聊斋俚曲集》,国际文化出版公司,1999 年版。

(清)潜庄吟颠(蔡应龙)著:《新制增补全琵琶重光记》(2 卷),1986 年上海古籍出版社,影印本(据清乾隆间刻本影印),《古本戏曲丛刊五集:85 种,附 2 种》。

(清)唐英撰:《灯月闲情十七种》(20 卷),《续修四库全书·集部·戏剧类》第一千七百六十部。

(清)吴可堂撰:《世外欢》(1 卷),清乾隆间刻本。

(清)无名氏撰:《双和合》(1 卷),文学古籍刊行社,1957 年,影印本(据旧抄本影印),《古本戏曲丛刊三集》。

(清)夏纶撰:《新曲六种》(12 卷),清乾隆十八年[1753]世光堂,刻本。

(清)徐石麒撰:《坦庵大转轮杂剧》(1 卷),清南湖享书堂刻本。

（清）杨潮观撰：《吟风阁杂剧》(4 卷)，清刻本。

（清）尤侗撰：《吊琵琶》(1 卷)，清康熙间刻本。

（清）郑瑜撰：《鹦鹉洲》(1 卷)，北京古籍出版社，1957 年版，影印本。

（清）周祥钰［等］撰：《鼎峙春秋》(10 本 240 出)，1962—1964 年上海中华书局，影印本（据清内府钞本影印）。《古本戏曲丛刊九集：10 种》。

（清）邹式金：《杂剧三集》，中国戏剧出版社，1958 年版。

佚名撰：《双瑞记》(2 卷)，上海古籍出版社，1986 年版，影印本（据清康熙间刻本影印），《古本戏曲丛刊五集：85 种，附 2 种》。

《续修四库全书》编纂委员会编：《续修四库全书》，上海古籍出版社，1995 年版。

［俄］李福清，［中］李平：《海外孤本晚明戏剧选集》，上海古籍出版社，1993 年版。

刘世德等主编：《古本小说丛刊》，中华书局，1991 年版。

童万周校点：《三国志玉玺传》，中州古籍出版社，1986 年版。

王秋桂主编：《善本戏曲丛刊》，台湾学生书局，1984 年版。

吴书荫主编：《绥中吴氏藏抄本稿本戏曲丛刊》，学苑出版社，2004 年版。

《三国志鼓词》，抄本，藏北京大学图书馆古籍特藏室。

徐沁君：《新校元刊杂剧三十种》，中华书局，1980 年版。

钟兆华：《元刊全相平话五种校注》，巴蜀书社，1990 年版。

胡世厚主编：《三国戏曲集成》，复旦大学出版社，2018 年版。

4. 著作类：

（明）顾起元：《客座赘语》，中华书局，1987 年版。

（明）祁彪佳著，黄裳校录：《远山堂曲品剧品校录》，1955 年版。

（明）徐渭原著，李复波、熊澄宇注释：《南词叙录注释》，中国戏剧出版社，1989 年版。

（清）李斗：《扬州画舫录》，中华书局，1960 年版。

（清）刘廷玑：《在园杂志》，中华书局，2005 年版。

（清）王夫之：《读通鉴论》，中华书局，1975 年版。

（清）徐珂编撰：《清稗类钞》，中华书局，1986 年版。

（清）昭梿：《啸亭杂录》，中华书局，2006 年版。

阿英：《弹词小说评考》，上海中华书局，1937 年版。

蔡毅编著：《中国古典戏曲序跋汇编》，齐鲁书社，1989 年版。

陈芳：《清初杂剧研究》，台湾学海出版社，1991 年版。

陈翔华：《三国演义纵论》，台北文津出版社有限公司，2006 年版。

陈翔华:《诸葛亮形象史研究》,浙江古籍出版社,1990 年版。

邓长风:《明清戏曲家考略全编》,上海古籍出版社,2009 年版。

董上德:《古代戏曲小说叙事研究》,广东高等教育出版社,2007 年版。

杜桂萍:《清初杂剧研究》,人民文学出版社,2005 年版。

［俄］李福清著,李明滨编选:《古典小说与传说》,中华书局,2003 年版。

范丽敏:《清代北京戏曲演出研究》,人民文学出版社,2007 年版。

冯文楼:《四大奇书的文本文化学阐释》,中国社会科学出版社,2003 年版。

高小康:《中国古典叙事观念与意识形态》,北京大学出版社,2005 年版。

龚敏:《小说考索与文献钩沉》,齐鲁书社,2010 年版。

顾颉刚:《我与古史辨》,上海文艺出版社,2001 年版。

关四平:《三国演义源流研究》,黑龙江教育出版社,2009 年版。

郭英德:《明清文人传奇研究》,北京师范大学出版社,2001 年版。

［韩］金文京著,邱岭,吴芳玲译:《三国演义的世界》,商务印书馆,2010
    年版。

河南省社会科学院文学研究所选编:《三国演义论文集》,中州古籍出版社,
    1985 年版。

黄寿祺,张善文:《周易译注》,上海古籍出版社,1996 年版。

黄霖,李桂奎,韩晓,邓百意:《中国古代小说叙事三维论》,上海世纪出版集
    团,2009 年版。

黄天骥,康保成:《中国古代戏剧形态研究》,河南人民出版社,2009 年版。

纪德君:《明清历史演义小说艺术论》,北京师范大学出版社,2000 年版。

纪德君:《中国历史小说的艺术流变》,中国社会科学出版社,2002 年版。

［加］卜正民 timothy brook 著,方骏,王秀丽,罗天佑译:《纵乐的困惑:明代
    的商业与文化》,生活·读书·新知三联书店,2004 年版。

康逸蓝:《明末清初剧作家之历史关系:以李玉、洪升、孔尚任为主》,台北秀
    威资讯科技股份有限公司,2004 年版。

李昌集:《中国古代曲学史》,华东师范大学出版社,1997 年版。

李简:《元明戏曲》,北京大学出版社,2003 年版。

李萌昀:《旅行故事:空间经验与文学表达——以明清通俗小说为中心》,北
    京大学博士论文,2010 年。

李舜华:《礼乐与明前中期演剧》,上海古籍出版社,2006 年版。

李小红:《〈鼎峙春秋〉研究》,北京师范大学博士论文,2008 年。

李玉莲:《中国古代白话小说戏曲传播论》,山西教育出版社,2005 年版。

李真瑜:《明代宫廷戏剧史》,紫禁城出版社,2010 年版。

廖可斌:《诗稗鳞爪》,浙江大学出版社,1999 年版。

林逢源:《三国故事剧研究》,台湾政治大学博士论文,1984 年。

刘岱总主编,蔡英俊主编:《中国文化新论·文学篇二·意象的流变》,台北
　　联经出版事业公司,1983 年版。

刘海燕:《从民间到经典:关羽形象与关羽崇拜的生成演变史论》,上海三联
　　书店,2004 年版。

刘慧芳:《元杂剧叙事艺术》,辽宁大学出版社,2010 年版。

刘靖之:《关汉卿三国故事杂剧研究》,三联书店香港分店,1987 年版。

刘宁:《〈史记〉叙事学研究》,中国社会科学出版社,2008 年版。

刘勇强:《中国古代小说史绪论》,北京大学出版社,2007 年版。

鲁德才:《中国古代小说艺术论》,天津百花文艺出版社,1988 年第 1 版。

罗书华:《中国叙事之学:结构、历史与比较的维度》,中国社会科学出版社,
　　2008 年版。

罗斯宁:《元杂剧与元代民俗文化》,广东高等教育出版社,2007 年版。

么书仪:《铜琵琶与红牙象板——元杂剧和明清传奇比较》,大象出版社,
　　2009 年版。

么书仪:《元人杂剧与元代社会》,北京大学出版社,1997 年版。

〔美〕刘康:《对话的喧声——巴赫金的文化转型理论》,中国人民大学出版
　　社,1995 年版。

〔美〕伊维德著,张惠英译:《朱有燉的杂剧》,北京大学出版社,2009 年版。

戚世隽:《明代杂剧研究》,广东高等教育出版社,2001 年版。

钱南扬辑录:《宋元戏文辑佚》,上海古典文学出版社,1956 年版。

〔日〕青木正儿原著,王古鲁译:《中国近世戏曲史》,作家出版社,1958 年版。

宋俊华:《中国古代戏剧服饰研究》,广东高等教育出版社,2003 年版。

孙书磊:《明末清初戏剧研究》,社会科学文献出版社,2007 年版。

孙书磊:《中国古代历史剧研究》,南京师范大学出版社,2004 年版。

陶君起编著:《京剧剧目初探》,中华书局,2008 年版。

涂秀虹:《元明小说戏曲关系研究》,上海三联书店,2004 年版。

王安祈:《明代戏曲五论》,台北大安出版社,1990 年版。

王古鲁辑录:《明代徽调戏曲散出辑佚》,上海古典文学出版社,1956 年版。

王汉民,刘奇玉编著:《清代戏曲史编年》,巴蜀书社,2008 年版。

王丽娟:《三国故事演变中的文人叙事与民间叙事》,齐鲁书社,2007 年版。

王利器:《元明清三代戏曲小说禁毁史料》,上海古籍出版社,1981 年版。

王卫民:《古今戏曲论》,台湾出版社,2008 年版。

王芷章编:《清升平署志略》,商务印书馆,1937年版。

隗芾,吴毓华编:《古典戏曲美学资料集》,文化艺术出版社,1992年版。

吴光正:《中国古代小说的原型与母题》,社会科学文献出版社,2002年版。

夏咸淳:《情与理的碰撞:明代士林心史》,河北大学出版社,2001年版。

项楚主编:《中国俗文学研究》(第1辑),巴蜀书社,2003年版。

徐大军:《元杂剧与小说关系研究》,河南人民出版社,2006年版。

徐扶明:《元代杂剧艺术》,上海文艺出版社,1981年版。

许金榜:《中国戏曲文学史》,中国文学出版社,1994年版。

徐朔方,孙秋克编:《南戏与传奇研究》,湖北教育出版社,2004年版。

徐文凯:《有韵说部无声戏:清代戏曲小时相互改编研究》,中国传媒大学出
　　版社,2010年版。

颜全毅:《清代京剧文学史》,北京出版社,2005年版。

叶楚炎:《明代科举与明中期至清初通俗小说研究》,百花洲文艺出版社,
　　2009年版。

叶德均:《戏曲小说丛考》,中华书局,2004年版。

余英时:《士与中国文化》,上海人民出版社,1987年版。

曾永义:《论说戏曲》,台北联经出版事业公司,1997年版。

曾永义:《明杂剧概论》,台北学海出版社,1979年版。

曾永义编著:《中国古典戏剧的认识与欣赏》,台北正中书局,1991年版。

张大可:《三国史研究》,甘肃人民出版社,1988年版。

章培恒:《洪升年谱》,上海古籍出版社,1979年版。

张世君:《〈红楼梦〉的空间叙事》,中国社会科学出版社,1999年版。

赵景深主编:《戏曲论丛》第一辑,甘肃人民出版社,1984年版。

赵山林:《中国近代戏曲编年》,华东师范大学出版社,2008年版。

赵山林:《中国戏曲传播接受史》,上海世纪出版集团,2008年版。

赵园:《明清之际士大夫研究》,北京大学出版社,1999年版。

赵园:《想象与叙述》,人民文学出版社,2009年版。

郑传寅:《传统文化与古典戏曲》,湖南人民出版社,2004年版。

郑铁生:《三国演义叙事艺术》,新华出版社,2000年版。

郑振铎:《郑振铎古典文学论文集》,上海古籍出版社,2009年版。

中国戏剧研究院编:《中国古典戏曲论著集成》,中国戏剧出版社,1959
　　年版。

周建渝:《多重视野中的〈三国志通俗演义〉》,中国社会科学出版社,2009
　　年版。

周贻白:《中国戏剧史长编》,上海世纪出版集团,2007 年版。

周兆新主编:《三国演义丛考》,北京大学出版社,1995 年版。

朱崇志:《中国古代戏曲选本研究》,上海古籍出版社,2004 年版。

朱家溍,丁汝芹:《清代内廷演剧始末考》,中国书店,2007 年版。

朱万曙:《明清戏曲论稿》,安徽大学出版社,2008 年版。

朱希祖:《整理升平署档案记》,北平燕京大学出版,《燕京学报》第十期单行本,1931 年 12 月。

朱一玄,刘毓忱编:《三国演义资料汇编》,南开大学出版社,2003 年版。

5. 论文类:

陈志勇:《"关公戏"演出禁忌的生成与禳解》,《戏曲研究》,2008 年第 1 期。

邓长风:《也谈清代曲家曲目著录的几个问题——寄自地球另一端的读书札记》,《戏剧艺术》,1996 年第 3 期。

杜海军:《论戏曲选集的戏曲批评与价值》,《广西师范大学学报》,2009 年第 5 期。

杜海军:《论戏曲选集在戏曲史研究中的独立价值》,《艺术百家》,2009 年第 4 期。

关四平:《论关羽形象的演化》,《广西师范学院学报》,2004 年第 4 期。

郭英德:《北美地区中国古典戏曲研究博士学位论文述评》(1998—2008),《文艺研究》,2009 年第 9 期。

郭英德:《论戏曲角色的文化内涵》,《戏剧文学》,1999 年第 9 期。

郭英德:《稀见明代戏曲选本三种叙录》,《清华大学学报》(哲学社会科学版),2007 年第 3 期。

胡莲玉:《〈刘玄德醉走黄鹤楼〉杂剧故事考辨》,《明清小说研究》,2007 年第 3 期。

雷碧玮:《边境的表演:中国古代戏剧中的性别与跨文化冲突》("Performing the Borders: Gender and Intercultural Conflicts in Premodern Chinese Drama"),塔夫茨大学(Tufts University),1999。

纪德君:《演绎〈三国志〉,弹唱儿女情——弹词〈三国志玉玺传〉试论》,《文化遗产》,2009 年第 3 期。

吉水:《浅谈关羽形象的塑造过程》,《南充师院学报》(哲学社会科学版),1987 年第 2 期。

李国帅:《近代传播视野中的三国戏曲考论》,《山东省管理干部学院学报》,2009 年第 2 期。

李惠明:《传神文笔写关公——关羽艺术形象神圣化之历史变迁》,《上海师范大学学报》(哲学社会科学版),1993 年第 2 期。

李秋新:《论杨潮观杂剧的人本意识》,《江苏技术师范学院学报》,2003 年第
　　3 期。

李秋新:《杨潮观历史剧的创作特色》,《青海师范大学学报》,1996 年第
　　1 期。

李祥林:《元明舞台上的"貂蝉戏"及其文化透视》,《戏曲研究》,2003 年第
　　3 期。

李祥林:《三国戏中的貂蝉故事及其性别文化透视》,《成都大学学报》(社会
　　科学版),2005 年第 2 期。

李小红:《〈鼎峙春秋〉研究综述》,《兰州学刊》,2008 年第 2 期。

梁宗奎,李桂奎:《谈诸葛亮服饰与道教影响》,《临沂师专学报》,1991 年第
　　4 期。

林毓莎:《论貂蝉故事的源流演变》,《内蒙古师范大学学报》(哲学社会科学
　　版),2007 年 S1 期。

刘海燕:《明代戏曲中关羽形象的多种形态探析》,《福建师范大学学报》(哲
　　学社会科学版),2001 年第 2 期。

刘海燕:《〈鼎峙春秋〉与早期京剧中的关羽形象》,《萍乡高等专科学校学
　　报》,2004 年第 3 期。

刘梦溪:《红学与曹学》,《文学评论》,1987 年第 3 期。

马华祥:《论杨潮观杂剧的民本思想》,《河南师范大学学报》,2001 年第
　　2 期。

罗忼烈:《文学和历史中的关羽》,《社会科学战线》,1983 年第 1 期。

齐裕焜:《镜像关系:魏延与关羽》,《文学遗产》,2005 年第 1 期。

石麟:《"关公信仰"文化现象溯源》,《湖北师范学院学报》(哲学社会科学
　　版),1996 年第 1 期。

石麟:《从〈黄鹤楼〉到〈甘露寺〉——片谈戏曲小说作品中刘备与东吴的恩恩
　　怨怨》,《艺术百家》,2004 年第 5 期。

宋俊华:《关神崇拜与元明杂剧中关羽的行头》,《民族艺术》,2001 年第
　　1 期。

王丽娟:《貂蝉"连环计"故事的文化解读》,《华南农业大学学报》(社会科学
　　学报),2006 年第 1 期。

王丽娟:《论文人叙事与民间叙事——以"连环计"故事为例》,《文学遗产》,
　　2004 年第 3 期。

王丽娟:《三国故事演变中的文人叙事与民间叙事》,齐鲁书社,2007 年版。

王丽娟：《元明民间叙事文本中关羽的另类形象》，陕西师范大学学报（哲学社会科学版），2007 年第 3 期。

王庆芳：《〈连环计〉杂剧与〈连环记〉传奇中貂蝉形象之比较》，《孝感学院学报》，2006 年第 4 期。

王卫民：《黄燮清九种曲评说》，《中国戏曲学院学报》，2006 年第 1 期。

吴柏森：《容美田作〈古城记〉异说》，《湖北民族学院学报》（社会科学版），1996 年第 3 期。

吴敢：《〈缀白裘〉叙考》，《徐州教育学院学报》，2000 年第 4 期；

吴敢：《〈缀白裘〉叙考（续）》，《徐州教育学院学报》，2001 年第 1 期。

吴亮：《给曹操翻案的第一人是谁？——〈红学与曹学〉中的一个小问题》，《文学评论》，1987 年第 5 期。

夏东锋：《元杂剧〈连环计〉与〈连环记〉之主题比较》，《太原师范学院学报》（社会科学版），2006 年第 5 期。

徐凌霄：《三国志·三国演义·三国戏》，载《剧学月刊》2 卷第 5 期。

徐朔方：《王济行实系年》，《文献》，1990 年第六期。

俞为民：《论生旦为主的戏曲脚色体制的形成》，《艺术百家》，2008 年第 4 期。

张帆：《元杂剧〈连环计〉与明传奇〈连环记〉之人物比较》，《太原教育学院学报》，2010 年第 3 期。

张增元：《明清戏曲作家新考》，《文献》，1995 年第 1 期。

赵山林：《南北融合与关羽形象的演变》，《文学遗产》，2000 年第 3 期。

钟林斌：《〈隔江斗智〉杂剧与〈三国志通俗演义〉》，《明清小说研究》，1996 年第 1 期。

钟林斌：《传奇剧〈连环记〉作者及创作年代斟疑》，《苏州大学学报》，1997 年第 3 期。

周妙中：《姚燮生平考略》，《艺术百家》，1997 年第 1 期。

朱伟明，孙向锋：《关公戏与三国文化的传播》，《华中师范大学学报》（人文社会科学版），2008 年第 5 期。

附录:明清三国戏曲剧目概览

自明代而今,戏曲目录著作良多。借诸贤之力,方可对戏曲大略状况有整体的了解和把握。从这点看来,诸位先贤功莫大焉。但在著录过程中,也存在着一些不尽如人意之处,或存在语焉不详,或出现遗漏疏忽,并且间或也存在着错谬之处。本文主要针对的对象乃是明清三国戏曲,在依照先贤戏曲目录的基础上,尽量爬梳、整理、辨伪,做尽量详尽准确的判断与介绍。在行文过程中,主要参考庄一拂《古典戏曲存目汇考》、董康辑《曲海总目提要》、北婴编著《曲海总目提要补编》、傅惜华《明代传奇全目》、《明代杂剧全目》、《清代杂剧全目》、陈翔华《三国故事剧考略》①、郭英德《明清传奇综录》及台湾政治大学林逢源未出版之博士论文《三国故事剧研究》等。下文中则不一一注明。

一、明代传奇

明代传奇共有 32 种,存全本 7 种,分别是《连环记》《古城记》《草庐记》《义烈记》《青虹啸》《锦囊记》《七胜记》②;存残本 8 种,分别是《桃园记》《青梅记》《五关记》《结义记》《单刀记》《四郡记》《赤壁记》《十孝记》存剧目 17 种,分别是《风云记》《蛟虎记》《跃剑记》《报主记》《保主记》《双忠孝》《胡笳记》《双星记》《借东风》《荆州记》《玉佩记》《射鹿记》《试剑记》(两种)《猇亭记》《二桥记》《续缘记》。

1. 连环记

存。明代王济撰。吕天成《曲品·旧传奇》著录。《连环记》首尾完整的本子流传到现在的很少,目前容易见到的是《古本戏曲丛刊初集》中据长乐郑振铎所藏钞本影印的本子(简称丛刊本),但第五出提及一些明末清初的

---

① 周兆新主编:《三国演义丛考》,北京大学出版社,1995 年版,第 363—435 页。
② 胡世厚主编:《三国戏曲集成》之明代卷统计今存传奇剧本 7 种,不过中间包括徐文昭辑《三国志大全》,我觉得这应该属于当时三国戏文的摘录,不应当成一部独立的传奇剧本。

戏曲作品名称,显然系后人羼入的;此外文字错讹较多。国家图书馆有两个清代钞本:其中一本首页钤有"竹林深处是家乡"的篆体朱印(简称竹林本);另一本书写精美,封面题有"乙丑冬日重装"字样(简称乙丑本)。现有中华书局1988年版张树英点校之《连环记》。演董卓、吕布、王允事。

徐复祚《曲论》云:"王雨舟改北《王允连环记》为南,佳"。《曲海总目提要》卷4亦云此剧:"以元人《连环计》为蓝本,而粉饰之,情迹关目,互相转换。此更与正史合者居多。元剧以一貂蝉两用之,故曰《连环计》。此剧王允以玉连环与貂蝉,授之密策,故曰《连环记》也。"

此剧或作于明嘉靖元年(1522)。第29出《诛卓》诏书云:"大汉龙兴二年",既非当时年号,又非东汉开国之次年,于义难通,意作者或暗示此剧杀青于新君即位之次年,即嘉靖元年,时王济方自横州卸任归(参见徐朔方《王济行实系年》)。吕天成《曲品》评云:"词多佳句,事亦可喜。"又云:"颇知炼局之法,半寂半喧;更通琢句之方,或庄或逸。"

王济,字伯雨,号雨舟,浙江桐乡人。著有《君子堂日询手镜》《连环记》等。(详见徐朔方《王济行实系念》,《文献》,1990年12月。)

2. 风云记

佚。陈黑斋撰。《传奇汇考标目》别本著录此剧,下注云:"周处事"。

陈黑斋,名字、里居、事迹俱未详。约明正德中前后在世。(《古典戏曲存目汇考》)

3. 蛟虎记

佚。黄伯羽(号钓叟)撰。《曲品》著录此剧,《远山堂曲品》《古人传奇总目》《传奇汇考标目》《重订曲海总目》《曲目新编》《今乐考证》等俱同。

演周处事。祁彪佳《远山堂曲品》谓:"黄伯羽取周孝侯(处)除三害事,有合于过勿惮改之义,作者思深矣。孝侯死于王事,此故生之。铺叙亦当,但气色不振耳。"

黄伯羽,号钓叟。上海县(今属上海市)人,生平不详。

4. 跃剑记

佚。潘□□撰。《远山堂曲品》著录此剧,《鸣野山房书目》同。

《远山堂曲品》谓此剧"作法撇脱且能即景会情,以曲打科,以白引曲,遂尔转折生动,胜《蛟虎记》多矣。"故此剧当亦以周处事情为题材。

5. 古城记

存。明万历间金陵文林阁刊本,明万历间刊本,郑振铎藏。《古本戏曲丛刊初集》本据万历间刊本影印。《寒山堂曲谱》引作《关大王古城会》,疑即为明代《古城记》之改本。凡二十九出,叙刘、关、张自徐州失散,关羽义勇辞金，五关斩将，至古城聚义事，与演义大同小异。《纳书楹曲谱》有《挑袍》一折。

《曲海总目提要》谓："剧中第十五出云，可速送到尚宝司①重铸。必明时人所作也。"此内容见于第十五出"赐马"。《今乐考证》据焦循《曲考》著录。郭著中判断《曲海目》《曲录》著录，均误入清无名氏目，其实清代无名氏确亦有《古城记》本，与明人本不同。《今乐考证》清传奇"词曲劣，无姓名可考者，皆抄本"中即著录有《古城记》，下注云"非古本，并异田九峰作。"

如此，则明清二代至少存在三种内容与曲文不甚相同的《古城记》本子。

《尧天乐》卷二下层选有"嫂叔降曹"（正文作"关云长嫂叔权降"）、"独行千里"（正文作"关云长独行千里"）二出。文林阁虽有类似出目，但曲文、牌调并不相同。更值得注意的是，《徽池雅调》卷一下层选有"张飞祭马"（正文作"翼德祭马"）一出，《时调青昆》卷一上层选有"奔走范阳"一出，此二出皆不见于文林阁本《古城记》。《徽池雅调》与《时调青昆》皆为明代戏曲选本。倘若此二本记载名称无误的话，则明代也至少存在着两种以上的《古城记》。

郭英德《明清传奇综录》谓：

> 《古城记》第 13 出、15 出、16 出、18 出、20 出，多用《义勇辞金》第 1、2、4 折之曲文，或更易曲牌而文词具在，或选用一二曲，或颠倒错乱以用之。清乾隆时《纳书楹曲谱》收《古城记·挑袍》一折，与传奇第 20 出并不符合，却全同《义勇辞金》第 4 折，可证二者之渊源。

> 《词林一枝》收录此剧《关云长闻讣权降》《关云长秉烛待旦》2 出。《八能奏锦》收录此剧散出，改题《五关记》。此剧多用滚调，殆即徽池调（即青阳调）剧本。《远山堂曲品》评云："《三国传》散为诸传奇，无一不是鄙俚。如此记通本不脱【新水令】数调，调复不伦，真村儿信口胡嘲者。"

按：明清戏曲选本中的《古城记》并非只有《词林一枝》。《尧天乐》中有"嫂叔降曹""独行千里"；《徽池雅调》中有"张飞祭马"；《时调青昆》中有"奔走范阳""独行千里"；《歌林拾翠》中更是有"开宴赏春"等八出；《纳书楹曲

---

① 明代李东阳、申时行等撰《大明会典》卷二二二有"尚宝司"之记载："国初设符玺郎，后置尚宝司，升三品衙门……洪武六年改正五品衙门。"清代张廷玉等撰《明史》卷七十四中亦载："尚宝司。卿一人，正五品，少卿一人，从五品，……掌宝玺、符牌、印章，而辨其所用。……太祖初，设符玺郎，秩正七品。吴元年改尚宝司卿，秩正五品，以侍从儒臣、勋卫领之，非有才能不得调。"（中华书局，1974 年版，第 1803—1805 页）可见"尚宝司"为明代始有。

谱》中有"挑袍";《绣刻演剧》中也有此剧散出;具体情况参看本文第二章"明清戏曲选本中的三国戏曲"。至于《八能奏锦》是否就一定是把《古城记》改题为《五关记》,选本中多有内容不同而名字相同者,也有内容相同而名字相异者,情况较为复杂,姑且存疑。

皮黄剧有《古城相会》。

6. 桃园记

存七出。《远山堂曲品》著录,将其列入《具品》,未题作者名氏,明清其他戏曲书目未见著录。《远山堂曲品》云:"《三国传》中曲,首《桃园》,《古城》次之,《草庐》又次之。虽出自俗吻,犹能窥音律一二。"元、明缺名杂剧有《刘关张桃园三结义》一本。《古典戏曲存目汇考》载此剧仅《群音类选》残存散出。

按:《群音类选》"官腔类"卷十二中存"关斩貂蝉、五夜秉烛、独行千里、古城聚会"四出。《乐府红珊》中亦存散出,分别是卷四"训诲类"中之"汉寿亭侯训子"(正文作"关云长训子"),卷九"访询类"中存"鲁子敬询乔国公"(正文作"鲁子敬询乔国公求计"),卷十一"宴会类"中存"刘玄德赴河梁会"。

选本中内容非常广泛,所选事件所存在的时间跨度也很大。最早者为"关斩貂蝉",发生在曹操水淹下邳,吕布部将投降,城破。吕布被杀。貂蝉在关羽面前奉承刘关张三人,而无限贬低吕布。关羽毅然斩杀貂蝉。时间最晚者则是"鲁子敬询乔国公"与"汉寿亭侯训子",此二出都隶属于"单刀会"的序列。刘备攻占西川,关羽则单独镇守荆州,鲁肃以酒筵为名邀请关羽赴会,意欲讨还荆州,被关羽拒绝。如果选本记载无误,则《桃园记》所载之三国事件持续时间非常长。

《古典戏曲存目汇考》及傅惜华之《清代传奇全目》云清人云樵外史亦有《桃园记》传奇一本。未见其他著录,亦未见其内容。此本与明人《桃园记》是否相同,传承关系如何,无从判断。

7. 草庐记

存。明无名氏撰。《远山堂曲品》著录,列入"具品"。《曲海总目提要》著录。明万历间富春堂刊本,《古本戏曲丛刊初集》本据富春堂刊本影印。题曰《刘玄德三顾草庐记》。凡五十四出,原本演义者居多。祁彪佳《曲品》云:"以卧龙三顾始,以西川称帝终,与《桃园》一记,首尾可续,似出一人之手。"

《远山堂曲品·草庐》云:"内《黄鹤楼》二折,本之《碧莲会》剧。"见《草庐记》刻本第45、46折。《曲海总目提要》卷34《草庐记》评云:"作者亦未深考正史,而笔亦尘杂。大抵词家略通文墨者,熟得数十种曲本,便拈笔为之。

观其第一出所云:'换羽移商实不差,戏文编撰精嘉'者,可见也。"

《群音类选》中选有《草庐记》"甘糜游宫、舌战群儒、黄鹤楼宴、玄德合卺"四出,这与《群音类选》所录《桃园记》四出确实首尾相续。但《乐府红珊》之选《桃园记》"关云长训子"与"鲁子敬询乔国公"均发生在《草庐记》之后,倘若《乐府红珊》著录无误的话,则与祁彪佳之记载存在抵牾。

皮黄剧中有《三顾茅庐》《博望坡》《火烧新野》。

8. 青梅记

存一出。《乐府万象新》卷三上层"万家汇锦"中有"曹操青梅煮酒",题目标注为《青梅记》。

"青梅煮酒"事,《三国演义》第二十一回有详细描写。选本中之情节进展与小说大体相同,但亦有很多细节方面的不同。如选本中论英雄,刘备将袁绍与袁术是放在一起提出的,然后就只是列举了刘表与孙权。而《三国演义》中先后提出了袁术、袁绍、刘表、孙策、刘璋、张绣等人。且选本中,曹操叙及刘备功劳时说道:"你兄弟三人破黄巾三十六万,擒吕布斩华雄,功高盖世,岂不是英雄?"这些明显不吻合事实,但与其他明清戏曲选本中的叙述口吻与思路基本类似。元杂剧中有《莽张飞大闹石榴园》(无名氏作)、《莽张飞大闹相府院》(花李郎作),所述事件亦为曹操邀请刘备赴宴,席间有论英雄之言论,曹操欲借机杀刘备,后为关、张救出。选本之内容与杂剧虽然存在较大差异,但《青梅记》传奇与两部杂剧之间关系应该甚为密切。

《乐府万象新》为明代安成软祥宇编,系青阳腔戏曲散出选本。则其中所标注之《青梅记》属于明代传奇当无疑。

《今乐考证》《钱遵王述古堂藏书目录》著录有汪廷讷之《青梅记》。《考证》据《笠阁评目》著录之。《传奇汇考标目》别本《补目》内有此本。戏曲选集《月露音》残存佚曲。《远山堂剧品》中"青梅佳句"(南北六折)中提到:"全普庵监赣郡,日借花酒自娱。刘婆惜以无意得之,更为花酒增胜,闻已有演为全记者矣。"故此剧的描写对象为元代著名才伎刘婆惜之事,并非为三国故事,与《乐府万象新》中所选之《青梅记》并非为同一者。

《海外孤本晚明戏剧选集三种》中提到:

> 《射鹿记》在《远山堂曲品》列于"杂调",当亦是弋阳腔传奇,但全本已失传。江西省文化局剧目工作室整理集印的青阳腔传统戏曲《青梅会》,关目情节和清代董康等人校订的《曲海总目提要》对《射鹿记》内容的介绍,基本一致。因此,这《青梅会》看来即是明人《射鹿记》不断更改的演出本;而《乐府万象新》所选《青梅记》散出,则保持了《射鹿记》原作

片段的本来面目。二者在部分曲词上十分迫近……连与全曲主旨极不相称的"杀气巍巍"末句,也都相同。所以,尽管相应的场次,在情节的繁简、曲白文字、乃至人物充任的角色安排(《青梅记》中,曹操由"外"饰扮;《青梅会》里以"净"唱演),都有很多不同;两者之间的血缘关系,仍不难从曲牌、宾白和关目中找出有分量的线索,两者均出于《射鹿记》。①

《乐府万象新》所选散出之《青梅记》,未见载于其他任何书目,作者信息亦无可考。

9. 义烈记

存,但有残缺。明代汪廷讷撰。《远山堂曲品》著录。明万历间环翠堂刊本,《古本戏曲丛刊二集》本据环翠堂原刊本影印,标为《环翠堂乐府义烈记》。其他戏曲书簿未见记载。演张俭、孔褒、孔融事,但本《汉书》列传。薛应和序称:东汉党锢之事,张山阳亡命,而孔氏争死于一门,高义薄云天,伟烈贯金石,余友无如君,隐括其概,编为传奇云。

此本至三十四出"设奠"止,下有缺页。第十九出乃为卷下之始,则全剧大略应有三十六出。不惟结尾缺失,前面所存内容中也时有缺页。具体如下:第一出缺页,唯最末有"得偕老张氏夫妻";第二出内缺半页;第四出"选材"中缺一页半,且所缺地方不一;第五出最前缺半页;第七出"专征"前后均缺,唯存中间部分;第十五出"自讼"内有半页残缺;第十八出"定谋"缺一页;第十九出缺半页;第二十四出末与第二十五出共缺半页;第二十九出"命将"缺一页;第三十二出前缺半页。

此剧发生背景为东汉年间,主要叙述以张俭为代表的正直官员与奸臣代表侯都尉之间的斗争,张俭遭侯都尉迫害,逃亡至孔府,孔融年纪虽小,却在道义上不落兄后,并勇于承担责任,意欲慷慨赴死。此剧中尚叙及董卓与蔡邕。董卓刁顽钻营,巴结讨好侯都尉。蔡邕上表奏曹介、侯都尉大恶,最后皇帝下旨将二人枭首,将董卓发配。

此剧杂有神异色彩,如第二十二出"避难"中,张俭又一次逃难,前一次从渔父手里救下的乌龟报恩,负载张俭过江。

汪廷讷(1573—1619),字昌朝,又字无如,号坐隐,人称坐隐先生,又号全一真人,亦称无无居士、清痴叟,新安亦署新都(今休宁县徽光乡汪村)人。是明代后期重要的戏曲作家,是以刻制插图本图书称誉于万历时代的家刻

① [俄]李福清,[中]李平编:《海外孤本晚明戏剧选集三种》,上海古籍出版社,1993年版,序言第23页。

大家。与汤显祖、陈继儒、李贽等名彦学宿交流甚广,互有唱酬。著有《环翠堂集》、《华衮集》等及 18 种传奇总称的《环翠堂乐府》。此外,还有 9 种杂剧,今传世的剧本有《狮吼记》、《种玉记》、《彩舟记》、《投桃记》、《三祝记》、《义烈记》、《天书记》等①。现有今人李占鹏点校之《汪廷讷戏曲集》②,可以参看。

10. 报主记

佚。明代许自昌撰。《曲录》著录。《传奇汇考标目》有此本,注曰:"赵子龙事"。其他戏曲书簿未见记载。此剧今无传本。

许自昌(1578—1623)③,字玄祐,江苏吴县人。尝居唐人陆龟蒙甫里,聚书连屋,别署梅花墅(《陈眉公集》卷二十二《梅花墅记》)。工戏曲,所作传奇传世者,有《水浒记》《橘浦记》《灵犀配》三种,未见流传者五种,又改订明人传奇二种。

11. 保主记

佚。明代王异撰。《远山堂曲品》著录,列入"能品",云:"赵子龙为生,传事能不枝蔓,但曲有繁简之宜,未必一简便属胜场。如此记,每一人立脚未定,便复下场,何以纵观者耳目。"《读书楼目录》《鸣野山房书目》并见著录。(据《明代传奇全目》)此剧与许自昌之《报主记》,未知是何种关系。

《三国志·赵云传》载:"及先主为曹公所追于当阳长阪,弃妻子南走,云身抱弱子,即后主也,保护甘夫人,即后主母也,皆得免难。"此事件在《三国演义》被渲染成"赵子龙单骑救主",并成为赵云英雄形象的一个完美注脚。但《三国演义》中能理解成"保主"形式的,尚有赵子龙持三个锦囊陪同护送刘备前往东吴婚亲事,以及第六十一回"赵云截江夺阿斗"事。未知此本究竟敷衍何事,抑或是其他什么我们未见的事件。

王异,一作王权,字无功,亦作元功。陕西郃阳人。生平事迹不可考。传奇作品今传《弄珠楼》一种,亡佚者五种。

12. 青虹啸

存。明代邹玉卿撰。《曲录》《传奇汇考标目》并见著录。旧钞本,梅兰芳藏。传钞本,郑振铎藏。《古本戏曲丛刊二集》据传抄本影印,署"长洲邹玉卿昆圃撰"。《曲考》《重订曲海目》《今乐考证》均列入清代无名氏传奇,并标之为《青缸啸》,"缸"当为"钢"之误,但《青钢啸》与本剧不同。《曲海总目

---

① 徐学林:《明代徽州戏曲出版大家汪廷讷》,《出版史料》,2004 年第 2 期。

② (明)汪廷讷著,李占鹏点校:《汪廷讷戏曲集》,四川出版集团巴蜀书社,2009 年版。

③ 据邓长风:《明清戏曲家考略全编》,上海古籍出版社,2009 年版,第 87—88 页。

提要》编者按中谓《青钢啸》与《青虹啸》为同一本是不准确的。《青钢啸》乃叙马超事,虽然《青虹啸》第二十一出"割须"中亦有董圆请马超帮助,使得曹操割须弃袍之事,但这只是全剧中众多故事情节中的一个而已,本剧以董圆为叙述重点。

《曲海总目提要》卷34有《檐头水》,谓:"不知何人所作。……此剧亦名《青虹啸》。"而《青虹啸》作者自述作意云:"人生忠孝天公喜,莫使奸雄计。你去弑他行,人又来弑你,再不信请试看檐头水。"(第30出《雪冤》【南清江引】)如此可知本剧与《檐头水》乃为同一剧作。凡三十出。演曹操诛戮董承,并杀董、伏两后。承子圆,投司马懿改名司马师。圆妻伏氏,救出太子。及长,嘱持青虹剑往寻圆,恢复帝畿。全剧半出臆造,半据演义。与清石子斐《龙凤衫》传奇相类。京剧《逍遥津》亦相似。剧中叙及勘吉平之事,此题材元明杂剧中有花李郎撰《勘吉平》,皮黄剧《拷吉平》,弋阳腔《反西凉》前段,均有涉及。

邹玉卿,字昆圃。明代江苏长洲人。嘉靖己酉(1549)举人,壬戌(1562)赴湖南衡州任,甲子(1564)后不久卒。[①] 生平事迹无可考。传奇作品有《双螭璧》《青虹啸》两种,皆传于世。

13. 锦囊记

存。一名《东吴记》。《古人传奇总目》《重订曲海目》《传奇汇考标目》《曲目表》《曲录》并见著录,皆列入明无名氏传奇目内。《曲海总目提要》卷44有此本,谓:"未知何人所作,以诸葛亮用锦囊三策,授之赵云,故以为名。"现存清乾隆间百本张抄本,傅惜华旧藏,今归中国艺术研究院戏曲研究所资料室。题《东吴记》,全八出,全串贯,卷末题《锦囊记》,卡片作明无名氏撰,百本张抄本,弋腔。半叶五行,行二十字。头出上寿,四太监引孙权上;二出拈阄,赵云内嗽上;三出说亲,四卒引关张赵上;四出谒乔,丑院随乔元上;五出招亲,四太监引老旦上;六出催归,赵云内嗽上;七出追赶,刘众同上;八出二气,张飞上唱。

赵云奉诸葛亮计而护卫刘备招亲之事,在元明杂剧《诸葛亮隔江斗智》中亦有表现,《三国演义》"三气周瑜"之第二气亦为此事。明传奇《试剑记》的背景亦是刘备赴东吴娶亲。《曲海总目提要》谓:"全本关目在亮与云,而尤以云为主。插入当阳长坂事,为云前后两大勋绩。"可知此剧与《报主记》《保主记》亦有相似之处。

---

① 据邓长风:《明清戏曲家考略全编》,上海古籍出版社,2009年版,第593—594页。邓文中并谓《传奇汇考标目》关于邹氏名、号的记载恐不确。邓文中记为"邹昆,字玉卿"。存疑。

国家图书馆藏《锦囊记》,内容附注为:三气(总本)。与钱德苍编选《重订缀白裘新集合编》初集卷三《西川图》本仅存的"芦花荡"节完全相同。其中张飞扮净角,唱词颇多,如"觑着那下邳城似纸团儿嚣虚,那虎牢关似粉墙儿这么低矮,斩黄巾我的精神抖擞,擒吕布其实轩昂,俺释严颜我的胆量高。"

另如【紫花儿序】觑周瑜如癣疥,那鲁肃似井底虾蟆,倘若还逢着咱,滴溜溜朴将他摔下了马。管教他梦魂中见了俺张飞也怕。想当日火烧了华容道,今日里水淹了长沙。

[小生周瑜]你这匹夫,擒俺三次为何不杀,为何不杀!……老天吓老天,既生瑜何生亮!三计不从,气死我也!——张飞遵照诸葛亮军令,并未杀他,而最终周瑜则被活活气死。

明代张翀别有《锦囊记》传奇一本,演安定周邂逅邻舟女子之事,与三国故事无涉。

皮黄剧中有《甘露寺》。

14. 双忠孝

佚。明代刘蓝生撰。《传奇汇考标目》著录,作者题为"刘蓝生"。《曲录》据《传奇汇考标目》著录之。《曲海总目提要》卷三十四亦著录,谓:不知何人所撰。以蜀汉寿亭侯子关兴,西乡侯子张苞,从先主讨吴,为父报仇,故谓之《双忠孝》。事本《演义》,与正史离合参半云。

刘蓝生,字号、籍贯及生平皆不可考。所作传奇二种,均无传本。

15. 胡笳记

佚。明代黄粹吾撰。《远山堂曲品》著录,列入"具品"。《鸣野山房书目》亦著录。《徐氏红雨楼书目》著录作《续琵琶胡笳记》。佚。

《远山堂曲品》云:"《琵琶》之妙,在不拾中郎一事,能于空处显精神。此记以蔡琰结局,遂称《续琵琶记》。"可见此剧演述蔡邕之女蔡琰事。

黄粹吾,字号不详,或谓别署盱江韵客。籍贯、生平事迹均无可考。所制传奇两种,仅《升仙记》尚传于世。

16. 七胜记

存。《远山堂曲品》列入"具品"。《祁氏读书楼目录》《鸣野山房书目》《曲海总目提要》并见著录。《曲海总目提要》云:"不知何人所作。"以上诸家著录但均未题作者名氏。现存明万历间唐振吾刊本,《古本戏曲丛刊二集》据唐振吾刊本影印。存本原题《武侯七胜记》,明秦淮墨客(纪振伦)校。全剧凡三十六出。题目作"邓伯苗奉诏出使,孙仲谋设鼎陈兵;秦学士谈天论地,汉武侯七纵七擒"。演诸葛亮安居退曹丕五路兵马及七纵七擒之事。

《曲海总目提要》卷三十四云:"作者但取其情节可观,亦不暇订其真伪也。"

《三国志》载亮南征事甚略,孟获七纵七擒,见《汉晋春秋》,而擒之纵之之实,亦不尽载。剧中多半原本演义。亮妻黄氏,载《襄阳志》。

明代程万里戏曲选本《大明春》卷六上层有《兴刘记》,内选"武侯平蛮"一出。首先是净(西川成都府皇华驿驲宰)交代诸葛亮出师南征,蒋琬、费祎、姜维、马谡等人置酒送别。马谡在宴会上献策说:"征伐之道,攻心为上,攻城为下。"末有七言诗一首:五月驱师入不毛,月明泸水瘴烟高。欲将雄略酬三顾,肯惮征蛮七纵劳。现存《七胜记》无此内容设置,未知二者之间有何关系。另外《大明春》还选有《征蛮记》之"诸葛出师",可惜原本就缺失,无从考证,考其标题,可能与《兴刘记》之"武侯平蛮"类似,亦可能为诸葛亮"六出祁山"中的某一次出师,无从考证。

皮黄剧中有《七擒孟获》。

纪振伦,字春华,别署秦淮墨客。明江苏金陵人。约于明万历三十四年前后在世。传奇作品有《折桂记》《三桂记》《七胜记》三种,皆传于世。三种传奇似均系校订,而非创作。尚有历史演义小说《杨家府世代忠勇通俗演义》。

17. 双星记

佚。穆成章撰。《远山堂曲品》著录,列入"能品"。《祁氏读书楼目录》《鸣野山房书目》并见著录。《曲品》云:"以杜预为牛星降生,已涉悠谬,且为预之生也,关公欲生之以魏灭吴。岂知玉垒锦江,先残破于钟、邓乎? 内全钞《渔阳三弄》一出,尤属无谓。"佚。

穆成章,字号、籍贯不详,生平事迹不可考。传奇作品三种,均无传本。

18. 借东风

佚。明代马佶人撰。《传奇汇考标目》别本马氏名下著录此本,此为作者《餐霞馆传奇》之一。其他戏曲书簿未见著录。佚。

当演诸葛亮借风事。元杂剧有王仲文撰《七星坛诸葛祭风》。《三国演义》第四十九回亦有"七星坛诸葛祭风",皆演述此事。

19. 荆州记

佚。金成初撰。《远山堂曲品》著录此剧,列入"杂调",作者题为"金成初"。明清其他戏曲书目未见著录。

《明代传奇全目》未标出此剧饰演何种故事。惟关羽镇守荆州之事最为流行,且元、明杂剧《单刀会》《寿亭侯怒斩关平》等俱以关羽镇守荆州为背景。故而陈翔华文中直接标此剧"演关羽事",当应大致未错。

《远山堂曲品》云:"关公之传,有桐柏先生壮调宏词,真足配铜琵琶铁绰板。"桐柏先生即叶宪祖(1566—1641)号。傅惜华由祁氏语而谓："可证叶氏原尚有三国关羽故事传奇一种，惜未揭出其名目。明清其他戏曲书录，失载此记。今未见此剧流行之本"。(《明代传奇全目》卷二)

金成初，字号、籍贯及生平事迹均不可考。所作传奇仅此种。

20. 玉佩记

佚。彭南溟撰。《远山堂曲品》著录此剧，列入"具品"。《鸣野山房书目》("佩"作"珮"字)、《重订曲海总目》、《今乐考证》《曲录》并见著录。但未题撰人或入无名氏目。

演徐庶成仙事。《远山堂曲品》谓："彭将军序云：'万历三年，有仙人自称徐庶乞封号，上封为散诞神仙'。故此记以飞升终元直。然其事多属妄传，不若《十孝记》，载元直仍佐先主，曹瞒被擒，大快人意。"此剧所载之内容，未见于其他任何地方。

彭南溟，名号、籍贯及生平均不可考。传奇作品四种，皆无传本。

21. 单刀记

存一出。戏曲选本《乐府红珊》卷一"庆寿类"中选有此剧"关云长庆寿"一出。其他戏曲目录未见著录。此剧写的是给关云长庆寿，先后出现关平、周仓、张飞，而刘备也在关羽寿诞之际，送来贺礼并御诗一首。诸葛亮也送来贺礼。荆州军民感激太平，也来给关羽祝寿。

元杂剧《寿亭侯怒斩关平》中，冲末简雍提及："今因五月十三日是元帅生辰贵降之日。有玄德公命孔明军师众将来至荆州，与俺元帅做生日。"其余未见此类记载。而《乐府红珊》中所选与元杂剧所叙内容有很大区别，应该是一个全新的本子。

22. 射鹿记

佚。明无名氏撰。《远山堂曲品》著录，列入"杂调"。《曲海总目提要》《传奇汇考》《曲录》并见著录。已佚。

《曲海总目提要》卷四十四："不知何人所作。凡演三国事者，俱各提一事为主。此则据《演义》曹操许田射鹿一段以作根底。而紧要人物，则刘备、马超。谓其初董承、刘备、马腾等合谋图操。其计不就，演至马超归先主以结局。与正史离合参半，不可尽信。亦不为无本也。"可知本剧乃演曹操许田射鹿等事。《远山堂曲品》谓此剧："曹操之杀董妃，令人愤；马超之败阿瞒，令人喜"。

《三国志平话》卷中"曹操勘吉平"及之前一节的内容皆叙献帝下诏给董承、刘备、吴子兰、关张等人，以及后来吉平等加入此阵营，曹操知晓吉平下毒等事。卷下又叙及马腾入京，在朝堂上怒骂曹操及后来马超报仇等事，与本剧所叙内容范围相同。元杂剧中有花李郎撰《相府院曹公勘吉平》《莽张飞大闹相府院》，元明间杂剧《莽张飞大闹石榴园》《马孟起奋勇大报仇》等亦为描写此等事件。但故事形态丰富多彩，略举二例即可看出。一为参与衣带诏的人数及人选，各种记载或多或少地存在着差别，关张仅在《三国志平话》中存在，而误题种辑为和辑者也存在，马腾参与与否亦存在着差别。二为马腾的死因亦形态各异。

《三国演义》第二十回"曹阿瞒许田打围　董国舅内阁受诏"，第二十三回"吉太医下毒遭刑"等，亦为描写此等内容。皮黄剧中有《许田射鹿》。

23. 四郡记

存一出。明无名氏撰。《曲海总目提要》著录，云："此记未知何人所作。与《古城记》皆以刘备、关羽为主。古城所演，系刘、关前截，在徐沛间事。四郡所演，系刘、关后截。与孙氏争荆州事。刘、关起手，大略相仿。诸葛亮、鲁肃、周瑜等，则皆《古城》所无也。"《传奇汇考》亦著录。此剧今无传本。明冲和居士《怡春锦》"弦索元音御集"选有此剧"单刀"一出，其中净扮云长，丑扮周仓。关羽叙及自己往昔英雄事迹时曾提到："某家行到霸陵桥，只见后面，许多人赶将来，某家在马上无计可施，桥畔有一株柳树，如许之大，被某家提起青龙偃月刀，叱咤一刀，分为两段，但有曹兵过桥，依此柳树为号。"这个细节与《古城记》和其他选本中的"灞桥辞别"皆不同。《传奇汇考》叙及此剧尚有："华容放操、单刀赴会二折，流俗艳传。"可证《怡春锦》所选出数及剧目无错。亦可知《四郡记》的内容下限至少已经到了鲁肃请关羽赴单刀会。

陈翔华《三国故事剧考略》一文（第415页）云：

> 吴书荫先生函告："万历刊本《玉谷新簧》卷一所收《三国记》三出：《周瑜差蒋下书》、《云长护河梁会》、《曹操霸桥饯别》。傅芸子《内阁文库读曲续记》认为《三国记》盖《四郡记》之变名（见《白川集》页130），此三出当为《四郡记》之佚曲。"

《玉谷新簧》卷一下层确实收有《三国记》三出，"周瑜差将下书"，陈文误题为"蒋"，此出正文作"周瑜计设河梁会"；"云长护河梁会"，正文作"云长河梁救驾"；"曹操灞桥饯别"，正文作"曹操霸桥献锦"。陈文叙及《白川集》页130判断"《三国记》盖《四郡记》之变名"，笔者遍查此书[①]，未曾见到此类判断，不知吴氏说法源自何处。此外，戏曲选本中标为《三国志》或《三国记》者

---

① 傅芸子：《正仓院考古记　白川集》，辽宁教育出版社，2000年版。

确实较多，但似乎并不宜简单地判断即为某个其他剧目的变名。单纯以《玉谷新簧》中"周瑜计设河梁会"为例子，《乐府红珊》中亦选有"刘玄德赴河梁会"一出，但所归剧目为《桃园记》。至于"曹操灞桥饯别"就更时见于其他剧目。

元明间无名氏杂剧《走凤雏庞掠四郡》，本事与此剧不同，杂剧主要人物为庞统，故事形态与《三国志平话》有一定的相似之处。《三国演义》中亦有收四郡之事，见于第五十二回"赵子龙计取桂阳"与第五十三回"关云长义释黄汉声"，主要表现的是诸葛亮之计谋，赵云、关羽等人之风采。如此，则杂剧、《三国演义》、明传奇《四郡记》三者均不相同。皮黄剧有《取南郡》。

《曲海总目提要》的叙述中有"苏轼言甫托梦于轼，谓亮恨先主失计欲吞吴也。"可惜未言明出处，待考。

24. 试剑记

佚。长啸山人撰。《远山堂曲品》著录此剧，未题撰人；《鸣野山房书目》同。清代笠阁渔翁①（吴震生）《笠阁批评旧戏目》著录此剧，题"长啸山人作"；《今乐考证》亦著录长啸山人作《试剑记》。

25. 试剑记

佚。无名氏撰。《远山堂曲品》著录此剧，列入"具品"，未题作者名氏。《祁氏读书楼目录》《鸣野山房书目》并见著录。

《远山堂曲品》著录上述二本同名传奇，谓一本为赵云作生者，"仅能铺叙已耳"；而谓另一本"此以刘先主为生者。杂取诸境，……不若赵云作生之《试剑》，犹得附于简洁。内一折，全抄《碧莲会》剧。"不知长啸山人所著究竟为何本。

以上二本《试剑记》题材同，演"先主东吴联姻一事"（《远山堂曲品》）。《三国演义》第五十四回"吴国太佛寺看新郎　刘皇叔洞房续佳偶"叙刘备、孙权均对天祷告发誓，乃试剑砍开巨石。"试剑记"之名应该源于此。惟独剧中有抄《碧莲会》者，亦可见与《三国演义》存在较多的不同。元朱凯之杂剧《刘玄德醉走黄鹤楼》第一折，周瑜上场云："俺这江东有一楼，名曰黄鹤楼；设一会，乃碧莲会。"此宴会描写未见于《三国演义》。

《新编乐府南音》"日集"中有《试剑记》"新水令套"。分别有［新水令］［步步娇］［折桂枝］［江儿水］［雁儿落］［侥侥令］［收江南］［园林好］［沽美酒］［尾声］等曲。按曲文中所唱内容及发抒之感情，此选本所选乃"以刘先主为

---

① 详见邓长风：《〈笠阁批评旧戏目〉的文献价值及其作者吴震生》，《明清戏曲家考略全编》，上海古籍出版社，2009 年版，第 430—441 页。

309

生者"。

26. ※猇亭记

佚。狄玄桼(字玉峰)撰。清祈理孙《祁氏读书楼目录》中"乐府传奇"著录此剧,失题撰人,《鸣野山房书目》同。《曲品补遗》著录,作狄玄桼撰。

《古典戏曲存目汇考》谓此剧"疑演三国蜀汉刘备伐吴事"。存疑。

27. 赤壁记

存一出。《曲海总目提要》卷四十五著录。明代万历刻本《时调青昆》卷二上层存录"华容释操"一出。

《传奇汇考》谓:"演周瑜赤壁烧船。本是实事,但此举皆瑜勋绩,而《演义》归美诸葛亮,创为祭风之说。又增饰种种变诈,以术制瑜,剧遂据为墙壁。此与正史不合者也。剧中刘备自冀投荆,关、张辅翼,诸葛入幕,结好孙权。种种情迹,已互见《古城》《锦囊》《草庐》《四郡》诸记中。即祭风烧船,亦俱互见《草庐记》,然赤壁为此剧正面,所宜详载。"《曲海总目提要》著录内容相同。

今所存之"华容释操",与《三国志平话》、《三国演义》均不甚相同。先是,关羽愤懑孔明藐视他,叙述自己功劳。【雁儿落】中有"咱也曾破黄巾,生擒张角,斩张梁张宝……"这明显与历史事实不符,但却吻合民间说唱中的一贯口吻。曹操赤壁战败,逃至华容道,只剩下十八骑,乞求关羽放行。关羽先让周仓清点人数,然后感叹诸葛亮之神机妙算。《三国演义》中,诸葛亮算定曹操必定会走华容小道,但却未料定有多少人,而此处算人显然在于渲染诸葛亮的神鬼莫测之高深。而类似情节也曾出现在《草庐记》《西川图》等作品中,诸葛亮算定夏侯惇最终只剩下一百人骑,并且把人数准确与否也纳入了与张飞赌头的范畴,而张飞亦曾认真数人,结果皆以孔明获胜告终。与其他记载不同的是,此处关羽谓:"周仓,你与我将五百校刀手摆开,待咱亲自擒拿曹操"。结果这样就被曹操逃走了。

明代沈采、黄澜、清代姜鸿儒俱撰《赤壁记》,但均叙苏东坡游赤壁事,而非三国故事。

皮黄剧中有《舌战群儒》《借箭打盖》《借东风》(一名《南屏山》)。

28. 二桥记

佚。无名氏撰。《祁氏读书楼目录》著录此剧。《鸣野山房书目》作"《二乔记》二本"。

演江东二乔事。《三国志·周瑜传》:"时得桥公二女,皆国色也。(孙)策自纳大桥,(周)瑜纳小桥"。二乔之事多为历代诗歌传咏。《三国演义》虽未重点介绍二乔之事,但大乔归之孙策,小乔嫁给周瑜,在小说第四十四回

"孔明用智激周瑜"中已经明确提及。但在元、明杂剧《周瑜谒鲁肃》及《周公瑾得志娶小乔》中，均载"孙权娶大乔"，后者中鲁肃还多次提及"大乔嫁与吴侯孙权"，《三国志平话》中亦有"大乔嫁公子为妻"之语。明代戏曲选本《大明天下春》卷六下层有《三国志》之"鲁肃求谋"，剧中乔公亦谓"长女得事吴侯"。陈氏文中还提到今存许多民间说唱旧本，也以大乔为孙权妻子。如清代同治甲戌（1874）年古皖畅乐轩新镌《小乔自叹》及重庆旧刊曲本《新刻芦花荡》等皆为如此。可见这种说法在民间是颇为流行的。

29. 续缘记

佚。汪宗姬撰。《传奇汇考标目》别本著录此剧，下注云："洛神事"。

当演曹植遇洛神事。曹植先有《洛神赋》，《文选》卷十九曹子建《洛神赋》注引记云：

> 魏东阿王，汉末，求甄逸女，既不遂，太祖回与五官中郎将。植殊不平，昼思夜想，废寝忘食。黄初中，入朝，帝示植甄后玉缕金带枕。植见之，不觉泣。时已为郭后馋死，帝亦寻悟，因令太子留宴饮，仍以枕赉植。植还，度轩辕少许时，将息洛水上，思甄后。忽见女来，自云："我本托心君王，其心不遂。此枕是我在家时从嫁，前与五官中郎将，今与君王，遂用荐枕席。"欢情交集，岂常辞能具。"为郭后以糠塞口，今被发羞将此形貌重睹君王尔。"言讫，遂不复见所在。遣人献珠于王，王答以玉佩，悲喜不能自胜，遂作《感甄赋》。后明帝见之，改为《洛神赋》。

剧事当出《文选》此注，故以"续缘"为之名。宋元戏文中有《甄皇后》，明代杂剧有汪道昆《洛水悲》、清代杂剧有黄燮清《凌波影》，皆演曹植与甄妃之事。

30. 五关记

存一出。未见于任何著录。明代黄文华《八能奏锦》卷下一层有残缺的"云长（正文作"曹操"）霸桥饯别"，题目标注为《五关记》。李福清、李平《海外孤本晚明戏剧选集三种》直接判断："此乃易《古城记》为《五关记》"，判断有失草率。此选本中残存【生查子】、【玩仙登】、【新水令】三支曲子。与今见《孤本元明杂剧》本所存之元代阙名杂剧《关云长千里独行》完全不同。《五关记》是否为一个未见未知的独立剧本，难以判断，姑且存疑。

31. 结义记

存一出。未见于任何著录。明代程万里《大明春》卷六上层有"云长训子"，剧目标注为《结义记》。选本中之曲文与元代关汉卿《单刀会》大体相同,但是在细节方面也多有所改动。如《单刀会》中关羽唱道:"俺哥哥称孤道寡世无双,我关某匹马单刀镇荆襄,长江今经几战场",而在此出"云长训子"中则为"大哥哥称孤道寡世无双,三兄弟做了阆中王,俺关某是匹马单刀镇的荆州,带着襄阳经今起战场。"《乐府万象新》卷三上层亦选有"关云长训子",且内容与本选本的内容基本相同,但剧目则为《三国记》。《大明天下春》卷六下层亦有"云长训子",但剧目为《三国志》。《乐府红珊》卷四训诲类中亦选有"汉寿亭侯训子",正文作"关云长训子",也与此基本相同,但剧目则为《桃园记》。究竟为"云长训子"在各个剧目中均存在,还是剧目本身出现了错讹现象,受制于资料的限制,似乎无法做出精准的判断。

32. 十孝记——王祥卧冰(第七剧)、徐庶见母(第十剧)

存残曲。明代沈璟撰。《今乐考证》著录。吕天成《曲品》《传奇品》《曲考》《曲海目》《曲录》并见著录。此记未见有传本,明胡文焕《群音类选》"官腔类"卷二十四中选有《十孝记》十出,一事一出,全衍孝子故事。按吕氏《曲品》云:《十孝》每事以三出,似杂剧体,此自先生创之。则此记当约三十出,合为一编。傅惜华《十孝记逸文》云:……第七剧为王祥卧冰求鲤事,出于《晋书·王祥传》。……第十剧为徐庶孝义事,出于《三国演义》。

如此,则第七剧"王祥孝义"与第十剧"徐庶孝义"为三国戏曲。《群音类选》中"徐庶见母"选【绣太平】与【东购金莲子】二曲。曲文所传递的情感颇为惆怅,内容似不出于《三国演义》所叙,即徐庶一时不察,被曹操所骗,"为书邮闻亲羁寓在皇州,奉慈谕怎生拖逗,是儿疏漏,一时误落巨奸机关。"徐母愤懑儿子不继续效忠刘备,反而自毁前程,辜负自己一番苦心。"今日枉自投首,可不孤负了鱼水云龙。枉送我在虎穴狐丘"。徐庶答应母亲并立誓终生不为曹操献一策,"从今缄口无咎,任凌逼甘心受。"此与《三国演义》中所叙徐庶及其母之事几无二致。但吕天成《曲品》谓此剧:"末段徐庶返汉,曹操被擒,大快人心。"祁彪佳《远山堂曲品·玉佩》亦谓:"载元直仍佐先主,曹瞒被擒,大快人意"。可知此剧乃翻案泄愤之作。林逢源文中提及沈自晋《广辑词隐生增订南九宫谱》中收录"罗袍歌""一封歌"两曲,并为演徐庶故事。但查阅未见,不知何故。

《旧编南九宫谱》中有很多《王祥》的唱段,唯独其中有一曲标为"灞陵桥",并且内容也确属于《古城记》的内容,不知何故。

若要我解劝时,日出在西方,落在东方。去一朝吊桶落在他井里,早晚中了施刀计，非是我硬心肠，学取傍州例，嗉，做道一不是，休做了两家不是。①

二、明代杂剧

明代杂剧总共有 17 种。今存剧本 5 种，分别是：《关云长义勇辞金》《狂鼓史渔阳三弄》《陈思王悲生洛水》《文姬入塞》《庆冬至共享太平宴》；今存残本 1 种，《诸葛平蜀》；今存剧目 11 种：《豫章三害》《茅庐》《祢正平》《女豪杰》《关岳交代》《黄鹤楼》《碧莲会》《竹林小记》《竹林胜集》《铜雀春深》《胡笳十八拍》。

1. 豫章三害

佚。朱权（别署丹邱先生）撰。明朱权《太和正音谱》著录此简名，明晁瑮《宝文堂书目》同。明人《元曲选目》、清姚燮《今乐考证》著录简名，俱误作元柯丹邱（名九思）撰。

当演周处事。周处年少时，为乡里所患，人谓其与山中虎、水中蛟并为"三横"或三害。处乃刺虎、斩蛟，并改过自新。本事出刘义庆《世说新语·自新》、房玄龄等《晋书》卷五十八本传。周处乃东吴鄱阳太守周鲂之子。周鲂，《三国演义》第九十六回"孔明挥泪斩马谡　周鲂断发赚曹休"中有其事迹的描绘。周处斩蛟自新之事，在戏曲领域是非常受关注的。隋代"水饰"（傀儡）中就有"周处斩蛟"的名目。宋元戏文中有《周处风云记》，元代庾天锡杂剧《英烈士周处三害》，明代陈黑斋传奇《风云记》，明代黄伯羽传奇《蛟虎记》，明代潘□□传奇《跃剑记》，清代范希哲传奇《双瑞记》，均记载周处除害及自新事迹。今尚有京剧《除三害》。

2. 关云长义勇辞金

存。明代朱有燉撰，《今乐考证》著录。明初《古今杂剧残存十种》刊本，明宣德间原刊本，《杂剧十段锦》本。《百川书志》《宝文堂书目》《也是园书目》《曲录》俱著录正名。《远山堂剧品》作简名《义勇辞金》。《读书楼目录》从之。刊本题目作"曹孟德奸雄待士"。《剧品》云："不但关公之义勇，千古如见，即阿瞒笼络英雄之伎俩，亦现之当场。每恨关公未有佳传，得此大畅。"

皮黄剧中有《挂印封金》。

---

① 《旧编南九宫谱》，王秋桂主编：《善本戏曲丛刊》第三辑，台湾学生书局刊行，1984 年，第218 页。

3. 狂鼓史渔阳三弄

存。明代徐渭撰。《远山堂剧品》著录简名《渔阳三弄》，列入"妙品"。《也是园书目》亦作此简名。《重订曲海目》《曲录》作简名《渔阳弄》。《曲海总目提要》简名作《狂鼓吏》。演祢衡裸体击鼓骂曹操，事见《后汉书》本传。徐氏《红雨楼书目》《世善堂藏书目录》并著录总题"四声猿"(徐目"声"误作"击")。《古名家杂剧》(革集)(见《汇刻书目》)、《阳春奏》卷七均收《狂鼓史渔阳三弄》。此剧为"四声猿"杂剧第一种。

《狂鼓史》刊出后，非常受欢迎。兹列清代几条演出信息：

康熙三十年(1691)，如皋冒氏得全堂上演《击鼓骂曹》剧。许抡、戴本孝等作诗纪之《同人集》。[1]

康熙五十五年(1716)，扬州据徐渭《四声猿》本上演《祢衡骂曹》故事剧。——《楼村诗集》(《明清江苏文人年表》)。[2]

康熙五十六年(1717)年，山阳许志进观郡中一通判表演《击鼓骂曹》剧中的击鼓手艺，作《边别驾挝鼓行》。——《谨斋诗稿》(《明清江苏文人年表》)。[3]

《渔阳三弄》以其酣畅淋漓的情感喷发及精妙的曲词，一直为世人所喜欢，多次上演即是明证。甚至还有人依照《渔阳三弄》之形式，创作新的作品。如清杨懋建丁年《玉笋志》(不分卷)云："先是同师者有学《渔阳三挝》，为祢正平骂阿瞒，……桐仙乃竭一夜之力，篝灯按谱，摹做为岳飞骂秦桧剧，命名曰《快人心》。"[4]这同样是《渔阳三弄》非常受欢迎的明证。

4. 陈思王悲生洛水

存。明代汪道昆撰。《今乐考证》著录。明万历原刻《大雅堂杂剧》本，《盛明杂剧》本。《远山堂剧品》著录作简名《洛水悲》，列入"雅品"。《读书楼目录》《重订曲海目》《曲录》等亦著录简名《洛水悲》。《大雅堂杂剧》本标曰《洛神记》，不载题目正名。剧演魏曹植遇洛神事。宋、元戏文有《甄皇后》。清代黄燮清有《凌波影》杂剧，皮黄剧中有《洛神》。

5. 茅庐

佚。明代张国筹撰。《今乐考证》著录。《考证》误题为清张国寿作，《曲录》同。此剧简名并见《曲考》及清代《章丘县志》，题目正名无考。当叙刘备三顾茅庐、诸葛亮出山事。已佚。

———————

① 转引自王汉民，刘奇玉编著：《清代戏曲史编年》，巴蜀书社，2008 年，第 44 页。
② 转引自王汉民，刘奇玉编著：《清代戏曲史编年》，巴蜀书社，2008 年，第 63 页。
③ 转引自王汉民，刘奇玉编著：《清代戏曲史编年》，巴蜀书社，2008 年，第 64 页。
④ 叶德均：《戏曲小说丛考》，中华书局，2004 年版，第 144 页。

6. 文姬入塞

存。明代陈与郊撰。《今乐考证》著录。现存《盛明杂剧》本。《远山堂剧品》著录别作简名《蔡文姬》。《重订曲海目》同，惟题林於阁主人撰，而误为清人。《曲录》作《文姬入塞》。题目正名未详。剧演蔡邕女蔡琰事。

7. 祢正平

佚。明代凌濛初撰。《远山堂剧品》著录，列入"雅品"。《读书楼目录》《鸣野山房书目》亦载之。其他戏曲书簿未见著录。《剧品》谓北（曲）一折，并云："《渔阳弄》之传正平也以怒骂，此剧之正平也以嬉笑，盖正平所处之地之时不同耳。"本事出《后汉书》。佚。

8. 女豪杰

佚。明代诸葛味水撰。《远山堂剧品》著录，列入"能品"。《读书楼目录》亦载之。其他戏曲书簿未见记载。《剧品》谓南北（曲）四折，并云："诸葛君以俗演《斩貂蝉》近诞，故以此女修道登仙。而於蔡中郎妻牛太师女相会，是认煞《琵琶》，所谓弄假成真矣。"按元、明缺名杂剧有《关公月夜斩貂蝉》。佚。

明万历刻本《樗斋漫録》卷三载一故事：

> 富家召客，命优作剧，先正衍《琵琶记》，后续衍《关云长斩貂蝉》故事。一乡人在坐，对众太息曰："赵五娘吃了一世辛苦，临了被红脸醉汉杀了。"盖扮貂蝉者即扮五娘之旦脚耳。人俱笑之。呜呼，今之秀才看书不分段络，岂止如此。

未知此本中《关云长斩貂蝉》究竟隶属于哪种戏曲，抑或是独立的杂剧故事。

9. 关岳交代

佚。明代凌星卿撰。《远山堂剧品》著录，列入"具品"。《读书楼目录》《鸣野山房书目》亦载之，收于"名剧汇"，今不传。其他戏曲书簿未见著录。《剧品》谓南北（曲）四折，并云："关壮缪、岳武穆生平，大略相似，但谓其一为天尊，一为天将，交代如人间常仪，则见属俚埤。惟勘桧、蜗一案，或可步《昙花》后尘。"佚。

凌星卿，姓氏、籍贯及生平皆不详。

10. 庆冬至共享太平宴

存。明教坊编演。作者姓名不可考。《也是园书目》"教坊编演"杂剧目，著录此剧正名。《今乐考证》《曲录》并从之著录。

此剧现存版本有:1、明万历四十三年脉望馆钞校内府本,封面标题“本朝教坊编演”,题目作“感功臣劳苦定四川”,正名作“庆冬至共享太平宴”,国家图书馆藏。2、《孤本元明杂剧》本,又题简名“太平宴”,据脉望馆钞本校印。《孤本元明杂剧·提要》中论及此剧:“明抄本,明人撰,姓名未详……事既无稽,曲文又摭拾陈言,绝无可取。此种教坊脚本,盖亦内廷供奉之作。然在伶工笔墨中,亦为下乘文字。”3、古本戏曲丛刊四集本,据脉望馆钞本影印。4、全明杂剧本,据脉望馆钞本影印。

11. 黄鹤楼

佚。无名氏撰。《远山堂剧品》著录,下注:“北三折”。谓:“浅近亦是词家所许,但韵致不遒上耳。北词有一定之式,后二折删去数套,当不得为全调。”题目正名不详。

元杂剧中有朱凯《黄鹤楼》,演周瑜在黄鹤楼设宴,欲害刘备,而诸葛亮设计脱之。其事于史无考,实出《三国志平话》卷中《玄德黄鹤楼私遁》。《三国演义》中并无此情节。而在明清戏曲选本中此情节非常受欢迎,被选的次数很多。略举如下:

《群音类选》“官腔类”卷十二选有《草庐记》之“黄鹤楼宴”;《乐府红珊》卷十一“宴会类”选《草庐记》之“刘先主赴碧莲会”。《大明天下春》卷六下层选《三国志》之“赴碧联会”;《西川图》之“芦花荡”中张飞的唱词里亦有“恁在那黄鹤楼把俺的大哥哥来谋害杀”。元杂剧《黄鹤楼》中,周瑜上场云:“俺这江东有一楼,名曰黄鹤楼;设一会,乃碧莲会。”故而黄鹤楼宴会与碧莲会其实应该是合二为一的。当然,元杂剧《黄鹤楼》与选本之间的故事情节亦有细微差异,选本之间的故事也并非完全一样。如元杂剧中过江请刘备之人乃鲁肃,而在《乐府红珊》中却是甘宁。《大明天下春》中之周瑜因为行酒令过程中连说五次“美哉”,而被罚酒及水五次;元杂剧中并无此等情节。

虽然明杂剧《黄鹤楼》已佚,但现存戏曲选本中的“黄鹤楼”内容与之应该有比较紧密的关系。

12. 碧莲会

佚。无名氏撰。《鸣野山房书目》著录此剧。祁彪佳《远山堂剧品》虽未著录,但其《远山堂曲品》对传奇《草庐记》的描述中有:“内《黄鹤楼》二折,本之《碧莲会》剧”;又谓《试剑记》(刘备为生本):“内一折,全抄《碧莲会》剧。”

《乐府红珊》卷十一“宴会类”中恰好保存有“刘先主赴碧莲会”(正文作“刘玄德赴碧莲会”)一出,如此,则此出恰好便为明杂剧《碧莲会》之内容一部分。我颇疑所谓《碧莲会》与《黄鹤楼》其实就是同一内容的两种名称。①
理由有二:第一,前文提到元朱凯之杂剧《刘玄德醉走黄鹤楼》中周瑜提到
"俺这江东有一楼,名曰黄鹤楼;设一会,乃碧莲会。",故而黄鹤楼宴会与碧
莲会应该是合二为一的。一指宴会的地点,一为宴会的雅称。第二,明代戏
曲选本中《草庐记》的内容并非只有一种,而是分别存在于《群音类选》之"黄
鹤楼宴"、《乐府红珊》之"刘先主赴碧莲会"、《万壑清音》之"姜维救驾"。这
几种选本中内容虽然也有差别,但多是细节方面的不同,在故事的主要框架
与主要人物上,基本是相同的。即便是救驾之人有姜维、孙乾、简雍之别,但
在救驾的方式上也还是完全一致的。且选本"刘先主赴碧莲会"的行文之
间,也多次提及黄鹤楼。

现存《乐府南音》中存《试剑记》之"新水令套曲",从曲文本身来看,为刘
备到达东吴招亲前的感情抒发,非为抄袭《碧莲会》者,无法据此作出更多的
判断。

13. 竹林小记

佚。邓云霄(字玄度)撰。《远山堂据品》著录此剧,失题撰人。《鸣野山
房书目》同(但"记"作"纪"字)。明代张萱曾谓邓玄度作此剧,张还为之撰
序,故知此剧作者为邓氏(见吴书荫《〈竹林小记〉作者考》)。题目正名不详。

演嵇康事。祁彪佳谓此剧,"以嵇叔夜挟妓登仙,亦未尽竹林诸贤之趣"
(《远山堂剧品》)。

14. 竹林胜集

佚。无名氏撰。《远山堂剧品》著录此剧,《鸣野山房书目》同。《竹林小
记》南北曲错杂,共十一折,而此剧为南曲一折。(见《远山堂剧品》)题目正
名不详。

当演竹林七贤相聚事。祁彪佳谓:"如此雅集,而(此剧)腐烂板实,岂不
令竹林诸公笑人!"

15. 铜雀春深

佚。无名氏撰。《远山堂剧品》著录此剧,列入"具品",《祁氏读书楼目
录》、《鸣野山房书目》并见著录,收于名剧汇。

剧事未详。祁彪佳谓此剧:"二乔数语,殊无情致,遂使雀台之春,寂寞
千载"(《远山堂剧品》)。古人吟咏有关"铜雀台"诸作,其实皆未提及二乔,

---

① 胡莲玉亦持此看法,当然,她的看法更为大胆,"颇疑此《碧莲会》杂剧即为朱凯所撰《黄鹤
楼》杂剧之别称。"(见其《〈刘玄德醉走黄鹤楼〉杂剧故事考辨》,《明清小说研究》,2007 年第
3 期,第 180 页)我倾向于二者为一本,但是否为元代朱凯之杂剧,还有待更多证据的发现
与挖掘。

只是杜牧翻新出奇，写出"铜雀春深锁二乔"之咏史诗。

宋元戏文中有《铜雀妓》，存残曲一支，见《九宫正始》。《宋元戏文辑佚》据以辑录。

【南吕过曲】【东瓯令】教人恨，俏冤家，锡做钗环都是假……

此当是女主角铜雀妓唱，怀人之辞。但残曲太短，无法获知更多的信息。但此剧应该未涉及二乔，主题与六朝以来的吟咏之作相隔不大，当属可以推测之范围。亡佚之明无名氏杂剧《铜雀春深》中涉及二乔，且其剧目应采自杜牧诗作，故其剧事应与宋元戏文有较大差别。明代，《三国演义》及各类民间三国说唱昌行。《三国演义》中叙及"铜雀"之处有三，分别是：第五十六回"曹操大宴铜雀台"，不过此处描写风云气多，而儿女情少。第四十三回"诸葛亮智激周瑜"中，诸葛亮曾咏曹植所作之《铜雀台赋》，内有所谓"揽二乔于东南兮，乐朝夕与之共"之句，更是直接化用杜牧诗意。第七十八回"传遗命奸雄数终"中描写道："又命诸妾多居于铜雀台中，每日设祭，必令女伎奏乐上食。"此与史载基本相同。如此，则《三国演义》已经集合传统"卖履分香"与翻新之"锁二乔"于一体。而在民间叙述话语体系里，曹操南征的一个目的即在于掳江东二乔并收于铜雀台。如《草庐记》第四十七折中，吴国太斥骂周瑜："这畜生，若无孔明祭风之功，他妻子已为曹瞒所夺矣！"

这种语境中的《铜雀春深》，其内容受《三国演义》和民间说唱、其他剧作的影响，可能性是非常大的。

此外，清代尚有标注为李玉的传奇《铜雀台》，不过仅见于《传奇汇考标目》别本。存在的可能性存疑。

16. 诸葛平蜀

存一折。明代丘汝成撰。王国维《曲录》著录此简名，列入明代无名氏目。马廉《录鬼簿新校注》所附《〈雍熙乐府〉无名氏杂剧》目，亦著录此简名（见《国立北平图书馆馆刊》第十卷第五号）。《雍熙乐府》卷四存仙吕宫【点绛唇】"秦失邦基"套，题《诸葛平蜀》，未署撰人。《盛世新声》《词林摘艳》亦收此套，后者作"皇明丘汝成""咏三分"。《新声》《摘艳》此套比《雍熙乐府》少【尾声】一曲，曲文亦微有异。

此剧前有【点绛唇】"秦失邦基"，乃从刘邦、项羽事谈起，有"到底来天命归仁德"字样。并且【混江龙】曲子中叙述的亦是"汉初三杰"辅佐刘邦赢得楚汉争霸之事。结尾唱道："一来是上天眷命敢，二来是臣宰扶持"。从楚汉争霸开始，引入三分，亦属正常。惟有【油葫芦】曲子唱道："丞相要平蛮虏，我则待除逆贼……我则怕乘虚鼠窃西蜀地,军师前论黄数黑说兵机,我正是班门弄斧夸强会。"此唱词未知出自谁之口。

【油葫芦】曲子中有"平蛮房",则所谓"诸葛平蜀"应该乃为叙述南征孟获之事。《三国志平话》卷下有"孔明七纵七擒"情节,《三国演义》中第八十七回"征南寇丞相大兴师"至第九十一回"祭泸水汉相班师"亦有详细描述。

丘汝成,年号、籍贯及生平不详。

17. 胡笳十八拍(题拟)

佚。明蒋安然撰。安然,名未详,绍兴人(见《祁忠敏公日记》),事迹未详。

明祁彪佳《涉北程言》记崇祯四年闰十一月十八日事云:"怱愚圣鉴、安然两兄作北剧,以资谐笑,盖两兄以能词啧有声也。偶阅《蔡文姬传》,因以《胡笳十八拍》令安然谱之。"此后未记其是否谱成。此亦杂剧也。又十月十九日记云:"安然歌一曲而罢。"盖亦能度曲者。①

三、清代传奇

清代传奇共 26 种,今存剧本 12 种,分别为:《补天记》《双瑞记》《续琵琶》《鼎峙春秋》《南阳乐》《祭风台》《平蛮图》《西川图》《三国志》《世外欢》《琵琶重光记》《贤星聚》;今存残本 3 种:《锦绣图》《黄鹤楼》《双和合》;今存剧目11 种,分别为:《小桃园》《铜雀台》《龙凤衫》《八阵图》《斩五将》《青钢啸》《古城记》(另一本存佚状况存疑)《三虎赚》《蔡文姬归汉》《七步吟》)。

1. 小桃园——《古典戏曲存目汇考》归入"明代传奇"

佚。清高奕《新传奇品》著录此剧,《今乐考证》《传奇汇考》《重订曲海目》《曲目新编》并见著录,俱题"小桃源"。《曲海总目提要》有此本,云刘普充撰(《传奇汇考》亦著录为刘普充撰。而《古典戏曲存目汇考》则著录为:刘方,字晋充,江苏吴县人。《新传奇品》称其词如"山中炮响,应声齐来"。待查)。李斗《扬州画舫录》及梁廷枏《曲话》均著录为"刘晋充"。

演刘渊、关瑾、张宾、诸葛宣于、赵勃、姜发六人,于小桃园结义,起兵破晋兴赵事。伪撰姓名,穿凿附会成之。谓渊乃蜀北地王谌之子,瑾乃关羽孙,宾乃张飞孙,宣于乃诸葛亮孙,勃乃赵云孙,发乃姜维孙。按此本诸明无名氏《续编三国志后传》。佚。元刊《三国志平话》卷下写邓艾、钟会灭蜀时,"走了汉帝外孙刘渊,投北去了"。而后刘渊又自称:"吾乃汉之外甥,舅氏被晋所房,吾何不与报仇!"追尊刘禅为孝怀皇帝。并且最终汉兵执晋怀帝,

---

① 叶德均:《戏曲小说丛考》,中华书局,2004 年第二版,第 77 页。

"杀而祭于刘禅之庙"。如此种种,均可看出《小桃园》亦如《续编三国志后传》般"追踪前传"。

崇祯四年(1631),刘方著《天马媒》传奇,同年八月十五日止园居士(周天球)题《天马媒》传奇云:"晋充负奇才,解音律,伤积木之未践,叹绝世之难得,辄借以发其奇。奇于本色,不奇藻绘。故构造自然,畅俊可咏。此曲遂脍吴中。……晋充贾余弩为南歌,非其志也。予尝命梨园翻演终场,不第快耳,颇益风教,使天下无义气丈夫,渔色而并渔货,媒权而卒媒祸者,帝胥勒玉马踏而碎之。"周裕度《天马媚》传奇题辞:"晋充,吴下韵士也,读书谭读,名谊俱馥,辩者不能与论才,博者不能与论学,任侠者不能与较肝胆。……是编也行天下,必先赏晋充之余技,而徐得晋充之人。夫晋充也,而以余技鸣悲矣。识晋充不以人,而以余技愧矣。"张积禅《天马媒》传奇引语云:"吾社刘子晋充,仙才侠骨,翮若行空天马,殆不可羁,世无薛翁神鉴,犹然辕下局促耳。家从方伯公一见惊赏,引缔忘年,韩昌黎之遇长吉未或过之……"①

综上,可知《曲海总目提要》与《传奇汇考》所载有误。

2. 铜雀台

佚。《传奇汇考标目》别本题为李玉撰。上海古籍出版社整理的《李玉集》亦只有此一种著录为李玉撰,其他均不见载。《传奇汇考标目》正本、《曲录》,俱入无名氏目。

剧事亦当与前之《铜雀妓》类似,详论见《铜雀妓》。

3. 补天记(小江东)——《古典戏曲存目汇考》归入"明代传奇"

存。《传奇汇考标目》《重订曲海目》著录,列入无名氏作品。《笠阁批评旧剧目》评入"中中",云:"即范希哲小江东"。《曲海总目提要》《今乐考证》《曲录》,并见著录。《曲海总目提要》"小江东"条载:一名补天记,刊本云小斋主人作。

此剧现存版本有:1、康熙刻本,上海图书馆藏,题《补天记》,注云:"一名《小江东》"。首载署"小斋主人戏言"之《小说》;2、清康熙间刻《绣刻传奇八种》所收本,北京大学图书馆藏,《古本戏曲丛刊五集》据之影印;3、清初刻《传奇十一种》所收本,国家图书馆等藏;4、清初刻《笠翁三种传奇》所收本,中国艺术研究院戏曲研究所资料室藏。凡2卷36出。

此剧演汉献帝伏后被害,诉其冤于女娲;中间穿插鲁肃设宴,关羽单刀赴会,周仓过江营救遭风浪,伏后附身并嘱关羽与刘备、诸葛亮等为之报仇;其后,关羽大败曹仁,威震华夏,乃祭奠伏后以报命,后报陆逊领兵来进犯,

---

① 张增元:《明清戏曲作家新考》,《文献》,1995年第1期。第227—228页。

关羽提刀下结束。剧中还穿插女娲让伏后观天隙，先看到曹操做皇帝样，后见其平安死去，皆哭；后又见曹操在地狱受苦伏难，大笑；再则看到前世故事，己为吕后，操为韩信，冤屈一并消解。

作者《小说》云："《小江东》之作，何所取义？因见旧有《单刀赴会》一剧，首句辞曰'大江东去浪千叠'，盖言江水之大也。今则改而为小者，乃以当日江东君臣，局量狭隘，志气卑貌而说也。……然吴既小矣，又能坐踞东南数十年，兵不血刃，而屹然成鼎峙，此则伊谁之力也？皆大夫子敬弥缝之力也。……议者不察，顾以桓文霸作之流置之，各立门户，亦唯荆州是图，遂将临江一会，演出关夫子之披坚执锐，诡备百端，又奋酒力之余，拳臂张弛，效鄙夫之排击叱咤，以是而污人耳目，真可谓痴人说梦矣，真可谓唐突圣贤矣！予以感慨之余，成此不经之说，不过欲洗《单刀会》一番小气，以开圣贤真境耳。补天之荒诞，巾帼之乔奇，亦无非破涕为笑，作戏逢场，如是观也。"剧末又云："女娲氏以石补天，昭烈帝以身补天，诸葛亮以心补天，关云长以节补天，张翼德以义补天，赵子龙以力补天，鲁大夫以贞补天，周将军以气补天。"故又名《补天记》。

从《小说》所言种种可以看出，此剧乃为翻案之作，翻改之人物主要是关羽与鲁肃。唯独清初刻本内提及"旧有《单刀会传奇》一剧"，而《曲海总目提要》则记载为"旧有《单刀赴会》一剧"。《小说》剧末所题补天者众多，而剧中内容却只是描写了女娲、关羽、鲁肃、周仓等人，如女娲本身即为"补阕元君，完真圣姆"。其余如刘备、诸葛亮等均只是稍带提及，并未见所谓"以身（心）补天"之描写。

范希哲，杭州人，活动于明末清初，别号小斋主人。籍贯生平不详。其传奇作品尚有《偷甲记》《双锤记》《鱼篮记》《四元记》《十醋记》等五种，见《西谛书目》。郭英德《明清传奇综录》中则谓"今存《八种传奇》一书"。

4. 双瑞记

存。疑范希哲撰。《传奇汇考标目》著录此剧，下注"一名《中庸解》"，失题撰人。《重订曲海总目》《曲目新编》《今乐考证》俱入无名氏。《曲海总目提要》人民文学出版社本小字标注云："清范希哲撰"。现存三种版本：1、清代李渔辑《传奇》八种，此为其中之一。2、李渔撰《笠翁新三种传奇》(6卷)①。3、康熙间刻本，《古本戏曲丛刊五集》据之影印，标为佚名

---

① 北京大学图书馆藏《传奇》八种与《笠翁新三种传奇》(6卷)，分别题为"李渔辑""李渔撰"。其实是存在大问题的。关非蒙在《笠翁阅定传奇八种》之"点校说明"中，亦认为简单地把归属权判给李渔并不恰当。而邓长风在《也谈清代曲家曲目著录的几个问题——寄自地球另一端的读书札记》(《戏剧艺术》，1996年8月)一文中更是明确地把其归为范希哲所有，可以参看。

撰。《李渔全集》第七卷中有《双瑞记》，标为："湖上笠翁阅定　不解解人编次"。

事演周处中年听母训改行成名。又时吉有二女守贞愆期，并嫁处。吉亦生子为神童。两姓同居。朝廷表闾曰双瑞。故名双瑞记。剧中数事，皆与传志合，时吉及其儿女与狗徒等，则系伪撰，无可考。

5. 龙凤衫

佚。清代石子斐撰。《曲录》据《传奇汇考》著录，作《龙凤山》；杜颖陶《曲海总目提要补编》作《龙凤衫》。京剧《龙凤巾》一名《龙凤衫》，乃叙关索事。

演司马师兄弟图魏，为曹操篡逆之报，大意与《檐头水》相类，事迹真伪参半，其曰《龙凤衫》者，以魏帝书血诏于衫襟讨贼，故名。

略云：曹操父子篡汉，传叡及芳，其臣司马懿当国，威权日盛，长子师、次子昭凶恶与操、丕等。师自领大将军，与弟昭同窃国柄，赏罚自专。魏帝受制，群臣侧目。后父司马张缉与子中郎将武烈忧愤不平，兴所善征西将军夏侯元、中书令李丰计欲讨贼，同入朝，会师败蜀将姜维，追奏之顷，傲慢无状，缉等俟其出，君臣相对泣下。魏帝引入，问计于密室，皆请降手诏讨之，乃吮血和墨，裂所御龙凤衫书诏于上，命三臣诛师、昭，嘱之曰："毋蹈董承覆辙也"甫辞出，师已觉，守于外朝。诘之，搜得血诏，大怒，收狱，拷鞫备极残酷。缉等骂贼而死。师遂废芳而迎立高贵乡公髦为帝。（按《通鉴》："魏主芳嘉平六年二月，司马师杀中书令李丰及太常夏侯元、光禄大夫张缉，遂废其后张氏，初李丰年十七八，已有清名，其父恢不悦，使闭门断客。后司马秉政，以丰为中书令……"）剧中此段皆实事，至所谓龙凤血诏，添出非真。按：怀中诏投地，乃高贵乡公事——甘露五年，……剧借髦黄素诏改为龙凤衫，移作芳事，牵合成文耳。张缉本光禄大夫，以后父家居，不得仕。剧云官司马，夏侯元本太常，剧云官征西将军，误。董承事，详《檐头水》也。

缉等之被害也，三族尽戮。缉子武烈，方练兵于外，途遇术士，言天有祸，速宜远避。语未尽而追兵猝至，武烈素剽悍，格杀兵。术士亦善射，卫武烈俱遁入羌。羌王迷当有女曰腊奇，智勇兼擅。迷当重武烈才，以女妻之，留羌中。（按：张缉子武烈匿羌，未见正史，系附会。）蜀大将姜维以师出无功，连羌伐魏。师、昭统安西将军邓艾及艾子忠、中书侍郎钟会等与姜维大战。羌命武烈夫妇率兵助维。腊奇发矢中司马师目，堕马。魏兵大乱，邓艾力救以免。师目瞳堕镞而出，创甚。见张缉等索命，自知不起，乃以印绶付昭。卒于军。姜维乘胜邀击，昭坚不出，密使赂蜀宦者黄皓，说移主诏维班师，乃得奔归。

剧中钟会、邓艾封爵，交恶，及姜维阴图恢复，大段与史相合，惟略卫瓘不载。至谓姜维、武烈共杀会、艾，迎复汉帝，乃是捏造。先是武烈避难于许氏山庄，许故宦族，夫亡，母女相倚。母奇武烈状，询知为通家子，留藏地窖中，字以女。后按捕甚急，许母令家人吉恭导武烈出，得遁入羌。许母女被逮，荀彧怜而纵之，寓书入蜀，投于夏侯霸。霸分宅以赡养之，以吉恭为部下将。至是武烈援兵入洛，与昭大战。昭败走，为所擒。武烈寸脔之以报父仇。恭告武烈以别后事，武烈悲喜交集。乃勒兵入城，族司马氏。魏帝求成于蜀。武烈凯旋，往谢霸，遂完婚于许。后主宴武烈夫妇于朝，锡之封爵。许氏、腊奇并封夫人。姜维、夏侯霸、吉恭、羌王等晋秩褒赉有差。出黄皓于狱，斩之以徇。（按：此段全是作者伪造。）

按《峒谿纤志》曰：“《樵书》载：‘广南有韦土官者，韩信之后也。当淮阴钟室难作之时，信有客匿其孤，求抚于萧相国。相国作书致南粤尉佗。佗业重信，又怜其冤，慨然受托。姓名以韦者，去其韩之半也。孤后有武功，世长海壖，受铁券。至今萧何与尉佗书尚勒鼎彝，昭然可考。（剧中武烈逃入羌，荀彧释许氏，与蜀夏侯霸抚之，与此情相类，借为映射。）’”

6. 续琵琶

现存旧抄本，怀宁曹氏旧藏，《古本戏曲丛刊五集》第五函据之影印。题《续琵琶》，著录撰者为曹寅，但正文未见此等标志。北京大学图书馆藏《续琵琶》本有一般附注，题云：

> 全剧共分上下两卷，计九十二叶，卷首有二十折的目录，上卷五十六叶，第二折《陷京》尾约缺半叶；下卷仅三十六叶，首尾各有缺佚，无目录，仅散存十五折名目，第三十五折《覆命》只剩下曹操念白的四十个字，往后几乎缺佚了六折，在第二十一折开首缺页中缝则有行楷书写的"文姬归汉"四个字，和原钞笔迹迥异，显系后人所加。

《续琵琶》第八出"报子"原文注明用《连环记》内的"问探"。二十出至二十一出之间内缺三页，第三十五出"覆命"只有曹操的几句独白，下缺。郭著标"凡2卷，上卷20出，下卷至34出，下缺，全剧或为40出"。或者所依底本不同。清刘廷玑《在园杂志》[①]卷3云："（曹寅）复撰《后琵琶》一种，用证前《琵琶》之不经，故题云：'琵琶不是那琵琶'，以便观者着眼。大意以蔡文姬

---

① （清）刘廷玑：《在园杂志》，中华书局，2005年版，第123—124页。

之配偶为离合,备写中郎之应征而出,惊伤董死,并文姬被掳,胁赎而归。旁及铜爵大宴,祢衡击鼓,仍以文姬原配团圆,皆真实典故,驾出《中郎女》之上。乃用外扮曹孟德,不涂墨,说者以银台同姓,故为遮饰。"现存抄本情节与刘氏所言完全相符。但亦有学者对曹寅著作权持有异议。此点详见正文。

开场有诗云:"设意志中郎续琵琶,弃卤莽司徒多一死。好修名老操假妆乔,包羞耻寡女存宗祀"。

元杂剧中有金仁杰之《蔡琰还朝》。明清二代以蔡文姬为题之戏曲较多,如明代陈与郊《文姬入塞》,黄粹吾《胡笳记》,清代尤侗《吊琵琶》,南山逸史《中郎女》,唐英《笳骚》,无名氏《文姬归汉》,张瘦桐《中郎女》。其中《胡笳记》与张瘦桐《中郎女》为传奇,可惜均已佚。其余则全为杂剧。皮黄剧中有《文姬归汉》。

蔡文姬事盛行于明清二代,一方面在于蔡文姬本身所蕴含的丰富意义,另外与《琵琶记》的盛行不无关系,这些详见正文论述。

7. 锦绣图

存四出。一名《西川图》。《曲录》据《传奇汇考》著录,题为洪升撰。《曲海总目提要》卷 32 有此本,谓:"一名《西川图》。演刘先主及诸葛亮谋取西川事。昔人以川中山水佳丽,物产富饶,侔于锦绣,故以为名也。"现存抄本,故宫博物院藏,题《西川图》,未署撰者。

《曲海总目提要》云:"有据正史者,亦有采《演义》者,又有自作波澜者。与《古城》《草庐》诸记,皆先主时事。"后有"编者按"谓:"此记与《草庐记》相仿佛。因先主三顾茅庐,则曰《草庐记》;因张松献西川图,则曰《西川图》也。其事皆接在《古城》以后,本于《演义》者居多,如张飞、夏侯惇事,及三气周瑜等,皆与正史不合,兹不具载。"

《缀白裘》初编中选有《西川图》之"芦花荡",唱词中所叙事件乃所谓"二气周瑜"之事,张飞奉诸葛亮之令埋伏在芦花荡深处,准备擒拿周瑜。唱词中有诸多与《三国演义》不合之处,如张飞唱词中有"我的精神抖擞擒吕布";"想当日火烧了华容道,今日里水淹了长沙";"怎在那黄鹤楼把俺的大哥哥来谋害杀,咱今日到此活拿"。故事形态就明显异于小说。周瑜的唱词"你这匹夫,擒俺三次为何不杀,为何不杀!"亦未见于演义。而这些故事在《气张飞杂剧》《古城记》《草庐记》《桃园记》等诸本元明戏曲中亦有记载。应该说,这些与元明戏曲系统的故事形态是一脉相承的。

褚人获《坚瓠补集》卷六(清康熙刻本)《陆云士词》:"……当如孙仲谋",

小字标有"是日演《锦绣图》"字样。①按:是日乃为康熙己卯(1699)季秋望前一日。

皮黄剧中有《献西川》《取雒城》《过巴州》《金雁桥》《取成都》《落凤坡》。

8. 八阵图

佚。无名氏撰,《传奇汇考标目》著录此剧,列入清代无名氏目。

当演诸葛亮石伏陆逊事。唐代杜甫有咏史诗:"功盖三分国,名成八阵图。江流石不转,遗恨失吞吴。"元微之亦有诗歌:"英才过管乐,妙策胜孙吴。凛凛《出师表》,堂堂八阵图。"均为吟咏诸葛亮"八阵图"。《三国志平话》卷下"先主托孔明佐太子"节内写到,孔明在白帝城东离二十里布迷阵,即"搬八堆石头,每一堆石上有八八六十四面旗",又"使魏延寻小路,劫了元帅(陆逊)大寨"。明代朱国祯《涌幢小品》卷十五载夔门士女传说,"谓孔明预知先主败走,设此以迷陆逊"。

《三国演义》第八十四回"孔明巧布八阵图"中亦写到诸葛亮以八阵图迷陆逊之事,陆逊后为诸葛亮岳父黄承彦引出。

9. 斩五将

佚。凤凰台上忆吹箫人撰。《传奇汇考标目》别本著录此剧。

《三国演义》中第二十七回"汉寿侯五关斩六将",明本《三国志通俗演义》卷六则标为"关云长五关斩将",此目在明清时代中常见,为"千里独行"之组成部分。陈翔华文谓"此剧名疑讹",亦当有一定的道理。《三国演义》第九十二回"赵子龙力斩五将",写赵云英雄不减当年,斩杀韩德父子五人。单纯从剧名来看,此事显然更加吻合。陶君起《京剧剧目初探》中提及《凤鸣关》时即明确谓"一名《斩五将》"②,与《三国演义》所叙赵云之事相同。显然,此剧乃演赵云事。

凤凰台上忆吹箫人,不详其姓名,字号,河北沧州人。(据《古典戏曲存目汇考》卷十二)

10. 鼎峙春秋

存。周祥钰、邹金生等编。清昭梿《啸亭续录》卷一、王国维《曲录》卷五等俱记载。此为清代乾隆间宫廷大戏,共十本二百四十出。全称作《三国演

① "陆(次云)与褚(人获)都是《长生殿》作者洪升的好友,这天所演的《锦绣图》,料应是洪升的作品。《锦绣图》,一名《西川图》;而今存之《西川图》有两本。一演刘备入蜀事,一演刘备入吴招亲事,皆梨园钞本,原作者不详。这则记载值得注意,从年代来看,它可以成为推测洪升所乃演与孙仲谋有关的刘备招亲事、而非别本的一条佐证(康熙己卯为1669年,当时洪升尚在世)。"——邓长风:《明清戏曲家考略全编》,上海古籍出版社,2009年版,第328页。

② 陶君起:《京剧剧目初探》,中华书局,2008年版,第81页。

义鼎峙春秋》。现存版本有:1、首都图书馆藏(原北平孔德学校藏)清内府钞本,《古本戏曲丛刊九集》影印。故事止于蜀后主宴庆诸葛亮南征凯旋。2、台湾中山博物馆有清内府传钞本。故事止于单刀会、曹操杀华佗。两本颇有异同。

《古典戏曲存目汇考》还著录了有别于维庵居士之《三国志》的另外一本《三国志》传奇,谓:此戏未见著录。旧写本。计九种,系《鼎峙春秋》之另种本。除第五种为十七出外,余均二十四出,见周氏《言言斋劫存戏曲目》。

演魏蜀吴三国鼎峙故事。周贻白谓:

> 这部戏,基本上就是元、明以来一些旧有的杂剧、传奇重加编理,使其首尾衔接。杂剧如《连环计》、《隔江斗智》、《单刀会》、《义勇辞金》,传奇如《连环记》、《草庐记》、《赤壁记》、《四郡记》,或取其单出,或剪裁其全本,加入过场使相贯串。其间虽有新撰文词,但皆为剧情上枝节问题的增删润饰,而其最后结局,则以三分归于一统,昭示着"天下分久必合"的主旨,其间隐寓有当时满族统治中国,实为天命的意思。①

《鼎峙春秋》因其规模的恢弘壮阔,具备较强的研究价值,研究论著颇多,本文不加以过多阐释。

11. 南阳乐

存。夏纶撰。《重订曲海总目》著录此剧,《曲目新编》《今乐考证》俱同。传本有清乾隆间叠翠书堂刻本,乾隆18年世光堂刻本《夏惺斋新曲六种》等。北京大学图书馆藏《惺斋五种》(附续编),里封题有"补恨传奇"字样。

演诸葛亮得天帝派华佗治病,病愈出兵攻许昌,俘魏帝曹丕,又令北地王刘谌伐吴,"魏灭吴平,枭姬返国,一统河山汉室尊"(《传概》)。诸葛亮功成身退,归隐南阳,而后主刘禅亦让位于"次子"刘谌。

此剧初稿作于雍正五年丁未(1727),二稿改定于乾隆九年甲子(1744),三稿改定于乾隆十四年己巳(1749)。《自跋》云:"拙刻忠、孝、节、义四种,乃近年所构,惟此'补恨'一编,系采毛序始之论,创于丁未。"符月亭《南阳乐评》云:"甲子冬仲,寄兴湖山,偶逢西浙名流,得读《南阳》新剧。"壶天隐叟《南阳乐题辞》署"乾隆甲子(1744)初冬"。徐梦元于《五种》本卷首眉批云:"此本系乾隆己巳重定,视原刻稍异,结构愈严紧,辞藻愈绚烂。先生学与年进,于此可见,孰谓七十老人菁华衰竭耶?"初以钞本传阅,乾隆十年(1745)

① 周贻白:《中国戏曲发展史纲要》二十二。

刻单行本,十五年(1750)与其他四种合刻。吴兆鼎《新曲六种·跋》云:"闻《南阳乐》一种,江南之九江,吾浙之海宁,江南之吴下诸名部,已纷然开演。"夏纶此作乃承清毛声山所拟雪恨传奇《丞相亮灭魏班师》之命意,悉反史实而使颠倒之,故叠翠书堂初刻本封面题"武侯补恨传奇"。壶天隐叟序谓《南阳乐》,"遂卧龙之愿而慰天下之心也"。后梁廷枏《曲话》谓:此剧"合三分为一统,尤称快笔。虽无中生有,一时游戏之言,而按之直道之公,有心人未有不拊掌呼快者。"并且归纳了所谓的"十六快"。

夏纶,字惺斋,浙江钱塘人。生于康熙十九年,卒于乾隆十七年(1680—1752)。六十余岁始创作戏曲(《惺斋五种总序》及《龚淇撚髭图记》),所作六种:《无瑕璧》《杏花村》《瑞筊图》《广寒梯》《南阳乐》及《花萼吟》,合编为《惺斋新曲六种》,尚传于世。

12. 古城记

存佚不详。无名氏撰。《重订曲海总目》著录此剧,入清无名氏"词曲庸劣,而无姓名者"类。《曲目新编》《今乐考证》亦俱入清传奇"词曲劣,无姓名可考者,皆抄本"之属。《今乐考证》此剧下注云:"非古本,并异田九峰作。"故知《古城记》有同名三本:一为"古本",即明无名氏所撰本;二为清容美田九峰《三弄》之一"本;三为此清无名氏"词曲劣"本。

13. 青钢啸

佚。无名氏撰。见《曲海总目提要》卷十四记载。

演马超事也。《曲海总目提要》"青钢啸"条有编者按:"此剧为明邹玉卿撰。此即本书卷三十四之《檐头水》。钢应作虹。因虹初误作缸,后人以缸字不可解,又以意改为钢。"(第666页)编者此注解并不准确,前人确有误"虹"为"缸"者,但《青虹啸》与《青钢啸》并非同一剧作。《青虹啸》一名《檐头水》,乃叙董承子董圆逃亡,后改名司马师报仇事,详见上文。且所谓"青虹",乃是董家祖传宝剑,后来献帝之子依靠青虹剑与董圆相认。而《青钢啸》条中也叙及了剧名的来源及内容:"超欲杀曹操,故剑锋啸跃。操为超军所逼,至割须弃袍。"《青虹啸》第二十一出名为"割须",亦叙曹操为马超所败,割须弃袍逃脱。但亦仅此一处叙及马超,且剧情设计大不合情理,曹操领兵三十万追赶董圆,却被马超三十余骑杀败,实属荒诞。

《三国演义》第五十八回"马孟起兴兵雪恨 曹阿瞒割须弃袍",第五十九回"许褚裸衣斗马超 曹操抹书间韩遂"即描写此事,可以参看。皮黄剧有《反西凉》《战渭南》。

14. 古城记

佚。田九峰(名舜年,字眉生)撰。《今乐考证》著录此剧,下注云:"为

（容）美田九峰《三弄》之一，与古本异。"陈翔华文后注释中提到：据吴书荫先生函告："顾彩《容美纪游》云：'宣慰使田君舜年，字眉生，号九峰'。又云'宣慰司署在芙蓉山之南麓，其前列八峰'。八峰与芙蓉主峰合为九峰，故田氏以之为号。"吴柏森《容美田作〈古城记〉异说》①一文中亦对此作者作出了辨析，亦认为《今乐考证》之记载有误，并且这种讹误被移植下来。如黄裳《远山堂明曲品剧品校录》，庄一拂《古典戏曲存目汇考》、陈翔华《明清时期三国戏考略》等均沿袭错误。结论与吴氏相同。陈翔华《三国故事剧考略》一文已纠正原作之错误。

15. 三虎赚

佚。无名氏撰。《传奇汇考》记载，《曲海总目提要》卷四十一依《传奇汇考》载录。

演赵岐受权宦唐衡迫害，夫妻父子离合复仇事，乃本《后汉书·赵岐传》缘饰成之。剧中谓曹操官太原府刺史，与唐衡系世戚，受衡兄玹之密嘱，特疏参赵岐。后赵岐自首投到，曹操即奏闻，将处决，而三侠士扮虎救之（故此剧名《三虎赚》）。赵岐子壁击杀张角，为黄巾军众推为军主，困曹操于山谷内。曹操无奈，乃请旨诛杀唐衡。

《后汉书》卷六十四《赵岐传》载赵岐避祸与家属受害事，发生在汉桓帝延熹元年（158），其时曹操方四岁，且操亦不曾居官太原府刺史。故《曲海总目提要》云：此剧"借正史姓名点缀，其事无所据"。又，《提要》有小字编者注，云："剧本以缘饰成之，传中无子壁及与孙嵩作姻事，想当然耳，司礼监封侯，及假冒边功倍黉缘侯爵等语，似指天启时魏良卿事。当暗有所托也。"

《传奇汇考》《曲海总目提要》皆未言明此剧时代，陈翔华《三国故事剧考略》归入清代传奇之列，暂依此例。

16. 祭风台

存。无名氏撰。有国家图书馆藏清钞本，疑为道光间所抄。陈翔华于此作出判断：此本署"戊申"当为抄写时间，据纸色似为清道光二十八年（1848）戊申之物。

按：国家图书馆藏清钞本收于李世忠编选之《梨园集成》，愚以为此剧当并入花部，因为《梨园集成》（不分卷）中除了《祭风台全本》外，尚有《新著长坂坡全本》《新著战皖城全曲》《新著反西凉全曲》《新刻取南郡全本》《新刻濮阳城全部》《新著骂曹全曲》《新著乔府求计全曲》等诸本三国剧目。

演诸葛亮过江联吴，及至智取荆襄事。其开端概叙剧情云："三国英

---

① 吴柏森：《容美田作〈古城记〉异说》，《湖北民族学院学报》（社会科学版），1996 年第 3 期。

雄,孔明舌战急孙权。周公瑾临江水战,曹孟德欲夺江南。趁大雾草船借箭,群英会蒋干中机关,黄公覆苦肉把粮献,庞统巧计献连环。南屏山祭东风起,孟德□□(丧胆),华容道释放曹瞒。诸葛亮一气周瑜,取荆襄乐享安然。"

清代尚有汉口坊刻本楚曲《祭风台》四卷,前有"文升堂寓在汉口永宁巷上首大街老岸巷内便是发客不误"字样。小引则有:英雄所争者,才智。曹兵大至,周郎犹有戒心,自孔明视之茂如之也。二人之高下见矣。然则赤壁之功,实孔明祭风之力,占得荆襄诸郡,不为过分。呜呼!周郎亦才智兼擅之人,但为卧龙所压,生瑜生亮之叹,英风固凛凛千古也。

《三国演义》第四十三回至第五十回,皆为描写赤壁战役之事,可参看。

17. 平蛮图

存三十二出。无名氏撰。见国家图书馆藏清钞本。陈文注释 19①注曰:

> 北图藏本存二册,各十六出。第一册演孟获反蜀至孔明出师止。第二册自孟获归顺至诸葛亮还朝受封止。但据《开场始末》(第一册第一出)而知:在诸葛亮出兵至孟获归顺之间,应有一册若干出演七纵七擒事;又诸葛亮南征凯旋后,至少应有二册若干出演伐魏事,即上表伐魏、收三郡、骂王朗、失街亭、攻陈仓、斩王双、祁山布八阵以至射张郃还朝。今北图本均缺之,又卷端剧名之下文字有贴改模样,故知当非全帙。按庄一拂《古典戏曲存目汇考》谓北京图书馆藏本"凡十六出",实误。

演诸葛亮南征与伐魏事。其《开场始末》云:"丞相心劳,酬恩在三顾,五月驱兵入不毛。平蛮图先识蛮人地势,群蛮枉自气咆哮。三江城朵思授首、直捣蛮巢,木鹿神兵、虎狼空助阵,藤甲军一火焚烧。旋师回阙,遇诸邦献瑞天朝……"《古典戏曲存目汇考》谓"另有一种,即自《鼎峙春秋》中析出者,演七擒孟获事。吴晓铃亦有藏本。"

18. 黄鹤楼

存二折。无名氏撰。周贻白《中国戏曲剧目初探》清传奇类著录此剧,谓"存二折,北平程氏藏"。

演刘备、周瑜事。《重订曲海总目》《曲目新编》《今乐考证》俱著录清无

---

① 周兆新主编:《三国演义丛考》,北京大学出版社,1995 年版,第 435 页。

名氏传奇《黄鹤楼》，未知与此"程氏藏"本同否？又，清郑瑜杂剧《黄鹤楼》演吕洞宾事，清周皞传奇《黄鹤楼》演田喜生事，俱非三国故事。

19．西川图

三十出。无名氏撰。近人齐如山《齐氏百舍斋戏曲存书目》著录此剧，谓"三十折，不著撰人。清咸丰九年钞本"；又云："按皮黄梆子《回荆州》一剧出此。"（见《图书季刊》新第九卷第一、二期合刊本）吴晓铃先生谓此书现藏于美国哈佛大学。《传奇汇考标目》《重订曲海总目》《曲目新编》《今乐考证》俱著录清无名氏传奇《西川图》。周贻白《中国戏曲剧目初探》亦著录《西川图》，注谓有"《缀白裘》收一出，《六也曲谱》收二出"。《缀白裘》收有"芦花荡"一出，详见《锦绣图》条。未知选本所选与此咸丰间抄本是否相同。另外，《曲海总目提要》卷三十七载清代无名氏《西川图》一本，演明代宦官刘永诚事，非三国故事。

清代昭梿在《啸亭续录·大戏节戏》提道：

> 后又命庄恪亲王谱蜀汉《三国志》典故，谓之《鼎峙春秋》。又谱宋政和间梁山诸盗及宋、金交兵，徽、钦北狩诸事，谓之《忠义璇图》。其词皆出于日华游客之手，惟能敷衍成章，又抄袭元、明《水浒》、《义侠》、《西川图》诸院本，远不逮文敏矣。①

清代俞樾之《茶香室三钞》卷二十二"内廷戏剧"和清代徐珂编撰《清稗类钞》卷十一册《戏剧类》"内廷演剧"条均有同样记载。"日华游客"即周祥钰，《清稗类钞》中误"日华游客"为"月华游客"，且"抄袭"误为"钞袭"（第5041页）。足可证明，元明间亦有《西川图》，但未见于其他任何著录。

20．三国志

存。清维庵居士撰。《古典戏曲存目汇考》著录此剧。有旧抄本，计四十四出。

演三国故事，有些细节与通行三国故事不甚相同。此与周越然旧藏《三国志》不同。周钞本，系《鼎峙春秋》之另种。《古典戏曲存目汇考》卷十二谓："《纳书楹曲谱补遗》中收有《三国志》传奇，未详作者与时代。"

维庵居士，字号未详，江苏娄县（今属上海市松江）人。

此外，日本藏云槎外史传奇《桃园记》刻本，《古典戏曲存目汇考》著录，云："《三国志》戏曲中首有《桃园记》，系明初戏文。不知此记所叙同否。"

① （清）昭梿：《啸亭杂录》，中华书局，2006年版，第377页。

21. 蔡文姬归汉(《中郎女》)

佚。清张埙(1731—1789①)撰。埙,字商言(见永忠《戊申初稿》),又字吟芗,号瘦铜(一字瘦桐)(据《瓯北诗钞》五言古[二]《赠张吟芗秀才》,五言律[二]《吟乡殁于京邸其子孝方扶柩过扬廿年老友遂成永别凭棺溃酒不知涕之无从也》,七言律[五]《至苏州瘦铜子孝彦来见泫然》),江苏吴县人,乾隆三十年举人,内阁中书(《乾嘉诗坛点将录》)。

清赵翼《瓯北诗钞》绝句(一)有《题吟芗所谱蔡文姬归汉传奇》四首,知亦谱蔡琰事,惟本事言之殊不详。此四首诗中赵翼提醒不应苛求蔡文姬,且对曹操赎取蔡文姬之动机表示怀疑。"诸君莫论红颜污,他是男儿此女流。……莫被曹瞒诡窃名,谓他此举尚人情。君看复壁收皇后,肯听椒途泣别声?"②又《诗钞》七言律(一)《赠张吟芗》有"传来曲部人争写,唱入旗亭妓最妍"之句,盖谓其善于谱曲也。③

《国朝书人辑略》卷六中亦谓:张埙,字商言,号瘦铜,江苏吴县人,乾隆乙酉(1765)举人。

《古典戏曲存目汇考》卷十二将张埙的籍贯误作为"浙江秀水(今嘉兴)人"。其依据乃谓"见秀水朱休承《集益轩诗草》题词"。

据《清容居士行年录》(《竹叶庵文集》八)记载,张埙的《督亢图》、《中郎女》作于乾隆十九年(1754)④。

22. 双和合

存残本。《新传奇品》著录于朱佐朝名下。《曲海目》著录于清无名氏目,注云:"非朱良卿所作。"现存旧钞本,程氏玉霜簃藏,今归中国艺术研究院戏曲研究所资料室,《古本戏曲丛刊三集》据之影印。有二种:一叙明武宗时大索民间美女入宫演天魔舞事,凡2卷,今存上卷15出(抄本作"叙"),下卷至19出,下阕;一叙东汉末孔融二子分失重逢事,不分卷,今存16出,首尾皆阕。此二本皆未署撰者,不知何者为朱佐朝所撰,待考。

剧叙东汉末年,北海太守孔融有二子:长友和,定徐州刺史陶谦女为配,谦逝,女随其姑丈糜竺,从刘备入西川;次信和,订东吴参赞大臣张昭之女为室。孔融恐曹操加害于己,令友和投西川,信和投东吴。时曹操进爵魏王……

文中有"刘元德"字样,可知为清代康熙后作品。此剧残存内容中,风云

① 邓长风:《明清戏曲家考略全编》,上海古籍出版社,2009年版,第332—333页。
② (清)赵翼著,李学颖,曹光甫校点:《瓯北集》,上海古籍出版社,1997年版,第195—196页。
③ 叶德均:《戏曲小说丛考》,中华书局,2004年第二版,第117—118页。
④ 转引自王汉民,刘奇玉编著:《清代戏曲史编年》,巴蜀书社,2008年版。第100页。

事与风月情并存，但曹魏与孙吴战争场面描写枯燥，多直接采自《三国演义》，而风月情却描写得生动传神，在此类场景的描写中，充满着戏谑与粗俗。另外值得注意的是，此类描写中出现了很多方言词汇。

23. 世外欢

存。吴震生撰。《笠翁批评旧戏目》著录，未题撰者。《今乐考证》著录，误入清无名氏传奇目。现存乾隆间重刻《太平乐府》所收本，题《玉勾十三种之三》。凡1卷13出。

主角为蔡瑁。第一出"欢想"："小蔡瑁造屋造不已，老曹操扶人扶到底，侠赵俨作伐作成双，骚羊琇做盖先做底。"演襄阳贫士蔡瑁得阳翟巨商赵俨之助，游洛阳而载归名媛赵秾华为妻。瑁堂姊蔡夫人时为刘表继室，向刘表推荐其"胸藏经济，可秉国钧"。蔡瑁算定刘表必"丧败"而辞征聘，乃入闽贸易，又赘于漳泉陈氏家。曹操平荆州，瑁闻而携陈氏趋归来谒。操念贫贱旧交，乃赠田八千顷。瑁建造蔡洲华夏别业，名曰"快乐仙宫"，与赵、陈二妻共享欢乐。后魏帝封瑁为逍遥公。当时，贵胄公子羊琇慕名来游，瑁乃纳之为婿云云。

《三国演义》亦提及蔡瑁之姊为刘表之后妇，蔡瑁奉蔡夫人之命屡次欲杀害刘备，后又唆使外甥刘琮降曹，最终被曹操中反间计斩首。是一个不折不扣的反面人物。而在此剧中，蔡瑁不求仕进、甘老林泉，完全是作者自抒胸臆，实为《三国演义》翻案之作品。而剧中所谓曹操纳董卓女、吕布妻为二妾，亦不见于其他地方。

吴震生（1695—1769），字长公，号可堂，自号玉勾词客、东城旅客。浙江仁和人，一说安徽歙县人。著有《葬书或问》《性学私谈》……著有杂剧十二种，总称《太平乐府》，传奇一种。均传于世。

24. 琵琶重光记

存。蔡应龙撰。未见著录。现存乾隆间刻本，国家图书馆藏，《古本戏曲丛刊五集》据之影印。题《新制增补全琵琶重光记》，署"清溪潜庄吟颠著"。首载署"雍正癸丑（十一年，1733）重九前三日年家眷同学弟徐绍祯拜撰"之《潜庄补正全琵琶重光记叙》；署"雍正癸丑孟秋望后清溪耕还散人题于绿云精舍"之《叙》；署"岁在昭阳赤奋若壮月上浣弟星临识"之《序》；署"雍正癸丑岁孟夏清溪潜庄吟颠蔡应龙题于玉麈山房之绿梦轩窗"之《潜庄自叙》；署"侄象坤百拜谨跋"之《跋》，及《载述》数则与《小引》一篇。卷末附录《摘锦》，散曲十三阕。凡2卷20出。

作者《紫玉记·弁言》云："余病下三载，坐卧一榻，如槁木死灰，了无生趣。客春因取高则诚《琵琶记》读之，……故至更名曰《全琵琶重光记》。"《弁言》作于雍正乙卯(十三年,1735)。徐绍桢之《潜庄补正全琵琶重光记叙》谓:感千载之下伯喈所受不孝之冤屈,故补正修订是作,"皆以烘托中郎之孝,情境完缮而逼真,头绪清澈而顺序。"而《潜庄自叙》中亦谓:"余本拟傚悔庵先生作反恨赋,声山先是作《补天石》,将史载中郎孝行,作一翻琵琶记,以洗中郎之污,弟恐传奇已久,人反不之信……故增补十三出……"且谓,"后人制续琵琶数出,内有行表开表打三不孝等出,此系今来伶工杜撰,大失作者本意。"

从上述内容可以看出,此剧乃是作者不满于高明《琵琶记》对蔡邕的处理,故而增补十三出,从而使世人充分理解蔡邕之无奈,知晓蔡邕之孝义。本剧《小引》中提及:"琵琶记向名交光旧传,……于琵琶记无所取义,但又不敢杜撰,自标名目,只借当日交光二字,续名曰重光……"从而可知本剧名之来由。

蔡应龙,姚燮《今乐考证》著录其为青溪人;庄一拂《古典戏曲存目汇考》推测其为南京人,皆误。《全琵琶重光记》卷首徐绍桢叙,开首即云:"潜庄先生为吾邑大宗伯方麓先生佳公子。"方麓先生名升元,德清人。故知蔡应龙为德清人。

25. 贤星聚

存。未见著录。现存旧抄本,国家图书馆藏。题《贤星聚》,署"孤屿学人山癯填词"。该传奇为上下两卷三十二出,上卷十六出为傅惜华收藏,封面署"贤星聚院本"二卷三十二折存十六折,下卷十六出存国家图书馆。[①]

载魏晋之际"竹林七贤"及其后人事迹,缘饰而成,以山涛贯穿始终。

按,明阙名有《竹林小记》杂剧,已佚,《远山堂剧品》著录。谓:"南北曲十一折。腔调不明,南北错杂。以嵇叔夜挟妓登仙,亦未尽竹林诸贤之趣。"又有《竹林胜集》杂剧,亦佚,《远山堂剧品》著录。谓:"南北一折。如此雅集,而腐烂板实,岂不令竹林诸公笑人? 以【水底鱼】作结,曲亦非是。"

26. 七步吟

佚。清代刘百章撰。《传奇汇考标目》著录此剧。

当写曹植七步成章事。元代王实甫有《曹子建七步成章》杂剧。

曹子建名植,魏武帝操子,文帝丕同母弟。本事当出《世说新语·文学》"文帝尝令东阿王(植)七步中作诗,不成者行大法。应声便为诗曰:'煮

---

① 胡世厚主编:《三国戏曲集成》(第三卷 清代杂剧传奇卷上),复旦大学出版社,2018年版,第507页。

豆持作羹,漉菽以为汁。其在釜下燃,豆在釜中泣;本是同根生,相煎何太急!'帝深有愧色。"

刘百章,清代戏曲作家,字景贤,生卒年、生平事迹均不详,原籍浙江乐昌,世居江苏吴县。所撰传奇13种:《摘星楼》《瓦冈寨》《翻天印》,今存;《七步吟》《大阴报》《牡丹图》《佐飞龙》《状元印》《状元旗》《祝家庄》《集翠楼》《传家诀》《醉禅师》,已佚。

※吴震生《秦州乐》

剧叙魏国弘农人李洪之之事。

按:此李洪之为北朝魏国人,非曹魏之人。台湾林逢源所撰博士学位论文《三国故事剧研究》第一章《绪论》之第三节"杂剧传奇中现存的三国故事剧目录"中把《秦州乐》列入"三国故事剧"(第80—81页)。误。

四、清代杂剧

清代杂剧总共20种,今存剧本15种,分别是:《鹦鹉洲》《大转轮》《吊琵琶》《鞭督邮》《愤司马梦里骂阎罗》《箫骚》《穷阮籍醉骂财神》《诸葛亮夜祭泸江》《丞相亮祚绵东汉》《真情种远觅返魂香》《凌波影》《中郎女》《祭泸江》《耒阳判》《阮步兵邻庙啼红》;存剧目5种,分别是《骂东风》《梅花三弄》《三分案》《单刀》《反西凉》。

1. 鹦鹉洲

存。郑瑜撰。《重订曲海总目》"国朝杂剧"著录此剧,《今乐考证》同。有清顺治年间刻邹式金《杂剧三集》本,及诵芬室覆刻本。《曲录》亦载之。短剧一折。

叙祢正平身后魂游鹦鹉洲,与鹦鹉诉说生平事。其下场云:"不是我祢正平公心远识,谁肯与曹丞相辨冤反辟;只许你骂扬子云剧秦美新,何不也去与王巨君称功颂德。"陈翔华《三国故事剧考略》谓:"演祢衡身后魂游鹦鹉洲,通过答鹦鹉问,来为曹操辨冤翻案。"吴亮《给曹操翻案的第一人是谁?——〈红学与曹学〉中的一个小问题》(《文学评论》)更进而认为郑瑜的《鹦鹉洲》是为曹操翻案的第一部作品:"作者借祢衡之口,澄清历史事实,提及曹操赎回文姬,让她归配董祀等事,高度赞扬曹操所建立的功业。"

按:现存《盛明杂剧》本第一页上有评语:"郢中四雪,才情横溢,舌藻纷披,真可嗣响临川,老瞒翻案狡狯做戏耳,莫向痴人前说梦。"意思似在提醒世人不可为剧作表面言辞所迷惑,而应该领悟作者字面之下的反讽意味。此剧形式奇特,内中之语言似可做两面观,正观较为牵强,反观似乎更为合理，但亦存在争议。从正面观，祢衡言语上处处为曹操回护，大有以之同周文王比肩的意味。

郑瑜，字无瑜，江苏无锡人，祁彪佳《远山堂剧品》著录其《橡烛修书》，列入"雅品"。祁氏为明末人，郑瑜大致应与之同时。其生平事迹不可考。所作杂剧有五种，现存《鹦鹉洲》《汨罗江》《黄鹤楼》《滕王阁》四种，均收入《杂剧三集》。

明本《三国志通俗演义》卷五"祢衡裸体骂曹操"，写祢衡数辱曹操，至荆州，为黄祖所杀。此本引胡曾咏史诗，称"祢衡珠碎此江头"，"至今鹦鹉洲边过，惟有无情碧水流"。此剧中亦提到李白等人的咏叹诗。

2. 大转轮

存。徐石麒撰。《重订曲海总目》著录此剧名，《曲目新编》《今乐考证》《曲录》俱同。此剧为《坦庵词曲六种》之一。传本有：1、清代顺治间原刻《坦庵词曲》本及其《清人杂剧二集》影印本，题"坦庵大转轮杂剧"；2、姚燮编《今乐府选》稿本所收本。

演司马貌作诗骂天，玉帝乃召之断汉初疑狱，貌亦因此奉命转世改名懿，以收三国而成一统天下之业。所谓三国人物，基本于第三折中涉及，所涉人物众多，今生与前世之关系多似亦在情理之中，足见作者于其中人物设置方面用力颇深。正目云："六时辰陡雪了百年冤，《两汉书》翻出本《三国志》"。本事出《三国志平话》入话。

徐石麒，字又陵，号坦庵，扬州人，流寓苏州。善画花卉，工诗词制曲。著有《坦庵词曲六种》：《买花钱》《大转轮》《浮西施》《拈花笑》四种为杂剧，余二种为词集。又有传奇三种，为《珊瑚鞭》《九奇缘》《胭脂虎》，见于《曲录》卷五。

3. 吊琵琶

存。《重订曲海总目》著录此剧，《曲目新编》《今乐考证》等俱同。《传奇汇考》亦著录，谓："尤侗撰。本《汉宫秋》。前三折与《汉宫秋》关目略同，但元曲全用'驾喝'，此用明妃自抒悲怨，为小异。第四折引入蔡琰自伤与昭君同，酹酒青冢，故谓之《吊琵琶》。"

传本有：1、清顺治间刻《杂剧三集》本；2、清康熙间刻《西堂乐府》本及其《清人杂剧初集》影印本等。

顺治十八年(1661年)四月，长洲尤侗至常熟游拂水崖红豆庄。六月，梦王昭君，作《吊琵琶》杂剧。

剧中第四折叙及蔡文姬作《胡笳曲》之事："我在此间，闻胡人卷芦叶为吹笳，声甚哀怨，因写入琴中为十八拍。向来不遇知音，今为昭君鼓之，你须索听者!"接着她又唱道:"我奏胡笳将心事传……按新声只有十八拍则,诉幽怨倒有千万言。"

尤侗,字同人,更字展成,号悔庵,晚号艮斋,又号西堂老人,江苏长洲人。生于明神宗万历四十六年(1618),卒于清圣祖康熙四十三年(1704)。以诗文著名,亦工曲,著有《钧天乐传奇》及杂剧《读离骚》《吊琵琶》《桃花源》《黑白卫》《清平调》等五种。

4.鞭督邮

存。边汝元(别署桂岩啸客)撰。此戏未见著录。有清抄《桂岩啸客杂剧二种》本,题"鞭督邮",署"桂岩啸客编",首存康熙五十年(1711)作者自序。一卷(二折),国家图书馆藏①。张飞鞭督邮,见《三国志平话》。

剧本中有作者自为叙,《叙》云:

辛卯八月乡试,余以耄而且贫,块处牖下噫诸公方角胜一战,而余顾作壁上观乎!高诵魏武老骥伏枥之歌,悒悒者久之。偶取义德鞭督邮事演成杂剧二折。剧成,鼓掌称快,颇属狂妄,然此夜一轮满清光何处无句,有何奇而如满?不觉夜半撞钟以自鸣。其得意耶,亦犹是矣。辛卯中秋夜,桂岩啸客题。

剧末作者作一七绝,云:"荒斋独坐闷悠悠,杂剧编成打督邮。脱稿适当八月半,拼将一醉过中秋。"剧中有镜和钓叟的评语:"文长狂鼓史一剧千古绝调,此其嗣音。"观此剧,宾白、曲文亦无甚出色之处。评语更多是文人间的吹捧,不可认真看待。

5.愤司马梦里骂阎罗

存。嵇永仁(抱犊山农)撰。《今乐考证》著录。《重订曲海总目》《曲录》并见著录。乃为《续离骚》之四。现有康熙刊本,《清人杂剧》本。《续离骚》署"抱犊山农填词",狱中遗稿,共计四折。

本剧与《大转轮》稍有异,《古今小说》有《闹阴司司马貌断狱》,即此剧所本。按《续离骚》在狱中所作,其引有云:"歌苦笑骂,皆是文章,仆辈构此陆沉,天昏地惨,性命既轻,真情于是乎发,真文于是乎生。"另外《双报应》传奇,为其狱中所作之绝笔。

嵇永仁(1637—1676),字留山,一字匡侯,号抱犊山农,江苏无锡人。尚气节,具经济才。与瞿式耜、张同敞等为友。

---

① 笔者所依本为吴书荫主编:《绥中吴氏藏抄本稿本戏曲丛刊》,学苑出版社,2004年版。

6. ※骂东风

佚。万树撰。《今乐考证》著录。《曲海目》《曲录》并见著录,云未刻本。本事未详。

所演何事不详,明代马佶人《借东风》传奇,《三国志平话》及《三国演义》中均叙及诸葛亮借东风一事,此剧反其事而用之,为曹操骂东风?亦未可知。存疑。

7. 笳骚

存。唐英(号蜗寄居士)撰。《今乐考证》著录。《曲海目》《曲录》并见著录。一名《入塞》,见商盘《质园诗集》注《入塞》,未刻,蔡文姬入塞故事。一折。

演蔡中郎女蔡文姬回汉之事。

乾隆七年(1742)一月十五日,唐英《笳骚》杂剧成,题署“乾隆壬戌上元节”。十七日夜付阿雪唱之。作者在《笳骚题辞》中云:“时壬戌上元后二夜,予侨寓于古江州之溢浦邸署,时痴云蛮雨,月暗更残。新辞授之阿雪,轻吹合以洞箫,歌声呜咽,四壁凄清。”《笳骚题辞》(《灯月闲情》)①

《笳骚题辞》中有一首诗把此剧主要内容及作者感喟基本表达了出来:

> 莫怨兴平扰攘时,汉家宁得以蛾眉。脱身幸是中郎女,远梦难抛靺鞨儿。当时已同人面改,终天聊补父书遗。可知青冢魂应妒,到死空教斩画师。

> 唐英(1682—1756②),字隽公,一字俊公,是雍、乾之际的重要作家,有《古柏堂传奇》十七种,今存。

8. ※梅花三弄

佚。许名崊撰。此戏未见著录。郑振铎《劫中得书读记》中“陶然亭”条下云:“写范少伯、蔡中郎、陈季常事,仿沈君庸《渔阳三弄》而作。纳兰履坦为之序。”

未知所叙蔡中郎者所写何事。

许名崊,字访槎,江苏长洲人。许逸之侄。

9. 穷阮籍醉骂财神

存。杨潮观撰。《今乐考证》著录此剧名。此剧为《吟风阁杂剧》之第六

---

① 转引自王汉民,刘奇玉编著:《清代戏曲史编年》,巴蜀书社,2008年版,第85页。
② 详见邓长风:《明清戏曲家考略全编》,上海古籍出版社,2009年版,第575—577页。

剧,简名《钱神庙》。《重订曲海总目》《曲目新编》俱著录《吟风阁》,但均误列为无名氏作。主要传本有:1、清乾隆间恰好处刻本;2、清嘉庆间屋外山房重刻本;3、民国初年六艺书局据写韵楼钞本排印本;4、胡士莹先生校注本。

演阮籍过财神庙,嬉笑怒骂。借以嘲讽世间嗜利者。此事未见于《世说新语》等,但剧中那股激愤傲世之气,与阮籍之气质颇为相像。胡士莹在《读〈吟风阁〉杂剧札记》中亦谓"尽是大阮风范",且认为其受到嵇永仁《骂阎罗》等的影响特别明显。

杨潮观(1712—1791),字宏度,号笠湖,江苏金匮(今无锡)人。清代戏曲作家,乾隆举人,曾长期在各地任县令,后迁四川邛州知州。关心民生,有政声。作品有均为单折的短小杂剧三十二种,合编为《吟风阁杂剧》。

10. 诸葛亮夜祭泸江

存。杨潮观撰。此剧为《吟风阁杂剧》之第二十八剧,简名《忙牙姑》。著录与传本,与《钱神庙》同。

叙东汉时交趾国两女王徵侧、徵贰,为马伏波征讨,死后怨气未消,为泸江神祟人。诸葛亮平南蛮归,阴风黑浪,军不得渡。乃询女酋长忙牙姑,说明猖神来历,需用人头及童男女祭奠。亮乃以纸扎童男女,麦包肉馅塑成人头,亲自焚香读祭文以奠,命忙牙姑舞送神之曲。于是阴风四散,军马安渡过江云。按泸江酹酒,哀动三军,本诸史实,罗贯中《三国志通俗演义》,亦详载之。

本剧中,杨潮观所表达的情感与其他相似三国题材所表达的感情是不相同的。历来诸葛亮"七擒七纵"的描写中,更多在于表现诸葛亮的智谋,而在此剧中,作者却是针对战争所带来的牺牲寄寓自己的感情。当然,作者并非在一般意义上反对战争,而主要是认为应该对于战争中牺牲的兵士及其家属给予适当的抚恤和安顿。

11. 丞相亮祚绵东汉

存。周乐清(号炼情子)撰。周氏所撰杂剧八种,合称《补天石传奇》,题为传奇,实为合刊之杂剧,此剧为其第二种,简名《定中原》。《曲录》著录《补天石》总称,即误入"传奇"类。传本有道光间静远草堂刊本等。此剧共四折:襄星、败懿、禅谌、归庐。

演诸葛亮装病襄星,诱司马懿父子入葫芦谷而烧之,乃兵分两路,攻占洛阳灭魏。北地王刘谌继位,东吴请降,天下一统,诸葛亮遂隐归南阳。第三折中提及曹操七十二冢之事。谭光祐序谓毛声山《琵琶记序》中叙述毛纶曾欲雪恨,拟作《丞相亮灭魏班师》而未成书。周乐清此剧"为补声山有志未逮",而"假声山旧鼎,补炼五色云根"(《补天石传奇八种自序》)"此书中八种,皆翻悲剧史实,以快人意;与夏纶《南阳乐》补恨,同一趣向。"(《古典戏曲

存目汇考》)

周乐清《补天石传奇八种自序》云:"己丑(编者按:道光九年,1829)冬,北上,雨雪载途,征车无事。偶忆及此,辄假声山旧鼎,补炼五色云根。时飚轮硌碌,铃语郎当,若代为接腔应节者。越宿辄成一剧,抵都而八剧就焉。"八种为《宴金台》《定中原》……,合称"补天石传奇"。所叙"皆千古之遗恨,天欲完之而不能"之事。(《中国古典戏曲序跋汇编》)

周乐清(1785—1855? 1860?),字安榴,号文泉,别署炼情子,浙江海宁人。前期科名蹭蹬,后由于父荫赴京候选,在阮元的提携下,历任祁阳等地知县,升同知(《国朝正雅集》卷六十九)。一生著述甚丰,有《桂枝乐府》《静远草堂诗文集》《静远草堂诗话》《补天石传奇》等。

12. 真情种远觅返魂香

存。周乐清撰。此剧为《补天石传奇》之第八种,简名《波弋香》。著录与传本同上条《定中原》。共六出:警弦、取冷、吁冥(冥签)、判医、乞香、合弦。

剧演荀奉倩得华佗指点,前往波弋国寻异香救活妻子,夫妇得以偕老。此剧亦翻悲剧史实,而快人心意。且剧中冥王以华佗充仙师,主持世间医生转世。《三国志·荀彧传》注引《晋阳秋》:曹操谋主荀彧子粲,字奉倩,好言道,尚玄远。荀奉倩与妻子(曹洪女)感情非常好。《世说新语·惑溺》描写道:荀奉倩与妇至笃,冬月妇病热,乃出中庭自取冷,还以身熨之。妇亡,奉倩后少时亦卒。以是获讥于世。奉倩曰:"妇人德不足称,当以色为主。"裴令闻之,曰:"此乃是兴到之事,非盛德言,冀后人未昧此语。"刘孝标注引《荀粲别传》说:"粲虽褊隘,以燕婉自丧,然有识者犹追惜其能言。"清人纳兰性德追悼亡妻的词《蝶恋花》写道:"但似月轮终皎洁,不辞冰雪为卿热。"亦多少有荀奉倩的风格。

此剧静远草堂本中有很多评语。略举数例:"纸上隐隐有哭声";"使作《四声猿》者见之,定当把臂入林";"屈子《天问》后又有此一段奇文";"奇想天开,从此看去,胜读一部《南华》"。

13. 凌波影

存。黄燮清撰。有清道光间初刻本,又有咸丰七年(1857)及同治四年(1865)《韵珊外集》本、光绪七年(1881)重刻《倚晴楼集》本、民国八年(1919)求古斋碑帖社石印《玉生香传奇四种》本。为《倚晴楼七种曲》之一。作于道光十四年(1834)。① 一说写作时间不详②。《凌波影》又名《洛神赋》,亦名

---

① 梁淑安,姚柯夫:《中国近代传奇杂剧经眼录》,书目文献出版社,1996年版,第18页。

② 王卫民:《黄燮清九种曲评说》,《中国戏曲学院学报》,2006年第1期,第44页。

《宓妃影》。① 剧四折,分别是:梦订、仙怀、达诚、赋艳。

《今乐考证》著录,《曲录》误入"传奇"类。

演曹植朝罢回封地时,路过洛川遇洛神的故事。洛川神女无限向往曹植,但最终"发乎情、止乎礼义"。宋、元戏文有《甄皇后》一本,明汪道昆有《陈思王悲生洛水》杂剧,本事俱见前文。

此杂剧前有陈其泰《〈凌波影〉传奇序》,云:"《凌波影》乐府之作,其诸风刃之风乎?""《凌波影》所以牖贤智,言情之书也,诗之防于未然也。弼直主敬近乎《颂》,规讽主和近乎《风》,诗人之义,固有并行而不悖者。"陈其泰把人分为下、中、上三等。"中人以下,欲胜情,动于鬼神祸福,而后知所返。中人以上情胜欲,明于嫌疑是非,而自知所止。"陈其泰是《红楼梦》著名的评点家,号琴斋,别号桐花凤阁主人,字静卿。《海盐县志》说陈"少负异才,童年入泮"。1800 年生,1864 年卒。②

黄燮清,原名宪清,字韵甫,又字韵珊,号茧情生,吟香诗舫主人,两园主人等。浙江海盐人。生于嘉庆十年(1805),卒于同治三年(1864)。他的戏曲作品有《茂陵弦》、《帝女花》等,合辑为《倚晴楼七种曲》,另有《玉台秋》《绛绡记》两种传奇,是清代后期最有影响的传奇杂剧作家之一。

14. 中郎女

存。南山逸史撰。《今乐考证》著录。有《盛明杂剧》本。《曲考》《曲录》等并见著录。

剧演蔡文姬归汉事。正名作"重文学的老奸瞒轻财全友,读父书的俊文姬女作男工;受孤栖的懦贤王抛妻割爱,落便宜的穷董祀妇贵夫荣"。共四出,但第四出前半部分缺失。前三出分别是"赎姬""归汉""完婚",第四出疑为"修史"。因为曹操赎取蔡文姬的其中一个原因即是让她修史,第四出现存内容中刘桢、杨修因为嫉妒蔡琰,也辱骂她"不叫做修史,叫做羞死"。

此剧有些地方态度激越,借古讽今,如"自古否泰相乘,小人应运,这也不足责了,只是那些自负正人君子的不屈砥柱中流,挽回造化,镇日里只管分别尔我,互相攻击,甚至黄昏摇尾,白昼骄人……""那些党人呵,尚不顾人非鬼责,兀自介说短争长。"

南山逸史,姓名、籍贯俱不详。其《京兆眉》杂剧开场词《西江月》云:"久卸名缰利锁,闲调象拍鹦簧。怎奈故宫禾黍断人肠,无计把双眉安放!"则南

---

① 李占鹏:《黄燮清及其〈倚晴楼传奇〉叙论》,《甘肃广播电视大学学报》,2005 年 3 月。
② 苗怀明:《〈红楼梦〉评点家陈其泰生平考述》,《红楼梦学刊》,1996 年第 1 期。

山逸史为故明遗民,明亡隐居不仕(曾永义《清代杂剧概论》)。所著杂剧十种,仅存《半臂寒》《长公妹》《中郎女》《京兆眉》《翠钿缘》五种。

15. 祭泸江

疑存。《古典戏曲存目汇考》著录此剧,云:"此戏未见著录。曹氏旧钞本。《读曲小识》谓此剧通体叶萧豪韵,不复分出。演诸葛亮祭泸江故事。杨潮观《吟风阁杂剧》中,谱《忙牙姑》一折,题材相同。"

陈翔华文谓此剧存,有清抄本,笔者遍寻未见。姑且录陈文如下:

卢前谓杨潮观《诸葛亮夜祭泸江》剧事"与此略同",但此曲"凄楚激越,笠湖所作,终不能及也"(《读曲小识》卷三)。杨氏剧中先锋乃关索,而卢前称此剧"武侯平南蛮归,命魏延为先锋"云。按予见北京图书馆藏有清抄本《祭泸江》,主要情景与杨潮观剧大致相同。但无关索其人,开端亦异。北图藏本开场演魏延上唱[点绛唇],接云:"自诸葛军师征剿孟获,七擒七纵,蛮夷无不倾心归顺。目今得胜班师,命俺为前部先锋,以抵泸江,不想黑雾迷天,腥风遍野,众军不能前进。不免报与丞相知便了。"而杨潮观剧开场乃猖神征侧上唱[点绛唇],且无魏延此白;其后四蜀将上,小生扮关索云:"吾前部先锋关索"。按北图本与卢前所见本俱以魏延为先锋,但卢前所见本有关索其人而北图本无,二本略有异同,疑均据杨潮观剧而稍加改编也。

16. 三分案

佚。清代张雍敬撰。雍敬,字简庵,自署风雅主人,秀水新塍人,康熙时人,事迹未详。

疑衍司马貌冥中断韩信、彭越、英布为曹操、孙权、刘备三分汉室事,如徐石麒《大转轮》杂剧。[①]《古典戏曲存目汇考》谓:"张氏撰《醉高歌》剧《舟晤》折评语中,见此剧简名,本事未详。"

17. 单刀

佚。清李锴撰。锴(1686—1755),字铁君,奉天人,勋臣后(见《湖海诗传》卷三十)。

近人李詠春《八旗艺文编目》子部著录李锴《击筑记》,注云:"铭东屏先生刻行,并云尚有《单刀》等剧。"《单刀》剧似谱关羽单刀赴会事。(叶德钧,《戏曲小说丛考》,中华书局,2004 年第二版,第 100 页。)

---

① 叶德钧:《戏曲小说丛考》,中华书局,2004 年第二版,第 96—97 页。

18. 反西凉

见《古本戏曲剧目提要》。"作者不详,未见著录。本事见《三国志·马超传》,又见《三国演义》57、58回。全剧1出,写三国时,曹操久有篡汉之意,惧西凉马腾不服。夏侯惇献计,请假传圣旨召马腾进京封爵,中途令董平再用假诏立斩马腾,曹操从之。马腾接旨后,吩咐儿子马超留守西凉,自己带侄子马岱进京,中途被董平杀害。马岱逃回西凉,报知马超。马超令三军穿孝,点将为父报仇。副将庞德杀败董平,董平撤回潼关。……(曹操)幸遇夏侯惇、许褚保驾,登舟过江。马超放箭射之,不中,始传收兵。"内有《三国演义》敷衍之"割须弃袍"。

《鼎峙春秋》传奇第三本《谋泄两捐倾国命》《痛深共起报仇兵》《誓中军孤军泣血》《逢劲敌奸贼髡须》等出,京剧《反西凉》,又名《马超出世》《割须弃袍》。徽剧、汉剧、川剧、豫剧均有类似剧目。《古本戏曲剧目提要》谓:"该剧版本有清抄本,一册",未获见。

19. 耒阳判

见《古本戏曲剧目提要》。

云:"作者不详,未见著录。本事见《三国志·庞统传》,又见《三国演义》第57回。全剧一出,写三国时,鲁肃向孙权推荐庞统,孙权见庞统相貌丑陋,不用。鲁肃又写信将庞统转荐刘备,庞统见刘备时,自恃才高,故意不用荐书。……庞统取出鲁肃荐书,请张飞先回荆州转交刘备。张飞回荆州送书,允见刘备后,亲迎庞统入荆州。"

同题材戏曲作品有《鼎峙春秋》之《屈庞统耒阳莅任》,京剧《耒阳县》,又名《醉县令》、《凤雏理事》;川剧《耒阳任》,秦腔《断百案》等。

《古本戏曲剧目提要》谓"该剧今有缀玉轩藏清抄本","缀玉轩"曲集见于《古本戏曲丛刊五集》,标为"四大庆",笔者遍查此书,并未发现此抄本。傅惜华有《缀玉轩藏曲志》,但中间亦未有《耒阳判》之内容,疑误。

20. 阮步兵邻庙啼红

存。来集之撰。《今乐考证》著录。《传奇汇考》《曲海总目提要》《曲录》并见著录。本三剧合名《秋风三叠》,一曰《蓝采和长安闹剧》,又名《冷眼》;二曰《阮步兵邻庙啼红》,又名《英雄泪》;三曰《铁氏女花院全贞》,又名《侠女新声》,事皆有本。……《阮步兵》演阮籍为步兵校尉时尝醉卧当垆少妇侧。邻家有女死,抚棺痛哭事。本事出《世说新语》《唐类函》。

来集之(1604—1682),字元成,浙江萧山人,明末大学士来宗道子。崇祯庚辰(1640)进士,安庆府推官。

按：邓长风著《明清戏曲家考略全编》①一书中《十四位清代浙江戏曲家生平考略》有"来集之"的介绍：原名镕，字元成，别号倘湖先生，萧山人，崇祯庚辰（1640）进士，所著杂剧六种：《两纱》（《红纱》、《碧纱》，附《挑灯》剧）、《秋风三叠》（《蓝采和》、《阮步兵》、《铁氏女》），今皆存。约清顺治末前后在世。寻家居三十年，手不释卷。学问渊博，才名早著。著有《倘湖樵书》、《南山载笔》等。所作杂剧六种，邓氏《明清戏曲家考略全编》及林逢源《三国故事剧研究》均谓仅存三种。这种记载有误，来集之六种杂剧皆存。国家图书馆均有藏。

陶君起《京剧剧目初探》中有《龙凤巾》一剧，内容主要为：

> 关羽之子关索从征孟获，与孟获女花鬘交锋，花鬘坠马，关不忍杀。后关遭擒，花鬘钟情，暗订婚约。花鬘侯又为蜀军所擒，走马换将。及孟获降，诸葛亮使二人成婚。

其后有编者说明："一名《化外奇缘》。不见于《三国演义》，见于《龙凤巾》传奇。"②如此，则明清时代有《龙凤巾》传奇。可惜在国家图书馆与北大学图书馆均未能获见此传奇。

此外，蒲松龄曾经写了一出小闹剧《快曲》，专门替《华容道》翻案，《快曲》让关羽的义弟张飞"一马飞出来，大喊一声：'张翼德在此，老贼哪里走！'一矛刺去，曹操落马。"张飞把曹操的头拴在矛上，扛起来大笑："快哉！快哉！"临末，作者表白，"华容一事千秋闷，未斩奸贼老贼头。不是一矛快千古，万年犹恨寿亭侯！"③

《快曲》分为四联，分别是：第一联"遣将"，写诸葛亮派遣赵云、糜氏兄弟、张飞、关羽截杀曹操；第二联"快境"，写曹操屡遭伏击，虽然在关羽处逃脱，最终却被张飞斩杀；第三联"庆功"，写刘备集团众人庆功，箭射悬挂着的曹操之首；第四联"烧耳"，写军士们围绕曹操之首设赌，怒斥其恶行，并烧其耳朵以取乐。④

---

① 邓长风：《明清戏曲家考略全编》，上海古籍出版社，2009年版。第504页。
② 陶君起：《京剧剧目初探》，中华书局，2008年版，第81页。
③ 佛雏：《王国维诗学研究》，北京大学出版社，1999年版，第121页。
④ （清）蒲松龄著，蒲先明整理，邹宗良校注：《聊斋俚曲集》，国际文化出版公司，1999年版，第428—451页。

后　记

　　二十五年前,当我拿着九江师专的录取通知书到四姨家报喜时,四姨说,"也好,终于不需要扛锄头打土巴了!"报到时,同行的一位家长他小孩补习了两年,考上的是数学系本科班,他意味深长地说,如果你上的是中文本科班就好了! 言语之间带着点惋惜,或许更多是一种变形的夸耀。2000年暑假,我穿着拖鞋短裤帮母亲推着大板车运送农具的路上,遇到了高中很好的玩伴,我礼节性地问了一句,你考上了哪所大学,她很高兴地告诉我,哈尔滨工程大学。那个时候我并不知道这所学校究竟如何,我只知道,大学比学校要洋气得多! 那年暑假,我补习了的同学陆续传来各种喜讯,同济大学、华中科技大学、华中农业大学……失落、不甘、屈辱等各种情绪涌上心头。虽然自入校初就知道九江师专不可能是我的尽头,但此刻这种念头才愈发强烈,所有的不甘都转化为后来考研复习时的动力与灵感。

　　宋濂在《送东阳马生序》中说道:"当余之从师也,负箧曳屣行深山巨谷中。穷冬烈风,大雪深数尺,足肤皲裂而不知。"我后来在明清文学史的课堂上多次讲及于此。虽然我求学不至于行深山巨谷中,但脸上、耳朵、手脚皮肤皲裂却是最真实的痛苦体验。家乡九江地处长江之畔,冬风呼啸,体感甚是不适,加上没有足够的衣物和好的鞋子御寒,每年冬天我必生冻疮,手脚肿大,阳光一晒,奇痒无比,忍不住用手去抠去搓,则痒上加痒,又痒又痛,欲罢不能。感谢当年心中的那份郁勃不平之气,让我忍受住了很多煎熬:晚上躲在被窝里用应急灯熬夜复习,早上四五点便起床在寒风凛冽的走廊就着昏黄的灯光背英语单词。吃过两个包子就着米汤的早餐第一个赶到图书馆门前背书等开门,中饭和晚饭都是固定的一个略沾荤腥的菜加4毛钱的米饭,晚上被闭馆的老师赶出来之后,再去买一个馒头啃着充饥。这种艰苦奋斗又乏味的生活日复一日,几经波折,我终于在一些高中同学收到大学录取通知书的时候收到了广西师范大学的硕士研究生录取通知书。

　　北大博士毕业求职时,第一学历总是一个难以启齿的话题,因而我也如同祥林嫂一般"喋喋不休"地讲述着当年高考"马前失蹄"的往事。应该说,从山村走来,我的前半程走得还算比较顺畅,高中寒窗苦读三年,虽然没有得到理想的结局,但总算让我走出了故乡那连绵不断的山峦,看到了长江与铁路,也看到了走向更广阔天地的可能性。20 世纪 90 年代的农村高中,小镇还没有如今这般喧嚣,与外界的沟通还没有如此畅通,但正是这种闭塞才使得那个时候的我们唯有埋头苦读。吃长了白毛的腌菜没有什么,一杯水刷牙洗脸也没有什么,我们眼中只有高考,只想着如何才能从千军万马中突围出去,摆脱扛着锄头或去汕头打工的命运。前两年看北大中文系漆永祥老师的《五更盘道》,虽然我们的求学生涯没有那么多的凶险与故事,但那种痛苦与贫瘠是相通的。

送儿子上学的路上,他总喜欢听我讲我小时候的故事,我说,在千万种可能性中,我很幸运地走上了这一条平凡的道路。但即便如此,这种平凡也是幸运和努力铺就的。初中毕业的时候,如果没有考上高中,那只能去打工;高中毕业时,如果没有考上大学,结局依然是只能出去打工讨生活;大学毕业时,如果没有继续求学,那我也只能是在乡下中学教书。我从来都没有歧视打工的人,因为那里面有千千万万的自己的影子;我也从没有轻视农村中学的老师,因为那是自己成长的土壤,也有千千万万可能的自己。人最终走什么道路,除了勤奋与天赋,还有家庭条件以及千万个我们看不清楚或无法左右的未知因素。

与本科便考上北大的同学相比,我们的履历毫无疑问要黯淡许多。但从另外一个角度来看,我们的体验毫无疑问也要丰富立体得多。从九江到桂林,从桂林到西宁,再从西宁到北京,祖国最繁华与最贫瘠的地方都曾经留下了我的足迹,钟灵毓秀与雄壮悲慨从此可以共融于我的血液和基因,这也算是人生一大宝贵财富。2007 年,当我到达北京西站跟随北大接送队伍去登校车时,路途中那些高校接送团队自发鼓掌为我们让路,那一刻,作为北大人的荣耀感油然而生。十几年过去,《燕园情》中"我们来自江南塞北,情系着城镇乡野;我们走向海角天涯,指点着三山五岳"的歌词依然可以在灵魂最深处激荡我的倔强与坚守。

2011 年,我来到了歌乐山下的四川外国语大学。一转眼,我已经在这里工作了 13 年,看惯了歌乐山的青翠欲滴,也曾多次陶醉于歌乐山的云蒸雾绕;不曾见过歌乐山的朝阳,却多次欣赏到歌乐山的落日余晖。川外位于歌乐山下一个叫烈士墓的地方,这个地名显露了非常明显的红色元素。早先租住在校内桂园一号楼 18 层时,经常可以听见学校外面红岩魂陈列馆的宣传声,后来住在安居小苑,又经常在隔壁军营嘹亮的军歌声中醒来,嘴里偶尔还会跟着他们一起哼唱那些从小便熟知的红色歌曲。川外虽然挂着四川二字,却处于直辖市重庆,我们又在这个外字头的学校教着纯正的中文,这种绕口令式的错位总会让人错愕不已。川外校园不大,却分成了东西两个区,师生习惯称之为山上山下。山上校区已然处于歌乐山山腰位置,学生大多住在山上,享受着山景房视野好待遇的同时也饱受深居山野之苦。川外女生众多,男女比例极端失衡,其他单位的朋友经常笑称我们福利极好,早先重庆的高校圈便盛传"川外的妹子西政的汉子"之类的段子,这一点确实名不虚传。

川外工作 13 年,坐看云起云落,也在云淡风轻或鸡零狗碎中感受岁月流逝。在这里,眼看着烈士墓周边不断"起高楼",眼看着洪崖洞、磁器口繁忙的"宴宾客";在这里,感受着麻辣鲜香的重庆火锅,体味着夹杂着各种脏话土语但耿直爽快的人间烟火气。从最初的反感、不适应到中间的接纳,再到最后的融入,我见证了习惯的潜移默化与可怕。在这里,我从同学、学生嘴里的逆生长变成了两个孩子的父亲,满腹心事,一脸沧桑。那些刻骨铭心的往事,那些温暖或感人的瞬间,都曾无数次在觥筹交错间或午夜梦回时一一闪现。我从来未曾想过自己会在一个地方工作如此之久,也从来未曾想过有些朋友走着走着就散了。

"上午 11:22 的火车,火车站离家不到五十里路,我不到 9:30 就出门,母亲骑电动车带我,边开边等到高桥的公交,路上电动车轮胎破了,幸好附近有母亲的熟人,在她家借车继续赶路,我们到了高桥,公交车依然不见踪影。在高桥等了大约 20 分钟,从县城开往火车站的公交车始终没有出现,心里没底,只好打电话向同学求助,二十分钟之后,看到同学的车我悬着的心才终于放下。同学送我进站,我一连取出三张票:都昌到九江,九江到庐山,庐山到重庆。感谢这个动车发达的时代,我晚上 12 点之前应该可以到家。"这是 2019 年暑假我在朋友圈写的一段文字。工作在异地,起点与终点之间的折腾总是让人难以忘却的,只是这种奔波早已经缺乏了美感与古代文人的诗情画意。其实,看似平实的叙述中遮蔽了彼时心境的焦虑与困顿,如同此刻我坐在电脑前敲下这些闲暇的文字,求学过程中的诸多困境已然经过岁月的淘洗和自己达成了和解。

2024 年 9 月,我恋恋不舍地离开了之前以为再也不会离开的重庆,来到了井冈山大学。博士毕业时从来未曾将江西列为自己的选项,却在已过不惑的年纪回到了家乡,不知道这算是全盘推翻了当初的道路选择还是否定之否定的螺旋式取舍。导师刘勇强老师觉得回家乡甚好,广西师大沈家庄老师笑我叶未落便"归根"必有大福,感谢老师们的开解与祝福。见惯并完全适应了 8D 魔幻城市的节奏,来到"三千进士冠华夏,文章节义堆花香"

的吉安,一开始确实有太多的不适应,两个儿子经常问我什么时候回重庆,我只能无言以对或者顾左右而言他。但小城市也有小城市的可爱,比如停车几乎不需要花钱,比如基本没有超出半个小时车程的办事距离,比如再也不必忍受上坡下坎的"折磨"。夕阳西下,徜徉于赣江之畔,感受着白鹭洲书院的千年神韵,感受着欧阳修、杨万里、周必大、文天祥等先贤留下的灵秀与磅礴之气,我想,我会慢慢喜欢这个在宋明两代辉煌异常的地方。何况,人生原本就不应该被定义,我相信,吉安也只是我人生中的一段宝贵历程罢了。

我生性驽钝,下笔很慢,加之做事行文不够专精,往往缺乏足够的耐心。看书不够多,想法却足够多,草就的文章似乎也不少,却多停留于半成品状态。写及于此,惶恐不安。博士毕业时曾有龙入深渊、虎啸深山之志,一晃十余年过去,岁月蹉跎,几近寸功未立,愧对师友厚望。

这本书是我的第一部学术著作,是在博士学位论文基础上修改和润色完成的。当年博士论文答辩委员会的阵营非常豪华。北京师范大学郭英德老师担任答辩委员会主席,答辩委员有首都师范大学的左东岭老师,北京大学的夏晓虹老师、钱志熙老师、廖可斌老师。论文的评阅老师有中国人民大学张国风老师,中央民族大学傅承洲老师和北京语言大学段江丽老师。论文写作与预答辩过程中,北京大学张鸣老师、潘建国老师、李简老师、卢永璘老师、杨铸老师等也均给了不少中肯建议和有益思路。感谢这些老师语重心长的批评和肯定意见。当年写论文并不轻松,当时《三国戏曲集成》这类的书籍尚未出版,大量的基础文献都是自己在北京大学图书馆特藏室与国家图书馆一个字一个字敲上去的,到重庆工作之后,其实很早就想对论文做进一步的思考与修改,但囿于资料的缺乏,加上较为沉重的教学负担,我徒叹有心无力。搁置几年之后,很幸运以此题目申请到了国家社科基金后期资助项目,感谢各位评审专家的垂青与批评意见。感谢上海三联书店的郑秀艳老师,因为我的拖沓,使得早应该面世的拙著推迟了很久才得以出版。特别感谢我的博士导师刘勇强老师慷慨赐序,使得拙著添色良多。本书还有很多的不如意:因为知识结构的缺陷,明清三国戏曲曲学部分的本质特征尚未得到充分抉发;因为资料搜集与时间投入不够的缘故,明清三国地方戏部分还留有大量可以继续讨论的余地;因为自身的才疏学浅,隐藏于大量史料背后的幽微精彩依然没有得以彰显。本想着把书稿留在身边继续打磨和深化,但丑媳妇终究要见公婆,遗憾留待以后再行弥补。

一路走来,沿途俯仰之间皆是绚丽的风景和众多可爱的人,虽然也有荆棘与乌云,但我仍然信奉苏轼的"眼前见天下无一个不好人"。感谢一路帮助、扶携我的老师和朋友,感谢一直鼓励、肯定我的学生,感谢含辛茹苦默默为我付出的家人。

庐陵先贤罗大经曾说:"每春夏之交,苍藓盈阶,落花满径,门无剥啄,松影参差,禽声上下。午睡初足,旋汲山泉,拾松枝,煮苦茗啜之。随意读《周易》《国风》《左氏传》《离骚》《太史公书》及陶杜诗、韩苏文数篇。从容步山径,抚松竹,与麛犊共偃息于长林丰草间。坐弄流泉,漱齿濯足。既归竹窗下,则山妻稚子,作笋蕨,供麦饭,欣然一饱。弄笔窗前,随大小作数十字……"此等心境,虽不能至,心向往之!

张红波

图书在版编目(CIP)数据

明清三国戏曲研究/张红波 著.—上海:上海三联书店,
2024.12
ISBN 978-7-5426-8234-5

Ⅰ.①明… Ⅱ.①张… Ⅲ.①戏曲文学－古典文学研究－中
国－明清时代 Ⅳ.①I207.3

中国国家版本馆 CIP 数据核字(2023)第 167591 号

明清三国戏曲研究

著　　者 / 张红波

责任编辑 / 郑秀艳
装帧设计 / 一本好书
监　　制 / 姚　军
责任校对 / 王凌霄

出版发行 / 上海三联书店
　　　　　　(200041)中国上海市静安区威海路 755 号 30 楼
邮　　箱 / sdxsanlian@sina.com
联系电话 / 编辑部: 021－22895517
　　　　　　发行部: 021－22895559
印　　刷 / 上海颛辉印刷厂有限公司

版　　次 / 2024 年 12 月第 1 版
印　　次 / 2024 年 12 月第 1 次印刷
开　　本 / 710 mm×1000 mm　1/16
字　　数 / 350 千字
印　　张 / 22.5
书　　号 / ISBN 978-7-5426-8234-5/I·1834
定　　价 / 88.00 元

敬启读者,如发现本书有印装质量问题,请与印刷厂联系 021－56152633